江南都市与中国文学

第二届江南文化论坛论文集

查清华 詹丹 主编

上海三联书店

目　录

关于“江南学”的几点思考………………………………………… 梅新林　1
吴歌越吟
——诗化的江南民间文化 ………………………………… 陈书录　11
江南地方戏多剧种通用的共同智慧和繁荣发展 ……………… 周锡山　17
江南视野下无锡的文学史迹 ……………………………… 吴新雷　32
汉魏六朝小说中仙境描写的江南特征
——以上清派为考察对象 ………………………………… 万润保　45
陆机生平、作品考证三题 ………………………………… 杨　明　58
谢客去后的永嘉山水
——从地域文学经典的角度论谢灵运温州诗风中的传承…… 钱志熙　67
论隋时《文选》学中心在江南的形成及其北移 ……………… 丁红旗　84
江南都市的文化空间
——以唐诗为对象………………………………………… 查清华　101
江南城市文化与唐宋文学的发展……………………………… 邓乔彬　110
李白与五松山关系三考
——兼论唐代诗人对后世文学地图意识的影响……………… 查屏球　124
吴楚文化与皎然诗学………………………………………… 甘生统　142
唐代苏杭二州与第一“金曲”《望江南》词……………………… 李定广　155
论晚唐温李诗歌中的南朝
——兼及唐诗中南朝主题的演变…………………………… 刘青海　165
宋代兰溪范氏家族史料的若干问题…………………………… 张　剑　175
南湖雅集：南宋都城私家园林的典范与文学活动 …………… 刘　方　192
儒、道之间：白玉蟾的诗词创作与心路历程…………………… 罗争鸣　209

宋元文化重心偏转东南述论…………………………………………饶龙隼 222
宋元之际的理学诗风及其反拨………………………………………史 伟 242
南人北上与元代南方文人的"两都"书写……………………………邱江宁 253
袁桷的学术渊源…………………………………………………………查洪德 266
徜徉九峰三泖之间
——古代松江诗画文化考略…………………………………………汪 涤 293
从四方新声到弦索官腔
——"中原音韵"与元季明初南北曲的消长 ……………………李舜华 307
江南才女之殇
——张丽贞之情事自悔与本事演绎…………………………………丁淑梅 324
周汝登《唐诗助道》浅论………………………………………………周兴陆 336
闵齐伋的编刊活动、编刊特点及其影响 ……………………………赵红娟 345
陈子龙的魏晋观及其影响………………………………………………吴思增 369
明末才子汤传楹与尤侗《钧天乐》传奇………………………………杜桂萍 380
城市生活与诗歌新变……………………………………………………严 明 399
明清吴江徐氏文学世家考述……………………………………………郝丽霞 409
简论苏州城市书写与《红楼梦》人物之关系…………………………詹 丹 429
京洛风尘中的水乡慰藉
——天津查氏水西庄雅集的江南特质……………陈玉兰 项姝珍 438
晚清江南小说文字地图与城市精神……………………………………张袁月 450
晚清时期上海与文士治生………………………………………………徐永斌 459
清代女批评家汪端"知人论世"的诗学观………………………………付建舟 475
近代乡愚游沪小说中的城乡隔膜与对峙………………………………施 晔 490
王伯沆先生其人其诗……………………………………………………张 煜 506
陆宝树《樵庵诗话》述略………………………………………………杨 焄 510
俞樾的俗文学观及其接受刍议…………………………………………马丽敏 518
清季江南高氏家族与"前南社时代"……………………罗时进 邱 睿 537
传统韵文学的现代转型与生存
——都市文化中的竹枝词创作………………………………………朱易安 551
"偶像破坏时期"的江南意象
——哈佛燕京所见近代日本江南纪游诗四种述略…………………胡晓明 560

关于“江南学”的几点思考

浙江工业大学　梅新林

“江南”之为“学”而称之为“江南学”，是对江南区域研究的学理升华。从本质上说，江南研究是以特定区域为研究对象的一种综合性研究，也是一种跨学科研究。大而言之，犹如东方学、非洲学；小而言之，犹如藏学、徽学。然而江南研究本身还不能称之为“江南学”，所谓“学”者，学理也，学科也，只有以江南研究为基础，然后进行学理逻辑与学科体系的建构，并拥有相对成熟的理论与方法，才能真正从江南研究进而成长为“江南学”。当然，“江南学”也是一个见仁见智的概念，建议学界就此展开讨论和争鸣。

一　“江南学”概念的提出及意义

作为当今学术研究的一个重点和亮点，有关“江南”的学术研究，本质上是一种区域性研究。“江南”是一个同时兼融自然地理与文化地理、历史意涵与现实意涵的充满活力与魅力的空间概念，主要包含了地理方位、行政区划以及意象空间三重意涵，彼此有分有合，相互交融，由此形成“泛江南”、“大江南”、“中江南”“小江南”的不同空间指向。“泛江南”指长江以南地区；“大江南”包括今上海市、浙江省、江西省之全部以及江苏、安徽两省的长江以南部分；“中江南”指上海市、浙江省全部以及江苏、安徽两省的长江以南部分，即除去“大江南”中的江西省部分；“小江南”指环太湖流域地区，即所谓的“江南八府”：松江府，苏州府，常州府，镇江府，江宁府，杭州府，嘉兴府，湖州府。诚然，不同的时代、不同的学者都有不同的“江南”区域界定，但通常都以此环太湖流域地区即“小江南”为核心区域。

20世纪的“江南”研究，是伴随近代学术转型而兴起，尤其是乘着新时期改革开放之东风而走向兴盛的。究其缘由，约有以下三个方面：一是长期积淀的历史优势。江南区域文化诞生、延续于长三角地区，在整个中国文化版图中占据重要地位。伴随中国文化中心的逐步南迁，江南区域文化蓄势而发，后来居上。近代以来，更是临海凭风，引领新潮，在实现向现代转型的历史进程中，以其独特的开放精神与创新活力带动中国传统文化走向现代、走向世界，向世人充分展示了其超越区域文化之上的独特意义与魅力；二是地处长三角的区位优势。这里是中国目前经济发展速度最快、经济总量规模最大、最具有发展潜力的经济板块。国务院2010年5月正式批准实施的《长江三角洲地区区域规划》明确了长江三角洲地区发展的战略定位，即亚太地区重要的国际门户、全球重要的现代服务业和先进制造业中心、具有较强国际竞争力的世界级城市群；三是创新引领的学术优势。在当今学界的“文化转向”与“空间转向”的时代潮流中，江南同样得风气之先，以其最为丰硕的区域研究成果不仅引领着整个中国的区域研究之路向，而且充分凸显了与世界对话与比较的重要意义。

正是在这样的背景下，有的学者提出了“江南学”这一概念。陈忠平、唐力行在他们主编《江南区域史论着目录》的《序言：奠定江南学的基石》中指出：“在21世纪开始之际展望未来，我们认为建立江南学的最佳时机已经到来，而对江南有关的史学研究成就作一系统总结，即是发展这一学科的前提。”“当然，江南学也需要国内外学者在各学科的通力合作，从不同学科及其他领域的研究中引进行之有效的理论方法。由于现代社会科学趋于专门化的倾向，20世纪学者对江南地区的研究已日趋细致精深。但此种倾向也造成了这一领域内隔行如隔山的局面。本目录遵循现代历史学的原则，主要收录有关江南的史学论文。但我们也适当保持了‘六经皆史’的传统，收入了其他学科中涉及江南历史的论著。此举的目的在于促进不同学科内的学者在江南研究工作中的互相了解，以便建立一个系统全面的江南学学科。”此后，华东师范大学王家范、胡晓明教授率先筹备成立了中国江南学研究中心，并提出了“江南学”研究的“三结合”原则，即文学与史学研究的结合、文献研究与理论研究的结合、国内与海外研究的结合，正式向学界亮出了“江南学”的牌子和平台。诚如陈忠平、唐力行主编《江南区域史论着目录》之《序言》所言，“江南是魏晋隋唐以来中国经济文化发展的重心，对全国社会政治变迁有深刻影响，因而这一地区也是近百年来国内外学者研究的焦点。20世纪的学者已对江南的政治史、社会史、经济史、文化史进行了深入而广泛的研究，并为我们将来在次领域的研究工作打下了坚实的基础。”本目录收录评述有关江南地方哲学、史学、文学、艺术及科学诸方面流派、著述、成果等等的论著篇目或书目，具有重要参考价值。尽管由于编纂时间所限，需要对2007年以来的丰硕成果加以补充，但这毕竟是20世纪江南综合研究成果的首次总汇，基本反映了江南研究从20世纪前期的初兴、中期的衰滞到后期的繁荣的历史进程与主要成果，尤其是从20世纪80年代始，江南研究的衰而复盛正与改革开放30年相同步。经过三、四代学者的努力，江南研究成为国内区域研究中的显学，积淀深厚，成就卓著，在海内外产生了重大影响。

二 “江南学”研究的多重学术价值

从江南研究的勃兴，到“江南学”的提出以及后续的推进，具有多方面的学术价值：

1. 范式建构的学术价值。区域史的研究是当今国际史学界的新趋势，业已成为一门国际性的显学。同样，世纪之交的中国学术的一个重大变化是从过去的注重时间向注重空间研究转变。与传统的史学研究不同，区域研究以特定区域为研究对象，涵盖了政治、经济、科学、哲学、史学、文学、艺术、宗教等各个方面，这就对传统的专门化研究理路提出了严峻的挑战，对相关学者的固有知识结构也提出了新的要求，因而需要综合性的学科顶层设计和构想，更需要拥有不同专业知识背景的学者的跨学科沟通与合作。而在中国乃至世界的区域研究中，江南无疑具有不可多得的范本意义和价值，所以，从江南研究走向“江南学”的学理建构，无疑具有探索区域研究范式建构的重要意义。

2. 历史反思的学术价值。武廷海在《中国城市文化发展史上的“江南现象”》①一文中提出“江南之江南”、“中国之江南”、“世界之江南”的三阶段论，即从远古到东晋江南成为全国文化中心之前，为“江南之江南”阶段，也是以江南本土文化为主导的阶段，历时最长，但积淀不厚，所以一直处于文化边缘地位；东晋南朝从文化边缘走向中心以后，由“江南之江南”进入了“中国之江南”阶段，并在南北、士商文化的冲突与交融中先后形成三次高峰；近代以来，在中西文化冲突与交融的背景下，再由“中国之江南”进入“世界之江南”阶段，江南文化由此

① 《华中建筑》2000年第9、12期。

开始了走向世界与现代转型的历史新征程。从“江南之江南”到“中国之江南”再到“世界之江南”，其中经历了一个相当漫长曲折的历史过程，同时也为此付出了许多沉重的历史成本与代价。历史是一种经验，也是一种教训，更是一种智慧，我们研究江南，首先在于总结昨天，但更重要的在于启思今天，展望明天。

3. 整体通观的学术价值。唐力行在《区域史研究的理论与实践》①中强调指出：“区域史研究的价值就在于可以深化中国整体史的研究。中国疆域辽阔，只有把一个个区域社会的历史研究透了，才能从中央和地方相互作用的角度出发，把整体中国史的研究推进到一个新的高度。此外，区域社会是整体中国的一部分，解剖某一个具有典型意义的区域社会，本身就有助于我们深化对整体中国的认识。一些经济、社会、文化发展相对完整的、具有典型意义的区域，例如江南、徽州等，都具有研究传统中国的范本价值。”鉴于江南在中国地理版图中的特殊地位，则江南之于深化中国整体研究同样具有某种特殊的意义。

4. 国际对话的学术价值。美国加州大学王国斌先生曾在《区域性世界与世界性区域》②一文中提出了“区域性世界”与“世界性区域”两个概念，阐述了他对于区域与整体关系的见解。所谓“区域性世界”，是指许多政治的、经济的、文化的、社会的现象，并不是在世界范围内发生的，而是在一个相对较小的区域内。所谓“世界性区域”则是指 19 世纪 50 年代以后，伴随随着交通的发达以及区域与外界之间联系的加强，由此引发了全世界范围内不同区域之间政治的、经济的、社会的、文化的互动、发展与变化，于是从前的“区域性世界”即变成了“世界性的区域”。在此过程中，又是以江南“导夫先路”，率先完成了走向现代与走向世界的转型历程。而就西方学者对于中国区域研究的关注程度而言，也同样以江南为冠，在日本和欧美，活跃着一批致力于江南研究的知名学者。就此而言，深化“江南学”研究，进而具有加强国际学术对话的意义。

5. 精神皈依的学术价值。笔者认为江南文化精神具有剑与箫的双重特性，与“剑”相联的是壮烈、阳刚、豪放，与箫相联的是灵性、阴柔、婉约。“剑”喻抱负，“箫”喻诗魂；“剑”喻狂放，“箫”喻缠绵，由此构成壮怀报国之剑气与幽情赋诗之箫心的奇妙组合。从基于时空而又超越时空的多维视角观之，则“剑”与“箫”——江南文化精神的二重演绎，主要呈现为先“剑”后“箫”、南“剑”北“箫”、内“剑”外“箫”三种形态。③ 胡晓明教授则以自己的一份诗心对固有的

---

① 《历史教学问题》2004 年第 5 期。

② 《史林》2007 年第 5 期。

③ 《剑与箫——江南文化精神的二重演绎》，《中国社会科学报》2011 年 7 月 12 日。

“江南”进行了一番“再发现”：中国文学悠久的传统中，从汉代到清、近代，一直隐隐相传着十分重要的江南意象。持久、含蓄要眇而入骨的相思，以及永续的乡愁，是江南不变的芬芳迷魅。男女之思，友朋之念，以及越到后来，以男女、友朋寄托家国君臣之思，相互重叠着、涵化着，渐成江南意象的深层含义。江南意象是江南认同的一个重要的部分。作为江南认同的江南意象，含蓄而动人地揭示了江南认同的底蕴：家国之爱。这种文化认同，实质上即是一种超越现实而回溯生命本源的精神皈依。[①]

三 “江南学”研究的成就与问题

江南区域研究重心在江南，包括复旦大学、南京大学、浙江大学、华东师范大学、苏州大学、南京师范大学、浙江师范大学、上海师范大学等高校，汇集了从事江南区域研究的主体力量。其中华东师范大学与浙江师范大学建有以“江南”命名的研究机构，业已成为当今“江南学”研究的两大中心。华东师范大学中国江南学研究中心积极倡导文学与史学研究的结合、文献研究与理论研究的结合、国内与海外研究的结合的“三结合”原则，重点开展江南社会史、江南文学艺术、江南文学家族以及江南典籍文献研究，先后召开了“江南研究的回顾与前瞻”学术交流会（2006 年 9 月 17 日）、“明清江南史研究视域与方法回顾”学术研讨会（2008 年 11 月 7 日）、“全球视野下的江南文化研究”国际学术研讨会（2011 年 12 月 10 日）等重要学术会议，出版了《明清江南史研究三十年（1978—2008）》（王家范）、《文化江南札记》（胡晓明）、《江南家族文学丛编》（胡晓明、彭国忠主编）等著作。

浙江师范大学江南文化研究中心是海内外较早正式以“江南文化研究”命名的学术研究机构，并于 2006 年 3 月经浙江省社会科学规划领导小组批准为“浙江省社会科学重点研究基地”，基地的主要学术目标是力争成为两个“中心”、一个“高地”，即通过集聚研究力量开展重大项目的协同攻关，推出系列精品研究成果，使之成为全国江南文化研究的学术中心；通过创建富有特色的图书资料中心与“江南文化网”，使之成为江南文化研究的文献中心；通过卓有成效的学科整合与学术创新，造就一支在全国具有学术竞争力与影响力的高水

① 《“江南”再发现——胡晓明教授在华东师范大学的讲演》。

平学术研究团队，使之成为江南文化研究的人才高地。基地凝练并设立了江南文学与艺术、江南学术与文献、江南城市与社会三个重点研究方向，近年来共计承担国家社科基金一般项目13项，省部级项目等80余项，其中梅新林主持的“浙东学派编年史及相关文献整理与研究”获国家社科基金重大项目资助。基地先后推出了“江南文化世家系列研究”、“江南城镇通史系列研究”、“江南文化史系列研究”、“两浙人文传统与中国文学的现代化进程系列研究”、“浙东学派系列研究”，“农村改革30年与长江三角洲村域经济转型系列研究”等重点项目，并编纂出版了《新编金华丛书》、《吕祖谦全集》(黄灵庚主编)。目前，由梅新林、陈玉兰主编的《江南文化世家研究丛书》已陆续出版，由陈国灿主编的七卷本《江南城镇通史》也即将出版。

此外，上海师范大学上海高校都市文化E—研究院、苏州大学吴文化国际研究中心两个研究机构也在江南研究方面取得了显著成绩。上海师范大学上海高校都市文化E—研究院是由上海市人民政府教育委员会新创立的首批六个研究院之一。研究院由三个平台构成：第一个平台是上海市，它以上海师范大学为基地，涵盖上海市其他高校研究机构和文化单位，基本汇聚了上海主要的研究力量；第二个平台是国内平台，它立足上海，主要选择上海、北京、香港、台北四座有代表性的都市，整合两岸四地的研究力量；第三个平台是国际平台，首先是东亚地区的东京、汉城和新加坡，然后是欧美地区的纽约、巴黎和伦敦等，这方面已与美国纽约大学、英国伦敦大学、法国社会科学研究中心、新加坡国立大学、韩国高丽大学、日本神奈川大学等建立了合作关系。研究成果集中于以上海为代表的江南城市文化与文学研究。首席专家孙逊教授在包括江南在内的都市文化研究方面取得了一系列重要成果，先后发表了《中国古代小说中的“双城”意象及其文化蕴涵》[①]、中国古代小说中的城市书写及现代阐释[②]、都市文化研究：世界视野与当代意义[③]、江南都市文化：历史生成与当代视野[④]、“海派文化”：近代中国都市文化的先行者[⑤]、明清江南城镇的兴盛及其文化辐射功能——以《鸳鸯湖棹歌》的唱和为考察中心[⑥]等论文。而在江南区域史是研究方面，唐力行、徐茂明等不仅发表了系列学术论著，而且在区域理

① 《中国社会科学》2004年第6期。
② 《中国社会科学》2007年第5期。
③ 《文学评论》2007年第3期。
④ 《学术月刊》2009年第2期。
⑤ 《江西社会科学》2010年第10期。
⑥ 《学术界》2012年第3期。

论研究方面提出了诸多新的见解。而在江南区域史是研究方面，唐力行、徐茂明等不仅发表了系列学术论著，而且在区域理论研究方面提出了诸多新的见解。苏州大学吴文化国际研究中心成立于 1995 年，该中心整合以文、史、哲、经各学科为中心的相关研究力量，致力于吴地区域历史文化的研究，在社会、昆曲、园林、工艺、文学、经济诸方面形成了自己的研究特色，在省内外产生了较大影响。迄今为止，共出版专着 40 多部，发表论文 5 百余篇，为政府部门提供各类调研、咨询报告数十份，承担各级各类科研项目数十项。研究成果集中体现在以吴文化为代表的江南文化研究、江南家族研究以及城市文学与文化研究等。

江南城市与经济研究力量和成果主要集中于复旦大学与南京大学、南京师范大学。复旦大学的樊树志、戴鞍钢、张海英教授，南京大学的范金民教授等相继发表了大量有关江南市镇历史经济、社会方面的学术论著。范金民的《江南丝绸史研究》(1993)、《明清江南商业的发展》(1998)、《江南儒商与江南社会》(2002)，樊树志的《明清江南市镇探微》(1990)、《江南市镇：传统与变革》(2005)，戴鞍钢的《近代上海与长江流域商路变迁》(1996)、《港口·城市·腹地——上海与长江流域经济关系的历史考察》(1998)，张海英的《明清江南商品流通与市场体系》(2002)等，皆为江南城市与经济研究的代表作。与此同时，复旦大学、南京大学在江南地理、文化、文学研究等方面也多有建树。由范金民教授主持的国家社科基金重大招标项目《江南地域文化演进研究》正在顺利展开，并取得了系列阶段性成果。南京师范大学的陈书录教授致力于江南士商互动研究，在经济与文学的交叉研究方面取得了一系列重要成果。

当然，江南区域研究并不限于江南，而广泛分布于全国各地，比如清华大学李伯重教授曾主持国家社会科学基金项目《16—18 世纪的江南与荷兰经济发展的比较研究》、教育部十五规划项目《近千年来长江三角洲经济发展与环境变迁的历史考察》和清华大学人文社会科学学院重点科研项目《17—19 世纪中期长江三角洲“外向型”经济的发展》等课题的研究，出版《江南的早期工业化，1550—1850》(2000)、《发展与制约：明清江南生产力研究》(2002)、《多视角看历史：南宋后期至清代中期的江南经济》(2002)、《江南的城市工业与地方文化(960—1850 年)》(主编，2004)、《唐代江南农业的发展》(2009)等学术著作，对江南经济研究作出了重要贡献。

然而从“江南学”的学理要求衡量，目前国内的江南区域研究还存在诸多不足，严格地说，还受到许多瓶颈问题的制约：

一是理论建构问题。江南研究之成长为“江南学”，迫切需要在有关“江南学”的研究对象和范围、内涵与外延、理论与方法等重要问题上展开学术讨论和争鸣，同时还需要一系列工具性概念的支撑。但迄今为止，学界仅仅是提出了“江南学”这一概念，而对上述一系列问题都还无暇涉及，更谈不上形成学术共识。理论建构上的滞后，必然会严重影响到学术研究的深入展开。

二是学术壁垒问题。“江南学”作为综合性和跨学科研究，既需要来自不同学科的学者的通力合作，同时也需要处于不同区域的研究机构与学术力量的通力合作。近年来华东师范大学中国江南学研究中心、浙江师范大学江南文化研究中心、上海师范大学上海高校都市文化 E—研究院已联合举办两次学会议。2011 年 7 月，在浙江师范大学首次搭建起了“江南文化论坛”的平台，随后又在《中国社会科学报》开设“江南文化论坛”栏目。但总的来看，无论是合作广度还是深度都是远远不够的，真正打破彼此的学术壁垒并非一件易事。

三是研究队伍问题。在目前固有的学科体系中，区域研究分散于哲学、经济、史学、文学、艺术、宗教等不同学科之中，尚未获得相对独立的地位，也难以实现多学科或跨学科的整合，这就使得“江南学”的人才培养存在着先天不足。与此同时，在江南高校内部有关江南区域研究机构设置过少，从事江南区域研究的学者多以“散兵游勇”的形式展开研究，缺少相关科研平台强有力的支撑，缺少足够的生存和发展空间，也难以组织大规模的集体攻关。

四是资源共享问题。江南文化积淀深厚，文献积累丰富，研究成果丰硕，这些都需要有计划地进行大规模的整理和开发，并借助现代信息技术，建成可以为学界共享的数据库。尽管一些学者已关注这一问题，但限于资金、人力以及协调等问题，迄今进展不大。

四　“江南学”研究的未来突破方向

鉴于目前的研究成果与存在问题，需要学界围绕未来“江南学”研究趋势与发展方向展开讨论，以取得更为丰硕的学术成果。我个人认为，未来“江南学”研究应该呈“T”字型的理想状态向前推进，即一方面是在“竖”的方向上不断细化和深化。具体而言，一是专题研究的细化和深化。“江南学”本是一个综合性的区域研究，需要多学科或跨学科的交融与整合，但其前提是多学科或跨学科中相关分支学科研究的不断细化和深化。换言之，只有将“江南学”研究中涉及的哲学、经济、史学、文学、艺术、宗教等不同层面的问题加以深入的研究，并取得了一系列重要突破，才能为多学科或跨学科的交融与整合奠定坚实的基础；二是亚区域研究的细化和深化。江南区域版图包括了今浙江、上海及江苏、安徽长江以南地区，需要对这些不同地区展开“亚区域”研究，而且此“亚区域”因不同层级划分而依次向下深化，比如作为其核心区域的“江南八府”，可以每府为“亚区域”研究单位，甚至还可以延伸于“江南八府”中更为基层的单位。同理，只有将“江南学”研究中涉及的不同层级的“亚区域”加以深入的研究，并取得了一系列重要突破，才能为江南区域的整体研究奠定坚实的基础。

另一方面是在“横”的方向上的跨学科整合与贯通。其中大致可以分为三个层级：一是江南区域与其他区域的比较研究。江南区域与中原、齐鲁、巴蜀、岭南等不同区域之间，彼此既有联系又有区别，需要通过比较研究进而深化江南区域研究；二是中国版图中的江南区域研究。区域研究之和不等于整体研究，但整体研究有助于深化区域研究，彼此是一个互动并进的过程。以中国版图透视江南区域研究，不仅可以促进彼此研究的深化，而且会更加凸显江南区域研究的范本意义。三是世界视野中的江南区域研究。包括文化关联的互观和特定区域的比较，上述李伯重教授主持的国家社会科学基金项目《16 至 18 世纪的江南与荷兰经济发展的比较研究》，即属于后者。

从目前江南区域研究的重心来看，较为集中的是文史两个学科，其次是城市经济领域，此外还广泛涉及哲学、经济、艺术、宗教等不同方面。未来的“江南学”研究应以此为新的起点，在大力提倡多学科的交叉研究中，着力推进以下五个方面的重点突破：

一是理论研究的突破。要在总结和提炼既有江南区域研究成果的基础上，借鉴西方区域史研究理论，重构融合世界视野、本土特色与时代精神的“江南学”学术体系与学科体系。当前，需要重点梳理和确立“江南学”的学理逻辑、学科属性、研究对象、发展方向等，并在理论建构与方法整合上取得新的进展。

二是整体研究的突破。要对江南区域研究方向与路径进行整体设计，通过多学科和跨学科的交融与合作，努力推进江南区域的整体研究，以更好的把握江南区域研究的宏观导向，并以此引领江南区域研究的走向深入。

三是专题研究的突破。专题研究是整体研究的基础，彼此应该相互融通，相互促进。总的来看，目前的专题研究重在文史以及城市经济等学科领域，这是远远不够的，需要大力加强，尤其需要在各相关学科的专题史研究上取得一系列重大成果。

四是比较研究的突破。包括江南区域内“亚区域”的比较研究，江南区域与中国版图内其他区域的比较研究，乃至江南区域与世界特定区域的比较研究，由此便可从江南之内看江南，上升到跳出江南看江南，当会有一番新的认知与感悟。

五是文献整理的突破。近年来，由于一些地方政府对当地古籍文献的重视以及高校学者的积极参与，江南历代经典文献的整理已取得了显著成绩，但与实存文献相比还有很大的差距，更重要的是需要将这些文献整理成果及时转化为数据库，以便更好地为学界所共享，这对于推进“江南学”研究的深化同样具有十分重要的意义。

吴歌越吟

——诗化的江南民间文化

南京师范大学　陈书录

西晋时左思《吴都赋》中有“吴愉（歈）越吟”[①]之说，《文选》李善注“愉（歈），吴歌也。”[②]所谓“吴歌越吟”，是指江南的民间歌谣。吴歌越吟，来自于江南民间，流传于江南民间乃至全国，是诗化的江南民间文化，是区域民间文学中一道道时尚的风景，走近这一道道风景线，如同“从山阴道上行，山川自相映发，使人应接不暇”[③]。

从“一枝独秀”到“百花盛开”的江南民间文学的时尚风景

《诗经》中的“十五《国风》”——民歌或拟民歌主要采自北方，“《三百篇》中，无吴、越之诗”[④]，但早期的吴越地区也流行民间歌谣。吴歌越吟的先祖可追溯到黄帝时代的《弹歌》，《弹歌》又名《断竹歌》：“断竹、续竹；飞土，逐肉。”[⑤]这是一首古老的猎歌，描写了砍竹、接竹、制造出狩猎工具，进而用弹丸去捕猎的一系列过程，语言质朴自然而内容丰富，在当时可谓江南歌谣中的“一枝独秀”。

---

① 萧统编、李善注，《文选》，中华书局，1977 年版，第 93 页。

② 萧统编、李善注，《文选》，第 93 页。

③ 刘义庆编、徐震堮校笺《世说新语校笺》卷上《言语第二》，中华书局，1991 年版，第 82 页。

④ 蒋士铨，《越风序》，蒋士铨著、邵海清校、李梦生笺，《忠雅堂集校笺》，上海古籍出版社，2012 年版，第 2022 页。

⑤ 沈德潜选，《古诗源》，中华书局，2006 年版，第 19 页。

带有吴越区域文化性质的《越绝书》、《吴越春秋》中记载着产生、流传于春秋时代的《渔父歌》、《军士离别词》、《采葛妇歌》等歌谣。还有《越谣歌》:“君乘车,我戴笠。他日相逢下车揖。君担簦,我跨马,他日相逢为君下”①;《吴王夫差时童谣》:“梧宫秋,吴王愁”②等,也是被人认作春秋时代的民谣。可见,早期的江南文化土壤中绽放着民间歌谣的奇葩,呈现出“花开数枝”的景象(这仅从传世文献而论,当时口头传诵的民间歌谣的实况至今难以考察)。

从“一枝独秀”到“花开数枝”,再到“百花盛开”,江南民间歌谣的历史上出现了两个兴盛期:

吴歌越吟的第一个兴盛期是东晋和南朝。《乐府诗集》卷44中《吴声歌曲》题解引《晋书·乐志》:“吴歌杂曲,并出江南。东晋以来,稍有增广”、“始皆徒歌,既而被之管弦。”③并指出:“盖自永嘉渡江之后,下及梁、陈,咸都建业,吴声歌曲起于此也。”④到南朝齐武帝永明年间,“百姓无犬吠之惊,都邑之盛,士女昌逸,歌声舞节,袨服华妆。桃花渌水之间,秋月春风之下,无往非适。”⑤正是江南民间群体文化的繁盛带动了民间歌谣的兴盛。郭茂倩《乐府诗集》中载吴声歌曲342首,其中虽然有文人的拟民歌,但大多是民间歌谣,其中《子夜歌》、《华山畿》、《读曲歌》等,最为流行,动人心弦:“歌谣数百种,《子夜》最可怜。慨慷吐清音,明转出天然。”⑥口出真声,清新自然,是江南乐府民歌最显著的美感特色。

吴歌越吟的第二个兴盛期是明代。被称为“我明一绝”⑦的明代民歌,以明代冯梦龙所编的《山歌》、《挂枝儿》两部民歌集为代表,主要收录明初至万历年间的吴歌。其实,明代民歌不仅是《山歌》、《挂枝儿》民歌集,我们用多年时间编撰《明代民歌集》⑧,从各类文献中辑得明代民歌2500多首,内容较冯梦龙《挂枝儿》、《山歌》等专集的总和多出三分之二。堪与唐诗、宋词、元曲相媲美的明代民歌的兴盛,其中原因之一是民歌小调这种江南等地的民间时尚文

① 沈德潜选,《古诗源》,第16页。
② 同上书,第17页。
③ 房玄龄等撰,《晋书》卷二十二《乐志下》,中华书局,1996年,第716、717页。
④ 郭茂倩编,《乐府诗集》卷四十四,中华书局,1996年版,第639、640页。
⑤ 李延寿撰,《南史》卷七十《循吏传》,中华书局,1983年版,第1697页。
⑥ 郭茂倩编,《乐府诗集》卷四十五,《大子夜歌》,第654页。
⑦ 陈宏绪《寒夜录》上卷:“友人卓珂月曰:‘我明诗让唐,词让宋,曲又让元,庶几[吴歌]、[挂枝儿]、[罗江怨]、[打枣竿]、[银绞丝]之类,为我明一绝。”续修四库全书本,上海古籍出版社,第1134册,第700页。
⑧ 周玉波、陈书录编,《明代民歌集》,南京师范大学出版社,2009年。

化的广泛流行，据沈德符《万历野获编》卷25《时尚小调》中说，当时两淮与江南对于[打枣杆]、[挂枝儿]等小调，“不问南北，不问男女，不问老幼良贱，人人习之，亦人人喜听之，以至刊布成帙，举世传诵，沁入心腑”①。

紧接着被称为“我明一绝”的明代民歌的高峰之后，清代与民国时期的民歌也蔚为大观，特别是“五四”新文化运动中发起收集民歌，对民歌的整理与研究起着极大的推进作用，而且中华人民共和国建立后也有过多次采风热潮，以江南等地民歌为重镇的繁花似锦的中华民歌大国已屹立在世界文化之林。当今我们的任务是进一步发掘、整理和研究包括江南民歌在内的中国历代民歌，建构中国优秀民歌的传承体系，大力弘扬中国民歌的优良传统。

诗情画意的江南水文化

“太湖美，美就美在太湖水。”太湖“包孕吴越”，吴越素有“水乡泽国”之称，“江南之俗，火耕水耨”②(《隋书·地理志》)，饮食传统是“饭稻羹渔”③，交通往往是“以船为车，以桥为马”，民居也有“小桥流水人家”的特色。唐代诗人杜荀鹤在《送友游吴越》诗中描写江南水乡风光：“去越从吴过，吴疆与越连。有园多种橘，无水不生莲。夜市桥边火，春风寺外船。此中偏重客，君去必经年。”④他还有《送人游吴》诗：“君到姑苏见，人家尽枕河。古宫闲地少，水巷小桥多。夜市卖菱藕，春船载绮罗。遥知未眠月，乡思在渔歌。”⑤

---

① 沈德符《万历野获编》卷二十五，中华书局，2004年，第647页。其中指出：“元人小令行于燕赵，后浸淫日盛。自宣、正至成、弘后，中原又行[锁南枝]、[傍妆台]、[山坡羊]之属，李崆峒先生初从庆阳徙居汴梁，闻之，以为可继《国风》之后。何大复继至，亦酷爱之。今所传[泥捏人]及[鞋打卦]、[熬鬏髻]三阕，为三牌名之冠，故不虚也。自兹以后，又有[要孩儿]、[驻云飞]、[醉太平]诸曲，然不如三曲之盛。嘉、隆间乃兴[闹五更]、[寄生草]、[罗江怨]、[哭皇天]、[干荷叶]、[粉红莲]、[桐城歌]、[银纽丝]之属，自两淮以至江南，渐与词曲相远。不过写淫媟情态，略具抑扬而已。比年以来，又有[打枣竿]、[挂枝儿]二曲，其腔调约略相似，则不问南北，不问男女，不问老幼良贱，人人习之，亦人人喜听之，以至刊布成帙，举世传诵，沁人心腑。其谱不知从何而来，真可骇叹。又[山坡羊]者，李、何二公所喜，今南北词俱有此名。但北方惟盛爱[数落山坡羊]，其曲自宣、大、辽东三镇传来。今京师妓女，惯以此充弦索北调，其语秽亵鄙浅，并桑濮之音亦离去已远。而羁人游婿，嗜之独深，丙夜开樽，争先招致；而教坊所隶筝(纂)等色，及九宫十二则，皆不知为何物矣！俗乐中之雅乐，尚不谐俚耳如此，况真雅乐乎？”

② 魏徵等撰，《隋书》卷三十一《地理志下》，中华书局，1994年，第886页。

③ 司马迁撰，《史记》卷一百二十九《货殖列传》，中华书局，1975年，第3270页。

④ 彭定求等编，《全唐诗》卷六百九十一，中华书局，1979年，第7926页。

⑤ 彭定求等编，《全唐诗》卷六百九十一，第7925页。

总之，以吴越为主的江南具有鲜明的水文化的特色。而吴歌越吟也呈现出诗情画意的江南水文化的色彩，如汉代乐府民歌《江南》："江南可采莲，莲叶何田田。鱼戏莲叶间，鱼戏莲叶东，鱼戏莲叶西，鱼戏莲叶南，鱼戏莲叶北。"①这首乐府民歌描绘江南水乡风光，着重以"鱼戏莲叶"东、西、南、北的流动之美和明快的节奏感映衬采莲人的快乐。"知者乐水，仁者乐山。知者动，仁者静。"②这首看似单纯、稚拙的江南民歌，却蕴含着江南水文化的特质——智者乐水，智者灵动。正是吴越文化的"水性"孕育出柔美的水的风格，鲜活的水的灵性，这也浸透到一首首江南民歌之中，如海门民歌《黄道婆》：

> 西南风爽热呼呼，长江口出了个黄道婆。要纺金条纱，要织银条布；要染金龙飞，要绣银龙舞。北海北头、北京城里、皇帝佬佬，请伊勿理睬唷；上到狼山、下到吕四，专教小姑纺细纱来织布。③

黄道婆是长江之水哺育出的宋末元初的棉纺能手，后代尊为布业始祖，也是江南水文化——智者文化的一个缩影。这首民歌中四个"要"字领头的排比句，充分展示了她的心灵手巧、聪慧能干，民歌的后几句又可见她惠及百姓而又藐视权贵，柔中见刚。这种柔情似水、柔中见刚的"水性"，在《耥草号子》(白蛇歌)中得到进一步的体现："三月桃花红火火，西湖巧遇情郎哥；春雨不断情意长，一把雨伞两人躲。……七月菱花开满塘，法海勾引我许郎；私藏法座后室中，逼他削发为和尚。八月桂花香味浓，水漫金山半腰中；白娘带兵去问罪，小僧偷把许仙送。……"④白蛇娘子对夫君许仙柔情似水，而以"水漫金山"之法冲击破坏夫妻团聚的法海，柔中见刚。短篇山歌如此，长篇吴歌中如《江南十大民间叙事诗——长篇吴歌集》(上海文艺出版社，1989 年)——《白杨村山歌》、《沈七歌》、《五姑娘》、《林氏女望郎》、《薛六郎》、《魏二郎》、《孟姜女》、《小青青》、《刘二姐》、《庄大姐》等，又如浙地长篇情歌《二娘与含官》、《朱三与刘二姐》、《施义与姣娘》、《卖衣香》⑤等，大多也将柔情似水、柔中有刚的江南水文化融铸为诗情画意的境界。

---

① 郭茂倩编，《乐府诗集》卷二十六，第 384 页。

② 《论语・雍也》，刘宝楠正义《论语正义》卷七《诸子集成本》，上海书店，1991 年版，第 127 页。

③ 《中国歌谣集成》江苏卷，中国 ISBN 中心出版，第 405 页。

④ 同上书，第 433 页。

⑤ 《中国歌谣集成》浙江卷，中国 ISBN 中心出版，第 489—533、538—543 页。

江南情歌——男女“私情谱”

江南拥有水乡旖旎的风光和“野夫游女，信口讴吟”[①]的民俗及“缘情而绮靡”[②]诗歌传统，是情歌孕育最多的地域，明代冯梦龙在《叙山歌》中说：“今所盛行者，皆私情谱耳。”[③]

在《吕氏春秋·音初》中载有一首一句的歌，后人称之为“南音之始”的《候人歌》：“候人兮猗！”[④]传说大禹治水，娶涂山女为妻。大禹省视南土，三过家门而不入，涂山女便唱出了这首夫妻相思的情歌。由这首江南最古老的情歌，引发了吴越等地繁花似锦的情歌，“野夫游女，信口讴吟，情文虽所不类，而自然之感则一也”[⑤]。

东晋和南朝乐府民歌特别是江南的吴声歌曲中绝大部分是情歌，其中《子夜歌》、《子夜四时歌》、《欢闻变歌》、《懊侬歌》、《华山畿》、《读曲歌》等最为著名，如“怜欢好情怀，移居作乡里。桐树生门前，出入见梧子。”[⑥]“欢”是当时口语，意即情人。“梧子”，与“吾子”的谐音，为双关语，这是“吴歌格”的一中表现手法。为追求爱情，与相爱的人朝夕相处，不惜移船就岸。又如“秋夜凉风起，天高星月明。兰房竞妆饰，绮帐待双情。”[⑦]“双情”，指男女情人。江南吴声情歌中大多在男女感情上大胆、强烈，执着地追求恋爱婚姻自由；到明清时期的民歌时调中也以情歌最多，在男女感情上更为大胆，更为俚俗，如明代《杭城四句歌》，其一：“送郎送到大江头，江水滔滔几时休。若把相思比江水，只流不尽许多愁”；其二：“郎有心来姐有心，那怕山高水又深。山高只有郎行路，水深只有摆渡人。”[⑧]这组《杭城四句歌》在江南广泛流传，其中“送郎送到大江头”、“送郎送到大路旁”（其四）[⑨]、“郎有心来姐有心，那怕山高水又深”等生动的歌

---

① 葛林兰波氏《〈霓裳续谱〉跋》，《明清民歌时调集》（下）王廷绍编述《霓裳续谱》，上海古籍出版社，1999 年版，第 451 页。

② 《文赋》，陆机撰，金涛声点校《陆机集》，中华书局，1982 年版，第 2 页。

③ 《山歌》卷首，冯梦龙编纂，刘瑞明注解《冯梦龙民歌集三种注解》，中华书局，2005 年版，第 317 页。

④ 吕不韦宾客辑，高诱注，《吕氏春秋》卷六《音初》，《诸子集成本》，上海书店，1991 年版，第 58 页。

⑤ 《霓裳续谱》跋，《明清民歌时调集》（下）王廷绍编述《霓裳续谱》，第 451 页。

⑥ 《子夜歌四十二首》三十七，郭茂倩编，《乐府诗集》卷 44，第 643 页。

⑦ 《子夜四时歌·秋歌》之七，郭茂倩编，《乐府诗集》卷 44，第 647 页。

⑧ 《明代民歌集》，南京师范大学出版社，2009 年版，第 372 页。

⑨ 《明代民歌集》，第 373 页。

句，时常成为后学者借用作情歌的起兴之句。又如吴歌《结识私情结识隔条浜》："界识私情结识隔条浜，绕浜走过二三更。'走到唔笃上狗要叫；走到唔笃窝里鸡要啼；走到唔笃房里三岁孩童觉转来。''倷来末哉！我麻骨门闩笤帚撑，轻轻到我房里来！三岁孩童娘做主，两只奶奶塞子嘴，轻轻到我里床来！'"[①]这首民歌时调中用男女对话抒写"私情"，感情激切，风格直爽，当然其中有不合法的因素，但在当时具有反抗封建礼教的意义，诚如冯梦龙在《叙山歌》中所说："借男女之真情，发名教之伪药。"[②]

民歌"发名教之伪药"的意义，不仅体现在大胆地追求爱情的实际行动上，也体现在至死不渝的爱情信念上，如晋代吴声歌曲《欢闻变哥》其五："锲臂饮清血，牛养持祭天。没命成灰土，终不罢相怜。"[③]"锲臂"，刺破臂膀以取血。以歃血结盟的方式表示男女生死相依的爱情。再看明代的民歌《锁南枝》："傻酸角，我的哥，和块黄泥儿捏咱两个。捏一儿你，捏一个儿我。我捏的来一似活托，捏的来同床上歇卧。将泥人儿摔碎，着水儿重和过，再捏一个你，再捏一个我。哥哥身上也有妹妹，妹妹身上也有哥哥。"[④]在一次次"捏泥"中不断地重塑男女情人的形象，你中有我，我中有你，相互交织，永不分离，而且这首民歌比喻巧妙，形象生动，将至死不渝的爱情表现得淋漓尽致，也将通俗的诗歌美学推向高峰。因此说，明代中后期"发名教之伪药"即反抗封建礼的思潮有两支队伍推进，一支是以主张"童心说"的闽地思想家李贽、宣扬"情至"论的江西剧作家汤显祖、高举"独抒性灵"的湖广文学家袁宏道等组成文人队伍；一支是大唱民歌时调的江南民间无名士群体，一个侧重于精英者的哲学思想与文学审美创造，一个侧重于大众者通俗歌谣的流行，两者相辅相成，互动共进。显然，江南民歌是观照江南文化乃至中华文化不可或缺的重要部分，不仅有通俗美学的意义，也有以民间群体的力量推进启蒙思想文化的积极作用。

---

① 顾颉刚辑，《吴歌甲集》，《吴歌》，江苏古籍出版社，1999 年版，第 76 页。
② 冯梦龙《山歌》卷首，冯梦龙编纂，刘瑞明注解《冯梦龙民歌集三种注解》，第 317 页。
③ 郭茂倩编，《乐府诗集》卷四十五，第 657 页。
④ 《明代民歌集》，第 32 页。

江南地方戏多剧种通用的共同智慧和繁荣发展

上海艺术研究所　周锡山

从总体上说，江南自南宋至今，成为中国的文化中心。

自南宋起，江南也是中国的经济中心。作为经济中心的江南，给戏曲的产生、发展和繁荣提供了不可或缺的经济基础。

在中国最近的1千年中，江南文化和整个中国文化，宋元时期以杰出的文化古城杭州为中心，明清时期以为伟大的文化古城苏州为中心，晚清民国以中国文化中心和东西方文化交流中心的巨城上海为中心，戏曲也是如此。

在江南得以发展和极度繁荣的戏曲，具有多个重大意义[①]。

江南多种地方戏在清末民初、民国至1949以后，产生、生存、发展、繁荣，并陷入困境，是中国戏曲史一段异样的风景。

20世纪的中国，戏曲（昆剧、京剧和地方戏）、评弹和绘画（书法和中国画）依旧保持世界一流水平。我有《评弹研究三题》(1990)、《论文化的高雅与通俗》(1994)、《20世纪中国戏曲发展论纲》(1999)，以及本世纪的多种书、文，皆论述了这个观点。

20世纪初起兴盛的多种江南地方戏，都汇聚上海，并在上海进入高度发展和极度繁荣。

自20世纪初至1966年"文革"之前，以上海为中心的江南诸种地方戏，在上海汇聚的有沪剧、昆剧、京剧、苏剧、越剧、锡剧、徽剧、甬剧、绍剧、淮剧、扬剧、杭剧、滑稽戏、上海山歌剧，共14种；还有来自岭南的粤剧的经常性演出，甚至还有北方梆子艺人为上海戏曲做出贡献的历史足迹。另有苏州评弹风靡

① 说详拙文《江南：南宋至今的戏曲中心与其重大意义》，此不赘述。

上海。上海又是全国的话剧出版、演出和评论中心。在西方音乐、戏剧，尤其是西方文学和电影的冲击下，诸多地方戏在上海共同发展和高度繁荣，真是蔚为大观，世所罕见。

一 江南地方戏产生和繁荣的重大背景

江南是中国戏曲最早兴起和繁荣的福地。南北宋之交前后，南戏在温州产生，并迅即在南宋京城临安(今杭州)和浙江地区进入繁荣期。元代中后期至元末明初，北杂剧南下，在杭州形成杂剧中心；南戏则产生《琵琶记》和"荆刘拜杀"，五大名剧盛传后世。明代的四大声腔皆产生于江南地区，尤以昆山腔成为中国第一大剧种，其文学剧本与小说一起，代表明代文学的最高成就。昆剧在流行全国的同时，在江南风行至清中期。此时长江以北花部崛起，与昆剧即雅部竞争，而江南还是昆剧一花盛放。

至晚清，万恶的太平天国进军江南，并于1853年(咸丰三年)攻下南京，于江西、安徽战场与清军反复较量后，将战火引入浙江和苏南。太平军于1860年(咸丰十年)三月，再破江南大营，东占苏(州)、常(州)，建苏福省。又攻入浙江。这便是俞粟庐信中说的"自咸丰庚申(1860年)乱后"，即太平军将战火引到，大约死亡四百万以上中国历来最繁华、富庶的江南中心地带，彻底摧毁了江南的经济。战乱后，江南地区人口锐减，"南京城内剩下的军民加起来都不过区区几万人了"[①]；苏州地区人口损失三分之二以上，苏州府人口至少损失了三分之二[②]，"四周乡间，举目荒凉"看不见人也"任何一头牲畜。"[③]嘉兴地区在乱后再经过9年生育，才达到原人口的四分之一左右。南京、苏州、嘉兴及其周围地区，皆为昆曲演出最为兴盛的地区之一，是昆曲的"大本营"，昆曲的基地被彻底摧毁了。

江南的经济被摧毁，使昆剧丧失了经济基础；江南人口大量死亡，意味着观众丧失、也在家破人亡的境遇中也无人有兴致观赏昆剧，使昆剧的市场遭到彻底摧毁；战乱和饥寒交迫，使昆剧艺术团体和从业人员遭到毁灭性的打击，

---

① 据《西潮》，说详拙著《流民皇帝——从刘邦到朱元璋》第五章第6节"毁文致祸——失败的流民皇帝洪秀全"，上海锦绣文章出版社2012年增订版。

② 据同治《苏州府志·田赋二》的记载统计。

③ 《上海之友》报道，[英]呤唎《太平天国革命亲历记》王维周译，下册第566页，上海古籍出版社1985。

不仅演者星散，连教习者也死亡殆尽，“自咸丰庚申(1860年)乱后，同治中止剩一马一管者，双目已瞽，尚能教曲，年六七十矣”“真正教曲之师，早已无矣。”①。

对于万恶滔天的太平天国的批判自马克思、中国的马克思主义哲学家、史学家侯外庐等，直至冯友兰《中国哲学史新编》第六册、潘旭澜《太平杂说》和《文汇读书周报》等报刊发表的评批文章等，给以严厉批判和彻底否定，最近还有106岁的大学者周有光，评价曾国藩时说：曾国藩在中国历史上，“有进步的一方面。他组织中国知识分子来抵抗落后的太平天国”②，重申冯友兰的观点。

但从摧残昆剧的角度揭露和批判太平天国的罪恶的，除了笔者，至今尚无。笔者已有多篇论文涉及此题，这里再次强调：

太平天国的重大罪恶之一，是破坏江南经济，使昆曲失去经济依靠；昆曲失去市场，艺人无法生存，战乱中害死许多，艺人凋零，曲家稀少。太平天国的另一个重大罪恶是摧残文化和文化人，于是欣赏昆曲的人少了，观众少了。因供养的人少了，反过来昆曲艺人更难以存活，逐渐稀少，形成恶性循环。更何况战乱中，天地荒芜，民众被大量杀害和饿死(太平天国战乱后，中国人口锐减百分之四十，绝对损失数达一点六亿，死亡的多是长江以南的人民)，剩下的稍有钱财的，和大量的劳动力，大多逃到上海，留在苏南和浙江的人口较前大量减少。

因此，昆曲的消亡，并非如过去学者所认定的仅仅是“雅乱之争”，地方戏抢夺了昆曲的市场；或者是京中帝王之喜好，使皮黄兴盛而昆曲衰落。事实是太平天国的战乱造成江南地区因为昆曲被抽取经济支持，爱好昆曲的高雅者受到摧残，这是昆曲衰落的根本原因。

在清中期雅乱之争时，江南依旧是昆剧的天下，无人与她竞争。昆剧衰落了，江南在拯救昆剧的同时，才兴起多种地方戏，形成新的戏曲繁荣的局面。

另一个背景是文学创作水平不高。晚清开始在报上连载小说，但总体水平不高，没有产生一流艺术质量的作品。五四新文化运动之后产生的文学作品，除了鲁迅等极少数名家，质量都比较差。瞿秋白认为，新文学作品只能吸引全国2万欧化青年，严重脱离大众。当时在读者中风行的是言情小说(张恨

① 俞粟庐《信二十五，致五侄》、《信二十七，致五侄》，《俞粟庐俞振飞书信集》，上海古籍出版社2012。
② 张建安《周有光〈百岁忆往〉的一些特点》，北京：《中华读书报》2012年12月19日第10版。

水《啼笑姻缘》等众多名作,以及周瘦鹃、秦瘦鸥等)、侦探小说(以程小青《霍桑探案集》为代表),尤其是武侠小说,最为兴盛,读者最多。新文学在一般市民中,没有人看!西方经典和名作,也很少译成中文。因此当时成功的文学作品对市民的熏陶,是和地方戏曲的内容一致的,少量的是英雄好汉,大量的是才子佳人。

二 江南地方戏多剧种通用的共同智慧

上海地方真正是五方杂处。江浙和广东等其他省区来沪的移民众多,大家在上海和好相处,从未发生过各地组成帮派互相争斗之类的恶性事件。在上海的各地移民,在邻里间和睦相处,互相敬重。

在这样和睦团结、和衷共济的状态下,各地地方戏在上海也和睦共处,在和睦共处的境况下,在繁荣的文艺市场中合理竞争,互敬互重,还互相学习、借鉴,共同提到艺术水平。在这个过程中间,形成了江南地方戏多剧种通用的共同智慧。江南诸种地方戏,共享文化资源,形成一种共同通用的智慧,很有探讨的意义。

江南诸种地方戏共享的资源,是以上海为中心的江南即今称长江三角洲地区的文化、观众特别密集的市场。其文化资源的共享,尤体现为题材共享和音乐上的互相吸取和借鉴。限于篇幅,本文不作详细展开和繁复举例,仅作简要介绍和举例。

在上海的多种江南地方戏所共享的共同智慧,主要体现在以下三个方面。

1. 共享题材

以最流行的沪剧、锡剧和越剧这三大地方戏来说,许多剧目是大家共有的。这三大剧种常演、长演的古装戏的经典和名作,如《玉蜻蜓》、《珍珠塔》、《何文秀》、《双珠凤》、《孟丽君》、《大红袍》、《刁刘氏》、《何文秀》、《白蛇传》、《红梅阁》、《文武香球》和《三笑》等,都吸收的是评弹的剧目,因此沪剧明确将这些剧目取名为“弹词戏”。沪剧还有《顾鼎臣》和《杨乃武与小白菜》,原都是评弹名作。

沪剧在1920—1940年代,积累的古装戏和清装戏约有250个左右。古装戏大多源于其他剧种和评弹。沪剧的弹词戏在西装旗袍戏兴盛后失传。越剧和锡剧还保留着。

越剧改编的弹词戏还有《唐伯虎》、《王老虎抢亲》、《十美图》(连台本戏)和《盘夫索夫》(据《十美图》改编)、《情探》(传奇《焚香记》、评弹《王魁负桂英》)等。锡剧也多有演出。

沪剧和锡剧都有清装戏名剧《庵堂相会》和《陆雅臣》等,越剧也曾经常演出。

锡剧和沪剧的传统剧目的早期作品,都是两剧共有的,越剧也多曾演出过,例如:《十不许》、《卖馄饨》、《卖桃子》、《卖汤团》、《卖花带》、《卖草囤》、《卖水饺》、《卖排骨》、《女看灯》、《摘毛桃》、《摘菜心》、《摘石榴》、《借汗巾》、《借披风》、《借黄糠》、《剪刀口》、《盘陀山烧香》、《牙痕记》、《烧骨记》、《咬舌记》、《灰阑记》、《蓝衫记》、《金环记》、《鲫鱼记》、《红鞋记》、《吕布与貂蝉》、《宝莲灯》、《红鬃烈马》、《武松杀嫂》、《薛刚闹花灯》、《金玉奴》、《斩经堂》、《昭君出塞》、《陈杏元和番》(《二度梅》)、《隋炀帝看琼花》、《梁祝》、《碧玉簪》、《火烧红莲寺》、《荒江女侠》、《包公案》、《七侠五义》、《血滴子》、《杨乃武与小白菜》、《啼笑因缘》、《秋海棠》、《枪毙阎瑞生》、《黄慧如与陆根荣》、《阮玲玉自杀》、《苦命的女单帮》、《卜灵望》、《陈阿尖》、《一条黄瓜三扁担》、《显应桥》、《庵堂认母》、《庵堂相会》等。

另如越剧、滑稽戏《王老虎抢亲》。等等。

以上不少剧目,淮剧、扬剧等也是常演的剧目。

各剧中不少同题材的剧本的唱词也是相似和相同的。例如沪剧和锡剧《庵堂相会》,尤其是其中的经典唱段“问叔叔”等。

2. 音乐互通

江南地方戏大多曲调优美动听,有很大的艺术魅力。

江南戏曲音乐继承了中国戏曲自元杂剧、明清传奇以来的传统特点:有一套完整的固定曲调,这套曲调反复组合使用,带有音乐的程序化的特点。这些固定的曲调百唱不厌、百听不厌,越唱越喜欢、越听越喜欢,演唱者和欣赏者都将这些曲调终身为伴,终身依恋;最后,对此依依不舍地离开人世。还产生大量票友,为西方所无。

西方歌剧和芭蕾舞:每一个剧目,都要重新创作新的全套音乐。新,创新,标新立异。

中国和西方不同的欣赏心理,显示了不同的民族特点。

江南地方戏中的苏剧、锡剧、沪剧、越剧与评弹的音乐都达到极高水平，属于世界一流的音乐艺术。来源都是山歌、民歌，民间曲调，还有明清流传的曲艺：南词即滩簧。加上艺术家的改编、提高和发展。有一种说法，滩簧的来源，是评弹艺术家王周士的演唱[①]。滩簧成为共同的源头，所以除了最晚出现的越剧，江南各地方戏都有一个共同的称呼“滩簧戏”。

评弹的音乐，成为江南多种地方戏戏曲音乐的源头，例如锡剧的音乐唱腔，早期仅簧调、大陆调（武林班杭剧）、苏州文书的铃铃调。其中第一唱腔簧调是江南山歌融合苏州弹词曲调发展而成。评弹的音乐是锡剧音乐的重要源流和成分之一[②]。

江南各种地方戏，风格相似而魅力各具。由于总体风格相似，所以可以做到音乐互通，将别的剧种优美动听的曲调，用自己的方言化为自己剧种的曲调。

例如苏剧的传统曲调有太平调、弦索调、柴调、迷魂调等。另有来源自昆曲的众多曲调和苏州一带流传的民歌小曲等。

沪剧的音乐，分为板腔体和曲牌体。板腔体，是早期吸收“苏滩”的太平调、快板、流水等唱腔与节奏，与沪剧曲调结合衍变而形成的。曲牌体多数是明清俗曲、民间说唱的曲牌江浙俚曲，另有从其他剧种吸收的曲牌，包括山歌和其他杂曲，如［夜夜游］、［寄生草］、［四大景］、［紫竹调］、［过关调］、［汪汪调］、［吴江歌］、［迷魂调］、［柳青娘］、［绣娘］、［道情］、［四季相思］等。

滑稽戏的曲调，首先来自地方戏曲和曲艺，如［苏滩赋］（也叫［苏赋］［苏滩］）原是苏滩的基本曲调。江浙一带的地方戏剧种和曲种的唱腔，都是滑稽戏常用曲调，如沪剧、越剧、锡剧、甬剧、绍剧、淮剧、扬剧、评弹、钹子书等。也偶用京剧、黄梅戏等。还用民歌小调，如浙江的［马灯调］，苏南的［无锡景］、苏北的［杨柳青］等。另有［关亡调］，模仿巫婆在“鬼魂附体”时讲话的语气声调所制作。

锡剧的音乐早期有簧调，是江南山歌融合苏州弹词曲调发展形成。后又吸收苏州弹词的陈调和乱鸡啼等，苏剧的柴调，据［大陆调］［太平调］改编的洪发调，据滑稽、独角戏［金陵塔调］改编的新金陵塔调，和民歌［紫竹调］等。

甬剧的曲调中，民歌小调是其重要组成部分。除了当地的［对山歌］［马灯

---

① 陈一冰《锡剧形成和发展》，《锡剧传统剧目考略》前言部分第 10 页，上海文艺出版社 1989。

② 上海艺术研究所主编《中国戏曲剧种大辞典》第 394 页，上海辞书出版社 1995。

调]等外,也有江南普遍流行的[紫竹调]、[五更调]和[四季相思]等。

姚剧,也自清乾隆年间即有萌芽,后发展为余姚滩簧,简称“姚滩”。建国后改称姚剧。清末进入上海后,有机会与滩簧系统剧种进行交流,丰富了剧目和曲调。曲调与滩簧系统各剧种略同,小调也有[紫竹调]等。

杭剧的音乐除了宣卷调之外,自滩簧吸收而形成唱调,自维扬小戏吸收而来的唱调,字杭州、苏州、扬州等地民间小调吸收而来曲牌等。后来还采用过一些越剧曲调。

有些艺术家,善于借用别种戏曲的曲调,丰富自己的演唱。例如沪剧名家王盘生演唱的《铁汉娇娃》,是根据莎士比亚《罗密欧与朱丽叶》改编的。主角的名字改为罗杰,罗杰哭灵,王盘生借用越剧的弦下调,另有风味。

3. 演艺的交流

江南地方戏各剧种的演艺互相学习、继承,交流深入,因此演出风格大体相同,而各具精彩。

也有名家有意识的学习别种戏曲的名家表演的风格和经验,以充实、提高自己的演技。例如沪剧表演名家邵滨孙观看周信芳的演出,并借鉴他的麒派风格。

三 共同繁荣的宝地:借地上海,江南多种地方戏在上海共同繁荣

除了上海本土产生的地方戏之外,多种江南产生的地方戏先后进入上海,参与中国最大的戏曲和文化市场的公平竞争。

在江南产生的地方戏,最早的是绍剧,其次是徽剧和京剧。其他都是太平天国战争结束后产生的。

绍剧,是浙江三大剧种之一,又名“绍兴乱弹”、“绍兴大班”。流行于浙江绍兴、宁波、杭州地区及上海一带。绍剧产生于钱塘江南岸,绍兴府所属的余姚、上虞是明代“四大声腔”之一的“余姚腔”的发源地。明末清初之际,诸藩王相继自北南迁,潞王朱常汸帅西北乐工来浙东驻跸,因此西秦腔传到浙江,传到绍兴,与余姚腔余音相融合,产生激越昂扬高亢的新腔,又吸收了徽戏的唱腔和剧目,最终形成绍剧,已有 300 多年历史。后兴盛于清康熙、乾隆年间。

拥有400多个剧目。绍剧以高亢激越的唱腔、粗犷朴实的音乐、豪放洒脱的表演和文武兼备等特点形成了自己独特的艺术风格。至1920年代以后，在绍兴本地城乡，绍剧颇为兴旺。抗战期间，在上海的绍剧戏班不多，至1945年只有同春班一个，但阵容较强，名家辈出。1950年定名为绍剧。其他绍剧团，也常来上海客串演出。上海位于黄浦区苏州河福建路桥（原名老闸桥）南边的老闸戏院是专演绍剧的一个剧场。

作为京剧前身的徽剧，形成于明末清初的江南徽州（今歙县）、池州（今贵池）、太平（今当涂）和安庆诸府地区，于清初流行于江南地区。至清代流行于全国众多省区，包括上海。乾隆年间，徽班进京，逐渐发展成京剧，而“京剧”之名，也出于上海——清光绪二年（1876）的《申报》首次称之为“京剧”，随后传到北京，渐渐传至全国各地。咸丰初年，上海已有昆班和徽班演出。徽班名家王鸿寿到上海后，经常参加上海的京班演出，并把一些徽班的剧目如《徐策跑城》、《扫松下书》、《雪拥蓝关》等带进了京班，把徽调的主要腔调之一“高拨子”纳入京剧音乐，还把徽班的一些红生戏及其表演方法吸收到京剧之中。同治六年（1867），京剧首次传到上海，受到欢迎。于是大批京剧名家来到上海，老生夏奎章（夏月闰之父）、花旦冯三喜（冯子和之父）等不少人还定居上海，成为以上海为中心的“南派京剧”世家。接着，更多的京角陆续南下来沪，知名的有周春奎、孙菊仙、杨月楼以及梆子花旦田际云（想九霄）等多人，从而使上海成为与北京并列的京剧中心。北京的所有京剧名角必须到上海来演红，才能稳固或提高他在北京的名声，并得到全国的承认。

从光绪五年（1879）起，谭鑫培六次到上海演出，此后梅兰芳等名家也经常来沪演出，促进了南、北派京剧的交流。梅兰芳、盖叫天等还长年定居上海。

上海京剧名家周信芳创立麒派，编演《萧何月下追韩信》等新剧。梆子名家田际云在上海的艺术活动，对南派京剧的发展也有所影响、他的“彩灯戏”《斗牛宫》实为后来京剧“机关布景连台本戏”的滥觞。1920年代起，上海出现大量连台本戏，深受观众欢迎，并流行至北京和全国。如根据平江不肖生在上海创作和发表的武侠小说《江湖奇侠传》中的一段改编的《火烧红莲寺》连台本戏，与同名电影交相辉映，都获得大量的观众。

其他产生于江南的地方戏，都是太平天国战乱后产生、兴起和发展的。

在太平军进占江南的战乱中，幸存的江南的缙绅商贾携带财产，大规模逃入上海租界，租界人口激增至30万、50万、一度达到70万，呈直线上升。扣除原住人口，逃入租界的江浙人口大约是劫后余生的50余万。于是，据1885

年与 1915 年统计，居住租界的华人中，苏、浙两省人口占总人口的 74.3%，以吴语为母语的占 75%。为了躲避惨绝人寰的战争，他们涌入上海蜗居，成为新上海人。在定居上海 30 年后的清末民初，惊魂已定的新老上海市民对文艺欣赏又有了强烈的要求，于是江南多种地方戏应运而发展。

前已言及，昆剧衰落，然后江南才产生了新兴的地方戏：苏滩（通俗昆曲）、常锡滩簧和上海的本滩（申曲），填补昆曲退出后的空白，成为江南的最重要的剧种。

由于观众的极度喜爱，江南各地的艺人向苏滩学习，产生了各地的滩簧戏：甬剧、沪剧和锡剧，她们在苏剧的哺育下产生、成长，大致同时崛起，然后进入繁荣阶段，并替代了苏剧。苏剧退回苏州。此后越剧进入上海。这些地方戏填补了曾经风靡江南的昆剧和苏剧。

苏剧原名南词、对白南词，后称滩簧。是由南词、昆曲、滩簧合流而成的素衣清唱。苏滩是昆剧的变种，是通俗的昆曲。在苏州至光绪年间开始走向职业化。光绪五、六年间，由在上海经商的业余爱好者带到上海。清末民初，苏滩进入上海并风靡上海，在上海传布并发展为业余堂会演唱，成为当时上海最为流行的戏曲剧种。1935 年在上海成立苏滩歌剧研究会，1936 年成立行会组织开智社，各地才统一称为“苏滩”。苏滩在宣统元年（1909）最早出现化装表演，在上海新舞台演唱《卖橄榄》。1926 年庆禄班在夜花园，多位著名艺人在歌舞台、大世界、小世界、新新公司等处演唱“化装苏滩”。1941 年，苏滩艺人朱国梁和昆剧艺人周传瑛、王传淞等联合组成国风苏剧团，在上海大世界演出，至此，苏滩正式命名为“苏剧”。1949 年后，上海苏剧艺人成立苏剧改进协会。1951 年成立民锋苏剧团，先后演出了《李香君》、《西厢记》、《九件衣》、《鸳鸯剑》和《卖油郎独占花魁》等。1953 年该团奉命迁往苏州，1954 年改名为苏州市苏剧团，同年改为江苏省苏昆剧团，兼演苏剧和昆剧。

锡剧，起源于江苏常州、无锡，流行于苏南、上海和浙江的杭嘉湖地区。由清道光、咸丰年间出现的“常州滩簧”（流行于常州、宜兴）和“无锡滩簧”发展而成。1914 年进入上海，1921 年进入上海大世界演出。以上海为中心，锡剧的前身常锡文戏发展很快，1927 年在上海如意楼演出了第一台古装大戏，标志着锡剧的最后成熟。至 1966 年文革前夕，上海和江苏的锡剧剧团有四十个左右，从业人员达二千多人。

沪剧形成于上海，是上海地方戏曲剧种之一。主要流行于上海、江苏南部和浙江杭嘉湖地区。先由江南民歌、俚曲和小山歌发展成花鼓戏，在乾隆中期兴起于松江。光绪年间，进入上海，发展为滩簧。由于各地滩簧皆在上海发展，为区别于在上海的其他滩簧，称为“本滩”。1920 年改名为“申曲”，1941 年改名为沪剧。1938 年以后，申曲演出团体猛增到 30 个左右，有的班社改称剧团，人员少者二、三十人，多者四、五十人，少数如文滨剧团演职人员超过 200 人。至 40 年代末，演员还多达 2 千人左右。

滑稽戏也是产生于上海，是上海地方戏曲剧种之一。滑稽戏由文明戏(新剧)和民间说唱发展而成。1920—1930 年代，在上海各大游乐场、电台播音和堂会演出的艺人多达一百多档。约在 1941 年底至 1942 年初开始上演整本大戏。1949 年 5 月至 1950 年初，仅在上海市区先后出现的大小职业滑稽剧团就有四十多个。

上海最大的移民群体是浙江宁波人，宁波商人在上海成为商界主流之一。于是宁波滩簧、即甬剧也来到上海。

甬剧，最初称为“串客”，最早在乾隆年间已有“串客”的演唱，后称“宁波滩簧”，20 世纪 20 年代以后，一度称“四明文戏”、“甬江古曲”，1950 年定名为甬剧。

光绪六年(1881)，串客艺人开始进入上海，在小东门的凤凰台、白鹤台茶楼等处演出，受到欢迎。于是宁波的不少班社纷纷来沪，最多时一度达到二十余个班社。这时挂牌改成宁波滩簧。进入上海后的宁波滩簧，在与其他剧种的交流中，表演、唱腔、化装、服装、道具等，都有所改进和提高，并出现了一批有影响的演员。1920 年，在上海的宁波滩簧班社，出现了第一批女演员。1920—1930 年代出现了号称“四大名旦”和“四小名旦”的名角。1935 年后，宁波滩簧在上海日趋衰落，1939 年在沪部分艺人联合组班，排演“西装旗袍戏”。1949 年 10 月，在上海成立立群甬剧团；1950 年，成立堇风甬剧团；1952 年后，上海又组成凤笙、合作、众艺、新艺、立艺等多家甬剧团。1958 年，各团并入堇风甬剧团。1959 年至 1960 年间，堇风甬剧团开班学馆，学生毕业后组成青年队。1966 年文革开始后，被迫解散。

来到上海的浙江地方戏还有姚剧，也自清乾隆年间即有萌芽，后发展为余姚滩簧，简称“姚滩”。建国后改称姚剧。清末进入上海后，有机会与滩簧系统剧种进行交流，丰富了剧目和曲调。

还有杭剧，因杭州古称武林，所以原叫武林班。由清末流行的曲艺宣卷发展而来。1923 年组成民乐社，1925 年起到上海大世界游乐场，从此流行于杭州和上海两地。1950 年正式更名为杭剧。

随着大批苏北人移民上海，苏北的淮剧和扬剧，也来到上海。

淮剧起源于苏北盐城、淮安、淮阴一带农村，原称“江淮戏”、“江北小戏”。1912年起，不少淮剧艺人进入上海谋生。现在街头和茶楼演出，1916年在闸北长安路群乐戏院和稍后的南市三合街三义戏院演出。此后，演出场所遍及闸北、沪东、沪西、南市和中心市区。至1945—1949年，上海相继成立了麟童、日升、联谊、兄弟、同盛、志成等十几个剧团。

扬剧起源于江苏扬州，原名维扬戏。清乾隆年间(1736—1795)，扬州成为全国戏曲活动中心之一。本地乱弹即扬州乱弹也乘时而兴，后发展为花鼓戏和香火戏。光绪年间(1875—1908)，有些香火艺人至浙江舟山和上海市区以及川沙、崇明、吴淞、浦东一带活动。1919年，第一个香火戏专业班社在上海正式登台演出。最初仅2个班社，至1926年增至13个班社。1936年春，在上海的社班联合发起“扬州伶界联合会”，联合演出，并改剧种名称为“维扬戏”。1950年改名扬剧。上海的旧式班社改组成4个扬剧团和9个扬剧小组。

最后来到上海的是浙江越剧。

越剧发源于浙江绍兴地区的嵊县、新昌一带。最早的渊源是咸丰年间农民自唱自娱的曲艺“落地唱书”，后发展为农村草台演出的“小歌班”，又名“的笃班”。1917—1919年，初次来到上海，1920年起正式立足上海，改称“绍兴文戏”。1925年9月17日上海《新闻报》演出广告中首以“越剧”称之，但是上海市民直至文革前还习称为“绍兴戏”，绍剧则称之为“绍兴大班”。越剧起先皆为男班，20世纪20年代后期至30年代前期，是绍兴文戏男班在上海的鼎盛时期，经常演出的戏班有4—5副，最多时达8—9副。1928年女班产生并兴起后，于1933年进入上海，1938年姚水娟打出“改良越剧”旗号，评论者提出了“女子越剧”的称呼。在此前后，女班蜂拥来沪，至1941年下半年增至36个。女子越剧的著名演员几乎都荟萃于上海并全面占领越剧舞台，越剧成了女演员的一统天下。50年代初期，越剧团体到越剧工会登记的剧团曾达60多个。1956年社会主义改造运动时，相关团体合并或取消，除了上海越剧院2个团之外，在上海市文化局登记的越剧团有48个。其后，有很大一部分越剧团支援到了外地，至60年代初，越剧已流布到二十多个省市，影响日益扩大。越剧终于成为中国五大戏曲剧种之一，全国第二大剧种，鼎盛时期除西藏、广东、广西等少数省、自治区外，全国都有专业剧团存在。据统计，约有280多个专业剧团，业余、民间剧团更有成千上万。演出活动遍布全国各地。

江南产生并流行的诸种地方戏，其共同特点是唱腔和声音优美动听，表演真切动人，长于抒情，唯美典雅，极具江南灵秀之气；多以“才子佳人”题材的戏为主，艺术流派纷呈。

除了以上产生于江南的诸种地方戏外，在上海经常演出的还有粤剧。晚清时期，粤商在上海者已多，他们多经营航海通商。他们喜好海上画派的任伯年等人，粤商的财力，促进了海派绘画的发展。至民国时期，大批广东人定居于四川北路及其周期地区，形成了一个广东方言区域，于是在这里经常有来自广东的专业班社和上海的业余班社的粤剧演出。直至现今，还有业余的粤剧班社活动。

昆剧在衰落之后，昆班星散，传人极为稀少。上海商界精英穆欧初，慷慨提供巨资，举办昆剧传习班，培养了传字辈的昆剧艺术家。

苏州昆剧传习所结业的传字辈全体演员组成仙霓社于民国十一年(1922) 2 月首次全体到沪演唱，即在沪常年坚持演出和演唱活动。并以上海为中心，辗转宁沪线城镇和杭嘉湖水路码头。可惜于民国二十七年(1938)“八一三”事变中，遭到日本侵略军炮火轰击，衣箱尽毁，演出难以进行。艺术家们艰难支撑至民国三十一年(1942)2 月，最后聚演告败。昆剧再次濒临消亡的惨景。1954 年 2 月华东戏曲研究院遵照文化部指示，招收昆剧学员，1955 年建立上海戏曲学校，又继续招收 2 届，由传字辈名家精心教授，毕业后，于 1961 年建立上海京昆剧团。1978 年建立上海昆剧团。昆剧得以复兴，并成为中国昆剧的重镇。

以上诸剧种，以沪剧、越剧、京剧和滑稽戏的观众最多，最兴盛。

纵观当时上海文艺界的大好形势，可以总结上海文艺的几个显著特点。

1. 上海本土和从江浙进入上海的各种戏曲，都无视西方文化的传入，无视五四新文化运动的浸润，与文学界崇洋媚外的状况相反，敬畏传统文化，坚持传统文化的传承，大力而有效地弘扬了传统文化。

正因这个状况，新文学的主将鲁迅等，将戏曲列入旧文化、封建文化的残余，而要予以打倒。鲁迅、茅盾等对上海的戏曲非常反感，鲁迅还公开贬低、批判梅兰芳。

2. 江南和全国性的京剧的繁荣发展皆以成功进入上海，在上海兴盛为标志。

3. 本土产生的沪剧和滑稽戏，在上海达到高度繁荣。从江浙两省来到上海的锡剧、甬剧、越剧和与戏曲相近的苏州评弹，都以上海为中心，为最重要的演出市场。

4. 上海观众对江南的地方戏的拥戴，完全以艺术质量为标准，没有任何先入之见、门户之见和家乡观念，因此逼使中国第一大剧种京剧，在上海成为与江南地方戏一样的地位，上海观众对各种戏曲一视同仁，谁演得好、唱得好听，就买谁的票。沪剧和越剧、滑稽戏的观众都超过了京剧的观众。

当时，上海市民中没有"上海人"，只有宁波人、绍兴人、苏州人、无锡人等等。不管任何阶层，上海人自我介绍都说明自己是何地人，以自己的家乡为骄傲。而原来上海本土的人，大家称他们为"本地人"，不叫他们"上海人"，而且他们的地位不高，他们是上海人中的"少数民族"。在看戏时，并不特别对家乡有感情，只看艺术质量。于是在上海人中人数不多的"本地人"、"绍兴人"、"苏州人"的沪剧、越剧、评弹和滑稽戏，观众最多。

5. 戏曲的观众有着压倒性的优势，电影、话剧、歌舞，皆不能抵敌，其总和也及不上沪剧、越剧或评弹中的一种。这个现象，充分体现了民族文化的伟大力量。电影只有《火烧红莲寺》才有万人空巷的盛况，靠的还是民族文化的力量，靠的是她所取材的原作——湖南作家平江不肖生在上海创作和发表的武侠小说《江南奇侠传》巨大成功的力量。

当年，电影、流行文艺（流行歌曲、通俗电影等），都不敌戏曲和评弹。为什么？戏曲和评弹的名家和大师辈出，名作和杰作林立，达到一流艺术水平。戏曲、评弹、武侠和言情小说风靡天下，能够一起风靡江南，流行程度超过今日的流行歌曲和电视连续剧，可见其艺术魅力之动人至深，极为不易。中国的电影和流行文艺都没有出现世界一流水平的大师、杰作。西方电影、好莱坞电影传入中国尤其是上海，大光明电影院很少满座。而电影《火烧红莲寺》令上海观众醉倒，万人空巷，与此同时，京剧的同名连台本戏也吸引的大量的观众，靠的是平江不肖生的《江湖奇侠传》的基础，靠的是改编本本身的艺术质量。

当时的上海观众比现在的年轻人素质高，不少人即使只有小学文化，也背过《古文观止》和《唐诗三百首》，有很好的文化素养。他们的爱国主义精神高扬，对传统文化有着高度的文化自信、自觉和热爱，所以戏曲、评弹的观众、听众能够大大超过电影和流行歌曲。现在的青少年，即使有硕士、博士学位，大多文化素养差，所以不少人仅喜欢或沉溺于电脑游戏或上网浏览浅层次文化产品、流行歌曲和球类比赛的欣赏和观看。

6. 上海媒体发达，主流媒体热情刊出戏曲演出的广告和报道、评论；大量戏曲小报应运而生，热情报道戏曲作品的故事、艺人的人生故事，发表大量的评论，对上海戏曲的繁荣和发展起了极大的作用。

此外，当时还出版了多种“戏曲大考”(唱词汇编)、戏曲连环画、戏曲年画，连纸质团扇上也印制了戏曲名段的唱词，以增销路。如笔者幼时亲见邻居少女所用的纸扇上印着沪剧《碧落黄泉》中的《子超读信》。

四　江南多剧种地方戏在上海同存共荣的多种效应

江南众多剧中在上海同存共荣，除了苏剧、锡剧、沪剧、甬剧、越剧、绍剧、滑稽戏，评弹有众多观众，不仅顺利生存，沪剧、越剧和评弹活得非常滋润；而且也有困境中挣扎的昆剧，南下寻求最大市场的京剧，还有因苏北人大量定居上海，带来了扬剧和淮剧。上海文艺界并不歧视和排斥新来的扬剧和淮剧。更有苏州评弹。话剧虽然观众不多，但上海是中国话剧的中心。

上海集中了十多种剧种，只是中国绝无仅有的，在国际上也是罕见的。这么多剧种在上海，大家互相敬重，从不攻扞，艺术竞争，各自发展，没有一家独大，只有共赢，是共同繁荣的最佳局面。上海的新闻媒体也抱海纳百川的态度，谁演得好就宣传谁，没有门户之见。

公平竞争，互相交流学习。沪剧每年春节期间在老城厢城隍庙九曲桥聚会；越剧的名角结成“十姐妹”，评弹有公会。

江南多剧种地方戏在上海同存共荣，产生了多种极好的社会效应和经济效益。

上海经济的繁荣，戏曲的票房业绩做了很大的贡献。

戏曲艺术家的报酬丰厚，生活优裕，市场的鼓励和激励，使艺术家不断上进，演艺不断提高；新秀不断涌现。

各剧种在上海进入发展、繁荣和极盛期，艺术事业蒸蒸日上，为中国戏曲史和中国文化史做出了巨大的贡献。

各种戏曲、曲艺小报应运而生，戏曲评论繁荣兴盛而丰富多彩。

演出活动的密集和兴荣，兼之各种票房兴起，极大地丰富了市民的文化生活。

上海市民由于受到时社会条件的制约，文化程度不高，有学历者不多，但是他们的爱国主义精神高扬，对传统文化有着高度的文化自信、自觉和热爱，通过戏曲的欣赏，又进一步提高了道德、文化修养。

上海市民是文化素质最高的，上海经济在全国处于最繁荣和最发达的光辉历史，就是以这几代喜欢欣赏戏曲的文化素质高的、道德修养高的千万市民所辛勤创造的。

我国政府近年提出“培养高度的文化自觉和文化自信”、“努力建设社会主义文化强国”的崭新理念，这就从国家战略层面上提出了伟大民族复兴的基础和目标。中国梦的实现，必须以中国文化的复兴和繁荣为基础。因此回顾江南多剧种地方戏在上海的共同繁荣的历史，有着很大的现实意义。

江南视野下无锡的文学史迹

南京大学　吴新雷

无锡是国务院于2007年核定公布的“中国历史文化名城”，它位于江南太湖之滨，山川形胜，甲于东南，文化底蕴丰厚，富有地域文化的特色。从历史上讲，夏、商时期，江南属于蛮荒之地，尚未得到开发。周太王长子泰伯为让位避居江南，在梅里（今无锡梅村）建“勾吴国”，筑“泰伯城”，使这里成了“吴文化”的发源地。战国时期，此处是楚国春申君的封地。秦始王统一天下后，属会稽郡。汉高祖五年（公元前202年）分置吴郡，始建无锡县。[①] 王莽篡位时改称有锡，光武帝刘秀复国后仍恢复无锡的县名。直到清世宗雍正四年(1726)，又分无锡东境设置金匮县（因东城区旧有金匮小山而取名，属常州府管辖）。民国元年，撤销金匮之称与无锡合而为一。新中国建立后，城区称市，乡区称县，今则统属无锡市。

无锡在中国文学史上有重要的地位，从泰伯奔吴开始，历代都有文献记事。文学创作，代有其人，流寓无锡的作家也很多，如汉代的梁鸿、六朝时的湛挺、刘铄、江淹，唐代的李绅、陆羽、李益，宋代的苏轼、秦观、尤袤，元代的倪瓒、高明、顾阿瑛、赵孟頫，明代的邹迪光、文征明、王穉登、屠隆等。他们围绕无锡的名胜古迹，写下了大量的作品，留下了厚重的文化遗存。到了清代，无锡又涌现了词家顾贞观，曲家顾彩、嵇永仁、杨潮观，小说家邹弢等等。无锡有关古代文学史的线索头绪众多，本文限于篇幅，只选择三个方面加以勾勒，并进行实地考察后疏理如下。不周之处，尚请方家教正。

---

① 唐陆羽《惠山寺记》考述，惠山东峰锡山“当周秦间大产铅锡，至汉兴锡方殚，故创无锡县。”（引自《弘治无锡县志》卷32《词章志》）

泰伯南奔是江南文化开发之源

泰伯之名出于《论语》,《史记》则写作太伯。他是周太王古公亶父的长子。古公亶父是陕西黄土高原上一个古老部落的首领,定居于陕西岐山地区,由于发展农业生产增强了实力,建成了一个奴隶制国家。古公亶父有三个儿子:泰伯、虞仲、季历。季历有个儿子叫姬昌,就是后来开创周朝的周文王。太王非常喜爱小孙子,想把王位传给姬昌。泰伯理解父亲的心意,就与仲雍托言外出采药,离开周都岐山,主动让位。兄弟俩跑到江南,开发荆蛮之地,定居在“梅里平墟”,后被尊为江南文化开发的始祖。后来太王死了,他俩不肯回去接任,让位给季历;季历死了,又让给姬昌,姬昌之后即“武王伐纣”,终于统一了天下。泰伯的谦让美德,受到儒家的高度推崇。孔子《论语·泰伯》说:“泰伯其可谓至德也已矣!三以天下让,民无得而称焉。”所谓“无得而称”,是指泰伯的谦逊不露形迹,不是故意做作,完全是出于内心的真诚。所以司马迁写《史记》把他列为“世家”之首,在《吴太伯世家》中描述道:

> 吴太伯,太伯弟仲雍,皆周太王之子,而王季历之兄也。季历贤,而有圣子昌,太王欲立季历以及昌,于是太伯、仲雍二人乃奔荆蛮,文身断发,示不可用,以避季历。季历果立,是为王季,而昌为文王。太伯之奔荆蛮,自号句吴,荆蛮义之,从而归之千余家,立为吴太伯。太伯卒,无子,弟仲雍立,是为吴仲雍。

唐代张守节的《史记正义》确认太伯的住地是在无锡的梅里,直到二十一世孙吴王阖闾时,才命伍子胥筑姑苏城,由梅里迁都苏州。

经过实地考察,梅里现名梅村,在无锡火车站东南方四十里处。今为梅村镇。这里是吴国的旧都,是东南文化的发祥地。泰伯出身于中原善于经营农业的部落,对农业生产积累了丰富的经验,当时江南荆蛮之地还处于氏族公社的原始状态,泰伯、仲雍的南奔,给江南“荒三千、蛮八百”的土地和人民带来了中原地区先进的文化和农耕技术,促进了南蛮原住民的社会变革和中原文化的交流,得到了南蛮百姓的拥戴。据《康熙无锡县志》记载,泰伯教民兴修水利,发展生产,开掘了江南第一条大运河,全长八十七里,灌溉农田,“百姓利之”，称为“伯渎”。元王仁辅《无锡志·山川志》云：“此渎始开于太伯，所以备民之旱涝，民德太伯，故名其渎以示不忘。”赵孟頫《夜泊伯渎》诗说“秋满梁溪伯渎川，尽人游处独悠然”，意境绝妙。

泰伯在梅里又建立了城廓居民点，筑泰伯城，周围三里二百步，城内有泰伯宅和泰伯井。泰伯死后，人们就在他原来的宅基上兴建了泰伯庙。晚唐诗人陆龟蒙与皮日休（字袭美）曾同游到此，赋诗抒情，其《和袭美泰伯庙》七绝云：“故国城荒德未荒，年年椒奠湿中堂。迩来父子争天下，不信人间有让王！”陆龟蒙生当藩镇争权，割据夺利的衰世，对着泰伯庙不能不发出这意味深长的感叹。到了北宋仁宗年间，文学大家范仲淹也有歌咏之作，他的五言律诗《泰伯庙》写道：“至德本无名，宣尼一此评，能将天下让，知有圣人生；南国奔方远，西山道始亨，英灵岂不在，千古碧江横。”范氏的心情比较平静，不像陆龟蒙那样满腹牢骚。这诗是正面歌颂，指出泰伯的出名，是源于孔子《论语》给予的好评，而其最大的功德，是开通了利于农耕的碧江“伯渎”，永远造福于人民。

泰伯庙是江苏省文物保护单位，位于梅村镇伯渎港的南岸，规模宏大。它的实际创建年代是东汉桓帝永兴二年（154），至今已有一千八百多年的历史。庙前有泮池，池上有香花桥，桥北是石坊，上面的横额刻着“至德名邦”四个大字。门内的殿宇共有五进，称为采芝堂、大树堂、德洽堂、大夏堂和慈俭堂。宋哲宗元祐七年（1092），诏以“至德”书额于门，故又称至德祠。宋徽宗崇宁初（1102），又封泰伯为“让王”，所以民间俗称“让王庙”。此后历经沧桑，现存的至德大殿等建筑，是明孝宗弘治十三年（1500）建的。庙内的泰伯井至今犹存，古柏三棵尚在。可以见到的碑记有：（一）明武宗正德十三年（1518）立石的《泰伯庙田记》，（二）明神宗万历二十四年（1596）东林书院主讲顾宪成撰文勒石的《重修泰伯庙记》，（三）清康熙二十二年（1683）立石的《无锡县至德太伯庙碑》，（四）清康熙五十七年（1718）立石的《至德祠蠲粮碑》。听当地农民讲，每年的农历正月初九，传说是泰伯的生日，梅村四乡的民众都要跑到这里来举行纪念庙会，形成了地方性的节日和“集场”（集市贸易）。

1983年，省、县、乡三级政府共拨款135万元，重修损伤的殿宇，经过三年努力，于1986年春节期间连续举行了落成典礼和重塑的泰伯像揭幕仪式，无锡吴文化研究会的学者都参与了盛会：全国政协副主席、中国佛教协会主席赵朴初，特地为重修的泰伯庙题写了“至德高尚”的匾额。修复后的至德殿仍保持了明朝建筑的形制，翘角飞檐，气概轩昂。1994年，“世界至德宗亲总会”捐资修复大殿以外的其他各殿，并在东西两庑塑造了仲雍以下吴国历代君王的雕像，陈列了吴地民俗文化和区域文化的资料；又在梅村镇入口处建立了一座雄伟高大的牌坊，正面横额题为“至德名都”，背面题为“梅里高风”。四周镌刻了渔猎农耕的图案，显得古朴而典雅。

与泰伯庙同时修复的还有泰伯墓。此墓距梅村东北九里，俗名皇坟，又名吴王墩，位于皇山的西岭。这座山本名铁山，因有皇坟而名皇山。坟墓坐北朝南，居高临下。前有月牙池，轻风微波，水平如镜。池北是墓门石坊，上书“至德墓道”四个大字，坊上正中立有“古皇山”篆体字火焰状的石牌，两边刻有云龙飞舞、日月普照的图案，气势磅礴，形象生动。进入墓道向上，是乾隆二年(1737)扩建的享堂。堂内正中供奉泰伯塑像，梁上高悬乾隆皇帝御笔书写的“三让高踪”匾额。堂外石柱上刻有嘉庆二十三年(1818)知县齐彦槐的题联：

志异征诛，三让两家天下；
功同开辟，一抔万古江南。

齐氏还在堂内东壁书写了建文帝(明太祖朱元璋之孙)凭吊泰伯墓的题诗：“远隐停骖泰伯乡，仰瞻墓宇法先王，避荆不为君臣义，采药能全父子纲。八百周基无足贵，千秋俎豆有余香，深惭今日争天下，遗笑勾吴至德邦。”建文帝因他的叔父朱棣要抢夺皇位，所以从南京跑到这里发此感慨。但朱棣硬是亲率大军打进了南京城，建文帝只得仓皇出逃，不知所终。以此与泰伯主动让位给侄儿相比，形成了鲜明的对比和强烈的反讽。

泰伯墓也是江苏省文物保护单位，在1984年进行了整修，主要工程是对享堂后面墓园的清理。原有的縻豹和王鏊所立的泰伯墓碑已残缺倒地，保存完好的是形制奇特的四棱碑，立于享堂后的高台上，正面刻有“泰伯墓”三个篆体字，东面刻有明弘治十四年(1501)五月杨文撰写的墓表，北面刻有天启三年(1623)六月东林君子高攀龙撰写的《泰伯墓碑记》(四库全书本《高子遗书》卷十误抄为“庙碑”)。绕过四棱碑拾级而上，自堂后至墓共有石阶三十五级，便是用青石砌成的茔垣罗城，左右华表上雕有石狮一对，雄踞守墓。坟墓在罗城中央，高二米多，直径三米。坟茔四周松柏环抱，花木葱翠。

从泰伯墓向东走，在皇山的东麓有东汉诗人梁鸿的史迹。明代正德年间，江南才子文征明(1470—1559)曾到此游览，写下了歌咏泰伯墓和梁鸿宅的七绝：“秋满皇山菊正开，携壶挈伴踏青苔；梁鸿宅里寻高迹，泰伯陵间看德碑。”

梁鸿原是陕西平陵人，因仰慕泰伯之为人，与妻子孟光踏着泰伯的足迹来到无锡，先至惠山南面发动民众开掘梁溪，与伯渎相通，然后隐居于皇山。文征明瞻仰泰伯墓的同时，又向东跑到梁鸿宅参观，亲笔题写了“鸿隐堂”匾额。因此皇山又改名鸿山。为纪念梁鸿，本地民众就将梁鸿宅改建为鸿山草堂和鸿山禅寺，内有梁鸿和孟光夫妇的塑像。

据《后汉书》卷83《逸民列传》记载，梁鸿字伯鸾，东汉章帝(76—88)时人，娶妻孟光，“举案齐眉”，是模范夫妻的典型。梁鸿是当时著名的诗人，曾过洛阳写了《五噫歌》，到无锡时写了《适吴诗》，对当时的现实表示了忧愤之意，在诗歌的形式上，突破了汉代文人模拟《诗经》、《楚辞》的旧习，表现出新的发展趋向，显示了中国文学史上五七言体的初步形态。

惠山二泉风景名胜区的文学史迹

无锡的惠山古名西神山，又名历山、华山，它与文学的关系始于南朝刘宋时期。宋“司徒长史”湛挺(字茂之)晚年隐居于此，南平王刘铄曾赠之以诗《过湛长史历山草堂》，这是描写此山的第一篇文艺作品。当时湛挺答诗唱和，也写了一首《历山草堂应教》。后来，诗人江淹又写了一首《无锡县历山集》。[1]三篇作品都刻石于山壁(现已不存)，刘诗中说：“溜泉夏更深，林交昼长荫。”足见此地的山泉古已有之，只是那时尚未享有盛名罢了。湛挺死后，舍宅为寺，称为“华山精舍”，梁大同三年(537)改建为法云禅院，唐代更名惠山寺。相传开山禅师是西域的高僧慧照，后人为了纪念他，便把山名改称慧山。从文字学上来说，“惠”与“慧”是同音通借字，于是通称惠山。到了唐德宗贞元六年(790)，尚书郎丘丹到惠山游览，看见石壁上南朝的三首遗诗，便访问湛挺的后裔，查阅湛氏家谱，把长期湮没的史迹记载了下来(见《全唐诗》卷307《题湛长史旧居诗序》)。

“第二泉”原名惠山泉，简称惠泉，起源于唐代宗大历年间(766—779)，有一位若冰和尚开发山崖，掘出了新的泉眼，泉水从崖洞中涌流倾泻，源源不断。若冰是个诗僧，当即赋诗，作五律《题惠山泉》一首：“石脉绽寒光，松根喷晓凉。注瓶云母滑，漱齿茯苓香。野客偷煎茗，山僧惜净床。安眠何所问，孤月在中

① 以上三首诗见逯钦立辑校《先秦汉魏南北朝诗》，中华书局1983年排印本第1215、1325、1561页。

央。”当时的无锡县令敬澄得知后，即安排工匠在“若冰洞”的坡下累石筑成上、中两池，引泉蓄水，便于大家饮用(见唐人独孤及《惠山新泉记》)。这时候，著名的品茶专家陆羽(？—804)来到惠山，汲泉煮茶，品味评论(见皇甫曾《送陆羽归惠山采茶》诗)。他曾考察南北各地的水质，分等定级，认为惠山泉是全国第二名。据《唐才子传》卷三记载，陆羽字鸿渐，湖北竟陵人，本来是个戏剧活动家，曾充当“伶师”，唐肃宗上元初年，“结庐苕溪上，闭门读书”，“兴极闲雅，着书甚多”。“羽嗜茶，造妙理，着《茶经》三卷，言茶之源、之法、之具，时号‘茶仙’，天下益知饮茶矣。”陆羽之后，又有刘伯刍着《水品》、张又新着《煎茶水记》，见解各有不同。《煎茶水记》说，陆羽共计品定了二十个名次，以庐山康王谷的泉水为第一；而刘伯刍品定了七个名次，却以南零水(镇江中泠泉)为第一。唯独对于惠山寺的泉水，两人的意见完全相同，一致品定为第二。于是“第二泉”的名声飞扬海内，引来了一大批文人学士，如王武陵、窦群、朱宿、李益、张继、李绅、许浑、张祜、皮日休等，均纷纷题诗作文。北宋初年，诗人王禹偁到这里来，写了七律《题惠山寺》，并有七绝《题陆羽茶泉》说：

甃石封苔百尺深，试茶尝味少知音；
惟余半夜泉中月，留得先生一片心。

诗人饮水思源，创造性地借二泉映月的意境，颂扬了陆羽品定惠泉的功绩。

宋神宗时，大诗人苏轼(东坡)和苏门四学士之一的秦观都到惠山赋诗唱和。苏东坡有关无锡的诗计有11首，如《求焦千之惠山泉》、《赠钱安道兼寄其弟惠山山人》和《赠钱道人》等。他在五言古诗《游惠山》的小序中说：

余昔为钱塘倅(任杭州通判)，往来无锡，未尝不至惠山。既去五年，复为湖州(任湖州太守)，与高邮秦太虚、杭僧参寥同至，览唐处士王武陵、窦群、朱宿所赋诗，爱其语清简，萧然有出尘之姿，追用其韵，各赋三首。

诗中说：“梦里五年过，觉来双鬓苍，还将尘土足，一步漪澜堂。”苏东坡在宋神宗熙宁四年任杭州通判，于熙宁六年至七年之间多次到无锡。五年以后的元丰二年(1079)，他由徐州太守调任湖州，其门生秦观与之同行到无锡，也作了三首《游惠山》的唱和诗。秦观是北宋著名的词家，字少游、太虚，号淮海居士，封赠龙图阁直学士。他喜爱惠山的风景，死后由其子秦湛迁葬于惠山南麓(见戴溪《重修淮海先生墓记》)。其墓至今尚在,位于二茅峰西南坡支脉的山岗上,存有青石墓碑一块,上题“秦龙图墓”。现今立有无锡市和江苏省文物保护单位的标示碑,便于游人寻访。

惠山位于无锡西郊,离市中心只有五里多路,来往便捷。如由惠山寺的“古华山门”入内,经过寄畅园,愚公谷即到。如从“锡惠公园”大门进去,则绕过锡山,经映山湖畔向北到愚公谷,便看到正面墙门上有篆书“二泉”两个金字。入门处是泉水的下池(凿于北宋仁宗明道年间),长方形,规模较大,池水颇深,中庭露空,夜晚映月。池壁有明孝宗弘治十四年(1501)刻制的螭首,俗称龙头,泉水即从上池底下的暗穴伏流经龙口吐入下池。池内养有各色金鱼,在阳光照耀下金鳞闪烁,逗人喜乐。池上就是苏诗中提及的“漪澜堂”,可供游人坐赏观鱼。堂前花木扶疏,假山嵯峨,其中的珍品“南海观音石”,是乾隆年间从明朝礼部尚书顾可学的旧宅中移来的。东侧墙上有砖刻“天下第二泉”五个大字,署为“雍正六年永常王澍书”。西边高坡上,是南宋“中兴四大诗人”之一尤袤的遂初堂万卷楼遗址。穿过漪澜堂朝北,便是二泉亭,亭壁上嵌有元代书法家赵孟頫题写的“天下第二泉”大字碑额,并有明清人写的《修泉亭记》、《天下第二泉说》、《重修慧山泉亭记》三块碑记,碑面略有损伤。亭内有两池,上池八角形,中池呈圆形。上池的水质最好,清澈见底,烹茶用水即取于此,现以铁栏杆环绕保护。好事者以壶吊水,当场畅饮。明清以来,以泉水酿酒,其味甜美。“惠泉酒”之名,甚至引动了大文豪曹雪芹的心,在《红楼梦》中特别提了二笔:

(凤姐对赵嬷嬷道)“妈妈,你尝一尝你儿子带来的惠泉酒。”(第十六回)

(芳官对宝玉道)“我先在家里,吃二三斤好惠泉酒呢!”(第六十二回)

清代康熙年间,曹雪芹的祖父曹寅,曾亲自到惠泉赋诗,其《楝亭诗钞》中有《惠山题壁》、《晚游泉上》、《复至泉上》等诗,所以南京曹家有“惠泉酒”是很自然的,怪不得曹雪芹对无锡的土特产如此熟悉哩!

由二泉亭后拾级而上,可以攀登惠山寻访有关苏东坡的赋诗遗迹。先经过半山腰棋盘石,有苏诗“半岭松声万壑传”的摩崖石刻。然后从头茅峰、二茅峰爬到三茅峰,峰顶有“三茅真君道院”,苏诗中题名的钱道人即隐居于此。据明代弘治本《无锡县志》卷十八和清代光绪本《无锡金匮县志》卷二十六记载,钱道人名颖，号惠山山人，是东坡的好友之一。苏东坡受佛道思想的影响很深，欢喜跟和尚道士交往。他到无锡拜访钱道人是在宋神宗熙宁六年(1073)，先到二泉烹茶，然后登山，并写了一首题为《惠山谒钱道人，烹小龙团，登绝顶，望太湖》的七律。在道院门外东面的山岩上有一处题句石，上面镌刻着这首苏诗的颈联，落款是清朝的年代："石路萦回九龙脊，水光翻动五湖天。东坡题处。嘉庆四年上巳。"按照题句石所示，这里就是当年苏东坡吟诗的地方了。此峰高度约 329 米，站在峰顶纵目眺望，山南的五里湖连太湖一览无余，湖面三万六千顷，烟波浩荡，苏诗"水光翻动五湖天"确是自然景色的美妙写照。

惠山东南麓以"二泉映月"为中心的名胜古迹很多，如二泉前院有华孝子祠，元代南戏《琵琶记》作者高明曾来此写下了《华孝子故址记》，并写了七绝《题惠麓小隐》。

二泉之东著名的文学史迹是寄畅园，俗称"秦园"，原是秦观后裔秦金的别墅，创建于明武宗正德年间(1506—1521)。到了明神宗万历二十七年(1599)秦耀手里，取王羲之《兰亭诗》"寄畅在所因"的句意，改园名为"寄畅"。清初顺治年间，秦耀的曾孙秦德藻请当时叠石专家张南垣之侄重新设计，造就了匠心独运的园艺精品。全园面积不大，但却运用了高超的借景手法，开拓了视野。它南对锡山，可以望见山上的龙光塔；背靠惠山，峰岚叠嶂尽入眼底。一园能借得二山，扩大了园林的空间，妙趣横生。明清文人题写寄畅园的诗文很多，如万历二十七年王穉登和屠隆同时各写了一篇《寄畅园记》，刻石砌于厅室的壁间，而东林书院主讲高攀龙写了"曲池泻清泉，高岗面崇峰"的《寄畅园诗》，"江左三大诗人"之一的吴伟业也写了《寄畅园山池塔影》五言律诗。影响深远的是余怀在康熙九年(1670)写的《寄畅园闻歌记》，至今仍是研究昆曲史必须引证的名篇。

据《光绪无锡金匮县志》记载，清代康、干二帝每次南巡，必到惠山寄畅园游赏，题咏甚多。现存康熙御笔"山色溪光"和乾隆御笔"玉戛金枞"两块石匾，犹镶嵌在园门与花厅之间的院墙上。乾隆认为"江南诸名胜唯惠山秦园最古"，曾赋"轻棹沼寻曲水湾，秦园寄畅暂偷闲，无多台榭乔柯古，不尽烟霞飞瀑潺"等诗句，而且还下令把园景绘成图纸携归北京，在清漪园(颐和园)东隅模仿寄畅园建造了"惠山园"(嘉庆十六年改名"谐趣园")。可见寄畅园声名之盛，影响竟及于京师。

无锡的文学名家

无锡具有悠久的历史文化传统，人文荟萃，名家辈出。《光绪无锡金匮县志》有关儒林、文苑、隐逸诸传中列举的名流在百数以上，这里限于篇幅，仅举唐代《悯农诗》作者李绅、宋代"中兴诗人"尤袤等作为代表，略作考述：

唐代李绅(772—746)，字公垂。唐宪宗元和元年(806)考中进士，武宗时拜为宰相。他是无锡梅里人，从 15 岁起便寄居惠山寺客舍内用功苦读。他写的《上家山》诗序说："余顷居梅里，常于惠山肄业，旧室犹在，垂白重游，追感多思。"他了解民生疾苦，写了《悯农二首》(又名《古风二首》)：

春种一粒粟，秋成万颗子；四海无闲田，农夫犹饿死。
锄禾日当午，汗滴禾下土；谁知盘中餐，粒粒皆辛苦！

这成了千古传诵的名篇。李绅是中唐时代的高士，《旧唐书》卷 173、《新唐书》卷 181 中均列有传记。穆宗时与李德裕、元稹号为"三俊"。诗风与白居易相近，是白氏新乐府运动中的重要诗人，曾首创《新题乐府二十首》。晚年告老还乡，创作了多首忆念惠山的诗篇，如《别泉石》诗序说："惠山书堂前松竹之下有泉甘爽，乃人间灵液，清鉴肌骨，漱开神虑，茶得此水，皆尽芳味也。"《重到惠山》诗序说："再到石泉寺内，有禅师鉴元影堂在寺南峰下，顷年与此僧同在惠山十年，鉴元到寿春相访，因追旧观。"可见李绅早年在惠山寺内曾勤读十年，对泉石草木都十分熟悉，而且与寺僧鉴元禅师结下了深厚的友谊，晚年回归无锡故土，不禁写下了这些情意绵绵的诗篇。

宋代尤袤(1127—1194)，字延之，号遂初居士。南宋高宗绍兴十八年(1148)考中进士，任国史院编修；宋孝宗干佑、淳熙年间，由太常寺少卿转礼部侍郎；宋光宗绍熙三年(1192)，升任礼部尚书兼侍读。《宋史》卷 389 本传记载："尤袤字延之，常州无锡人，少颖异，蒋偕、施垧呼为奇童。入太学，以词赋冠多士，寻冠南宫。"他是常州府无锡县惠山人，平生雅好藏书，累积三万多卷，在家起造藏书楼，题名遂初堂万卷楼(遗迹至今尚在)，有《遂初堂书目》行世。他是南宋"中兴四大诗人"之首，文论家方回在《瀛奎律髓》中评说："乾、淳间，诗巨擘称尤、杨、范、陆"，推崇他与杨万里、范成大、陆游是南宋四大家，声望极高。着有《梁溪集》五十卷，已失传，现存《梁溪遗稿》二卷，补遗二卷。其诗风细润圆转，饶有风致[①]。如七律《青山寺》：

> 峥嵘楼阁插天开，门外湖山翠作堆。荡漾烟波迷泽国，空濛云气认蓬莱。香销龙象辉金碧，雨过麒麟剥翠苔。二十九年三到此，一生知有几回来！

此寺在无锡惠山二茅峰南坡，居高可见太湖水面，临下则为绿树成荫的风水宝地，今已辟为青山公园。

元代倪瓒(1301—1374)，字元镇，号云林，别号有荆蛮民、净名居士。据《光绪无锡金匮县志》卷26《隐逸传》记载，倪瓒是无锡梅里祇陀村人，"父炳，性清约，亦隐居乐道，瓒所居清閟阁，藏书及古鼎彝书画甚富。"倪瓒与黄公望、王蒙、吴镇并称为"元代四大画家"，其实，他原是文学作家，不仅工于诗文，而且词曲兼通。《录鬼簿续编》说他"自幼读书，过目不忘。暨长，群书博极，爱作诗，不事雕琢。……善操琴，精音律，所作乐府，有《送行》[水仙子]二篇，脍炙人口"[②]元顺帝至顺、至元(1333—1340)年间，他常约文坛大家杨维桢、顾阿瑛等来无锡家中举行"清閟阁诗文雅集"，至正(1341—1368)年间，又经常到昆山顾阿瑛家参加"玉山雅集"。他专写故乡景物的诗篇很多，如《春日云林斋居》、《与张贞居云林馆宴集分得春字》、《寄题时思精舍》、《听秋轩》、《清閟阁》、《溪山胜概楼》等。其《题惠山》云："重过湛公宅，因尝陆子泉。"《元文馆读书》诗序说："西神山下有泉味甚甘洌，与常水异。馆去山不出五里，故得昕夕取泉以资茗，余读书研道之暇，时饮水自乐焉，乃赋诗纪事。"足见他常游惠山饮惠泉，读书修道，自得其乐。他的诗文词曲作品现存《清閟阁集》十二卷，有《四库全书》本。《新元史》卷238和《明史》卷298均为其列传。

明代邹迪光(1550—1626)，号愚谷。他是无锡惠山人，工诗文，善画山水。《光绪无锡金匮县志》卷二十《文苑传》云："邹迪光，字彦吉，万历二年进士，授工部主事，累官湖广提学副使。擅衡鉴，楚士服而归之。以吏议罢，送者数千人，生祀之濂溪书院。迪光既罢，治园亭于惠麓，与当世名公卿文士游宴其中，

---

① 见程千帆、吴新雷合著《两宋文学史》第七章第三节，上海古籍出版社1991年版，第336页。又，章培恒、骆玉明主编《中国文学史新著》中卷第四编第七章第二节列有《尤袤》专题，上海文艺出版社2000年新版，第416页。

② 见上海古籍出版社排印本《录鬼簿》附天一阁藏明写本《录鬼簿续编》，1978年版第110页。

极声伎觞咏之乐垂三十年，有集数种，合三百余卷，一时声气奔辏，几与娄水弇园（按：指太仓王世贞）后先狎主文坛。”当时文坛盟主是王世贞，王氏谢世后，他拟继主坛坫。其诗文集现存《郁仪楼集》54卷，《调象庵稿》40卷，有《四库全书》本。邹迪光罢官归里后，在惠山二泉的东南方大筑园亭，题名为“愚公谷”。其《自题愚公谷》诗云：

半亩山椒护草莱，亭台长傍化城开。无多泉石劳商略，薄有烟云费剪裁。梵绿池边群鸟集，月明林下一僧来。鉴湖大荷君王力，敢请清时肯弃才。

他酷爱昆曲，在园亭中养了一个家庭昆班，在中国戏曲史上声名卓著。据乾隆时《锡金识小录》卷10记载，明代万历年间无锡有冯廷伯女乐、顾泾白家班和贾弘庵家班，但演出水平均不及邹迪光家班。邹迪光和戏曲大家“临川四梦”的作者汤显祖是好朋友，曾写信邀请汤显祖来看他家班排演的《紫箫记》和《牡丹亭还魂记》（《调象庵稿》卷35《与汤义仍》）。凡四方宾客慕名而来者，他一概演戏招待。文士周永年赋诗《邹彦吉山园观剧》云：“经耳都教入梦思，湘烟巫雨恍相随；临川遗曲梁溪调，并是人间绝妙词。”（《光绪无锡金匮县志》卷32《艺文志》）这反映了愚公谷中大演“临川四梦”的盛况，成了昆曲史上的一段佳话。今锡惠公园中的愚公谷园墅尚在，二十世纪六十年代初郭沫若来游时，曾亲笔题写了“愚公谷”三个大字的匾额。

清代顾贞观（1637—1714），号梁汾，是极负盛名的诗人词家，与吴兆骞并称为“诗坛二妙”，与陈维崧和朱彝尊号称“词家三绝”。《清史稿》卷484本传说他“世特传其词”。他早年与同里严绳孙、秦保寅等在惠山忍草庵结云门诗社，年二十余游京师，题诗寺壁，声名鹊起。康熙五年丙午（1666）参加顺天乡试中举，为国史院典籍，官内阁中书。康熙十五年丙辰（1676），受聘为相国纳兰明珠的家庭教师，与相国之长子纳兰成德（字容若）结为词友，交谊极深。传世者成德有《饮水词》，贞观有《弹指词》，被誉为双璧。《光绪无锡金匮县志》卷22《文苑传》记载：

顾贞观，字华封，以举人官秘书院典籍，才调清丽，尤善填词。为人儁爽笃古谊。初契吴江吴兆骞，兆骞戍宁古塔（按：今黑龙江省宁安县），贞观洒涕要言曰：“必归季子！”纳兰成德者，与贞观交，而相国子也，雅善兆骞。贞观作[金缕曲]二词,示成德寄戍所,成德读之,悉力处办赎锾,相国为之地,兆骞卒得入关。兆骞既归,言塞外多暴骨,贞观即募僧心月者敛金遍历战场收瘗之。贞观自少名噪东南,慎交社,晚构积书岩于惠山祖祠之旁。着有《纑塘诗》,一洗绮靡之习。

顾贞观救助挚友吴兆骞(字汉槎)填了[金缕曲]联章词,情真意切,感人至深,成为传诵一时的名篇。现录第一首示例:

[金缕曲]季子平安否?便归来,平生万事,那堪回首!行路悠悠谁慰藉,母老家贫子幼。记不起从前杯酒。魑魅搏人应见惯,总输他覆雨翻云手。冰与雪,周旋久。　　泪痕莫滴牛衣透。数天涯,依然骨肉,几家能够?比似红颜多命薄,更不如今还有。只绝塞苦寒难受。廿载包胥承一诺,盼乌头马角终相救。置此札,君怀袖。

刘大杰在《中国文学发展史·清初词》中评论说:“顾词多重白描,不假雕琢,而善于抒情。寄吴汉槎的两首[金缕曲],出自真情,绝无做作。”“词的形式和写作手法,都别具一体,在明畅的语言中,表达出深厚的友情;同时也反映出在封建社会里文人们所遭受到的迫害,如魑魅搏人,司空见惯,比以红颜命薄,作为安慰而已。”夏承焘写有专文《顾贞观寄吴汉槎金缕曲征事》[①],详考其来龙去脉,甚有学术意义。

顾贞观的住家在惠山章家坞积书岩,旁有创始于元至正间的忍草庵,和始建于康熙初的贯华阁。其地离二泉稍远,相距半里多,自二泉亭经春申涧向西,循山径右行,背倚崇岩,面俯林涧,颇擅清幽之胜。顾贞观于康熙二十三年(1684)自京归里,恰巧当年十月中,纳兰性德(初名成德)扈从康熙帝首次南巡到达无锡,两人得以在惠山相会。《纳兰性德年谱》记载:“登惠山贯华阁,留以三十绘像,并为书贯华阁额。”[②]性德不仅为贯华阁题写了匾额,而且还留下了自己正当三十岁的画像。相传顾贞观陪同纳兰性德于月夜登临高阁,为了能排除干扰,畅叙别情,竟撤去顶层扶梯,两人赏月谈心,长夜不寐,传为文坛嘉

---

① 原文附录于《唐宋词论丛》卷末,现均收辑于《夏承焘集》(浙江古籍出版社 1997 年出版)。

② 见夏承焘主编《天风阁丛书》之一《饮水词》(冯统编校)附录《纳兰性德年谱》(张任政编),广东人民出版社,1984 年版,第 273 页。

话。据调查访问得知:1925年,里人集资修葺,有碑文《重修贯华阁记》描绘优雅的环境说:“凭栏而望,九峰晴翠,五湖烟雨,如在几席,带以疏林怪石,曲涧清泉,薜萝幽深,外有白云焉。”当时曾于阁上供奉纳兰性德和顾贞观的图像,并有楹联云:“丈室擅清幽,二百年文采风流,直接碧山吟社;中天馀积翠,三层阁涛声月色,曾来饮水词人!”又有一联合咏忍草庵贯华阁云:“闲消茗椀垆熏,满坞松云,中藏一香界;坐对冰床雪被,空山萝月,分照两词仙!”可惜沧桑屡变,这些文物早已无存。

清代的无锡,文化事业得到了昌盛的发展,名家之作,硕果累累。康熙时,万树在无锡城内东映山河“亦园”侯文灿家里编纂《词律》。乾隆时,无锡人孙洙编刊了《唐诗三百首》,风行全国。无锡本地除了有众多的诗词名家外,还涌现了戏曲家和小说家。如康熙年间的顾彩(1650—1718),与《桃花扇》作者孔尚任交游,曾合作《小忽雷》传奇,还别出心裁地创作了《南桃花扇》和《后琵琶记》。嵇永仁(1937—1676),作了《续离骚》四折杂剧和《扬州梦》、《双报应》两本传奇。乾隆年间,杨潮观(1710—1788)作有《吟风阁杂剧》三十二折,其中《寇莱公思亲罢宴》折子戏,至今仍演于昆剧舞台上。光绪三年(1877),邹弢写出了文言短篇小说集《浇愁集》8卷,鲁迅在《中国小说史略》第二十二篇《清之拟晋唐小说及其支流》中归之为受《聊斋志异》影响的作品。邹弢还有笔记小说集《三借庐笔谈》,又以长篇小说《海上尘天影》知名于世。

综上所述,无锡和中国文学的发展是具有密切关系的。无锡地处长江三角洲太湖流域的鱼米之乡,山明水秀,风光佳丽,素有太湖明珠之称,既有优越的生态环境,又有良好的经济基础,从而促进了文化事业的繁荣,名家名作,历代有之。及至现代,又出现了无锡名人钱钟书创作的长篇学人小说《围城》,以智性和谐趣著称,蜚声中外。总而言之,无锡在江南文化的研究领域里,是很值得我们进一步加以开拓和探讨的。

汉魏六朝小说中仙境描写的江南特征

——以上清派为考察对象

浙江工业大学人文学院　万润保(万晴川)

茅山位于江苏南部,古称句曲山。它西接金陵,东望太湖,山形曲折,洞墟天成,是理想的修行之所。相传西汉时咸阳人茅氏兄弟渡江来此修道,成仙乘鹤而去。当地百姓立庙供奉茅君,故改名为茅山。东晋时,茅山附近的丹阳、晋陵等郡县,居住着一些著名的士族,如丹阳郡句容县葛氏和许氏、秣陵县陶氏、晋陵郡鲍氏和华氏等。这些家族世代彼此通婚,且都信奉道教。其中葛氏家族的葛洪、葛巢甫分别创立金丹道和灵宝派,许氏家族的许谧、许翙兄弟是上清派的创始者,陶氏家族的陶弘景则是茅山宗的祖师。葛洪曾拜鲍氏家族的鲍靖为师,华氏家族的华侨曾充任许氏兄弟的灵媒。总之,自东晋南迁,道教的发展中心已由四川及北方移至吴中。五斗米道的创立者张道陵也是东汉今江苏丰县人。可见,江苏是道教的重要发源地之一。相对于前期的五斗米道、太平道,学术界一般称魏晋六朝时的道教为新兴道派。由于新兴道教得到当时统治者的扶植,上升为正统宗教,因而对社会各领域都产生了巨大影响,对文学的影响自所难免,而尤以上清派最着。

上清始祖魏夫人华存,山东任城人。早年志慕仙道,长大后被迫嫁给南阳刘幼彦,生有二子。然初志不改,二子稍长,即与丈夫分寝。后自称某夜神仙王褒等众真人忽降临其室,授以上清真经。西晋末,因避中原战乱,魏夫人渡江南来,辗转居于豫章、九江,卒于东晋咸和九年(334)。魏夫人弟子吴郡杨羲,后到句容,结识许谧、许翙父子。三人都信奉道教,因而合作造作道经。东晋兴宁二年(365),杨羲托称魏夫人及众仙真下降,传授《上清真经》。先由杨羲隶书写出,然后传与二许。至东晋末年,杨羲、二许均去世。翙子黄民为避战乱，携经文至浙江剡县。从此《上清经》开始在社会上广为传播，江东道士多参与传抄，增至一百多卷。后经南朝道士陆修静、陶弘景等人搜集整理，流传更广，影响愈大，形成道教上清派。陶弘景隐居茅山数十年，修造道馆，招聚徒众，苦心经营，使上清派广泛传播于江南及北方各地，所以上清派亦称茅山宗。魏晋六朝时，上清派宗师的传承顺序依次为：魏华存—杨曦—许谧—许翙—马朗—马罕—陆修静—孙游岳—陶弘景。上清道士多学识渊博，具有很高的文化修养，为王公贵族所钦敬，并常与帝王保持着良好关系。如陶弘景、王远知、潘师正、司马承祯等，都得到过皇权的优宠，因而上清派自晋至北宋，均兴盛不衰。唐时茅山宗遍布全国，成为道教的主流，并建立了嵩山、王屋、茅山、天台、京畿、蜀中等几大传教据点，"为天下道学之宗"。经唐末宋初中衰之后，在宋真宗时又复振，极盛于北宋晚期，蔡卞即云："三茅崇奉之严，未有盛于斯时也。"明以后逐衰。

上清派对中国古代文学的发展有着深远影响，对古代小说的影响也至为明显。其主要表现在三个方面：第一，上清仙传的撰作受到小说影响，普遍采用小说的虚拟、想象等艺术手法；第二，上清的修炼思想对小说创作的影响，形成降真、遇仙、考验等小说母题及洞府、神女、玉女等宗教意象；第三，上清修炼方法的小说化，尤其是存思、偶景等道术。因本文篇幅有限，仅论述受上清思想的影响，魏晋六朝小说中仙境描写所呈现出的江南文化特色。

一　仙境的演化

宗教一般都会创造天堂和地狱两极世界，分别作为死后惩罚和奖励的处所。泰勒将原始观念中的灵魂之国归纳为五种：一是深渊、溪谷、原野和岛屿；二是海外日落之处；三是的冥府；四是太阳和月亮之上；五是苍穹之上的天堂。[①] 这些灵魂之国的构建是一种原始思维的结果，宗教徒只不过是在这种普遍思维的基础上的进一步发展而已。道教中的仙境，正是原始思维的产物。

道教中的仙境大致经历了一个从"天上——海上——山上——天上"的演变过程。战国以前，人们心目中的理想世界是天上和昆仑，对天上"帝乡"无进一步的描写，西方昆仑则认为是连接天地的神山；战国时，由于濒临大海的燕

① [英]爱德华·泰勒著、连树声译《原始文化》，上海文艺出版社 1992 年版，第 531—545 页。

齐之地，常可看见海市蜃楼的幻境，人们以为那就是仙山，因而燕齐方士在昆仑之外，又增加了东方蓬莱、方丈、瀛洲三岛；汉代仙境又受到纬书的影响，形成神话、宗教为基础的神秘舆图说，出现十洲三岛的说法。东汉班固《西都赋》则将“方丈”易为“方壶”，蔡邕《汉津赋》增加“玄洲”，枚乘《游海赋》再加“长洲”。魏晋以后，十洲三岛在继承过程中不断产生流变。张华《博物志》中有聚窟洲、凤麟洲、炎洲，王嘉《拾遗记》以昆仑、蓬莱、方丈三岛为首，此外还有瀛洲、流洲、员峤山、岱舆山、洞庭山。葛洪《抱朴子・金丹》中把华山等 10 多座名山列为仙山。后经上清派进一步发展，至唐遂形成完整的“三十六洞天”、“七十二福地”之说。而这些洞天福地大部分分布在南方地区。在南朝时，陶弘景的《五岳真形图》由原始的山岳地理等高线图，神秘化为抽象性的符图，使之具有了道教符箓的功能。他的《真灵位业图》，将神仙分为七级，分别主持天下仙山。陆修静则以“洞”的名称、概念校理、编辑道经，他于泰始七年(471)编成道经总目《三洞经书目录》。所谓“三洞”即“洞真”、“洞玄”、“洞神”三大类。见素子又编撰神仙传记《洞仙传》。所有这些，都是上清仙山洞窟崇拜观念的反映。

附三十六洞天、七十二福地地址图

地理位置	三十六洞天	数量	七十二福地	数量
福建	霍桐山洞、武夷山洞	2	焦源、洞宫山、勒溪、卢山	44
湖南	南岳衡山洞、小沩山洞、九疑山洞、洞阳山洞、大酉山洞、桃源山洞	6	君山、马岭山、鹅羊山、洞真墟、青玉坛、光天坛、洞灵源、绿萝山、彰龙山、德山、云山	111
湖北	幕阜山洞、紫盖山洞	2		
四川	峨嵋山洞	1	平都山、大面山、绵竹山、泸州、王晃山	55
江西	庐山洞、西山洞、鬼谷山洞、笥山洞、麻姑山洞	5	郁木洞、龙虎山、金精山、阁皂山、始丰山、逍遥山、东白源、虎溪山、元晨山、马蹄山	110
浙江	四明山洞、会稽山洞、华盖山洞、盖竹山洞、金庭山洞、仙都山洞、青田山洞、天目山洞、金华山洞	9	盖竹山、仙磕山、东仙源、西仙源、南田山、大若岩、灵墟、沃州、天姥岑、若耶溪、金庭山、陶山、三皇井、烂柯山、天柱山、司马悔山	16

（续表）

地理位置	三十六洞天	数量	七十二福地	数量
江苏	钟山洞、良常山洞	2	地肺山、钵池山、论山、毛公坛、张公洞、东海山	6
安徽	潜山洞	1	鸡笼山	11
广西	都峤山洞、岣漏山洞	2	安山	11
广东			清远山、泉源、抱福山	33
云南	白石山洞	1	茭湖鱼澄洞	11
贵州			甘山	
山东	东岳泰山洞	1	长在山	1
山西	北岳常山洞	1	中条山、金城山	2
陕西	西岳华山洞、太白山洞	2	高溪蓝水山、蓝水、玉峰	33
河南	中岳嵩山洞	1	桐柏山、北邙山	22
东海			玉溜山、清屿山	22

在三十六洞天中，北方只有5个，七十二福地中，北方只有8个。可见洞天福地主要在南方，而在南方中，又主要集中在江西、浙江、湖南三省，洞天有20个，福地有37个，均超过半数。

"仙字"的演变，也可印证"仙界"的迁移，对此李丰楙先生已经揭出。"僊"初意为登天升遐。如《庄子·天地篇》中华封人描述圣人升天云："千岁厌世，去而上僊。乘彼白云，至于帝乡。"成玄英注《在宥篇》中"僊僊乎归矣"云："僊僊，轻举之貌，劝令归"。可见，早期"僊"字，意为轻举飞升，进入白云帝乡，此可与《诗经·小雅》中《宾之初筵》的用法相参，如"屡舞僊僊"云云。从战国晚期，经秦至汉，"僊"的含义已逐渐由动词向名词转变，意为"仙真"、"仙人"。《史记》、《汉书》等书中使用"僊"字，仍是表现轻举升天的姿势，而汉初方士中"僊"的使用，则表示升天中的具体的人，如《淮南子·览冥篇》中描述仙人"乘雷车，服驾应龙，……登九天，朝帝于灵门"。从"僊"到"仙"的变化，表现出神仙观念的转变，《说文解字》中就收有"仚"字，解释为"人在山上貌"。释"仙"字云：僊，长生仙去。从人，从䙴，䙴亦声。《释名》也云："老而不死曰仙"。段玉裁认为"仙，僊也，僊入山也。故其制字，人旁作山也。"又说："汉碑或从（'僊'去'人'偏旁），或从山。"《汉郊祀志》："僊人羡门。师古曰：古以僊为仙，《声类》

曰：仙，今僊字。盖仙行而僊废矣。”其原因就在于“迁入山”的观念已逐渐流行，仙境已由海上的仙岛，逐渐落实于中国舆图上的名山洞府。[①]

由于北方人士为逃避战乱大规模南迁，南方大量因海底上升所形成的石灰岩地带的溶洞相继被发现和开发，形成道教的“洞天福地”说。这种地形特征地理学上称为喀斯特地貌，广泛分布于南方地区。它的形成是石灰岩地区地下水长期溶蚀的结果。石灰岩的主要成分是碳酸钙（$CaCO_3$），在略有酸性的水中容易发生溶解，而南方多雨，雨水沿水平的和垂直的裂缝渗透到石灰岩中，将石灰岩溶解并带走。由于地表物质也被流水带走，还没有被溶解的石灰岩就形成了石灰岩喀斯特面。沿节理发育的垂直裂缝逐渐加宽、加深，形成石骨嶙峋的地形。当雨水沿地下裂缝流动时，就不断使裂缝加宽加深，直到终于形成洞穴系统或地下河道。狭窄的垂直纵向竖井与这些河道联通，使地表水得已顺畅地经地下河流走。地下喀斯特地貌有溶洞、地下河、地下湖等以及竖井、芽洞、天生桥等。

中国喀斯特地貌发育呈现出明显的气候分带现象，广西、贵州南部、湖南南部、云南东部和纬度比桂林更低的地区称为热带型，峰林地形是这一类型喀斯特地貌的主要标志；川东、鄂西山地和贵州高原大部分地区属温带—亚热带型，洼地、漏斗、竖井等负地形是本区的主要特征，江苏宜兴、浙江金华与杭州等地区的溶洞与石灰岩泉也可以归入这一类型；山西的太行山和部分吕梁山区、北京西山、山东西部丘陵等石灰岩零星出露地区属温带型，这里现代地表喀斯特作用比较微弱，地表水顺裂隙渗入地下，成为地下河及石灰岩泉，如济南、太原等地的石灰岩泉便是典型的例子；在中国西部高山区及内陆干旱区则属于寒带型和干旱型，这里由于昼夜温度变化较大，往往引起石灰岩的崩解，溶蚀作用就不十分明显。总之，喀斯特地貌绝大部分面积集中在中国南方。

这些巨大的洞穴成为道士修炼的理想场所。首先，从理论上来讲，上清派认为山洞乃“结气所成”。唐司马承祯《天地宫府图〈序〉》云：“道本虚无，因恍惚而有物；气元冲始，乘运化而分形。精象玄着，列宫阙于清景；幽质潜凝，开洞府于名山”。[②] 杜光庭《洞天福地岳渎名山记序》云：“乾坤既辟，清浊肇分，融为江河，结为山岳，或上配辰宿，或下藏洞天。皆大圣上真主宰其事，则有灵宫閟府，玉宇金台。或结气所成，凝云虚构；或瑶池翠沼，注于四隅；或珠树琼

① 李丰楙《误入与谪降》，台湾学生书局 1996 年版，第 38—40 页。

② 司马承祯《天地宫府图序》，《全唐文》卷九二四，山海古籍出版社 1990 年版，第 9633 页。

林，疏于其上。神凤飞虬之所产，天驎泽马之所栖。或日驭所经，或星缠所属；含藏风雨，蕴蓄云雷，为天地之关枢，为阴阳之机轴。”[①]他们视洞窟为神秘的有机体，犹如人体之气脉相通。《紫阳真人内传》云：“真人曰：天无谓之空，山无谓之洞，人无谓之房也。山腹中空虚是为洞庭，人头中空虚是为洞房。是以真人处天处山处人，入无间以黍米，容蓬莱山，包括六合，天地不能载焉。唯精思存真，守三宫，朝一神，勤苦念之，必见无英、白元、黄老在洞房焉。云车羽盖既来，便成真人。先守三一，乃可游遨名山，寻西眼洞房也，此要言矣。”[②]洞窟与人体同构，洞窟似人体，人体似洞窟。修炼的终极目标就是老子所谓的“虚其心，实其腹”，追求虚无，返本归原。

其次，从现实情况来看，汉魏六朝时期，战争频仍，死亡相继，瘟疫流行，洞窟是安全的避难场所。纬书和道书就一再强调仙境可避兵灾、水灾及瘟疫。《真诰》云：“金陵者，兵水不能加，灾疠所不犯”。并引《河图内元经》曰：“句曲之山，金坛之陵，可以度世，上升曲城。”《河书中篇》曰：“句金之山，其间有陵，兵病不往，洪波不登，此之谓也。都不学道，居其土，饮其水，亦令人寿考也。”[③]《真诰》中称茅山洞府中“土良而井水甜美”，地下水含有多种矿物质，饮用有益于身体健康，可助修炼，“华阳雷平山有田公泉水，饮之除腹中三虫”。早期道教认为，人的三丹田既有神灵驻守，又有凶灵徘徊，最为有害的是三虫（或称三尸）：青姑在头部泥丸宫、白姑在胸部绛宫、血尸则在下丹田。它们不仅侵犯丹田，直接导致人的衰老和死亡，还上天庭诉人罪过，企图以此缩短它们寄居者的寿命，因为人死后，三虫正好获得解放。因此，修道者应尽早摆脱它们，置其于死地。而且，洞府和山中多生仙草，“上皆生芝草，可以避大兵大难，不但于中以合药也”。[④]《真诰》中说：南岳罗江大霍洞台中有五色隐芝，茅山华阳洞亦有五种夜光芝，“得食一枚，心中一孔明，食七枚，七孔明，可夜书，计得食四十七枚，寿万年。”[⑤]洞府中还有道士炼制丹药用的石乳、石髓等材料。所以葛洪说：“古之道士合作神药，必入名山，不止于凡山中也。”而当时道教的修炼技术以服食草药和丹药为主，因而入山修炼就成为必然。

---

① 杜光庭《洞天福地岳渎名山记序》，《道藏》第11册，文物出版社、上海书店、天津古籍出版社1988年版，第55页。

② 《紫阳真人内传》，《正统道藏·洞真部传记类》。

③ [日]吉川忠夫、麦谷邦夫编，朱越利译《真诰校注》，中国社会科学出版社2006年版，第345—349页。

④ 葛洪《抱朴子内篇·金丹卷第四》，《诸子集成》第8册，第20—21页。

⑤ [日]吉川忠夫、麦谷邦夫编，朱越利译《真诰校注》，第413页。

复次，喀斯特地貌形成许多地下暗河和溶洞，互相沟连，如人体之经脉想通。张华《博物志》云："名山大川，孔穴相内，和气所出，则生石脂、玉膏，食之不死，神龙灵龟行于穴中矣。"洞室既通达上天，且众山之间相互贯通，人从此山洞窟进入，可从彼山洞穴出来。

这样，名山洞府就是道士的理想修炼之所，"吴句曲之金陵，养真之福境，成神之灵墟也"，"居其地必得度世见太平"。[①] 道经《守五斗真一经口诀》云："道士志学，山林隐静，久遁岫室，远迹人间，为之者益精，而神速至也。"[②]并由此衍生出名山洞府的仙境说，反映出末世情境中民众及宗教人追寻躲避酷政、战乱和瘟疫的乐园的愿望。

因而，当时小说中的仙境地理描写带有浓郁的南方地理色彩。南方的名山被说成是收藏天书道经的地方。《吴越春秋》卷六《越王无余外传》载大禹治水无功，翻检《黄帝中经历》，见其中云："在于九山东南，天柱号曰宛委。赤帝在阙。其岩之巅，承以丈玉，覆以盘石，其书金简，青玉为字。编以白银，皆瑑其文"。于是：

> 禹乃东巡登衡岳，血白马以祭，不幸所求。禹乃登山，仰天而啸，因梦见赤绣衣男子，自称玄夷苍水使者。"闻帝使文命于斯，故来候之。非厥岁月，将告以期，无为戏吟，故倚歌覆釜之山"。东顾谓禹曰，"欲得我山神书者，斋于黄帝岩岳之下，三月庚子，登山发石，金简之书存矣"。禹退又斋，三月庚子，登宛委山，发金简之书，案金简玉字，得通水之理。

大禹从纬书《黄帝中经历》中得到线索，在宛委山获得治理水患的天书。宛委在绍兴会稽山，《越绝书》云"禹上茅山大会计，更名曰会稽。"大禹治水成功后，在大茅山论功行赏，并将"大茅山"更名为"会稽"。南朝宋裴骃《史记集解》引三国魏张晏注云：大禹死后葬于此山，"上有孔穴，民闲云禹入此穴。"可见，会稽山又名"茅山"，与上清派的发源地茅山同名。茅山原名句曲山，传说因茅氏兄弟在此修道成仙而得名，其与绍兴茅山之间是巧合而同名还是有某种关联，目前不得而知。据魏夫人传，魏夫人生前并未到过句曲山甚至吴地，唐颜真卿的《魏夫人仙坛碑铭》只说她成仙后到过天台、句曲。是不是句曲附近的丹阳

① ［日］吉川忠夫、麦谷邦夫编，朱越利译《真诰校注》，第349、345页。
② 张君房《云笈七签》卷四十九"秘要诀法部五"，蒋力生校注，华夏出版社1996年版，第289页。

郡、晋陵郡道徒抢注了“茅山”地名？《真诰》中说魏夫人幼子刘瑕任职会稽时，曾将其母的法衣、经书留在绍兴。①

葛洪《抱朴子·辨问卷第十二》叙《正机》、《平衡》、《飞龟授袟》三书的源流时说：“皆仙术也。吴王伐石以治宫室，而于合石之中，得紫文金简之书，不能读之，使使者持以问仲尼，而欺仲尼曰‘吴王闲居，有赤雀衔书以置殿上，不知其义，故远谘呈。’仲尼以视之，曰：‘此乃灵宝之方，长生之法，禹之所服，隐在水邦，年齐天地，朝于紫庭者也。禹将仙化，封之名山石函之中，乃今赤雀衔之，殆天授也。’以此论之是夏禹不死也，而仲尼又知之；安知仲尼不皆密修其道乎？”②大禹因天书而仙去，他秘藏的天书又被朱雀衔去献给吴王阖闾，后来灵宝派遂将其重要符箓《灵宝五符》说成是曾被大禹藏于洞庭包山之穴，后在洞庭出世的天书。

郭璞因避“五胡之乱”南来，定居于暨阳（今江苏江阴）。他在《玄中记》中描绘道：“北方有钟山焉，山上有石首如人首：左目为日，右目为月；开左目为昼，开右目为夜；开口为春夏，闭口为秋冬。”金陵山脉更名为钟山或许与此有关。另外，苏州管辖的长洲县之得名，可能也与海外世界十三州中的“长洲”有关。长洲县得名于境内的古长洲苑。枚乘《游海赋》云：“修治丘陵，杂以离宫，积聚玩好，圈守禽兽，不如长洲之苑；游曲台，临上谷，不如朝夕之池。”左思《吴都赋》曰：“带朝夕之浚池，佩长洲之茂苑。”唐武周时，析吴县东部分置长洲县。郭璞又把太湖洞庭山描绘为仙境，稍后的王嘉《拾遗记》则将“太湖洞庭”变为“湖北洞庭”。

总之，江苏的句曲、太湖之列入仙山，或一些地名以传说中的仙境命名，恐都与当地的道教兴盛有关。

而在小说中，一些北方籍的仙真，也是来南方修道而成功的。如陶渊明《搜神后记》卷一写辽东丁令威，学道于灵虚山。灵墟山位于安徽当涂县附近。任昉《述异记》中“武陵源”条，则将陶渊明《搜神后记》中的“武陵源”移至吴中，并易名为“桃李源”，称避秦乱者于此得食桃李而成仙。③ 而小说中的仙境描写，也体现出南方的地理特征。如刘义庆《幽明录》：

---

① ［日］吉川忠夫、麦谷邦夫编，朱越利译《真诰校注》，第582页。

② 葛洪《抱朴子内篇·辨问卷第十二》，《诸子集成》(8)，第56页。

③ 论者谓作者在“桃树”的基础上增加了“李树”，其实南方民间俗称桃为“桃李”，是一种树。

嵩高山北有大穴，晋时有人误堕穴中，见二人围棋。下有一杯白饮，与堕者饮，气力十倍。棋者曰："汝欲停此否?"堕者曰："不愿停。"棋者曰："从此西行有大井，其中有蛟龙，但投身入井，自当出。若饿，取井中物食之。"堕者如言，可半年，乃出蜀中。归洛下，问张华。华曰："此仙馆。夫所饮者玉浆，所食者龙穴石髓。"

这人堕入嵩山穴中，在洞穴中行走半年后，从蜀地而出。且赖饮用玉浆、石髓而不饥。该书还有条故事，写汉时洛阳有一妇人欲杀夫，将他推进一深不见底的洞穴中。其人靠食用黄河下龙涎，昆山下泥而不饥，进入长人国仙境，向前行走一百多里后，从交郡而出，回到洛下，此时世上已过了六七年。交郡在今天的越南北部。

又如张华《博物志》云：

君山有道，与吴包山潜通，上有美酒数斗，得饮者不死。汉武帝斋七日，遣男女数十人至君山，得酒，欲饮之，东方朔曰："臣识此酒，请视之。"因一饮致尽。帝欲杀之，朔乃曰："杀朔若死，此为不验。以其有验，杀亦不死。"乃赦之。

郭璞《玄中记》云：

吴国西有具区泽，中有包山，山有洞庭宝室。入地下潜行，通琅琊东武。蜀郡有青城山，有洞穴潜行，分道为三，道各通一处，西北通昆仑。彭城北有九里山，有穴潜通琅琊，又通王屋，俗呼为黄池穴。天下之多者水也，浮天载地：高下无所不至，万物无所不润。

上举数篇小说，都反映了道教关于天下圣山互相潜通的观念，而这种观念又是在南方的喀斯特地貌基础之上夸饰而成。

湖南也是喀斯特地貌较为集中的地区，故常成为小说中仙境描写的材料。如王嘉《拾遗记》中"洞庭山"写一个采药石之人进入洞庭山中，受到玉女的热情接待，"饮以琼浆金液，延入璇室，奏以箫管丝桐，饯令还家，赠之丹醴之诀。"后因思念亲人回乡，发现自己离家已有三百年了。陶渊明《搜神后记》有三篇，第一篇写武陵渔民进入桃花源，这里的百姓与世隔绝，不知有汉，过着恬然自乐的生活。第二篇写南阳刘子骥至衡山采药，见有一涧水，水南有二石囷，一闭一开。水深广，不得渡。欲归迷路，遇伐薪人问径，仅得还家。回来后听人说囷中皆仙方灵药等。子骥欲再回去寻找，已找不到那地方了。第三篇写长沙醴陵县有二人乘船沿河收集柴木，见岸下土穴中水逐流出，有新斫木片逐流下，深山中有人迹，其中一人入穴，行数十步，便开明朗然，不异世间。陈寅恪曾指出：《桃花源记》既是寓意，也是写实。[①] 就是说，它是在武陵真实地貌的基础上构思而成，而非闭门造车。

上述小说都是写人通过一个小洞穴而进入一个宽广的世界，与《神仙传》中壶公的壶中世界类似，是道教所谓无中生有，壶中世界，袖里乾坤等观念的反映。道教认为虚空是世界的本原，虚空就是玄牝，道教修炼的最终目的就是返本归元，炼神还虚，“洞”就是“子宫”的隐喻，明初诗人魏观的诗集《蒲山牧唱》中写游览仙山洞府，其中即有“疎峰未登过玄牝，杰阁先容豁素襟”之句，就是把山谷、洞府比喻为“玄牝”。

另外，祖冲之《述异记》中有二则写到庐山。一则写吴猛游庐山，过三石梁，见一老人，坐桂树下，以玉杯承甘露与猛，猛遍与弟子。又进至一处，见崇台广厦，玉宇金房，琳琅昆耀，晖彩眩目，多珍宝玉器，不可识名。见数人与猛共言，若旧相识。暗示吴猛是庐山的仙人。另一则写有人到庐山采伐松树，遭到神人的呵止，此人寻声而上，见一异花，形甚可爱，其香非常，知是神异，因掇而服之，得寿三百岁。任昉《述异记》写晋时王质至信安郡（今浙江衢州）石室山伐木，见童子数人棋而歌，质因听之。童子以一物与质，如枣核，质含之而不觉饥。俄顷，童子谓曰：“何不去？”质起视，斧柯尽烂。既归，无复时人。王浮《神异记》记余姚人虞洪入山采仙茗，遇神仙丹丘子。

总之，这些小说中描写到的仙山，一般都被列入“三十六洞天”或“七十二福地”之中，而又以南方的山脉为主。

二　魏晋六朝小说与剡中

剡县西汉置，在今浙江东部，包含嵊州和新昌，处越之东徼，为会稽、四明、天台三大名山交会之处，山川秀异、民风古朴，素有“东南眉目”之美誉。占有

① 北京大学、北京师范大学中文系编《陶渊明研究资料汇编》，中华书局 1962 年版，第 338 页。

第十洞天(三十六小洞天之“会稽山洞”)、七十二福地中之第十五福地(沃州山)、第十六福地(天姥山)和第六十福地(司马悔山)。魏晋时,战乱频仍,成为人们避乱的好去处,时有“两火一刀(指剡)可以逃”之谶。仅“沃洲”一隅,即有十八高僧、十八高士先后入剡,著名者有魏伯阳、戴逵、葛洪、王羲之、支遁、许恂、孙绰、谢灵运、褚伯玉、顾欢等,以致“剡客”成为隐士的异称。

剡中与上清派有非常密切的关系。《真诰》中曾详述上清经的造作、传播源流,其中有不少涉及上清与剡中的资料。许谧之父许副曾为剡县令,乃举家迁剡。许副第四子许迈,与王羲交厚,往来台、剡两地,建栖真观于盖竹山。晋安帝元兴三年(404),京师屡遭兵燹,许翙子许黄民(361—430)恐上清大洞真经散失,又闻先人遗言,知剡乃消灾避难之地,乃率子豫之及诸门人奉经回剡中,为剡人马朗所供养,朗从弟罕亦相周给。时人咸知许先生乃得道之士,且其祖上在剡为官亦有政声,故多加崇敬。黄民于元嘉十二年(435)羽化,葬于剡之白山(今新昌县镜岭镇)。当时有道士王灵期,才思绮拔,得许授真经,又受灵宝派造经的启发,乃造作新经,使上清经增益至百余卷,大大扩大了上清派的影响。

元嘉六年(429),钱塘杜道鞠,雅爱道法,家业殷富,闻许之盛名,几番来剡相请,许感其诚,勉为一行。乃封真经一橱于马朗净室之中,语朗曰:“此经并是先灵之迹,唯须我自来取,纵有书信,慎勿与之。”乃分持经传及杂书十数卷至杜家。其后吴兴陆修静(406—477)于剡中马家取得“上清经法”,永康孙游岳得其真传,孙又传陶弘景。齐永明六年(488),陶弘景于茅山得杨羲、许谧手书真迹,又于八年(490)入剡,收集散失在民间的上清遗经,得真人手迹十余卷。十年(492),隐居句曲山,传上清大洞经箓,开道教茅山宗。

海宁顾欢(419—483)深痛杨、许真经散落民间,乃入剡,与朱僧标等四处搜集整理《上清大洞经书》,编纂而成《真迹经》一书,成为陶弘景《真诰》之底本。他于剡及天台山开馆授徒,四方来归,达数百人,齐永明四年(483)于剡山仙去。①

可见,上清派的九代宗师及对上清的开创做过巨大贡献的高道,均与剡中有密切关系。至唐,第十二代宗师司马承祯、第十三代宗师李含光都曾来剡搜集上清三洞遗经。其他上清著名人物,如吴筠、李白、贺知章等,都曾访问或隐居过剡中。

---

① 参见《真诰》卷十九、二十“翼真检”部分。

由此可见，剡中是上清派仅次于句曲的圣地，据《真诰》记载，有许多修道者在这里修真，这里的民众受道教上清派的巨大影响就在所难免，而剡中也成为当时小说中遇仙故事的所在地。如《幽明录》中刘、阮天台的故事：

汉明帝永平五年，剡县刘晨、阮肇共入天台山取谷皮，迷不得返，经十三日，粮食乏尽，饥馁殆死。遥望山上有一桃树，大有子实，而绝岩邃涧，永无登路。攀援藤葛，乃得至上。各啖数枚，而饥止体充。复下山，持杯取水，欲盥漱，见芜菁叶从山腹流出，甚鲜新，复一杯流出，有胡麻饭糁，相谓曰："此知去人径不远。"便共没水，逆流二三里，得度山出一大溪，溪边有二女子，姿质妙绝，见二人持杯出，便笑曰："刘、阮二郎，捉向所失流杯来。"晨、肇既不识之，缘二女便呼其姓，如似有旧，乃相见忻喜。问："来何晚邪？"因邀还家。其家筒瓦屋，南壁及东壁下各有一大床，皆施绛帐，帐角悬铃，金银交错。床头各有十侍婢，敕云："刘、阮二郎，经涉山岨，向虽得琼实，犹尚虚弊，可速作食。"食胡麻饭、山羊脯、牛肉甚甘美。食毕行酒，有一群女来，各持五三桃子，笑而言："贺汝婿来。"酒酣作乐，刘、阮忻怖交并。至暮，令各就一帐宿，女往就之，言声清婉，令人忘忧。十日后，欲求还去，女云："君已来是，宿福所牵，何复欲还邪？"遂停半年。气候草木是春时，百鸟啼鸣，更怀悲思，求归甚苦。女曰："罪牵君，当可如何？"遂呼前来女子有三四十人，集会奏乐，共送刘、阮，指示还路。既出，亲旧零落，邑屋改异，无复相识。问讯得七世孙，传闻上世入山，迷不得归。至晋太元八年，忽复去，不知何所。

《搜神后记》中袁相、根硕的故事：

会稽剡县民袁相、根硕二人猎，经深山重岭甚多，见一群山羊六七头，逐之。经一石桥，甚狭而峻。羊去，根等亦随渡，向绝崖。崖正赤，壁立，名曰赤城。上有水流下，广狭如匹布，剡人谓之瀑布。羊径有山穴如门，豁然而过。既入，内甚平敞，草木皆香。有一小屋，二女子住其中，年皆十五六，容色甚美，着青衣。一名莹珠，一名洁玉。见二人至，忻然云："早望汝来。"遂为室家。忽二女出行，云复有得婿者，往庆之。曳履于绝岩上行，琅琅然。二人思归，潜去归路。二女已知，追还，乃谓曰："自可去。"乃以一腕囊与根等，语曰："慎勿开也。"于是乃归。后出行，家人开视其囊，囊如莲花，一重去，一重复，至五盖，中有小青鸟，飞去。根还知此，怅然而已。后根于田中耕，家依常饷之，见在田中不动，就视，但有壳如蝉蜕也。

两篇小说都是写普通百姓由于偶然进入仙境，通过绝岩邃涧，天然石桥等喀斯特地貌的标志性特征，这些地理特征也是连接圣凡地带、由凡入仙的标志，具有宗教的隐喻意义；仙境的标志性植物则有桃树、胡麻等，这是早期服食成仙观念的体现。相对于北方的山川，南方气候温和，植物丰富，因而容易描述为理想的神仙境界。凡男与仙女的这种偶然巧遇，结为露水夫妻的叙事模式，也是受上清派思想影响而形成的。如上清经《元始上真众仙记》云："凡青嶂之里，千岭之际，仙人无量，与世人比肩而不知。凡人有因缘者，或在深山迷悟入仙家，使为仙洞玉女所留。"①《真诰》中进一步说："世人采药往往误入诸洞中，皆如此，不使疑异之。"②因为打猎或采药等偶然行为而进入仙境，偶然中又体现出佛教的缘分观、道教的"种民"观。两篇小说都没有着意渲染凡男和仙女之间的性关系，但在结尾都暗示他们已成仙，这正是上清派男女偶景关系新房中思想的反映。仙女在整个故事中起着引导凡男修道成仙的作用。

---

① 《元始上真众仙记》，《道藏》第3册，第271页。

② ［日］吉川忠夫、麦谷邦夫编，朱越利译《真诰校注》，第357页。

陆机生平、作品考证三题

复旦大学中文系　杨　明

西晋陆机，可说是我国古代江南文学家中的巨擘。他是吴郡吴（今江苏苏州）人，华亭（今上海松江）则是他的故里。他与北方的曹植，都是骈体文学时代的大文豪，代表了魏晋时代诗文创作的最高成就。但由于时代久远，资料缺乏，关于陆机的生平和作品，虽经许多学者的辛勤考索，却还是有不少问题未能搞清楚。本文就其中三个问题，加以考证，以供商榷。

一　陆机应征赴洛阳的时间和所任官职

关于陆机赴洛，过去人们多根据唐修《晋书·陆机传》、文选李善注引臧荣绪《晋书》等资料，认为陆机是在吴灭之后约十年才应征召到洛阳的。朱东润先生《陆机年表》[①]首先提出，吴灭之年，陆机曾被俘虏而到过洛阳。近若干年来，中日两国都有学者响应朱先生的论断。笔者也赞同这样的观点。唐修《晋书》和臧荣绪《晋书》所述，应理解为陆机的第二次入洛。

第一次入洛是被俘虏，第二次则是应征。但是，应何征召，何年应征，史料记载有不一致处。有一些资料，说是太傅杨骏召为祭酒；也有某些资料说是以太子洗马征。关于这一问题，曹道衡先生《陆机事迹杂考》有确切的考证[②]。曹先生证明臧荣绪《晋书》所说“太熙末，太傅杨骏辟机为祭酒”（臧书见《文选》潘岳《为贾谧作赠陆机》李善注及陆机《谢平原内史表》李善注所引）是正确的，

---

① 武汉大学文哲季刊第一卷第一期，1930 年 4 月。

② 收入曹道衡《中古文史丛稿》，河北大学出版社，2003 年 10 月。

只是所谓“太熙末”实际上应是惠帝永熙元年(290 年)。该年正月改元太熙，四月晋武帝卒，惠帝即位，改元永熙。据《晋书・惠帝纪》和《杨骏传》，武帝临终之时，以杨骏为太尉、太子太傅，惠帝即位之后，夏五月，杨骏进为太傅，辅政专权。因此杨骏辟陆机为祭酒，其实是永熙五月之后的事。

笔者赞同曹先生的结论。这里只想申说一点想法，即杨骏征召在永熙，而陆机应召启程北上当在次年即永平元年(即元康元年，三月改元)早春。臧荣绪说“太熙末，太傅杨骏辟机为祭酒”，太熙之年即永熙之年，所谓“太熙末”，应该理解为永熙岁末吧。那么，陆机接到征命，做一些准备，然后离家北上，应该是第二年春天了。他的《赴洛》诗云：“谷风拂修薄，油云翳高岑”。按《诗・邶风・谷风》：“习习谷风，以阴以雨。”毛传：“东风谓之谷风，阴阳和而谷风至。”因此“谷风拂修薄”应该是写春天景象。不过，他还有《赴洛道中作》诗，诗中有“哀风中夜流”、“侧听悲风响，清露坠素辉，明月一何朗”之句，又像是秋天的风景。但是，若真是秋日，诗人总不会用“谷风”这个词语吧。事实上“哀风”、“悲风”、“清露”，与早春气候也还是相合的。孤独的旅人，在尚存寒意的春夜旷野里，听到呼呼的风声，当然会感到悲凉。

如若陆机是永平元年春天赴洛并到达洛阳，那么他任职太傅祭酒的时间就极为短促，甚至也许还来不及正式履职。因为就在这一年的三月，贾后设谋发动政变，杨骏被诛杀。《文选》陆机《赴洛》李善注说：“《集》云：‘此篇赴太子洗马时作。’”《集》是指李善所见到的《陆机集》，“赴太子洗马时作”这句话可能是编《集》者所说。不论如何，明明是应杨骏之召，为何说是赴太子洗马呢？或许就与任祭酒为时极短这一情况有关。担任祭酒只不过是名义上的事，便略而不记了。

陆机下一个职务才是太子洗马。他是什么时候担任此职的呢？笔者以为当在元康元年(291)年末。杨骏被杀在该年三月，牵连甚广，一时政局动荡，陆机应是赋闲了一段时候，然后才被命为太子洗马而入东宫。惠帝永熙元年八月，其子司马遹立为太子，但次年元康元年才出就东宫。陆机被召为太子洗马应在元康元年司马遹出就东宫之时。那么为何说在该年末而不是此前或此后呢？笔者这样判断有三条理由：一、陆机《吴王郎中时从梁陈作》是元康四年秋离太子洗马之任改任吴王郎中令时所作，诗中说到侍奉太子，云：“谁谓伏事浅，契阔逾三年。”元康元年末至四年秋首尾四年，故曰逾三年。如果元康二年才为洗马，那么到四年秋实足才两年多，虽然连头带尾数可以说是三年，但说“逾三年”就不妥了。如果元康元年末以前，比如该年夏、秋即已入东宫，那虽然也是“逾三年”，但结合下面第二条考虑，就觉得也不够妥当。二、陆机《答贾长渊(谧)》是元康六年离吴王郎中令之任、改任尚书中兵郎时所作。诗中说到自己在东宫任职时，贾谧亦侍奉东宫，因此与之交游。贾谧之侍东宫与太子游处，应也是始于太子出就东宫之时，即与陆机为洗马大体同时。诗云:“游跨三春，情固二秋。”从元康元年末至四年秋，正是三个春天(元康二年春、三年春、四年春)，两个秋天(元康二年秋、三年秋)。如若陆机元康元年夏、秋已入东宫，就不止“二秋”了。三、陆机《谢平原内史表》作于惠帝太安二年(303)，表中自述入朝以来蒙恩升转的过程，云“入朝九载，历官有六”。那应是从任太子洗马数起，至永康元年(300)任中书郎止。(为杨骏祭酒，不论正式履职否，那属于公府征召，不是天子之命，故不算“入朝”。)291 年末为太子洗马，到 300 年，恰为九载。当然，若就任太子洗马是 292 年春，至 300 年，连头带尾算，也可说是九载。但如上文所说，若 292 年方为洗马，便与《吴王郎中时从梁陈作》“契阔逾三年”不合。总之，将上述三条合起来考虑，陆机为太子洗马的时间，定为元康元年末较妥。

二 陆机任吴王郎中令时曾回到故乡

唐修《晋书·陆机传》说:“吴王晏出镇淮南，以机为郎中令。”《文选》陆机《答贾长渊》李善注、陆机《谢平原内史表》李善注所引臧荣绪《晋书》，也说:“吴王出镇淮南，以机为郎中令。”陆机自己也清楚地说:“元康四年秋，余以太子洗马出补吴王郎中(令)。”[①]又说:“殿下东到淮南，发诏以臣为郎中令。”[②]可知陆机在任太子洗马之后的官职，是任吴王郎中令。

吴王，指吴王司马晏。陆机本人和唐修《晋书》、臧荣绪《晋书》都说是司马晏到淮南的时候，任命陆机为郎中令的。据《晋书·武帝纪》，太康十年(289)以司马晏之兄司马允为淮南王，封司马晏为吴王。按晋朝制度，所封诸王，有的本人前往封国，且统领一方军事，有的则留在京都，不前往封国，只不过食封国租税而已。司马允前往封国，都督扬州诸军事;司马晏则不前往封国，而食丹杨、吴兴、吴三郡租税。(据《晋书·武十三王传》)司马允的封国淮南郡，治

---

① 《皇太子清宴诗序》，《北堂书钞》卷六十六引。
② 《诣吴王表》，《太平御览》卷二百四十八引。

所在寿春(今安徽寿县),而其都督扬州诸军事的镇所也是寿春。(吴灭以前,魏晋扬州刺史治寿春,都督扬州军事亦镇寿春。吴灭,扬州刺史改治建邺,但都督扬州军事仍镇寿春。《晋书》卷三十七《宗室传》载:司马植"出为安东将军、都督扬州诸军事,代淮南王允镇寿春。"可以为证。元康九年司马允入朝,故拟以司马植代之。)吴王往淮南,应就是往寿春。吴王为何前往淮南?情况不明。所谓"出镇淮南",也不好理解。(有的学者认为吴王往淮南,是与其兄淮南王一起为其母李夫人办丧事,而陆机从行前往。见俞士玲《陆机陆云年谱》"元康四年谱"。其主要根据是陆云《谏吴王起西园第宜遵节俭启》中有这样一句话:"昔淮南太妃当安厝,臣兄比下墨,机时为郎中令从行。"但"比下墨"三字费解,而"机时为郎中令从行"八字似后人解释之语阑入者。)但陆机此时的行踪,却可以确定:他没有前往淮南寿春,而是曾回到故乡吴地。这从他的《行思赋》(载《艺文类聚》卷二十七)可以看出来。

> 背洛浦之遥遥,浮黄川之裔裔。遵河曲以悠远,观通流之所会。启石门而东萦,沿汴渠其如带。托飘风之习习,冒沉云之蔼蔼。商秋肃其发节,玄云沛而垂阴。凉气凄其薄体,零雨郁而下淫。……嗟逝宦之永久,年荏苒而历兹。越河山而托景,眇四载而远期。孰归宁之弗乐,独抱感而弗怡。

《艺文类聚》所载并非完篇,《水经注·泗水》引有两处佚文:

> 乘丁水之捷岸,排泗川之积沙。
> 行魏阳之枉渚。

赋云"越河山而托景,眇四载而远期",意思是说自己托身于远隔山河的异乡,已经度过漫长的四年之久。据上文所考,陆机于永平元年(291)离家赴洛,"四载"应是元康四年(294)。这正是陆机离太子洗马之任而为吴王郎中令的那一年。《皇太子清宴诗序》说:"元康四年秋,余以太子洗马出补吴王郎中(令)。"本赋说:"商秋肃其发节。"时令也正相符合。而且由"发节"一语,可知那是初秋时节,秋天刚刚开始。(因此《答贾长渊》说"情固二秋",元康四年的秋天不数在内,因初秋时已离太子洗马任而出发了。)因此我们可以判定,《行思赋》是元康四年接到诏命改任吴王郎中令而南下时所作。而由赋中所写的行程,可以判定不是往淮南，而是往家乡吴地。

按照赋中所述，陆机离开洛阳，泛黄河东行。“河曲”指洛阳东北、孟津一带的黄河段。曹丕《与朝歌令吴质书》说自己“时驾而游，北遵河曲”，当时曹丕就在孟津(今河南孟县南)。“启石门而东萦，沿汴渠其如带”，是说经过石门，进入汴渠。《水经·济水》注云：“灵帝建宁四年于敖城西北垒石为门，以遏渠口，谓之石门，故世亦谓之石门水。门广十余丈，西去河三里。石铭云建宁四年十一月，黄场石也，而主吏姓名磨灭不可复识。”[①]郦道元所谓“渠口”，即汴渠口，河水经此而入汴渠。《后汉书·明帝纪》永平十二年：“夏四月，遣将作谒者王吴修汴渠。”李贤注：“汴渠，即莨荡渠也。汴自荥阳首受河，所谓石门，在荥阳山北一里。”总之陆机此行沿黄河东北行，至荥阳北、敖仓(郦道元所谓“敖城”)附近的石门折入汴渠。汴渠，即汴水，是魏晋时由中原地区往东南地区的水运干道的一部分。自汴渠东行至浚仪(今河南开封)，再东循汳水、获水至彭城(今江苏徐州)，即可转入泗水。《行思赋》佚文云：“乘丁水之捷岸，排泗川之积沙。”按《水经·泗水》“又东南过吕县南”郦道元注：“泗水又东南流，丁溪水注之。溪水上承泗水于吕县，东南流，北带广隰，山高而注于泗川。泗水冬春浅涩，常排沙通道，是以行者多从此溪。即陆机《行思赋》所云‘乘丁水之捷岸，排泗川之积沙’者也。”陆机所说的“丁水”，即丁溪水；所说的“泗川”，即泗水。杨守敬疏：“丁溪水盖以溪水如丁字也。”又云：“‘山高’二字当倒互，然终恐有误。”细看郦道元的注文，丁溪水盖自泗水分出，而又流归泗水，因此当泗水淤塞不畅时，行者便可取道丁溪水，然后回归泗水。行人在彭城由汴入泗，然后沿泗水东南行，经吕县(今江苏徐州东南)、下邳(今江苏邳县南)、下相(今江苏宿迁)，至淮阴(今江苏清江西南)对岸入淮，即可继续南行过长江，进入今苏南地区。陆机当日走的就是这条路线。《行思赋》佚文又云：“行魏阳之枉渚。”按《水经·泗水》“又东南入于淮”注：“泗水又东南迳魏阳城北，城枕泗川。陆机《行思赋》曰：‘行魏阳之枉渚。’故无魏阳，疑即泗阳县故城也，王莽之所谓淮平亭矣。盖魏文帝幸广陵所由，或因变之，未详也。”郦道元的意思，是说“魏阳”应即泗阳故城，因魏文帝曹丕行幸广陵时曾经过那里，因此被名为魏阳。按：泗阳县为汉代所设，东汉时废，熊会贞《水经注疏》说在清代之桃源县东南，即

① 王国维《观堂集林》卷十八《南越黄肠木刻字跋》云：“实则郦氏所见石门，乃后世发汉建宁旧墓石为之，郦氏误以治石之年为作门之年，不悟水门之铭不得称黄肠石也。”王氏以为郦道元所云黄场石当作黄肠石，乃墓石，其所见石门应建于汉灵帝以后，系发灵帝时墓葬取其石材为之者。

今江苏泗阳东南。由这句佚文,可知陆机循泗水东南行,又经过泗阳故城,那里离开淮阴已经不远了。

陆机此行的路线,是由洛阳赴东南吴地的路线,不是赴寿春的路线。如果前往寿春,开始一段也是由黄河入汴水,但到达浚仪(今开封)后,便不是循汳水、获水而至彭城(今徐州)再转入泗水,而是在浚仪继续缘莨荡渠折向南,经由梁国治所陈县(今河南淮阳),至项县(今河南沈丘)入颍水,然后经汝阴郡治所汝阴(今安徽阜阳),在寿春西入淮河,再沿淮河东北行,即可抵达寿春。那是绝对不需要如《行思赋》所述经由彭城绕那么一个大圈子的。

《行思赋》虽然今日所存已非完篇,但从所存文句说到的行程,即可判断陆机此行,即任吴王郎中令时,是曾经回归故乡的。赋中说到"归宁",也表明了这一点。

还可举出两个旁证:潘尼的《赠陆机出为吴王郎中令》说:"祁祈大邦,惟桑惟梓。穆穆伊人,南国之纪。帝曰尔谐,惟王卿士。……今子徂东,何以赠旃?"意思是说陆机将回归故里。李善注便说:"徂东,谓适吴也。"又潘岳《为贾谧作赠陆机》(该诗作于两年后陆机离吴王郎中令之职、任尚书郎时):"藩岳作镇,辅我京室。旋反桑梓,帝弟作弼。""旋反桑梓",说得就更明白了。

这里应提到陆机的《吴王郎中时从梁陈作》一诗,诗云:"夙驾寻轻轨,远游越梁陈。"陆机《诣吴王表》说:"殿下东到淮南,发诏以臣为郎中令。"似乎吴王先到淮南,方才以陆机为郎中令,陆机并非随同吴王一起出发,所以说"寻轻轨",意谓追寻吴王的踪迹。但这只是大概而言,不应理解为与吴王走一样的路线。(也有可能吴王先到淮南,然后由淮南前往封地吴。然而这仅是猜测。)"越梁陈",东汉有梁国、陈国,魏有梁国、陈郡,其地相连,大致相当今河南商丘至淮阳一带,晋武帝时并合陈郡入梁国。(据《晋书·地理志》)陆机此行,经汴水、汳水,于彭城入泗水,是越过梁国北境的,却并不经过陈地,说"梁陈"只是连类而及罢了。若由洛阳往寿春,则经过陈地。但上面考证《行思赋》,陆机自述行程十分明确,因此我们对"越梁陈"作这样的理解,即经过梁之北境。江淹《杂体诗三十首》中拟陆机的一首,有"驱马遵淮泗,旦夕见梁陈"之句,说的是陆机应征召由家乡赴洛的路程,其"梁陈"二字也只是连类而已。

陆机此行,身份是吴王郎中令,他前往吴地有何公干呢?资料有阙,也难以判断。《宋书·邓琬传》有"时湘东国侍郎虞洽为太宗(刘彧,时为湘东王)督国秩,在湘东"的话,可见为王前往封地督办征收租税之类事务,也是王国僚属的职责所在[①]。南朝如此，晋代当亦如此。陆机是否赴吴办理此类事务，我们自不敢妄断，但至少可以了解：即使王不往封地，但派遣僚属前往办事，那也是不足为奇的。

附带说一下：有的学者认为《行思赋》是陆机元康六年归乡之时所作，其依据是《太平御览》卷六百三十四所载的一段话："陆机《思归赋》序曰：余牵役京室，去家四载。以元康六年冬取急归。而羌虏作乱，王师外征。机兴愤而成篇。"但是，正是《思归赋》，表明陆机该年虽欲请假还乡，却因王事倥偬，未能如愿。《太平御览》所引的《思归赋序》，在《艺文类聚》卷二十七也曾引载："余以元康六年冬取急归。而王师外征，职典中兵，与闻军政，惧兵革未息，宿愿有违。怀归之思，愤而成篇。"赋云："节运代序，四气相推。寒风肃杀，白露沾衣。……冀王事之暇豫，庶归宁之有时。候凉风而警策，指孟冬而为期。"很清楚，作赋之时已是秋季，陆机希望孟冬十月时能够成行。而《行思赋》说："商秋肃其发节。"初秋时候已经出发上路了。因此《行思赋》决非元康六年所作，也就是说与《归思赋》不是同年所作。

至于《太平御览》的引文"去家四载，以元康六年冬取急归"，其实是有问题的，《艺文类聚》的引文就没有"去家四载"的话。有的学者据《御览》引文判定陆机离家赴洛是在元康二年（292），是不确的。此点曹道衡先生《陆机事迹杂考》已经说过了。

三　贾谧、陆机赠答诗的作年

如上文所言，元康二年至四年间，贾谧与陆机同在东宫。后来二人有诗赠答（贾诗由潘岳代笔），贾赠陆答。其诗载于《文选》卷二十四。陆机答诗序云："余昔为太子洗马，贾长渊以散骑常侍侍东宫积年。余出补吴王郎中令，元康六年入为尚书郎，鲁公赠诗一篇，作此诗答之云尔。"依据此序，二人赠答诗在元康六年（296）陆机由吴王郎中令改任尚书郎之时，李善注、五臣注都无异议。但是有的学者认为序文可能有脱漏，其诗应作于元康八年（298）陆机改任著作郎时。笔者则仍认为作于元康六年，今略加申说。

作于元康八年之说，有三条理由：一、贾谧赠诗说陆机"擢应嘉举，自国而

---

① 参考周一良《魏晋南北朝史札记·〈南齐书〉札记·封国远近与禄秩》，中华书局，1985年。

迁。齐辔群龙，光赞纳言。优游省闼，珥笔华轩。”“擢应”二句说由吴王僚属入朝，“齐辔”二句说为尚书郎，“珥笔”二句说为著作郎，“珥笔”，是指代著作之事。二、与贾诗相对应，陆机诗云：“往践藩朝，来步紫微。升降秘阁，我服载晖。”“往践”二句是说为吴王郎中令，然后入朝为尚书郎，而“升降”两句是说为著作郎，因为“秘阁”是指代秘书省，著作郎隶属于秘书省。三、贾诗说：“自我离群，二周于今。”所谓“离群”，是指为其祖母（其实是外祖母，贾谧实为韩寿子）郭槐服丧。服丧其间不担任官职，故而“离群”。郭槐卒于元康六年，至八年为二载，也就是“二周于今。”

这三条似乎有理，但其实未必能够成立。

一、“珥笔”一语，谓插笔于冠，如同今人随身携笔以备用。著作之事固然经常用笔，因此古人说到著作时会用“珥笔”之语，如《文心雕龙·时序》所谓“孟坚（班固）珥笔于国史”，但是其他官员也需用笔而且插笔于冠，如同手执笏板以备记录一样。经常接近皇帝的官员尤其如此。《晏子春秋·外篇》有“拥札掺笔，给事宫殿中”的话，可知先秦时朝廷之臣已经携带笔札。《汉书·赵充国传》说，张安世“持橐簪笔事孝武帝数十年”，张晏注曰：“近臣负橐簪笔，从备顾问，或有所纪也。”簪笔也就是珥笔。张安世于汉武帝时任职于尚书，后擢为尚书令，其职务便是为皇帝掌管文书，他并未任著作之职。曹植《求通亲亲表》向魏明帝提出请求，希望让他能任职于朝廷，“执鞭珥笔，出从华盖，入侍辇毂，承答圣问，拾遗左右”，那是希望能担任侍中、散骑常侍之类近侍之臣，并不是要求担任著作。杜预《举贤方正表》说：“按苏赞布行于草野，着德于闾阎，放心直意，若得珥笔丹墀，推访格言，必有谔谔匪躬之节。”“珥笔丹墀”云云，是说置身朝廷阶墀之下，进献谠言，也不是说任著作之职。总之，“珥笔”之语，不是专用于著作。尚书郎的职务是“作文书，起草”（《晋书·职官志》），使用“珥笔”之语是十分恰当的。当然，晋代的尚书郎未必真在冠上插笔。《宋书·礼志》说：“古者贵贱皆执笏，……有事则书之，故常簪笔。今之白笔，是其遗象。三台五省二品文官簪之，王公侯伯子男卿尹及武官不簪，加内侍位者乃簪之。手版即古笏矣，尚书令、仆射、尚书手版头复有白笔，以紫皮裹之。”（又见《晋书·舆服志》）尚书郎的官阶，还不到头戴簪笔之冠、手执附笔之版的资格，但诗中用作典故，自然是可以的。后世也还有这样用的。王维《上张令公》：“珥笔趋丹陛，垂珰上玉除。”张令公指张九龄，他时任中书令，并非著作之任。

二、“秘阁”之语，后世确常指代秘书省，但魏晋时未必是那样。按《文选》陆机《答贾长渊》李善注：“《后汉书》曰：‘谢承父婴（《困学纪闻》卷十三《考史》

阎若璩注云当作贤),为尚书侍郎。每读高祖及光武之后将相名臣策文通训,条在南宫,秘于省阁。唯台郎升复道取急,因得开览。'云入为尚书郎,作此诗,然秘阁即尚书省也。"李善的意思,并非以"秘阁"为尚书省的代称,而是说陆机诗中的"秘阁"是指尚书官寺中的台阁。《资治通鉴》卷六十九魏纪黄初元年:"仍着定制,藏之台阁。"胡三省注:"台阁,尚书中藏故事之处。"胡氏说这里的"台阁"是指尚书中存放文书档案的地方。这正与谢承所说的"秘于省阁"相合。为什么存放收藏文书的阁要称之为"秘阁"呢?因为是在宫禁之内,故云秘。洛阳为东汉、魏、西晋京都,宫中的阁是很多的。《永乐大典》本《河南志·魏城阙古迹》引《丹阳记》:"汉魏殿观多以复道相通,故洛宫之阁七百余间。"尚书官寺自当亦有阁,因此尚书也称台阁。《晋书·纪瞻传》载,纪瞻东晋初上疏乞免尚书之职,说自己衰老疾病,"无由复厕八座,升降台阁",陆机诗中的"升降秘阁",就相当于纪瞻疏中的"升降台阁"。总之,我们也不能凭陆机诗里"升降秘阁"的话,判定他当时任著作郎之职。

三、贾谧赠诗说:"自我离群,二周于今。""离群"是说离开朋友们。元康四年,陆机出为吴王郎中令。此前东宫中已有一些人离职外任。比如《陆机集》中就有《赠冯文罴迁斥丘令》诗,冯文罴原也任太子洗马,后出为斥丘令,陆机赠诗道别。陆机诗云:"借曰未洽,亦已三年。"意思是说虽然在一起的日子还嫌不够,也已经三年了。由上文可知,陆机大约于元康元年末入东宫,至四年初秋改任吴王郎中令,实际上在东宫两年半多一些,冯文罴可能也是元康四年离开东宫,只是比陆机略早些,那么笼统说成三年也是可以的。陆机又有《祖道毕雍孙刘边仲潘正叔》一首,潘正叔即潘尼,元康初拜太子舍人。其诗云:"适遂时来运,与子游承华。执笏崇贤内,振缨曾城阿。毕刘赞文武,潘生莅邦家。感别怀远人,愿言叹以嗟。"可知也是毕、刘、潘三人离东宫官职时的送别之作。三人离东宫后新的任命未详,该诗作于那一年亦不详,但总之即便从陆机这两首诗看,东宫官属有好几位都离任他往。① 既然如此,那么侍奉东宫的贾谧,说自己"离群",有何不可呢?身边少相知之人,感到孤寂,就可以说是"离群",未必一定要家居不出才能说"离群"。因此,就凭"离群"一语,将贾谧诗"自我离群,二周于今"解释成服丧至今两年,从而断定其诗作于郭槐卒后两年即元康八年,也是不能成立的。

结论是:贾谧、陆机的赠答诗,应作于惠帝元康六年,那正是陆机由吴王郎中令入为尚书郎之时。李善、五臣所说不误。

---

① 俞士玲《陆机陆云年谱》(中华书局,2010年)认为张载亦于元康四年自太子中舍人迁乐安相。

谢客去后的永嘉山水

——从地域文学经典的角度论谢灵运温州诗风中的传承

北京大学中文系　钱志熙

经典作家与作品，对文学史与文体史的影响是整体性。谢灵运作为山水诗的重要的奠定者之一，其对后世诗歌史的影响是深远的。即在南朝至唐代来看，谢客鉴赏及表现山水方面所体现审美上的高度自觉，以及其山水诗风格，对这个时期诗歌中表现山水的艺术风气，有着直接的影响。谢灵运对南朝诗及唐诗的影响是整体体，不受地域的局限。但是，经典作家与经典作品，总是在特定的地域中产生的。在其所产生的地域中，这些经典作家与作品，往往成为这个地域文学史乃至文化史最重要的积淀，在地域文学的发展中具有母题的特点。当本地域中作家从事创作，或地域之外作家对该地域进行表现或展开想象时，经典作家与经典作品往往成为无法摆脱的母题。尤其是那些文化上本来并非属于发达地区，因为某种机缘突发文学经典的地域，该经典对于该地域的文化史与文学史的影响，常常有着超越寻常的经典影响。本着这样的认识，我们认为研究经典在特定地域的影响是有必要的。谢灵运的永嘉山水诗，对于温州地域内的诗歌创作，以及历史上有关温州题材的诗歌作品，可以说就具有母题的性质。也可以说是温州诗歌史最基本的元素之一，在温州历代的诗歌中，山水一直是最主要的表现对象。尤其是南宋后期的永嘉四灵，在近体的艺术中发展了谢灵运的山水精神。使温州地域内产生的诗歌，再次具有了经典的价值。南朝至唐代，由于文化发展的制约，温州本土的文学家群体尚未形成。但是从外面进入温州从事宦游、漫游、移居的诗人一直不断，他们创作了一定数量的温州及温州的山水、人文为主题的诗歌，为后来宋明时代温州本土诗风的繁荣奠定了基础。本文主要以南朝至唐代有关温州的诗歌创作中对谢客永嘉山水母题的传承与表现为讨论对象，试图展示作一种地域文学经典的谢灵运诗歌的影响事实。

一 谢灵运与永嘉山水的关系新探

谢灵运的山水诗创作，始于刘宋永初三年(422)出守永嘉途中，终结于元嘉九年(433)前后任临川太守任内。从创作的地域来看，主要是永嘉、会稽始宁、临川三个地方。《宋书·谢灵运传论》对他在这三处的山水游览与诗歌创作的情况都有记载。叙其永嘉山水诗创作云：

> 少帝即位，权在大臣，灵运构扇异同，非毁执政，司徒徐羡之等患之，出为永嘉太守。郡有名山水，灵运素所爱好。出守既不得志，遂肆意游遨，遍历诸县。动踰旬朔，民间听讼，不复关怀。所至辄为诗咏，以致其意。

叙其始宁山水诗创作云：

> 灵运父祖并葬始宁县，并有故宅及墅，遂移籍会稽，修营别业，傍山带江，尽幽居之美。与隐士王弘之、孔淳之等纵放为娱，有终焉之志。每有一诗至都邑，贵贱莫不莫不竞写，宿昔之间，士庶皆遍，远近钦慕，名动京师。

又云：

> (元嘉五年)灵运即东还，与族弟惠连、东海何长瑜、颍川荀雍、泰山羊璇之以文史赏会，共为山泽之游，时为谓之四友。

最是叙临川郡内山水诗写作：

> 太祖知其见诬，不罪也。不欲使东归，以为临川内史，加秩中二千石。在郡游放，不异永嘉，为有司所纠。

谢灵运的三处山水游览，在当时几乎都成为事件。其中永嘉太守、临川太守任内的游览，属于宦游的性质，开创后世宦游山水的模式。会稽始宁墅内的游览，则带有栖隐的性质。据《宋书》叙述情形，似乎栖隐始宁时的山水诗创作影响最大。从“每有一诗至都邑，贵贱莫不竞写，宿昔之间，士庶皆遍，远近钦慕，名动京师”这一叙述来看，谢灵运对当时诗坛的山水诗风产生影响，主要是在这个时期。但这时期的影响之大，还是以前此的永嘉山水诗创作成就为铺垫的。永嘉是谢灵运作为山水诗人成名的地方。还有，如果将谢灵运的山水之游也视为一种士大夫生活的经典行为的话，永嘉之游与始宁之游，都是后人心目中谢客风容的形象标志。而永嘉之游更是创造了士大夫宦游山水的经典。临川之游虽然也属于宦游，但是时间仓促，并且已近末路，政治纠纷不断，所以不太为后人所追述。即就始宁山水与永嘉山水两者而言，从对于地域的重要性来看，虽然始宁是他父祖墓葬之地，是他的家墅，后来谢灵运自己还移籍其中，等于说他就是始宁人。但是也许是由于会稽一带自东晋以来就有众多名士的游居，其中还有当时在政治上与文化上地位都远高于灵运的谢安、王羲之。所以谢灵运在该地域的影响，只能算是众多名流的中一员。而永嘉自汉武帝两次内迁东瓯之民于江淮之地后，长期处于空虚荒落的状态，至东晋太宁二年才设立州郡，属于文化落后地区。所以相对来说，谢灵运的永嘉之游对于温州地域文化比其始宁之游对于绍兴地域文化，相对来说要重要得多。后面我们会看到，从南朝至唐代，甚至直到现当代，谢客的永嘉山水之游，一直被作为地域文化经典被不断地传述着。

谢灵运在永嘉郡内山水诗创作，可以说历史上温州地域文化发展中所遭遇的一个奇迹。山水诗创作整体上看，是东晋南朝士族文化发展的产物，也是晋室南渡所引发的文化史系列事件中的一个成果。但是从谢灵运在永嘉郡内奠定了其山水诗中开山地位来看，尤其是分析谢氏山水诗的表现对象与风格的关系来看，我们不能不说，永嘉山水对山水诗的发展起了很积极的作用。这里我想尝试探讨一下谢灵运之前的永嘉山水的情况。晚唐诗人赵嘏有一首《送张又新除温州》，诗中说：“东晋江山称永嘉，莫辞红旆向天涯。凝弦夜醉松亭月，歇马晓寻溪寺花。地与剡川分水石，镜将蓬岛共烟霞。却愁明诏征非晚，不得秋来见海槎。”这首诗写的都是永嘉山水。其第一句“东晋江山称永嘉”最值得注意。我们知道谢灵运的永嘉之游是在南朝刘宋年间。一般印象，都会觉得永嘉山水的成名，是因为谢客之游。但这里却说“东晋江山称永嘉”，也就是早于谢客之游的东晋时期，永嘉山水就已得名。这不是只是诗人一位唐代诗人的吟咏，有没有事实的依据呢？我们知道，诗人吟咏虽非历史学家的判断，但有时往往比历史学家的判断更能洞彻历史事实的真相。《宋书》本传在说灵运永嘉之游时说："郡有名山水，灵运素所爱好。"从这个叙述中，我们隐约发现这样一个事实，即"郡有名山水"，是谢灵运宦游之前业已存在的一种事实。"灵运素所爱好"，可以有两种解释。一种是说灵运对"名山水"（包括永嘉在内）素所爱好。一种解释是永嘉郡内有名山水是谢灵运向来就爱好的。从语言的习惯来看，后一种解释更顺的一点。如果是指后一种情况的话，则灵运在出任永嘉之前，曾经游览过永嘉山水，至少是熟谙其名声。谢灵运有没有可能在作郡永嘉前到过此地呢？这一推测初看起来好像很突兀，但却并非毫无证据。谢氏在永嘉郡内写有《白石岩下径行田》一诗，其中透露谢氏家族在永嘉郡似乎旧有田业的信息。我们且看这首诗的全文：

> 小邑居易贫，灾年民无生。知浅惧不周，爱深忧在情。旧业横海外，芜秽积颓龄。饥馑不可久，甘心务经营。千顷带远堤，万里泻长汀。洲流涓浍合，连统塍埒并。虽非楚宫化，荒阙亦黎萌。虽非郑白渠，每岁念东京。天资鉴傥不孤，来兹验微诚①。

诗题"白石岩下径行田"，白石岩在永嘉郡属县乐成县的西部，巨岩冠于连峰之巅，其色莹白，所以称白石，其地名亦称白石。从温州渡瓯江入乐成境内，舟行数里，即可见此巨岩，十分醒目。此诗中的小邑，即指乐成。值得注意的是"旧业横海外，芜秽积颓龄"这两句诗，是说自家有旧田业在此海角之地，但多年不经营，多成荒芜。这样说，谢家有旧业在温州。东晋门阀士族，在东南一带的游居，本来就带有贵族开拓庄园领地的性质。温州一带，在东晋时期，是有士族活动的形迹的。尤其是东晋太宁二年设立永嘉郡之后，士族官员频繁来临。据《宋书・谢方明传》，谢灵运的叔祖谢铁曾为永嘉太守。晋书卷七六王彪之传又载有"永嘉太守谢毅"，卷一百孙恩传载有"永嘉太守谢逸"。由此可见王、谢家族多在曾在永嘉郡内为官。则谢氏在永嘉置有别业，也是很正常的事情。总之，《宋书》本传"郡有名山水，灵运素所爱好"这一句话，至少可以说明灵运对永嘉郡内的名山水，即使不是曾游，也是早有听闻。

从"郡有名山水，灵运素所爱好"可知即永嘉的山水并非从谢灵运游咏

① 《先秦汉魏晋南北朝诗・宋诗》卷二。

之后才出名，而是在谢灵运作郡之前，已有“名山水”。那么，是那些人使永嘉山水出名的呢？当然是那些南下宦游、居留开拓别业的门阀士族。其中爱好山水之游的王、谢家族的名士，是永嘉名山水的主要传扬者。赵嘏诗句所说的“东晋江山旧永嘉”，正是诗人对历史信息的敏感的把握。发现这一点是颇有意义的，这样我们就能知道，不仅谢客的爱好山水是遗传并发展了门阀士族生活传统，甚至具体到他的永嘉之游，也是业已流行的诸门阀的永嘉山水之游的一种传承。看来，谢灵运与永嘉山水的渊源，比我们所知道的要深得多。

二 谢客之后南朝名士与永嘉山水

南朝时代，自谢灵运之后，还有多名士族文人在永嘉郡内宦游或栖隐。距离谢灵运作郡永嘉大概四、五年之后，在文学上与他齐名的颜延之也曾出守永嘉。《宋书·颜延之传》记载元嘉三年，曾经贬抑颜、谢的徐羡之被诛，延之被征为中书侍郎等官，赏遇甚厚。但是因为每犯权要，得罪当权者刘湛、殷景仁等人，被出为永嘉太守。传文云：

> 湛深恨焉，言于彭城王义康，出为永嘉太守。延之甚怨愤，乃作《五君咏》以述竹林七贤，山涛、王戎以贵显被黜，咏嵇康曰：“鸾翮有时铩，龙性谁能驯。”咏阮籍曰：“物故可不论，涂穷能无恸。”咏阮咸曰：“屡荐不入官，一麾乃出守。”咏刘伶曰：“韬精日沉饮，准知非荒宴。”此四句，盖自序也。湛及义康以其辞旨不逊，大怒。时延之已拜，欲黜为远郡，太祖与义康诏曰：“降延之为小邦不政，有谓其在都邑，岂动物情，罪过彰着，亦士庶共悉，直欲选代，今思愆里闾。犹复不悛，当驱往东土。乃志难恕，自可随事录治。殷、刘意咸无异也。”乃以光禄勋车仲远代之。延之与仲远世素不协，屏居里巷，不豫人间者七载。

细玩传文中“时延之已拜，欲黜为远郡”一句，好像他此时虽已拜官，但还没有到任。刘湛、刘义康等看了他的《五君咏》，准备将它贬到更远的州郡。颜延之曾否到任，至少史传的叙述上是给人疑问的。但根据温州文史的传承，颜延之曾游古称青岙的洞头大门岛，建有望海楼。中唐诗人张又新的《青岙山》一诗即咏此事:“灵海泓澄匝碧空,昔贤心赏已成空。今朝亭馆无遗制,积水沧浪一望中”,说明颜延之建望海楼,是唐代温州的一处文化古迹。可证延之除永嘉太守,是到任了的。但很快就被召回,从此屏居里巷,不豫人间者七载。温州山水的最大特点是山海稠叠,海景是温州山水的重要元素之一。谢灵运的诗中,像《游赤石进帆海诗》、《郡东山望溟海诗》、《行田登海口盘屿山诗》等,都写观海的情景。颜延之登上青岙岛屿观海,很可能是受到他的朋友的启发。可见颜延之在永嘉郡内,也曾有山水之游。只是时间太短,据现存文献,没有留下什么诗咏。不然的话,这一对元嘉诗坛的双子星座,都在永嘉留下较多,对温州的文化史,一定是更加光彩的面貌了。但《五君咏》是在除永嘉太守后怨愤所作,有可能是在温州时写的。至少“一麾乃出守”这个典故的本事,是与温州有关的。

丘迟在梁天监三年,出任永嘉太守。“在郡不称职,为有司所纠,高祖(梁武帝)爱其才,寝其奏[①]。”游过当时属于永嘉郡的青田石门洞,留有诗作。其《旦发渔浦潭诗》、《夜发密岩口诗》两诗,是由建康赴永嘉途中经富春江所作。诗风也是沿袭大谢一派的写法:

> 渔潭雾未开。赤亭风已飏。棹歌发中流。鸣鞞响沓障。村童忽相聚。野老时一望。诡怪石异象。崭绝峰殊状。森森荒树齐。析析寒沙涨。藤垂岛易陟。崖倾屿难傍。信是永幽栖。岂徒暂清旷。坐啸昔有委。卧治今可尚。(《旦发渔浦潭诗》)
>
> 弭棹才假寐。击汰已争先。敞朗朝霞澈。惊明晓魄悬。万寻仰危石。百丈窥重泉。丛枝上点点。崩溜下填填。(《夜发密严口诗》)

谢灵运有《富春渚诗》,是其赴永嘉途经所作。丘迟这两首诗正是追仿大谢之作,“藤垂岛易陟。崖倾屿难傍”纯为大谢句法,结尾抒发作郡永嘉的失意情绪,欲追循古人无为而事的“卧治”风格,委之以“坐啸”之风。他后来果然“在郡不治事,为有司所纠”。但违反了朝廷治民的律纪,不等于不利于治下之民。从谢灵运到颜延之,再到丘迟等人,他们作郡永嘉多是受到政治上的排挤,所以其治郡风格也都是崇尚无为。可能南朝时代永嘉郡守,在治郡风格多崇尚名士风流,也有一种传承性。而谢灵运无疑是这种风格的先导者。

---

① 《梁书》卷四十九《文学·丘迟》。

丘迟这两首诗写景模象生新，更过于谢客，直开后来孟浩然等人五古山水诗的风格。

齐梁之际的陶弘景曾经隐居永嘉郡内的今永嘉楠溪、瑞安陶山一带。其著名的山水小品《答谢中书》中有“实是欲界之仙都。自康乐以来，未复有能与其奇者。”有学者认为所写的即是谢灵运曾游的永嘉山水[①]。又《隋书·经籍志四》载有“齐永嘉太守《江山图集》十卷”，江山图当即齐永嘉太守之名，其集十卷，或有关于永嘉山水的文字。

由上述事迹可见，南朝时代继谢灵运之后相继来到永嘉的士族官僚与道教人士，也曾从事过寻幽探异的山水游览活动与山水文学的创作。可以说，谢灵运在创作，在永嘉郡内确立了一种山水游览与诗歌创作的传统。所谓“永嘉太守例能诗”（苏轼），虽是后人的追认，但与南朝时期多名诗人出守永嘉的现象是分不开的。但是，总的看来，在谢灵运之后的南朝时代，永嘉郡内没有发生过重要的诗歌创作活动，颜、丘两家的游览都有追踪谢客之意，他们应该是最有可能重现谢氏永嘉山水诗风的人物。但毕竟没有再现谢氏那样的创作奇迹。这里面其实存在着文学史的一些内在要素。谢灵运的山水游历与山水诗创作是一种很独特的活动，是以穷搜极探、穷形尽相的方式进行的。这也可以说是一种特殊的生活方式。谢之后，即使在永嘉郡内，也没有再次出现象谢灵运那样的长官大事山水之游，处处寻幽索异的山水活动。另外从诗歌创作的风格来看，齐梁以后，表现山水的趣味趋向于情景交融、景观以圆熟温软为尚，多在行旅、送别中随意融入山水景物。大谢体的山水诗整体上看是衰落了，进入梁中期之后，诗风进一步的软靡，谢灵运的影响更难以发生。

三　唐代有关温州诗歌中咏谢主题

如果说南朝诗人的传承谢诗，主要复制谢客作郡永嘉的山水活动行为。唐代诗人对谢灵运的传承，主要表现对谢灵运作郡永嘉事迹的追忆与咏怀，将其作为重要的事典来使用。可以说是从南朝的学谢为主，转化为唐代的咏谢为主。首先开创历代温州诗歌中咏谢之风的，正是盛唐的两位大诗人李白与

---

① 王京州《陶弘景〈答谢中书书〉创作背景考》，《温州大学学报》2006年第4期。

杜甫。李白在《与周生宴青溪玉镜潭》①的长篇歌行中曾咏永嘉山水：

康乐上官去，永嘉游石门。江亭有孤屿，千载迹犹存。我来憩秋浦，三入桃陂源。千峰照积雪，万壑尽啼猿。兴与谢公合，文因周子论。

李白还有《送王屋山人魏万还王屋》一诗，叙述王屋山人魏万从嵩岳东浮汴水，沿吴越相访李白而后还山的经历，其中写到魏万游历永嘉之事：

遥闻会稽美，且度耶溪水。万壑与千岩，峥嵘镜湖里。秀色不可名，清辉满江城。人游月边去，舟在空中行。此中久延伫，入剡寻王许。笑读曹娥碑，沉吟黄绢语。天台连四明，日入向国清。五峰转月色，百里行松声。灵溪咨沿越，华顶殊超忽。石梁横青天，侧足履半月。忽然思永嘉，不惮海路赊。挂席历海峤，回瞻赤城霞。赤城渐微没，孤屿前峣兀。水续万古流，亭空千霜月。缙云川谷难，石门最可观。瀑布挂北斗，莫穷此水端。喷壁洒素雪，空蒙生昼寒。却思恶溪去，宁惧恶溪恶。咆哮七十滩，水石相喷薄。路创李北海，岩开谢康乐。

魏万是先游会稽、再游天台、四明一带。最后因思谢客曾游的永嘉山水，不惮海客之远，由台州渡海入温州，登上孤屿。从这里我们可以看到，唐代诗人的游览温州山水，重寻谢客游踪是重要的动机之一。其谢灵运吟咏过的“孤屿”，因为靠近郡城，又为唐时海路入温的门户之地，所以诗人吟咏者最多。开元中，诗人张子容任温州乐成县尉，有《永嘉作》一诗：

拙宦从江左，投荒更海边。山将孤屿近，水共恶溪连。地湿梅多雨，潭蒸竹起烟。未应悲晚发，炎瘴苦华年。

子容还有《永嘉即事寄赣县袁少府瓘》

山绕楼台出，溪通里闬斜。曾为谢客郡，多有逐臣家。海气朝成雨，

---

① 《李白全集校注汇释集评》第十八卷，第七册，第 2871 页。原校记：“咸本题作《秋浦与周生宴清溪玉镜潭》。”又《弘治温州府志》卷二十二“词翰四题作《与周生宴清溪玉镜潭》”，仅录歌行的前四句。

江天晚作霞。题诗报贾谊，此湿似长沙。

其间诗人孟浩然自台州渡海来温州，与张子容在永嘉上浦馆会见，也作有《永嘉上浦馆逢张八子容》一诗：

逆旅相逢处，江村日暮时。众山遥对酒，孤屿共题诗。廨宇邻鲛室，人烟接岛夷。乡园万余里，失路一相悲。

可以想象，两位襄阳旧友在温州相遇时，谢灵运会是他们谈论的主要话题之一。从张子容的在温州写的一些诗中，我们可以看到谢灵运模山范水风格的某些影响：

窜谪边穷海，川原近恶溪。有时闻虎啸，无夜不猿啼。地暖花长发，岩高日易低。故乡可忆处，遥指斗牛西。(《贬乐城尉日作》)

无云天欲暮，轻鹢大江清。归路烟中远，回舟月下行。傍潭窥竹暗，出屿见沙明。更值微风起，乘流丝管声。(《泛永嘉日暮回舟》)

西行碍浅石，北转入溪桥。树色烟轻重，湖光风动摇。百花乱飞雪，万岭叠青霄。猿挂临潭筱，鸥迎出浦桡。惟应心赏客，兹路不言遥。(《自乐城赴永嘉枉路泛白湖寄松阳李少府》)

天宝中，杜甫的朋友裴虬赴任永嘉县尉，杜甫作有《送裴虬尉永嘉》：

孤屿亭何处？天涯水气中。故人官就此，绝境与谁同？隐吏寻梅福，游山忆谢公。扁舟吾已僦，把钓待秋风。

《杜诗详注》(卷三，201)“天宝十一载，公献《三大礼赋》，委官试文，但送司参选。其《赠集贤学士》诗云：‘故山多药物，胜概忆桃源’，盖有南游之志矣，与此诗扁舟之说相合。梁氏编在十三载，或相近[①]。”

李、杜两家有关温州的描写，其发想的主要情节都是谢灵运的永嘉之游。因为谢灵运，永嘉成为诗人心目中的山水名区。而谢灵运的永嘉之游，几乎成

① 《杜诗详注》卷三，第201页。

了地域外部作者表现温州的基本想象,或者说是有关永嘉主题诗的母题。那些没有到过温州却因为送别、寄远而涉及到温州这个主题的诗人,几乎无一例外地以永嘉与谢客为主要的意象。在未曾到过其地的域外文人来看,谢灵运的永嘉之游,几乎就代表了温州文化的全部,这在某种意义上也反映了温州在唐代仍处于偏远的地带,人们对它所之甚少。李、杜虽然没有到过永嘉,但都曾通过谢灵运想象过永嘉山水之游,由于他们的特殊地位,其有关永嘉山水之咏,对唐代温州地区的域外影响的扩大,应该是起到积极的作用的。

唐代诗人送人游温,或寄赠在温的诗人,总是将谢灵运作为主要的故事来使用。如朱庆余也有《送僧游温州》:

> 夏满随所适,江湖非系缘。卷经离峤寺,隔苇上秋船。水落无风夜,猿啼欲雨天。石门期独往,谢守有遗篇。

朱庆余为闽中人,宝历二年进士。[①] 此诗或是诗人在闽中时送僧游温州之作。

司空图《寄永嘉崔道融》:

> 旅寓虽难定,乘闲是胜游。碧云萧氏寺,红树谢村秋。戍鼓和潮暗,船灯照岛幽。诗家多滞此,风景似相留。

崔道融为晚唐诗人,荆南人。因避黄巢之乱栖居温州,后受当地朱褒、朱诞兄弟割据政权之聘,曾任永嘉县令、静海军判官等官。

四　唐代温州的大谢体诗

虽然谢灵运在唐代诗人的心目中,是温州文化的基本标志。在唐代有关温州的诗歌中,也到处可见谢诗的影响。但是真正追仿谢客寻幽探胜,大量创作谢客体山水诗的事实,却没有在唐代的温州出现。这当然与诗风的整体转变有关系,或许也与唐代温州本土没有形成足够数量的诗人群有关。但是,在

---

① 《唐才子传》卷六。

唐代题咏温州景物的诗歌中，仍有一部分是直接学习大谢体的。天宝中曾任诸暨令的郭密之使永嘉，作有仿大谢体的五古两首，一为《永嘉经谢公石门山作》：

绵境经耳目，未尝旷跻登。一窥石门险，再涤心神懵。洞壑闳金涧，攲崖盘石楞。阴潭下幂幂，秀岭上层层。千丈瀑流蹇，半溪风雨絙。兴余志每惬，心远道自弘。乘轺广储峙，祇命愧才能。辍棹周气象，扪条历骞崩。忽如生羽翼，怳若将起腾。谢客今已矣，我来谁与朋。

一为《永嘉怀古》：

永嘉东南尽，倚棹皆可究。帆引沧海风，舟沿缙云溜。群山何隐磷，万物更森修。地气冬转暄，暝氛阴改昼。缅怀谢康乐，伊昔兹为寿。逸兴满云林，清词冠宇宙。尝游石门里，胜践宛如旧。峭壁苔藓浓，悬崖风雨骤。岩隈余灌莽，壁畔空泉甃。物是人已非，瑶潭凄独漱。

郭密之存诗只此二首，但这两首诗追缅谢客，虽不及谢诗之森秀切至，但词秀调雅，在唐诗中应属佳作。其中所表现的对谢客游踪的深长的缅怀，正是唐代温州诗的一个基本主题。

贞元年间温州刺史路应等人的仙岩瀑布唱和诗，是中唐时期温州郡内比较重要的一次诗歌创作活动。路应任温州刺史，见之于有关资料的有皎然的《寄路温州》，诗云："欲问采灵药，如何学无生。爱鹤颇似君，且非求仙情。"诗意大概是说，与其采药求仙，不如学取佛家的无生法忍，我之爱鹤，与君相似，但并非求仙之情。从诗中推想，这位路温州大概有一些道教方面的爱好，爱好寻山问道，性格与谢康乐相近。李缜与路应唱和的诗中，颇有飞升之想，且有"幽蹊创高躅，灵药余仙餐"之句。很可能当时路应曾将此次仙岩唱和诗寄给皎然，皎然的赠《寄路温州》即是作答之作，微婉地表达了他对路应在郡内寻山求仙的讽谏。路应等人仙岩石瀑布唱和诗，最早见于赵明诚《金石录》的记载："《唐仙岩四瀑布诗》，路应等唱和，行书，贞元七年三月。"《弘治温州府志》卷八《名宦》："路应，贞元间出刺处州（虔州），寻移温州刺史，命民筑堤于乐成、横阳界中，二邑由是得上田，除水害，民咸德之。韩昌黎为撰《神道碑》。"《韩昌黎文集》卷六有《唐银青光禄大夫守左散骑常侍上柱国襄阳郡王平路公神道碑铭》一篇，记载路应家世与生平主要事迹。上述《弘治温州府志》叙其命民筑堤事，即见于韩文。韩碑没有涉及路应文学方面的情况，但从皎然寄诗、仙岩瀑布诗来看，路应在温州刺史任上，颇有吟咏风雅之事。路应等人的仙岩瀑布诗，用的是大谢体。

路应《仙岩四瀑布即事寄上秘书包监侍郎七兄吏部李侍……十四韵》：

绝境久蒙蔽，芟萝方迨兹。樵苏尚未及，冠冕谁能知。缘崖开径小，架木度空危。水激千雷发，珠联万贯垂。阴晴状非一，昏旦势多奇。井识轩辕迹，坛余汉武基。猿声响深洞，岩影倒澄池。想象虬龙去，依稀羽客随。玩奇目岂倦，寻异神忘疲。干云松作盖，积翠薜成帷。含意攀丹桂，凝情顾紫芝。芸香蔼芳气，冰镜彻圆规。胥念沧波远，徒怀魏阙期。征黄应计日，莫鄙北山移。

李缜《奉和郎中游仙岩四瀑布寄包秘监李吏部赵婺州中…十四韵》：

符守分珪组，放情在丘峦。悠然造云族，忽尔登天坛。求古理方赜，玩奇物不殚。晴光散崖壁，瑞气生芝兰。中有四瀑水，奔流状千般。风云隐岩底，雨雪霏林端。晶晶含古色，飕飕引晨寒。澄潭见猿饮，潜穴知龙盘。坐憩苔石遍，仰窥杉桂攒。幽蹊创高躅，灵药余仙餐。携赏喜康乐，示文惊建安。缣缃炳珠宝，中外贻同官。末调亦何为，辄陪高唱难。惭非御徒者，还得依门栏。

戴公怀《奉和郎中游仙山四瀑泉兼寄李吏部包秘监赵婺州齐处州》：

今日永嘉守，复追山水游。因寻莽苍野，遂得轩辕丘。访古事难究，览新情屡周。溪垂绿筱暗，岩度白云幽。过石奇不尽，出林香更浮。凭高拥虎节，搏险窥龙湫。淙潨泻三四，奔腾千万秋。寒惊殷雷动，暑骇繁霜流。沫溅群鸟外，光摇数峰头。丛崖散滴沥，近谷藏飕飗。况此特形胜，自余非等俦。灵光掩五岳，仙气均十洲。书以谢群彦，永将叙徽猷。当思共攀陟，东南看斗牛。

孟翔《奉和郎中游仙岩四瀑布兼寄李吏部、包秘监判官》：

昔人沊探讨，飞流称石门。安知郡城侧，别有神泉源。疏凿意大禹，勤求闻轩辕。悠悠几千岁，翳荟群木繁。奇状出蔽薆，胜概毕讨论。沿崖百丈落，奔注当空翻。下如散雨足，上拟屯云根。变态凡几处，静神竟朝昏。渴贤寄珠玉，受馥寻兰荪。萝茑罥紫绶，岩隈驻朱轓。方思谢康乐，好事名空存。

仙岩在温州瑞安东北的大罗山之阳。据《增订注释全唐诗》卷八七八注，诗题中的秘书包监即包佶，贞元初任秘书监。吏部李侍郎即李纾，时任吏部侍郎。处州齐谏议为齐抗，明州李九郎为李岑。婺州刺史赵中丞名字未详。我们从唐代温州郡内的诗歌创作来看，当时州、县官员的诗歌创作，常常是寄赠浙江、江西一带的邻近州县官员的。这可能是当时唐代东南一带的诗歌活动的一种常见形式，即在江南东道、江南西道中，州县长官利用他们职务上郡县间公文往来的交通渠道，形成了一种江南东、西道中诗筒传送的唱和风气。我们在对唐诗进行地域方式的研究时，这样的问题是值得注意的。上述江南东、西道中郡县官员的诗筒传送，当然也是促成唐代温州地域内外诗歌创作活动的机制之一。其次，这组唱和诗更重要的意义，是显示唐代温州郡内存在着具有诗歌创作能力的一个群体。与路应唱和的李缜、戴公怀、孟翔三人，姓名、籍贯均不详。他们应该是郡府的僚属或当地文士。这些诗歌不仅在风格上学习谢灵运的山水诗，诗中词语也多来自谢诗，而且多次点明这样活动是对谢客寻游的一种呼应。再次体现了地域的文学经典在地域文学创作的深刻的影响。我们看现存的唐代温州地域内外的诗歌创作，主要是使用近体。只有前节的所引郭密之《永嘉经谢公石门山作》、《永嘉怀古》与路应等人的仙岩四瀑布唱和诗是直接使用大谢体。路氏四人诗，杂用排律的体制。但从出现三平调之多，显然不是典型的排律，仍属五古之体。这也说明唐代人对于律与古，并不像后来明清诗家那样严格地区分。从郭密之、路应等人的模仿大谢体来看，可能在唐代温州地域内外的诗歌创作还存在着这样一个现象，即谢客山水诗虽然对郡内外有关温州主题的诗歌创作的普遍的影响，但是真正模拟大谢体，多非大家名家，而属一般的诗人。也许可以这么说，谢灵运山水对于一般的创作者来说，是他们在写作游览永嘉山水诗时的一种范本。尤其是谢客模山范水，对东南山稠水叠、涧壑深翠的台州式地貌的逼真再现，使每一个来到永嘉的作者，都产生很强的现场感。但是就唐代整体诗风来看，这种模山范水的作风，已经不属主流。所以上述诸人创作，多少是带的拟古性质的。

晚唐诗人陈陶诗风倾向艳丽，但其《旅次铜山途中先寄温州韩使君》也是明显地表现出大谢体特点：

乱山沧海曲，中有横阳道。束马过铜梁，苕华坐堪老。鸠鸣高崖裂，熊斗深树倒。绝壑无坤维，重林失苍昊。跻攀寡俦侣，扶接念舆皁。俛仰栗嵌空，无因掇灵草。梯（注：一作睇）穷闻戍鼓，魂续闻丘祷。敞豁天地归，萦纡村落好。悠悠思蒋径，扰扰愧商皓。驰想永嘉侯，应伤此怀抱。

铜山即福建福鼎，又作桐山。此诗是作者从福建往温州途中行经福鼎山岭间所作。

廓落溟涨晓，蒲门郁苍苍。登楼礼东君，旭日生扶桑。毫厘见蓬瀛，含吐金银光。草木露未晞，蜃楼气若藏。欲游蟠桃国，虑涉魑魅乡。徐市惑秦朝，何人在岩廊。惜哉千童子，葬骨于眇茫。恭闻槎客言，东池接天潢。即此聘牛女，曰祈长寿方。灵津水清浅，余亦慕修航。

蒲门戍在温州苍南。《苍南县志·大事记》："唐末，蒲门已设戍。诗人陈陶（812—885前）经过蒲门，有《蒲门戍观海诗》。""梯穷闻戍鼓"，戍鼓，正是《蒲门戍观潮》所说的。可见此篇之后，过蒲门戍，即作观潮诗。

从上述情况可见，在大谢体产生的温州郡内，学习大谢体的创作行为，还是比较容易发生的。

五 "永嘉太守例能诗"之张又新

对于任职温州刺史，而又爱好诗咏，唐人则习惯将其比之谢灵运。如陈陶《赠温州韩使君》：

康乐风流五百年，永嘉铃阁又登贤。严城鼓动鱼惊海，华屋尊开月下天。内史笔锋光案牍，鄢陵诗句满山川。今来谁似韩家贵，越绝麾幢雁影连。

全诗以谢灵运比韩襄，亦是泛泛赞誉之笔，然称“鄢陵诗句满山川”，则韩氏在温任上，应有一些诗作。韩襄任温州刺史，《弘治温州府志·宦迹·令》记为太和九年。《浙江通志》卷一二二载：“唐温州刺史韩襄，文宗时任。”郁贤皓《唐刺史考全编》卷一五零据陶敏云：陈陶大（太）和五年前后在福建，大（太）和末由福建至温州。据此，韩襄任温州刺史，应在太和末。

杜荀鹤有《寄温州朱尚书并呈军倅崔太博朱名褒》则以“小谢”能诗赞誉唐末割据温州的朱褒：

> 永嘉名郡昔推名，连属荀家弟与兄。教化静师龚北海，篇章高体谢宣城。山从海岸妆吟景，水自城根演政声。今日老输崔博士，不妨疏逸伴双旌。

朱褒《全唐诗》第十一函、第四册：“朱褒，永嘉人，善属诗文，值寇乱，据州。以同姓结好梁太祖，奏授温州刺史，静海军使。诗一首”其诗题为《悼杨氏妓琴弦》：“魂归寥廓魄归泉，只住人间十五年。昨日施僧裙带上，断肠犹系琵琶弦。”这一首诗，可能是现存唐诗中能够确定的温州本土诗人写作唯一一首诗。朱褒因为本人爱好文学，在朱褒与其兄朱诞据温期间，其政权周围应该是聚集了若干文学之士的。

中唐诗人张又新是“永嘉太守例能诗”的一个具体实例。他是唐代诗人中留存有关温州的诗作较多的一位。也是唐人作郡温州有意识地效仿谢灵运的典型代表。新旧《唐书》都未记载张又新为温州刺史之事。但《全唐文》卷七二一张又新的《煎茶水记》中自述“及刺永嘉，过桐庐江”，“及至永嘉，取仙岩瀑布用之”等语。《唐才子传》所说的贬远州刺史的“远州”，应该就是指温州。又赵嘏有《送张又新除温州》（见前）。从赵嘏的赠诗中，也可见张又新在时人的眼中，是一位喜欢吟赏风流的才子。诗的最后一联，也委婉地交代了又新此次刺，是被朝廷贬责的。南朝的永嘉郡与唐代的温州，因为地处偏远海外，常为朝廷处置逐臣之地。

《方舆胜览》卷九，记载又新为温州守，“自孤屿以下赋三十五篇。”有关文献又记载又新曾为《永嘉百咏》。《全唐诗》载张又新诗十四首，另有三首都是一作崔护诗。所以可确定为又新之作者十四首，其中十二首是咏温州境内名胜的。《增订注释全唐诗》卷六四八张又新名下“新补”注者汤华泉又据张靖龙《唐五代佚诗辑考》补入有关温州郡内的四首，原辑自《永嘉县志》。“新补”最后有《周公庙》诗佚句一联，注者未注出处。

张又新广泛地游历永嘉郡城及各属县，写有诸多的咏景物绝句，可以说自谢灵运之后最大规模的以永嘉山水风物为主题的诗歌创作。其中《行田诗》、《谢池》、《孤屿》、《春草池》等诗，都是缅怀谢客游踪的作品。其《行田诗》一首，是呼应谢灵运《白石岩下径行田》一诗的，反映张又新追踪前人芳尘、欲为忧民的良吏的心情：

> 白石岩前湖水春，湖边旧境有新尘。欲追谢守行田意，今古同忧是长人。

唐时乐清白石一带，湖水汪洋，风景优美，前引张子容《自乐城赴永嘉枉路泛白湖寄松阳李少府》诗，对其景物有生动的描写。又新此诗虽为绝句，但颇能写白石山下湖波荡漾。中唐李绅、白居易等人，多有悯农之作，又新追缅谢守行田，而发生"今古同忧是长人"的感吁，也可以说是上述悯农风气的影响。除了追寻谢客行迹之外，又新的《中界山》怀东晋时木榴山（今台州玉环，唐时属温州乐清）的居民旧址、《吹台山》寄丘迟与柳恽事、《郭公山》怀郭璞筑永嘉城事，《大罗山》咏越王旧迹、杨仆楼船事，可见其对永嘉郡内春秋以来的人文旧迹，有很广泛的搜寻。同时也说明在唐代温州郡内，这一类人文旧迹是一直在流传着的。另外，他的《华盖山》、《百里芳》等诗，直接咏写郡城的名迹，且颇写市貌：

> 一岫陂陀凝绿草，千重虚翠透红霞。愁来始上消归思，尽见江城数百家。（《华盖山》）
>
> 时清游骑南徂暑，正值荷花百里开。民喜出行迎五马，全家知是使君来。（《百里芳》）

温州的城图第一次进入诗咏中，虽然在今天看来，是那样的陋小。虽然张又新的永嘉郡内杂咏艺术上难称唐诗一流，但在反映地域文化上却有独特价值。可以说典型的地域诗歌。这种情况，也说明了中晚唐时期诗歌题材的扩大，尤其是地域景物的开始较多地进入近体诗中。这种情况可以说是后来盛行的地域景物诗的发端。从诗歌史的角度来看，张又新的永嘉吟咏，是对谢灵运永嘉山水诗创的一个呼应。那当然，他所用体制并非大谢体，却是中晚唐之际开始兴盛起来的绝句的组诗的创作方式。

结　语

谢灵运对温州诗歌的影响,并不停止在唐代。进入宋代之后,温州本土士大夫群形成,至南宋时期,由于宋室南渡,温州文化迅速发展。在诗歌创作方面形成以永嘉四灵为代表的永嘉诗派。在这其中,谢灵运的影响仍在继续发生。四灵以磨镌景物、穷形尽相为特点的近体诗风,虽非直接使用大谢体,但却是对谢客寻幽探胜、模山范山诗风的一种发展。元、明时代的温州,还出现过李孝光、朱希晦、何白等一批本土诗人,他们的诗风也都是以山水为主要的表现对象。其中受谢灵运诗风的影响,也是值得研究的。至于唐人所开创的有关温州诗歌中的咏谢主题,则一直为历代诗人所继承。一直到现代,人们有关吟咏温州的诗歌中,谢灵运仍是基本的主题。总之,谢客与永嘉山水的话题,也许是今后还有延续下去的文学话题。

2013 年 10 月 11 日初稿

论隋时《文选》学中心在江南的形成及其北移

华东师范大学古籍研究所　丁红旗

中大通三年(531),昭明太子萧统去世。承圣三年(554),梁朝的最后一个据点——江陵被西魏攻陷,真正意义上的梁王朝已灰飞烟灭。时事纷繁。此后,现今所能见到最早关涉《文选》的史料,即是《北史》卷八十二《儒林下》所载,以及《大唐新语》卷九《著述》所载不无简略的萧该、曹宪的传记。这两个传记,直接表明了《文选》学在南北两地的发展,也标识着隋代《文选》学的兴盛,时间上约经历了五十余年。但就是这《文选》学早期发展的重要阶段,因史料的缺乏,一度没能深入研究,整个迁变历程也不甚详明。① 今不避繁难与固陋,从地域文化、家族传统、学术承传等角度试做一些钩沉,以期有助于对这一时期《文选》学有一些认识。

一

《北史》卷八十二《儒林下》以及《大唐新语》卷九《著述》载:

---

① 时至今日,一些学者,如冈村繁《文选之研究》中《六朝末期文坛对〈文选〉的反映》一节,仅认为"可能存在令人惊讶的轻视"。上海古籍出版社,2002 年,第 71 页。饶宗颐《敦煌吐鲁番本文选·唐代文选学略述(代前言)》,对其则简略带过,仅是探明了《文选》与《汉书》、大型类书兴盛的关系,见中华书局,2000 年,第 5 页。许逸民《论隋唐"〈文选〉学"兴起之原因》(《文学遗产》,2006 年第 2 期),进一步扩充了饶氏前说。童岭《隋唐时代"中层学问世界"研究序说——以京都大学影印旧钞本〈文选集注〉为中心》,对这一时段的史料及背景知识也没有更多地钩沉,这可能是其重心在唐代以及《文选集注》的原因。见《古典文献研究》(第十四辑),凤凰出版社,2011 年,第 103—109 页。王书才《曹宪生平及其〈文选〉学考述》(《郑州大学学报》,2004 年第 4 期),对曹宪的生卒年、李袭誉的推荐等有过一些考证。比较之下,曹道衡《南北文风之融合和唐代〈文选〉学之兴盛》(《文学遗产》,1999 年第 1 期)一文,在南北文风融合的概述上,思路、某些内容颇值得借鉴。

于时学士之自江南来者，萧该、包恺并知名。

萧该，兰陵人。梁鄱阳王恢之孙，少封攸侯。荆州平，与何妥同至长安。……该后撰《汉书》及《文选音义》，咸为当时所贵。（《隋书》卷七十五《儒林传》亦载，内容基本相同。）

江淮间为《文选》学者，起于江都曹宪。贞观中，扬州长史李袭誉荐之，征为弘文馆学士。宪以年老不起，遣使就拜朝散大夫，赐帛三百匹。宪以事隋为秘书，学徒数百人，公卿亦多从之学。撰《文选音义》十卷，年百余岁乃卒。其后句容许淹、江夏李善、公孙罗相继以《文选》教授。

今疏证如下：

梁鄱阳王萧恢，《梁书》卷二十二、《南史》卷五十二有传，与梁武帝萧衍同父异母。《南史》载其"有男女百人，男封者三十九人，女主三十八人"，子嗣众多，现已考核不清萧该为谁之子了。但据二书，说萧恢"幼聪颖，年七岁，能通《孝经》、《论语》义，发擿无所遗。既长，美风表，涉猎史籍"。其嫡子萧范亦舞文弄墨，"尝得旧琵琶，题云'齐竟陵世子'。范嗟人往物存，揽笔为咏，以示湘东王（萧绎），王吟咏其辞，作《琵琶赋》和之"。萧范的弟弟萧修"九岁通《论语》，十一能属文"。子萧世怡亦着有《淮海乱离志》四卷，"叙梁末侯景之乱"，见《隋志》。可见这一支系是有习文的传统。兰陵萧氏，在梁朝，也是以文学著称的，据禄钦立《先秦汉魏晋南北朝诗歌》，入梁后有诗人十三人。而后梁的萧督、萧岿均有文集，萧岿的女儿，开皇二年（582）嫁给晋王杨广，后为萧后，《隋书·后妃传》就说她"好学，解属文"。北周时的萧圆肃、萧大圜，以及曾写过"芙蓉露下落，杨柳月中疏"（《秋思》）由北齐入隋的萧悫，之后，萧恢的五世孙萧晶，七世孙萧颖士（新、旧《唐书》有传，列入《文艺传》），是盛唐时期著名的文人，"以文学着于时者"，其"七岁能诵数经，背碑覆局。十岁以文章知名，十五誉高天下。十九进士擢第"，[1]都显示了这一家族习文传统的源远流长。可能正是这个氛围，以及对于先世祖业的敬重，萧该在精于当日"热门显学"[2]的《汉书》之余，而熟习《文选》。这时，据《文选》编纂成书的梁普通（520—526）、

① 《全唐文》卷三一五李华《扬州功曹萧颖士文集序》，中华书局，1983 年，第 3198 页。
② 饶宗颐《敦煌吐鲁番本文选·唐代文选学略述（代前言）》，第 5 页。

中大通(529—534)年间,[①]已有了半个世纪。这也与六朝时期文化多出自家学相印证。[②] 兰陵萧氏的学风,可直接追溯到梁朝的缔造者萧衍,萧衍曾不遗余力地借助政权在全国推尊儒术,“天监四年,……于是以平原明山宾、吴兴沈峻、建平严植之、会稽贺玚补博士,各主一馆。馆有数百生,给其饩廪,其射策通明者,即除为吏。十数月间,怀经负笈者云会京师。又选遣学生如会稽云门山,受业于庐江何胤。分遣博士祭酒,到州郡立学。”[③]或即如萧衍自己所说的,“思阐治纲,每敦儒术”。[④]《梁书·武帝本纪》、《隋志》中所列的梁武帝名下的诸多儒家经典,如《尚书大义》、《中庸讲疏》等,也见出其努力所在。萧衍亦身体力行,其父萧顺之亡后,竟至销毁骨立,“每哭辄欧血数升”。[⑤] 其子萧统,不仅在丁其母丁贵妃时居丧过礼,而且作为皇位的继承人,萧统受到了较严格、系统的儒学教育,“三岁受《孝经》、《论语》,五岁遍读五经,悉通讽诵”。[⑥]这与上引萧恢的教育内容一致,孙辈萧大临、萧大连明经射策甲科,都说明经学是皇室教育的重要内容。至于皇室的普遍教育,当是源自天监七年的诏令,“于是皇太子、皇子、宗室、王侯始就业焉”。[⑦]《南史·梁武帝诸子》亦明载其孙辈萧大连的回答,“臣等未奉诏,不敢辄习”。只不过,“贵游子弟,多无学术”,[⑧]学有所成的不多罢了。《南史》所载,也就是子辈萧纶“博学善属文”,孙辈萧大心“善数文”,萧大临、萧大连“俱入国学,明经射策甲科,拜中书侍郎”等数人。也正是萧衍、萧统、萧纲、萧绎等人的推动,兰陵萧氏成了与当日有名的彭城到氏、吴兴沈氏、彭城刘氏并称的文学家族。这里可举一典型的例子,极度躁虐骄纵、喜怒无常的武帝第六子萧纶,因其赋诗“方同广川国,寂寞久无声”,不仅没受到惩罚,反而大受武帝的赞赏,“旬日间,拜郢州刺史”。[⑨] 这种

---

① 曹道衡、沈玉成《有关〈文选〉编纂中几个问题的拟测》,俞绍初《〈文选〉成书过程拟测》(《文学遗产》,1998年第1期),认为在天监十八年(519)到普通元年(520)。徐逸民《〈文选〉编纂年代新说》(《文学遗产》,2000年第四期),是据天监末年编成的《类文》的基础上删简而成,成书当在普通初二三年间。

② 陈寅恪《崔浩与寇谦之》曾论:“故东汉以后学术文化,其重心不在政治中心之首都,而分散于各地之名都大邑。是以地方之大族盛门乃为学术文化之所寄托。中原经五胡之乱,而学术文化尚能保持不坠者,固由地方大族之力,而汉族之学术文化变为地方化及家门化矣。”见《金明馆丛稿初编》,三联书店,2001年,第147—148页。

③ 《梁书》卷四十八《儒林传》。《南史》卷七十一《儒林传序》亦载。

④ 《梁书》卷二《武帝纪》。

⑤ 同上。

⑥ 《南史》卷五十三《梁武帝诸子传》,第1308页。

⑦ 《梁书》卷四十八《儒林传》。

⑧ 《颜氏家训》卷三《勉学》。

⑨ 《南史》卷五十三《梁武帝诸子传》,第1323页。

文化氛围，不能不对萧氏家族的人产生强大的号召力。

至于曹宪，能附带能说明的是，《大唐新语》的作者刘肃，唐宪宗元和年间(806—820)曾任江都主簿，自当熟习江都的掌故。新、旧《唐书》传记即本于《大唐新语》，仅多出以下内容："扬州江都人，年一百五岁卒。"这里需先大致推断曹宪的生年。阮元《揅经室集二集》卷二《扬州隋文选楼记》，推断其生年在梁大同年间(535—545)，然无具体论证。今按《旧唐书》卷一九零上《卢照邻传》载其"年十余岁，就曹宪、王义方授《苍》、《雅》及经史"。而卢照邻，[①]约生于贞观九年(635)，则"十余岁"自在贞观二十年后，就是说曹宪至少活到此际，今姑据贞观二十年推断，则曹宪生于梁武帝大同七年(541)前后。

"大业(605—618)中，炀帝令与诸学者撰《桂苑珠丛》一百卷，时人称其该博。宪又训注张揖所撰《博雅》，分为十卷，炀帝令藏于秘阁。"据《旧唐志》载：《桂苑珠丛》一百卷，诸葛颖撰。《桂苑珠丛略要》二十卷。唐时尚存。而编撰这样大型的类书，自然要多人合作，且一般多在图书聚集的京师进行，也需要一段时日；这样，至少在大业初年，曹宪还居住在京师。

这样，隋时(582—618)的曹宪约为四十到七十余岁，正是其学有所成的壮年到老年时期，学说、思想业已成熟，也有能力授徒。因此，其"聚徒教授，诸生数百人。当时公卿已下，亦多从之受业"，确为隋时的情形。不过，《大唐新语》的叙事略有紊乱，且省略太多；今据新、旧《唐书》的叙事能考知：隋初，以己才华，青壮年的曹宪仕于京师秘书省。又，考虑到隋末的情势，大业七年(611)，齐郡王薄在长白山(今山东邹平)已燃起起义的烽火。大业九年，炀帝亲临辽东，发动第二次对高丽战争，大贵族杨素之子礼部尚书杨玄感乘机联合贵族子弟起兵黎阳(今河南浚县北)，进逼东都，洛阳已后院起火。大业十年，因义军蜂拥，中原、淮河一带途路已经阻绝。因此，即便是先前形势不甚明朗，这一时期，恐怕再愚笨的人也应该感到天下大乱的来临。再结合曹宪回到故乡的史实，则其返归故乡一定在大业九年前，因为道路一旦阻隔，千里奔波就是一件极为不易的事，永嘉大乱，许多文人死于逃离途中，就是有力的例证。《隋书》卷七十五《刘炫传》是近在眼前的一例：(炀帝时)"于时群盗蜂起，谷食踊贵，经籍道息，教授不行。炫与妻子相去百里，声问断绝，郁郁不得志。……时在郡城，粮饷断绝。"因不得返归城内，"夜冰寒，冻馁而死"。更何况，历史上还有一个很好的借鉴，洞若观火，即同乡吴郡人张翰"因见秋风起(实际上是预

① 李云逸《卢照邻集校注·卢照邻年谱》，中华书局，1998年。

见天下将乱)，乃思吴中菰菜、莼羹、鲈鱼脍，曰：‘人生贵得适志，何能羁宦数千里以要名爵乎！’遂命驾而归”。[①] 因此，曹宪在大业九年乱起前，或者再具体一点在大业初年既已返归故乡，从避难的角度看，是很有可能的。这时曹宪已六十岁左右。而此际故乡江都，已是南方的文化中心，人才汇聚。[②] 这也可能是促使曹宪及早南归的一个原因。这样，再结合萧该在隋开皇初年以后撰《文选音义》，则能确知，《文选》学兴盛的最初时间在隋朝。《旧唐书》就是以追叙的口吻，“初，江、淮间为《文选》学者，本之于宪”，一个“初”字，就表明了一切。

李袭誉，据《旧唐书》卷三《太宗纪下》，贞观八年(634)遣扬州江都大都督府长史李袭誉等观察风俗；《新唐书》卷二载其十五年已转任凉州都督。[③]《唐会要》卷三十六又载贞观十三年，扬州长史李袭誉撰《忠孝图》二十卷奏之。其荐举曹宪就在这一时期，这时，曹宪已九十余岁，已垂垂老矣。也正是这个原因，“宪以年老不起”，不能再从事实际的劳作了，只能领一个虚衔“朝散大夫”。

从地域、文化传统看，永嘉南渡，当北方的士族纷纷南下，“寄人国土”时，为避免与江东固有的大族，如吴郡的顾、陆、朱、张，会稽郡的虞、孔、贺等土著高门的摩擦，或损害其利益，北来的士族转而开发东土——浙、闽。尽管，北来当轴的士族多占据要职，“亡官失守之士避乱来者，多居显位，驾御吴人”，[④]但却因不断的权力争斗而削弱或一蹶不振，衰败下去，如颍川庾氏，在庾亮、庾怿、庾冰、庾翼死后，家势迅速削弱、式微，后经桓温的排挤、杀戮，其家族几尽灭绝。高平郗氏，在郗愔、郗昙死后，也迅速地退出了高层政治领域。因此，就出现了一种特别的现象：到了梁陈时期，儒学人才更多的都是出自吴地高门，南渡的侨人则不多见了，如《梁书·儒林传》所载十四人中有七人，[⑤]《陈书·儒林传》所载十三人中有十人[⑥]，且多出自长江下游建康附近区域。至于文学方面，多有侨人的后裔，如《陈书·文学传》中济阳考城人江德藻、颍川鄢陵的

---

① 《晋书》卷九十二《张翰传》。

② 据《隋书》卷三《炀帝纪》，开皇八年(588)，杨广任尚书令，镇淮南寿春。开皇十年，杨广领扬州总管镇江都，此后有十年之久。而据《隋书·柳传》：“王好文雅，招引才学之士诸葛颖、虞世南、王胄、朱玚等百余人以充学士。而(巧言)为之冠，王以师友处之，每有文什，必令其润色，然后示人。尝朝京师还，作《归藩赋》，命(巧言)为序，词甚典丽。”杨广称帝后，亦多次游幸江都，俨然是其南方的行宫。杨广甚至还严诏斥责了轻蔑南方的窦威、崔祖睿，见严可均《全隋文》卷五。在杨广的刻意经营下，江都在迅速地繁盛。

③ 郁贤皓《唐刺史考》第三册第八编卷一二三，江苏古籍出版社，1987年，即认为李袭誉的任期为贞观八年至十三年。

④ 《晋书》卷五十八《周勰传》。

⑤ 即何佟之，庐江人；孔子袪、贺玚、孔佥，均为会稽山阴人；沈峻、太史叔明，吴兴人；皇侃，吴郡人。

⑥ 即沈文阿、沈洙、沈德威、沈不害，吴兴人；张崖，晋陵人；陆诩、全缓、顾越、陆庆，吴郡人；贺德基，会稽人。

庾持、河南阳翟的褚玠等。这适足说明土著高门在经学方面学殖深厚。礼是东晋南朝时的显学，我们看，东晋时期，虽然经学世家颍川荀氏子弟荀崧，以及谙习故实的刁协都熟习礼仪，但剖析疑义时却还不能不征求会稽山阴人贺循的意见。[①]《晋书》卷十九《礼志》也说"其（指郊祀仪）制度皆太常贺循所定，多依汉及晋初之仪。"之所以如此，就是东汉以来贺氏一直传习"庆氏学"，源远流长，未曾断绝。到了梁陈时，这个家族仍以礼学着称，如《南史》卷六十二所载的贺玚、贺革与贺琛。或者说，比起当日学术、文化最为发达的几个区域，即长江流域下游的江州，以及上游的荆州和雍州（襄阳），[②]建康附近区域的确是当日南方的文化中心。从这一点说，出自皇室的萧该与成长自江都的曹宪有较深的学术造诣，也不难理解。

曹宪所居的江都（今扬州），以及京口（今镇江一带），东晋以来，本是南下流民最集中的地域，以武人着称，土地也较荒芜贫瘠，[③]但经高平郗鉴的一番经营，[④]东晋中后期已成为一个军事重镇，也即一代雄豪桓温所说的"京口酒可饮，箕可用，兵可使"。[⑤] 谢玄组建北府兵，即据此为根据地，因为这些历经长途跋涉、奔波才得以南下的流民本就剽悍、善战。就是这支队伍，淝水战中打败了前秦苻坚的近百万大军。晋宋之际，出身于北府兵的下级将领刘裕在火并了劲敌刘毅后，也是依靠这支队伍，最终移了晋鼎。不过，随着时光的推移，一百二三十年后，即刘宋中后期，这些北来强健流民的后裔除了身体素质业已退化外，某种程度上已在向文化、学术转化，出现了儒学人士，如南齐时，"沉深典素"，撰成足以"弥纶一代"[⑥]《晋书》的臧荣绪就隐居在京口，并教授子弟，其好友关康之也"世居京口"。关康之，《宋书》卷九十三有传，撰"《毛诗义》，经籍疑滞，多所论释"，也是一个学者。但到了隋朝，江都则一跃而成了南方的文化中心，这与晋王杨广，也即后来的隋炀帝有密切关系。

太清二年（548）八月，侯景围攻台城；三年三月被攻陷。在近半年的围攻

① 《三国志》卷二十《贺邵传》注引虞预《晋书·贺循传》："时朝廷初建，动有疑议，宗庙制度，皆循所定。朝野咨询，为一时儒宗。"

② 曹道衡《南朝文学与北朝文学·南朝文风向各地的传播》曾简略探讨过江州、荆州和雍州等地的文学风尚，可参见。江苏古籍出版社，1998 年，第 151—160 页。

③ 南下流民之所以能寄居京口，很大程度上就是因其荒芜贫瘠、地广人稀，这样也才能避免与吴郡土著高门的摩擦和冲突。

④ 其对京口的经营，可参见田余庆《东晋门阀政治》中《郗鉴与京口经营》一节，北京大学出版社，2005 年，第 60—79 页。

⑤ 《世说新语·捷悟》第六条"郗司空在北府，桓宣武恶其居兵权"刘注引《南徐州记》。

⑥ 《南齐书》卷五十四《臧荣绪传》。

中，梁朝的都城建业遭到了毁灭性的破坏："自景围建业，城中多有肿病，死者相继，无复板木，乃刳柱为棺。……初，城中男女十余万人，及陷，存者才二三千人。……始景渡江至陷成之后，江南之民及衍王侯妃主、世胄子弟为景军人所掠，或自相卖鬻，漂流入国者，盖以数十万口；加以饥馑死亡，所在涂地，江左遂为丘墟矣。"①帝京不可避免地衰败、破落下去了，后来一度执掌政权的梁元帝萧绎执意迁都江陵，这是一个重要的原因。而短祚的陈朝也没能让元气大伤的京城恢复昔日的繁华。就在这时，另一地江都，却因特别的历史机缘，在迅速地走向繁盛。开皇八年(588)十月，隋文帝命晋王杨广率军五十一万，兵分八路攻打陈朝。平陈后，任扬州总管，镇江都，每岁一朝。可以说，直到二十年(600)十月被立为太子(先前太子杨勇被废)，杨广一直驻守在江都。十余年的悉心经营，自然非同一般。"仁寿初，奉诏巡抚东南"，②也是用其对江南的熟习。而炀帝的另一重要举措，即大业四年(608)至七年，凿通、疏浚河道，开通京杭大运河，更直接加强了江都在南北漕运中经济、航运中心的位置。当然，这也不是炀帝的一时心血来潮，在他之前，魏高祖就曾对宠臣李冲说过要修通从洛水到淮河的通道，以便南伐。③ 因为在那一时节，"交通以水路为便，自无疑义，而转漕尤甚"，④水路交通受到特别青睐。而炀帝一即位，大业元年八月，集行幸江都；十月，即给予扬州特别照顾，"赦江淮已南。扬州给复五年，旧总管内给复三年。"⑤炀帝的这些举措，不管是个人的偏好还是国家层面的政治运作，无疑都迅速地促使了江都的急遽发展，超越了京口，帝京建业，成了江南的政治、经济中心。值得说明的是，不管出于何种目的，杨广在晋王时就注意笼络文士，当日，一些一流文士，如柳䛒、诸葛颖、虞世南、王胄、潘徽、杜正玄等人先后进入晋王府，即归入扬州。《资治通鉴》卷一百八十二"大业十一年"条即载"帝好读书著述，自为扬州总管，置正府学士至百人，常令修撰，以至为帝，前后近二十载，修撰未尝暂停；自经术、文章、兵、农、地理、医、卜、释、道乃至蒱博、鹰狗，皆为新书，无不精洽，共成三十一部，万七千余卷"，足以看出其对书籍、文士的重视和喜好。因此，《文选》学中心出现在文化中心江都就是

---

① 《魏书》卷九十八《岛夷萧衍传》。

② 《隋书》卷三《炀帝纪》。

③ 《魏书》卷五十三《李冲传》："高祖自邺还京，凡舟洪池，乃从容谓冲曰：'朕欲从此通渠于洛，南伐之日，何容不从此入洛，从洛入河，从河入汴，从汴入清，以至于淮？下船而战，犹出户而斗，此乃军国之大计。今沟渠若须二万人以下、六十日有成者，宜以渐修之。'"

④ 吕思勉《两晋南北朝史》，上海古籍出版社，2005年，第1085页。

⑤ 《隋书》卷三《炀帝纪》。

一件极其自然的事了。还能举一个例子，据《挥麈后录》卷七引唐著作郎杜宝《大业幸江都记》载，“隋炀帝聚书至三十七万卷，皆焚于广陵。其目中盖无一帙传于后代”。在当日，能在两次焚书劫余——即金陵、江陵焚书之后，再次聚得三十七万卷典籍，其文教之盛，确非他地堪比；因为五十年前梁元帝萧绎焚毁所聚古今图书也才十四五万卷。则五十年间书籍的流通和文化发展，以及江都一地文化的兴盛，就确然可想了。

二

梁中期以后，当时的帝王达官、名流胜儒，几乎都写过靡丽绮艳的“宫体”；有些甚至写得毫无顾忌，肆无忌惮。与裴子野等人论争的直接结果，是萧纲一派以绝对的优势击败了反对者。这实际上就是梁前中期到后期的一个重要的文风转向。这一转向，《陈书》卷三十三《儒林传·沈洙传》与《隋书》卷七十六《文学传序》都有过清楚的陈述：

> 大同中，学者多涉猎文史，不为章句。
>
> 梁自大同之后，雅道沦缺，渐乖典则，争驰新巧。简文、湘东，启其淫放，徐陵、庾信，分路扬镳。其意浅而繁，其文匿而彩，词尚轻险，情多哀思。（《北史》卷八十三《文苑传序》同）

《陈书》中所说的“多涉猎文史，不为章句”，实际上是当日整体重文氛围，特别是策试、察举偏向影响下的一个必然结果。[1] 但如上所论，大同之后，“争驰新巧”，即争写骈俪文章，这一情形一直持续到陈亡。对此，比较一下《陈书》中的《儒林传》、《文学传》的《序》即可明了：对于陈朝，后主“雅尚文词”，“每臣下表疏及献上赋颂者，躬自省览，其有辞工，则神笔赏激，加其爵位，是以缙绅之徒，咸知自励矣。”由是文学之才“焕乎俱集”。但儒学之士却不免有天壤之别，不仅“成业盖寡”，而且就这，一如史臣所言，“今之采缀，盖亦梁之遗儒”，还只是梁朝残留的儒生。实际生活中，这些儒生，最多也就是任国子博士、王府

---

① 具体可参见拙著《魏晋南北朝骈文史论》中《东晋南朝察举制度与文学》一节，巴蜀书社，2012年，第131—144页。

记室参军、学士等之类，远没有文学之士显赫（任职最高的沈文阿也就是迁通直散骑常侍），而文学之士如颜晃"迁员外散骑常侍，兼中书舍人，掌诏诰"，江德藻任尚书左丞、兼中书舍人，褚玠任御史中丞等，至于徐陵，就更不用说了。这是一个宫体诗风极度弥漫、盛极一时的时代，举其大者，如徐陵编纂了《玉台新咏》；陈后主时，与一帮"狎客"日夜笙歌，不问世事，"后主之世，（江）总当权宰，不持政务，但日与后主游宴后庭，共陈暄、孔范、王瑗等十余人，当时谓之狎客"。[①] 时风所及，自然青睐绮艳、旖旎的文风。这样，一归于典正、选文严肃正宗的《文选》难免因会不合时人口味而弃置巾笥。

至于北方，又各有一己的实际情况。

十六国时期，干戈扰攘，纷争不断，滞留在北方的汉人不得不借重坞堡、聚族而居来苟延残喘、保全生命。这一时期坞壁盛行，就是这个原因。但也显然，这种极度封闭，缺乏必要的思想交流、碰撞，朝不保夕的状态下只能会使学术、文学创作日趋衰微，甚至原有的文学才华也会枯竭，如同样的左思，洛阳时作出《三都赋》而出现了"洛阳纸贵"的佳话，但一到冀州避难，就没见只字了。回到家乡安平的张载、张协兄弟也是如此。十六国时期没有留下多少作品，除去战乱、作品难以留存外，缺少交流、传播，创作少更是一个不可忽视的重要因素。这一情形，一直到北魏孝文帝进行汉化，才渐趋有所改观。但汉化影响较深的区域有限，即河朔（燕、赵、魏、齐）一带，其中更多的就是后来的北齐地域；或者说，尽管北齐的统治者对汉族一直怀有很深的芥蒂、戒心，作为六镇军人，其执政也很残暴，但仍然出了一些儒生、文人，就是这个道理。这只要看一下《北史》中的《儒林传》、《文苑传》，追溯其地域、籍贯，即能看出。也就是在这个时期，北魏开始形成了自己较为稳定的政治文化中心，文人间能以文会友，不再局于一隅，视野也大为开阔。重要的是，一些书籍也易于得到。据《南齐书·王融传》，北魏曾派使者借抄典籍，甚至还要求"敕缘边求采"，（《魏书·崔光附崔鸿传》），都显示了这方面的努力。也因为此，才出现了刘昼"恨下里少坟籍，便杖策入都"，到多书家太府少卿宋世良家"恣意披览，昼夜不息"一事。[②] 但这更多的只是促使了儒学，特别是礼学的发展，文学方面并没有特别的景象。这从当日文化的载体——书籍的数目即能清楚看出，"后魏爰自幽方，迁宅伊洛，日不暇给，经籍阙如，周氏创基关右，戎车未息。保定（561—

① 《陈书》卷二十七《江总传》。
② 《北齐书》卷四十四《刘昼传》。

565)之始，书止八千，后加收集，方盈万卷。高氏据有山东，初亦采访，验其本目，残阙犹多。及东夏(北齐)初平，获其经史，四部重杂，三万余卷。所益旧书，五千而已”，①书籍是少得可怜，而同一时期的梁朝，仅梁元帝萧绎一人的藏书就有十四万卷，②差距不可以道里计。天和三年(568)，齐、周通好。其间，北齐国子博士熊安生“一一演说，咸究其根本”，使得北周的使臣尹公正“深所嗟服”，③也说明了关中学者的学术不足与河朔相比。或者也能说，南方的士人颜之推被西魏俘获，冒险逃到北齐，大约也是看到有较好的文化学术氛围。这种情形，只是到了承圣三年(554)江陵荡覆前后，庾信、王褒、殷不害等大批南方作家入关(如前所论)，北周的文学才有一个截然迥异的面貌，情形为之一变，也即《北史·文苑传》中所说的“梁荆之风，扇于关右”。庾信在北周受到了很高的礼遇，“位望通显”，“世宗、高祖并雅好文学，信特蒙恩礼。至于赵滕诸王，周旋款至，有若布衣之交。群公碑志，多相请托。”④一时间，王褒、庾信的文章受到了热烈追捧，那么，他们倾心羡慕什么风格的文章呢?《传论》中说得很清楚，“然则子山之文，发源于宋末，盛行于梁季。其体以淫放为本，其词以轻险为宗。故能夸目侈于红紫，荡心逾于郑、卫。”说白了，就是绮艳淫丽之文，甚至是郑、卫亡国之音。史臣的话虽不免有些过激，但从《周书·苏绰传》中所说的“文章竟为浮华，遂成风俗”，让苏绰为大诰来改革文风来看，时人喜爱、热衷这种较为绮艳的文风也是事实。这样，与陈朝类似，也不会喜悦文风典正的《文选》;更何况，这一时期的文学水准还有待于进一步发展。

但是，也就是在这同一片土地上，却也孕育着另外一种倾向。大致以魏孝文帝元宏迁都洛阳并实行汉化为界，入洛的鲜卑贵族已开始由尚武转变为崇文，“世祖(拓跋焘)经营四方，未能留意，仍世以武力为事，取于便习而已。至高祖(孝文帝)太和(477—499)中，始考旧典，以制冠服，百僚六宫，各有差次”，⑤“及太和任运，志在辞采，上之化下，风俗俄移。……从此以后，才子比肩，声韵抑扬，文情婉丽，洛阳之下，吟讽成群”，⑥都清楚地道出了这种转变。至于“志在辞采，上之化下”等，考之史籍，确系如此:孝文帝本人虽仅活了三十

① 《北史》卷七十二《牛弘传》，《隋志》略同。

② 其详细情况，可参见拙文《梁朝私家藏书考》(《图书馆理论与实践》，2008年第2期)、《〈金楼子·聚书〉所反映萧绎藏书及齐梁间书籍的流通》(《文献》，2010年第3期)。

③ 《周书》卷四十五《儒林·熊安生传》。

④ 《周书》卷四十一《王褒庾信传》。

⑤ 《魏书》卷一〇八《礼志四》。

⑥ 王利器《文镜秘府论校注》“天卷”，中国社会科学出版社，1983年，第80—81页。

三岁，但却创作了大量的诗文，《隋志》即载《后魏孝文帝集》三十九卷，《魏书·高祖纪下》也极尽赞美其文学才华，“才藻富赡，好为文章、诗、赋、铭、颂，有兴而作。有大文笔，马上口授，及其成也，不改一字。自太和十年已后，诏册皆帝之文也”。不仅如此，孝文帝还多次在宫廷主持文学宴饮、赋诗联句等活动，如《魏书·任城王传》中“即命黄门侍郎崔光、郭祚，通直郎邢峦、崔休等赋诗言志”，甚至一时未能尽兴，燃烛“夜饮”唱和。再如“高祖帅群臣上寿，太后忻然作歌，帝亦和歌，遂命群臣各言其志，于是和歌者九十人”。[①] 正是这样的不遗余力，到了宣武帝、孝明帝时，元魏宗室中擅长文学的人较多，如元顺、元勰、元昌，特别是元晖业，更是熟读经史，其武定（543—550）末撰写的五言《感遇诗》音律谐畅，注意到了骈偶对仗，写得颇为成熟、动情。而《何逊集》的迅速传入也当与爱好文学的元晖业有直接因缘。《北史·文苑传序》也说孝明帝时“文雅大盛，学者如牛毛”，文学之士袁翻、裴敬宪、孙彦举、温子升等人甚至能媲美于“建安之徐（干）、陈（琳）、应（玚）、刘（桢），元康之潘（岳）、张（载）、左（思）、束（皙）”。这里提到的裴敬宪，属河东裴氏，关中的望族，其以文学才华称誉当代：“专以读诵为业。……五言之作，独擅于时。名声甚重，后进共宗慕之。中山王将之部，朝贤送于河梁，赋诗言别，皆以敬宪为最。其文不能赡逸，而有清丽之美。”[②]

再看北齐。北齐的统治者高欢、高澄、高洋等，本以六镇军人崛起立国，又鉴于北魏的衰落，因此倾心复兴本已衰落的鲜卑文化中尚武风习，清人赵翼即讥讽其“适还其为猴”，[③]“源其指归而不好辞彩”。[④] 周围奔走之人的文化水平也往往较低，如身边常自勤王、威望重的厍狄干“不知书，署名为‘干’字，逆上画之，时人谓之穿锥。又有武将王周者，署名先为‘吉’而后成其外，二人至子孙始并知书”。[⑤] 但到了后主高纬时期，情况就大为改观，因为后主“颇好咏诗，幼时尝读诗赋，语人云：‘终有解作此理不？’”甚且钟爱梁代轻艳诗，并画在屏风上，大约是便于朝夕观览吟诵，[⑥]其喜好可窥一斑。重要的是，武平三年（572），重用文士祖珽、颜之推等，建立文林馆，[⑦]编修大型的类书《修文殿御

---

① 《魏书》卷十三《皇后冯氏传》。

② 《魏书》卷八十五《裴敬宪传》。

③ 王树民校证《廿二史札记》（增补本）卷十四，中华书局，1984 年，第 307 页。

④ 《北齐书》卷六《孝昭纪》。

⑤ 《北齐书》卷十五《厍狄干传》。

⑥ 《北齐书》卷四十五《文苑传序》。

⑦ 关于文林馆的设立及价值，可参见王允亮《北齐文林馆考论》（《长沙大学学报》2006 年第 6 期），以及陈春霞《孝文帝改革后的民族融合与北朝文学研究》（中国社会科学出版社，2011 年，第 178—190 页）。

览》。这一盛况，颜之推《观我生赋》“纂书盛化之旁，待诏崇文之里”中自注有明确的概述：“齐武平中，署文林馆待诏者仆射阳休之、祖孝征以下三十余人，之推专掌，其撰《修文殿御览》、《续文章流别》等皆诣进贤门奏之。”

但是北齐所居地，自汉以来，就有深厚的文化传统。北齐也一直保持着对南方文化的倾羡和思慕，“（济阴王元）晖业尝大会宾客，有人将《何逊集》初入洛，诸贤皆赞赏之。”（《北齐书》卷三十八《元文遥传》）这是武定（543—550）之前的事。（齐文襄时）据《梁书》卷四十九《何逊传》“服阕，除仁威庐陵王记室，复随府江州，未几卒。东海王僧孺集其文为八卷”，则其文集为死后编撰。又，据《梁书》卷三，大同三年（537）庐陵王萧续为安南将军、江州刺史。则何逊当卒于此年。可见传播的速度是很快的，也说明了北齐对南方文化的渴慕。而最有名的是抄写、盗取《华林遍略》一事：

> 州客至，请卖《华林遍略》，文襄多集书人，一日一夜写毕，退其本曰：“不须也。”珽以《遍略》数秩质钱樗蒲，文襄杖之四十。……又盗官《遍略》一部。[①]

文襄指高澄，其抄写复制，然后把书再还给买书人，手段虽有些不齿，但其喜爱南朝文化却由此俱见。要知道，《华林遍略》共六百二十卷，作为梁武帝特意纠集一班人马编撰以压倒刘孝标的《类苑》的大型类书，天下三教九流、六艺七略自然是无所不包了，有此一本，尽可囊括天下知识，高澄焉得不喜！又，这事在高欢之前，而高欢死于武定五年（547），《华林遍略》的入北更应在其前。这里还可提到北地三才中的魏收、邢子才，模拟南方的沈约、任昉，[②]更为世人熟知。但尽管如此，尽管北齐地域的文学水准已得到较大的提升，整体上对南方清幽、淡雅的文学风格一时间仍不能较好地深入品味，仍不免有隔膜。《颜氏家训·文章》即载卢询祖批评王籍《入若耶溪诗》“蝉噪林逾静，鸟鸣山更幽”，“此不成语，何事于能？”魏收亦认可这一评价。同样，对萧悫“芙蓉露下落，杨柳月中疏”，“时人未之赏也”，以及“卢思道之徒，雅所不惬”，都说明了同样的问题。比较之下，《文选》的雅正文风，倒很适合北齐文士的欣赏趣味了。

---

① 《北齐书》卷三十九《祖珽传》。

② 《北齐书》卷三十七《魏收传》：“收每议陋邢邵文。邵又云：‘江南任昉，文体本疏，魏收非直模拟，亦大偷窃。’收闻乃曰：‘伊常于《沈约集》中作贼，何意道我偷任昉。’任、沈俱有重名，邢、魏各有所好。武平中，黄门郎颜之推以二公意问仆射祖珽，珽答曰：‘见邢、魏之臧否，即是任、沈之优劣。’”

总之，这种甚且极端重文的氛围，肯定会促使人们对精选历代篇章的《文选》的重视和学习。由此，讲习、注释《文选》也就势在必然了。这是整体社会氛围。从普通、中大通年间萧统编撰《文选》，到隋朝初年，经过半个世纪的沉寂，《文选》终于浮出了水面。

三

在此基础上，再一次审视《新唐书》卷一九八《儒学上》，以及前引《大唐新语》卷九《著述》所载的曹宪史料：

> （曹）宪始以梁昭明太子《文选》授诸生，而同郡魏模、公孙罗、江夏李善相继传授，于是其学大兴。
>
> 许淹者，润州句容人也。少出家为僧，后又还俗。博物洽闻，尤精诂训。撰《文选音》十卷。
>
> 李善者，扬州江都人。方雅清劲，有士君子之风。明庆中，累补太子内率府录事参军、崇贤馆直学士，兼沛王侍读。尝注解《文选》，分为六十卷，表上之，赐绢一百二十匹，诏藏于秘阁。除潞王府记室参军，转秘书郎。干封中，出为泾城令。坐与贺兰敏之周密，配流姚州。后遇赦得还，以教授为业。诸生多自远方而至。又撰《汉书辩惑》三十卷。载初元年卒。子邕，亦知名。
>
> 公孙罗，江都人也。历沛王府参军，无锡县丞。撰《文选音义》卷，行于代。
>
> （魏）模，武后时为左拾遗，子景倩亦世其学，以拾遗召，后历度支员外郎。

又，据这一卷中"由是其学大兴于代"、"行于代"，避讳字"代"（世）的存在，有理由相信这应是采自早期的史料，当较可信。

前已论证，隋时，曹宪在自己的家乡江都广教学徒，教授《文选》；且"江淮间为《文选》学者，起于江都曹宪"。我们有理由相信，其下所说的句容许淹、江夏李善、公孙罗、魏模等当都是曹宪的弟子。这是因为一，这些人与曹宪"同郡"（句容亦在南京附近），地域上便利。二，这些人隋时正值青壮年时期，是受学时期，时间上吻合。这也有一条内证，即《旧唐书·李邕传》中说的“父（李）善尝受《文选》于同郡人曹宪”。这样，凭借曹宪崇高的声望——甚至唐太宗也不惜屈尊远方求教，[①]以及环拱的众多弟子，再借助晋宋以来江南深厚的学术、文化积淀，就自然形成了一个当之无愧的《文选》学中心。这是第一个《文选》学中心，即江都中心。曹宪出生在梁末大同年间（535—545），生在扬州江都，京都近畿所在，非是北朝在乡壁坞堡中承续其家传学术，则不能不受南方学术风尚的熏染。曹宪精通音韵、文字，又编辑类书《桂苑珠丛》，正是南方学术“耻一事之不知”蕴育下的学风。其在江淮间传习《文选》，以其所擅长的受时风认可的学术而教授饱受这种风尚浸润的江南士子，一时间自然从归如流、下自成蹊，“由是其学大兴于代”。比较之下，同一时期，北方的长安即便有萧该在研讨、注释《文选》，但其地文化、学术氛围远远不如此际的江都笃厚；不仅如此，恐怕还有萧该一己性格的欠缺，“然各执所见，递相是非，久而不能就”，还不乏书生意气，比较固执，也没有设帐授徒的记载，自然不能流风广被。因此，北方的《文选》学也只能是蓄势待发。

先看许淹。润州句容，据《新唐书》卷四十一《地理志》：“武德三年（620）以句容、延陵二县置茅州”，“（武德）九年隶润州”，是初唐时的一个称谓。这也可侧面佐证许淹至少生活到了武德九年。又，《旧唐书》虽没言明其时代，但据句容许淹、江夏李善的顺序，其时代当早于李善。东晋以来，史籍所载声名煊赫的许氏，就是东晋许询这一支脉，其后为许亨、许善心、许敬宗等；但这一支脉为高阳新城，不闻句容有高门许氏；因此，许淹殆出自一平凡家庭。至于“少出家为僧”，殆可能因为家贫，或陈末战乱的缘故，不得已而寄居枯寂的寺庙，或借此躲避战火，未必真的有什么佛教信仰；不仅因为后又还俗，还因为句容正靠近战火冲击最厉害的核心区域金陵。梁陈间也不乏这样的例子，如《陈书》卷二十六《徐陵传》载其弟徐孝克为应对侯景之乱时的饥荒，“京邑大饥，饿死者十八九”，一方面，徐孝克把自己“甚有容色”貌美的妻子臧氏嫁给富人侯景的将领孔景行，以换取谷帛供养；另一方面，“又剃发为沙门，改名法整，兼乞食以充给焉”，以度过难关。之所以剃发，殆因方外之士行动可以自由一些，又能名正言顺地乞讨的缘故。徐孝克是徐陵的弟弟，太清二年，徐陵出使西魏时任通直散骑常侍，这是三品的高官。徐孝克在金陵照顾老母，尚且如此艰辛，他

---

① 《旧唐书》卷一八九上《儒学上》：“太宗又尝读书有所难字，字书所阙者，录以问宪，宪皆为之音训及引证明白，太宗甚奇之。”

人就可想而知了。又,《周书》卷四十二《萧大圜传》载“时既丧乱之后,无所依托,(萧大圜)乃寓居善觉佛寺”。萧大圜是简文帝萧纲的儿子,虽贵为皇亲,也是朝不保夕。

再看李善。李善殆生于贞观初年。[1] 史有明载李善卒于载初元年(689),但生年不详。不过,据《旧唐书·李邕传》,其子李邕天宝六载(747)正月被杖杀,年七十余。李昂撰的《墓志》为“年七十三,卒于强死”。今依《墓志》,则李邕生于高宗上元二年(675)。李善卒时,李邕时年十四。另一方面,《旧唐书》载其“年老疾卒”,既称“年老”,则据四十而立、五十不惑的观念,似至少有六十岁;今按六十岁计,则其生年约在贞观四年(630)前后。这样,四十五岁前后有李邕,也不是不可能的,只不过是晚年得子罢了。又《旧唐书·李邕传》载“父(李)善尝受《文选》于同郡人曹宪”,而曹宪,前已论,活到贞观二十年(646)后,这样,在曹宪的晚年,即李善的少年时期(十六岁前后),李善求学于曹宪,地域、时间和情理上都较吻合。

“坐与贺兰敏之周密,配流姚州。后遇赦得还。”据《旧唐书》卷五,咸亨二年(671)六月,周国公武敏之以罪复本姓贺兰氏,除名,流雷州。后行至韶州,以马缰自缢而死。李善受到牵连,自当在此年。姚州,据《新唐书·地理志》,“姚州云南郡,下(州)。武德四年以汉云南县地置。户三千七百”,是极其荒远、人烟稀少之地,也即《旧唐书》传中所说的“坐配流岭外”。“遇赦得还”,屈守元《文选导读》据《旧唐书·高宗纪》“上元元年(674)秋八月,改咸亨五年为上元元年,大赦”,认为是上元元年。罗国威师续引“(上元二年)六月,以雍王贤为皇太子,大赦”,认为“当在此二次大赦之中”。而上元二年(675),李善的儿子李邕出生。这样,从咸亨二年受到牵连到大赦,至少有三年的时间;因此,即便在古代交通极为不便的情况下,李善也应当到了姚州,甚或还呆上了一段时间。

据《旧唐书》卷一九零《李邕传》:“会赦还,因寓居汴、郑之间,以讲《文选》为业。年老疾卒。”我们猜想,因儿子刚出生,尚在襁褓之中,行动极为不便,其返归的路程肯定会持续长一些时间。也或许,先间道回到了阔别多年的故居——江都。就是在这,马怀素“寓居江都,少师事李善”。[2] 马怀素本丹徒

---

① 对李善生平研究的有:屈守元《文选导读》。罗国威师《李善生平事迹考辨》(《文献季刊》1999年7月第三期)。饶宗颐《敦煌吐鲁番本文选·唐代文选学述略(前言)》(中华书局,2000年)略有涉及;其文又见《唐研究》第四卷,北京大学出版社,1998年。

② 据《旧唐书》卷一零二《马怀素传》“会怀素病卒,年六十”,以及《旧唐书》卷《玄宗纪》“(开元六年)秋七月,秘书监马怀素卒”,则马怀素生于显庆四年(659)。

人，其特地“寓居”毗邻的江都，可见求学心切；也看出马怀素对颇负盛名的李善的尊崇。就在这难得的闲暇时刻，或者也看穿了宦海的险恶、倾轧，李善极有可能重新再次整理《文选》，因此有了白塔寺撰《文选注》的传说。[①] 但也显然，沉迹故乡并不是李善内心真实的意愿，因为他一直都在宦海中沉浮，一定程度上还是不得不北上——似乎在寻求重新出仕的机遇，这在封建时代是很正常的，杜甫就是如此。汪习波推断他“想利用曾两为李贤王府幕僚的资历，在当今皇太子那里寻找重新出仕的机会”，[②]确实有道理。只不过，时不凑巧，调露二年(680)，李善先前所依奉的旧主李贤在残酷的争斗中被废为庶人，李善的希望也就只能随之破灭了。这时的李善年已老了(因为《旧唐书》明言“年老疾卒”，这时据载初元年(689)卒时也就九、十年的光景)，不得已，滞留在帝京附近——汴、郑间以讲《文选》为业，度过了自己的一生。

至于公孙罗，虽然传记非常简单，但也足以证明以下数事：一，与曹宪同郡，地域的毗邻、便利，且年龄吻合——即与李善大致同一时期受学于曹宪，其当是曹宪“始以梁昭明太子《文选》授诸生”中的一位。二，跟李善一样，公孙罗曾在龙朔元年(661)沛王李贤府中任参军。这样，大致与李善为同一时期的人；可能也正是因前后不易分别，后人，即新、旧《唐书·儒学传》的作者已分辨不清二人孰先孰后，而有了不同的先后排序。三，其著作，新、旧《唐志》载有“注《文选》六十卷，又《音义》十卷”，《日本国见在书目录》载“《文选钞》六十九公孙罗撰”。今据一些史料能考证，保存在《文选集注》中的《文选钞》就是公孙罗的作品，由此能看出其注《文选》的一些特色。[③]

这样，就能看出，江淮间《文选》学的繁盛并没有持续很长的时间，因为这些《选》学名家至少在武后初期就已聚散，流寓、充实到北方的以长安、洛阳为中心的学术圈——因为这时的长安，经过六七十年的经营和发展，作为大唐帝都已开始显现了吸纳百川的宏大气象。魏模，武后时已寻官洛阳，任左拾遗，其子亦居京师，以拾遗召。此或为武后初期之事，因武后为收人望，一时间广

① 日僧圆仁《入唐求法巡行札记》卷一：“开成三年(838)十一月廿九日。扬州有卅余寺，法进僧都本住白塔。臣善者，在此白塔寺撰《文选注》矣。”饶宗颐《唐代文选学述略》则认为白塔寺注《文选》是在“受《文选》于同郡人曹宪”后。又，朱福炷(wei)《白塔寺与李善注〈文选〉》，曾对白塔寺的一些背景资料有所钩沉，可参看，见《第八届文选学国际学术研讨会论文集》，广陵书社，2010年，第62—64页。严耕望《唐人习业山林寺院之风尚》(《严耕望史学论文选集》，中华书局，2006年)，曾稽考王播、吕温、薛大信、王绍宗等四人，居寺院习业；并得出一个结论，“除极少数几条外，皆在开元以后，中叶以后尤盛”。分别见第256、264页。

② 《隋唐文选学研究》，上海古籍出版社，2005年，第68页。

③ 可参见拙文《〈文选钞〉作者及其性质的考订》一节。

授官职,竟至"补阙连车载,拾遗平斗量"。[①] 显庆三年(658)李善上《文选》注时官职"文林郎守太子右内率府录事参军崇贤馆直学士",则显然已在京任职。咸亨三年(671),坐贺兰敏之事,流配姚州;但不久即遇赦还,"因寓居汴、郑之间,以讲《文选》为业",所注《文选》"大行时"。李善载初元年(689)卒,其晚年正在武后初年。如此,至迟在武后初年,史书所提及的《选》学名家,四位中已有两位寓居北方;并且因"诸生多自远方而至",而实际上形成了《选》学发展的第二重镇——北方洛阳、郑、汴一带的《选》学圈。时间在武后初年。这一学术圈,其发展,因毗邻帝京,人文荟萃,而日益强劲。比较之下,南方的《选》学圈则不免因后继乏人而渐趋式微,这是因为此后史书提及的对《选》学推动有力的学者,如五臣、陆善经等,或有志于《选》学者,如冯光震、萧嵩、王智明、李玄成等,都是朝中官吏,即京都之人,南方空无一人。而从 658 年到 685 年,历经李善二十余年的努力,或者说从开皇(581— 600)初萧该的经营算起,历八九十年的光景,北方《选》学兴盛也自在情理之中。或者说,尽管这两个《文选》学圈一度曾互相辉映;但到了武后初期,以李善为界碑,北方郑、汴间的《文选》学已开始兴盛,并表现出了强劲的发展势头。

① 《朝野佥载》卷四。

江南都市的文化空间

——以唐诗为对象

上海师范大学唐诗学研究中心　查清华

对中国古代城市发展史作过全面研究的美国学者施坚雅指出:“长江下游为华北过来的移民逐渐定居,时间上历数百年之久,但主要是在唐代,该区域城市体系才丰满起来,并表现出迅速的发展。”①唐代江南大部分城市虽承袭前代,但布局更为合理,主要集中在沿海地区和江南主要交通线路旁,表现为城市朝沿海和重要河道方向发展的趋势。如隋代相继开凿了山阳渎、通济渠、永济渠、江南河和邗沟,使这条贯通京杭的大运河,沟通了海河、黄河、淮河、长江和钱塘江五大水系,经过扬州、润州、常州、苏州、杭州等城市,借助大运河文明在水文、商业、航运等方面的共通性,构成了一个规模很大的城市群,更符合经济发展的需要,城市商业对农村的覆盖面也更为广阔;唐代江南新增了大约三分之一的城市②,使江南地区出现了颇具规模的城市群,城市的密度有所增高。

唐诗中的江南都市抒写,蕴涵着丰富的地域文化。《汉书·地理志》云:“凡民函五常之性,而其刚柔缓急音声不同,系水土之风气,故谓之风。”指出人的性格具有区域化特点。就地理空间而言,优越的自然条件,使江南人在自足自在的方式中生活,形成对大自然的亲在感和倚靠感;江南丰富多姿的地貌,特别能彰显日月山川之美。莺歌燕舞,草绿花红,水光滟滟,青山隐隐,泉流漱石,如诗如画的江南,既是江南人的家园,也是外地人的梦乡。美丽幽深的山林隔绝了凡间的喧嚣,烟波浩淼的江湖荡涤尽俗世的风尘,江南历来是隐士的

---

① 施坚雅:《中华帝国的城市发展》,载施坚雅主编《中华帝国晚期的城市》,第 12 页。

② 张剑光:《唐五代江南工商业布局研究》,南京:江苏古籍出版社,2003,第 342 页。

乐园。各个城市中的风光景致，可以舒筋活骨去除疲惫，可以骋意畅怀放松心情，可以开慧启智澡雪精神，江南是诗人兴感的触媒。

地理空间相当程度影响了江南人的生活方式和人生态度。江南的城市基本都是依水而建，以水而兴，扬州如此，苏州如此，更不必说依托长江天堑的六朝故都南京，怀抱西湖直面大海的杭州，运河沿岸的常州等那一串珍珠般的城市。比如在唐诗中，杭州最具标志性景观，一为西湖，一为钱塘潮。白居易写西湖最多，在诗人眼里，西湖总是素处以默，浓淡相宜，温文尔雅，秀美多姿；而读李白《横江词六首》、孟浩然《与颜钱塘登障楼望潮作》、姚合《杭州观潮》等诗，钱塘江潮却抑扬天地，鼓怒风云，给人强烈的视觉刺激，使人产生巨大的心理震撼。可以说，唐诗里的西湖是女性的，体现了江南的柔媚和秀丽；唐诗里的钱塘潮是男性的，代表了江南的刚健和力量。西湖和钱塘潮，一静一动，一婉约一豪放，阴阳和合，刚柔相济，仅凭水文就组成了一个完美的江南意象。难怪白居易说："江南忆，最忆是杭州。"①

芒福德曾说："大规模的有效交通运输方式首先要说水路。许多城市都发端于大河河谷地区，这并非偶然，而且城市的兴起也是同航运的改进同步进行的……交通运输能以实现互通有无，平均所余物资，交流不同地区特有的物资：这些职能便促进了一种新的城市体制，即市场，市场本身也就是城市生活的安定性及规律性的产物。"②在水网密布的江南，船舶是主要的交通工具，南北的大宗运输，吴蜀的贸易往来，夜市上的零售散卖，皆可见船舶的重要作用。相应地，泊船的渡口，对于商人和旅行者和市民而言，便有了特殊的意义。在以水路运输为主要特色的江南城市，渡口是一个城市兴衰存亡的见证。无数南来北往的商船在渡口短暂停留，或添加补给，或交换货物。渡口之繁忙，体现城市的繁荣和生机。而当江南城市开始衰落，首先清冷的也必是渡口。这些渡口，不仅仅是货物的集散地，更是人聚散地。在孟浩然、祖咏、卢仝、李嘉祐、郑谷、吴融等题扬子津的诗和李白、白居易、李端、刘长卿、高蟾、许浑等题瓜洲渡的诗中，各等各色的人们，让江南城市的渡口充满了丰富多彩的人文气息。许是江南摇曳多姿华丽曼妙的风光景物激起人的心湖潮涨潮落，许是江南细腻温文柔情万种的人文风习触碰了人们心中那最脆弱的一角，往来于南

---

① 白居易：《忆江南》，《全唐诗》卷457，第5196页。

② 刘易斯·芒福德《城市发展史——起源、演变和前景》，宋俊岭 倪文彦译，中国建筑工业出版社2005年版，第77页。

北东西的各色人等各怀心事，江南的渡口停泊着沉甸甸的情感。商人在这里为着自己的财富梦想扬帆起航，士人在这里契阔谈宴诉说着喜悦和悲伤，女人守望着渡口痴痴等待久违的惊喜或反复品味无奈的失望。隋颜之推《颜氏家训·风操篇》所述南北风操之别："别易会难，古人所重。江南饯送，下泣言离。……北间风俗，不屑此事，歧路言离，欢笑分首。"江南渡口的送别诗尤为生动感人。

中国古代的城市中，居民主要由官员、未进士人和小手工业者构成。至唐代，江南城市的居民构成已经复杂化，越来越多的富豪、士人、停职官员和妓女等等开始在城市逗留居住。安史之乱后直至晚唐，北方的大量居民为躲避战乱，逃往江南。这些来到江南的人，大多有着较强经济实力和较高文化素养。他们在江南城市中逐渐形成了一个庞大的消费阶层，构成市民消费的主体，推扬或引导了江南城市的奢侈消费，特别是以声色为核心的消费时尚在江南蔓延推广。"野蛮社区中只在节日庆典中才有的各种活动，已经成为城市日常社会生活的一部分。"①唐代江南城市确乎如此，只不过节庆活动的参与者更具有普及性。在唐代江南城市众多的娱乐消费方式中，歌舞伎乐非常突出。张籍的一首《江南曲》在讲过江南的风土、人情、市场之后，不忘夸耀那些临江而立的倡楼。在这些交通便捷、建筑恢宏、商业繁荣、地位显赫的城市里，那阳光下的翠竹掩映的青楼，春风里逢迎巧笑的美女，缭绕不尽的熏香和弦歌，纵情适性及时行乐的达人，显得特别炫目盈耳。不少士人即此无限欣羡，十分陶醉，乃至不以功名为念。唐诗中书写江南城市的歌儿舞女、妓馆青楼，参与者大多采取了游戏的形式，追求着显示身份的社会意义。不过也有例外。诗人本来就是情种，有些人便在游戏中当真了，动感情了。特别是失意诗人与青楼女子，通常因才华而相互欣赏，因遭际而彼此同情，会有一些真正的爱情产生。如杜牧的《赠别二首》、张又新《赠广陵妓》、崔涯《悼妓》之类，真不像出自一个花花公子的笔端。这类惺惺相惜、同病相怜的真挚情感，倒是唐代诗人和妓女交往诗中有些价值的一笔。

都市生活的景观之一，便是灯红酒绿。江南都市生活的快意和迷人，也在酒的消费中尽情展现。江南地区的产酒条件、造酒盛况和酒的消费状况，凸显了以酒为中心的江南都市饮食文化。清初昆山人吴乔著《围炉诗话》，说唐诗

① 刘易斯·芒福德：《城市发展史——起源、演变和前景》，宋俊岭 倪文彦译，中国建筑工业出版社，2005 年版，第 107 页。

如酒，那么，唐诗中的江南酒，就是酒中酒，醇厚浓烈，令人陶醉迷狂，自由酣畅，如同江南的诗性文化。李白《金陵酒肆留别》诗："风吹柳花满店香，吴姬压酒唤客尝。金陵子弟来相送，欲行不行各尽觞。"诗酒人生体现了江南士人的雅趣。适宜的气候，肥沃的土壤，提供了富足的稻米，确保酿酒的原料。江南又有纵酒的传统，魏晋六朝时期，士人们放歌纵酒，既是避世求生、化解忧愁的无奈选择，也是清谈玄理、追求风神的必然需要。刘向、竹林七贤、陶渊明、谢灵运、何逊等都快意于酒，并留下大量有关酒的诗文。王羲之等人的兰亭集会，即以"流觞曲水"完成它的千古绝唱。唐代几乎每个江南城市都大量造酒，如金陵的金陵春，丹阳的新丰酒，苏州的松花酒、五酘酒，湖州的箬下酒，杭州的余杭酒、梨花春，唐代诗人眷恋江南，各种美酒声名远播。诗人将这些美酒写进诗歌，成就了唐诗中江南名酒的传奇。于是江南人酿酒，同时也酿造了醇厚清美的江南民俗。在江南品酒，同时也品出了真率放达的都市气息。李白在金陵唱："解我紫绮裘，且换金陵酒。酒来笑复歌，兴酣乐事多。"①刘禹锡在扬州说："今日听君歌一曲，暂凭杯酒长精神。"②放眼整个江南，"绿水桥边多酒楼"。晚唐苏州人陆龟蒙《春思》云："江南酒熟清明天，高高绿旆当风悬。谁家无事少年子，满面落花犹醉眠。"③这正是一副生动的江南酒家图。咸通八年(867)皮日休进士及第，为苏州刺史崔璞辟从事。隐居松江甫里的陆龟蒙与他结为诗友，相互唱和，因酒助兴，一气写下《奉和袭美酒中十咏》，包括《酒星》、《酒泉》、《酒篘》、《酒床》、《酒垆》、《酒楼》、《酒旗》、《酒樽》、《酒城》、《酒乡》，又作《添酒中六咏》，分别是《酒池》、《酒龙》、《酒瓮》、《酒船》、《酒鎗》和《酒杯》④。

郑学檬先生曾考察中国古代经济重心南移的过程，他从冶金、制造、航运等技术的进步论述经济重心南移的动力，认为农业商品化的扩大、地方性小市场的扩大、海上交通和对外贸易的发展是江南商品经济发展的主要特点，并将中国封建社会经济重心南移的起始点放在唐代安史之乱以后。⑤ 江南都市生活的商业文化，其内涵则主要体现于传统商业观念的丕变。江南丰富的矿产资源促进了手工业的发展，从而造就了丰富的商品。江南城市所处地理位置

---

① 李白:《金陵江上遇蓬池隐者》,《全唐诗》卷182,第1855页。北京:中华书局,1960年4月第1版,1985年1月第3次印刷。后文所引唐诗,皆据此本,不复注。

② 刘禹锡:《酬乐天扬州初逢席上见赠》,《全唐诗》卷360,第4061页。

③ 陆龟蒙:《春思》,《全唐诗》卷629,第7224页。

④ 以上诗见《全唐诗》卷620,第7140—7143页。

⑤ 郑学檬:《中国古代经济重心南移和唐宋江南经济研究》,岳麓书社1996年版,第13、17页。

及其交通条件，也是其商业发达的重要原因。大多城市地处要冲，居水运交通枢纽，对外贸易十分便捷，成为商品集散中心。江南的都市，如扬州、苏州、润州、常州、金陵、杭州、越州、宣州、湖州等，都有专门进行商业活动的市。江南夜市的活跃，表明城市商业发展到了一个更高层次，显示出经济因素的上升使江南城市的政治军事功能进一步消减。王国维说："都邑者，政治与文化之标征也。"[①]当我们对抒写江南都市商业的唐诗作进一层考察，就会发现这些诗歌不只是存录了商事映像，也不只是昭示出其城市发展带来的社会经济结构与文化精神结构的新变化，它们还蕴藏着江南的地域文化传统，体现着其时江南区域的社会政治生态：首先，在涉及商事的唐诗中，城市社会的利益化特征和重农抑商的传统国策，常常让商人的形象表现为负面，元稹的《估客乐》和刘禹锡的《贾客词》可为代表；而读李白的《估客乐》张籍《贾客乐》，刘驾《贾客词》、黄滔《贾客》等作，则发现，相对而言，在涉及江南都市的唐诗中，不仅商业题材受到诗人充分关注，打拼中的商人多得到诗人理解和同情，而且成功的商人总是显示出奢侈无度的享乐主义情调。这与江南地区自六朝就开始的重商文化和消费风习分不开。其次，在李白《长干行》、《江夏行》、白居易《长相思》《盐商妇》、刘采春《啰唝曲》、王建《江南三台词》等涉及江南的唐诗中，商人妇大多是"怨妇"，她们的怨里凝聚着江南女子的温情厚意，也激荡着灵与肉的双重渴求。商人妇的情感表现总是自由奔放而又温婉细腻，且多采用源自六朝吴歌、西曲的乐府体，这些都明显承续了江南的文学和文化传统。其三、当时以长安和洛阳为政治中心，江南尚处比较偏远的边缘地带，常为贬谪之地，也是避乱之所。所以在此徙居、游历或任职的士人常生落魄之思、飘零之感，很容易与商人类比互照，同病相怜。这使得他们不但非常关注商人的生存状态，而且经常流露对其艰辛生活的理解和同情。

江南都市又是一个容量丰足的文化场阈。

江南城市人文胜景遍地，处处留有斑驳陆离的文化印痕。江南城市的人文内涵，镂刻在金陵城里历经沧桑的石头上，传唱在悠远深情的吴歌里，沉浸在大运河的千里碧波间，弥漫在遍布江南的亭台楼阁内，笼罩于江南的杏花烟雨中。都市里遗址甚或墓冢，不仅是历史记忆的存留，更是当下人情思的延伸。苏州的西施和真娘，杭州的苏小小，一个个绝代佳人，以她们的柔情和美艳，凄婉和哀怨，在唐诗中不断绽放鲜活的生命。在开放和包容的江南都市，

---

① 王国维：《殷周制度论》，《观堂集林》卷上，中华书局 1959 年版，第 451 页。

人们并不在意她们的过往身世，却看重她们纯净的至情至性。白居易："江南忆，其次忆吴宫。吴酒一杯春竹叶，吴娃双舞醉芙蓉。早晚得相逢。"[①]柳中庸："无事含闲梦，多情识异香。欲寻苏小小，何处觅钱塘。"[②]她们已经成为江南美女的文化符号。如果说虎丘的剑池沉淀着勇武尚猛的男儿本性，培植了江南士人威武不屈的铮铮傲骨，那么西施们的质性遭际，则塑造了江南士人爱美重情的文化品格，以及被他域谑称"小男人"怜香惜玉的柔软心肠。

人口向城市的集聚，也使城市社会成为各路文化精英的集聚地。相对于农村社会结构的封闭性、稳定性特征，城市社会空间的开放性和流动性则造成了有利于文化精英成长的优化机制；另一方面，城市文化的集聚性特征，也表现在城市是各种文化资源的集聚地。唐代江南籍诗人数量和创作数量规模超前，在全唐诗歌创作中有极其重要的分量，据不完全统计，唐五代江南地区有诗作存世的诗人总数为 357 人，分布于江南东道润州、常州、苏州、湖州、杭州等城市和江南西道宣州、池州等城市共计 16 个州，存诗总数达 11346 首 627 句。相比于现存近五万首唐诗而言，已占到总数的五分之一强[③]，从唐初宫廷诗人的典型代表虞世南、褚亮、许敬宗，到"初唐四杰"之一骆宾王，经贺知章、张旭、包融、张若虚"吴中四士"，到戴叔伦、权德舆、皎然、张籍、李绅、孟郊、张祜、张志和、陆龟蒙、贯休、罗隐、杜荀鹤、许棠等中晚唐诗人，他们自具特色的创作，显示江南诗人是唐代文学一支非常重要的力量。与此同时，漫游、为官、避乱、隐居的唐代名诗人，足迹遍布江南。尤其当中原纷乱之时，文化精英群聚江南，他们繁荣了江南地区的文学创作，也为江南传统文化输入了新鲜血液，使江南文化在中晚唐出现新的飞跃。吴越山水之间，文人墨客一直追慕江南传统的高雅清逸之风，频繁而广泛地开展了一场场诗和酒的盛会，极大地促进了文学生产。天宝末，李白漫游宣州，在当涂县参与宣州司马武幼成姑熟亭宴集，其《夏日陪司马武公与群贤宴姑熟亭序》记载了群贤宴集为文赋诗的盛况；大历年间，颜真卿任湖州刺史时，与皎然等文友及幕僚的有多次大规模雅集联唱；鲍防和严维组织浙东越州诗会，其创作被结集为《大历浙东联唱集》；陈少游、张志和等人在会稽组织诗会，皎然在常州和皇甫曾、李纵、郑说、崔子向等人又雅集联句；贞元间，韦应物、顾况、房孺复等有苏杭诗会，长庆至大和

---

① 白居易：《忆江南》，《全唐诗》卷 890，第 10056 页。

② 柳中庸：《幽院早春》，《全唐诗》卷 257，第 2876 页。

③ 以上数据统计来源于景遐东著《江南文化与唐代文学研究》第三章《唐代江南籍诗人创作述论》，北京：人民文学出版社，2005 年版，第 102—113 页。

年间，元稹、白居易、窦巩、崔玄亮、权德舆、李谅等文士出仕江南，又掀起了一个诗歌酬答、文士雅集的高潮……江南的文化空间里，处处呈现“诗的唐朝”气象。

佛寺道观等宗教场所，这里是江南另外一个文化空间。山光水色的自然灵气，高蹈隐逸的文化传统，追求自由的人格精神，疏离政治的社会风习，佛教道教更易在江南得以传播弘扬，也更易深入到士人的心灵深处。遍布江南的佛寺道观，为他们提供了另外一个心灵憩息的场所。天台山、茅山、扬州楞伽台，苏州如西山林屋洞、上真观、毛公坛神景宫等道教名胜，成为诗人反复歌咏的对象。在皮日休《晓次神景宫》诗里，道教中的仙物仙人、符箓典籍、修炼方式、灵丹妙药、宗教理想，与江南的地理气候、风俗物产体现完美的结合。唐代也是佛教大发展的时期。影响极大的天台宗、净土宗和禅宗就盛兴于江南。作为礼佛和僧众宣讲佛法的主要空间，佛寺遍布各地。扬州的栖灵寺、禅智寺和开元寺，苏州的支硎寺、灵岩寺、寒山寺，南京的栖霞寺和金山寺，杭州的天竺寺和灵隐寺等，都是当时著名的佛寺，也是诗人重点歌咏的宗教场所。唐代诗人在遍布烟雨江南的佛寺道观中享受着远离俗事的清静，讨论着理想世界的禅思玄理，同时也借以抚慰自己的饱受创伤和挫折的心灵。总体来看，面对江南城市的寺塔，初盛唐诗人大多极力表现寺塔的神圣威灵、整体环境的清幽高逸、周围景物的自在自然，以及即此境时迷心顿悟、万法皆空的宗教体验；安史之乱后，诗人常突出寺塔的寂寥清冷，整体环境的深邃峻峭，周围景物自生自灭的无奈轮回，以及即此境时万念沉寂、伤感落寞的遁世情怀。

从宏观而言，一个国家的兴衰存亡往往以首都的兴衰存亡作为政治意义上的标志。西周泰伯奔吴，建立勾吴国，江南的城市开始了作为首都的历史。吴王阖闾、越王勾践之后，又历经孙吴、东晋，直到刘宋、南齐、萧梁、陈，数百年间，他们相继在江南的苏州、南京等地建都。这一方面推动了江南地区城市化进程，使得该地区的自然环境和经济条件得到明显改善和发展；另一方面，江南的文化底蕴也逐步累积起来，众多的人文遗迹为江南的历史增添了一道道绚丽的风景。至唐代，江南地区的苏州、南京等地已是名闻天下的都城。诗人们根据各自的人生经历，俯察时局，心系君国，在凭吊江南故都遗迹时写下一首首诗歌，感伤而又深沉，构成江南城市文化的一个重要组成部分。“城市还兼有一种同样重要的功能……即物质化(materialization)的功能。通过城市的物质结构，过去的事件、很久以前作出的决定、久已形成的价值观等等，都继续存活下来并且散发着影响。”[①]中国古代的城市的物质结构，直接体现着权力的结构。这些城市以宫殿和广场作为轴心，向四周作棋盘式的延伸。一座城市的兴衰宏观地记录了一个国家数百年的历史变迁，一座宫殿的存毁则往往在微观层面见证了一朝一代的风云变幻。在江南地区，三百多年的时间里经历了六个朝代，南京城便忠实地记录了这三百多年的繁荣与毁灭，而散布江南各地的座座宫殿则默默地见证着历史。一句“天地有反复，宫城尽倾倒”，道出了诗人深沉的感慨。多少年后，刘长卿从此经过，也只能默默地念叨一句“萧条金陵郭，旧是帝王州”。[②] 整个唐代，南京城终究没有重现往日的辉煌，荒凉的城郭留给后人无尽的追思。

沿大运河岸修筑的御道，唐人谓之“隋堤”。春天是属于江南的季节，春光里的运河碧波荡漾，春风中的河堤柳丝婀娜。两岸望去，绿野千里，田畴相接，让人心旷神怡。那袅袅娜娜遍体垂丝的柳树，江南处处可见，特别能体现江南的柔性气质。《诗经》中的“杨柳依依”，曾因杨柳的纤柔质性与离人的脉脉温情物我为一而流芳千古。而当中国的历史走过隋世，杨柳一度成为唐代诗人笔下的一个特殊文化符号。这源于柳树与大运河有着特殊的历史因缘，这一因缘改变着杨柳的传统形象。唐诗大凡涉及运河、隋堤，大多要写柳树。诗人看见堤上的柳树，犹如见到从隋代走来的沧桑老人。白居易、刘禹锡、李益、李商隐、杜牧、罗隐、张祜、许浑、吴融、韦庄等诗人走在隋堤上，忆往日繁华，念眼前萧瑟，常常百感交集，悲从中来。就因隋堤是“御道”，堤岸的柳树有了“官柳”的名分，有着特殊的身份，特殊的使命。在彩女绣帐的掩映中，在威龙天子的光环里，杨柳一改温文尔雅的低调本色，显现出攀龙附凤的得意神情：“青叶交垂连幔色，白花飞度染衣香。”对照秋风冬霜下“数里曾无一枝好”的衰暮惨状，这无疑是隋堤官柳最辉煌的青春岁月。因此，唐代诗人更多地抒写柳树的晚景凄凉。

唐代诗人特别是中晚唐诗人，穿越江南故都的历史云烟，追恋往昔的繁盛和华丽，展示当下的萧瑟与苍凉。他们将故都漫长的历史，浓缩于短暂的瞬间，将盛与衰、哀与乐的对比，渲染得淋漓尽致，从中体现诗人的思考，也启发世人深思。大体来说，中唐以及晚唐前期的诗人，多借古讽今，他们以江南故

---

① 刘易斯·芒福德：《城市发展史——起源、演变和前景》，宋俊岭、倪文彦译，中国建筑工业出版社，2005年版，第119页。

② 刘长卿：《金陵西泊舟临江楼》，《全唐诗》卷149，第1531页。

都由盛而衰的剧变，凸显其中的人祸因素，有很强的现实针对性，体现了诗人的苍生之念和社会担当。而到唐末，诗人往往借江南故都的盛衰突变，强化世事无常的历史虚无感，借古伤今，抒发世纪末日的无奈，流露出辉煌不再、盛世难返的绝望和悲哀。

正如梁启超在《论中国学术思想变迁之大势》中所言："其气候和，其土地饶，其谋生易，其民族不必惟一身一家之饱暖是忧，故常达官于世界以外。初而轻世，既而玩世，既而厌世。不屑屑于实际，故不重礼法；不拘拘于经验，故不崇先王。……探玄理，出世界；齐物我，平阶级；轻似爱，厌繁文；明自然，顺本性。"我们看到，这一"南学之精神"也绵延于唐代江南都市，鲜活地存留在唐诗之中。

江南城市文化与唐宋文学的发展

暨南大学中文系　邓乔彬

一　唐宋江南城市群的兴起

唐宋土地制度之变与经济的发展，是江南城市群生成的主因。

唐初实行均田制，基本为自耕农的均田农民和中小地主经济占据优势地位。安史之乱使经济遭受到极大破坏，乱平之后，逐渐恢复，土地兼并之势却难以遏止，唐德宗时，宰相杨炎行两税法，实际是土地兼并在财赋制度上的反映。《唐会要》卷八五《逃户》所载的宝应元年敕，称百姓田地"多被殷富之家、官吏吞并"，从中可以看出土地兼并者的身份变化。均田制被取消后，从中唐到宋代，土地私有是在民间以经济方式展开的。这样，领主经济也随之转变为地主经济。顾炎武《日知录》卷十《苏松二府田赋之重》指出，汉唐土地多为"豪民"所有，而宋以后则是"田主"。名称之变实为政治和社会之变，表明了原先具备政治势力的豪族地主，转变为具有平民特色的庶族地主。据赵俪生《中国土地制度史》所说，宋代的土地私有化表现在官田的私田化和官租的私租化，宋代不像以前各代那样，虽官僚与地主拥有大部分土地，但农田的经营是以租佃制为主，雇佣制为辅，可谓典型的租佃制农业社会，这比起此前各代来，无疑是很大的变化。这一转变不妨也可看作是特定的近代标志。

唐代以农业为经济的第一支柱，而因农业的发达，促使了手工业与商业的兴盛。唐代的耕地面积大约在八百万到八百五十万顷之间，远超前代。两百多年间，政府兴修水利工程二百余处，还制定了名为《水部式》的水利法规；水车被广泛使用，既有人力与畜力水车，也有用水力驱动的水车，使农田得到了充足的灌溉。农具的进步则以曲辕犁为标志，这种犁具备了调整入土深浅与宽窄的功能，利于耕地。综合了上述条件，唐代的农业生产有很大发展，粮食产量有显著提高，尤其是三吴地区竟然是“机杼耕稼衣食半天下”。

农业的发达必然促使了劳力从务农中分离，使得手工业也渐形兴盛。官营的手工业作坊遍布全国，其中工匠的身份世代相袭，按服役时间和待遇差别，又分为杂匠、短番匠、长上匠、明资匠四类。工匠以外，在官营作坊中从事手工业生产的还有官奴婢、番户、杂户与刑徒。众多的工匠，丰富的经验，严格的管理，明确的分工，充足的原料，使得唐代的官府手工业得到了前所未有的发展。与此同时，私营的手工业也极其发达，业主的亲属多成工匠，且雇佣帮工和徒弟，有的私营作坊竟然达到了资财巨万、绫机数百的规模。唐代的官私手工业以纺织、印染、瓷器和金属铸造最为发达，此外还有采矿、造纸、印刷、榨糖、造船等业。全国有三个纺织业中心，地处江南的宣州和越州名列其中。金银器与铜镜在金属铸造业中最为著名，其中扬州所产百炼镜闻名中外。瓷器虽多北方所产，但南方的越窑也多产名瓷。

唐代的商业极为繁荣，因水陆交通极其发达，商业都市数以百计地出现，长安与洛阳自是商都，“扬一益二”之说则可见南方大都市的商业之盛，而中小城市与县乡基层则多有集市，以作商品交换。唐代的商业制度是商业发达的保证，其中著名的有城市中为商业活动场所而设的坊市制，为增加政府税收而设的榷盐、榷酒、榷茶等榷税制，为抑粮价、救饥民而设的常平制。

宋代有比较完善的法律制度，其中对农村的土地买卖和租佃关系都作了明确规定。北宋的法律承认与农奴身份相当的僮仆为良人，并改变了过去只有地主决定佃户的租佃权的情况，法律规定佃户可以主动脱离原先的租佃关系而另寻佃种土地，而且佃客在购买了三、五亩土地后就可以脱离地主而自立户名。唐代主要实行按丁口交纳的租庸调制，而北宋改为计亩纳税，农民的负担有所减轻。五代行捐税，随时都会增加，北宋实行“杂变之赋”，也使农民的日子过得轻松一些。据官方的统计，在宋太宗末年，全国仅四百多万户，而到宋仁宗末年已增至一千二百多万户，到宋徽宗初年则超过了二千万户。人口的增殖带来了劳动力的增多，促进了农业的发展。南宋丧失了近五分之二的领土，自南宋初期到中期，由于战乱，长江与黄河流域之间破坏严重，土地荒芜，人口锐减，后因与蒙古在四川长期攻守拉锯，四川人口减少很多。但是，其他地方人口却有很大的增长，宋宁宗末年时的户数又超过了一千二百万户。

宋朝的统治者重视农业，宋太宗曾下诏南方诸路州郡，劝民种植北地庄稼，而北方诸州则广种稻谷，南北农作物和农业生产经验的广泛交流，促使了农业的进步。由于战乱，北宋时期农业和经济发达的两淮和京西、湖北，南宋以来变为落后地区，南宋后期的四川同样如此，但是，在长江以南，即使是南宋初饱经战火的两浙路，农业生产也很快得到恢复，江南其他地区则有更大发展。南宋境内本来就重视水利灌溉，为增加财赋收入，政府更对州县的官修水利实行奖励，各地都修复或兴建了不少工程，为发展农业生产提供了条件。长江下游实现了一年稻麦两熟，时有“苏湖熟，天下足”之说，而福建和广南路则多为双季稻，粮食产量的增加使宋代的漕运量远胜唐代。粮食以外，桑、麻、棉等纤维作物被广为种植，茶叶的栽培种植更远过于前代，水果、蔬菜的生产也有很大发展，家畜和水产品也非常丰富。

北宋的手工业主要有采矿、纺织、制瓷、造纸和造船业，都有很高的成就。煤炭被广泛开采，除作燃料外，还用于冶炼、砖瓦、瓷器和造船业，河南、江西的采煤业最发达。用煤冶铁，提高了铁的质量，使农具大为改进，甚至还发展出炼钢业，出现了不少钢刃农具。炼铜业也有相当的规模，从宋代的铜钱铸造就可以看出。北宋的丝织业非常发达，花色品种比前代更丰富，制作技术也有很大进步，尤其是染色、刻丝和刺绣，都达到很高的水平，出现了如蜀锦、东(京东)绢、亳州轻纱等一批名品，尽管丝织业主要是农村的家庭手工业，但除了自给，还逐渐成为商品。丝织业以外，麻布和棉布的纺织也有一定规模。宋代烧制瓷器的窑户遍布全国，河南汝窑，河北定窑，处州龙泉窑，江西景德镇等，都名声显赫，汝窑的青釉瓷，定窑的薄胎白瓷，景德镇的“饶玉”等，都很有特色。作为对外贸易的主要货物，瓷器远销到海外多国。南宋的采矿和冶炼业不如北宋，而瓷器、造船和造纸、印刷业，则远胜北宋。瓷器产地众且质量高，临安的官窑瓷与北宋官窑相近，而景德镇所产则远胜于北宋时期，浙南与福建沿海地区产青瓷，并远销海外，广州和潮州的瓷器也以外销为主。由于南宋政权主要在长江以南地区，多水的环境，交通和贸易的需要，使得造船业大为发展。浙江和闽粤是主要的造船基地，泉州、福州、广州和明州更是远航海船的主要生产地。

农业和手工业的发达，必然带来了商业的发展。在广大的农村地区，农民的农产品除交纳租税和食用外，还用于在集市中交流，以作为自然经济的补充，定期的集市交易已成为不可或缺的经济生活，而政府也从集市中征收商税，是财政的重要来源。农村的集市之上，还有市镇、州县的诸多工商业点。而普遍性的商业繁盛，更造就出一批大城市，其中如开封、洛阳、扬州、杭州、成都，已成为户数众多、商人云集的著名都会。唐代的长安和洛阳虽也是大城市，但其住宅区的“坊”与商业区的“市”是分开的，商业交易只能白天在市里进行，黄昏后坊门关闭，禁止夜行。而北宋的各大城市，既无坊与市的界限，也无昼与夜的界限，开封的夜市更是非常著名。以前的城墙是城乡的界限，随着被称为草市的城墙外工商业区的增多，城乡之界也逐渐模糊。

五代以后，江南成为了全国的经济中心，更形成了可观的城市群，“上有天堂，下有苏杭”的民谚足状其盛，而苏、杭之外，常、湖、宣、润诸州，以及地虽江北却历来被视作江南的扬州，还有广义江南的越州、洪州、江州、吉州、饶州等。南宋时期，商业较北宋更发达。临安府、建康府、平江府、成都府和鄂州、福州、泉州、广州等城市，人口都很多，也是著名商埠，前三者即杭州、南京、苏州，皆在江南地区。建康府地处长江下游，连结长江中游地区、淮河流域、太湖、钱塘江，是商品交换的经济枢纽，南宋时，居民达 25 万人，时人称曰：“国家之根本在东南，东南之根本在建康。雄山为城，长江为池，舟车漕运，数路辐凑，正今日之关中、河内也。”平江府在宋代号称东南都会，丝织、造纸、造船等手工业发达，今存《平江图》碑为南宋绍定二年（1229 年）所刻，可见当时城墙、城厢、平江府衙、平江军、吴县等军政府署以及纵横交错的河流、街道，305 座桥梁和近 250 座佛殿、寺观及建筑群，五座兼有陆门与水门的著名城门。尤其是临安，有众多的物产、行市、商铺、食肆等，南宋人的笔记多有详尽的记载，兹不赘。

宋代的江南城市群不仅是官、商、市民聚集之地，也是宋代文人宦游、经行或居住之所在。由经济、政治、社会、物质、制度等生成的江南城市文化，同宋代文人发生了很大的关系，也造就出颇具特色的江南都市文学。

二　冶游——江南城市文化与唐诗的新题材

唐人的诗歌拓展出全新的天地。若要判断“四唐”的前三唐界限，以“初唐四杰”为代表的诗人，完成了宫体诗的自赎，使得宫廷诗歌走向了市井、边塞和山川；而盛唐则是山水、田园、边塞等各派诗歌的兴盛，都体现出得之于不同的“江山之助”，至于李杜的壮游，则更是诗歌大进的主要原因；中唐诗呈现出真正众多的诗人、风格、流派。若要寻找盛唐与中唐的区别，前者的成就与帝都文化、边塞文化、隐逸文化关系较深，而中唐诗则颇见于发展自江南城市文化，是区别于“江山之助”的“都城纪胜”，其中与青楼文化密切相关的是冶游诗歌。

青楼文化出于娼妓制度。唐宋时期的娼妓大致可分为四类：宫妓，为帝王所专有；官妓，又名营妓，或“官使妇人”、“风声妇人”；家妓，官员所蓄养；私妓，不入流的妓女。唐朝虽因宫廷喜好俗乐而设女乐，但对臣下却加以限制，《唐会要》载：神龙二年(706)，敕准“三品已上，听有女乐一部；五品已上，女乐不过三人，皆不得有钟磬。”①但到不足半个世纪后的天宝十载(751)，已经改敕为“五品已上正员清官，诸道节度使及太守等，并听当家蓄丝竹，以展欢娱，行乐盛时，覃及中外。”②安史之乱以后，具有较高水准的歌舞乐伎，更进入私人宅第。中晚唐时期，由于朝廷财力不足，遂将大批乐工和伎女遣散。史载：贞元二十一年三月庚午，“出宫女三百人于安国寺，又出掖庭、教坊女乐六百人于九仙门，召其亲族归之。”③又，宝历二年十二月“己酉，勅凤翔、淮南先进女乐二十四人并放还本道”，“……教坊乐官、翰林待诏、伎术官并总监诸色职掌内冗员者共一千二百七十人并宜停废……今年已来诸道所进音声女人各赐束帛放还。”④这些被放出的女妓和乐工，有的流入州府或方镇，有的流落市井，继续以自己的歌舞技艺谋生。

唐诗的涉妓题材并非始自中唐，“初唐四杰”直到李白都颇有此类诗歌。如骆宾王《长安古意》：

> 小堂倚帐三千户，大道青楼十二重……侠客珠弹垂杨道，倡妇银钩采桑路。倡家桃李自芳菲，京华游侠盛轻肥。

卢照邻《长安古意》：

> 妖童宝马铁连钱，娼妇盘龙金屈膝……俱邀侠客芙蓉剑，共宿娼家桃李蹊。倡家日暮紫罗裙，清歌一啭口氛氲。北堂夜夜人如月，南陌朝朝骑似云。南陌北堂连北里，五剧三条控三市。弱柳青槐拂地垂，佳气红尘暗天起。汉代金吾千骑来，翡翠屠苏鹦鹉杯。罗襦宝带为君解，燕歌赵舞为君开……得成比目何辞死，愿作鸳鸯不羡仙！

刘希夷《公子行》：

---

① 王溥《唐会要》卷三四第628页，上海古籍出版社2006年新一版。
② 王溥《唐会要》卷三四第630页，上海古籍出版社2006年新一版。
③ 刘昫等《旧唐书》卷一四《顺宗本纪》，《二十五史》第3532页，上海古籍出版社、上海书店1986年版。
④ 刘昫等《旧唐书》卷一七《敬宗本纪》，《二十五史》第3547页，上海古籍出版社、上海书店1986年版。

此日遨游邀美女，此时歌舞入娼家。倡家美女郁金香，飞来飞去公子傍。的的珠帘白日映，娥娥玉颜红粉妆……愿作轻罗着细腰，愿为明镜分娇面。与君相向转相亲，与君双栖共一身。愿作贞松千岁古，谁论芳槿一朝新。百年同谢西山日，千秋万古北邙尘。

李白《对酒》：

葡萄酒，金叵罗，吴姬十五细马驮。青黛画眉红锦靴，道字不正娇唱歌。玳瑁筵中怀里醉，芙蓉帐里奈君何。

《邯郸南亭观妓》：

歌鼓燕赵儿，魏姝弄鸣丝。粉色艳日彩，舞袖拂花枝……平原君安在？科斗生古池。座客三千人，于今知有谁？我辈不作乐，但为后代悲。

中晚唐时期，因安史之乱造成了门阀士族的衰落，进士制逐渐完备，渐有庶族知识分子登上高位，而朝廷又准予士子们与妓人交往，情愫暗生，相关的诗歌遂盛。据孙棨《北里志序》所云：

……京中饮妓，籍属教坊，凡朝士宴聚，须假诸曹署行牒，然后能致于他处……诸妓皆居平康里，举子、新及第进士、三司幕府但未通朝籍未直馆殿者，咸可就诣……

王仁裕《开元天宝遗事》卷上亦曰：

长安有平康坊，妓女所居之地，京都侠少萃集于此，兼每年新进士，以红笺名纸游谒其中。时人谓此坊为风流薮泽。

卷下《鸡声断爱》一则载长安名妓刘国容送给进士郭昭述的短书：

欢寝方浓，恨鸡声之断爱；恩怜未洽，叹马足以无情。使我劳心，因君减食，再期后会，以结齐眉。

而裴思谦状元及第后，作红笺名纸十数，诣平康里，宿于里中。因旦赋诗：

银缸斜背解明珰，小语低声贺玉郎，从此不知兰麝贵，夜来新惹桂枝香。

又，郑合敬及第后，宿平康里，写诗曰：

春来无处不闲行，楚润（楚娘，"妓之尤者"）相看别有情。好是五更残酒醒，时时闻唤状元声。

白居易《江南喜逢萧九彻因话长安旧游戏赠五十韵》对青年时期的浪漫生活记载甚详：

忆昔嬉游伴，多陪欢宴场。寓居同永乐，幽会共平康……旧曲翻《调笑》，新声打《义扬》。名情推阿轨，巧语许秋娘。风暖春将暮，星回夜未央。宴馀添粉黛，坐久换衣裳。结伴归深院，分头入洞房。彩帷开翡翠，罗荐拂鸳鸯。留宿争牵袖，贪眠各占床。

安史乱后，长安衰落而江南兴盛，青楼文化也发生了地理上的转移。

江南城市与青楼文化对于中唐诗歌的影响，可举白居易与杜牧为例。

白居易外放杭州，因此地"灯火家家市，笙歌处处楼"，故"无妨思帝里，不合厌杭州"（《正月十五日夜月》），春日之时，"逢花看当妓，遇草坐为茵"（《早春西湖闲游怅然兴怀忆与微之同赏因思在越官重事殷镜湖之游或恐未暇偶成十八韵寄微之》），夏天则吟咏"绿藤阴下铺歌席，红藕花中泊妓船。处处回头尽堪恋，就中难别是湖边"（《西湖留别》）。因过着"修娥慢脸灯下醉，急管繁弦头上催"（《忆旧游》）的生活，故此《西湖游览志余》谓之"放浪湖山，耽昵声妓，新词艳曲，布浃郡中。"[①]苏州其地，"人家皆枕河"，"古宫闲地少，水港小桥多。夜市卖菱藕，春船载绮罗"（杜荀鹤《送人游吴》），作为江南都市的商业气息扑

① 田汝成《西湖游览志余》卷十，影印文渊阁四库全书本。

面而来，使人观之如身临其地。白居易《送刘郎中赴任苏州》诗云：“水驿路穿儿店月，花船棹入女湖春”，透出了对这一富贵温柔之乡的挚爱之情，因而他在苏时自称“风流吴中客”，而以歌妓为“佳丽江南人”（《郡斋旬假命宴呈座客示郡寮》）。宋龚明之说：“乐天为郡时，尝携容、满、蝉、态等十妓，夜游西武丘寺，尝赋纪游诗……可见当时郡政多暇，而吏议甚宽。使在今日，必以罪去矣。”①

白居易除了沉迷苏杭山水之美与生活舒适，也不讳言二地的妓乐之乐。同样，杜牧也自谓“十年一觉扬州梦，赢得青楼薄幸名”（《遣怀》）。杜牧《唐故平卢军节度巡官陇西李府君墓志铭》曾引李戡之语以谴责元白：

> 尝痛自元和已来有元、白诗者，纤艳不逞，非庄士雅人，多为其所破坏。流于民间，疏于屏壁，子父女母，交口教授，淫言媟语，冬寒夏热，入人肌骨，不可除去。

但是，据《太平广记》引《唐阙史》，杜牧“少隽，性疏野放荡，虽为检刻，而不能自禁。会丞相牛僧孺出镇扬州，辟节度掌书记。牧供职之外，唯以宴游为事。扬州胜地也，每重城向夕，倡楼之上，常有绛纱灯万数……牧常出没驰逐其间，无虚夕。”②《唐语林》所载更具细节：“杜牧少登第，恃才，喜酒色。初辟淮南牛僧孺幕，夜即游妓舍，厢虞侯不敢禁，常以榜子申僧孺，僧孺不怪。逾年，因朔望起居，公留诸从事，从容谓牧曰：‘风声妇人若有顾盼者，可取置之所居，不可夜中独游。或昏夜不虞，奈何？’牧初拒讳，僧孺顾左右取一篋，其间榜子百余，皆厢司所申。牧乃愧谢。”③可见他自己也并非“庄士雅人”。

之所以迷恋扬州，是因为扬州并不亚于杭州，杜牧以扬州诗着称，如“谁家唱水调，明月满扬州。骏马宜闲出，千金好旧游。”（《扬州三首》其一）“暮霭生深树，斜阳下小楼。谁知竹西路，歌吹是扬州。”（《题扬州禅智寺》）“二十四桥明月夜，玉人何处教吹箫？”（《寄扬州韩绰判官》）“春风十里扬州路，卷上珠帘总不如。”（《赠别二首》）。扬州其地，“暖日凝花柳，春风散管弦。园林多是宅，车马少于船。”“有地惟栽竹，无家不养鹅。春风荡城郭，满耳是笙歌。”（姚合《扬州春词三首》）诗人们更感叹“十里长街市井连，月明桥上看神仙。人生只

---

① 龚明之《中吴纪闻》卷一，《宋元笔记小说大观》第2830页，上海古籍出版社2001年版。
② 李昉等编《太平广记》卷二七三第2151页，中华书局1961年新1版。
③ 王谠撰，周勋初校证《唐语林校证》卷七第621—622页，中华书局1987年版。

合扬州死，禅智山光好墓田。”（张祜《纵游淮南》）“夜市千灯照碧云，高楼红袖客纷纷。如今不似时平日，犹自笙歌彻晓闻。”（王建《夜看扬州市》）王建的“高楼红袖”是直言，张祜的“桥上看神仙”也是观妓。“萧娘脸下难胜泪，桃叶眉头易觉愁。天下三分明月夜，二分无赖在扬州。”（徐凝《忆扬州》）确实是对扬州风流生活的感受。

扬州以外，杜牧对其他江南都市的青楼文化也是非常醉心的。据《唐阙史》载，杜牧“恃才名，亦颇纵声色，尝自言有鉴裁之能。闻吴兴郡有长眉纤腰有类神仙者，罢宛陵从事，专往观焉。使君籍甚其名，迎待颇厚。至郡旬日，继以洪饮，睨观官妓曰：‘善则善矣，未称所传也。’览私选曰：‘美则美矣，未惬所望也。’”继而有观泛彩舟，与所悦少女之母定下十年后迎娶此女之约，待十四年后出刺湖州，女嫁已三载，有子二人，杜牧惆怅而有“绿叶成阴子满枝”之诗①。其风流韵事于此可见一斑。

再看其他诗人。张祜与杜牧很相似，所以对杜牧很了解，其《读池州杜员外杜秋娘诗》云：“年少多情杜牧之，风流仍作杜秋诗。可知不是长门闭，也得相如第一词。”他也有经世之志，任侠尚义，却仕途不顺，遂往来扬州、杭州等地，流连诗酒，纵情声色。《到广陵》一诗实为他的自供状：“一年江海恣狂游，夜宿倡家晓上楼。嗜酒几曾群众小，为文多是讽诸侯。逢人说剑三攘臂，对镜吟诗一掉头。今日更来憔悴意，不堪风月满扬州。”夜宴之时，他对歌妓们的“粉项高丛鬓，檀妆慢裹头。亚身摧蜡烛，斜眼送香球”（《陪范宣城北楼夜燕》）十分留心，亦可见兴趣之所在。

江南的重要城市金陵，伎乐也十分可观。晚唐时期，韦庄《陪金陵府相中堂夜宴》一诗写道：“满目笙歌满眼华，满楼珠翠胜吴娃。因知海上神仙窟，只似人间富贵家。绣户夜攒红烛市，舞衣晴曳碧天霞。却愁宴罢青蛾散，扬子江头月半斜。”虽然所写的是相府中的家妓，而非青楼，但只是将中唐诗人所倾心的“月明桥上看神仙”改换为“人间富贵家”罢了。韦庄对于这种江南的生活与风情是十分艳羡的，故而其晚年所作的《菩萨蛮》词就毫不讳言对于当年放浪形骸、纵情青楼生活的回忆：

如今却忆江南乐，当时年少春衫薄。骑马倚斜桥，满楼红袖招。翠屏金屈曲，醉入花丛宿。此度见花枝，白头誓不归。

---

① 高彦修《唐阙史》卷上，《唐五代笔记小说大观》第1340页，上海古籍出版社2001年版。

三　会、社与市井——宋代城市文化与文学的雅俗分合

文艺创作潮流的改变，虽或出于某些领袖人物的倡导，但之能成为时风众势，更是得之于“众”，在南宋，俗文艺之兴盛，自与勾栏瓦子之多，听众观众之需有关，而文艺的雅化，则与文人结社大有关系。因此，会、社与市井分别作为城市文化的两大群落，成为了文学雅俗分流的主要原因。

中唐时期，刘禹锡、白居易在东都洛阳常有诗酒之会，二人的词，就是彼此的酬唱。北宋初，文彦博、富弼等人组成“洛阳耆英会”，经常相聚，赋诗饮酒，由于与会者多系政坛的退休耆老，故并非文人结社。元祐时期，驸马都尉王诜的家，曾有众多知名文人的“西园雅集”，谈文论艺，参禅悟道，却仍非结社。晁端礼词《醉蓬莱》下片云：“因念当时，乱花深径，画楫环溪，屡陪欢醉。踪迹飘流，顿相望千里。水远山高，雁沉鱼阻，奈信音难寄。吟社阑珊，酒徒零落，重寻无计。”词中的“吟社”当是文人所结之社，可见北宋末年已有结社活动。若比较《东京梦华录》和南宋时的笔记，可看到北宋与南宋的不同，其中之一就是南宋的临安城有明确的文人结社记载，而旧时东京却没有。有论者推测其形成原因：“宋室南渡以后，文人结社的风气越来越盛行。大约是受到工商业行社和艺人行社的影响，一些志同道合的文士也各自结成团体，也名之为社。”①至宋末，诗社、词社更盛，其中最著名的就是西湖吟社。吴自牧《梦粱录》载：“文士，有西湖诗社，此乃行都搢绅之士及四方流寓儒人，寄兴适情赋咏，脍炙人口，流传四方，非其他社集之比。”②从文人所作看，“徐集孙《竹所吟稿》有《寄怀里中诸社友》、《寄里中社友》。又《中兴群公吟稿》戊集卷四有高九万《清明日招社友》、叶茵《顺适堂吟稿》丁集有《寄社友》、李涛《蒙泉诗稿》有《诗社中有赴补者》、楼钥《攻媿集》卷六有《适斋约同社往来，无事形迹，次韵》、邓充端专门有《题社友诗稿》等等，虽未曰诗社之名，但反映了集社之实。”③

西湖诗社并非一时一名之社，在不同的记载中多次出现关于这一诗社的

① 萧鹏《西湖吟社考》，《词学》第七辑，第 88 页，华东师范大学出版社 1989 年版。
② 吴自牧《梦粱录》卷一九，《东京梦华录》(外四种)第 292 页，文化艺术出版社 1998 年版。
③ 沈松勤《唐宋词社会文化学研究》第 213 页，浙江大学出版社 2004 年第 2 版。

活动，可见西湖为天下胜景，临安是南宋的“行在”，缙绅文士多，前后结社而以西湖命名者亦必多。据考，南宋中后期在西湖活动的诗社有八个之多[①]。

词界的西湖吟社大约经历了三个发展阶段：从结盟西湖开始，到吟社的领袖人物杨缵下世，为早期（景定五年——咸淳初年），此期活动以音律授受、宴饮吟咏为主；自杨缵、施岳下世，直到宋亡，为吟社的中期（咸淳年间），此期多放浪山水之作，多有江湖气息；宋亡后为吟社的后期，《乐府补题》的五次活动即发生在此期。吟社先后人员不同，较为可靠的主要词人有杨缵、张枢、施岳、李彭老、周密、张炎、王沂孙、仇远、吕同老、陈恕可、唐珏、陈允平、李莱老等[②]。由于相互交往、切磋较多，吟社成员具有较多的共同点。

文人的雅集，多有名目，且常出于本为民间活动的节序。吴自牧《梦粱录》记载了自正月元旦至腊月除夜的诸多节序名目，至周密《武林旧事》，除记载国家大典、仪式外，对立春、元夕、灯品、挑菜、进茶、赏花、祭扫、浴佛、迎新、端午、中秋、观潮、重九、赏雪、岁除等，有更为深细详明的介绍。其卷十《张约斋赏心乐事》记载了张镃罗列自己一年十二个月的赏心乐事，竟然有一百三十九件之多，其中如“三月季春”条就有：生朝家宴、曲水修禊、花院观月季、花院观桃柳、寒食祭先扫松、清明踏青郊行、苍寒堂西赏绯碧桃、满霜亭北观棣棠、碧宇观笋、斗春堂赏牡丹芍药、芳草亭观草、宜雨亭赏千叶海棠、花院蹴秋千、宜雨亭北观黄蔷薇、花院赏紫牡丹、艳香馆观林檎花、现乐堂观大花、花院尝煮酒、瀛峦胜处赏山茶、经寮斗新茶、群仙绘幅楼下赏芍药等，其他如西湖泛舟、霞川观云、湖山寻桂、群仙绘幅楼观月、九日登高把萸、苏堤上玩芙蓉、诗禅堂试香、绘幅楼削雪煎茶、天街阅市、家宴试灯等，都属雅事[③]。如此众多的雅事，自然也是雅词诞生的渊薮。

以词社诸人为代表的寄兴适情之作，所表现出来的情趣多在清幽闲雅，不是柳永所热衷的帝里风光、太平景象，也不是北宋人常写到的元宵节庆、都市狂欢，亦非晚唐以来擅写的琐窗朱户、华堂高阁，即使像张镃这样金玉满堂、罗绮成丛的富贵者，其自己所列的赏心乐事中，似仍以寻幽访胜、雪夕花朝之类的雅事为多。词本起于颂酒赓色，一直以来都带有特殊的富贵气、艳情味，而到南宋时期，随着词之提倡“复雅”，尤其是词社活动渐多，发生了显著的变化。

---

① 欧阳光《宋元诗社研究丛稿》第258—276页，广东高等教育出版社1996年版。

② 参萧鹏《西湖吟社考》，《词学》第七辑第88—101页。

③ 参见周密《武林旧事》，《东京梦华录》（外四种）第456—459页，文化艺术出版社1998年版。

刘永济《词论》云：

词至南宋，姜、史、张、王，弥极工丽，法度既密，而能运用不滞，是为词学成熟之时。五代则奇花初胎，北宋则红紫烂漫也。观其时序，殆与其他文艺同一途辙。近人有诋南宋诸公为词家匠石者，可谓失言……词至于成熟，能事已尽，后来者无以复加，于是专就组织巧妙，求胜前人，而用典雅切。遣词细丽之作乃多。故沈伯时斤斤于用事、用字，而词亦衰矣。学者当会通此事之终始，求其盛衰之故，然后知古人得失之正，勿庸妄测古人，轻肆讥弹也。①

商业与城市的发展，促使了市井文化的繁荣，使得宋代文艺具有了平民化、通俗化的特点。

城市中除日常生活、经济活动的有关设施外，勾栏、瓦舍等娱乐性场所也较多，从《东京梦华录》卷五的《京瓦伎艺》一则，就很可见群众性娱乐活动的兴盛。南宋时，以临安为代表的城市非常繁华，市民文艺需求更旺。《都城纪胜》的《瓦舍众伎》则，《西湖老人繁胜录》的《瓦市》，《梦粱录》卷二十的《妓乐》、《百戏伎艺》、《小说讲经史》，以及《武林旧事》卷六、卷十等，对俗文艺的演出记载甚详。俗文艺具备了商品性，使文艺的功能发生了根本性改变，加以文艺在自身演变中，传统形式盛极难继，给新兴的通俗文艺形式腾出了发展空间。因此，市民的文化消费确实是俗文学兴盛的主因。

从《都城纪胜》的《瓦舍众伎》，可见宋代俗文学主要的样式及内容、特点：

散乐，传学教坊十三部，唯以杂剧为正色……杂剧中……大抵全以故事世务为滑稽，本是鉴戒，或隐为谏诤也……

诸宫调，本京师孔三传编撰，传奇、灵怪、八曲、说唱……

嘌唱，谓上鼓面唱令曲小词，驱驾虚声，纵弄宫调，与叫果子、唱耍曲儿为一体，本只街市，今宅院往往有之……唱赚在京师日，有缠令、缠达；有引子、尾声为“缠令”；引子后只以两腔递且，循环间用者，为“缠达”……

……说话有四家：一者小说，谓之银字儿，如烟粉、灵怪、传奇。说公

① 刘永济《词论》卷下第98页，上海古籍出版社1981年版。

> 案，皆是搏刀赶棒，及发迹变泰之事。说铁骑儿，谓士马金鼓之事。说经，谓演说佛书。说参请，谓宾主参禅悟道等事。讲史书，讲说前代书史文传、兴废争战之事。①

再如《梦粱录》卷二十的《妓乐》：

> ……杂剧中末泥为长，每一场四人或五人。先作寻常熟事一段，名曰"艳段"。次做正杂剧、通名两段……大抵全以故事，务在滑稽唱念，应对通遍。此本是鉴戒，又隐于谏诤，故从便跣露，谓之"无过虫"耳。若欲驾前承应，亦无责罚。一时取圣颜笑……又有杂扮，或曰"杂班"……多是假借为山东、河北村叟，以资笑端……又有"覆赚"，其中变化花前月下之情及铁骑之类……今街市与宅院，往往效京师叫声，以市井诸色歌叫卖物之声，采合宫商成其词也。②

雅俗文学既分流，又调和，宋代俗文学的接受效应，影响了雅文学作者的创作思想，使之从一味求雅转向了雅俗结合。

这些演出能博得广大观众，杂剧竟然还可以"驾前承应，亦无责罚。一时取圣颜笑"，市民情趣和口味为什么不能逐渐影响文人雅士呢？宋代印书业发达，为文学作品的传播提供了方便，通俗文艺要适应市场需要，雅文学也不能一味的自我欣赏，为了有更多的读者，适当的通俗化应是可行的道路。这里仅举二例：欧阳修曾以民间说唱艺术的形式写过一组《渔家傲》鼓子词，分咏一年十二月的风物节序，可见出对群众性节日、民俗的兴趣。南宋时，曾身居相位的史浩，其《鄮峰真隐大曲》也有《采莲舞》、《花舞》之类的民间歌舞内容。二人所作都体现出雅俗结合的特点。

宋代文人学士对俗文学是乐于接受的。

苏轼《书黄鲁直诗后》说："鲁直诗文，如蝤蛑、江瑶柱，格韵高绝，盘飧尽废。然不可多食，多食则发风动气。""格韵高绝"当然是雅之极致，他却以为多食会犯病。他在《题柳子厚诗二首》中说："诗须要有为而作，用事当以故为新，以俗为雅。好奇务新，乃诗之病。""以故为新，以俗为雅"就是梅尧臣

---

① 孟元老等《东京梦华录·外四种》第84—86页，文化艺术出版社1998年版。

② 孟元老等《东京梦华录·外四种》第302—304页，文化艺术出版社1998年版。

之见。周紫芝《竹坡诗话》还引了苏轼所说的“街谈市语，皆可入诗，但要人镕化耳。”[①]更见其对如何采俗语以入诗的看法。黄庭坚《再次韵杨明叔小序》继续梅尧臣所说，并出以形象的比喻：“盖以俗为雅，以故为新，百战百胜，如孙、吴之兵，棘端可以破镞，如甘蝇、飞卫之射，此诗人之奇也。”[②]他自己的“点铁成金”，在一定意义上也可以看成是以俗为雅之举。据孔平仲《孔氏谈苑》卷五载：“山谷云：作诗正如作杂剧，初时布置，临了须打诨，方是出场。”此说可见黄庭坚在诗歌创作中对俗文学的学习、汲取，而在他的作品中，也确实体现出这一方法的运用。他常先说一些难以理会的话，再用意挑明，确实类似于杂剧手法，或禅宗的和尚说法。这种作法，确能收到以奇破常的效果，当然另一面亦如苏轼所说，是“不可多食”。

杨万里感慨为文之难，其《石湖先生大资参政范公文集序》云：“甚矣文之难也！长于台阁之体者，或短于山林之味；谐于时世之嗜者，或漓于古雅之风。笺奏与记序异曲，五七与百千不同调。非文之难，兼之者难也”[③]戴复古《论诗十绝》（之三）也说：“曾向吟边问古人，诗家气象贵雄浑。雕锼太过伤于巧，朴拙惟宜怕近村。”但杨万里并不止步于感慨，而是努力寻求新的表达途经。钱锺书先生认为，他“不掉书袋，废除古典，真能够做到平易自然，接近口语”，还引述了他自己的话：“诗固有以俗为雅，然亦须经前辈取熔，乃可因承尔，如李之‘耐可’、杜之‘遮莫’、唐人之‘里许’‘若个’之类是也……彼固未肯引里母田妇而坐之于平王之子、卫侯之妻之列也”[④]。杨万里努力探索，给南宋以至后来诗歌的发展，提供了“诚斋体”的成功范例。

① 何文焕《历代诗话》第354页，中华书局1981年版。
② 黄庭坚《豫章黄先生文集》，上海商务印书馆四部丛刊本1936年版。
③ 杨万里《诚斋集》，上海商务印书馆四部丛刊本1936年版。
④ 钱锺书《宋诗选注》第177页，人民文学出版社1958年版。

李白与五松山关系三考

——兼论唐代诗人对后世文学地图意识的影响

复旦大学中文系　查屏球

文学地理是人文地理中的一个地理现象，它涉及到文学作品产生的地理环境以及文学作品的接受效应对人们地理意识的影响，后者可使某一地理空间在读者眼中着上了特定的文学色彩，特定的地理空间既增加了接受者对文学作品的具体的想象因素，又赋予了特定的地理空间的人文色彩并成为特定的文学化的地理记忆，这种地理记忆是民族记忆的组成部分，故研究这一现象对于认识文学的传播效应与民族记忆皆是有意义的。这种文学化的地理记忆是关涉到文学创作与接受两个方面，其形成有一个相当长的历史，选取个案，考察其历史过程可具体把握这一文学现象。

李白《南陵别儿童入京》与《宿五松山下荀媪家》两诗是世人熟知的名作，然近年来，关于两诗的写作背景争议颇大，也影响了对两诗诗意的理解。因为李白有十多首诗提及南陵与五松山，因此争议的核心问题是李白与南陵及五松山的关系，以下笔者希望通过对这个问题的疏理，对李白宣州南陵之行再加考订，对李白以上两诗以及与南陵五松山相关之作的写作背景与诗意内含做出更具体的分析。同时，打算通过疏理过往文人的题咏与刻石建堂活动，追索唐诗对于中国古代文学地理意识的影响。

一　《南陵别儿童入京》作于宣州南陵

李白居南陵，向以《南陵别儿童入京》一诗为证，诗曰：

白酒新熟山中归，黄鸡啄黍秋正肥。呼童烹鸡酌白酒，儿女嬉笑牵人衣。高歌取醉欲自慰，起舞落日争光辉。游说万乘苦不早，着鞭跨马涉远道。会稽愚妇轻买臣，余亦辞家西入秦。仰天大笑出门去，我辈岂是蓬蒿人。

近年来，由于史传之中关于吴筠荐李白之事被否定，此事亦为学人质疑。诸家欲证李白由山东入京之说，先须驳到传统的本诗作于宣城南陵之说。所摘疑点有二，一是诗言“黄鸡啄黍”，黍非江南所产，故当为北地之事；二为诗有“着鞭跨马”之语，马亦非江南交通之具，其时应以舟行为主，故诗非写于江南。三是本诗在《河岳英灵集》、《又玄集》中作《古意》，此题应为后人改写；四是李白《酬张卿夜宿南陵见赠》一诗，作于鲁东，题中之南陵也应指鲁地。所列证据一是《曲阜县志》有“陵城南庄”之名，应即为诗中所言之南陵。

笔者以为黍者，粮食饲料之通称，未必确指“小米”。跨马之语亦是诗家语言，可显示远行豪举，非写实也。如李白常言“金樽美酒斗十千，玉盘珍差值万钱”之类，显非其生活实情。“陵城南庄”与“南陵”，一村名，一县名，词法、词义相距过远，似难关涉。《河岳英灵集》、《又玄集》，前者成书于天宝十二载，后者成于晚唐。然此事也仅可表明本诗可能以《古意》一题流行。《南陵别儿童入京》一题或许为另一传本的题目。李白集有多次编辑，天宝十三载旅途中托魏万编，宝应二年病中付李阳冰编。诗题之不同，或出于不同稿本。

李白诗中多次提及南陵，均指宣州南陵，《酬张卿夜宿南陵见赠》亦不例外，其题意可解为：张卿以《夜宿南陵》一诗赠我，我还赠一诗。宿南陵者为张卿，李白时在鲁中。诗中言及“鲁城东”“鲁女”，皆李白在鲁中所见之景，与南陵无涉。细解本诗，有三层意：

月出鲁城东，明如天上雪。鲁女惊莎鸡，鸣机应秋节。当君相思夜，火落金风高。河汉挂户牖，欲济无轻舟。//我昔辞林丘，云龙忽相见。客星动太微，朝去洛阳殿。尔来得茂彦，七叶仕汉余。身为下邳客，家有圯桥书。傅说未梦时，终当起岩野。万古骑辰星，光辉照天下。//与君各未遇，长策委蒿莱。宝刀隐玉匣，锈涩空莓苔。遂令世上愚，轻我土与灰。一朝攀龙去，蛙黾安在哉。故山定有酒，与尔倾金垒。

一写鲁秋之夜思念张卿；二写自己于京城失意与张卿相遇，张卿才学与壮志让自己激动，冲散了自己失意之悲。三叙两人不遇之悲与越俗之志，点明共同的命运，相同的人生感受，表明两人友情之趣。意脉畅达，不劳深解。本诗愤世之语与李白在南陵所作诸相近，李白可能作诗后即往南陵。今人或以“云龙”为“云间陆士龙”之简缩，以为此以陆机代指张卿，恐误。因下文有“客星动太微”，《史记·天官书》：“客星出天廷，有奇令。”《后汉书·严光传》：“〔光武帝〕复引光入，论道旧故……因共偃卧，光以足加帝腹上，明日太史奏，客星犯御座甚急。帝笑曰：‘朕故人严子陵共卧耳。’”这是李白诗中常用的典故，此处应指其天宝元年入宫见玄宗事。据此断本诗应作于天宝三载后，不可据此断为本诗作于见玄宗之前。李白天宝十二载夏秋由幽州返回宣州，十三载五月于扬州见魏万，十四载再来宣州呈诗赵悦，皆有诗确证。其间必有回鲁中之事。极有可能是在天宝十二载秋，由鲁中返回宣州。此论成立，《南陵别儿童入京》则与《酬张卿夜宿南陵见赠》不作于同一时间，它不是作于鲁中，而应在天宝元年前作于宣城南陵。

又，民国徐乃昌编《南陵县志》卷四十二于收录了李白本诗，题为《南陵别儿童入京》，题下有注：“开元丙寅寨山中作，宣州刺史骆知祥刻石山上。”这一内容承旧志而录。骆知祥晚唐五代人。《十国春秋》有传：

> 骆知祥，合肥人也，雅能治金谷，遇事辄办，初事田頵，为宣州长史，太祖既杀頵，以知祥为淮南支计官，励精为理，事无留滞。天佑中，徐温秉国，知祥与严可求左右协力，可求任军旅，知祥司财赋，一时称之曰严骆，已而初置选举，命知祥董其事，任用得人，世多服其精核，久之，授盐铁判官。武义元年，高祖即吴国王位，迁中书侍郎，知祥与徐知诰甚密，知诰常欲出可求于楚州，知祥实与其谋，后数年以病卒。

《南陵县志》所言刺史，可能即传中所叙宣州长史，据袁枢《通鉴纪事本末》记事在天复二年(902)前，事当可信。寨山，在现南陵县与铜陵县交界处之丫山、凤凰山一带，据当地人回忆，诗刻于山壁之上，上世纪五十年代，因修建水库而毁。《南陵县志》所录文本与传世白集有所不同，如“新熟”为“初熟”，“高歌”为“高秋”。骆氏刻诗当据白集另一传本。《古意》一题沿用汉乐府古题，《南陵别儿童入京》为自造新题，或原为题后之注文。这一注文，应是骆知祥作为地方官为纪念李白而刊，注文应是想象之辞。开元丙寅，为开元十四年(726)，李白才二十六岁，不可能有居家南陵之事。笔者以为“丙寅”或为“戊寅”所误，开元戊寅为开元二十四年(738),李白三十八岁。其言:“酒隐安陆,蹉跎十年。”他二十七岁与许氏成婚,居于安陆许家,十年之后正与此时相合。此论若可,不妨对本诗即本诗及李白这一段生活重做推断:其在妻亡后,离开安陆,先安家南陵,并于开元二十六年秋准备离家赴京。此事未果,又于北上活动中,得鲁中友人之邀,再携家至东鲁。居鲁二年才受诏入京。其居南陵约一年余。因题目并没有奉诏入京意,且诗意表明他对于入京后前景并不乐观,以苏秦落魄而自况,故本诗应与天宝元载奉诏入京事无关。骆知祥晚于李白一百四十余年,对李白身世当有不明,然李白居家南陵寨山,当地代有传说,其据传说刻诗山上,并推断其写作时间。此误或为骆氏之误断,亦或为作县志者误抄所致。虽然,石刻不存,难以验证,所记亦有误差,其事当为不虚。

又,《旧唐书·地理志》:“南陵,汉春谷县地,属丹阳郡。梁置南陵县。武德七年,属池州。州废来属。旧治赭圻城,长安四年,移理青阳城。”南陵旧治在赭圻城,宋《太平寰宇记》卷一百三记:“南陵县……唐武德以来置县,在临江有城基见存,去今县一百三十里。”可印证其说,旧志言武周长安四年(704)由赭圻移治青阳城,故赭圻也可称为南陵。赭圻城在长江边的山上。此山至今仍为人称为寨山(附近称寨山至少有二处),李白来开元年间来南陵,首次可能会到此,并在此写下《古意》一诗。当然,这只是据寨山一名作出的一种可能性的推断。

据上,窃以为李白应在开元二十四年左右首次来南陵,李白还有一诗可证:

> 《送通禅师还南陵隐静寺》:我闻隐静寺,山水多奇踪。岩种朗公橘,门深杯渡松。道人制猛虎,振锡还孤峰。他日南陵下,相期谷口逢。

隐静寺即在赭圻附近的山上,诗言“他日南陵下,相期谷口逢”,显然是未来南陵。诗应作于金陵一带,由末句看,其时他尚未来南陵但有居家南陵之意。

二　李白居于五松山原委与时间

李白天宝十二载后再有宣州之行,其时已有玄宗礼遇翰林供奉之誉,故能受到地方官常赞府的接待。其《与南陵常赞府游五松山(题下注:山在南陵铜井西五里有古精舍)》可能是初来之时所作：

安石泛溟渤，独啸长风还。逸韵动海上，高情出人间。灵异可并迹，澹然与世闲。//我来五松下，置酒穷跻攀。征古绝遗老，因名五松山。//五松何清幽，胜境美沃州。萧飒鸣洞壑，终年风雨秋。响入百泉去，听如三峡流。//剪竹扫天花，且从傲吏游。龙堂若可憩，吾欲归精修。

常赞府陪他来五松山游历，并帮其寻暂居之所。诗首言他希望能像谢安石一样隐居山中，再叙来到五松山并为山命名之事。接着描写五松山景色之清幽。最后表明隐居此地之意。李白《改九子山为九华山联句 并序》："青阳县南有九子山。山高数千丈。上有九峰如莲花。按图征名。无所依据。太史公南游。略而不书。事绝古老之口。复阙名贤之纪。虽灵仙往复。而赋咏罕闻。予乃削其旧号。加以九华之目。"由此可见，他在这一带游历时，为美景取名，正是他这一时期的兴趣所在。居五松山后，他又在此与当地文人交往，其诗有：

《答杜秀才五松见赠(五松山在南陵铜坑西五六里)》：

昔献长杨赋，天开云雨欢。当时待诏承明里，皆道扬雄才可观。敕赐飞龙二天马，黄金络头白玉鞍。浮云蔽日去不返，总为秋风摧紫兰。角巾东出商山道，采秀行歌咏芝草。//路逢园绮笑向人，两君解来一何好。闻道金陵龙虎盘，还同谢朓望长安。千峰夹水向秋浦，五松名山当夏寒。铜井炎炉歊九天，赫如铸鼎荆山前。陶公矍铄呵赤电，回禄睢盱扬紫烟。此中岂是久留处，便欲烧丹从列仙。爱听松风且高卧，飕飕吹尽炎氛过。登崖独立望九州岛，阳春欲奏谁相和。//闻君往年游锦城，章仇尚书倒屣迎。飞笺络绎奏明主，天书降问回恩荣。肮脏不能就珪组，至今空扬高蹈名。夫子工文绝世奇，五松新作天下推。吾非谢尚邀彦伯，异代风流各一时。一时相逢乐在今，袖拂白云开素琴。弹为三峡流泉音，从兹一别武陵去。去后桃花春水深。

杜秀才是一个在五松山中炼丹修道的隐士，他们有相似的经历，都曾得到玄宗青睐又无法适应官场，隐逸山中而醉心烧丹修道。诗言："此中岂是久留处，便欲烧丹从列仙。""此中"非指五松山，而是指现世，即他们眼中的俗世，这里诗人表明他来南陵五松山的目的主要是欲借助当地冶炼铜矿火炉炼制神丹。诗曰“五松名山当夏寒”,这可证明李白来五松山是夏季。这与上首赞五松清凉似秋之意相合。又,《五松山送殷淑》:

秀色发江左,风流奈若何。仲文了不还,独立扬清波。载酒五松山,颓然白云歌。中天度落月,万里遥相过。抚酒惜此月,流光畏蹉跎。明日别离去,连峰郁嵯峨。

“仲文了不还”一句,用《晋书·殷仲文传》典,既是缘于同姓,也指殷淑与殷仲文一样,是外放而不得回朝之人。其时李白所作多表达了对自己政治的失意与对现实政治的失望之情,如《纪南陵题五松山》:

圣达有去就,潜光愚其德。鱼与龙同池,龙去鱼不测。//当时版筑辈,岂知傅说情。一朝和殷羹,光气为列星。//伊尹生空桑,捐庖佐皇极。桐宫放太甲,摄政无愧色。三年帝道明,委质终辅翼。旷哉至人心,万古可为则。//时命或大缪,仲尼将奈何。鸾凤忽覆巢,麒麟不来过。//龟山蔽鲁国,有斧且无柯。归来归去来,宵济越洪波。

诗中鱼龙之喻与傅说、伊尹、孔丘自况与赠常赞府诸诗相近,全诗着力表现他政治上失意之情,与《酬张卿夜宿南陵》相近。不及南陵五松山之景,而题曰“纪南陵题五松山”,颇费解。诗言“龟山蔽鲁国,有斧且无柯。”似指对鲁中生活的失望,末句中归来之似指五松山。因为欲归隐此处,故迫不及待宵夜济水而行。宋本或分其为五首。由诗意看,连成一体更成文。本诗传本有异文,一宋本题下注:“一作《南陵五松山感时赠别》”,故本诗亦是居于五松山时与友人酬答之作。又《书怀赠南陵常赞府》:

岁星入汉年,方朔见明主。调笑当时人,中天谢云雨。一去麒麟阁,遂将朝市乖。故交不过门,秋草日上阶。//当时何特达,独与我心谐。置酒凌歊台,欢娱未曾歇。歌动白纻山,舞回天门月。问我心中事,为君前致辞。君看我才能,何似鲁仲尼。大圣犹不遇,小儒安足悲。//云南五月中,频丧渡泸师。毒草杀汉马,张兵夺云旗。至今西二河,流血拥僵尸。将无七擒略,鲁女惜园葵。咸阳天下枢,累岁人不足。虽有数斗玉,不如一盘粟。//赖得契宰衡,持钓慰风俗。自顾无所用,辞家方来归。霜惊壮士发,泪满逐臣衣。以此不安席,蹉跎身世违。终当灭卫谤,不受鲁人讥。

本诗应为其初会常赞府所作,在诗中他向对方叙说自己在离京失意后与常氏相遇并为常氏肯定之事。其与常氏初识于凌歊台、白纻山。两处皆位于安徽省当涂县(姑孰),他们在此相识。再叙忧虑边战之事,此事《资治通鉴》天宝十载有纪:

夏,四月,壬午,剑南节度使鲜于仲通讨南诏蛮,大败于泸南。……士卒死者六万人,仲通仅以身免。杨国忠掩其败状,仍叙其战功。

制大募两京及河南、北兵以击南诏;人闻云南多瘴疠,未战士卒死者什八九,莫肯应募。杨国忠遣御史分道捕人,连枷送诣军所。……于是行者愁怨,父母妻子送之,所在哭声振野。①

"累岁人不足"一事,《资治通鉴》天宝十三载七月亦有记:"自去岁水旱相继,关中大饥。"诗又言"秋草",据此亦可断本诗写于天宝十三载秋,诗言"辞家方来归",也应是由鲁东家中来南陵。诗言"终当灭卫谤,不受鲁人讥。"与上首《纪南陵题五松山》"龟山蔽鲁国,有斧且无柯"及《酬张卿夜宿南陵见赠》"遂令世上愚,轻我土与灰。一朝攀龙去,蛙黾安在哉。"意思相近,皆是对居家地鲁中之人的不满。由此看出,李白是在鲁中受气后来南陵隐居避世的。又其《于五松山赠南陵常赞府》:

为草当作兰,为木当作松。兰秋香风远,松寒不改容。松兰相因依,萧艾徒丰茸。鸡与鸡并食,鸾与鸾同枝。拣珠去沙砾,但有珠相随。远客投名贤,真堪写怀抱。若惜方寸心,待谁可倾倒。//虞卿弃赵相,便与魏齐行。海上五百人,同日死田横。当时不好贤,岂传千古名。愿君同心人,于我少留情。寂寂还寂寂,出门迷所适。长铗归来乎,秋风思归客。

---

① 此事延续了很长时间,《资治通鉴》十三载记:"(六月)侍御史、剑南留后李宓闭壁不战。宓粮尽,士卒罹瘴疫及饥死什七八,乃引还,蛮追击之,宓被擒,全军皆没。杨国忠隐其败更以捷闻,益发中国兵讨之,前后死者几二十万人,无敢言者。"李白诗明言渡卢师,当指天宝十载的事情。

本诗既叙与常氏情性契合之情感，又向对方表达求援之意。诗中兰秋、秋风已表明写作时间是与上首相同的。然一县丞养家尚不余，其能援助李白想必也是有限的。李白在五松山，居于荀姓人家，写有《宿五松山下荀媪家》一诗表达对荀家关照的感激：

我宿五松山，寂寞无所欢。田家秋作苦，邻女夜舂寒。跪进雕胡饭，月光明素盘。令人惭漂母，三谢不能餐。

关于本诗注本甚多，无须详解。所可关注的是：诗言秋时与赠常赞府诸作时季相合，应是一时之作，其次，他借宿处是一户无男主人的田家，田家劳作辛苦仍以最好的食品待客，这是让他感激不已的，益发为自己仕进无望，无以回报而惭愧。这又回落到这一时期他一直表述的政治失意的伤感之情。这一点他人少有道及，须有留意。其《铜官山醉后绝句》一诗可能也是在享受酒食接待之后的留赠或题壁之作：

我爱铜官乐，千年未拟还。要须回舞袖，拂尽五松山。

又，其作有《南陵五松山别荀七》：

君即颍水荀，何惭许郡宾。相逢太史奏，应是聚贤人。玉隐且在石，兰枯还见春。俄成万里别，立德贵清真。

或曰荀七即荀媪之子，似难合上诗之意。上诗荀家是平民农家，而李白以汉名士荀淑况荀七，将两人相见，喻作荀淑与李寔相见，是贤人相集，并告诫对方须立清真之德，显非对农家子弟言，此人应是当地一年轻的崇拜者。这是诗人离开五松山的告别之作。

李白《酬张卿南陵见赠》言“火落金风高”，似在仲秋之时，时在天宝十二载，而在南陵五松山所作之作涉及夏秋两季，当非写于一年。他应于次年夏到南陵五松山，李白《答杜秀才五松山见赠》有言：“千峰夹水向秋浦。”他由五松往秋浦，其至秋浦有诗《秋浦感主人归燕寄内》：“霜凋楚关木，始知杀气严。”《秋浦歌》有“歌曲动寒川”之句，可见，深秋时已至秋浦。其在南陵五松山隐居时间约在六月至九月之间，共三四个月时间。

三 李白命名隐居地为五松山之意

李白以五松名山，亦是采用当时通用词汇。以五松泛指松林是唐人常用之法，如《全唐文》卷一百三十六中收初唐长孙无忌《请封禅表》言："飞盖登峦，错五松于林秀。"王勃《干元殿颂序》言："层畎五松，委灵材扲梓匠。"杨炯《唐右将军魏哲神道碑》："五松春艶，牵少女之祥风。"五松或泛指多松，然五松成为习用语，来源颇远，对其本义争讼已久。

北宋人黄朝英[1]《靖康缃素杂记》卷三专列"五松"一目，曰：

> 《史记》载秦始皇遂上泰山，立石封祀祠，下，风雨暴至，休于树下，遂封其树为五大夫墠。梁父刻所立石。盖五大夫者秦官名，第九爵也。唐陆贽作《禁中春松诗》云："不羡五株封。"案《史记》但云封其树为五大夫，不闻有五株松之说，而贽云尔者何耶？然贽博极群书，不当有误，恐有所据而云然也。或曰循袭之误耳，所未详也。又李商隐有《五松驿诗》云："独下长亭念过秦，五松不见见舆薪。只应既斩斯高后，寻被樵人用斧斤。"而商隐亦谓五松如何？又李白《送人游桃源序》云："登封太山，风雨暴作，虽五松受职，草木有知，而万象乖度，礼刑将弛。"然太白亦以谓五松也，唯舒王《咏栢诗》云："老松先得大夫官。"乃为切当。

其辨秦王以五大夫之爵封树，而非封五棵树为五松大夫之职，应为确论。南宋人祝穆《古今事文类聚》前集卷十三：

> 秦大夫松：秦始皇上泰山，风雨暴至，休于树下，因封其树。应劭曰：得五松封为五大夫。

认为是封五棵松为五大夫，与黄说稍异。自宋以来，古人对此一直有争议。南

---

[1] 黄朝英，字士俊，建安（今福建建瓯）人。哲宗、徽宗时人，绍圣后举子。称述王安石学说。有《靖康缃素杂记》十卷传世。事见《郡斋读书志》卷一三、《直斋书录解题》卷一〇。《若溪渔隐丛话后集》卷三十六云："近时有《细素杂记》、《学林新编》、《艺苑雌黄》，此三书皆相类，辨正古今讹舛，校定史传得失，诚有补于学者。"《演繁露》卷三云："辨正世传名物音义，多有归宿。"

宋人王楙《野客丛书》卷二十六言：

> 仆谓黄朝英稽考未至耳，非李白之徒谬也。按应劭云：秦皇逢暴雨得五松，因封为五大夫。盖当时大夫系封五株松，非一松也。是以庾信《终南山诗》曰："水奠三川后，山封五树松。"五树松在唐人前已如此言，岂谓李白等谬误，朝英但见唐人有此数处，用五松事与史记之文不合，故有是说，不知此事见于应劭所载，而唐前人已用之矣。

王楙之说不足以推翻黄朝英之论。所引两列，都可解释为：封五松为五大夫之职，而非因有五松而新设官名。明托名李贽实为李贽弟子张萱所作《疑耀》卷六亦有"五大夫松"一目，言：

> 秦始封泰山松为五大夫，此秦时第九爵也，非谓五株松为五员大夫也，今人相传为一松封一大夫，五松五大夫，殊谬。

其论即与黄朝英说相同。明人陈继儒《枕谭》亦曰：

> 今人称泰山五大夫，俱云五松树，而不知始皇上泰山封祀，风雨暴至，休于松树下，遂封其树为五大夫。五大夫秦官名，第九爵也。（转引明董斯张《广博物志》卷四十二）

亦同黄说。这一争论一直延续到清代，乾隆间人徐文靖《管城硕记》卷十九言：

> 《始皇本纪》：二十八年，乃遂上泰山，立石封祠祀，下，风雨暴至，休于树下，因封其树为五大夫。五大夫盖一官之名耳。《本纪》有丞相隗林、丞相王绾、卿李斯、卿王戊、五大夫赵婴、五大夫杨樛。又《汉·食货志》：文帝用晁错言，令人入粟邊，六百石封上造，稍增至四千石为五大夫，万二千石为大庶长。则五大夫为一官，可知非封五松为大夫也。

也是同意黄说。胡鸣玉对此仍不甘心，其《订讹杂录》卷三言：

> 勉夫此辨洞悉源流，而后世辨证家犹纷纷谓五大夫是秦第九等爵，所

> 封并非五株松，自诩独得，何见事之晚耶，又检《史始·皇纪》止言休于树下因封其树为五大夫，并不言松，则五松之说，亦出自后人臆度，未知是否也。

胡氏好驳前人之说，然此论未出新据，仅呈其好辩已。

因五松一词有此出典，后之附会增益者亦不少，如明人陈耀文《天中记》卷五十一引《独异志》言：

> 五大夫，秦始皇上泰山，风雨暴至，休于松下，因封其树为五大夫。始皇二十八年祭封泰山，至半忽大风雨雷雹，路傍有五松树，荫翳数亩，乃封为五大夫，忽闻松上有人言曰："无道德，无仁，无礼而天下，亡命受命，何以封？"左右咸闻，始皇不乐，乃归。崩于沙丘。

《独异志》是唐人李亢所作一部志怪小说，李亢生平不详，上一则故事，显然是李亢根据五松一典改编成的传奇故事。中唐人高彦休《唐阙史》卷下有一则故事亦与五松相关：

> "《薛氏子为左道所误》：有河东薛氏子二野，居伊阙，茂林修竹，面水背山，力田藏书，皆务修进，先世亟典大郡，薄留伏腊婚嫁之资。一日木阴初成，清和戒候，偶有击扉者，启户视之，则星冠霞帔之士也，草屩雪髯，气质清古，曰：'半途病渴，幸分一杯浆，二子则延入宾位，雅谈奥论，深味道腴，又曰：某非渴浆者，杖藜过此，气色甚佳，因愿少驻，二子则留连之。坐久，复曰：舍此东南百步而近有五松虬偃在疆内者，曰：某之良田也。左道愈喜因屏人言：此下有黄金百金、宝剑二口，其气隐　隐隐浮张翼（张翼洛之分野）间，某寻之久矣。丰狱即其地，三品可以分赡亲属之甚困者，唯龙泉自佩，当位极人臣。某亦请其一効斩魔之术。"二薛大惊，左道曰：家童暨役客辈悉命具畚锸之类，俟择日发土，须臾可以目验矣。无术以制则逃匿黄壤，不复能追。今俟良宵，剪方为墠法步，水噀之不能遁也。且戒僮仆无得泄者。又问：结坛所须？则曰：须徽纆（赤黑索也）三百尺，随方缯彩，缣素甚伙，洎机案炉香茵褥之具。且曰：某非利财者，假以为法，不毫触耳。所费者祭馔十座，醑茗随之，器以中金者为首。二子则竭产以经营其所缺者，贷于亲友。又言："某善点化术，以是粪睨金石，常以济人危恙

为务,今有槖装寓太微宫,欲以奉寄。"二子许诺,乃召人负荷而至,囊笈四所重,不可胜缄,鐍甚严,祈托以寄。旋至吉日,因大施法具于五松间,命二子拜祝讫,亟令返第封门而俟,且诫:"无得窥隙,某当效景纯散发衔剑之术脱,或为人窥,则福移祸至,俟行法毕,当举燧以呼,炬兴可以僮役偕来矣。扶桑未烛,聚力以发異,得静观至寳也。"二子敬依此教,严戢舆皁无得妄行,自夜分危坐,系望烛光,杳不见举,伺从则鸡晨树杪矣。二子虑太阳东上,览于行人,不得已,辟户遻侦之,黙无影响,步于松下,则掷杯覆器,似数辈纵食于其间者,炉香机案倾侧左右,缯彩器皿悉已携去,轮蹄接迹错于短墙,疑用徽纆索固以遁,因发四笈,瓦砾实中。自是家产甚困,失信于人,惊愕忧惭,黙不敢诉。而骇谈非论,夕徧洛东。参寥子曰:非望之福焉可苟得,左道之事其足信乎。

这则故事在《太平广记》卷二百三十八中亦存,文字稍异。五松在此故事中是一特制之景,作者取此当以其与道家之事相联,以显示其地有仙气。

由古人之争论与唐人改编之故事看,五松一事是古人熟知典故,其源出于秦皇封树之事。五松之名流行,或许即由前人误读《秦皇本纪》而来,后世以误用为通用,李白所用也应是误读之义,五松是得到过秦封赐的神木,以此为名山,自当能突现此山之不凡。唯因如此,李白有心征引古证,可惜此地无遗老宿学,李白无法印证。此或为"征古绝遗老"之意。铜陵,古属丹阳、建康,秦始皇曾到过金陵,李白到此联想到秦皇之事,亦有可能。据此可对李白命山之意作以下推想,当年秦皇因得树之护蔽,封树为官,吾今得松之荫,何不以官名山。李白以此名山,既显博览群书之才学,又露以秦皇自居之豪气。由此看来,五松山一名,其意深焉。

四　五松山的位移与李白化的地理意识的扩展

今人对五松山原地争议颇多,综合相关文献看,以郭祥正、苏轼、黄庭坚所说最为原始,其共同特点有:五松山在铜陵县(或称铜官县),距铜官山不远,过往江船距此不远,可以在停泊山下。最符合这些条件的,应是现在铜陵市天景湖公园周边诸山。乾隆铜陵县志所标示的位置,大致可信。不过,仍需要考虑到其时五松山距南陵县治的距离。如前所述,南陵县治在现在今繁昌赭圻村一带。此处至五松山、铜官山有水道相连，常赞府可陪李白来游赏，但两地相距五十多公里，所以，常赞府也不能常来，李白一人在此自然感到“寂寞无所欢”了。自宋以来，人们多以此为当地文学地理的表征。明胡震亨《唐音癸签》卷十六言：

> 五松山在南陵铜井西，初不知何名，李白以其山有松一本五干，苍翠异恒，题今名，诗云：征古絶遗老，因名五松山。人皆知白改九子为九华。不知更有改五松事。（《遯叟》）

胡震亨是博学之人，他认为李白因一树五枝而名山。查考相关文献，可以看出这一说法应是出自于《舆地纪胜》。康熙间始修至乾隆初成书的《江南通志》卷十六记：

> 五松山，在铜陵县，《舆地纪胜》云：“旧有松一本五枝，苍鳞老干，青翠参天，因名。李白在此题咏甚多，前有铁船山。铜官山，在铜陵县。”《寰宇记》云：“昔产铜，有泉源不竭，可浸铁烹铜，唐置铜官场，宋置利国监，岁久铜乏，场监俱废。麓有恵泉，流为恵溪，从樊港入江稍西有铜官渚，唐书僖宗文德元年杨行密袭宣州，进兵铜官渚，即此。”

乾隆二十九年《大清一统志》卷八十二：

> 五松山在铜陵县南四里，王象之《舆地纪胜》：“山在铜官西南，有松一本五枝，黛色参天。”李白诗云：“我来五松下，置酒穷跻攀，征古絶遗老，因名五松山。”山下有寶云院及太白祠堂，今铜陵号曰五松元，此山也。

两书引《舆地纪胜》，皆以为松有五枝而名五松山，但诸家方志所引《舆地纪胜》恐有误，王象之一书，因其中《舆地碑记》单行，本书自明之后已残，原书二百卷，清时重刊，已缺三十一卷，并有十七卷残省。清人刘文淇及其子刘毓松，依据清张鉴、吴兰修的校记、按语，车持谦、许瀚的《舆地碑记》校记，以及史书、文集等，于1847年（道光二十七年）撰《舆地纪胜校勘记》52卷；岑建功于1848年撰成的《舆地纪胜补缺》十卷，基本上是据各书所引《舆地纪胜》的原文辑录而成，也不足原书一半。故方志所引《舆地纪胜》的文字尚须辨析。我手边广陵书社本《舆胜纪胜》卷二十二“江东路 池州 景物下”有：

五松山，在铜陵，李太白名曰五松山，因为诗以美。今五松山有宝云院及李翰林祠堂。郭祥正《忆五松山》：“江南富山水，忽忆五松山。梁僧种松夺造物，至今千丈凌云间。上有寒蟾吐魂凝冰霜，下有铜陵碧涧倾潺潺。”

未言一松五枝之事，各家引文与此有异，或是转引不同文献所致。由宋人关于五松的讨论看，以一树五枝为五松山命名之由，显然是后世无知者的附会之说，不应出自王象之这类大学者之口，故这可能不是《舆地纪胜》之原文。清《佩文韵府》卷十五之二言：“五松山，《宣州图经》：五松山在南陵铜井西五里，有古精舍。李白诗：我来五松下，置酒穷疏攀，征古絶遗老，因名五松山。”此处所引《宣州图经》现已佚，宋《太平御览》曾有引用，《宋史·艺文志》着录祥符年间有刊刻，应是对五松山最早的记录，它认可了李白命名之事，未言一松五枝之说。从自然形态上看，五松山非并不高，是沿江地区非常普通小山，景色与他处相比，少有绝异，诸家地理记录，显然，是因为李白在此的活动以及相关的作品。

自宋之后，过往铜陵者，多咏及李白之事。如宋初人郭祥正(1035—1113)《青山集》卷十二有《忆五松山》一诗：

江南富山水，忽忆五松山。梁僧种松夺造物，至今千丈凌云间。上有寒蟾吐魄凝冰霜，下有铜陵碧涧倾潺潺。雷公睥睨不可以挥斧，老鹤飞来势欲止而复还，猿猱侧望何由攀。琉璃殿阁若化出，四天之众说法鸣金镮。我尝脱屣往栖息，六月清风无汗颜，浓阴可爱坐盘石，绿酒酌尽横琴弹。命宫叩征天地变，听之以气往往生羽翰。纷埃不到佛净国，岂识人间行路难。尘劳忽起旧缘想，倒骑匹马来长安。修鳞掉尾业已困，涸辙孰与西江澜，发疎齿缺形将残，畏涂足蹑心胆寒。屈原懐沙贾谊贬，身后忠名何足观。不如宴坐碧山里，笑傲每携云月欢。明朝却欲渡江去，五松岩户无人关。方壶员峤太殊绝，幸有此山容我闲。

其诗表明，其时五松山上树林密布，上有寺庙，是沿江有名的景点。其诗多处化用李白诗句，显然，李白五松山之诗已成为郭祥正对这一带风光特有的地理记忆。如北宋人宋叶廷珪《海录碎事》卷三上亦记:“五松山在宣城南陵,白集。”五松山成为其书中一出典,其依据就是李白之诗。苏轼过往诗也反映了这一地理意识,如:

《铜陵陈公园双池二首》之二:落帆重到古铜官,长是江风阻往还,要使谪僊回舞袖,千年醉拂五松山(《苏诗补注》卷四十八)

苏轼面临铜陵山水直接联想到的就是李白“拂尽五松山”这句诗。黄庭坚关注尤多,他到铜陵时曾游五松山,并在多首诗中提及此山:

《铜官县望五松山集句》:北风无时休,崩浪聒天响,蛟鼍好为祟,此物俱神王,我来五松山,白发三千丈,松门闭青苔,惜哉不得往,今日天气嘉,清绝心有向,子云性嗜酒,况乃气清爽,此人已成灰,怀贤盈梦想,衣食当须几,吾得终疎放,弱女虽非男,出处同世网,搔背牧鸡豚,相见得无恙。(《山谷外集诗注》卷十四)

《送刘道纯》:五松山下古铜官,邑居褊小水府宽,民安蒲鱼少嚣讼,簿领未减一邱盘……(《山谷外集诗注》卷十六)

他到了铜陵江边,遥望五松山,想到最多的仍是李白的诗,其因就是李白以及相关诗作在当时已成为人们对这一地区特有的地理印象。他还曾抄下李白《于五松山赠南陵常赞府》一诗送别朋友。

《山谷集别集》卷十二《跋李太白〈于五松山赠南陵常赞府〉》:元叔无恙时,宾客至者如归,或传仲良作冢宰,客或有不得见者,荆州士大夫之憎语,殆未必然,然仲良于今恩意倾倒不减元叔时,以其爱我者,故尽言,借太白以规之①。

李白在失意时,得到了常赞府的帮助,黄庭坚也是在谪贬时得到了李元叔、李

① 李元叔、李仲良为黄庭坚姨表兄弟。黄庭坚《李仲良墓志铭》言:“君之兄(李)元叔取余张氏姨母之女,因与往来。及余以史事得罪迁黔州,虽平生亲旧于稠人广众中忽有人言黄鲁直,皆瞠若也,而余过荆州,元叔问水陆所从出,经理其生资,至无不足,然后已。余在巴楚间数岁,元叔遣使来衣食我,留僮仆给使令,恩若兄弟。”(《山谷集内集》卷二十三)

仲良两兄弟热情关照。黄庭坚写李白此诗给他，显然是取诗中“鸡与鸡并食，鸾与鸾同枝”之意，这显示黄庭坚对李白五松山诸作都是很熟悉的。

过往文人的题咏，强化了铜陵五松山与李白的联系，约在南唐时，五松山就建有五松院。吴曾（1089—1162?）《能改斋漫录》卷九记：

五松山李太白诗：要须回舞袖，拂尽五松山。按五松山在今池州铜陵县，有寶云寺，旧曰五松院，南唐江延义有记。

吴曾是南宋初的人，他可能读到了江延义所作《五松院记》，惜此文无存，江延义生平也无考。南唐时，铜陵属金陵管属，江延义可能也是当时的畿县一家家官。这种建筑更使得五松山成为了铜陵的标志。如：

李纲（1067—1140 年）《梁溪集》卷十四《游五松山观李太白祠堂》：

大江东南流，鼓栧江水上，薄游五松山，获见谪仙像。呜呼天宝间，治乱如反掌，兵戈暗中原，豪杰多长往，谪仙当此时，逸气隘天壤，脱身来江东，缥渺青霞赏，作诗几千篇，醉笔笼万象，迄今有遗祠，识者共瞻仰，嗟予岂后裔，愚拙谁复尚，珥笔玉殿螭，谪官闽岭瘴，荷恩许生还，冒险理归桨，于焉觌仙风，足以慰遐想，愿言继清芬，何由揖英爽。

戴昺（1219 年进士）《东野农歌集》卷五《五松山太白祠堂太白读书之地，诗有“要回长舞袖，尽拂五松山”，即此山也》：

舣舟来访宝云寺，快上山头寻五松，捉月仙人呼不醒，一间老屋战西风。

宋无（1260—1340）《翠寒集》《铜陵五松山中》：

樵声闻远林，流水隔云深。茅屋在何处，桃花无路寻，身黄松上鼠，头白竹间禽，应有仙家住，避秦来至今。

由以上三诗看，至南宋初，五松院又改成了李太白祠堂，并配有李白画像。但到南宋后期，祠堂已破败成一间老屋，元时，此祠可能已无存了。五松山李太白祠堂败圮之后，人们在此建成了李白读书堂，或命名为龙堂精舍，清《江南通志》卷三十四记：

龙堂精舍，在铜陵县五松山，李白《与南陵常赞府游五松山》诗有“龙堂若可憩，吾欲归精修”之句，注云：铜井西五里有古精舍。

李白诗中的龙堂是借用楚辞中的说法，《楚辞·九歌·河伯》言：“鱼鳞屋兮龙堂，紫贝阙兮朱宫。”王逸注：“言河伯所居，以鱼鳞盖屋，堂画蛟龙之文……形容异制，甚鲜好也。”李白在诗中用此典故，应代指精美如仙居般的屋舍。赞府为李白寻到一处隐居之所，李白以来称赞对方，本来并无其名。因为是在一个先后形成的建筑，如太白祠、太白读书堂新旧之名也混用。清代太白祠之名仍存，而且在铜陵还出现了二处，《江南通志》卷四十一：

太白祠在铜陵县，有二，一在五松山，一在横港。

太白祠为何由五松山移至横港？这是因为约在唐宋时五松山的水系连通长江，过往江船可直接停靠在山下。但随着长江河床上升，五松山下水域为陆地阻隔，江船不到，过往的人也就少了。但李白所写有关五松山的诗作却被人们定格为铜陵与李白关系，过往铜陵多会联想到此事，题咏者则将进入铜陵之境的山多视为五松山，横港是过往铜陵江船的停泊地，其处有山，过往之人易将横港之山等同于五松山，以此作为凭吊谪仙的对象。所以太白祠则由天景湖边移至二十公里之外的长江边了。这种将一地名胜泛化的活动，至明代更多。如《明文海》卷三百六十六九王偰《华书堂记》言：

池之青阳县南有九华书堂，盖唐供奉翰林李公白字太白所尝读书处也，初公之浮游江汉也，遥望九华山而乐之适，故人韦仲堪为令，遂卜居焉。其居在龙女泉侧，岁久掩为民丘，宋嘉熙初，令蔡元龙访求遗迹，始刱书堂于兹山之麓化城寺东，以山初名九子，亦公所易今名，故以为书堂冠焉。胜国时邑人柯敬之尝加修葺。去今二百年。已敝不支。敬之之曾孙暹为按察使，欲修未果。至是其从子志洪捐赀集材彻而新之。中为正堂五间，翼以两庑，前为碑亭，又前为石门，施以扁额，寺僧德侃来谒予求记。……所谓公尝读书于九华者，当在天宝十四年前上秋浦时，而郡志又谓公乐五松山水之胜，建堂读书于此，岂记者误以九华为五松，抑铜陵县别有书堂。今皆不可考也。噫。公一代文豪也。旧史称公有逸才志气，宏放飘然，有超世之心，故平生历涉略无胶滞，后人仰之，每因其所至而表见焉，如齐鲁之酒楼，有六逸堂，其在姑孰，如谪仙楼、翰林宅、十咏亭之类，清风逸韵千古不泯，宜乎兹堂之建于今而复于昔，有如志洪者之致意于斯以克承先志也。抑尝考蜀之彰明有大匡山，山下亦有公读书台，即少陵寄诗所谓“匡山读书处”是也。遗址尚在今陇西寺，而兹堂既移建化城寺侧，乃复有如侃者协力以相成之，于此可见其风声气韵之相感，不徒在吾儒者，虽异道之人亦知景仰而效力焉，故不辞为并着之，俾刻石堂下，若夫公之文章流播宇内，光焰万丈，人皆见之，又无俟予言之赘也。

从上文看，由宋至明，出于对诗仙仰慕，后人在其经行之所多建有楼亭堂室之类的纪念性建筑，太白书堂广布在铜陵周边地区，如《江南通志》卷三十四记：

李白书堂有五，一在(池州)府南四十里桃陂；一在府南苦行岭，一在铜陵县五松山，一在石埭县杉山，又一在青阳县九华山中。宋吴梦祈记云：翰林访道江汉，会故友韦仲堪宰是邑，乃卜居焉，其居介乎龙女泉之侧，嘉熙初蔡元龙访其遗迹于化城寺东偏，复构斯堂。

因为李白过往南陵、秋浦、青阳九华山多次，其地后来皆属池州，故后人推想出多处读书堂，其实，这个太白读书堂也是由李白在五松山诗推想出来的。这些地名、纪念性建筑地点的变化都反映李白影响不断普及的事实，这一个案非常典型地体现了学名作与地理记忆的密切关系。

吴楚文化与皎然诗学

青海师范大学人文学院　甘生统

吴、楚原本是两个距离较为遥远的边陲小国，吴开国于商末周初太伯为让王位于弟而出奔百越之时，楚建国于其先祖熊绎被西周周成王“封以子男之田”时，中间隔着息、黄、弦、英、蓼、江、蒋、陈、徐、不羹、城父、顿、胡、群舒等数十个诸侯国，其文化也有较大差异。但两国自古关系密切，吴国的开国之君就来自于荆蛮之地。《史记·吴太伯世家》载：“太伯之奔荆蛮，自号句吴。荆蛮义之，从而归之千余家，立为吴太伯”[①]。自春秋开始，随着诸侯间兼并战争的不断爆发，诸侯国势力的此消彼长，吴、楚文化也就处在不断交流融合的趋势中，《荀子·儒效》载，夏人南来，“居楚而楚，居越而越”[②]楚国灭越以后，越文化向东南沿海地区渗透，楚文化就占据了吴越文化的核心地区。《汉书·地理志》说：“本吴粤与楚接比，数相并兼，故民俗略同。”[③]说明了吴越在和楚相互征战兼并的同时，楚文化和江南文化交融的事实。汉以后，这两种异源的文化逐渐成为一种具有固定形态的复合型文化，进而对包括文学在内的其他文化产生了深远影响。皎然诗学的形成就是这样一个典型。

一　皎然的吴楚文化情结

吴、楚并提是唐代一种较为普遍的文化现象。张籍有《吴楚歌词》，崔颢

---

① 司马迁，史记[M]，北京：中华书局，1999。

② 王先谦撰、沈啸寰点校，荀子集解[M]，中华书局，1988。

③ 班固撰、颜师古注，汉书·地理志[M]，中华书局，1962。

《赠怀一上人》亦云："风将衡、桂接，地与吴、楚临。"[1]皇甫冉有《杂言迎神词序》云："吴、楚之俗，与巴、渝同风。"[2]这种情况说明，唐人有着鲜明的吴楚文化意识。皎然也是如此，他的笔下也常常吴、楚并提：

《诗式》"漏没格一品""淡俗"条云："此道如夏姬当垆，似荡而贞。采吴楚之风，虽俗而正。"

《诗式》"补遗"条："宋、齐、吴、楚之制，务精尚巧，气质华美，音韵铿锵，其象筝也。"[3]

诗歌中更是常见：

堤月吴风在，湔裾楚客同。(《晦日陪颜使君白苹洲集》)

水从吴渚别，树向楚门分。(《奉送陆中丞长源诏征入朝》)

绿水迎吴榜，秋风入楚词。(《送李秀才赴婺州招》)

吴缣楚练何白皙，居士持来遗禅客。(《春夜赋得漉水囊歌，送郑明府》)

昔年群盗阻江东，吴山动摇楚泽空。(《武源行赠丘卿岑》)[4]

在这种现象中，尤其值得注意的是，皎然对楚文化情有独钟。据贾晋华《皎然年谱》，皎然于天宝八年到十四年间，曾游访各地名山，并作《吊屈原词》，诗云："昧天道兮有无，听汨渚兮踌躇。期灵均兮若存，问神理兮何如。愿君精兮为月，出孤影兮示予。天独何兮有君，君在万兮不群。既冰心兮皎洁，上问天兮胡不闻。天不闻，神莫睹。若云冥冥兮雷霆怒，萧条杳眇兮馀草莽。古山春兮为谁，今猿哀兮何思。风激烈兮楚竹死，国殇人悲兮雨飔飔。雨飔飔兮望君时，光茫荡漾兮化为水，万古忠贞兮徒尔为。"把玩诗意，当为亲游汨罗江时的作品。[5] 这说明作者于这段时间曾到过湖湘，而且从诗文记载和生平行事来看，这也是皎然一生唯一一次踏上楚地。但这次远游却给他留下了不可磨灭

---

① 彭定球等，全唐诗[M]，中华书局，1960。
② 同上。
③ 张伯伟，全唐五代诗格汇考[M]，南京：凤凰出版社，2002。
④ 彭定球等，全唐诗[M]，中华书局，1960。
⑤ 贾晋华，皎然年谱[M]，厦门：厦门大学出版社，1992。

的影响，他的诗文中经常流露出对楚地山川风物的向往和关切，表现出鲜明的楚文化情结。这种情结在他的送别诗中尤其常见：

远别应将秦本去，幽寻定有楚僧逢。(《送演上人之抚州觐使君叔》)
日短天寒愁送客，楚山无限路遥遥。(《冬日梅溪送裴方舟宣州》)
灊人思尔法，楚信有回船。(《送常清上人还舒州》)
楚思入诗清，晨登岘山情。(《岘山送崔子向之宣州谒裴使君》)
秦原山色近，楚寺磬声微。(《送赟上人还京》)
绿水迎吴榜，秋风入楚词。(《送李秀才赴婺州招》)
身为郢令客，心许楚山云。(《同明府章送沈秀才还石门山读书》)
君实三楚秀，承家有清规。(《送陈秀才赴举》)
楚水逢乡雁，平陵忆故园。(《送卢孟明还上都》)

楚山、楚水、楚僧、楚信，楚地的山川风物成了作者记忆中挥不去的情愫，萦绕在他的许多诗篇中。这种楚文化情结在皎然诗学著作中也有表现，他时常以楚地山水来比喻诗歌境界的卓荦拔俗。如《诗式》“明势”条：“高手述作，如登衡、巫，觌三湘、鄢、郢山川之盛，萦回盘礴，千变万态。或极天高峙，崒焉不群，气腾势飞，合沓相。或修江耿耿，万里无波，欻出高深重复之状。古今逸格，皆造其极妙矣。”[①]就以楚地意象来形容诗“势”的极致之境。再如《杼山禅居寄赠东溪吴处士冯》：“青云何润泽，下有贤人隐。路入菱湖深，迹与黄鹤近。野风吹白芷，山月摇清轸。诗祖吴叔庠，致君名不尽。身当青山秀，文体多郢声。澄澈湘水碧，泬寥楚山青。时人格不同，至今罕知名。”[②]《读张曲江集》：“相公乃天盖，人文佐生成。立程正颓靡，绎思何纵横。春杼弄缃绮，阳林敷玉英。飘然飞动姿，邈矣高简情。后辈惊失步，前修敢争衡。始欣耳目远，再使机虑清。体正力已全，理精识何妙。昔年歌阳春，徒推郢中调。今朝听鸾凤，岂独羡门啸。帝命镇雄州，待济寄上流。才兼荆衡秀，气助潇湘秋。逸荡子山匹，经奇文畅俦。沈吟未终卷，变态纷难数。曜耳代明珰，袭衣同芳杜。愔愔闻玉磬，寤寐在灵府。”[③]前诗以楚山、湘水比拟如郢声一样高雅脱俗的诗境，后诗

---

① 张伯伟，全唐五代诗格汇考[M]，南京：凤凰出版社，2002。
② 彭定球等，全唐诗[M]，中华书局，1960。
③ 同上。

则以荆楚之秀山来比喻张九龄出类拔萃、卓越非凡的诗才，以潇湘秋水来比喻其神姿气质之杳深缅妙、涵蓄万状，表现出了对楚山楚水楚人楚词的独钟情怀。

皎然这种鲜明而又强烈的吴、楚文化意识，一方面使他的诗作具有浓郁的吴、楚地域色彩，另一方面也影响到他的诗美理想和主张，从而使他的诗学理论深深地打上了吴楚文化的烙印。

二　吴楚文化对皎然诗学理论的影响

吴楚文化对皎然诗学理论的影响，主要有如下几方面的表现：

1. 吴楚狂、逸传统与皎然尚俗理论及“逸格”

皎然诗学中的尚俗与尚逸理论，与吴楚文化中的狂、逸传统有着密切关系。其中最为突出的就是尚俗理论。皎然《诗式》中有“三格四品”说，用以提倡一种跌宕不羁、惊世骇俗的风格。其中，最具有代表性的是“骇俗”、“淡俗”和“戏俗”。

其“跌宕格”“骇俗”品云：

评曰：其道如楚有接舆，鲁有原壤，外示惊俗之貌，内藏达人之度。郭景纯《游仙诗》：“姮娥扬妙音，洪崖颔其颐。”王梵志《道情诗》：“我昔未生时，冥冥无所知。天公强生我，生我复何为？无衣使我寒，无食使我饥。还你天公我，还我未生时。”贺知章《放达诗》：“落花真好些，一醉一回颠。”卢照邻《劳作》云：“城狐尾㑊倲，山鬼面苍覃。”

其“淈没格一品”“淡俗”云：

评曰：此道如夏姬当垆，似荡而贞。采吴楚之风，虽俗而正。古歌曰：“华阴山头百尺井，下有流泉彻骨冷。可怜女子来照影，不照其余见斜领。”

其“调笑格一品”“戏俗”云：

评曰：《汉书》云：“匡鼎来，解人颐。”盖说诗也。此一品非雅作，足以为谈笑之资矣。李白《上云乐》：“女娲弄黄土，抟作愚下人。散在六合间，蒙蒙若沙尘。”①

“外示惊俗之貌，内藏达人之度”，“夏姬当垆，似荡而贞”，“足以为谈笑之资”，“骇俗”、“淡俗”、“戏俗”的这些特征综合起来，实际上就表现出了皎然诗学中不主故常、惊世骇俗、以谐俗为奇崛的追求倾向。这种倾向的形成，原因有多方面。但从吴楚文化的角度来看，似乎有两方面因素不可忽略。

首先，与吴、楚文士的狷、狂风气有关。楚又称“荆”或“荆楚”，此地自古多狂士，上面引文中提到的接舆就是一个。《论语·微子》载：“楚狂接舆歌而过孔子曰：‘凤兮凤兮！何德之衰？往者不可谏，来者犹可追。已而，已而！今之从政者殆而！’孔子下，欲与之言。趋而辟之，不得与之言。”邢昺疏：“接舆，楚人，姓陆名通，字接舆。昭王时，政令无常，乃被发佯狂，不仕，时人谓之楚狂也。”②由于这类狂者、狷者的存在，从而形成了楚文化不拘礼法、卓然不屈的文化精神。这种精神在屈原和庄子的作品中表现得最为鲜明和突出。刘勰《文心雕龙·辨骚》指出：“至于讬云龙，说迂怪，丰隆求宓妃，鸩鸟媒娀女：诡异之辞也。康回倾地，夷羿彃日，木夫九首，土伯三目：谲怪之谈也。依彭咸之遗则，从子胥以自适；狷狭之志也。士女杂坐，乱而不分，指以为乐；娱酒不废，沉湎日夜，举以为欢：荒淫之意也。摘此四事，异乎经典者也。”③刘师培《南北文学不同论》对屈原和庄子文风的共同之处也有精彩论述：“荆楚之地，僻处南方，故老子之书，其说杳冥而深远。及庄、列之徒承之，其旨远，其义隐，其为文也，纵而后反，寓实于虚，肆以荒唐谲怪之词，渊乎其有思，茫乎其不可测矣。屈平之文，音涉哀思，矢耿介，慕灵修，芳草美人，托词喻物，志洁行芳，符于二《南》之比兴，而叙事记游，遗尘超物，荒唐谲怪，复与庄、列相同。”④屈原的异乎经典、庄子的谲怪之谈恰就是楚文化不拘礼法狂者精神的体现。这种精神从先秦流传下来，到了唐代则渗透到了楚地含书法在内的许多艺术之中。戴叔伦《怀素上人草书歌》写尽了楚僧怀素草书中的这种狂者精神：“楚僧怀素工草书，古法尽能新有余。神清骨竦意真率，醉来为我挥健笔。始从破体变风姿，一一花开春景迟。忽为壮丽就枯涩，龙蛇腾盘兽屹立。驰毫骤墨剧奔驷，满坐失声看不及。心手相师势转奇，诡形怪状翻合宜。人人细问此中妙，怀素

① 张伯伟，全唐五代诗格汇考[M]，南京：凤凰出版社，2002。
② 李学勤，十三经注疏·论语注疏[M]，北京：北京大学出版社，1999。
③ 詹锳，文心雕龙义正[M]，上海：上海古籍出版社，1989。
④ 刘师培，刘申叔遗书[M]，南京：江苏古籍出版社，1997。

自言初不知。”[1]吴地文人也沾染了楚地狂放之风。魏晋以来，江南文士多崇尚自然，追求精神的自由，加上东晋以后“玄风南渡”，北方士人带来了崇尚老庄的风气，一时间狂放清诞成了江南文士的一种群体性特征。越州贺知章倜傥超迈，诙谐善谑，诗歌书法有着清逸之气。《旧唐书》本传称其“晚年尤其加纵诞，无复规检，自号‘四明狂客’，又称秘书外监，遨游里巷，醉后属词，动成卷轴，文不加点，咸有可观。”[2]婺州文士冯衮也是豪迈不羁，《太平广记》记载他牧苏州时，“江外优佚，暇日多纵饮博，因会宾僚掷卢。冯突胜，以所得均遗一座。乃吟曰：‘八尺台盘照面新，千金一掷斗精神。合是赌时须赌取，不妨回首乞闲人。’更因饮酣，戏酒妓。”[3]陆羽《陆文学自传》：“常扁舟往来山寺，随身惟纱巾藤鞋，短褐犊鼻，往往独行野中。诵佛经，吟古诗，杖击林木，手弄流水，夷犹徘徊，自曙达暮，至日黑兴尽，号泣而归。故楚人相谓，陆子盖今之接舆也。”[4]苏州诗人顾况性情豪迈，颇有不羁之气。李肇《唐国史补》云：“吴人顾况，词句清绝，杂之以诙谐，尤多轻薄。”[5]皎然《送顾处士歌》写顾况特立独行：“吴门顾子予早闻，风貌真古谁似君。人中黄宪与颜子，物表孤高将片云。性背时人高且逸，平生好古无俦匹。醉书在箧称绝伦，神画开厨怕飞出。谢氏檀郎亦可俦，道情还似我家流。安贫日日读书坐，不见将名干五侯。知君别业长洲外，欲行秋田循畎浍。门前便取觳觫乘，腰上还将鹿卢佩。禅子有情非世情，御荈贡馀聊赠行。满道喧喧遇君别，争窥玉润与冰清。”[6]每日安贫乐书，不因求名而干诸侯，出门乘着牛车，佩戴鹿卢剑。活脱脱一个性背时人、志向高洁的狂者形象。

其次，是吴中诗风的影响。根据赵昌平的研究，在大历至贞元年间的盛中唐交替之际，在江南吴中地区，以皎然、顾况、秦系、灵澈、朱放、陆羽、张志和等七人为代表的一批诗人，在汲取吴楚民间谣曲滋养，继承与变革南朝诗体的基础上，开始了新变的探索，进而形成了与元结《箧中集》诸子和大历十才子不同的一个诗歌流派——吴中诗派。该派的几个代表人物或世籍东吴，或早年即寓居吴会，其主要活动地区都在三吴两浙，有鲜明的地域性；他们均未显宦，曾遭受过挫折，对现实有所不满，经历了从有志用世到遗世隐逸的历程，且多以

---

① 彭定球等，全唐诗[M]，中华书局，1960。
② 刘昫，旧唐书[M]，北京：中华书局，1975。
③ 李昉，太平广记[M]，北京：中华书局，1961。
④ 董诰等，全唐文[M]，北京：中华书局，1984年版。
⑤ 李肇，唐国史补[M]，上海：上海古籍出版社，1957。
⑥ 彭定球等，全唐诗[M]，中华书局，1960。

南宗禅与南方天师道为精神归宿，而骨子里并不反对进取，反对礼义，只是以佯狂自高，啸傲人世，于放荡不羁中时时露出奇倔不平之气；而在创作中则表现出鲜明的吴体倾向。[①] “吴体”一名，从现存文献看，最早出自杜甫《愁》诗题下自注“强戏为吴体”。后来晚唐陆龟蒙、皮日休也有七首明言为吴体的酬唱诗。对这一概念的内涵，自古的解释不尽相同。一般认为是指七律拗体，元代方回就说：“拗字诗在老杜集七言律诗中谓之‘吴体’，老杜七言律一百五十九首，而此体凡十九出。不止句中拗一字，往往神出鬼没。虽拗字甚多，而骨骼愈峻峭。……唐诗多此类，独老杜吴体之所谓拗，则才小者不能为之矣。五言律亦有拗者，止为语句要浑成，气势要顿挫，则换易一两字平仄，无害也。但不如七言‘吴体’全拗尔。”他还指出杜诗中与吴体相近的诗，如《十二月一日》三首：“气象大，语句熟。虽或拗字近吴体，然他人拘平仄者反不如也。”[②]也有人以为吴体诗是指唐人学习梁代吴均体而创作的一种诗歌。据《梁书》本传记载：吴均“文体清拔有古气，好事者或学之，谓为‘吴均体’”[③]。王通《文中子·事君》云：“吴均、孔珪，古之狂者也，其文怪以怒。”李绅《过梅里七首》中《上家山》诗序云：“余顷居梅里。常于惠山肄业，旧室犹在，垂白重游，追感多思，因效吴均体。”赵昌平以杜甫《愁》诗为对象，根据相关记载，从音节和风格的角度加以分析后认为：“吴体实为唐人学习吴中七绝民歌的音节与吴均体风格之糅合，吴体之吴当指吴中，但并非与吴均体绝然无关。”其总体特点是“民歌化的律、绝与吴均体怪以怒的风格自然融合为一。”[④]并从题材、音节、风格、俗体联句四个方面指出了吴中派诗人学习吴中俗体，进行新变的努力。赵先生的分析是精当的，不过他的重点是在整个诗派上，我以为，其中尤可注意的是皎然的创作努力，因为皎然首先是一位僧人，以僧人身份而在一些诗歌俗体上狠下工夫，由此更可见出这一诗风影响之广。题材上，皎然写了一些与他的禅子身份不大匹配和其他诗作风格不尽一致的民俗诗，如《顾渚行寄裴方舟》：“我有云泉邻渚山，山中茶事颇相关。鶗鴂鸣时芳草死，山家渐欲收茶子。伯劳飞日芳草滋，山僧又是采茶时。由来惯采无近远，阴岭长兮阳崖浅。大寒山下叶未生，小寒山中叶初卷。吴婉携笼上翠微，蒙蒙香刺罥春衣。迷山乍被落花乱，度水时惊啼鸟飞。家园不远乘露摘，归时露彩犹滴沥。初看怕出欺玉英，更取

① 赵昌平，赵昌平自选集[M]，桂林：广西师范大学出版社，1997。
② 方回选评、李庆甲集评校点，瀛奎律髓汇评[M]，上海：上海古籍出版社，2005。
③ 姚思廉，梁书[M]，北京：中华书局，1974。
④ 赵昌平，赵昌平自选集[M]，桂林：广西师范大学出版社，1997。

煎来胜金液。昨夜西峰雨色过，朝寻新茗复如何。女宫露涩青芽老，尧市人稀紫笋多。紫笋青芽谁得识，日暮采之长太息。清泠真人待子元，贮此芳香思何极。”①描绘出唐代贡茶产地顾渚的风土民俗。从音节角度看，他作了一些拗句、拗体和杂言诗。拗体如《寓言》：“人生百年我过半，天生才定不可换。东海钓鳌鳌不食，南山坐石石欲烂。”②又如《哀教》：“本师不得已，强为我着书。知尽百虑遣，名存万象拘。如何工言子，终日论虚无。伊人独冥冥，时人以为愚。”③前诗为七绝拗体，一、二、四句拗；后诗为五律拗体，除中间两联合律外，首尾两联皆为拗句；类似的拗体诗在皎然集中还有二十余首。杂言如《风入松》：“西岭松声落日秋，千枝万叶风飕飗。美人援琴弄成曲，写得松间声断续。声断续，清我魂。流波坏陵安足论，美人夜坐月明里。含少商兮点清征，风何凄兮飘飘。搅寒松兮又夜起。夜未央，曲何长，金徽更促声泱泱。何人此时不得意，意苦弦悲闻客堂。”④杂言，尤其是三三七句式是吴楚歌的一大表现形式，如皇甫冉吴歌体《杂言迎神词二首》均为三三七杂言，陆龟蒙《吴俞儿舞歌》五首，均用杂言，尤多三三七句式。皎然的《风入松》也用此句式，其间的关联性就不言自明了。皎然的联句也可见出他向俗体学习的良苦用心。在大历浙西联唱中皎然参与的联句中，有大量的俗体联句，尤可注意的是七言四句、八句、十二句式的联句诗十余首。《大集经》载佛教有所谓六十四种恶口，如大语、远语、粗语、狂语、乐语等，而皎然等人却偏以这些名目联句。如《七言大言联句》：“高歌阆风步瀛洲(皎然)，燂鹏燖鲲餐未休(颜真卿)。四方上下无外头(李崿)，一啜顿涸沧溟流(张荐)。⑤”《七言滑语联句》：“雨里下山蹋榆皮(颜真卿)，莓苔石桥步难移(皎然)。芜荑酱醋吃煮葵(刘全白)，缝靴蜡线油涂锥(李崿)。急逢龙背须且骑(李益)。”⑥这类作品“只要去掉奇句韵脚即是典型的吴体律绝。拗法与《愁》诗如出一辙。”⑦杜甫用吴体写《愁》，是因为其“胸中有抑郁不平之气，而以拗体发之，公之拗体诗，大都如是。”⑧同理，我们以为，皎然等人在写“大言”、“狂语”、“醉言”时选用拗体，就是在这种激讦的音节中找到

① 彭定球等，全唐诗[M]，中华书局，1960。
② 同上。
③ 同上。
④ 同上。
⑤ 同上。
⑥ 同上。
⑦ 赵昌平，赵昌平自选集[M]，桂林：广西师范大学出版社，1997。
⑧ 杜甫著、仇兆鳌注，杜诗详注[M]，北京：中华书局，1979。

了与他们的坎壈情怀和游戏心态共振的韵律磁波。

通过这些事例，我们可以清楚地看出皎然“三格四品”理论产生的文化史背景。可以说，在盛中唐交替之际普遍存在的求变使命的感召下，在吴楚文化中原本就有的狷狂精神的滋育下，以皎然为代表的吴中派诗人掀起了向吴越土风取材，向音节和风格上追求浏亮激讦、风格上追求“槎枒离奇有古气”的吴体学习的风气。“怪以怒”的文风，加上不拘礼法的狂者精神，可以说，就是吴中诗派在求变过程中所表现出的典型特征。而皎然的三格四品理论也正是该派诗人这种求变努力的必然产物。

皎然推崇“逸”格，这种观念的形成，与吴、楚的文化风气有一定关系。皎然“逸”格有多种内涵，其高逸观中虽也不乏社会关怀的内容，但其基本精神还是来源于古代的隐逸文化。隐逸是先秦楚文化的显著特征。《论语》所载之逸者大多出自楚地。梁伍安贫《武陵记》称：当地居民“多淳孝，少宦情，常弹五弦之琴以黄老自乐，有虞夏之遗风”。[①]《太平广记》卷二〇四“吕乡筠”条引《博异志》载诗云：“湘中老人读黄老，手援紫藟坐翠草，春至不知湘水深，日暮忘却巴陵道”[②]。此诗流传很广，甚至托名为李白所作。唐代湘籍士人也大多有遗世之态，“唐刘舍人蜕，桐庐人，早以文学应进士举，其先德戒之曰：‘任汝进取，穷之与达，不望于汝。吾若没后，慎勿祭祀’。乃乘舟以渔钓自娱，竟不知其所适。”“唐李群玉校书，字文山，澧州人，有诗名，散逸不乐应举，亲友强之，一上而已。尝受知于相国河东裴相国休，为其延誉，因进诗，授弘文馆校书，终于荆襄间。然多狎酒徒，疑其为张祜之流。”[③]“长沙日试万言王璘，辞学富赡，非积学所致。崔詹事廉问，特表荐之于朝。……至京师时，路庶人方当钧轴，遣一介召之。璘意在沽激，曰：‘请俟见帝’。岩闻之大怒，亟命奏废万言科。璘杖策而归，放旷于杯酒间，虽屠沽无间然矣。”[④]吴地的隐逸之风自古也很浓郁。从周太王长子太伯、次子仲雍，为让王位于三弟季历，从岐山南奔江南，建都于无锡梅里，自号为“勾吴”，开创吴国的历史起，隐逸就成为此地的一个传统代代不绝。宋代孙因《越问·隐逸》列举了从严光到张志和等数十位著名越地隐士，并评价说：“彼皆不事王侯兮，以高尚而辟世。亦地气之所钟兮，多秀水与名山。”高尚的节操、优美的山川，人之杰与地之灵的结合造就了吴越之地的隐

---

① 王象之，舆地纪胜卷68引[M]，台湾：文海出版社影印咸丰五年刻本，1971。

② 李昉，太平广记[M]，北京：中华书局，1961。

③ 孙光庭撰、林青、贺军平校注，北梦琐言[M]，西安：三秦出版社，2003。

④ 王定保，唐摭言[M]，北京：中华书局，1959。

逸文化。中唐时吴、越的这种隐逸之风更甚。会稽诗人秦系于天宝末就隐居剡中，后客泉州，隐居南安九日山，结庐大松之上，“穴石为研，注《老子》，弥年不出”；金陵张鹤龄、张志和兄弟隐居越州，志和“居江湖，自称烟波钓徒。着《玄真子》，亦以自号”；“兄鹤龄恐其遁世不还，为筑室越州东郭。茨以生草，椽栋不施斤斧”。竟陵陆羽至德间隐居湖州苕溪，“自称桑苎翁，阖门着书。或独行野中，颂诗击木，裴回不得意，或恸哭而归，故时人谓今接舆也。”①朱湾，号沧州子，大历初隐居湖州。大历八年永平军节度使李勉辟为从事，建中四年府罢，又归隐江南。后又隐溧阳平陵山，最后归隐并终于会稽山阴。除此之外尚有寒山子、殷涣然、严维、章八元、陆傪、薛戎等一大批文士，他们或一生寄居江湖，如寒山子，或于出仕前后过一段隐居生活，如越州严维，“初隐居桐庐，慕子陵之高风。”再如其弟子章八元在任句容县主簿前，就隐居于家乡睦州。吴、楚的这种隐逸之风，再加上这些隐士又与皎然有着密切往来，且高尚其志的皎洁情怀和超尘越俗的世外之思，又是这些隐士及其诗作的共同特征，因此，对具有这种精神内涵之境界和风格产生由衷追慕，就成了皎然自觉和不自觉的选择。皎然在“辨体易十九字”中列“高”、“逸”为众体之首，从上述他所生活的文化氛围之角度言，可谓“良有以也”。

2. 吴、楚名胜古迹与皎然的齐梁文学情结

皎然为齐梁文学辩护，这是皎然诗学的基本理论之一。皎然对齐梁文学的辩护可谓不遗余力，他不仅对此期个别作家的创作加以肯定，以为“宣城公情致萧散，词泽义精，至于雅句殊章，往往惊绝。何水部虽谓格柔，而多清劲，或常态未剪，有逸对可嘉，风范波澜，去谢远矣。柳恽、王融、江总三子，江则理而清，王则清而丽，柳则雅而高。予知柳吴兴名屈于何，格居何上”②；而且还试图纠正占据主流地位的“道丧”说，“夫五言之道，惟工惟精。论者虽欲降杀齐梁，未知其旨。若据时代，道丧几之矣。诗人不用此论。何也？如谢吏部诗：‘大江流日夜，客心悲未央。’柳文畅诗：‘太液沧波起，长杨高树秋。’王元长诗：‘霜气下孟津，秋风度函谷。’亦何减于建安？若建安不用事，齐梁用事，以定优劣，亦请论之。如王筠诗：‘王生临广陌，潘子赴黄河。’庾肩吾诗：‘秦王观大海，魏帝逐飘风。’沈约诗：‘高楼切思妇，西园游上才。’格虽弱，气犹正。远

---

① 欧阳修、宋祁等，新唐书[M]，北京：中华书局，1975。
② 张伯伟，全唐五代诗格汇考[M]，南京：凤凰出版社，2002。

比建安，可言体变，不可言道丧。”从这样的认识出发，皎然对持此说最力的陈子昂及其支持者卢藏用公开批评，指出他们观点中的谬误之处，以为“若但论诗，则魏有曹刘、三傅，晋有潘岳、陆机、阮籍、卢谌，宋有谢康乐、陶渊明、鲍明远，齐有谢吏部，梁有柳文畅、吴叔庠，作者纷纭，继在青史，如何五百年之数独归陈君乎？”[①]并以为卢藏用的这种说法是“欲为子昂张一尺之罗，盖弥天之宇，上掩曹、刘，下遗康乐”[②]我们知道，一种新观点的产生，当是多种因素共同作用的结果，这里就从吴楚文化的角度来分析其成因。皎然倾慕南朝文学，极力为其辩护，当与他日夕间俯仰可得的南朝文化的浸润密不可分。

皎然所处的吴楚文化圈，自古就是物华天宝、人杰地灵之所，加上六朝数百年的经营和发展，一时诗礼毕会、簪缨荟萃，成了文化史上一道灿烂的风景。不说其他地方，就以吴兴郡来说，其物产之丰饶、人文之繁盛，可谓彪炳一时。顾况《湖州刺史厅壁记》：“江表大郡，吴兴为一。夏属扬州，秦属会稽，汉属吴郡，吴为吴兴郡。其野星纪，其薮具区，其贡橘柚、纤缟、茶纻，其英灵所诞，山泽所通，舟车所会，物土所产，雄于楚越，虽临淄之富不若也。其冠簪之盛，汉晋以来，敌天下三分之一。其刺史沿革不同，或称太守，或称内史，或称都督。他州或否，如鲁史晋乘，侯牧一也。其鸿名大德，在晋则顾府君秘、秘子众、陆玩、陆纳、谢安、谢万、王羲之、坦之、献之；在宋则谢庄、张永、褚彦回，在齐则王僧虔，在梁则柳恽、张谡，在陈则吴明彻；在隋则李德林；国朝则周择从令闻也，颜鲁公忠烈也，袁给事高谠正也，刘员外全白文翰也。”[③]而皎然一生活动的主要地区湖州的胜迹更是不胜枚举，据颜真卿《湖州石柱记》记载，境内较为著名的古迹有帝颛顼冢、吴大帝陵、吴景帝陵、晋黄门潘尼墓、齐宣城太守邱灵鞠墓、梁中书侍郎邱迟墓、晋吴兴太守王羲之乌亭、谢安墓、裴子野故宅等。当然，最让骚人雅客流连忘返传为佳话美谈的，是留下南朝大诗人庾信、柳恽、吴均、江淹足迹的几个地方。颜真卿《湖州乌程县杼山妙喜寺碑铭》云：“其山胜绝，游者忘归，前代亦名稽留山。寺前二十步跨涧有黄浦桥，桥南五十步又有黄浦亭，并宋鲍昭送盛侍郎及庾中郎赋诗之所。其水自杼山西南五里黄檗山出，故号黄浦，亦俗名黄檗涧，即梁光禄卿江淹赋诗之所。”其《梁吴兴太守柳恽西亭记》亦云：“今处士陆羽《图记》云：‘西亭，城西南二里，乌程县南六十步，跨

---

① 张伯伟，全唐五代诗格汇考[M]，南京：凤凰出版社，2002。

② 同上。

③ 董诰等，全唐文[M]，北京：中华书局，1984年版。

苕溪为之。昔柳恽文畅再典吴兴，以天监十六年正月所起，以其在吴兴郡理西，故名焉。文畅尝与郡主簿吴均同赋《西亭五韵》之作，由是此亭胜事弥着。”①最著名的地方当是柳恽赋诗之白苹洲。皎然《南池杂咏五首·序》：“余草堂在池上洲。昔柳吴兴诗‘汀州采白苹’，即此地也。”②这些遍地既是的古迹名胜所散发的文化气息，会对身处其间的文人产生潜移默化的影响，使他们很容易生发出对前人的追思和倾慕。颜真卿《湖州乌程县杼山妙喜寺碑铭》记皎然语：“昔庐山东林谢客有遗民之会，襄阳南晚羊公流润甫之词，况乎兹山深邃，群士响集，若无记述，何以示将来?”皎然《兰亭古石桥柱赞·序》也说：“山阴有古卧石一枚，即晋永和中兰亭废桥柱也。大历八年春，大理少卿卢公幼平诏祭会稽山携至，居士陆羽因而得之。生好古者，与吾同志，故赞云。”③一次文士的平常集会，就会勾起他们对昔日名士雅集盛况的向往，从而想到要有所记述，以示将来；一块兰亭废桥柱石，竟能引发对他们对古人的仰慕之情，由此而写出一篇流芳后世之美文，更何况是对离他们并不遥远的南朝文学呢！因此，朝夕俯仰于南朝文化氛围之中的皎然，在他的诗学著作中极力为齐梁文学辩护，他的诗学理想带着浓郁的南朝文学色彩，便是极其自然的事情了。

3. 吴、楚文化与皎然美学理想

除了上述两点外，吴楚文化对皎然的美学理想也有影响。皎然诗学中有尚“清”和“奇”的倾向。皎然的尚“清”倾向可谓是古今论者的共识，《宋高僧传》记载时谚云：“霅之昼，能清秀”④，这里“昼”指的就是皎然。《四库全书总目提要》卷一五一《集部·白莲集十卷》亦云：“唐代缁流能诗者众。其有集传于今者，惟皎然、贯休及齐己。皎然清而弱。贯休豪而粗。”⑤对“奇”的追求更是形诸于他自己的理论中：《诗式》“诗有七至”条云：“至险而不僻；至奇而不差；”“取境”条亦云：“取境之时，须至难至险，始见奇句。成篇之后，观其气貌，有似等闲不思而得，此高手也。”⑥这种审美观的出现，原因是多方面的。如尚“清”倾向的形成，其中既有文学思想史方面的因素，也与皎然的僧人身份有关，刘禹锡云：“自近古而降，释子以诗名闻于世者相踵焉。因定而得境，故翛

① 颜真卿，颜鲁公集[M]，上海中华书局据三长物斋丛书本校刊。
② 彭定球等，全唐诗[M]，中华书局，1960。
③ 皎然，杼山集[M]，上海：上海古籍出版社，1992。
④ 赞宁撰、范祥雍点校，宋高僧传[M]，北京：中华书局，1987。
⑤ 纪昀，四库全书总目提要[M]，石家庄：河北人民出版社，2000。
⑥ 张伯伟，全唐五代诗格汇考[M]，南京：凤凰出版社，2002。

然以清；由惠而遣辞，故粹然以丽。”[①]黄宗羲也说：“唐人之诗，大略多为僧咏……岂不以诗为至清之物，僧中之诗，人境具夺，能得其至清者，故可与言诗多在僧也。齐己曰：‘五七字中苦，百千年后清。’此之谓也。”[②]但从吴楚文化的角度看，吴、楚山水的影响也不能排除。吴地山川自古就以秀美享誉天下，《世说新语・言语》记载顾恺之从会稽还，人问山川之美，顾云：“千岩竞秀，万壑争流，草木蒙笼其上，若云兴霞蔚。”王子敬云：“从山阴道上行，山川自相映发，使人应接不暇。若秋冬之际，尤难为怀。”[③]《能改斋漫录》卷八引顾野王《舆地志》云：“山阴南湖，萦带郊郭。白水翠岩，互相映发，若镜若图。故王逸少(羲之)云：‘山阴路上行，如在镜中游。’”[④]刘勰云：“若乃山林皋壤，实文思之奥府。”[⑤]韦夏卿《东山记》亦云：“自江之南，号为水乡。日月掩蔼，陂湖荡漾……信可以旷高士之襟，发诗人之咏歌也。”[⑥]吴、楚山水的清秀明媚和奇异险怪，一方面荡涤着诗人的凡尘杂思，表现在诗歌中，便有了“清”之境界，“文章宗旨”条云：“彼清景当中，天地秋色，诗之景也。”这种“清景”成为“诗之景”后，其表现就是“清”，即所谓“楚思入诗清”；另一方面，又在激发着诗人的好“奇”之心，促进着他们的逐“奇”之趣。皇甫湜《著作郎顾况集序》论顾况诗风之成因时说：“吴中山泉气状，英淑怪丽，太湖异石，洞庭朱实，华亭清唳，与虎邱天竺诸佛寺，钩绵秀绝。君出其中间，翕轻清以为性，结泠汰以为质，煦鲜荣以为词，偏于逸歌长句。骏发踔厉，往往若穿天心；出月胁，意外惊人语，非寻常所能及。”[⑦]顾况“意外惊人语”也就是逐“奇”诗风的形成，与吴中山水有密切关系，同处于此种山水当中的皎然，在美学观上追求“奇”也就在情理之中了。

---

① 陶敏、陶红雨校注，刘禹锡全集编年校注[M]，长沙：岳麓书社，2003。
② 黄宗羲，南雷文定[M]，北京：商务印书馆，1936。
③ 余嘉锡，世说新语笺疏[M]，北京：中华书局，1983。
④ 吴曾，能改斋漫录[M]，上海：上海古籍出版社，1979。
⑤ 詹锳，文心雕龙义正[M]，上海：上海古籍出版社，1989。
⑥ 李昉，太平广记[M]，北京：中华书局，1961。
⑦ 姚铉，唐文粹[M]，长春：吉林人民出版社，1998。

唐代苏杭二州与第一“金曲”《望江南》词

上海师范大学唐诗学研究中心　李定广

提到唐代的繁华城市和地区，人们大都只注意北方的长安和洛阳，最多加上中部的扬州和成都，号称唐代四大繁华地区，很少注意江南城市的地位。其实，唐代以前，我国经济重心主要是在黄河流域，但到唐开元天宝时期，江南经济发展到已经大体上同北方并驾齐驱。安史乱后，江南在许多方面逐渐超过北方，经济重心从此也已基本上南移。1.建立在雄厚经济基础之上的是江南都市群的崛起和繁荣，和美丽富庶的乡村。唐人口中的“江南”基本上指监察行政上十道之一的“江南道”，包括江南东道和江南西道，含今天江苏、安徽、湖北三省的长江南部地区，以及浙江省、江西省、福建省、湖南省和广东省的西北部。唐代文人口中习惯称呼的“江南”实指今浙江省、苏南、皖南、赣北这一片鱼米富庶之地。唐代中后期，苏州、杭州、越州、宣州等城市经济发展较快。至唐末五代，越州、宣州地位下降，苏、杭、金陵是三个发展较为明显的经济中心。2.苏杭二州在中晚唐时期可以说代表了江南城乡发展的最高水平，尤其是二州的州治吴县和钱塘二城，成了江南最发达都市的两个代表。以至于人们心目中的“江南”涵义逐渐狭义为仅指苏杭二州一带。

一　唐代苏杭二州的壮大与“江南”范畴的缩小

杭州设州(郡)较晚，东汉以前属于会稽郡管辖，东汉以后归吴郡(即苏州)管辖，直到隋开皇九年(589)才从苏州独立出来建馀杭郡，到唐高祖武德四年(621)才改名杭州。杭州在唐代前期发展速度迅猛，开元天宝时期已成东南名郡，与苏州齐名称“苏杭”，到安史之乱后，其繁荣程度大有超过苏州之势。著名作家李华作于永泰元年(765)七月的《杭州刺史厅壁记》这样描述杭州:“万商所聚,百贷所殖,将择良吏,重难之。杭州东南名郡,后汉分会稽为吴郡,钱塘属。隋平陈,置此州,咽喉吴越,势雄江海。国家阜成兆人,户口日益,增领九县,所临莅者,多当时名公。”[①]“阜成兆人”意即富庶安定,人丁兴旺。《旧唐书》所载天宝年间的杭州已是“天宝领县九,户八万六千二百五十八,口五十八万五千九百六十三。”[②]在江南“上州”中算是规模特大的,难怪白居易元和年间为皇帝所拟制诰《卢元辅杭州刺史制》说:“江南列郡,馀杭为大。”[③]

苏州在唐代为江南“紧”州,地位略高于杭州。韦应物贞元五年(789)在苏州刺史任时所作名篇《郡斋雨中与诸文士燕集》有曰:“吴中盛文史,群彦今汪洋。方知大藩地,岂曰财赋疆。”[④]的确,苏州历来是文人汇聚之所,韦应物在苏州与顾况、皎然、秦系、丘丹、孟郊等文士酬唱。苏州经济十分繁荣,户口殷盛,物产丰富,元和时已有户十万八百八。[⑤] 白居易诗中也这样写苏州:“一家五十口,一郡十万户。”(《自咏五首》)不仅胜过杭州,甚至还胜过扬州,直逼首都长安。白居易在宝历二年(826)离开苏州刺史任时,难舍难分地登上苏州齐云楼,作诗道:“欲辞南国去,重上北城看。复叠江山壮,平铺井邑宽。人稠过扬府,坊闹半长安。”(《齐云楼晚望偶题十韵兼呈冯侍御、周、殷二协律》)说苏州人口超过扬州,坊市的热闹抵得半个长安。

在中晚唐时期,苏杭二州以其繁华似锦、如诗如画、富庶安乐的面貌,成为“江南美”的典型代表,被文人们所普遍向往和倾心陶醉。中晚唐诗文中大量对“江南美”的怀念,往往集中在对苏杭二州的描述和怀念上。据《唐诗纪事》载,“(殷)尧藩有《忆江南》诗三十章,皆苏杭事”[⑥]。只可惜殷尧藩的《忆江南》三十首没有流传到今,我们无法了解诗中“江南美”如何体现在苏杭二州的描绘上,但白居易存有《见殷尧藩侍御〈忆江南〉诗三十首,诗中多叙苏杭胜事,余尝典二郡,因继和之》诗:“江南名郡数苏杭,写在殷家三十章。君是旅人犹苦忆,我为刺史更难忘。境牵吟咏真诗国,兴入笙歌好醉乡。为念旧游终一去,扁舟直拟到沧浪。”“境牵吟咏真诗国,兴入笙歌好醉乡”可以看着白居易和殷尧藩共同对苏杭所体现的“江南美”的概括。白居易晚年有多首怀念苏杭的

---

① 李华《李遐叔文集》卷四,《文渊阁四库全书》本。
② 《旧唐书》卷四十《地理志》。
③ 《白居易集笺校》第3194页,朱金城笺注,上海古籍出版社1988年版。以下所引白居易诗文均出此本。
④ 《韦应物集校注》第55页,陶敏、王友胜校注,上海古籍出版社1998年版。
⑤ 见李吉甫《元和郡县图志》第600页,中华书局1983年版。
⑥ 《唐诗纪事》卷五十一《殷尧藩》。

诗，表达对当年游遍苏杭美景的回味与眷念，《咏怀》诗曰：“苏杭自昔称名郡，牧守当今当好官。两地江山蹋得遍，五年风月咏将残。几时酒醆曾抛却，何处花枝不把看。白发满头归得也，诗情酒兴渐阑珊。”又《和微之诗二十三首》诗曰：“忆我苏杭时，春游亦多处。”

若再区分苏杭二州所体现的“江南美”之差异，可用两首诗作概括，苏州可用杜荀鹤诗：“君到姑苏见，人家尽枕河。古宫闲地少，水港小桥多。夜市卖菱藕，春船载绮罗。遥知未眠月，乡思在渔歌。”（《送人游吴》）杭州可用白居易诗：“望海楼明照曙霞，护江堤白蹋晴沙。涛声夜入伍员庙，柳色春藏苏小家。红袖织绫夸柿蒂，青旗沽酒趁梨花。谁开湖寺西南路，草绿裙腰一道斜。”（《杭州春望》）此二首诗可谓基本概括了苏杭二州各自的审美特色和显著差异。可以这样理解：苏杭二州虽有“江南美”的共性，但苏州似更多宁静含蓄之美，杭州似稍多动感放旷之美，苏州历史文化内涵更深厚，杭州自然景观更丰富。

以苏杭二州为代表的“江南美”，在唐代尤其是中晚唐，被一系列传统的、流行的歌曲所吟唱。《江南曲》、《状江南》、《江南弄》、《江南春》这些歌曲，反映了唐人对苏杭为代表的富庶美丽的江南生活的艺术化再创造。许多诗人还写有《江南曲》组词，刘希夷有《江南曲八首》，丁仙芝有《江南曲五首》，崔颢有《江南曲四首》，储光羲有《江南曲四首》，陆龟蒙有《江南曲五首》等。唐人所作《江南曲》与汉乐府《江南》和南朝柳恽《江南曲》是一脉相承的。《江南弄》也是南朝传承的旧曲。唐人留下大量的《状江南》歌词，大都是对于江南四季特色状貌的描绘，强化了人们对江南的美好印象。唐代以苏杭为代表的江南的繁荣，强化了唐人对汉魏六朝以来“江南”概念的审美印象，也就是说，在历史上的“江南”概念基础上，增加了许多新的审美内涵，包括自然风景、诗意生活、地域历史传奇、多样艺术形式等，从而形成新的江南审美文化。

二　白居易典苏杭二州与《望江南》(《忆江南》)曲之流行

唐代苏杭二州之成为江南美的代表，唐五代第一金曲《望江南》之流行，都与白居易出任苏杭二州刺史有着特殊的关系。这表现在白居易对苏杭二州的治理，创作大量诗歌对苏杭二州的赞美和宣扬，创作经典名作《忆江南》歌词并获得追随和模仿等三个方面。

长庆二年(822)五十一岁的白居易自中书舍人出任杭州刺史，到长庆四年离杭州任回京，在杭州前后跨三年实际仅两年时间，却为杭州的治理发展作出了极大贡献。后人经常称道的修筑西湖大堤即“白堤”，蓄水可灌田千顷，疏挖城中水井即“六井”，以供居民饮用等。白居易自己在《钱塘湖石记》中有所描述。离杭州刺史任时，白居易有《别州民》诗，末尾曰：“唯留一湖水，与汝救凶年。”并自注：“今春增筑钱塘湖堤，贮水以防天旱，故云。”可见白居易自己也认为他在杭州的最大政绩是治理西湖，使一方百姓免遭凶年。李商隐在《刑部尚书致仕赠尚书右仆射太原白公墓碑铭》中这样记述：“又贬杭州。既至，筑堤捍江，分杀水孔道，用肥见田。发故邺侯泌五井，渟储甘清，以变饮食。循钱塘上下，民迎涛祠神，伴侣歌舞。”后来苏轼也写有《钱塘六井记》有云：“刺史白公乐天治湖浚井，刻石湖上，至于今赖之。”①

白居易自杭州刺史卸任返京不到一年，于宝历元年(825)三月由太子左庶子改任苏州刺史，五月五日到任苏州，至宝历二年十月白居易因受伤而离开苏州刺史任。其在苏州前后跨两年实际上仅有一年半时间。时间虽短，但勤于政务，治绩卓著。他自己形容在苏州任上是“清旦方堆案，黄昏始退公。可怜朝暮景，销在两衙中”(《秋寄微之十二韵》)。白居易在苏州时还主持修筑了林间门通往虎丘的山塘河堤岸，称为武丘路(即现今的山塘街)，使得水陆往来畅通。他在《武丘寺路》诗中有云：“自开山寺路，水陆往来频。”白居易在离开苏州刺史任时，苏州官民夹道相送，难舍难分。刘禹锡为此写了一首《白太守行》，有曰：“苏州十万户，尽作婴儿啼。”②白居易在《答刘禹锡〈白太守行〉》中对此也有回应：“襦袴无一片，甘棠无一枝。何乃老与幼，泣别尽沾衣。”

白居易在苏杭二州主政前后跨五年，实际不到四周年，却创作了数以百计的描绘、赞美或怀念苏杭的诗篇，其中不乏一些影响深远的经典名篇。名篇《杨柳枝词八首》虽说是晚年作于洛阳③，但多首是写对苏杭二州的怀念。《钱塘湖春行》历来都是家喻户晓的名篇。其他写杭州的精彩诗篇或诗句如：

> 余杭形胜四方无，州傍青山县枕湖。绕郭荷花三十里，拂城松树一千株。梦儿亭古传名谢，教妓楼新道姓苏。独有使君年太老，风光不称白髭须。——《余杭形胜》

---

① 《苏轼文集》第 379 页，中华书局 1986 年版。

② 《刘禹锡全集编年校注》第 401 页，陶敏、陶红雨校注，岳麓书社 2003 年版。以下所引刘禹锡诗均出此本。

③ 一说作于杭州刺史任内，晚唐段安节《乐府杂录》：“《杨柳枝》，白傅闲居洛邑時作。”但《太平御览》所引《乐府杂录》作“白傅典杭州時所撰，后入教坊”。

赖是余杭郡,台榭绕官曹。凌晨亲政事,向晚恣游遨。——《初领郡政衙退登东楼作》

为我踟蹰停酒盏,与君约略说杭州。山名天竺堆青黛,湖号钱唐泻绿油。大屋檐多装雁齿,小航船亦画龙头。所嗟水路无三百,官系何因得再游。——《答客问杭州》

柳湖松岛莲花寺,晚动归桡出道场。卢橘子低山雨重,棕榈叶战水风凉。烟波澹荡摇空碧,楼殿参差倚夕阳。到岸请君回首望,蓬莱宫在海中央。——《西湖晚归,回望孤山寺赠诸客》

湖上春来似画图,乱峰围绕水平铺。松排山面千重翠,月点波心一颗珠。碧毯线头抽早稻,青罗裙带展新蒲。未能抛得杭州去,一半句留是此湖。——《春题湖上》

自别钱塘山水后,不多饮酒懒吟诗。欲将此意凭回棹,与报西湖风月知。——《杭州回舫》

白居易描绘或回忆苏州的最为精彩诗篇有:

半酣凭栏起四顾,七堰八门六十坊。远近高低寺间出,东西南北桥相望。水道脉分棹鳞次,里闾棋布城册方。人烟树色无罅隙,十里一片青茫茫。——《九日宴集醉题郡楼兼呈周殷二判官》

黄鹂巷口莺欲语,乌鹊河头冰欲销。绿浪东西南北水,红栏三百九十桥。鸳鸯荡漾双双翅,杨柳交加万万条。借问春风来早晚,只从前日到今朝。——《正月三日闲行》

吴苑四时风景好,就中偏好是春天。霞光曙后殷于火,水色晴来嫩似烟。士女笙歌宜月下,使君金紫称花前。诚知欢乐堪留恋,其奈离乡已四年。——《早春忆苏州寄梦得》

忆在苏州日,常谙夏至筵。粽香筒竹嫩,炙脆子鹅鲜。水国多台榭,吴风尚管弦。每家皆有酒,无处不过船。交印君相次,褰帷我在前。此乡俱老矣,东望共依然。洛下麦秋月,江南梅雨天。齐云楼上事,已上十三年。——《和梦得夏至忆苏州呈卢宾客》

吴中好风景,八月如三月。水荇叶仍香,木莲花未歇。海天微雨散,江郭纤埃灭。暑退衣服干,潮生船舫活。两衙渐多暇,亭午初无热。骑吏语使君,正是游时节。——《吴中好风景》歌词其一吴中好风景，风景无朝暮。晓色万家烟，秋声八月树。舟移管弦动，桥拥旌旗驻。改号齐云楼，重开武丘路。况当丰岁熟，好是欢游处。州民劝使君，且莫抛官去。——《吴中好风景》歌词其二

白居易创作的大量苏杭诗歌，成为“江南美”的最好宣传材料，深深影响了后世。然其为苏杭所作的最大“名片”无疑是家喻户晓的《忆江南词三首》：

江南好，风景旧曾谙。日出江花红胜火，春来江水绿如蓝。能不忆江南？

江南忆，最忆是杭州。山寺月中寻桂子，郡亭枕上看潮头。何日更重游？

江南忆，其次忆吴宫。吴酒一杯春竹叶，吴娃双舞醉芙蓉。早晚复相逢。

这三首词是白居易大和三年(829)春在长安闲居养病时怀念以苏杭为代表的江南美景的组词①，写完这组词后不久即赴洛阳任职。三首词的整体布局是，第一首总写对“江南美”之“忆”，第二首分写“忆”杭州，第三首分写“忆”苏州。作者用典型化的手法，总写江南，用大红大绿来烘托；“忆”杭州，抓住杭州的“美景”令人回味；“忆”苏州，抓住苏州的“美酒”、“美人”令人牵挂。作者说“最忆是杭州”，似乎对美景最感兴趣，然而近代日本学者近藤元粹评论道：“香山所忆，恐推‘吴娃’于第一。”②原来上了年纪的白公可能是在放烟幕弹。

白居易的《忆江南词三首》一出，很快出现了追随者和模仿者。最先是刘禹锡作《和乐天〈春词〉，依〈忆江南〉曲拍为句》二首：

① 朱金城《白居易集笺校》系于开成三年(838)白居易六十七岁为太子少傅分司东都时。王国维、任二北均系本篇于大和八九年(834—835)，它们都以为刘禹锡《和乐天〈春词〉，依忆江南曲拍为句》是同时相和之作。朱金城之所以不同意王国维、任二北大和八九年之说，是因为刘禹锡和作既然同时作于洛阳，而大和八九年刘正在苏州刺史、汝州刺史任上，不在洛阳。陶敏、陶红雨《刘禹锡集编年校注》从朱金城说。其实各家系年的前提都是错误的。刘禹锡《和乐天〈春词〉，依忆江南曲拍为句》所和的不是白居易的《忆江南》，而是白的《春词》，不过是依《忆江南》的长短句形式而已，白居易绝句《春词》为大和三年(829)在长安作(参上海古籍出版社瞿蜕园《刘禹锡集笺证》1087 页所考)，刘禹锡、元稹各有绝句体和作，刘另作长短句体和作亦当是时。又因刘作已提到白所创《忆江南》词题，故知白居易的《忆江南》亦当作于大和三年。刘作有“春去也，多谢洛城人”正谓大和三年三月底至四月初白居易分司东都。另，刘作若是和白《忆江南词三首》，不可能只和一首。参李定广《古典文学新视角》第 110 页，汕头大学出版社 2005 年版。

② [日]近藤元粹评订《白乐天诗集》卷五，1908 年青木嵩山堂铅印本。

春去也，多谢洛城人。弱柳从风疑举袂，丛兰裛露似沾巾。独坐亦含嚬。

春过也，共惜艳阳年。犹有桃花流水上，无辞竹叶醉樽前，惟待见青天。

刘禹锡于大和五年至八年(831—834)出任苏州刺史，作此词时当是大和三年(829)尚未出任苏州，否则无论如何也会涉及到对苏州的美好回忆。其后，皇甫松、温庭筠、牛峤、吕岩、易静、伊用昌、冯延巳、李煜等，皆仿此调作词，有的将调名改作《望江南》或《梦江南》。甚至有规模较大的组词出现，如吕岩有《忆江南》十三首，韩偓托名隋炀帝作《望江南》八首，李煜有《忆江南》四首，易静有《兵要望江南》七百二十首，无名氏道士有《道术旨归望江南》一卷等。

可见，《忆江南》(《望江南》)词在白居易三首经典名篇之后风行开来，正如王国维所说“惟《望江南》因赞皇首填此词，刘、白诸公相继而作……然其风行，实始于此”①。

三 《望江南》曲被改编并成为唐五代第一“金曲”

据刘尊明先生考察和统计，唐五代《望江南》存词凡753首，两宋《望江南》存词凡233首，唐宋《望江南》词作总计为986首，比唐宋《浣溪沙》词作总数943首(唐五代96，宋847)还多出43首，堪称是唐宋词坛“金曲”“第一调”。②尤其值得注意的是，唯有《望江南》一调唐五代存词多于宋代(且是宋代的三倍多)，而其他所有从唐五代传到宋代的词调，都是宋代存词远远多于唐五代。可见，唐五代人对“江南”有着特殊的感情，“江南”在唐五代有着特殊的文化意义，《望江南》调对于唐五代亦有特别的意义。然而，在唐五代众多词调中，《望江南》也是最复杂，讨论、争议最多的一个词调。从宋人开始，直到近代以来的王国维、任二北、朱金城，甚至日本的村上哲见等，都参与了争论。争论的焦点主要在于，《望江南》调创于何时何人，在唐五代有多少同调异名。最近，刘尊明先生发表《唐宋〈望江南〉词调的创制源流与声情特征》一文，对这两个问题

① 王国维《观堂集林》第507页，河北教育出版社2003年版。

② 详见刘尊明、王兆鹏著《唐宋词的定量分析》第一、三章，北京大学出版社2012年版，第52、118页。

有较为详细的梳理，认为：关于其音乐渊源和创调时间，历代主要有创调于隋炀帝、李德裕和开元教坊三说，而以开元教坊采录或创制最为信实；以敦煌词《望江南》“敦煌郡”双调体一首为最早，李德裕《谢秋娘》佚词和白居易《忆江南》三首，以及晚唐皇甫松等《梦江南》等词，皆为《望江南》之改名与异名[①]。这一结论是稳妥可信的。然《望江南》一曲，作为文人词史上最古老的三个词调之一[②]，在中晚唐代漫长的一百多年时间里，不仅没有像其他“老歌”那样逐渐被人遗忘，反而越来越爆发出强大的生命力，其实是有个“改编”、“翻唱”的过程的。而最关键的改编者是李德裕，翻唱者是白居易，它们二人赋予了此调新的生命力。兹详述如次。

《望江南》曲调（双调体）是否如《海山记》（成书于唐末）所言，创于隋炀帝，确实有诸多疑点。但天宝年间崔令钦所著《教坊记》所列曲名表中有《望江南》调，可见盛唐教坊有此曲已确凿无疑。盛唐以前的《望江南》是何种体式，现有资料可以判定有两种体式。一种是上下片各为“三五七七五”句式的双调体，有敦煌词《望江南》“敦煌郡”一首可证，此首词上片写吐蕃围困敦煌，下片写虽有大唐天威，但仍恐迟早会陷于吐蕃，可见此词写作时间为大历年间敦煌陷蕃之前；另一种是“五五七七五”句式的单调体，有天宝十三年（754）崔怀宝所作的《望江南》：“平生无所愿，愿作乐中筝。得近玉人纤手子，砑罗裙上放娇声，便死也为荣。”[③]此词载于宋初人张君房所著《丽情集》[④]，中华书局版《全唐五代词》以为《丽情集》所载崔怀宝此词不可信，故编入附编卷三《宋元人依托唐五代人物鬼仙词》，并附有《考辨》，但较难服人[⑤]。任二北先生早就指出：“《丽情集》出宋张君房，虽小说，所传唐曲却可信。此事与词，后世之剧本小说中援引甚多。以宋人所见如此，当非后世附会伪托者可比。况羔舅为人，不类虚构；天宝之年，言之凿凿，应皆可信。”[⑥]只可惜任二北先生及中华书局版《全唐五代词》都将首句“平生无所愿”五字校订为“平生愿”三字，以为“无所”二字为歌唱时所加衬字，显然是为了迁合中晚唐所流行的已经在文人手中定型的《望

---

① 刘尊明、余泽薇《唐宋〈望江南〉词调的创制源流与声情特征》，《湖北大学学报》2013年第3期。

② 胡应麟《庄岳委谭》卷下：“今诗余名《望江南》外，《菩萨蛮》、《忆秦娥》称最古。”

③ 本词原无调名，后人一致认为此词即《望江南》或《忆江南》调。如徐伯龄《蟫精隽》卷五《琼琼词》：“唐崔怀宝赠薛琼琼词，盖《望江南》调也。”《全唐诗》卷八九一：“崔怀宝，河南司隶，词一首。《忆江南》：平生愿，愿作乐中筝。得近玉人纤手子，砑罗裙上放娇声。便死也为荣。”

④ 《丽情集》原书已佚，见曾慥《类说》卷二十九、陈元靓《岁时广记》卷十七引。

⑤ 参曾昭岷、曹济平、王兆鹏、刘尊明编《全唐五代词》第1280页，中华书局1999年版。《考辨》所列三条理由，第一条崔怀宝是不见唐五代人称引，最多只是怀疑，第二三两条则不能成立。

⑥ 任二北《敦煌曲初探》第484页，上海文艺联合出版社1954年版。

江南》格式。其实,敦煌词《望江南》中也有一首"五粱台上月"[①]是"五五七七五"单调体式式,正好可与崔怀宝词相印证。

《望江南》词调被改编成"三五七七五"单调体,是李德裕所为。李德裕长庆二年至大和三年(822—829)镇浙西时为悼念亡妾谢秋娘而作,并将调名改为《谢秋娘》。这有白居易的《忆江南》自注为证:"此曲亦名《谢秋娘》,每首五句。"唐末段安节的《乐府杂录》对此有更详细的说明:"《望江南》,始自朱崖李太尉镇浙西日,为亡妓谢秋娘所撰。本名《谢秋娘》,后改此名。"[②]"后改此名"四字《太平御览》引《乐府杂录》作"后进入教坊,遂改名,亦曰《梦江南》"。段安节所言的《望江南》就是指晚唐以来特别流行的"三五七七五"单调体,即认为此体是由李德裕所定型。刘尊明先生对段安节所记载《望江南》始自李德裕有所怀疑[③]。笔者以为,段安节《乐府杂录》的记载应当受到重视,因段安节继承其父段成式学识广博的优长,段成式的名著《酉阳杂俎》以其记载广博翔实而受到四库馆臣以及鲁迅先生的高度称许。安节祖父段文昌长期任宰相,又属于李德裕一党,故段安节对李德裕的情况自然比较熟悉。其实段安节的记载与崔令钦《教坊记》以及盛唐出现的《望江南》词不矛盾,只不过是没有详细梳理李德裕改编前的情况而已。前述盛唐有两种体式的《望江南》,李德裕到底改自哪体,抑或是兼参二体?明末胡震亨以为李德裕是从双调体《望江南》改编的:"《望江南》,《海山记》:隋炀帝为西苑,凿池泛龙凰舸,制《望江南》八阕,后唐李德裕用其句拍,改为《谢秋娘》,刘、白亦有作。"[④]笔者以为,李德裕当是兼参二体。

李德裕改编后的《谢秋娘》今已亡佚,但白居易按《谢秋娘》的体式创作的新歌词《忆江南词三首》,确成为晚唐众人模仿的新范本,可能正是因为白居易恢复了此曲调的本意——对江南的赞美和怀念。尽管唐五代人对此曲调的调名改换频繁,曾因其后人的困惑乃至不满[⑤],但此曲始终以"江南"为立足点和

---

① 见任半塘《敦煌歌辞总编》第 492 页,上海古籍出版社 2006 年版;《全唐五代词》第 935 页,中华书局 1999 年版。

② 见《教坊记(外三种)》第 146 页,中华书局 2012 年版。

③ 见刘尊明、余泽薇《唐宋〈望江南〉词调的创制源流与声情特征》,《湖北大学学报》2013 年第 3 期。

④ 胡震亨《唐音癸籤》卷十三《乐通二・唐曲》,上海古籍出版社 1981 年版。

⑤ 王灼《碧鸡漫志》卷五:"《望江南》……卫公为谢秋娘作此曲,已出两名,乐天又名以《忆江南》,又名以《谢秋娘》,近世又取乐天首句名以《江南好》。予尝叹世间有改易错乱误认者是也。"胡震亨《唐音癸签》卷十三:"李德裕镇浙西日,悼亡妓谢秋娘,用隋炀帝所作《望江南》调撰《谢秋娘》曲,后仍从本名。亦曰《梦江南》。白乐天作此词,改为《忆江南》。后人又因乐天首句,以《江南好》名之,刘禹锡亦有作。凡曲名递改换,多如此。"沈雄《古今词话・词辨》卷上:"《古今词谱》曰大石调曲,朱崖李太尉为亡妓谢秋娘作《望江南》,白居易思吴官、钱塘之胜,作《江南忆》,刘禹锡作《春去也》,李后主作《望江梅》,冯延巳作《忆江南》。"

主题。也正是因为白居易的翻唱词以苏杭二州为代表的“江南”为赞美和怀念对象，契合了唐五代人普遍的审美理想，才使得《望江南》成为唐五代的第一“金曲”。

论晚唐温李诗歌中的南朝

——兼及唐诗中南朝主题的演变

上海师范大学唐诗学研究中心　刘青海

由于南朝与唐代紧密的历史承继性，历来唐诗中不乏对南朝的表现。温李诗歌中对作为历史地域的南朝有丰富的表现，其中李商隐诗歌对南朝的表现尤其全面，涵盖政治、文化、文学诸方面，其对政治南朝的表现最为深刻，且形成了鲜明的个性。全面、深入地研究温李诗歌中的南朝，有利于我们将文学中的南朝作为一个整体的历史地域加以把握，也帮助我们更深入地理解温李诗歌特质与南朝地域文化的关系。本文主要从地域文化的视角来论述温李诗歌中的南朝，并以此求教于海内外方家。

一

史学意义的南朝是比较明确的，它和北朝相对而言的，是对以南方的建康（今南京）为都城的宋、齐、梁、陈这几个先后相继的南方朝廷的统称。如《北史序传》云："南朝从宋以降。"[①]文学中的南朝，往往又兼东晋，和"江左"混为一谈，指的是基于江南这一地理范围而又包含东晋及宋齐梁陈在内的历史概念[②]。如中唐刘禹锡《金陵五题·乌衣巷》所表现的，正是东晋时的"旧时王谢"。晚唐杜牧《润州二首》其一："大抵南朝皆旷达，可怜东晋最风流。"显然视

---

① 李延寿：《北史》（北京：中华书局，1974）卷一百《序传》，第10册，第3344页。

② 参看葛晓音：《江左文学传统在初盛唐的沿革》，载《诗国高潮与盛唐文化》（北京：北京大学出版社1998年）第252页。

东晋为南朝之一段。又李商隐《韩同年新居饯韩西迎家室戏赠》有“南朝禁脔无人近”，禁脔典出《晋书·谢混传》[1]，为东晋孝武帝朝王珣之语。可见李商隐这里的“南朝”也兼东晋。

地域意义上的南朝即“江左”，指以都城建康为中心的整个南方。建康，古称金陵。李善《文选》注引《吴录》曰：“张纮言于孙权曰：‘秣陵，楚武王所置，名为金陵。秦始皇时，望气者云“金陵有王者气”，故断连岗，改名秣陵也。’”[2]南齐谢朓《入朝曲》“江南佳丽地，金陵帝王州”之句，为歌咏帝都建康的名句，写出建康兼具自然人文与政治地缘的得天独厚。隋唐建康改称江宁，但唐人在诗歌中写到时，多沿袭六朝，仍称金陵（《全唐诗》中有六十余例），称建康者较少（《全唐诗》中仅十余例），且初盛唐称建康者仅“兵戈乱入建康城”（崔颢《江畔老人愁》）一例，中晚唐诗中称建康者有一半“康”字在韵脚，其不称金陵而称建康者可能有韵脚方面的考虑。称江宁者亦仅十余例，绝大部分用于诗题，用于交代具体的行踪和居官之地，如张九龄《经江宁览旧迹至玄武湖》、李白《春日陪杨江宁及诸官宴北湖感古作》等。从对称谓的选择上可以看出，唐人对建康的抒写，其写作的基调主要是一种怀古之情。在初盛唐时期，这种怀古主要还是沿着谢朓《入朝曲》、鲍照《玩月城西门廨中诗》诸作的主题，抒写金陵作为帝王州的宏丽与自然山水的优美，李白《入朝曲》、《三山望金陵，寄殷淑》、《金陵城西楼月下吟》、《金陵三首》诸作所构建的，正是这样一个宜于咏歌与怀古的古城。

但是，南朝成为唐诗中独立的意象甚至主题，主要还是在安史之乱以后。翻检《全唐诗》，最早在诗歌中使用“南朝”一词的，是大历诗人刘长卿、韦应物、戴叔伦、李端、窦常、耿湋等人。安史乱后，这些文人多流落南方，登临览古之际，或“犹见南朝月”（刘长卿《曲阿对月别岑况、徐说》），或“遍礼南朝寺”（皇甫冉《送延陵陈法师赴上元》），或听南朝曲，或观南朝画，或听僧言南朝事，文学中的南方因素自然增加了，为“南朝”进入诗歌准备了条件。而安史之乱这一社会巨变，国家兵燹之后，残破满眼，诗人们产生了更加具体的兴亡之感，则是诗人们重新“发现”南朝的直接原因。大历诗人们笔下的南朝，正是在安史之乱这一大的背景下展开的。以刘长卿诗为例，其《曲阿对月别岑况、徐说》（至德二载，757）首联“金陵已芜漫，函谷复烟尘”，所表现的正是乱中永王璘兵败

---

① 房玄龄等：《晋书》（北京：中华书局，1974）卷七十九《谢混传》，第7册，第2079页。

② 萧统：《文选》（北京：中华书局，1977）卷二十八谢朓《入朝曲》“金陵帝王州”下李善注，中册，第405页下幅。逯钦立《先秦汉魏晋南北朝诗》（北京：中华书局，1983）题作《入朝曲》。本文引六朝诗，如非特别说明，皆据此本，为避繁琐，不一一出注。

于江宁这一历史事件;《将赴岭外,留题萧寺远公院》(干元二年,759)作于诗人乱中“播迁”之时;《秋日登吴公台上寺远眺,寺即陈将吴明彻战场》(宝应二年至大历二年淮南幕中,762—767)[①],吴公台为吴明彻北伐初期的败敌之所,诗歌的情调却颇为萧索,恐怕是诗人对时局的忧心所致。而中唐以刘禹锡的金陵怀古诗为代表的对南朝的抒写,更是经历了安史之乱的唐人对自己的时代危机的一种敏锐的反应。其《金陵五题》分咏石头城、乌衣巷、台城、生公讲坛、江令宅,合起来就是一幅从东晋到梁陈的南朝历史的画卷。而《泊秦淮》中则用“犹唱后庭花”的隔江商女,将南朝的兴亡与唐王朝的兴亡在历史的长河中勾连起来,正为晚唐杜牧“后人而复哀后人”(《阿房宫赋》)的警醒之先声。

以安史之乱为界,唐人对南朝的想象,经历了从追慕到反思的变化。安史之乱前的盛唐诗人,以融合“建安体”和“江左风”为己任,南朝人物所代表的江左风流成为他们思慕和表现的对象。在李杜和王维的笔下的南朝,是高度抽象化和审美化了的,谢安的高隐东山,二谢的文采风流,王子猷的雪夜访戴,王羲之的黄庭换鹅,固然是逸韵风流的代表;就是对历史上荒淫失国的陈后主,也有审美化的表现。例如张九龄《经江宁览旧迹至玄武湖》中段,截取陈后主至德四年“秋九月甲午,舆驾幸玄武湖,肆舻舰阅武,宴群臣赋诗”[②]之史事,表现其文采风流:“七子陪诗赋,千人和棹讴。应言在镐乐,不让横汾秋。”如果对陈后主的历史事迹毫无了解,恐怕真的会误以为其文治武功可媲美汉武帝。但文学不是历史,所以这里不是作为政治家的张九龄在评价陈后主的历史功过,而是作为盛唐诗人的张九龄在抒写其在江宁经玄武湖时对江左风流的一种想象,所以诗末云:“雄图不足问,唯想事风流。”安史之乱爆发后,天子蒙尘,衣冠南奔,最早将这一重大历史事件写入诗歌的李杜,又不约而同地用永嘉之乱比之,如李白《永王东巡歌十一首》其二:“三川北虏乱如麻,四海南奔似永嘉。”杜甫《追酬故高蜀州人日见寄》:“边塞西蕃最充斥,衣冠南渡多崩奔。”乃至中唐张籍《永嘉行》云:“九州岛诸侯自顾土,无人领兵来护主。北人避胡多在南,南人至今能晋语。”经此战乱,再回看南朝,不可能仍只沉醉于江左的风流逸趣,而多了对繁华易逝的感伤和对历史兴衰、朝代更替的追问,而这种追问中无疑带有对于本朝极盛而衰之后的历史命运的深刻关注。正是这种现实的关注拓宽和深化了中晚唐诗人对南朝的理解,温李诗中的南朝就是在这样

① 编年据杨世明《刘长卿编年校注》(北京:人民文学出版社,1999)第123、203、276页。

② 姚思廉:《陈书》(北京:中华书局,1972)卷六《后主本纪》,第1册,第113页。

一个大的背景下展开的。李集中有两首题名为《南朝》的诗，其七绝一首云："地险悠悠天险长，金陵王气应瑶光。休夸此地分天下，只得徐妃半面妆。"其中表现的鲜明的统一国家的立场，正是唐王朝在安史乱后文人对国家主权和领土完整的危机感的流露。

二

李商隐诗歌中的南朝有着极为丰富的面向：历代荒淫失国的君王构成的政治南朝，从东晋到齐梁不绝如缕的风流逸韵所建构的文化南朝，以及从陶谢到江总历代文人所构成的文学上南朝。其中最重要的、对诗歌史贡献最大的一个面向，则是以其咏史诗为代表的对政治南朝的重新建构。它发展了中唐以来以刘禹锡为代表的咏史怀古的传统，对南朝历代昏主的荒淫失国加以讽刺，细节逼真，艺术个性鲜明，简直可以说是南朝昏君的群像。

讽刺南朝各代昏主不能惩前代之失，荒淫失国，迷而不返，是李商隐咏史诗的基本主题。其《齐宫词》、《陈后宫》(二首)、《南朝》(二首)、《隋宫守岁》、《览古》等作，都是对这一主题不同侧面的表现。李商隐咏史诗的特色在于，他善于剪裁史实，通过尖锐的对照和合乎情理的推论，赋予主题相同的作品以鲜明的个性。如其《北齐二首》：

> 一笑相倾国便亡，何劳荆棘始堪伤。小怜玉体横陈夜，已报周师入晋阳。
>
> 巧笑知堪敌万几，倾城最在着戎衣。晋阳已陷休回顾，更请君王猎一围。

两首诗皆据《隋书·五行志》"华孽"条，主题是古老的"哲妇倾城"："齐后主有宠姬冯小怜，慧而有色，能弹琵琶，尤工歌儛。后主惑之……帝从禽于三堆，而周师大至，边吏告急，相望于道。帝欲班师，小怜意不已，更请合围。帝从之。由是迟留，而晋州遂陷。后与周师相遇于晋州之下，坐小怜而失机者数矣，因而国灭。"[1]诗人推原祸始，断定"小怜玉体横陈夜，已报周师入晋阳"，正写出

---

① 魏征等：《隋书》(北京：中华书局，1973)卷二十三《五行志》，第3册，第657—658页。

荒淫误国的必然之理。而“晋阳已陷休回顾，更请君王猎一回”，更见出齐后主的迷不知返。又如前引《南朝》七绝，“半面妆”用《南史》“（徐）妃以帝眇一目，每知帝将至，必为半面妆以俟”[①]的典故，对南朝历代君王偏安江左予以辛辣讽刺，可谓妙绝。

对同一个历史细节，根据不同的主题加以裁剪，都能达到各自的艺术效果，这是李商隐咏史诗的另一个特点。《南史》言废帝东昏侯萧宝卷荒淫无道，宠幸潘妃，“又凿金为莲华以帖地，令潘妃行其上，曰：“此步步生莲华也。”[②]李商隐由此提炼出“步生金莲”这一华美而极显荒淫的意象，用来表现不同的主题，皆能如意。如《隋宫守岁》“昭阳第一倾城客，不踏金莲不肯来”，以之讽刺隋炀帝后宫之靡费奢侈；《南朝》之“谁言琼树朝朝见，不及金莲步步来”和《齐宫词》之“永寿兵来夜不扃，金莲无复印中庭。梁台歌管三更罢，犹自风摇九子铃”，都用对照的手法，表现之后的梁、陈新主，不能惩前代亡国之过，淫乐相继，而各得其体。《南朝》为七律，“谁言”一联言陈后主之宠幸张贵妃、孔贵嫔，其荒淫实不让于东昏侯，议论以反语出之，“句法最为跌宕”[③]；《齐宫词》为七绝，“金莲不复印中庭”与“犹自风摇九子铃”虚实对照，写出梁代新主犹蹈齐之旧轨，妙在不着议论，“从小物寄慨，倍觉唱叹有情”[④]。

李商隐咏史诗往往通过具体的场所来重现历史事件，这些诗歌合在一起，由此建构出一个具有历史感的空间：

> 玄武湖中玉漏催，鸡鸣埭口绣襦回。（《南朝》）
>
> 还依水光殿，更起月华楼。（《陈后宫》）
>
> 玄武开新苑，龙舟宴幸频。……夜来江令醉，别诏宿临春。（《陈后宫》）
>
> 阳宫井剩堪悲，不尽龙鸾誓死期。（《景阳井》）
>
> 长乐瓦飞随水逝，景阳钟堕失天明。（《览古》）

玄武湖为宋文帝元嘉二十三年开凿的游乐之所[⑤]，长乐宫为宋废帝景和初，改

---

① 李延寿：《南史》（北京：中华书局，1975）卷十二《后妃传下》，第 2 册，第 341 页。

② 李延寿：《南史》卷五《齐本纪第五下》，第 1 册，第 154 页。

③ 刘学锴、余恕诚：《李商隐诗歌集解》（北京：中华书局，1988）第 1376 页引陆崑曾《李义山诗解》评。

④ 刘学锴、余恕诚：《李商隐诗歌集解》第 1380 页引纪昀《李义山诗辑评》语。

⑤ 沈约：《宋书》卷五《文帝本纪》（北京：中华书局，1974），第 1 册，第 94 页。景阳山同时立。

石头城为长乐宫[1]。鸡鸣埭在玄武湖北，齐武帝数游幸琅琊城，拂晓出宫，经此埭鸡始鸣[2]。"水光殿"疑即陈宫内"光照殿"，临春、结绮、望仙三阁皆陈后主所造，在光照殿前，后主自居临春阁，张贵妃居结绮阁，龚、孔二贵嫔居望仙阁。[3]"景阳宫"之称至晚齐武帝时已有，武帝"数游幸诸苑囿，载宫人从后车，宫内深隐，不闻端门鼓漏声，置钟于景阳楼上，宫人闻钟声，早起装饰"[4]。景阳井为台城陷落时陈后主与张贵妃被擒之处，邻"后堂景阳殿"，后主于此投井[5]。奢华宫观的建造随后而来的是王朝的覆灭，而取而代之的新主又住进旧宫，恣为荒淫，蹈前王覆辙矣。

总的来说，李商隐倾向于将南朝视为从宋到陈的历代昏主迷不知返、败亡相继的一个过程，并试图从中得出"成由勤俭破由奢"、"运去不逢青海马，力穷难拔蜀山蛇"(《咏史》)这样历史的经验教训，以为晚唐政治之龟谏。这样反复地通过不同的细节(从金莲到九子铃)，由不同的人物(从潘妃到张贵妃，从齐东昏侯到陈后主)在不同的空间(从景阳宫到临春阁)里展开行动，最后的结果都是走上相同的亡国之路。这些各自独立的咏史诗合在一起，就构成了具有李商隐自己鲜明个性的政治南朝。这里面贯穿了李商隐对南朝政治史的深刻认知，同时也体现出其咏史诗艺术的高度成熟，对后世影响极大，宋初西昆体诸人学习的，正是此种。

温庭筠集中表现政治南朝的作品不多，仅《谢公墅歌》、《鸡鸣埭歌》、《雉场歌》、《故城曲》、《台城晓朝曲》、《春江花月夜》、《齐宫》、《陈宫词》等数首。其中《齐宫》、《陈宫词》为齐梁体，余皆为乐府，不同于李商隐的全为近体。从艺术传统来看，几乎无涉乎中唐以来的咏史诗传统，主要是学习李白和李贺的乐府，由此上溯齐梁艳曲，辞藻华艳，风格绮丽，但总的来说尚未形成鲜明的个性，艺术价值不高。

从具体的艺术表现来看，温庭筠对南朝的表现，往往是截取一段历史情事，用华丽的辞藻铺叙其游猎享乐的场景，其中应也多寓微讽。如《鸡鸣埭歌》：

---

① 沈约：《宋书》卷七《前废帝本纪》，第1册，第144页。
② 李延寿：《南史》卷十一《后妃上·武穆裴皇后传》，第2册，第330页。
③ 姚思廉：《陈书》卷七《后主张贵妃传》，第1册，第131—132页。
④ 萧子显：《南齐书》(北京：中华书局，1972)卷二〇《武穆裴皇后传》，第2册，第391页。
⑤ 姚思廉：《陈书》卷六《后主本纪》，第1册，第117页。

南朝天子射雉时，银河耿耿星参差。铜壶漏断梦初觉，宝马尘高人不知。鱼濯莲东荡宫沼，蒙蒙御柳悬栖鸟。红妆万户镜中春，碧树一声天下晓。盘踞势穷三百年，朱方杀气成愁烟。彗星拂地浪连海，战鼓渡江尘涨天。绣龙画雉填宫井，野火风驱烧九鼎。殿巢江燕砌生蒿，十二金人霜炯炯。芊绵平绿台城基，暖色春空荒古陂。宁知玉树后庭曲，留待野棠如雪枝。

从齐武帝侵晓射雉，荒于政事，写到陈后主在台城失陷时藏身于景阳井，构思与李商隐《南朝》(玄武湖边)一首相似。末四句微露兴亡之慨，言陈亡之后，春色如故，《玉树后庭花》纵在，旧宫荒芜，唯有野棠相待。《陈宫词》和《齐宫》皆用齐梁艳体，刻画宫廷游乐，几乎全为客观化的表现，作者的主旨非常隐晦。从写法上来说，很可能受到李白《乌栖曲》的影响，《齐宫》末联"所恨章华日，冉冉下层台"，与《乌栖曲》"东方渐高奈若何"略同，然艺术上有明显的高下之别。太白诗深得比兴微婉之致，温作之风神远不逮。温庭筠此类咏史全用赋法如果把握不好叙事的分寸，其原本隐晦的立场就有可能被过多的描写侵蚀遮盖，如其《雉场歌》，其主旨当如刘学锴先生所言，咏南朝帝王如东昏侯之畋猎野雉[①]，意含微讽。但整首诗从猎前的紧张、围猎的过程一直写到猎罢晚归，仅末联"城头却望几含情，青亩春芜连古苑"的一点感喟微露本意。前面的铺陈太盛，读来确乎容易认为作者"颇有流连称赏之情"[②]。

总的来说，温庭筠的诗歌主要是学习盛唐的，追求宏大意境和轩举的气象，这在他咏南朝的乐府诗中也有表现。《谢公墅歌》借谢安围棋堵墅，再现谢安在淝水之战中"谈笑静胡沙"的一幕，刻画出其运筹帷幄、决胜千里的政治家形象。末联"江南王气系疏襟，未许苻坚过淮水"，声调铿锵，意气高朗，为晚唐罕有。《台城晓朝曲》表现台城早朝的壮丽威仪，也可以视作是用齐梁艳体来表现初盛唐咏南朝都城宏丽的主题。

三

如果说李商隐诗中对政治南朝的表现，主要是渊源于中唐刘禹锡一派，与

---

① 刘学锴：《温庭筠全集校注》(北京：中华书局，2007)，上册，第 65 页。
② 刘学锴：《温庭筠全集校注》，上册，第 68 页。

盛唐分途；而其对文化南朝的表现，则基本上和盛唐诗人一致，重在东晋的王谢风流。如“鹅归逸少宅”（《喜雪》）[①]，乃王羲之欣然写《道德经》赠山阴道士、笼鹅而归的率性；“不因醉本兰亭在，兼忘当年旧永和”（《寄在朝郑曹独孤李四同年》），乃诸人兰亭雅集、羲之乘醉泼墨的风流相得；“乞墅有名甥”（《五言述德抒情诗一首四十韵献上杜七兄仆射相公》），乃谢安淝水之战中围棋赌墅的雅量高情；“春风犹自疑联句，雪絮相和飞不休”（《过招国李家南园二首》其一），乃谢道韫对雪咏絮的才情；“虚乘访戴船”（《忆雪》）[②]，乃王子猷雪夜访戴的一任情兴。王谢风流之外，陶渊明的隐居不仕也是李商隐经常表现的主题，永乐闲居时尤多，如《假日》“素琴弦断酒瓶空，倚坐欹眠日已中。谁向刘灵天幕内，更当陶令北窗风。”《自贶》：“陶令弃官后，仰眠书屋中。谁将五斗米，拟换北窗风。”但缺少渊明诗中的安贫和自得。从“且吟王粲从军乐，不赋渊明归去来”（《偶成转韵七十二句赠四同舍》）、“万里忆归元亮井，三年从事亚夫营”（《二月二日》）诸联来看，他对陶渊明的理解，主要还是一个贫居的隐士；对于渊明的田园风味，只限于门前的柳树、桃李（“柳飞彭泽雪，桃散武陵霞”）[③]，篱边的黄菊（“陶令篱边色，罗含宅里香”[④]）。这些都和一般盛唐人对江左风的理解是一致的。

作为一个艺术上全面发展、渊源深厚的大诗人，李商隐诗中表现的文学南朝，带有很鲜明的个人特征。这首先表现在其对晋宋诗人及其诗歌传统的隔膜与某种程度的忽略。陶谢和鲍照是晋宋诗风最重要的代表人物。李商隐诗歌对以陶渊明为代表的田园诗传统显然是隔膜的，具体的原因，除了不能会通陶诗的精神之外，两人的艺术个性相差也比较大。所以李商隐虽曾在永乐闲居时有意规仿陶诗，但其作和宁静优美的陶诗相比，可谓形神俱远。南朝谢氏，文学家辈出，李商隐诗中提到的有谢道韫、谢庄、谢朓，却惟独无一字及谢灵运，只在《酬令狐郎中见寄》之“临川得佛经”句中提到灵运译经之事，并且其诗歌创作中亦无专门的山水吟咏，景物描写多从齐梁咏物来，看不出学习大谢体山水诗之迹。李商隐七古学长吉体、韩愈，短篇上溯至南朝民歌，集中亦无学鲍照体者，仅“肥烹鲍照葵”（《题李上谟壁》）中用到鲍字面。由此可见，李商

① 全题为《四年冬以退居蒲之永乐渴然有农夫望岁之志遂作忆雪又作残雪诗各一百言以寄情于游旧·喜雪》。

② 全题为《四年冬以退居蒲之永乐渴然有农夫望岁之志遂作忆雪又作残雪诗各一百言以寄情于游旧·忆雪》。

③ 《永乐县所居一草一木无非自栽今春悉已芳茂因书即事一章》。

④ 《菊》。本文所引李商隐诗歌，除非特别出注，皆据刘学锴、余恕诚《李商隐诗歌集解》。

隐说他早年从处士叔学古体诗，其所谓古体，可能主要还是中唐韩柳一派的诗风，上及杜甫、齐梁，但并未能由此上溯至晋宋乃至建安，这很大程度上决定了其诗歌的整体成就不能度越中晚唐。

李商隐诗歌中的文学南朝，提到的作家有沈约、谢朓、范云、任昉、邱迟、柳恽[①]、江淹[②]、徐陵[③]、庾信、江总等，尤为重视沈约、任昉、庾信诸家。这和他遇令狐楚后习骈文，后“两为秘省房中官，恣展古集，往往咽噱于任、范、徐、庾之间”(《樊南甲集序》)的经历有关系。骈文创作，对隶事和对仗有很高的要求，前面说李商隐咏史诗善于截取逼真的细节表现主题，其实也得益于其在骈文创作中积累的此类技巧。沈约和谢朓都是永明诗风的重要代表。李商隐《江上忆严五广休》“逢着澄江不敢咏，镇西留与谢功曹”，即称美谢朓名句“余霞散成绮，澄江静如练”(《晚登三山还望京邑》)。沈约入梁后官至尚书，其与徐勉书陈情云：“百日数旬，革带常应移孔；以手握臂，率计月小半分。”[④]李商隐“玉骨瘦来无一把”(《偶成转韵七十二句赠四同舍》)，数用此自比，如“沈约只能瘦”(《寄裴衡》)、“沈约瘦愔愔”(《自桂林奉使江陵途中感怀寄献尚书》)、“瘦极沈尚书”(《有怀在蒙飞卿》)等。《八咏诗》为沈约名作，李商隐《细雨成咏献尚书河东公》有“府公能八咏，聊且续新题”句，以称美幕主柳仲郢。集中《又效江南曲》，所拟正沈约《江南曲》。任昉文章与沈约并称，长于笺诔，李商隐四六文获益甚多。《读任彦升碑》：“任昉当年有美名，可怜才调最纵横。梁台初建应惆怅，不得萧公作骑兵。”不但以才调纵横之任昉自比，且借以抒发人事升沉、才命相妨之感慨。义山生性敏感，又善为哀诔之文，继承了从宋玉、庾信以来的感伤主义文学传统。集中言伤悼，多引庾信相比，如“哀同庾开府”(《有怀在蒙飞卿》)，“庾信生多感”(《送千牛李将军赴阙五十韵》)，“何因携庾信，同去哭徐陵”(《闻着明凶问哭寄飞卿》)。《过郑广文旧居》：“宋玉平生恨有余，远循三楚吊三闾。可怜留着临江宅，异代应教庾信居。”《宋玉》：“可怜庾信寻荒径，犹自三朝托后车。”指出庾信对宋玉文学的继承，实具只眼。

李商隐对南朝文学的引述，不仅限于其文章之美，文人之间的交游风气也是很重要的一个方面。《送王十三校书分司》：“多少分曹掌秘文，洛阳花雪梦

---

① 柳恽《江南曲》有“汀州采白蘋”之句，《酬令狐郎中见寄》“仍过柳恽汀”正用此。又“苦吟防柳恽”(《西溪》)句，可补史阙。

② 李商隐多次用其梦笔生花之典，如“梦笔深藏五色毫”(《江上忆严五广休》)，“我是梦中传彩笔”(《牡丹》)，“若非江氏五色笔”(《县中恼饮席》)。

③ 集中有《效徐陵体赠更衣》。

④ 姚思廉《梁书》(北京：中华书局，1973)卷十三《沈约传》，第1册，第236页。

随君。定知何逊缘联句，每到城东忆范云”。诗中的“洛阳花雪”，正是用范云在其广州宅中与何逊的联句：“洛阳城东西，却作经年别。昔去雪如花，今来花似雪。”因文学赏会而互相推重，结为知交，李商隐所期许的，正是这样一种比较理想的交游风气。其《漫成三首》对晋宋和齐梁的交游风气都有论述：

不妨何范尽诗家，未解当年重物华。远把龙山千里雪，将来拟并洛阳花。

沈约怜何逊，延年毁谢庄。清新俱有得，名誉底相伤。

雾夕咏芙蕖，何郎得意初。此时谁最赏，沈范两尚书。

何逊因文才，得沈约、范云推重，范称赏其对策，沈浸淫其诗歌，雅异于刘宋时颜延之和谢庄之相轻。南齐文坛风气，确实较刘宋要健康，李商隐拈出此点，体现出诗人的敏锐，同时对晚唐时风也是一种针砭。

上述对于温李诗歌中的南朝的论述，主要受文献的限制，主要着重在李，于温稍略。另外，李商隐对整个南朝历史和文学都有很深的汲取，这也使得他的诗歌中对南朝的表现的深度和广度要远远超过温庭筠以及一般的晚唐其他作者。

宋代兰溪范氏家族史料的若干问题

中国社会科学院文学研究所　张　剑

两宋之交的浙东兰溪范氏，是当地聚族千口以上的大姓[①]。范氏祖籍山西高平，后迁河内(今河南沁阳)，至唐末五代时，范怀避乱迁闽，复迁婺之兰溪城南坞口，至北宋范大录时始居于兰溪城北之香溪。范大录有子范锷，字隐之，皇佑五年进士，官至左朝议大夫、太府少卿(据范浚《右朝请郎致仕范公墓志铭》)。范锷有二子：范筠、范筸。范筠十子，依次为范溶、范深、范渭、范浒、范浩、范泳、范洵、范浚、范澄、范溉，除范浚外，皆曾入仕。范浚字茂明，世称香溪先生，虽然终身未仕，但在理学与文学方面都颇有造诣；其从侄范端臣字元卿，绍兴二十四年进士，官至起居舍人，书艺、文名俱盛。仅范浚、范端臣两代，范氏登仕版者三十余人，而以文科自奋者五六人，既可谓官宦世家，又可谓文学世家。

由于范氏传世资料较少，除了范浚二十二卷《香溪集》外，家族其他成员的作品仅有零星流传，因此今日研究范氏家族，就不得不多依赖方志和宗谱。然而《兰溪县志》留存最早者是明万历三十四年刊、清康熙间补刊本；《兰溪香溪范氏宗谱》留存最早者是光绪二十一年刊本[②]；均距宋年代久远，需要谨慎辨析其可信度。今将宋代香溪范氏的史料(包括方志、宗谱、口头传说等)择要考述，力图为宋代范氏家族研究建立相对可靠的资料基础，并附带探讨对待不同史料应该持有的态度。

---

① 范浚《安人胡氏墓志铭》云："时婺之兰溪，言令姓者推江、范，而胡亦严名宗。三家族属各千指。"(《全宋文》)，上海辞书出版社、安徽教育出版社2006年版，第194册，第174页。

② 该谱现藏兰溪香溪香二村。浙江师范大学黄灵庚、陈玉兰、蒋晓玲等师友为笔者提供了该谱全部照片，谨此致谢。

一 《兰溪县志》所载香溪范氏科举仕宦辨误

兰溪之志，创自明章懋《正德兰溪县志》，今无完本，但部分内容及章懋序被采入后世所修志中；万历年间，徐用检又重修《兰溪县志》，“始于万历乙巳九月九日，讫于丙午八月中秋日，凡为类五，为目六十三，为卷九”。（程子鏊《万历兰溪县续志序》）康熙十一年，知县刘芳喆又请郭若绎、章允奇合正德、万历二志，为县志做了增补。嘉庆五年，知县张许又在正德、万历、康熙三志基础上重修；光绪十四年，秦簧又予重修。就宋代范氏家族史料而言，正德、万历、康熙、嘉庆、光绪五志，愈后反而愈详，但讹误也愈后愈多，兹考五志中范氏科举仕宦情况如下：

（一）正德志

《正德志》云：香溪范氏始自大录，其子锷，锷子筠、筥，筠子溶、深、渭、浒、浩、泳、洵、浚、瀓、溉，筥子淇、注，溶子端疑、端承，深子端益、端康、端度，渭子端臣、端直，浒子端瑞，浩子端周，洵子端昌，端最、端杲，端臣子夔仲；端益子先仲；洵孙卒仲。按范氏自大录而下，六、七世登仕版者三十余人，而以文科自奋者五六人焉。何其盛也。（据《光绪志》转录）

按《正德志》所载，与光绪《香溪范氏宗谱》所言有所不同，《宗谱》所载，仅端字辈登仕者即达四十人；而大录以下登进士科（即文科，与武科对举而言）者亦非五六人，有锷、筠、溶、渭、浒、浩、泳、洵、澄、溉、津、端弼、端度、端臣、端许、端方、端旻、端光、大辨、应龙等二十人左右。然章懋距宋相对较近，所言当更为可靠。

（二）万历志和康熙志

卷之四《人物类》上《政事》：“范溶，字茂宽，贤良浚之兄，以祖任为郊社斋郎……据墓志。”按此处记载较为准确，《墓志》当为范浚代潘良贵所作《右朝请郎致仕范公墓志铭》。

卷之五《人物类》下《进士》：“皇佑五年郑獬榜：范锷，字隐之，由无为军通判历七州、四漕、开封尹、太府少卿，特进光禄大夫，封长社郡公。”按范锷之名亦见于《宋登科记考》。

卷之五《人物类》下《进士》：“元祐三年戊辰李常宁榜：范筠，字安礼，锷之子，历官承议郎，某处提举，迁至金紫光禄大夫，特进少保、长社郡公。”按范筠之名亦见于《宋登科记考》。

卷之五《人物类》下《进士》：“政和八年王昂榜：范浩，字茂直，筠之子，历官至朝散郎，司农寺丞直徽猷阁，建炎初从南渡，没于乱军，浩于北山郑刚中友善，刚中赠有诗云：……范洵，字茂仁，浩之弟，累官大理寺正，绍兴间有诏治岳飞狱，辨其冤，忤旨，弃官而归。”按此处言范洵事不确，据《建炎以来系年要录》，绍兴十一年，大理寺卿为周三畏，大理寺丞为李若朴和何彦猷，为飞辨冤因而罢官者亦为李、何二人。《建炎以来系年要录》卷一百四十三，绍兴十一年十二月，“狱遂上，及聚断，大理寺丞李若朴、何彦猷言飞不应死”。又引赵甡之《遗史》云：“初，狱成。丞李若朴、何彦猷谓飞罪当徒二年，白于卿三畏，三畏逐白于中丞万俟卨，卨不应。三畏曰：‘当依法，三畏岂惜大理卿耶。’……既而卨弹若朴以其兄若虚昔为幕中参议，故欲党庇之耳；彦猷傅会若朴，由是二人皆罢。”范洵为大理寺丞事在绍兴十七年（《建炎以来系年要录》卷一百五十六）。按范浩、范洵之名见于《宋登科记考》。

卷之五《人物类》下《进士》：“建炎二年李易榜，范渭，筠之子，字茂载，秀州通判，《文献录》称其‘决狱明允，民无冤滞。’”按范渭之名亦见于《宋登科记考》。

卷之五《人物类》下《进士》：“绍兴二十四年张孝祥榜：范端臣，见《文学》。”按范端臣之名亦见于《宋登科记考》。

按卷之五《人物类》下《进士》另有绍兴二十四年范处义，绍兴辛未范嗣蠡，嘉定元年范锺，范镕，然皆非香溪范氏一族。《万历志》和《康熙志》中，香溪范氏进士共录锷、筠、浩、洵、渭、端臣六人，尚与《正德志》言“五六人”者相合。

（三）嘉庆志

与正德、万历、康熙三志相比，香溪范氏进士除锷、筠、浩、洵、渭、端臣六人外，尚在卷十四《进士》中增补九名（尚有其他范姓进士，然非香溪一脉，不录）：

绍兴元年辛亥榜：范大辨，累官宝谟阁，进赠少师；

绍兴五年乙卯汪应辰榜：范端弼，礼部员外郎；范端许，官至国子监司业；

绍兴七年丁巳王十朋榜：范端旻，累官江东宣抚司大使；

绍兴八年戊午黄公度榜：范端□，官至鄂州知州；

绍兴三十年庚辰梁克家榜：范津，累官江西运司使、光禄大夫；

隆兴元年癸未木待问榜：范端方，官至司农寺丞；

淳熙十一年甲辰卫泾榜：范端光，官至礼部员外郎；

淳祐四年：范应龙。

但《嘉庆志》增饰较多，不甚可信。如据《宗谱》范大辨为范浚之从孙，不可能绍兴元年中进士，《宗谱》作“绍熙元年”，然据《宋登科记考》该年进士并无范大辨。据《宋登科记考》，绍兴五年(包括特奏名)中并无范端弼和范端许；绍兴七年无科举，王十朋系绍兴二十七年状元，而《宋登科记考》绍兴二十七年中亦无范端旻。仍据《宋登科记考》：绍兴八年中无范端□[①]；绍兴三十年中无范津，建炎二年榜中有范津，但系南剑州剑浦县人，非香溪范氏；隆兴元年中无范端方；淳熙十一年中无范端光；淳祐四年中无范应龙。《嘉庆志》所增九名进士皆与史无征，自然仕宦亦难信从。

不唯如此，《嘉庆志》对人物传记亦窜改较多。如将范浩和范洵皆美化列入“忠节”：

卷十三《忠节》：“范浩，字茂直，筠第五子，登政和八年进士，历官至朝散郎，司农寺丞，直徽猷阁，建炎初随驾南渡，为金军所迫不屈而死，浩与郑刚中友善，刚中赠之以诗。”

卷十三《忠节》：“范洵，字茂仁，筠第七子，与兄浩同登第，累官大理寺正，绍兴间有诏治岳飞狱，洵力辨其冤，忤旨弃官而归，秦桧使人追之至严州白石滩，遂为所害，即葬于其处焉。”

按《建炎以来系年要录》卷二十载，范浩非死于金军，而是死于建炎三年二月的南宋乱兵：“壬子……上次扬子桥，一卫士出语不逊，上掣手剑刺杀之。时军民怨黄潜善刻骨，司农卿黄锷至江上，军士呼曰‘黄相公’在此，数之曰‘误国害民，皆汝之罪’。锷方辨其非是，而首已断矣。少卿史徽、丞范浩继至，亦死。”《建炎以来系年要录》同卷又引《日历》异说：“史徽、范浩渡江至常州宜兴县境，为盗所害，与此不同，今从《维扬巡幸记》。”但无论如何，范浩并非死于金人之手。而范洵并无辨岳飞狱事，前已考辨，兹不赘。对于范端臣，《嘉庆志》卷十三《文学》中亦比前志增加了“与潘良贵游，清介之操亦无忝焉”等语，明显

---

① 据《光绪志》，此当为“范端度”。

是把范浚之事错误嫁接过来。

（四）光绪志

《光绪志》卷五《志人物列传》多沿《嘉庆志》，卷六《志选举》其“征辟”栏目中除范浚外，香溪范氏另增有：“范端康，遂安知县；范端瑞，安远主簿；范端昌，浮梁知县，以上俱举明经。”“范端炳，举孝廉，武学主簿；范端严，举人才，商州司户参军；范端朝，武学主簿；范端益，处州都尉；范端最，乐清主簿。俱举才艺，时代并失考。”然与史多无征，疑皆据《宗谱》添入。

《光绪志》卷六《志选举》还列有《科第表》，宋代香溪范氏列入其中者如下（与前志小传相同者，不录小传）：

进士：

仁宗皇佑五年：范锷。哲宗元祐三年：范筠。徽宗崇宁二年：范溶，本《香溪年谱》补，有传。大观三年：范浒，字茂安，浚兄，润州通判，永嘉知县，见《香溪年谱》。重和元年：范浩、范洵，详《忠节》。宣和三年：范澄，袁州通判；范溉，字茂远，浚弟，主管机宜文字，见《香溪年谱》。高宗建炎二年：范渭，见溶传。绍兴五年：范端弼，历官礼部郎，知钱塘县，国子司业；范端许，历官礼部郎，国子司业。绍兴八年：范端度，知鄂州，前志缺“度”字，今补。绍兴二十四年：范端臣，详文学。绍兴二十七年：范端旻，历官江西提刑，知袁州，江东宣抚司大使，前志误作“七年丁巳”。绍兴三十年：范津，官至两浙都转运，特进银青光禄大夫。孝宗隆兴元年：范端方，司农寺丞。淳熙十一年：范端光，礼部员外。光宗绍熙元年：范大辨，官至宝谟阁直学士，赠少师，前志并入绍兴元年，今校正。理宗嘉熙四年：范应龙，仕至祭酒兼侍读。

乡贡进士：

徽宗崇宁元年：范深，字茂藏，浚次兄，知通州。宣和二年，范泳，字茂永，浚兄，仕至殿廷观察使；范澄，字茂清，浚弟。高宗绍兴元年：范淇，字茂瞻，浚从兄，知开化县。绍兴十四年：范端辅，太子中允；范端昱，漕举第一，衢州孔目，前志列仕林，并从访册别出。绍兴二十三年：范端贤，汀州知州；范端操，会稽知县；范端友，石州知州，前志并列仕林，兹从访册别出。孝宗隆兴元年：范端杲，漕试第一，太学学宾。

科分无考的乡贡进士尚有：

范端绰、鄂州刺史；范汲，迪功郎；范夔仲，台州通判；范滂，昌化主簿；范宏，登仕郎；范端质，殿前司干，前志质作直；范端宴，苏州教授；范端晔，国子监典籍；范端凝，宜山知县；范端睢，靖江县丞；范端承，桐庐县丞；范端守，松阳县丞；范端士，常山县尉；范端行，兴化县丞；范端永，宣城知县；范端辨，南安府上猷县丞；范端廉，浦城主簿；范端归，严水县丞；范端已，衢州通判兼外宗正丞；范梦臣。以上十余人，《光绪志》下注："范氏谱俱注明由恩例岁贡入仕，疑亦循例特奏名者。"

《光绪志》中，范氏除增加了诸多来历不明的乡贡进士外，通过礼部试登第的进士人数也扩大至十九人，比《嘉庆志》又增加了范溶、范浒、范澄、范溉四人，但同样于史无征，难以信从。这些进士和乡贡进士，据《光绪志》所注来源为《范氏谱》、《香溪年谱》和《访册》。范氏谱当即《香溪范氏宗谱》；《香溪年谱》则指清姜炳璋所撰《范香溪先生年谱》，其中宋代范氏人物履历多取自《宗谱》；《访册》中更多口述采访，其史料价值都很有限。如范溶，《宗谱》和《香溪年谱》都言其进士，但范浚《右朝请郎致仕范公墓志铭》已明言其为门荫入仕。而诸多范氏乡贡进士，更无从稽考，疑皆从《宗谱》中滥入，上引《光绪志》中亦有"范氏谱俱注明由恩例岁贡入仕"可证。总之，这部分史料，使用时不能作为可靠的证据。

二 《香溪范氏宗谱》所载宋代史料辨误

笔者所见《兰溪香溪范氏宗谱》十卷，十册，线装本，前七卷为光绪二十一年乙未(1895)重修，后三卷为民国丁丑(1937)年重修。卷一谱序、凡例、分徙图、诰敕、宗图像赞、历世宦绩、诗人遗编；卷二像图及赞、香溪地图、墓志；卷三各派世系图；卷四世系图(守字行至启字行)；卷五行传引、行传(第一世至第十九世)；卷六行传(第廿世至廿三世)；卷七行传(第廿四世至廿五世)；卷八行传(第廿六世至廿七世)；卷九行传(第廿八世至廿九世)；卷十行传(第三十世至三十二世)。该谱虽有宋、元、明、清历代谱序，但宋谱无疑已不传，且内容亦多散佚，未能递存于后世续修谱中。这从《宗谱》中宋代范氏几乎全无生卒年即可想见。另范浚《香溪集》有《祭侄端受文》云："维年月日，叔浚等以清酌庶羞之奠，祭于物故四十五侄之灵。呜呼！惟我伯父与先兄，沉光匿彩，再世不大。尔能克绍前人，积铢累寸，讫于有成。"然范端受及范浚所云"伯父与先兄"在《兰溪香溪范氏宗谱》找不到可以对应之人，且《宗谱》端字辈排至"四十五"时无法接续，遂跳过不书。宋时族谱号称是范浚曾孙范钥纂修，如果内容尚存，不会理不清"四十五侄"的世系。

《宗谱》卷一和卷五内容对研究宋代范氏较为重要。卷一收有不少宋元间名人所做序跋论赞，甚至还有两道宋廷诰敕，其大致目次为：宋张九成绍兴九年《香溪长社范氏族谱序》；宋陆游开禧三年《香溪长社范氏族谱序》；宋叶衡《十子侍亲图赞并序》；宋林大中《十子侍亲图记》；宋高柟《识香溪范先生遗集后》；宋朱熹《香溪范子小传》；宋诰勅二道；元柳贯大德八年《范氏世图序》；元黄溍至正十四年序；元吴师道至顺三年序；名贤论赞等。然细考多系伪作①，分举如下：

（一）张九成《香溪长社范氏族谱序》，后署"绍兴九年己未冬十月之吉，礼部侍郎张九成撰"，按据《建炎以来系年要录》卷一百二十三：绍兴八年十一月丙戌，"权尚书礼部侍郎兼侍讲张九成罢……除秘阁修撰、提举江州太平观，免谢辞"。绍兴九年十月正在家居丧，与序文署衔不一致，且序文不见于《横浦集》，当系伪作。

（二）陆游开禧三年《香溪长社范氏族谱序》，后署"开禧三年丁卯夏五月既望之吉，大中大夫宝谟阁待制致（仕）陆游撰"，这与《渭南文集》中开禧年间陆游所作文章署衔相同。但序文不见于《渭南文集》，陆游与范端臣交情莫逆，此前数年陆游尚作有情意深长的《跋范元卿舍人书陈公实长短句后》（《渭南文集》卷二十九），序文空洞，仅言"而今有名钥者，正议之七世孙，尝谱其累世名次、官阀、行事之迹为一图，既而走书币，属游为之序。游方谢事，归老镜湖上，得书与谱，仰其家世之盛……"而通篇不提自己与范氏交谊，既不类放翁文风，又与情理甚为不合，当系伪作。

（三）叶衡《十子侍亲图赞并序》，未署作序时期，中有言范筠"嗣孙端贤，请予赞之……有子十人，又皆仕显"，然范浚未入仕，此赞及序颇伪。

（四）林大中《十子侍亲图记》，中云"公之介孙端贤间出以示大中，命为记其本末，……绍熙元年庚戌正月望后二日郡人林大中再拜谨记"，序文未及叶衡之赞。按楼钥《攻媿集》卷九十八《签书枢密院事致仕赠资政殿学士正惠林公神道碑》，时林大中任"诸王宫大小学教授"；而作《十子侍亲图赞并序》的叶

① 《宗谱》中还收有明人为宋代范氏所做传记数篇，然或错漏甚多，或亦伪托之作。如童品《香溪范先生传》错讹明显；吴履《蒙斋范先生（端臣）传》未知真伪，但错讹更甚，如谓范端臣绍兴二十四年中"进士第二人"，第二人实系曹冠；又称其"与默成潘公游，其清介之操，关无忝云"，实系误范浚事为范端臣事。宋濂《杨溪范先生（端杲）传》显系伪作。

衡曾任户部尚书参知政事、权知枢密院事，后任右丞相兼枢密使，卒于淳熙二年（1175）。既然都是范端贤（范澄之子）请题，而叶衡题赞在前，很难想象只是王宫教授的林大中题记时不言及叶衡之赞，此序难信。

（五）高栴《识香溪范先生遗集后》[①]云：

嗟乎！此吾先师香溪范先生遗集也。先生婺州兰溪人，世居武昌乡香溪之上，学者因称之为香溪先生，先师天资高迈，自少颖慧嗜学，不攫尘气，惟笃志求道，仰希圣贤。年十八作叹旱诗二十韵，姑苏台及述岩赋等词，二十一作淮阴先生说，李孝逸辞，当时李叔易尝称其辨。自是益研穷六经、诸子百家、历代国史，立论辨博峻整，识见高卓，出人意表。同气凡十人，九列制科膴仕，独先师鸿飞高尚，读书谈道之余，时缀文词，与兄弟、子侄、良友问水寻山，嘲风弄月，长篇短简，追踪古作。绍兴元年诏复制举，以征宇内豪俊，一时郡邑公卿交荐先师为贤良方正以应诏旨，力辞不起。又自谓不忍遗世远引，慷慨好纵谈天下事，所上皇帝诸书及李富两柄臣启，抵掌万言，率引喻古今，洞达彼己，凿凿可见施行，后撰策略二十余篇，皆当宁经国之切务，然以秦桧当国，锢于和议，不屑于世而寝。危坐一室之中，瓶储屡空，败帷故器，人所不堪，而先师貌充体胖，处之晏如，一毫不苟取于人，诸老名公咸谓非知道养气者不能然也。四方从游之士，必教以孝弟忠信之行，物理性命之学。自远负笈而至者不胜枚举。其最久留几席者，则永丰柴喆，盈川唐虞佐，诸暨张龟年，寿昌邵恂，义乌陈九言，邑人高栴辈。洎不慧旃也，同学与居，佥幸解惑启迷，考德问业，因依毕世，而孰意泰山之颓，享年仅止四十有九也。先生生平著述甚富，悉多散佚，今存者尚二十二卷，乃不慧旃与先师兄子右史蒙斋所搜辑。绍兴三十一年辛巳陈公岩肖为之序，迄于绍兴十九年己巳夏四月而止，时先师殁且十年矣。旃惧后死之责，先师著述无传，爰将遗编分卷授梓，俾天下后世阅先师之集者，烂焉为吾邑宝玉大弓矣。绍兴三十一年岁次辛巳孟冬之吉，门下高旃谨识。

传世元明版《香溪集》，卷一下多镌有“门人高栴编”五字，似乎识语不伪。但此识语内容是拼凑宋陈岩肖之序、明童品《香溪范先生传》、明胡应麟《范香

---

① 《宗谱》中“集后”乙为“后集”。

溪先生文集序》而成，特别是沿童品之误，云《香溪集》所收作品“讫于绍兴十九年己巳夏四月而止”，更是大误，《香溪集》中收有《己巳十二月廿九日同侄端臣端杲观王右军帖并晋书以白藕荐酒成诗》和作于绍兴二十年的《吴子琳墓志铭》，如该集系其所编，此误根本不会产生。清乾隆时范氏族人光禄特作《高栴识香溪先生遗集后志》①，反而曲解为“及观慎斋童公品作先公《传》，与胡公麟《序》，多用高栴识先师跋语”，可谓一误再误。

（六）朱熹《香溪范子小传》云：

> 范浚字茂明，婺之兰溪人，隐居香溪，世号香溪先生。初不知从何学，其学甚正。近世言浙学者多尚事功，浚独有志圣贤之心学，无少外慕。屡辞征辟不就，所著文辞多本诸经而参诸子史。其考《易》《书》《春秋》，皆有传注，以发前儒之所未发。于时家居授徒，至数百人，吾乡亦有从其游者。熹尝屡造其门而不获见，近始得学行之详于先友吕伯恭，庸述小传，以闻四方学者。淳熙九年壬寅二月。

该传应是伪作。证据之一是出处可疑，不见于宋元明人著述，而仅见于范氏宗谱与乾隆七年及其后家刻本《香溪先生文集》；证据之二是内容有悖常识，“屡造其门”，在《朱子全书》中不会毫无记载；“征辟”与范浚被举贤良事迹不合；“有志圣贤之学”之类语宋人罕闻，而多见于明清；“近始得学行之详于先友吕伯恭”一句尤有语病，“先友”一指祖先之友，一指亡父之友，而“亡友”才指自己亡故的友人，两者意思截然不同，朱熹绝不会混淆“先友”与“亡友”的用法，朱熹诗文中“先友”皆指“先父之友”，而追忆吕祖谦时则称亡友；即使退一步认为“先友”乃“亡友”之讹，此句语意亦不通畅，作为活人的朱熹如何能从作为亡人的吕祖谦处得到范浚“学行之详”？其中语病是很明显的。证据之三是“近世言浙学者多尚事功”一句貌似契合朱熹思想，实际似是而非。在朱熹的行文中，“事功”和“功利”有一定区别，他使用“事功”时多无贬意，相反，在外任期间还相当重视事功；他极力反对的是“功利”，且一般认为朱熹辨浙学之非始于淳熙十一年，《范子小传》却作于淳熙九年二月，时间亦不符，淳熙九年正月，朱熹与陈亮初次相见，彼此推许，思想正处于相互了解期，朱熹不会遽出非难之语。

（七）宋诰勅二道。第一道为范锷官开封尹之诰：

---

① 载《宗谱》卷一高栴《识香溪范先生遗集后》之后。

> 奉天诰命，勅：内外演纶之职，独高翰苑之清；股肱社稷之隆，必赖循良之杰。维时当大计，悉用升迁。奉议大夫、太子中允范锷学穷阃奥，文冠伦魁。洋洋晁董之对，增我鉴明；浑浑虞夏之书，允优邦伯。是宜晋陟黄堂，端居民牧。新瞻听于四方，赖嘉猷之匡济；寄承宣于一郡，昭荣命之发挥。往服宠章，永坚厥守。可知开封府尹事，管内劝农使，余勋封如故。奉勅如右，牒到奉行，熙宁四年九月六日下同平章事监修国史、昭文阁大学士兼吏部尚书王安石，参知政事守吏部侍郎王珪，吏部尚书权御史中丞陈旭，吏部侍郎吴充，吏科给事中吕惠卿，右司郎中方揆，书令史徐敏，中书舍人孙固。

此诰之伪无待细辨。如陈旭为仁宗朝谏官，嘉祐五年已为枢密副使，不可能神宗朝又出仕为吏部尚书；吕惠卿未任过吏科给事中，熙宁四年处于服父丧期，之前官太子中允集贤校理同判司农寺。此诰当系由南宋吕祖谦《东莱集》外集卷三《中书舍人除翰林学士诰》伪编而成，《中书舍人除翰林学士诰》当系隆兴元年吕祖谦宏词进卷，文曰：

> 内外演纶之职，独高翰苑之清华；左右持橐之臣，畴若禁林之邃密。维时盛选，属我鸿儒，辍从西掖之联，延入北门之直。具官学穷壶奥，文冠伦魁。增主之明，洋洋晁董之对；发帝之令，浑浑虞夏之书。休有德声，最于迩列。是用进陟銮坡之邃，深居铃索之严。虞侍燕间，辅陪遗忘。卺典谟于三代，新瞻听于四方，近天子之光，允赖谋猷之启沃；见王者之志，遹观诏令之发挥。往服宠章，永肩素守。

宋本张孝祥《于湖集》附录张孝祥官诰《升中书舍人直学士院诰》云："勅朝奉大夫充集英殿修撰、知平江军府事提举学事张孝祥。凤掖演纶，进涉玉堂之渐；鸾坡入直，尊居铃索之严。矧惟翰墨之司，专掌丝纶之职。念兹荣选，必属洪儒。尔学穷阃奥，文冠抡魁。治道敷陈，洋洋晁董之对；皇猷润色，浑浑虞夏之书。屡柄郡麾，久膺阁职。兹缘西掖之班，延入北门之直。启沃谋猷，卺典谟于三代；发挥诏命，新瞻听于四方。往服宠章，永坚素守。可依前朝奉大夫升中书舍人直学士院。奉勅如右，牒到奉行。"张孝祥官诰若真，说明吕祖谦作进卷时曾有所借鉴；若伪，则或是后人仿吕祖谦进卷而作伪（宋本《于湖集》编于宋宁宗后，有此可能性）。但无论张孝祥官诰真伪，范锷官开封尹之诰必伪无疑。

第二道为范筠官通政使诰，按通政使司明代始设，此诰伪甚，不录。

（八）元柳贯大德八年《范氏世图序》，此文系伪作无疑，不见于柳贯《待制集》，且从“大家世族，不为不多”至文末“岂直世禄而已哉”全钞明明何乔新《椒丘文集》卷十二《南昌梓溪刘氏族谱序》。

（九）元黄溍至正十四年《香溪长社范氏族谱序》，不见于黄溍《文献集》，可疑。

（十）元吴师道至顺三年《范氏谱序》，不见于吴师道《礼部集》，可疑。

（十一）《名贤论赞》所收宋人赞语或诗，计有张九成《正议公像赞》、司马光《少卿公像赞》、潘杲《文清公像赞》、吕好问《安方公像赞》、韩世忠《茂宽公像赞》、江万里《茂藏公像赞》、吕祖谦《茂仁公像赞》、魏了翁《贤良先生像赞》、周必大《蒙斋先生像赞，送范君之任，情见乎辞》。这些赞语或用语粗鄙，或偷梁换柱，皆系伪作。如韩世忠《茂宽公像赞》：“箕裘克绍，潇洒出尘。身能致主，泽足及民。厥裔象贤，令范尝新。”实完全抄袭魏了翁为裘万顷所作的《题竹斋遗像》。周必大的《蒙斋先生像赞，送范君之任，情见乎辞》更有意思，诗云：

> 十二街头三尺雪，骏马随行如跛鳖。生忆故人范蒙斋，拂袖而行何勇决。子充居隐了无吟，冻笔如椎砚池裂。都下联床数载交，欲言不言情哽咽。愿君勿作绕指柔，愿君勿作在矿铁。甘雨幽遐冤草苏，清风宇宙贪泉竭。循良讵困圣明时，玉烛光华待调燮。

清光绪二十一年乙未黄中咸等所修《萧山埭上黄氏家谱》附录《黄氏词翰录》卷四中，有一首《送巨济黄君之浦江》，和《蒙斋先生像赞，送范君之任，情见乎辞》几乎雷同，诗云：

> 十二街头三尺雪，骏马健行如跛鳖。生忆故人黄巨济，拂袖前行何勇决。龙溪先生强欲吟，冻笔如椎砚欲裂。京国青衫十载交，欲言不言情哽咽。愿君勿作绕指柔，愿君勿作在矿铁。甘雨幽遐冤草苏，清风宇宙贪泉竭。循良讵困圣明时，玉烛光华待调燮。

作者题为状元王佐。按王佐为南宋绍兴十八年进士第一，《全宋诗》中未收其诗，若此诗果是王佐所作，当然不无意义。但是这首诗实是宋末谢枋得所作，题作《送半村厉元吉出尉乌程》，只是第三句作“生怀故人厉半村”，第五句作“叠山居士强欲吟”，第七句作“京国青衫十载交”，第十三句作“循良讵困圣明时”，《黄氏家谱》和《香溪范氏宗谱》改窜作伪的痕迹非常明显。

值得一提的是，这些所谓的宋人论赞又皆出现在《香溪范氏宗谱》卷二的家族人物画像之上或之后，那些宋人画像却着明人服饰，一望即知是谱匠的“制式”装备。明清有专门造假的谱匠，先预制一套远祖遗像和名人序跋，然后将名字一改，即可张王李赵，万家通用，清代吴骞在道光二十三年《休宁厚田吴氏宗谱》中即认为自家旧谱中凡“历代名公序跋、赞颂等连篇累牍，大抵不经见于他书及文集者，举未可尽信”（《谱源》），这也是家谱资料在以往历史研究中被人漠视的重要原因[1]。

卷五收入宋代范氏诸人行辈及行传。这也是家谱中相对可靠的一部分文献，特别是世系图表中自本支始迁祖而下有明确生卒年月日的家族成员情况，对于研究人口学、遗传学具有重要的参考价值。但《香溪范氏宗谱》中除所有宋代族人，除范浚等极少数人外，皆不列生卒年，其行传只有极少数部分可与其他史料相互印证，有的记载有误，有的相互吻合。如《宗谱·行传》载范筠“累阶金紫光禄大夫”，然据范浚《右朝请郎致仕范公墓志铭》，范筠“故任左承议郎，累赠左金紫光禄大夫”，知“金紫光禄大夫”不过是赠官；《宗谱·行传》又载范端臣官至中书舍人，大概是据清《金华先民传》卷七《文学·范端臣》中“累官至中书舍人”而来，实为“起居舍人”之误，其他错误前已列举不少，不赘；然《宗谱》云其妻为严陵方丞之女，却可从吕祖谦《东莱集》卷十二《严陵方君墓志铭》中找到证据，志文曰：“君讳元恪，字几先……年九十有二，以淳熙二年七月癸巳终于家……女孙七人女孙七人，迪功郎、建康府上元县尉郑克，从政郎、平江府府学教授刘适正，朝奉郎、新知江州范端臣，王璞，钱膺，王中实，其婿也，季者在室。”范氏族人当未看到这篇墓志，不然一定会在范端臣行传中加入“知江州”。其他如言范渭官秀州通州，可从《浙江通志》卷一百二十五中找到佐证；言范津为范端臣的三十一叔，可从吴师道《礼部集》卷十六《范元卿书帖》中找到佐证。因此这部分材料虽然不能完全信从（尤其是官职常混淆赠官与实任官），但可以为大致了解宋代香溪范氏整体状貌提供帮助，不妨参考。

---

① 可参拙作《家谱中的文献问题》，《北京大学学报》2007 年第 1 期。

三 宋代香溪范氏传说辨误

2008年3月27日的《金华晚报》载有该报记者赵如芳所撰《汤溪厚大村的美丽传奇》一文,文字优美抒情,讲述了金华市婺城区汤溪镇厚大村范氏的传说,其中关于宋代香溪范氏的几则如下:

皇帝吃过范氏太婆的奶

厚大村是范氏后裔的一支,有2000多口人,98%姓范。在他们的家谱中,最引以为豪的祖先是范锷,又名范隐之,南宋人士。

据说,范锷娶过两房妻子,大房姓姚,被封为长寿恭人,二房是徐氏,据说她是皇帝的奶娘,被封为鲁阳郡夫人。厚大村人说,他们这一支是徐氏的后代,“由此说来,皇帝吃过我们太婆的奶。”厚大村的范姓人士一提到这里,就会露出自豪的笑容,哪怕他们当中没几个人知道是哪一任皇帝。至今,村里的范氏人去世后,墓碑上都会刻着“鲁阳郡”三个字,那既是追宗问祖的表现,也是一种荣耀的象征。

一门双柱国 十子九登科

另外,范锷及其儿孙还留下了“一门双柱国,十子九登科”的美名。

宋仁宗皇佑五年(1053年),18岁的范锷中了进士,后官至光禄大夫,上柱国,大府少卿,被封为长社郡公。他的儿子范筠也于1088年被封为上柱国(正二品)。范筠的十个儿子中,溶、渭、浒等五人中了进士,与范锷、范筠一起被誉为“一门七进士”。另外,十个儿子中有九个在朝廷做官,故有“十子九登科”之名。只有八子范浚显得很另类,不愿意与奸臣秦桧同流合污,隐居不仕。……

朱熹三访地 朝廷七聘家

历史往往有着很多不可思议之处。范筠的十个儿子中,恰恰是那个不愿做官的范浚最有名。

范浚在乡间着文讲学,精于理学,讲究存心养性,并创立了宋婺州学派。范浚曾写《策略》25篇,评论富国强兵、御金安民之道与经国要务,供朝廷采择施行。朝廷知道他有治国之才,连续七次邀请其入仕,范浚一概拒绝。

范浚的才气也得到了同时代理学家朱熹的赞赏，他曾经两次登门拜访范浚。据有关资料记载，淳熙九年(1182)二月，朱熹为范浚作传："熹尝屡造其门，而不获见。"厚大村范氏族人传言，朱熹《观书有感二首》即"问渠哪得清如许，为有源头活水来"一诗，就是他两次寻范浚未果而在范浚书房留下的。

范浚死后，朱熹前来吊唁。由此留下了"朱熹三访地，朝廷七聘家"的美谈。

九牛闹金殿　范氏不读书

树大招风。范锷祖孙在仕途上的兴盛，遭到了秦桧的忌恨。一天，皇帝做了个九牛闹金殿的梦，让秦桧来解，秦桧牵强附会地说："范筠的9个儿子都在朝廷当官，可能是他们要谋反，所以神灵就托梦给你。"于是，范筠一家就惨遭迫害。至于遭遇如何，如今的厚大人没几个讲得出，只知道七子范洵被秦桧安排去审问岳飞，范洵不肯，后在严州(今建德梅城)白石滩被秦桧差人追杀。

范洵下一代中，有个叫范端质的，他知道"九牛闹金殿"的厄运，深知官场险恶，就告诫后人不准做官、不准读书。此后数百年，兴旺一时的范氏一族沉寂了。

范锷继妻徐氏为皇帝奶娘事，是典型的民间思维。民间艳羡和崇拜皇权，但并不清楚皇家仪式和规矩的繁苛，对于皇家的想象一般来自于戏台、小说或村老野谈。在这些舞台表演和传说中，"金銮殿"并不比自己的村居大多少，皇帝也好像距离自己并不遥远，很容易微服私访和接受百姓告状，草根与最高权力的接触自然成为可能。皇帝微服私访或落难时吃村民之饭，村女成为皇帝奶娘甚至皇后等传说，在民间颇为流行，并不限于范氏一族。但是，范锷长孙、范筠长子范溶生于元丰五年(1082)，而范筠育有十子，可以推知范筠生长子范溶时年岁不会太大，以二十岁左右计，范筠当生于仁宗嘉祐七年(1062)，如亦以范锷生范筠时年二十岁计，范锷当大致生于庆历二年(1042)，如按《汤溪厚大村的美丽传奇》的说法，范锷十八岁中进士，则其当生于庆历六年(1046)。范锷继妻徐氏只有可能是英宗或神宗的奶娘。而英宗生于明道元年(1032)，神宗生于庆历八年(1048)，按徐氏做奶娘时二十岁计，则其当生于1013年或1029年；范锷决不致取一个大自己若干岁且结过婚的女性为继妻。由此可知这则传说的无稽。

"一门双柱国，十子九登科"之说不确，登科意为科举被录取，"九登科"之伪前已屡辨，改为"九官人"较合理。"双柱国"倒有可能，北宋官制有官、职、勋、爵和实际差遣等情形，复杂异常，如范锷"光禄大夫，上柱国，大府少卿，被封为长社郡公"一句，光禄大夫为元丰新制后文臣寄禄官阶，上柱国为勋名，大府少卿（应为太府少卿）为元丰新制前文臣本官阶，长社郡公为爵名，勋爵仅止虚衔（爵若加食邑、食实封者有少量补贴），无俸禄和实际职事。但此句所述亦有问题，元丰新制前的太府少卿为正六品，对应的是元丰新制后的朝议大夫；元丰新制后的光禄大夫则为正三品，对应的是元丰新制前的尚书左、右丞；两者很难吻合。据范浚《右朝请郎致仕范公墓志铭》，范锷"故任左朝议大夫"，则与"太府少卿"合，属实，"光禄大夫"疑为赠官。

"朱熹三访地，朝廷七聘家"之说来源可能有二：一是光绪《兰溪县志》卷五《人物・道学・范浚》中言"晦庵朱子心契之，两访其庐，皆不遇，录书屏《心箴》以去"；一是宋人陈岩肖《香溪集原序》言"今天子即位之初，诏复制举以来天下之士，当时公卿有以先生应诏者"。但朱熹《香溪范子小传》既已证伪，两访、三访之说自难信从[①]；考诸范浚行履，仅绍兴二年谢绝富直柔举荐贤良方正（此亦为范浚《香溪集》又名《香溪先生范贤良文集》之缘由），从未有朝廷下诏征举范浚之事，七聘之说难以成立。

"九牛闹金殿，范氏不读书"亦是典型民间思维，夸耀祖先最好能与最高权力沾上关系，因此有了皇帝与权相联合对付范氏的离奇想象；推诿责任最好也推到无法对证的祖先那里，即后代没落不是后代的责任，而是为了遵守祖先"不准做官、不准读书"的规定，没落反而转换成为一种值得赞扬的孝义。但范洵未审岳飞案前已有辨，范端直在《宗谱》中是范渭之子而非范洵之子，且亦曾仕宦。范氏在宋后仕宦少、读书人少与范洵等宋代先祖没有关系，这只是范氏族人为宗族影响力衰落找到的一种借口而已。

四　余　论

不知何时，社会上常见这样一种说法：正史、方志、家谱是构成中华历史的

① 具体考辨参见拙作《范浚与秦桧、朱熹关系考论——兼从范浚看道学谱系的生成》，《中华文史论丛》2013年第4期。

三大柱石。这种说法虽有一定道理，但无疑是以偏概全，更没有注意到三者的适用范围和文献可靠性都非对等并列关系。

明代是修方志和家谱的一个高峰，明人对方志、家谱与国史的关系也有较多论述。如彭韶《四川成都志序》："郡邑之有志，犹国有史，家有谱，一时虽非所急，百世之下终必赖之。"章懋《枫山语录》云："谱者，一家之史也。国有史，则其君之明暗，臣之忠邪，政之是非得失，善可法，恶可戒，昭昭于后世；族有谱，则自大宗以及小宗，其人之贤愚贵贱贫富，一览具见。"庄泉《定山集》卷七《六合县志序》："郡邑之有志，犹国有史也。史书，天下之政；志书，一邑之政。二者虽有小大之殊，其纪事纪言则一而已。"蔡清《虚斋集》卷三《凌云叶氏族谱序》："国之所以有史，家之所以有谱也。国有史，则可以昭监戒，维世道；家有谱，则可以序昭穆，厚人伦，小大虽殊，理则一也。"这些言论，有的已经注意到国史、方志、家谱适用范围的"大小"之别；也注意到三者在事、言、理上有某种一致性，但仍缺乏对不同种类文献可靠性的辨别。

文献的可靠性，一般与其开放流通程度通常呈正比关系。文献的开放程度越高，流通越广，受到世人关注、监督、质疑和修正的机会也就越多，人们利用起来也越心中有数；反之，开放流通程度低的文献，由于受检验的机会少，人们很难放心利用。从这个意义说，国史的取材范围虽然包括方志和家谱，但由于开放流通程度最高，其史料价值多经后人甄别，哪部分可靠最容易判断。而方志着眼于一地，开放流通程度次于国史，由于家与乡联系密切，地方家族上下其手的空间较大，往往能够利用地方修志机会，动用关系，使家谱资料进入方志；反过来又可以方志的官修性质提升家族声望、佐证家谱的合法性，甚至获得更多的实际利益，魏峰兄将这个过程概括为"从私记到官志"，非常贴切[①]。虽然谱牒向为官修史志的重要来源，但当地方家族出于各种目的不惜夸大和粉饰家谱内容时，这些进入方志的家谱资料，就变得难以信赖。本文所举《光绪兰溪县志》中关于范氏科第的记载，便是一个显例。因此对于地方志的史料运用，要有一定的警惕性。至于家谱，虽然梁启超虽然将之与方志并称为"史界瑰宝"[②]，但由于私密性最强，开放流通程度最低，其可靠性也最堪疑，特别是对本支始迁祖以上祖先历史的回溯及历代名人谱序，大多夸诞虚妄，不可信从，本文关于《范氏宗谱》的相关论述，即可作为例证。

---

① 方志与族谱关系一段受教于魏峰兄给笔者的电子邮件，谨此致谢。

② 梁启超《中国近三百年学术史 · 谱牒学》，第 361 页，东方出版社 2004 年版。

司马迁作《史记》时，不仅“紬史记石室金匮之书”（《史记·太史公自序》），而且“网罗天下放失旧闻”（班固《汉书·司马迁传》），“博采古文及传记诸子”、“旁搜异闻”、“取之以旧俗风谣”（司马贞《史记索隐·后序》），考其行事，辨其真伪，文直事该，被后人称为史家之绝唱。可见史料的来源可以囊括正史、方志、家谱，经史诗文、金石拓片、故老传说等一切文献形式，关键是对史料的考辨和运用。这就需要对国史、方志、家谱乃至口述史有一大致理性的认识和信任等级的区划，始能事半功倍，并传信于后世。

南湖雅集：南宋都城私家园林的典范与文学活动

湖州师范学院人文学院　刘　方

张镃（1153—1235），字时可，后因慕北宋诗人郭功甫，改字功父（又作功甫），号约斋，先世成纪（今甘肃天水）人，寓居临安（今杭州）。张镃身世显赫，乃宋南渡名将张俊的曾孙，刘光世的外孙。张俊与刘光世均南宋中兴功臣，南宋著名画家刘松年绘有《中兴四将图》。张镃尝历直秘阁、临安通判、司农寺丞、太府寺丞等职，在宁宗朝声援北伐，开禧三年（1207）复与史弥远等谋诛韩侂胄，后忤史弥远，又欲去宰相史弥远，事泄，于嘉定四年十二月被除名象州编管，而贬死象台。是南宋历史上的重要人物。张镃又为宋末著名诗词家张炎的曾祖，是张氏家族由武功转向文阶过程中的重要环节。张镃能诗擅词，又善画竹石古木。尝学诗于陆游。杨万里称："尤萧范陆四诗翁，此后谁当第一功？新拜南湖为上将，更推白石作先锋"（《进退格寄张功父姜尧章》）。[①] 张镃交游极为广泛，当时政要如史浩、萧燧、洪迈、周必大、姜特立、京镗、楼钥等，这些人不仅曾经身居要职，而且洪迈、周必大等也是著名文学家。道学家如朱熹、陈傅良、吕祖俭、彭龟年、陈亮、叶适、蔡幼学等，这些人中不仅有几位开宗立派的著名思想家，而且也是著名文学家。文学方面，如中兴四大家陆游、杨万里、尤袤、范成大，词坛两派著名代表辛弃疾、姜夔等，这些人除了姜夔之外，也都是地位显赫的官员，只是以其文学家身份更为人们所知。张镃均与之有往来唱酬，与不少人关系密切。此外，从张镃的诗歌作品中还可以看到，他与当时的一些诗僧的交往与唱和。张镃诗文著作甚丰，据方回《读张功父南湖集并序》记述，张镃有《南湖集》25 卷，诗 3000 多首，另有《玉照堂词》。但这诗集和词

---

① （宋）杨万里著，辛更儒笺校《杨万里集笺校》卷 41，北京：中华书局，2007 年版。

集后世均亡佚。[1]

一 张镃人生的诗性栖居的自觉追求:人生的戏剧化与戏剧化的人生

从南宋历史看,以文资禄子孙的三大将中,张俊家族最为成功。张镃的父亲张宗元任司农少卿这一文职官位。为张镃的成长及后来的张镃孙子张枢(南宋词人)、曾孙张炎(南宋著名词人)的成名奠定了基础。张镃 24 岁时,编纂《仕学规范》,是书分为学、行己、莅官、阴德、作文、作诗六类,统载宋名臣事状,并征引原文,各着出典。若所采《九朝名臣传》诸书,俱为修史者所据依,故多与史合,且可补其遗阙。四库全书提要称"盖与朱子《名臣言行录》体例虽殊,而其为一代文献之征则一也,"评价颇高。

而对于张镃个人形象,在其终身挚友杨万里的眼中是如此,《张功父画像赞》曰:

> 功父久别,喜得邂逅,寒温之外,劳苦之曰:
>
> 香火斋祓,伊蒲文物,一何佛也。襟带诗书,步武琼琚,又何儒也。门有珠履,坐有桃李,一何佳公子也。冰茹雪食,琱碎月魄,又何穷诗客也。约斋子,方外欤,方内欤,风流欤,穷愁欤,老夫不知,其问诸白鸥。[2]

张镃是名副其实的贵公子,宋·周密《齐东野语》卷二十"张功甫豪侈":

> 张镃功甫,号约斋,循忠烈王诸孙,能诗,一时名士大夫,莫不交游,其园池声妓服玩之丽甲天下。尝于南湖园作驾霄亭于四古松间,以巨铁絚悬之空半而羁之松身。当风月清夜,与客梯登之,飘摇云表,真有挟飞仙、溯紫清之意。
>
> 王简卿侍郎尝赴其牡丹会云:"众宾既集,坐一虚堂,寂无所有。俄问左右云:'香已发未?'答云:'已发。'命卷帘,则异香自内出,郁然满坐。群

---

① 详情参考曾维刚《张镃〈南湖集〉成书考》,《文学遗产》2011 年第 5 期。

② (宋)杨万里著,辛更儒笺校《杨万里集笺校》卷 97,北京:中华书局,2007 年版,第 3740—3741 页。

妓以酒肴丝竹，次第而至。别有名姬十辈皆衣白，凡首饰衣领皆牡丹，首带照殿红一枝，执板奏歌侑觞，歌罢乐作乃退。复垂帘谈论自如，良久，香起，卷帘如前。别十姬，易服与花而出。大抵簪白花则衣紫，紫花则衣鹅黄，黄花则衣红，如是十杯，衣与花凡十易。所讴者皆前辈牡丹名词。酒竟，歌者、乐者，无虑数百十人，列行送客。烛光香雾，歌吹杂作，客皆恍然如仙游也。”①

这段记载在周密的笔记中的南宋豪门贵族张镃在其临安园林别业的豪侈生活材料，是几乎所有研究张镃乃至于整个南宋时期社会生活情况的论著都要举证的最为典型的史料。但是，这段史料的价值与丰富内涵，绝非仅仅如此。如果我们从新的角度，以新的理论眼光，我们可以进一步考察更为丰富的内涵。

借助于格林布拉特“自我造型”理论，我们可以关注到张镃的对于自我形象的自觉地自我塑造。格林布拉特认为人的自我的形成是一个社会化构建的过程。与传统人性观不同，作为新历史主义代表的格林布拉特研究指出，人的本质不是一种传统哲学观念中那种固定、整体的样态，而是一种不确定的、不连贯的样态，在社会意识形态或隐或显的规约下不断建构而形成。格林布拉特倡导的新历史主义的研究方法，强调把文学文本、历史背景与复杂的文化诸方面融通起来加以研究：

我们依赖这些作者生涯与较大社会场景的透视点，便可阐释它们之间象征结构的交互作用，并把它们看成是构成了一个完整而又复杂的自我造型过程。通过这种阐释，我们才会抵达有关文学与社会特征在文化中形成的那种理解。这就是说，我们是能够获得关于人类表达结果的具体理解的。因为对于某个特定的一我.来说——这个我是种特殊的权力形式，它的权力既集中在某些专门机构之中——例如法庭、教会、殖民当局与宗教家庭——同时也分散于意识形态结构、特有的表达方式与反复循环的叙事模式中间。②

① （宋）周密《齐东野语》卷二十，北京：中华书局，1983年版，第374页。

② ［美］格林布拉特：《〈文艺复兴自我造型〉导论》，载盛宁编《文艺学和新历史主义》，北京：社会科学文献出版社1993年版，第81页。

借助于格林布拉特的理论视野，我们对于“张功甫豪侈”的记载，会有更为丰富的发现和认识。事实上，张镃自己有强烈的游仙思想，张镃文学作品中中类似“瑶池”、“蓬岛”的仙境意象词汇，“羽帔”、“骑鹤”等与道教相关的用具、典故俯拾即是。不少词作详细地描写了他所设想的神仙世界，他的《梦游仙·记梦》：

飞梦出，闲到玉京游，尘隔天高那得暑，月明云薄淡于秋，宫殿锁金虬。

冰佩冷，风扬紫绡裘。五色光中瞻帝所，方知碧落胜炎洲，香雾湿帘钩。

归兴动，骑鹤下青冥。几点山河浮色界，一篷风露拂寒星，银汉悄无声。

鸾啸舞，仙乐送霓旌。摘得琪花飞散了，却将何物赠仙乡，衣上彩云轻。

四首《梦游仙》词，其内容与词牌相一致，记录了张镃于睡梦中，游历仙境的精神历程。在梦幻中游历仙境，目睹宫殿的辉煌。感受到“碧落胜炎洲”。又在睡梦中“骑鹤下青冥”，俯瞰“几点山河”。在梦幻中也观赏“鸾啸舞”，聆听“仙乐”，逍遥于仙乡的彩云之中。

张镃的豪奢，显然是继承和延续了北宋的传统，而另一方面，也体现了到南宋中期，随着国家政治的相对稳定、经济的发展，都市文化的急剧繁荣的一个结果和缩影。

事实上，张镃自己有强烈的游仙思想，张镃文学作品中中类似“瑶池”、“蓬岛”的仙境意象词汇，“羽帔”、“骑鹤”等与道教相关的用具、典故俯拾即是。不少词作详细地描写了他所设想的神仙世界，他的《梦游仙·记梦》：

飞梦出，闲到玉京游，尘隔天高那得暑，月明云薄淡于秋，宫殿锁金虬。

冰佩冷，风扬紫绡裘。五色光中瞻帝所，方知碧落胜炎洲，香雾湿帘钩。

归兴动，骑鹤下青冥。几点山河浮色界，一篷风露拂寒星，银汉悄无声。

鸾啸舞，仙乐送霓旌。摘得琪花飞散了，却将何物赠仙乡，衣上彩云轻。

飞梦出，闲到玉京游，尘隔天高那得暑，月明云薄淡于秋，宫殿锁金虬。

冰佩冷，风扬紫绡裘。五色光中瞻帝所，方知碧落胜炎洲，香雾湿帘钩。

归兴动，骑鹤下青冥。几点山河浮色界，一簪风露拂寒星，银汉悄无声。

鸾啸舞，仙乐送霓旌。摘得琪花飞散了，却将何物赠仙乡，衣上彩云轻。

四首《梦游仙》词，其内容与词牌相一致，记录了张镃于睡梦中，游历仙境的精神历程。在梦幻中游历仙境，目睹宫殿的辉煌。感受到"碧落胜炎洲"。又在睡梦中"骑鹤下青冥"，俯瞰"几点山河"。在梦幻中也观赏"鸾啸舞"，聆听"仙乐"，逍遥于仙乡的彩云之中。

张镃的豪奢，显然是继承和延续了北宋的传统，而另一方面，也体现了到南宋中期，随着国家政治的相对稳定、经济的发展，都市文化的急剧繁荣的一个结果和缩影。

同时，正如新历史主义学者所强调和揭示的，文学不仅是反映现实生活，而且更是其构成的一部分，参与到对于社会现实的建构。"这些具体文化实践产生了文本也由文学文本而产生。"①

张镃的豪奢生活，在南宋应该也是一个比较极端的事例，很难说具有多大的普遍性。但是却透露出来一些不同于北宋寇准、宋祁等人物豪奢生活的新的内涵，具有超越豪奢之外的更为丰富的内涵，体现了张镃对于日常生活诗意化、艺术化甚至戏剧性的努力和自觉追求。同时也体现了张镃自觉通过一系列场景的戏剧性呈现、展示和表演，而对于自我形象进行塑造的自觉努力。反映了南宋中期开始出现了城市文化与文学艺术愈来愈密切关联在一起的新情况。

事实上，除了文学发展的这一日常生活化趋势之外，②到了南宋中期则开

---

① 张京媛编《新历史主义与文学批评》前言，北京：北京大学出版社1993年版，第5页。

② ［日］吉川幸次郎《宋元明诗概说》，李庆等译，郑州：中州古籍出版社，1987年版，第14页。［日］村上哲见《宋词研究》，杨铁婴、金育理、绍毅平译，上海：上海古籍出版社，2012年版，第368页。

始出现了另外一种趋势,即日常生活文学化、艺术化特别是戏剧化的努力。文学日益卷入日常生活的建构过程,而不仅是一种日常生活的反映和表达,而是日益成为日常生活的一部分,积极参与到了日常生活的建构。

而张镃对于日常生活的诗意化、艺术化的追求,对于雅人深致的高洁高士的自我形象的塑造,一方面有超越生活奢华的物质生活意义之上,更为具有也更为富于精神生活与理想追求的内涵。而张镃的词作同样自觉参与到这一自我塑造的过程中。张镃对于仙境的追求,一再以记梦的文学形式加以表达,精心、刻意地在日常生活中加以落实、实现。所体现出来的日常生活审美化和诗性栖居的追求,对于仙境理想的向往,都有新的意义、价值和内涵。它不仅是南宋追求士大夫文化不断雅化,都市文化不断繁荣的结果和反映,也作为一个极端范例成为榜样,产生影响,受到模仿,从而积极参与南宋中期都市文化生活的建构与都市文学活动的建构过程。成为后世都市文化的奢华、典雅风尚的先声。①

而张镃搬演人生戏剧的主要舞台,就是他的私家园林南湖别业。

张镃的文学活动与文学作品中的大量作品,均与其南湖园林密不可分。诚如鲍廷博重刻《南湖集》时所称,"集中诸作,太半皆纪所居南湖、桂隐、玉照诸胜,及与同时士大夫游宴酬答之篇。"②因此,有必要对于这一重要舞台与诗歌题材,进行必要考察。

二　张镃对于南湖园林的设计及其文学题咏

张镃《舍宅誓愿疏文》,"经怀昨倦处于旧庐,遂更谋于别业,园得百亩,地占一隅,幽当北郭之邻,秀踞南湖之上,虽混京尘而有山林之趣,虽在人境而无车马之喧"《南湖纪略稿》记载,南湖一名白洋池,在杭州城北隅。宋张俊赐第,四世孙镃别业,据湖之上。湖在宅南,因名南湖。杨万里、陆游诸人皆为之题咏,而镃亦以自名其集,遂传为古迹。③

---

① 有关南宋都市文化繁荣,参考刘方《宋代江南城市文化的繁荣与发展》,杭州:浙江大学出版社,2011年版。有关后世都市文化的奢华生活,参考巫仁恕《品味奢华—晚明的消费社会与士大夫》,中华书局,2008年版。

② 《知不足斋丛书》第八集《南湖集》卷首《刻南湖集缘起》。

③ 四库提要四库全书总目提要 地理类存目五《南湖纪略稿》)。

文人园林发展到宋代，已经成为私家造园活动的潮流。对于宋代文人园林的艺术风格，有学者概括为简远、疏朗、雅致、天然四个方面。[①]

对于南湖园林的艺术风格与园林意境，张镃是亲自设计、布局、安排，以体现其理想追求。《庄器之贤良居镜湖上作吾亦爱吾庐六诗见寄因次韵述桂隐事报之兼呈同志》是张镃次韵唱和庄器之贤良居镜湖上作《吾亦爱吾庐》六诗的作品，其一云：

吾亦爱吾庐，地僻犹深山。山亦前后有，远望碧玉环。紧昔近市居，局促几泥蟠。买园辟荒榛，运量百亩宽。勤劳艺且筑，就绪五载间。葛巾雅相宜，何心傲蝉冠。流光隙中驶，霜鬓映苍颜。恬愉无竞外，幸免历世患。旁人笑野拙，枉是家长安。开门面陂泽，岸岸蒲蓼湾。此身夫何疑，郊岛乃瘦寒。[②]

诗歌中首先介绍了南湖园林所处的地理位置与周边环境。然后叙述了“勤劳艺且筑，就绪五载间。”在园林中进行园艺的种植与建筑的兴修，历经前后五载。而“葛巾雅相宜，何心傲蝉冠。”的自我形象，与“此身夫何疑，郊岛乃瘦寒”的自我定位，显然是与杨万里、史浩的对于张镃的人格、形象的描绘相一致，也充分说明了这一形象正是张镃希望在公众面前所树立的形象。因此，在唱和这一公共性文学活动中，张镃仍然自觉进行自我形象塑造，而其所追求的理想，则是“恬愉无竞外，幸免历世患”。而其二云：

吾亦爱吾庐，万木纷秀挺。一一亲主盟，非特时管领。缅怀蛮触氏，陨腐争夺境。跃然起予衷，大类困浇茗。扫空市虎疑，照破杯蛇影。步宽更容人，园中无狭径。

在此首诗歌中张镃明确说明了南湖园林中的“万木纷秀挺”是他“一一亲主盟”，主持设计、安排的。

而在唱和诗歌的后面三首中，张镃再次描绘了南湖园林的基本概貌和周边环境和自己的怀抱、理想生活：

---

① 周维权《中国古典园林史》(第二版)，北京：清华大学出版社 1999 年版，第 233—235 页。

② (宋)张镃撰《南湖集》卷一，上海：商务印书馆《丛书集成初编》1936 年版，第 11 页，下同，不另出注。

吾亦爱吾庐,试听谈向背。维南汇平湖,浙水实分派。两峰屹三塔,形势远襟带。城中那有此,到处怜湫隘。挐舟信所之,讵复防厉揭。猿鹿骛幽旷,引遯终远害。抱垣更通津,渔钓欲寄快。都缘迹不羁,彻老心自在。

吾亦爱吾庐,精舍出其右(仆舍园东旧宅为禅寺)。南山祝吾君,身自乐畎亩。福田非住相,初不藉耕耨。众生睹善法,政合远奔走。谁知在家僧,特木断荤酒。更有一般呆,望南看北斗。

吾亦爱吾庐,门前卖时蔬。满担风露香,选择未始无。苏子觅二顷,杨翁营一区。两者况见成,自顾惭晨晡。不妨瘦如竹,何急肥似壶。向来炼句痴,工拙分毫铢。如今布袍下,识字村田夫。诸公信余言,相从莫踟蹰。

其四描绘了南湖园林在山水之间的胜景,同时表达了"引遯终远害"的愿望,希望过"渔钓欲寄快""彻老心自在"的逍遥自在、自由快乐的闲适生活。

其五谈到南湖园林的右面,就是张镃舍宅为寺所在。讲述自己作为在家居士信佛断荤酒的情况,其六则描绘了与南湖园林周围农人的和谐关系,颇有追慕陶渊明的意味。最后向同道发出邀请,"诸公信余言,相从莫踟蹰。"

中国古代园林艺术的发展与士大夫绘画之间,有十分密切的关系。特别是文人园林,自唐、宋以来,不少士大夫私家园林,往往将绘画特别是山水画的意境于园林的布局与造景之中加以表现,陈从周先生《园林与山水画》中指出:

言意境,讲韵味,表高洁之情操,求弦外之音韵,两者二而一也。此即我国造园特征所在。简言之,画中寓诗情,园林参画意,诗情画意遂为中国园林之主导思想。[①]

而张镃则恰恰十分符合要求,不仅是当时名家公认的著名诗人,也是书画的爱好者。元夏文彦撰《图绘宝鉴》卷四记载:"张镃,字功父,号约斋。清标雅致,为时闻人。诗酒之余,能画竹石古木,字画亦工。"清代王毓贤撰《绘事备考》卷

---

① 陈从周《园林与山水画》,载陈从周《园韵》,上海:上海文艺出版社,1999年版,第209页。另外参考陈从周《造园与诗画同理》,载陈从周《园韵》,第319页。

六更是详细记载：

> 张镃，字功父，号约斋，循王之孙。性豪爽，有心计。文章诗赋皆有可观。既雄于赀，而复好事。后房数百人，咸极时之选。风亭月榭，甲于京师。尝作驾霄亭，在高松之上。延宾客避暑其中，登者如游云表。南园牡丹数千本，品目最贵。花时宴客，穷极奢华。衣香鬓影，舞裙歌扇，观者动心骇目，不知其为人世也。精于书法，兼善竹石古木，画之传世者：
>
> 石壁松杉图一，苍崖古木图二，石笋修篁图一，枯槎折竹图二，秋山落木图二，墨竹图十三。①

正是张镃所具有的这些文化修养、文艺技能和审美理想，他在为自己的南湖园林的规划设计与具体实践的造园活动中，体现了文人园林的雅趣与境界。

关于张镃的艺术修养和园林生活，美国学者姜斐德（Alfreda Murck）在其研究南宋文化的专著中，曾经谈及：

> 他把大部分精力都投入于自己精妙的园林，投入于鉴藏茶、食物、古玩和乐器，投入于训练他的歌女，投入于富于想象的娱乐中去。……张镃也受惠于祖父的万贯家资，他以此在杭州附近修建了一系列奢华的园林和别墅。张镃是一个多愁善感的唯美者，出于对桂树这种馥郁芬芳的树木的喜爱，他把自己的第一座园林命名为"桂隐"。他可能也因为"桂"与"贵"谐音而喜欢这个名字。"桂隐"位于杭州郊外的小湖边，其中布满大量精心设计的寺院、房舍、禅室、书房，各种凉亭、桥梁、池塘和石窟，尽管环境极尽奢华之能事，但张镃强调他的目标是优雅和宁静，他取"约斋"为号。②

姜斐德特别注意到和提示指出"张镃是一个多愁善感的唯美者"，可谓别具只眼。桂隐堂是南湖园林中的主体建筑，而非园林名称。姜斐德推测张镃可能因为"桂"与"贵"谐音而喜欢这个名字。而我以为显然与张镃自觉的自我型塑

---

① （清）王毓贤撰《绘事备考》卷六，四库全书本。

② ［美］姜斐德著《宋代诗画中的政治隐情》北京：中华书局，2009年版，第198—199页。"精心设计的寺院、房舍、禅室、书房，各种凉亭、桥梁、池塘和石窟"，他以此为基础，进行了一系列长时间的文化活动与文学实践。

和精神表达不一致。如果说谐音的话，“桂”与“归”谐音，而寓意归隐，倒是比较符合张镃的理想追求。而且如前指出，张镃喜爱桂花，为南湖主体建筑取名桂隐堂与黄庭坚因为桂花悟道的公案有关。而且张镃也不满足于仅仅。

在张镃《南湖集》中，保存了大量张镃对于南湖园林的诗词题咏。即书写了张镃自己对于园林的热爱，审美的理想、诗意人生的追求等多方面内涵，也折射出了自中唐以来中国文化与中国文学观念发展与变迁的脉络与影响。美国著名汉学家宇文所安在《中国中世纪的终结：中唐文学文化论集》一书中提出了一系列重要而新颖的学术观点：

> 中唐既是中国文学中一个独一无二的时刻，又是一个新开端。自宋以降所滋生出来的诸多现象，都是在中唐崭露头角的。在许多方面，中唐作家在精神志趣上接近两百年后的宋代大思想家，而不是仅数十年前的盛唐诗人。以特立独行的诠释而自恃，而非对于传统知识的重述，贯穿于此后的思想文化。对于壶中天地和小型私家空间的迷恋而做机智戏谑的诠释，成了在宋代定形的以闲暇为特征的私人文化复合体的基础。①

通过宇文所安的睿智的考察和精辟揭示的视野，我们可以发现在张镃的身上和作品中，都恰好鲜明体现了宇文所安所洞察和揭示的新的文化与文学观念，从而也很好地印证了宇文所安的观点。张镃不仅停留于亲自设计和实践南湖园林的造园过程，他显然不满足于此。他还需要从对于自己私家园林的反复题咏中，使南湖园林获得永恒。而他自己也通过这些题咏南湖园林的作品，永久的对于南湖园林获得诗性拥有。

南湖集卷三《山堂纪实》一诗记叙了张镃的南湖园林中的日常生活与园林风光景色：

> 莓苔墙下斑斓长，烟霏谷口依稀上。晨辉径奔(去声)鸟声来，夕影屡逢蟾魄晃。杖拖瘦路鸣敲铿，天台庐阜着脚行。中林稳置盘陀石，并坐不与孤云争。疏红迭翠如先有，霜藤蔓缘惊蛇走。枝枝叶叶巧相搀，岁寒俱是论心友。庵前台上晴最嘉，数杯薄酒聊随茶。客来劝主主劝客，醉倒冠

---

① [美]宇文所安《中国中世纪的终结：中唐文学文化论集》，陈磊、陈引驰译，北京：三联书店，2006年版，第6页。

履从攲斜。且道如今夸甚处，见成不是虚排句。堂前新展假山诗，约斋老子堂中住。①

斑驳的苔痕，袅袅的烟霏，与鸟声一同来到的朝阳，与月光共徘徊的夕影。四句从四个角度，从色、声、光多方面感官，描绘南湖园林的日常景色。而张镃以四个动词作为四句诗歌的结尾，化静为动，使园林景色充满动感与活力。接下来四句描绘了诗人在南湖园林中观赏景观，自由漫步的孤独身影。或行或坐，闲适淡雅。再四句描绘园林中的植被，花草树木争奇斗艳而又相搀、心友。随后四句写与朋友在园林中的倾心相醉，最后以夸耀这种生活作结。这一类的诗歌书写，在张镃的作品中有相当数量，选择有代表性的稍作分析。《南湖集》卷五《春分后一日山堂述事》四首：

永日柴扉手自关，不惊时序若循环。炼成黄土为真药，守得青苔遍假山。戊巳燕知随鸟历，西南樱喜趁花斑。春光莫恨中分过，能使时长始是闲。

每到山堂懒作诗，今朝诗兴觉偏宜。层林飍沓阴填户，乱石巃嵸翠绕池。猛欲近前闻紫燕，忽听高处啭黄鹂。风铃不必檐间语，境界非凡我熟知。

老圃工夫愈可嘉，种藤萦树尽开花。人间似我能闲少，石上看云到日斜。樵径有苔休扫叶，茅庵无客亦煎茶。两边最喜添新竹，夕照斜时渐可遮。

岩通道院碧桃妍，别号琅华小洞天。香火微官方称职，轩裳闲梦自无缘。星坛夜礼魁罡列，丹室朝存震兑全。绝粒飞升休慢语，不求人已是神仙。②

这是描绘南湖园林春天日常生活的几个片段。第一首写在宁静中的时序循环变化，鸟语花香，而诗人内心宁静，悠闲。第二首写忽然诗兴大发，感受到园林中自然万物的勃勃生机。与第一首以写静景，突出景物的色彩“黄土”、“青苔”、红“樱”、“花斑”不同，第二首则是以写动景，突出景观的声音，声景为

① (宋)张镃撰《南湖集》卷三，上海：商务印书馆《丛书集成初编》1936年版，第41页。

② (宋)张镃撰《南湖集》卷五，上海：商务印书馆《丛书集成初编》1936年版，第72—73页。

主，层林飐沓、闻紫燕、啭黄鹂、风铃檐间语，描绘了一幅众声喧哗的园林世界。然而这些声音，声景又恰恰进一步凸显了张镃在南湖园林日常生活中的幽静与闲适。第三首写日常生活中对于园林植被的打理，通过老圃的园艺，园林中的植被尽开花。而作为主人的张镃，则徜徉其中，“石上看云到日斜”，颇有王维“行到水穷处 坐看云起时”的精神意境。而“樵径有苔休扫叶”，云云，则很容易让人联想到陶渊明的《归去来兮辞》中“三径就荒，松菊犹存。……园日涉以成趣，门虽设而常关。策扶老以流憩，时矫首而遐观。云无心以出岫，鸟倦飞而知还。景翳翳以将入，抚孤松而盘桓。”或者杜甫《客至》“花径不曾缘客扫”的逆用。而第四首则由道院、洞天，而怀疑绝粒飞升的说法，并且自认为自己的园林中的日常生活已经就是“不求人已是神仙”的神仙生活。

四首诗歌，就如同四幅张镃春日园林日常生活的经典片段，园中景、景中人，与人眼中的景与园、人在园与景中的活动，更为重要的是人心中的风景与心灵的风景。显然在这些诗歌作品中，张镃仍然在自觉地通过文学文本进行自我型塑。[①]

三 作为公共空间的南湖园林文学雅集与文学书写

张镃生性豪爽，好交游，“一时名士大夫莫不交游”，[②]杨万里、陆游、辛弃疾、姜夔、洪迈等当时众多名家，均与张镃有密切往来。张镃也常邀请他们在自己的南湖园林内共同赏花、观景、游玩、唱和，留下了不少唱和作品。

由宋入元的诗人戴表元撰《剡源文集》卷十有《牡丹燕席诗序》记叙说：

> 人之于交游会合谈燕之乐，当其乐时不知其可慕也。事去而思之，则始茫然有追扳不及之叹。渡江兵休久，名家文人渐渐修还承平馆阁故事。而循王孙张功父使君，以好客闻天下。当是时，遇佳风日，花时月夕，功父必开玉照堂置酒乐客。其客庐陵杨廷秀、山阴陆务观、浮梁姜尧章之徒以十数，至辄欢饮浩歌，穷昼夜忘去。明日，醉中唱酬诗或乐府词，累累传都

① 有关张镃借助南湖园林中的文学活动进行自我型塑的详细讨论，参考刘方《汴京与临安：两宋文学中的双城记》，上海：上海古籍出版社，2013年版。

② （宋）周密：《齐东野语》卷二十，北京：中华书局，1997年版，第374页。

下，都下人门抄户诵，以为盛事。然或半旬十日不尔，则诸公嘲讶问故之书至矣。嗟夫，此非故家遗泽，余所谓追扳而不获者耶？[①]

戴表元在宋亡之后，追忆当年南宋临安都市中交游会合谈燕之乐，在“渡江兵休久，名家文人渐渐修还承平馆阁故事”的普遍社会风尚中，最为让戴表元念念不忘，记忆深刻的是张镃在其私家园林中的诗酒雅集。庐陵杨廷秀、山阴陆务观、浮梁姜尧章即杨万里、陆游、姜夔，皆一流文学人物，欢饮浩歌，而“明日，醉中唱酬诗或乐府词，累累传都下，都下人门抄户诵，以为盛事”。可见张镃私家园林雅集的影响力，而“然或半旬十日不尔，则诸公嘲讶问故之书至矣”，则更能够体现出张镃雅集所具有的极高的公共性特征。不仅是一个群体的雅集、唱和，也不仅是其作为一流文学家，唱和作品迅速流传都下，而且这个活动已经超越了其本身内涵，更为具有了作为临安都市文化一个标志、一个典范、一个公共事件的社会性意义。已经成为南宋临安都市文化的一个重要组成部分，一个都市文化中不可或缺的文化表达，一种南宋都市文化典范的象征。因此半个多世纪之后，戴表元追忆起当年都市文化的盛事，仍然对于张镃私家园林雅集印象深刻，感叹不已。

宋陈傅良撰《止斋集》卷四十《张园送客分韵诗序》：

右张园送客分韵诗，为常、信二史君作也。士立朝则相推先，去国即相怀不忍别，此岂直私为好哉，而关于当世之故矣。盖闻吉甫有大功于南征，其来归饮御之诗，自谓及此者，张仲孝友在焉尔。逮其季，至采萧葛。一日去君侧，凛然有三歲之惧。周之盛衰，余以是观之。石侯叔访、黄侯商伯，同时丞太府，皆以欲便私请于朝，二三大臣辄留，其章不上。繇侍从下暨馆学之士，苟见诸公，亦辄止之曰：“奈何使两贤去也。”而侯请益力。盖久之，诸公信，以为靡他。于是始言上。上重其去，为择辅郡，才需旬岁之次，而叔访得信州，商伯得常州。然合朝方怃然不满，饮饯弥日，相与咨嗟叹息也。最后同院若同僚若同年家又十人饯之张园。两侯之贤，天下识之。今其去，徒以欲便私，无毫发意不自得，且旬岁间为善辅郡，行矣。还阙，可朝发夕至也。视前时去者甚宠，而同朝犹不忍别如此。嗟乎，立今之朝，不谓之遭时耶。会张功父致地主之意，亦分一韵，余不获在分中，

① （宋）戴表元撰《剡源文集》卷十，四部丛刊本。

故为之序。[1]

陈傅良首先议论说“士立朝则相推先,去国即相怀不忍别,此岂直私为好哉,而关于当世之故矣。”将士大夫之间的关系,朝则相推先,去国即相怀,提升到“关于当世之故”的高度,并非仅仅是出于私好的个人原因。这样就将张镃南湖园林中的雅集唱和,不是仅仅看成私人聚会,而是关乎国家、关乎士大夫风气的事件。而此次在南湖园林中的雅集唱和,除了要为之饯行的石侯叔访、黄侯商伯之外,还有黄裳、彭龟年、章颖、薛叔似、蔡幼学、范仲黼、曾三聘、李谦、吕祖俭,这些雅集人物真正可以称得上一时之俊秀。

事实上,张镃交游和文学活动中的群体十分庞大。根据张镃《南湖集》记载,可以考证的与张镃有诗歌交往的有 50 人。根据笔者不完全统计,其中参与张镃文学交往活动 2 次以上者 15 人,其中杨万里最为密切,达 26 次,陆游次之,也达到 10 次。台湾学者林佳蓉根据张镃《玉照堂词》的词下小序统计,有 14 人,其中李颐、雷紫岩、陈退翁三人为上述统计中未见,林佳蓉注明生平未详。[2] 而事实上,这还并非张镃文学交游人物的全部。考证南湖集卷三《程尧仲以杨秘监所赠诗见示因走笔次韵约观园中桂花》,卷五有《约周希稷游湖上园》卷六有《湖上呈虞仲房》因此,至少与张镃有文学交往活动的人物就有 56 人。而这些还仅仅是根据清四库馆臣据《永乐大典》辑为 10 卷张镃《南湖集》(其中诗 9 卷,词 1 卷,约计诗歌 1017 首,词作 78 阙首)。而根据方回《读张功父〈南湖集〉》:“近得其前集二十五卷,三千余首。”则张镃仅仅《南湖集》前集就为 25 卷,诗 3000 多首,而张镃在世之时,就已经编成三集。可见数量应该十分庞大。现存作品应该仅仅是其全集的十之一二。因此,现在保存下来的张镃诗词作品中可以考证出来的 53 人,应该仅仅是张镃文学活动交往人物的一部分。而仅仅就这 53 人而言,就可以看到几乎囊括了张镃时代最为优秀的文学家,优秀思想家的相当部分,包括了朱熹、陈傅良等,和相当一部分的当时重要政治家。

而就在上述雅集的来年,张镃又与一批朋友雅集于南湖园林中的桂隐堂。张镃有《木兰花慢》词,有词序云:

---

① (宋)陈傅良撰《止斋集》卷四十,四库全书本。

② 林佳蓉《杭州声华:以张镃家族。姜夔、周密之词为探讨核心》,台北:学生书局,2011 年版,第 105 页。

甲寅(1194)三月中瀚，邀楼大防、陈君举中书两舍人，黄文叔待制、彭子寿右史、黄子由匠监、沈应先大着过桂隐即席作。

清明初过后，正空翠，霭晴鲜。念水际楼台，城隅花柳，春意无边。清时自多暇日，看连镳飞盖拥群贤。朱邸横经满座，紫微渊思如泉。 高情那更属云天。语笑杂歌弦。向啼鴂声中，落红影里，忍负芳年。浮生转头是梦，恐他时高会却难全。

快意淋浪醉墨，要令海内喧传。[1]

根据词序，参与雅集的是楼钥、陈傅良、黄裳、彭龟年、黄由、沈有开字应先数人。

词首交代时间“清明初过后”，因此是“正空翠，霭晴鲜”，的自然风景。“念水际楼台，城隅花柳，春意无边”则是描绘临安都市中的市民纷纷游览观赏，而临安游观之盛，《梦粱录》《武林旧事》等文献有详细记载和介绍。

“看连镳飞盖拥群贤。朱邸横经满座，紫微渊思如泉。”这几句都是称美来宾才华出众。连镳，此处应该是指接续。北周庾信《周上柱国宿国公河州都督普屯威神道碑》：“陇右贵臣，河西鼎族，公侯踵武，岳牧连镳。”此句是描绘来宾群贤乘车接续而来。横经，横陈经籍。应该是指饱学之士。南朝梁何逊《七召・儒学》：“横经者比肩，拥篲者继足。”此句是说张镃园林建筑中高朋满座。

紫微渊思如泉，紫微即紫微星，因为中书舍人、待制等官均为皇帝近臣。而担任这些官职者也必定是学识渊博、才华出众。因此是思如泉涌。

结句“快意淋浪醉墨，要令海内喧传”尤其值得注意，表达了张镃明确自觉的意识。雅集唱和作品，是希望“海内喧传”。对照戴表元《牡丹燕席诗序》中“醉中唱酬诗或乐府词，累累传都下，都下人门抄户诵，以为盛事。然或半旬十日不尔，则诸公嘲讶问故之书至矣。”正是可以相互印证。

欧阳光《宋元商社研究丛稿》在论及南宋中后期临安诗社的时候，考证有杨万里诗社，有许及之诗社，有张镃诗社。[2] 而杨万里、许及之均与张镃有比较密切的文学活动往来。其实陆游有《和张功父见寄》诗中就有“回思旧社惊年往，细读来书恨纸穷”[3]南湖集卷六中有《又呈坐客》：

---

① 张镃《南湖集》，上海：商务印书馆《丛书集成初编》1936年版，第184页。
② 欧阳光《宋元商社研究丛稿》，广州：广东高等教育出版社，1996年版，第255—259页。
③ 陆游著、钱仲联校注《剑南诗稿校注》卷24，第四册，上海：上海古籍出版社，1985年版，第1744页。

天假南湖一段奇,宾朋胥会只论诗。人生未老肯闲日,春色无边方盛时。林外好山看独惯,尘中新事问宁知。从来邂逅宜真率,花下杯传却莫迟。①

似乎是一次诗社活动的记录。其中"真率"是暗示了此处诗社雅集与北宋洛阳司马光等真率会的宗旨、追求的关系。②

因此,张镃很可能在临安有诗社,而且长期活动,影响深远。而主要的活动地点,应该就是张镃的私家南湖园林。在南湖雅集中,高朋满座、把酒轮式,几无虚日。而宾朋唱和的诗词作品,则是门抄户诵,在都城临安中广为流传,不仅成为南宋都城中的诗坛盛事,也成为南宋都市文化中的标志性事件。而这些频繁的雅集、唱和,大大提高了其文化影响力,不仅使南宋一时优秀诗人之间的广泛交流诗艺,而且也促进了他们诗歌的传播与影响力,真正达到了张镃所要追求的"要令海内喧传"的目的。张镃南湖园林的雅集、唱和等文学活动,对于南宋中期的诗坛中兴,显然具有重要的作用和影响。

张镃建构南湖别业,始自淳熙十二年(1185)到开禧三年(1207)张镃获罪。前后二十余年,其持续时间,远超苏轼等人元祐时期的西园雅集。

南宋张镃南湖园林雅集,不仅是南宋都市文化繁荣的一个产物,体现了南宋都市文学的盛况,而且其本身也构成了这一文化的组成部分,参与了都市文化的建构,不仅是都市雅集文化,而且参与都市政治文化,成为建构都市政治文化的一个有机组成部分。而这一特质,在张园送客雅集分韵唱和这样的都市文学与社会、政治活动中体现的尤为突出。

张镃作品中大量表达的是归隐的快乐,园林中的快乐,远离都市尘嚣的快乐,摆脱政治缠绕的快乐,获得生命自由的快乐,等等。这一方面与前面已经论述的张镃十分自觉对自我形象进行长时期、多方面、持续的型塑有关,构成了张镃自我型塑的组成部分。另一方面,这种欢愉的表达,又往往是一种表面的现象,常常是显得故作欢愉,格外在意和强调欢愉。被张镃反复刻意强调之后,欢愉反而让人有所怀疑,其以欢愉所要掩盖的深层的情感与思想。

而在张镃反复表达欢愉主题的作品中,不时流露出的有关生命短暂,欢乐

① 《南湖集》卷六,北京:中华书局影印《丛书集成初编》本,第 96 页。

② 关于宋代多个以真率会为名称的诗社情况,参考欧阳光《宋元商社研究丛稿》,广州:广东高等教育出版社,1996 年版,第 32—35 页,第 210 页,第 214 页,第 221 页,第 239 页,第 281 页。

难再，时光易逝甚至生死忧患的焦虑，才更为真实表达了张镃内心深层挥之不去的生命的忧患意识与焦虑。人类对于生命的忧患意识，对于死亡的恐惧意识，对于生命短暂的焦虑，并不会因为所处贫贱或是富贵而改变，甚至在获得生存基本满足之后的敏感的士大夫，对于这一方面往往有更为突出的敏锐感受与精神焦虑。[①]

张镃对于仙境的向往，对于成仙的强烈渴望，对于佛寺的捐赠和佛教的信仰等等，以及在诗词作品中忍不住的对于生命的忧患与焦虑的流露，都一再表明了在他的欢愉的歌唱掩盖下的生命的哀歌。而张镃所努力进行的生命的欢愉的歌唱，无疑是在渴望通过人生的诗意化的途径，力图获得生命的审美解脱。

---

① 有关中国士大夫生死反思问题，参考刘方《中国美学的历史演进与现代转型》第十二章《诗性栖居的永恒感、可能性与日常化》，成都：巴蜀书社，2005年版，第260—281页。

儒、道之间：白玉蟾的诗词创作与心路历程

华东师范大学古籍研究所　罗争鸣

在漫长的道教史上，像南宋道士白玉蟾这样系统大规模地创作诗词文赋者并不多见。葛洪、寇谦之、陆修静、陶弘景、张万福、杜光庭等历代高道，一生勤于著述，至今仍有重要文献存世，对道教发展做出过不可磨灭的贡献，但他们更多的是对道经、科仪文献的疏注或纂辑整理，文学性的诗词创作，相对而言并非主体。杜光庭以“博学善属文”名世，但他留存的诗词数量，在现有文献中也是少数，想必实际情况也基本如此[①]。而白玉蟾竟留下1000多首诗，100余首词，数百篇仙传、青词、洞章类文、赋，生前即有《玉隆集》、《上清集》、《武夷集》流传，后世编刊的《海琼玉蟾先生文集》[②]、《新刻琼管白先生集》[③]、《白玉蟾全集》[④]及今人整理的《白玉蟾全集校注本》[⑤]、《白玉蟾集》[⑥]等已有数种，而近纂大型总集《全宋词》收130余首、《全宋诗》收6卷，《全宋文》收12卷。

单从白玉蟾留存诗词的卷数和数量，我们都认可他是一位了不起的诗人、文学家，在海南更被誉为“琼籍文化宗师第一人”[⑦]。近年关于白玉蟾的研究，除了单篇论文，硕士论文和专着都已出现，但每涉及白玉蟾诗词创作，除了部分道教学者的研究能够结合教义和哲学思想进行深入探讨外，其他无非是白玉蟾其人及诗词作品的综述，然后分析思想内容、艺术特色的“三段论”式研究。但白玉蟾

① 孙亦平对杜光庭诗词创作做过系统梳理和研究，见《道教文化研究》第25辑。另外，罗争鸣《杜光庭道教小说》对杜光庭诗词创作情况也有考订，巴蜀书社，2005年。

② 明正统臞仙刻本。

③ 明安正堂刘双松刻本。

④ 萧天石《道藏精华》本，台北自由出版社1969年影印。

⑤ 朱逸辉等校注，海南出版社2004年版。

⑥ 周伟民点校，海南出版社2005年版。

⑦ 明代南京礼部尚书王弘诲在《张事轩集》序中说：“吾乡自丘文庄相而白海琼仙二先生诗文出，业已彪炳艺林，为后世经世之宗，后之作者不可及已。”

为何创作这么多的诗词作品？背景是什么？内在动机如何？此前"知其然"的基础工作，我们已经做了一些，但"知其所以然"的深层问题还需进一步发掘。

一 道教的经典传统与白玉蟾的丹道歌诗

葛兆光《"不立文字"与"神授天书"：佛教与道教的语言传统及其对中国古典诗歌的影响》一文，以佛教的"不立文字"、"不可言说"对应道教秘传的符文和神圣经典，指出佛教与道教有不同的语言习惯，而道教重视书写文字，对经典权威性和文字神秘性的强调，5至6世纪有逐渐升级的趋势[①]。此说基本不错，道教对经典神圣性和对文字神秘性的重视程度，可以说是一以贯之的传统。仓颉作书而"天雨粟，鬼夜哭"及"敬惜字纸"的传说与民俗，彰显的正是敬畏文字的传统，作为本土宗教的道教承续这一观念，并强化到经典的造构与符文的书写上。

道教强化经典、符文的神圣性，除了通过汉字形体变化与重新组合而赋予神秘色彩的书写传统[②]，还有"歌诗传统"。汉语音节分明，再加上汉字的声调变化、抑扬顿挫等因素，较容易形成叶韵整齐的四、五、七言等表意单位。上古文献很多讲究叶韵，《诗经》、《周易》、《老子》等莫不如此，而道教为"自神其教"，也在歌诀上下足了功夫。其基本方式之一就是以韵体的四、五、七言夹杂大量隐语、比喻以造成"词韵皆古，奥雅难通"的神秘氛围。如早期道经经典——东汉魏伯阳的《周易参同契》，就大量运用四字一句、五字一句的韵体文及少数长短不齐的散文体和离骚体，期间夹杂各种譬喻和隐语，有的篇什颇类古体诗，且韵味十足，如上篇：

世间多学士，高妙负良才。
邂逅不遭值，耗火亡货财。
据按依文说，妄以意为之。
端绪无因缘，度量失操守。
……

---

① 葛兆光：《中国宗教与文学论集》，清华大学出版社，1998年，第42—44页。

② 还有一种方式是"离合字"，即把人名或玄道中的重要字词化解分开，然后用韵语表达出来，《真诰》中这种现象尤多，如"凤巢高木，素衣衫然"，据陶注即为许穆之"穆"字等。

杂性不同种，安可合体居？
千举必万败，欲黠反成痴。
稚年至白首，中道生狐疑。
背道守迷路，出正入邪蹊。
管窥不广见，难以揆方来。①

我们单纯看这首五言诗，颇有《古诗十九首》的风味，但这却出自一部地道的丹经——《周易参同契》。朱熹晚年喜读《参同契》，谓"《参同契》文章极好，盖后汉之能文者为之。其用字皆根据古书，非今人所能解。②"仇兆鳌《古本周易参同契集注例言》以为：

《契》中经、传，各叶古韵：有全篇一韵者，有一篇数韵者，有两句叶韵者，有数句叠韵者，有隔二句、三句用韵者，变化错综，并非率意偶拈……今玩《契》文，本《周易》以立言，则道尊；讬风人之比义，则辞婉。故语特雅驯，能垂世而行远，且三人各位一体，四言仿《毛诗》，五言仿苏李，丹赋仿楚骚，鼎歌仿古铭，意本贯通，而语无沿袭③。

以为《参同契》诗体仿自《毛诗》、《楚辞》等，且"道尊"、"辞婉"，大概这是从文学角度对《周易参同契》的最高评价了。除了《参同契》，早期道教经典多以诗歌语言夹杂隐语和大量譬喻展开，如《黄庭经》、《上清大洞真经》、《真诰》等南方上清派经典等，都以歌诗见长。《黄庭经内景经》基本为七言韵体歌诗，《大洞真经》中的诗作已趋成熟、精炼，而《真诰》中的人神感会作品，本质上讲，还是"人为"，文学意味更加浓厚。道教运用诗歌传道、体道的水平，随着自身的发展和强大，也日渐提高，并对俗世文学的创作产生影响。赵益教授的大作《〈真诰〉与唐诗》就是这方面的宏论④。但这种影响并不限于世俗文学，它对教内

① 见《周易参同契考异》，《朱子全书》第13册，上海古籍出版社、安徽教育出版社，2002年，第544页。
② 朱熹《周易参同契考异》，《朱子全书》第13册，上海古籍出版社、安徽教育出版社，2002年，第530页。
③ 上海古籍出版社，1989年影印，第24—25页。
④ 赵益的《六朝南方神仙道教与诗歌研究》对此也有深究，另外其《隐语、韵文经诰及人神感会之章：略论六朝南方神仙道教与诗歌之互动》(《南京大学学报》2004年第4期)也提到"《真诰》诗歌既不完全是巫术隐语，也不完全是方术的秘授，更不是歌赞上仙和宗教威仪的'神圣诗歌'，而是人的创造，是诗人在宗教的感召与影响下的感情流露与宗教体验。……这些诗歌所包含的丰富象征，对仙真世界的赞叹与歌颂，对自我宗教热情的强烈抒发以及体道的欣喜与欢愉，对当时及后来的文学产生了深远的影响。"

经典的造构和教义的阐发，更成为一种根深蒂固的传统模式。仇兆鳌在《古本周易参同契例言》中言及《参同契》富于文学意味时，顺带说：

> 此历代道家著述之渊源也，如许真君之《石函记》、崔氏《入药镜》[①]、吕祖《敲爻歌》、《三字诀》，张公《悟真篇》、《金丹四百字》，三丰《节要篇》、《证道歌》，皆从此出[②]。

除了众所周知的《悟真篇》，《石函记》、《入药镜》、《敲爻歌》等丹经歌诀现在还有留存。其中《石函记》除了部分道论，有大量五七言歌诀杂侧其中，如《圣石指玄篇》：

> 万象虚生何所约，妙化本因丹汞作。
> 扶桑东出金乌精，炎焰羽毛光烁烁。
> 飞走阳火名曰魂，暮落朝荣晦还朔。
> 红轮驾起景阳车，循亡还合游匡郭[③]。

歌诀偶句叶韵，并夹杂大量隐语和譬喻，《入药镜》、《敲爻歌》、《悟真篇》等丹道歌诀基本如此，可以说从《周易参同契》以下，以这种似通非通、玄妙隐秘的歌诀形式阐释丹道理论和修炼方术已成为一种潜在的"集体无意识"。

白玉蟾被尊为两宋道教金丹派南传第五祖，也是南宗道派的实际创始人。作为吕祖、张伯端的继承者，白玉蟾也创作大量歌诀深入阐释其内丹理论。白玉蟾现存诗作中，丹道歌占相当大的比重，而且很多普通诗歌题材，在白玉蟾笔下都熔铸了内丹修炼的旨趣，比如他的《水调歌头·自述十首》、《咏雪》、《晓》、《暮》、《武夷有感》十一首等等看似寻常题材、但处处因景寓玄，营造了一个修炼金丹的瑰丽世界[④]。另外，《上清集》中的词作，有的词牌下标小字注"修炼"，如《沁园春》、《满庭芳》等，内容则全是金丹修炼之旨。至于《万法归一歌》、《大道歌》、《安分歌》、《必竟恁地歌》、《快乐歌》、《华阳吟》等与吕祖的《敲爻歌》、《三字诀》更是如出一辙，且看《上清集》中的《快活歌》部分：

---

① 《入药镜》，《道藏》本《修真十书》题做《天元入药镜》，即《崔公入药镜》，崔希范撰，崔氏生平无考，据《修真十书·天元入药镜》崔希范自述，题"唐庚子岁望日至一真人崔希范述"，知其为唐人，号至一真人。

② 上海古籍出版社，1989年影印，第24—25页。

③ 《道藏》第19册第419页。

④ 詹石窗：《白玉蟾诗词考论》，《武夷文化研究——武夷文化学术研讨会论文集》，2002年8月。

快活快活真快活，被我一时都掉脱。
散手浩歌归去来，生姜胡椒果是辣。
如今快活大快活，有时放颠或放劣。
自家身里有夫妻，说向时人须笑杀。
向时快活小快活，无影树子和根拔。
男儿端的会怀胎，子母同形活泼泼[①]。

现有研究指出，白玉蟾的这些诗词，尤其乐府旧题、新题之作，“是对前代同题乐府诗的模仿与追步，或完全承袭原意而加以改写”[②]，或“继承并发展了传统乐府诗中的叙事表现手法，形成质朴通俗的叙事效果”[③]。这种纯粹从文学、文艺学角度的观照，固然可以纠正单纯从“内丹修炼”角度理解的偏颇，但又容易滑向另一个极端：过分强调本是道经的丹道歌诀的文学和审美，总结出一些艺术成就、审美特质等，但颇显牵强。如有的文章着力分析《快活歌》的美学思想，以诗中的“真快活”为一种“审美高峰体验”[④]，想必白玉蟾无论如何也不会想到自己的一首炼丹歌竟与西方美学的“高峰体验”挂上了钩。实际上，白玉蟾这类丹道歌诀，包括乐府、近体诗、古诗等众体歌诗，如果说有传统的话，应是从《周易参同契》、《敲爻歌》、《悟真篇》等一系承续下来的。

白玉蟾的词作也有不少，如前揭，《全宋词》收了 130 余首，词牌有《满江红》、《念奴娇》、《阮郎归》等[⑤]，这些词作，有相当一部分是用来阐释内丹理论的。而这正如《周易参同契》借鉴《诗经》、《楚辞》及同时代的古体诗一样，是随着时代发展的“与时俱进”——灵活借用新的文学样式为阐释丹道理论而服务。

二　白玉蟾诗词的“才子”之作

白玉蟾诗词作品中，除了大量丹道歌诀，还有很多羁旅天涯中的模山范

---

① 《道藏》第 4 册第 781 页。
② 刘亮：《白玉蟾生平与文学创作研究》，凤凰出版社，2012 年，第 99 页。
③ 同上书，第 118 页。
④ 查庆、雷晓鹏：《白玉蟾道教美学思想简论》，《宗教学研究》，2008 年第 3 期。
⑤ 刘亮统计白玉蟾所用词牌有 36 个，词作计 137 首，见《白玉蟾生平与文学创作研究》第 134—135 页。

水、感怀身世之作。这类作品是相对纯粹的文学创作，清人王时宇以“天仙才子”喻白玉蟾[①]，今人参研白玉蟾词，就借“才子”之名概括这类词作：

白词内容丰富，风格多样，从总体上看，可分为两大类：一类是道教词，体现白玉蟾作为“天仙”的身份；一类是文人词，更多看到白玉蟾世俗的一面，可见其“才子”身份。

这种划分或有笼统之嫌，但也不可能对文学作品做出完全清晰明确的区隔。作品的内容与作者当时的观念、感受、经历甚至与后世的传播与接受都有密切联系，而这本身就是复杂而混溶的。大致来说，白玉蟾诗词作品基本上可以分为阐释丹道理论和作为一个普通文人的感怀之作两大类。而这类文人诗词的艺术水准颇值得称誉，历史上这类赞赏之辞已有很多，如关于白玉蟾词作，典型的如清人陈廷焯《白雨斋词话》卷二《葛长庚词可以步武稼轩》条云：

葛长庚词，一片热肠，不作闲散语，转见其高。其《贺新郎》诸阕，意极缠绵，语极俊爽，可以步武稼轩，远出竹山之右[②]。

潘飞声《粤词雅》云：

白玉蟾词，有情辞伉爽，一气呵成，置之苏辛集中，所谓词家大文者[③]。

《历代词话》引《词统》云：

后有海琼子一词足与匹敌。起句云：“一叶飞何处，天地起西风”，卒章云“铁笛一声晓，唤起五湖龙”。此岂胸中有烟火、笔下有纤尘者所能仿佛其一二耶[④]？

---

① 王时宇《重刻白真人文集叙》中曾谓白玉蟾“于是知真人固天仙才子，合而为一”。

② 唐圭璋编《词话丛编》第62种，中华书局，1986年，第2818—3910页。

③ 见《词话丛编》，中华书局，1986年，第4891—4892页。

④ 王弈清等《历代词话》，见《词话丛编》，中华书局，1986年，第1263页。

明清词论家把白玉蟾与李清照相提并论，以为“词家大文”，直追苏轼、辛弃疾。的评还是溢美？我们看看白玉蟾的词就会心中有数，比如《白雨斋词话》评为“意极缠绵，语极俊爽”的这首《贺新郎》：

且尽杯中酒。问平生、湖海心期，更如君否。渭树江云多少恨，离合古今非偶。更风雨、十常八九。长铗歌弹明月堕，对萧萧、客鬓闲携手。还怕折，渡头柳。

小楼夜久微凉透。倚危阑、一池倒影，半空星斗。此会明年知何处，苹末秋风未久。漫输与、鹭朋鸥友。已办扁舟松江去，与鲈鱼、莼菜论交旧。因念此，重回首①。

这是白玉蟾词中典型的抒怀之作，全无一点丹道修炼的意味。一个失意丈夫、不遇才子对人生悲苦的旷达情怀，在这里表现得淋漓尽致，气格与辛弃疾的《摸鱼儿》(“更能消”)、《水龙吟·登建康赏心亭》颇类，却与白玉蟾其他丹道歌诀通篇的烟霞气大相径庭。像这类词作还有很多，尤玉兵的硕士论文《白玉蟾文学研究》及近刊刘亮的《白玉蟾生平与文学创作研究》第四章《论白玉蟾词》对此已有总结和论述。

白玉蟾诗作，除了《大道歌》、《快活歌》、《万法归一歌》等纯粹阐释丹道理论的道教歌诀外，还有大量“文人诗”，这些诗作与普通士子的作品一样，抒发的俗世的悲欢离合与喜怒哀乐。彭翥《重刻〈紫清白真人诗文全集〉跋》中评白玉蟾诗为：

诗则有唐诗，有宋体。其恺挚和厚味之无极者，唐音也；其清新颖异出奇无穷者，宋体也。要皆不失为大著作手，读者当自得之②。

我们翻检《全宋诗》白玉蟾卷，可以随意发现与丹道修炼关系不大的诗作，这样的作品有的轩昂跌宕，有的清新俊奇，还有的凄清悲凉。在这些作品中，有时还表现出对艰苦修道经历的深深感喟，如这首《岁晚书怀》：

---

① 唐圭璋：《全宋诗》葛长庚卷，第3659页。

② 《道藏精华》第十集之二，自由出版社，1994年版，第1463—1464页。

岁事忽婉娩，旅怀良尔悲。风雾起无边，雨雪凄霏霏。
岂无销金帐，唱饮羊羔儿。寄食他人门，屏息从所依。
雕鹗翔九天，鷦鷯巢一枝。烟霄有熟路，我当何时归。
人间自富荣，信美非所宜。朱颜日已改，华发渐复稀。
触目思远人，胜赏怀昔时。园林向衰谢，青山吞斜晖。
坐久露华重，吟残云意迟。晴空清已旷，寒月满我衣。
莫言一杯酒，容易相对持。病鹳栖草亭，会须唤声飞[①]。

这首诗题作《岁晚书怀》，从内容看，当是白玉蟾彼时心境的真实写照。“岁晚”也即年终，这时候正是“千门万户曈曈日，总把新桃换旧符”的佳节，但是白玉蟾仍旧只身一人，风雨凄凄中云游天涯。从“寄食他人门”这句看，当时大概暂住在某位友人家里，但毕竟寄人篱下，无奈“屏息从所依”。而且，此时的白玉蟾并未因金丹修炼而童颜永驻，相反，如常人一样，“朱颜日已改，华发渐复稀”，头发已经花白且脱落了[②]。这时，唯一可以让白玉蟾稍感慰藉的办法，大概也只能是阿Q式的自我宽慰——“雕鹗翔九天，鷦鷯巢一枝。……人间自富荣，信美非所宜。”从字里行间，我们看出白玉蟾并未彻底不食人间烟火，在访道、炼丹的同时，也时时展现作为“人”的一面。这类诗歌，还有《黄叶辞》、《悲风曲》、《云游歌》等，其中《云游歌》是认识白玉蟾心路历程最恰当的一首词作。

总而言之，白玉蟾的诗词创作，主题、内容和风格，呈现鲜明的区隔，一部分作品满是烟霞丹道之气，一部分又完全是一副失落文人、不遇才子的满腔凄楚。而这两方面，白玉蟾都做出了杰出成就，丹道诗歌是白玉蟾阐释其内丹道修炼思想的重要途径，也是成就其“南丹派五祖”地位的重要因素之一；而在诗词等文学创作上，白玉蟾也不失为一个文采斑斓的大家。就这个现象，我们再引用上文提及的“天仙才子”之说，白玉蟾的琼籍老乡王时宇在《重刻白真人文集叙》中曾说：

再三读之，其诗文之雄博瑰奇，诚有如真人所云，世间有字之书，无不

① 《全宋诗》卷三一三六，北京大学出版社，1998年，第37495页。

② 其《水调歌头·自述十首》第三首有“虽是蓬头垢面，今已九旬来地，尚且是童颜”的话，或可作此一时彼一时之解。白玉蟾是36岁去世还是高寿90多岁，学界争论不休。白玉蟾的行迹记载，颇多错杂抵牾之处，这种情况或出于刻意以“见首不见尾”的隐现无常以自神其玄。

读者。于是知真人固天仙才子，合而为一，洵非操觚家所能及也[①]。

这个判断基本准确，在南宋乃至后世的众多高道和文人中，能把二者完美地合而为一者，实不多见。

三　白玉蟾的人生选择与心路历程

关于白玉蟾，我们已经有很多结论，无论道教史、还是道教思想史也都有白玉蟾的位子，但白玉蟾本人，作为一个“人”的一生，我们又如何概括和形容呢？就这一点，貌似不切正题，但这正是深入认识白玉蟾内丹思想与文化贡献的重要途径，而我们往往在陈陈相因的各种“总结”性介绍中忽略掉了。

当然，白玉蟾真实的行迹和内心世界，很难彻底知晓，单说白玉蟾的生卒年里和漫游过程，已经有多篇考证、多种结论，但目前只能确定一个大致的区间，无法给出定论。而白玉蟾的心路历程，我们从他留存的诗词文赋等作品，多少还是能看出这位伟大的修道者内心深处的诸种婉曲，还有时时隐现的矛盾和凄苦。

道教在宋代仍处于隆盛阶段，但相对佛教而言，还是不及佛教势力强大。两宋时期的道士、女冠人数比不上僧尼人数，宫观规模与数量也远不如寺庙[②]。从总体上看，道士的文化水平与佛教僧侣也存在一定差距，南宋孙觌《鸿庆居士集》卷三二《跋陈道士〈群仙蒙求〉》云：

今世道士能读醮仪一卷中字，歌步虚词二三章，便有供醮祭衣食，足了一生矣，然犹有不能者。常州天庆观道士陈君葆光，好古嗜学，盖超然出于其徒数千百辈中者。读《道藏》，通儒书，与夫儒记传小说靡不记览，着书二十卷，号《三洞群仙录》[③]。

孙觌对《三洞群仙录》作者陈葆光褒扬有加，但也透露了一个事实，即当时大部

---

① 周伟民：《白玉蟾集》，海南出版社 2005 年，第 7 页。

② 据程民生《宋代僧道数量考察》，两宋道士、女冠数量最多两万人，与僧尼比例，最多不过 8.2%，见《世界宗教研究》2010 年第 3 期。

③ 《四库全书》本《鸿庆居士集》。

分道徒的文化水平不足以进行文学性的创造，仅靠读几卷科仪，唱几句步虚词讨生活、维持生计而已，而有能力阐经释典、著书立说并有著述传世者寥寥。我们详参祝尚书《宋人别集叙录》，发现其中的道士别集，仅有白玉蟾等数家，而僧人别集则随处可见。白玉蟾在那个时代是一个“另类”，也是一个悲剧性的人物。

在所有白玉蟾传记资料中，比较可信还是《历世真仙体道通鉴》卷四十九所载相对可信[①]。《历世真仙体道通鉴》是元代至元年间赵道一纂辑的带有“通鉴”体史书追求的大型仙传总集，对辑录的传记多有审订、笔削，且去白玉蟾年代不远[②]。《历世真仙体道通鉴》卷四九《白玉蟾》本传云：

> 先生姓白，母以玉蟾名之，应梦也。……世为闽人，以其祖任琼州之日，故生于海南，乃自号为海琼子，或号海南翁，或号琼山道人，……幼举童子，长游方外，得翠虚陈泥丸先生之道。当时士大夫欲以异科荐之，弗就也[③]。

这里的记载相对简略，敷衍和附会的成分不多，所记白玉蟾祖籍、字号来历等，都没有较大出入。这其中有一个细节很值得关注，即白玉蟾少年时期曾经应过“童子科”，得道后又有士大夫举荐“异科”，不过“弗就也”，实际上白玉蟾也是一位“弃儒入道”的个案。

白玉蟾本姓葛，出生于诗书之家，但命运多舛，儿时父亲去世，母亲不得已带着孩子嫁入白氏，遂改姓“白”。白玉蟾跟随母亲嫁入白门，应是他一生中的重大变故，此后在白家过得如何，文献中的可靠记载不多，据明人何继高《琼管白真人集序》，白玉蟾“天资聪敏，髫龀时即能背诵五经。及长，文思汪洋，顷刻数千言立就。”[④]又据《武夷山志》，白玉蟾十岁曾到广州应童子科，并赋《织机》诗一首：

---

① 王尊旺、方宝璋《也谈白玉蟾生卒年代及其有关问题—兼评近年来有关白玉蟾问题的研究》(《世界宗教研究》2003 年第 3 期)及刘亮《白玉蟾生平与文学创作研究》第一章《白玉蟾生平考》对署名彭耜的《海琼玉蟾先生事实》与署名彭竹林的《神仙通鉴白真人事迹三条》真伪均有考订。刘亮在综括前人大量相关研究的基础上，所得结论相对可信，即二者均有伪托可能。

② 据刘亮《白玉蟾生平与文学创作研究》第一章《白玉蟾生平考》，白玉蟾去世大概在 1243 年前后，《历世真仙体道通鉴》概成书于至元年间(1264—1294)，二者相去不远。

③ 《道藏》第 5 册第 385—386 页。

④ 《藏外道书》第 5 冊第 15 頁，巴蜀書社，1994 年。

大地山河作织机，百花如锦柳如丝。
虚空白处做一匹，日月双梭天外飞。

诗的真伪暂且不提，但白玉蟾儿时是一个雄心勃勃的天才少年当没有问题。按照正常轨迹，白玉蟾沿着科举一途，仕途飞黄腾达，甚至拜相封侯，更符合传统儒家士子的“外王”理想。而且白玉蟾具备这方面的一切条件和因素，但是，为什么一个十岁时候的“童子科”失意，从此改变方向，转而云游天涯崇道求仙呢？这其中一定有重要变故。有以为白玉蟾“任侠杀人，亡命之武夷”[①]，这个说法很可能是后人为了神化白玉蟾而附会的。“任侠杀人”本是无视生命的违法行为，但在古代社会可以成为李白等侠义之士的标签，于李白或许实有其事，于后人则未必真。从《云游歌》我们看出，白玉蟾当年离家访道，并非一个公子哥仗义杀人后，腰缠万贯，远赴他乡，相反是非常凄苦的：

如初别家辞骨肉，腰下有钱三百足。思量寻师访道难，今夜不知何处宿。

不觉行行三两程，人言此地是漳城。身上衣裳典卖尽，路上何曾见一人。

初到孤村宿孤馆，乌啼花落千林晚。晚朝早膳又起行，只有随身一柄伞。

渐渐来来兴化军，风雨萧萧欲送春。惟一空自赤毵珉，囊中尚有三两文。

行得艰辛脚无力，满身瘙痒都生虱。茫然到此赤条条，思欲归乡归未得[②]。

白玉蟾辞别骨肉时身上只有300钱，后来只剩三两文，一路的艰辛苦楚无数。白玉蟾没有走向科举仕途，期间的直接原因不得而知，根本上说，大概还是个性和母亲改适后的家庭环境的影响。

白玉蟾虽放弃科举转而求道，但兼济天下的理想，或者跻身社会主流的心

① 詹石窗《白玉蟾诗词考论》一文提及此语，不详出处，《武夷文化研究——武夷文化学术研讨会论文集》，2002年8月，第298页。

② 《全宋诗》卷三七一七，第27568页。

态，却根植于白玉蟾的内心深处，而这种心态正是从他那些反复申诉“不慕利禄功名”中看出来的，如这首《题天庆观》：

买的螺江一页舟，功名如蜡何休休。我无曳尾乞怜态，早作灰心不仕谋。
已学漆园耕白兆，甘为关令候青牛。刀圭底事凭谁会，明月清风为点头①。

再如《题岳祠》：

南来一剑住三山，分得平生风月欢。虽宰旌阳应施药，本求勾漏为修丹。
蒙庄且慕漆园禄，李老尝为柱下官。我视荣华真惯见，何如早炼碧琅玕②。

又如前引《岁晚书怀》：

鹏鹗翔九天，鹪鹩巢一枝。
烟霄有熟路，我当何时归。
人间自富荣，信美非所宜。

白玉蟾一句“早作灰心不仕谋”，透露早前曾有“谋仕”的愿望和举动，而“灰心”一词正是经历过挫折和失败后的不得已的沮丧和放弃。在白玉蟾诗词作品中，这类“述烟霞之志”、蔑视人间富贵的感怀之作不少，但透过这些，也多少说明白玉蟾未曾忘怀人间烟火。道教自从东汉末魏晋时期的清整、改造以后，与上层统治者和传统儒家的价值理念就没有太大的区隔。一些高道，如“山中宰相”陶弘景、“迹预簪冠而身叨爵秩”的杜光庭莫不如此。而白玉蟾留存的作品中，我们还看到《嘉定甲申闰月五日闻皇帝升遐》一诗：

① 《全宋诗》卷三一四一，第37679页。原题《赠天晴观》，《道藏》本《海琼白真人语录》作《题天庆观》，据改。
② 《全宋诗》卷三一四一，第37679页。

唳鹤啼猿怨满怀，烟葵露槿泪盈腮。一钩桂月千林黯，半夜松风万壑哀。

不御六龙昌宝祚，遽骖八骏驻瑶台。小卧泉石膏肓了，无任冰肝玉胆摧①。

首联和颔联满中的“鹤唳”、“啼猿”、“泪盈腮”、“千林黯”、“万壑哀”等意象，把一个臣子对皇帝驾崩的无限哀伤表达得淋漓尽致。由此，我们也就不难理解为什么白玉蟾在丹道诗词之外，还创作大量“文人”诗词。这类纯粹文人化的作品，不仅是他才情的抒发，还是他士大夫情怀的一种外化。

① 《全宋诗》卷三一三七，第37525页。

宋元文化重心偏转东南述论

（纲要）

上海大学文学院　饶龙隼

宋神宗元丰二年（1079年），杨时从程颢门下学成南归，颢目送之曰“吾道南矣”，此实隐开“道南学派”。（《宋史》卷四二十八《道学二·杨时》第12738、12743页）以后，杨时传罗从彦，罗从彦传李侗，李侗传朱熹。朱熹之后，传詹仪之，再传真德秀；又传黄干，五传至宋濂。宋濂传方孝孺，自居理学正宗。[①]此即所谓宋明时期理学家的传道系统，而这个道学系统主要在东南区域弘传。

元符三年（1100年）一月，宋徽宗即皇帝位，同年十一月庚午，下诏于明年改元。及建中靖国元年（1101年），徽宗召见谢良佐，与语而有意用之。良佐以“上意不诚”，乃请任西京竹木场监。有人说：“建中年号与德宗同，不佳。”良佐说：“恐亦不免一播迁！”[②]因此坐口语，下狱废为民。（《宋元学案》卷二十四《上蔡学案·监场谢上蔡先生良佐》第916—917页）恰巧，当年“正月壬戌朔，有赤气起东北，亘西

① 参见《宋元学案》卷二十五《龟山学案》、卷三十九《豫章学案》、卷四十八《晦翁学案上》、卷六十三《勉斋学案》、卷七十三《丽泽诸儒学案》、卷八十一《西山真氏学案》、卷八十二《北山四先生学案》。真德秀编撰《大学衍义》、《文章正宗》，在元、明时期影响极大，故有“西山之望，直继晦翁”之说。（《宋元学案》卷八十一《西山真氏学案》第2695页）宋濂为明初文臣之首，代表着朱子学的正传。故云：“北山一派，鲁斋、仁山、白云既纯然得朱子之学髓；而柳道传、吴正传以逮戴叔能、宋潜溪一辈，又得朱子之文澜，蔚乎盛哉！是数紫阳之嫡子，端在金华也。”（《宋元学案》卷八十二《北山四先生学案》第2727页）对此，浙东文人颇感自豪，王祎、戴良尝撰文称道之。（参见《王忠文集》卷五《宋景濂文集序》、《九灵山房集》卷十二《送胡主簿诗序》）朱元璋也称赞：“宋濂生于金华文献之邦，正学渊源，有自来矣。”（《潜溪录》卷一《明太祖赐翰林学士诰文》）而宋濂精心培育方孝孺，付以浙东“正学”真传。宋濂教导方孝孺，“凡理学渊源之统，人文绝续之寄，盛衰几微之载，名物度数之变，无不肆言之，离析于一丝，而会归于大通”；而方生也能“精敏绝伦，每粗发其端，即能逆推而底于极，本末兼举，细大弗遗”。师生相得如此，颇让宋濂欣慰，感到后继有人，尝赠诗“既扬其素有之善，而复勖以远大之业”。（《芝园续集》卷十《送方生还海宁并序》）

② 唐德宗建中年间，当780至783年。此四年间，朝廷衰弱，藩镇坐大，无力节制；因而频发将帅反叛，及节度使子侄、亲信留后事件。（《新唐书》卷七《德宗》、卷五十《兵志》）谢良佐所谓“不免一播迁”，盖从唐德宗建中年间兵乱事，预见了当代政局动荡之祸机。

南，中函白气；将散，复有黑祲在旁”。（《宋史》卷十九《徽宗一》第361页）这天象是为一种暗示，与良佐预言不谋而合，且在二十五年后，被靖康之难应验。

“道南”、“播迁”之预言，虽出程氏门下一家之说；却是对天下形势的洞察，以及对国家气运的感应。当时宋疆域已显局促：北边有辽和西夏压境，西边有吐蕃诸部盘踞，西南有大理王国称制，东南有汪洋大海阻隔。（参见宋徽宗政和元年[1111年]疆域图）处这样的天下大势，道的弘传只能向南，而不可能向东西北。故史家云：“辽起松漠，太祖以兵经略方内，礼文之事固所未遑。及太宗入汴，取晋图书、礼器而北，然后制度渐以修举。至景、圣间，则科目聿兴，士有由下僚擢升侍从，骎骎崇儒之美。但其风气刚劲，三面邻敌，岁时以搜狝为务，而典章文物视古犹阙。”（《辽史》卷一百三《文学上·序》第1445页）辽虽能注意礼文之事，修举制度而崇美儒术；但因起自松漠，风气刚劲，彬彬文治，终不可成。也就是出于这样的器局，辽政权才厉行书禁制度：“凡国人著述，惟听刊行于境内，有传于邻境者，罪至死。盖国之虚实，不以示敌，用意至深。”（《辽史》卷首四库馆臣提要转引沈括《梦溪笔谈》“僧行均《龙龛手鉴》”条下）这种书禁政策之推行，使漠方文化不得南传，宋辽的隔绝状态因之加剧，则道学北传更成穷途末路。随着东北女直壮大，大金政权日益南逼，宋朝“播迁”之势渐成，终使文化重心偏移东南。从这个历史境遇来看，“道南”适为之先导。

一　宋南渡文化重心偏移东南

先秦至西晋时期的中国幅员内，南方经济文化总体落后于北方。[①] 此后南方的开发与经济文化发展，得益于三次北方人口大规模南迁：一次是西晋永嘉之乱，二次是中唐安史之乱，三次是北宋靖康之乱，为了躲避北方的战乱，大批人口迁移到南方，促进了南方经济发展。这三次大规模的人口迁徙，使中国经济重心逐步南移。第一步东晋南朝隋以至盛唐，南方经济虽然得到很大发展，但北方经济实力仍胜出南方；第二步中晚唐以至五代北宋，南方经济总量已经超过北方[②]，但南北经济差距还不算太大；第三步南宋以至元明清时期，

① 南方是指中国境内白龙江—秦岭—淮河以南地区，包括巴蜀、荆襄、两广、淮南、江南、闽中等地。

② 据《元丰九域志》各府州户数统计，当时宋统治区域总户数为1656.9万，南方户数为1159.3万，占69.9%；又据《文献通考》卷四所载垦田数统计，当时总垦田数（不计官田）为4553156顷，南方垦田数为3158788顷，占69%。由此可见南北经济地位之升降，及南优北劣之发展趋势。

南方经济总量完全超过北方，且南方经济实力占绝对优势。（以上参见《两宋经济重心的南移》）宋南渡文化重心偏移东南，就在这个大的背景下展开。

早在北宋文治鼎盛时期，儒学教化已有长足发展，清儒全祖望尝描述之曰："庆历之际，学统四起。齐、鲁则有士建中、刘颜夹辅泰山而兴；浙东则有明州杨、杜五子，永嘉之儒志、经行二子；浙西则有杭之吴存[师]仁，皆与安定胡学相应；闽中又有章望之、黄晞，亦古灵一辈人也；关中之申、侯二子，实开横渠之先；蜀有宇文止止，实开范正献公之先。筚路蓝缕，用启山林。"（《宋元学案》卷六《士刘诸儒学案》第251—252页）及延至神宗朝前后，南方儒学派系林立：有临川王安石开创的"新学"，眉山苏氏父子开创的"蜀学"，杨时归闽开创的"道南"学派……各自开宗立派，形成较大声势，虽未能风行独霸天下，却与关学、洛学并驱。这培育了南方的学术土壤，使儒学教化达到相当程度。这样，当靖康之乱爆发后，北方移民络绎南渡，他们如入礼义之乡、王化之邦，很容易融进侨居地的社会人群，而不必遭遇蛮荒、朔漠之拒斥，从而为文化重心偏移铺平道路。

宋廷播迁，不往巴蜀，也不往荆襄，而直指东南①，虽说迫于形势，实亦气运所趋。② 宣和七年（1125年）十二月间，金灭辽国之后大举侵宋，徽宗下诏罪己求谏，并令郡邑率师勤王；是月庚申日，又下诏内禅，太子赵桓即位，是为钦宗皇帝。（《宋史》卷二十二《徽宗四》）靖康二年（1127年）三月丁酉日，金人立

---

① 建炎元年七月乙巳日，高宗手诏，择日巡幸东南。李纲言："车驾巡幸之所，关中为上，襄阳次之，建康为下。陛下纵未能行上策，犹当且适襄、邓，示不忘故都，以系天下之心。不然，中原非复我有，车驾还阙无期矣。"帝乃谕两京以还都之意，已而帝意复变。（《宋史纪事本末》卷十四《李纲辅政》）建炎三年二月间，和州防御使马扩应诏上书，言："今愿陛下西幸巴蜀，用陕右之兵，留重臣使镇江南，抚淮甸，破金人之计，回天下之心，是为上策；都守武昌，襟带荆湖，控引川广，招集义兵，屯布上流，扼据形势，密约河南诸路豪杰，许以得地世守，是为中策；驻跸金陵，备御江口，通达漕运，精习水军，厚激将士，以幸一胜，观敌事势，预备迁徙，是为下策。若倚长江为可恃，幸金人之不来，犹豫迁延，候至秋终，金人再举驱掳，舟楫江淮，千里数道并进；方当此时，然后又悔，是谓无策。"马扩累数千言，皆切中事机，然高宗不听。又同年闰八月庚寅日，起居郎胡寅上疏，因进七策，其五曰"都荆襄以定根本"。近臣吕颐浩恶其切直，罢之。又同月辛卯日，高宗召诸将议驻跸之地，张浚、辛企宗请自鄂岳幸长沙，韩世忠曰："国家已失河北、山东，若又弃江淮，更有何地？"吕颐浩曰："金人之谋，以陛下所至为边面，今当且战且避，奉陛下于万全之地。"但高宗一意还临安，不复防淮。（《宋史纪事本末》卷十四《南迁定都》）由此可见，帝不愿巡幸关中，也不愿迁都巴蜀，更不愿避居荆襄，而执意退守东南，选择的是下下策，实出于保命苟安。

② 脱脱等论宋中叶之祸，及徽宗纵欲败度之事，谓："迹徽宗失国之由，非若晋惠之愚、孙皓之暴，亦非有曹、马之篡夺，特恃其私智小慧，用心一偏，疏斥正士，狎近奸谀。于是，蔡京以獧薄巧佞之资，济其骄奢淫佚之志。溺信虚无，崇饰游观，困竭民力。君臣逸豫，相为诞谩，怠弃国政，日行无稽。及童贯用事，又佳兵勤远，稔祸速乱。他日国破身辱，遂与石晋、重贵同科，岂得诿诸数哉？"（《宋史》卷二十二《徽宗四》第417—418页）"数"即气数、气运。按脱脱所论，实在是浅见。宋败亡的根源，在于重文偃武，国民心理巽懦，缺乏抗争意志。宋南渡实受气运驱使，非庸主弱君所能招致。至于徽、钦之衰敝，只是速祸而非始祸。

宰相张邦昌为楚帝，然后胁迫徽、钦宗北上，北宋政权以此宣告灭亡。乃于当年五月庚寅朔，赵构即帝位于应天府，改元建炎，是为高宗。(《宋史》卷二十三《钦宗》)延挨至二个月之后，即元年七月乙巳日，帝诏“京师未可往，当巡幸东南”，终于指明南宋朝廷苟全退避的去向。(《宋史》卷二十四《高宗一》)

随着定都临安，政治中心移驻，国家文化中心因以入迁，从而加速文化重心转移。早在绍兴四年九月辛酉日，高宗于临安明堂合祭天地；绍兴五年二月己丑日，又诏即就临安建太庙。侍御史张致远言：“创建太庙，甚失兴复大计。”殿中侍御史张绚亦言：“去年建明堂，今年立太庙，是将以临安为久居之地，不复有意中原。”(《宋史》卷二十七《高宗四》、卷二十八《高宗五》、《宋史纪事本末》卷十四《南迁定都》)是知，临安定为都城之前，已有礼乐制度建设。而礼乐制度是封建王朝文化建设的核心，因之南渡文化重心偏移东南即以此发端。嗣后，高宗君臣经营偏安朝廷，并完成一系列文化建制。虽说金将兀术不时叛盟，宋朝廷亦有抗战的表示；但为且战且和，总目标是求和。为了实现这样的立国目标，高宗倚任专主和议的秦桧，而降黜不主和议之众臣，甚至和议盟书一旦订立，旋即杀害抗金名将岳飞。[①] (以上《宋史》卷二十九《高宗六》)故而，朝廷不急于奖励将士，而热中搜访隐逸之士；不激劝士民抗敌雪耻，而重开科举诱导功名；不苦其心志发奋图强，而用瑞应来伪造太平。[②] 当然，也注意复兴常规的文化事业，如创立太学规制及科举试法，诏求天下遗书，编纂官方典章；但规模限于东南一隅，没有化行天下之器局。(以上《宋史》卷三十《高宗七》)

绍兴二十五年(1155年)十月丙申日，专主和议的宰相秦桧因病去世，他所把持的朝政有所更正，其子孙党羽也被罢黜清算。但高宗不许改变偏安和议的国是，有进士梁勋乘机伏阙上书言北事，结果被送往千里之外的州军编管。二十六年(1156年)三月丙寅日，高宗甚至下严诏警告臣民：“讲和之策，断自朕志，秦桧但能赞朕而已，岂以其存亡而渝定议耶？近者无知之辈，鼓倡浮言，以惑众听，至有伪撰诏命，召用旧臣，抗章公车，妄议边事，朕甚骇之。自今有此，当重置典宪。”(《宋史》卷三十一《高宗八》第584页)诏的意思，但求偏安，不起边衅；宁弃中原，不图收复。然则，当初恢复之志，至此大打折扣。但高宗恭俭仁厚，虽

---

① 绍兴十一年(1141年)十一月，宋金和议成，订立盟书，约以淮水中流画疆，割唐、邓二州与金，岁奉银二十五万两，绢二十五万两，宋主向金称臣，接受金主册封。(《宋史》卷二十九《高宗六》第551页)

② 绍兴九年(1139年)二月壬戌日，朝廷命周聿、方廷实蒐访隐士(《宋史》卷二十九《高宗六》)；绍兴十二年(1142年)四月庚午日，赐礼部进士陈诚之以下二百四十人及第出身；绍兴十四年(1144年)四月丁亥日，虔州民析其屋，朽柱中有文曰“天下太平年”；同年十二月丁丑朔，潼川府路转运判官宋苍舒献嘉禾，一茎九穗；绍兴十五年(1145年)正月戊申日，泸南安抚使冯楫献嘉禾。(以上《宋史》卷三十《高宗七》)

不能拨乱反正，却能继体守文，养成中兴之治。[①]（《宋史》卷三十二《高宗九》第611—612页）中兴之治，奠定了文化重心偏移的政治基础；继体守文，规划了南宋文化建设的总体格局。而文化建设的主导趋向，就是用道学来缘饰政术。

宋代政治之于学术，有如中了二重魔咒，总在新学与洛学之间，互相纠缠而此消彼涨。神宗熙宁二年（1069年）二月庚子日，王安石任参知政事；甲子日陈升之等创置三司条例，正式开始议行新法。（《宋史》卷十四《神宗一》第270页）为了强力推行新法，王安石等结成新党，援用新学来缘饰政术，以打击压倒持异议者。及至元丰八年（1085年）三月戊戌日，神宗皇帝驾崩，幼主哲宗即位，太皇太后听政。当时朝政方新，贤德稍稍登进。司马光、吕公着、文彦博、程颢等升用，凡王安石、吕惠卿辈所建新法划革略尽。此即所谓元祐更化，元祐学术因以昌明。但这样的光景并不长久，程颢未赴任即因病去世；司马光叹四害未除而先衰老，竟薨于元祐元年九月丙辰朔；吕公着受司马光国事之托，竟也卒于四年二月甲辰日。[②] 其他范纯仁、文彦博等，亦因熙丰旧臣重获进用，而陆续被罢黜出朝，转而生起调停之说。[③] 后以苏辙进言，调停之议遂罢。此显示两党政术之制衡，以及新学与洛学之消长。这种争端不论孰是孰非，均极大伤害了国家政体，致使此后列朝的政术，总在两者间往返摇摆。

及至绍圣年间，新党媒蘖复用，因起绍述之政，罢黜元祐旧臣，驯致党籍祸兴。[④]

---

① 中兴，是高宗朝的政治关键词。建炎五年正月己亥朔，下诏改元“绍兴”，即寓“绍祚中兴”之意。绍兴元年五月癸卯日，作“大宋中兴宝”成。（以上《宋史》卷二十六《高宗三》）绍兴二十年四月癸未日，秦桧上《中兴圣统》。（《宋史》卷三十《高宗七》）其余臣工章奏上言，多以“中兴”为说。

② 当尚书左仆射司马光病情垂危，而青苗、免役、将官之法犹在，且西夏未降，司马光叹曰：“四害未除，吾死不瞑目矣。”与吕公著书曰：“光以身付医，以家事付子，惟国事未有所托，今以属公。”（《宋史纪事本末》卷十《元祐更化》）

③ 载称：“熙丰旧臣争起邪说，以撼在位。吕大防、刘挚患之，欲稍引用，以平宿怨，谓之调停。……而议者惑于众说，乃欲招而纳之，与之共事，谓之调停。”（《宋史纪事本末》卷十《元祐更化》）

④ 绍圣元年（1094年）四月甲寅日，以王安石配飨神宗庙庭；同月戊辰日，同修国史蔡卞请重修《神宗实录》；五月己酉日，修国史曾布请以王安石《日录》载之《神宗实录》；同月癸丑日，诏编类元祐群臣章疏及更改事条；六月甲申日，除进士引用王安石《字说》之禁。是为绍述之政萌孽。同年七月丁巳日，以御史、谏官言，夺司马光、吕公著赠谥，夺王岩叟赠官，贬吕大防、刘挚、苏辙、梁焘官；同月戊午日，诏：“大臣朋党，司马光以下各轻重议罚，布告天下。余悉不问，议者亦勿复言”；绍圣二年（1095年）十月甲戌日，以吏部尚书许将为尚书左丞，翰林学士蔡卞为尚书右丞。是为绍述之政实施。绍圣四年（1097年）二月己未日，以三省言，追贬司马光、吕公著、王岩叟赠官，追夺赵瞻、傅尧俞赠谥，追夺韩维致仕，追夺孙固、范百禄、胡宗愈遗恩表；同月癸未日，以三省言，追贬吕大防、刘挚、苏辙、梁焘、范纯仁官，安置于循、新、雷、化、永五州；同日，贬刘奉世为光禄少卿，分司南京；同日，黜韩维以下三十人轻重有差；同月甲申日，降文彦博为太子少保；闰二月壬寅日，以曾布知枢密院事，许将为中书侍郎，蔡卞为尚书左丞，吏部尚书黄履为尚书右丞，翰林学士林希同知枢密院事；三月壬午日，命官编类司马光等改废法度论奏事状；十一月丁丑日，诏放归田里程颐涪州编管；元符元年（1098年）九月癸亥日，赐王安石第于京师。是为绍述之政深化。以后徽宗、钦宗朝，绍述之政得以延续。

(《宋史》卷十八《哲宗二》)延至高宗南渡,君臣痛定思痛,将祸乱归咎于王安石变法,而褒叙元祐诸臣及其子孙。① 因之,程氏高明自得之学复兴,元祐政术继承者获登用,尤以李纲、赵鼎等先后拜相,鼓舞主战派的恢复中原之志。②但随着秦桧拜相而专主和议,主战派文武众臣又惨遭摧抑。如果说秦桧拜相之初,对洛学人士有所拉拢;③则因洛学人士大多反对和议,而又招致偏安朝廷打击排抑。④ 及至秦桧病逝,遭排抑者复官,朝政重起跌宕,治术有所更正。高宗鉴于既往政术摇摆之害,试图破除新学与洛学之对峙,乃于绍兴二十六年(1156 年)六月乙酉日,诏取士毋拘程颐、王安石一家之说。(《宋史》卷三十一《高宗八》)这是希望用多元的学术,来救济政术之二元摇摆。

此举若果真能贯彻落实,南宋政治或有再造之机。但新学与洛学之争端,一直像魔咒难以破除;更因"海陵之祸"破坏和盟,挑战了南宋偏安和议的国是。⑤ 以此高宗日益滋生"倦勤"之想,于绍兴三十二年(1162 年)六月丙子日,

① 高宗建炎元年(1127 年)五月庚寅朔,诏住散青苗钱,对蔡京、童贯、朱勔、李彦、孟昌龄、梁师成、谭稹及其子孙更不收叙,开始对熙丰、绍圣以来政治实行更化,对王安石新学、新法、新党进行清算。(《宋史》卷二十四《高宗一》)建炎四年(1130 年)七月丁巳日,申命元祐党人子孙于州郡自陈,尽还所得恩数。(《宋史》卷二十六《高宗三》)绍兴四年(1134 年)八月戊寅朔,宗正少卿范冲入对,论王安石新法之弊,及其坏天下人心术;高宗非常痛恨王安石,而表示"最爱元祐"。(《建炎以来系年要录》卷七十九)又绍兴五年(1135 年)三月庚子日,兵部侍郎王居正献《辩学》四十三篇,高宗召见居正曰:"安石之学,杂以伯道,取商鞅富国强兵。今日之祸,人徒知蔡京、王黼之罪,而不知天下之乱,生于安石。"(《建炎以来系年要录》卷八十七)

② 绍兴元年八月戊子日,高宗赠程颐直龙图阁,制曰:"尔颐潜心大业,无待而兴者也。方退居洛阳,子弟从之,孝弟忠信。及进侍帷幄,拂心逆旨,务引君以当道。由其内以察其外,以所已为而逆所未为,则高明自得之学,可信不疑。"(《建炎以来系年要录》卷四十六)今本李纲《梁溪集》中,李纲与赵鼎书简二十余通,可见两人关系密切;李纲为河北、河东宣抚使时,赵鼎在其幕下为干当公事,因有属官兼战友之谊。(《三朝北盟会编》卷一百六十八)他们学宗元祐,赵鼎尊崇程氏洛学,而排诋王安石新学;绍兴四年(1134 年)迁右相后,赵鼎荐拔洛学人士。另有继任宰相张浚,从学程颐门人谯定,及出任宰相执掌政府,尤注意牢笼道学中人。(《齐东野语》卷二引《何氏备史》)

③ 秦桧为得党羽之助,积极引用洛学人士。如杨时门人廖刚、王居正,周行己弟子吴表臣等,皆因秦桧举荐而得官;又如私淑洛学的胡安国,因与秦桧亲厚而预讲筵。一时,形成"从程氏学之士大夫渐次登用"局面。(《斐然集》卷十九《〈鲁语详说〉序》)

④ 早在绍兴十年(1140 年)八月壬申朔,秦桧为了扫除专主和议的障碍,降黜不主和议的张九成等七人。(《宋史》卷二十九《高宗六》第 546 页)及至绍兴十四年(1144 年)十月甲午日,从右正言何若之言,请戒内外师儒之官,罢黜伊川程氏之学。(《宋史》卷三十《高宗七》第 562 页)又绍兴二十年(1150 年)正月丙午日,以李孟坚诵其父光所撰私史,语涉讥谤,诏送大理寺;同年三月丙申日,李孟坚狱具,诏李光遇赦永不检举,孟坚除名、峡州编管;同时胡寅、程瑀、潘良贵、张焘等八人缘坐,黜降有差。(《宋史》卷三十《高宗七》第 571 页)绍兴二十四年(1154 年)十二月丙戌日,程瑀撰有《论语讲解》,洪兴祖尝为序,魏安行镂版;秦桧疑其讥己,至是乃命毁之,洪兴祖昭州、魏安行钦州编管,瑀子孙亦论罪。(《宋史》卷三十一《高宗八》第 581 页)

⑤ 绍兴三十一年七月,金主完颜亮迁都汴京,命刘萼由唐、邓瞰荆、襄,张中彦、王彦章据秦、凤窥巴、蜀,苏保衡、完颜郑家奴由海道趋两浙,准备全面南侵;同年九月,完颜亮自将百万大举攻宋;同年十月乙卯日,高宗以金人渝盟告于天地、宗庙、社稷,宣告偏安和议之国是终结;同年十一月乙亥日,完颜亮临江筑坛,刑马祭天,期以翌日南渡;同月乙未日,完颜亮遇弑于扬州,金兵南侵无果,海陵之祸结束;同月戊戌日,金都督府遣人持檄诣镇江军中议和,金人渝盟之事不了了之。(《宋史》卷三十二《高宗九》第 602—607 页)

内禅传位于太子赵昚,将偏安朝廷交给继君。孝宗朝实行政治更化,仍清算驱逐秦桧党人,而追复已故主战派重臣恩数,并起用学禀元祐的胡铨等人。[①] 其结果,使刚启动的多元政术,又回复二元摇摆状态:一方面频繁派遣王之望等人为金国通问使,另一面诏廷臣集议讲和、遣使、礼数等事;一方面重用新学传人汤思退、王之望等人,另一面起用主战派张浚来都督江、淮军马。(以上《宋史》卷三十三《孝宗一》第625页)即以江、淮东西路军马都督之任命来说,自隆兴二年(1164年)八月辛巳日张浚薨逝后,继任者先是引用新党汤思退,汤辞不行而命杨存中同都督;又命新党王之望督视,之后又实授为同都督;及汤思退罢,乃召陈康伯;召命陈康伯之次日,即罢王之望同都督;王之望既罢之次日,即命杨存中为都督。杨存中之委任,昭示洛学得势,而新学将罢黜;故同年十一月,汤思退罢贬死,而太学生上书:"请斩汤思退、王之望、尹穑,窜其党洪适、晁公武,而用陈康伯、胡铨等,以济大计。"(以上《宋史》卷三十三《孝宗一》第625页)嗣后,陈康伯、胡铨等获重用,而其所主持的"大计",只是派王抃持陈康伯报书使金,谋得与绍兴中相同的偏安局面。[②]

不过,孝宗并不甘于偏安,仍怀恢复中原之志。他一边谨边备不轻出师,一边命丞相虞允文治兵,意欲决策亲征,似将卓然有为。他继续封谥主战派故臣,如赵鼎、张浚、岳飞等,以激励士气、鼓舞斗志;又努力消除新党的遗害,如罢止临川伯王雱从祀,以弥缝新学与洛学分歧。为达成这样的政治意图,他尝试两项有效的做法:一是听从侍御使谢廓然乞请,"毋以程颐、王安石之学取士",冀遏止政术二元摇摆之定势(《宋史》卷三十五《孝宗三》第667页);二是用人不拘党见,左右丞相不专一人,以杜绝党争与擅权。但这样依然带来许多问题,困扰"聪明英毅"的孝宗。频繁更换左右丞相,虽可杜绝阿党专权,却不利于推行政令;一概禁止新学洛学,虽可遏止政术摇摆,却不利于讲明治道。因而,君子、小人并用,必将不便于君子,而助长小人得志;正学、邪说混厕,必然会贬抑正学,而诱导曲学阿私。所以,孝宗朝常有大臣不协之事,而且首发

---

① 绍兴三十二年六月丁亥日,复除名勒停人胡铨官,知饶州;同年七月戊申日,追复岳飞元官,并赐以礼改葬;同年八月戊子日,追复李光资政殿学士,赵鼎、范冲并还合得恩数。(《宋史》卷三十三《孝宗一》第618—619页)隆兴元年(1163年)二月庚寅日,逐秦桧党人,禁至行在。(《宋史》卷三十三《孝宗一》第621页)

② 隆兴二年十二月丙申日,孝宗制曰:"比遣王抃远抵颍滨,得其要约。寻澶渊盟誓之信,仿大辽书题之仪,正皇帝之称,为叔侄之国,岁币减十万之数,地界如绍兴之时。怜彼此之无辜,约叛亡之不遣,可使归正之士咸起宁居之心。重念数州之民,罹此一时之难,老稚有荡析之栽,丁壮有系累之苦,宜推荡涤之宥,少慰雕残之情。应沿边被兵州军,除逃遁官吏不赦外,杂犯死罪情轻者减一等,余并放遣。"(《宋史》卷三十三《孝宗一》第630页)

“禁伪学”之请。①

而情况堪忧的是，理学家空疏迂阔，新学派近利实用，均不足担当大计。淳熙六年(1179年)夏旱，朱熹应诏直言上疏，痛斥近习功利之害：“今宰相台省师傅宾友谏诤之臣，皆失其职。而陛下所与亲密谋议者，不过二三近习之臣，上以蛊惑陛下之心志，使陛下不信先王之大道，而悦于功利之卑说，不乐庄士之谠言，而安于私暬[亵]之鄙态；下则招集士大夫之嗜利无耻者，文武汇分，各入其门。……使陛下之号令黜陟不复出于朝廷，而出于一二人之门，名为陛下独断，而实此一二人者阴执其柄。”(《宋史纪事本末》卷二十《孝宗朝廷议》)此亲密近习之臣，多为新学派余党，其功利卑污之如此，实难匡正君国大政。而理学家之流，动辄援据理道，所论空疏迂阔，未必切合实际。如孝宗初即位，朱熹尝上封事，首言“帝王之学，必先格物致知，以极夫事物之变，使义理所存纤悉毕照，则自然意诚心正，而可以应天下之务。”隆兴元年十月辛巳日，朱熹应召入对垂拱殿，又言“大学之道，本于格物。格物者，穷理之谓也。谓之理，则无形而难知；谓之物，则有迹而易睹。必因物求理，使了然无毫发之差，则应事自然无毫发之谬。是以意诚心正，而身修、家齐、国治，而天下平。今劝讲之臣所以闻于陛下者，不过记诵词章之习；而陛下又不过求之老子、释氏之书。……愿博访真儒知此道者，讲而明之，则今日之务，所当为者不得不为，所不当为者不得不止。”(以上《宋史纪事本末》卷二十《孝宗朝廷议》)其敷论帝王之学、大学之道，均强调格物致知、意诚心正；而实现修齐治平的途径，竟然是访真儒来讲明之。是将帝王事业，等同儒生清谈；而当时君国大计，有非儒生预知者。

新学派与理学家，除了有上述弊端，更因缺乏包容性，而一味排斥谠言。时有智谋之士陈亮，敷畅事功形势之说②，屡陈恢复大计，竟遭时论沮毁。陈

① 事见：乾道六年(1170年)三月乙丑日，以晁公武、王炎不协，罢四川制置司归宣抚司；乾道七年(1171年)三月己卯日，以明州观察使知閤门事兼枢密都承旨张说签书枢密院事，左司员外郎兼侍讲张栻言说不宜执政；乾道九年(1173年)十月甲子日，右丞相梁克家与同知枢密院张说议使事不合，乃求去。(以上《宋史》卷三十四《孝宗二》第648、651、656页)淳熙十年(1183年)六月戊戌日，监察御史陈贾请禁伪学；淳熙十五年(1189年)六月癸酉日，以新江西提点刑狱朱熹为兵部郎官，熹以疾未就职。侍郎林栗劾熹慢命。熹乞奉祠。太常博士叶适论栗袭王淮、郑丙、陈贾之说，为道学之目，妄废正人。(以上《宋史》卷三十五《孝宗三》)

② 陈亮事功形势之说，代表一种批判思潮，如云：“本朝以儒道治天下，以格律守天下，而天下之人知经义之为常制，科举之为正路，法不得自议其私，人不得自用其智，而二百年之太平由此而出也。至于艰难变故之际，书生之智，知议论之当正，而不知事功之为何物；知节义之当守，而不知形势之为何用？宛转于文法之中，而无一人能自拔者，陛下虽欲得非常之人以共斯世，而天下其谁肯信乎？”(《宋史纪事本末》卷二十《陈亮恢复之议》)

亮所上论疏凡五通[①]，从总体规划恢复大计，大略曰：（一）不可迁延。南渡以来为时已久，中原父老日以殂谢，新生代将不知有宋，若不早日收复中原，江北之民恐不我有；当徙都于建业，筑行宫于武昌，速定恢复之策，刻日规取中原。（二）不可偏安。吴、蜀为天地之偏，而钱塘又吴之一隅，不可坐钱塘浮侈之隅以图中原，不可用东南习安之众以行进取，不可恃衣冠礼乐、祖宗积累，以为天命人心可安坐而久系；当开垦荆、襄之地，以发泄其气而用之，使足以接关洛之气，进而争衡攻取中原。（三）不可通和。人情皆便于通和，而忘君父之大仇，所以成上下之苟安，而为妄庸两售之地；当明大义，与金绝交，痛自克责，誓必复仇。（四）不可坐谈。今世之儒士，拱手谈性命，自以为得正心诚意之学，实皆风痹不知痛痒之人，正言以迂阔而废，巽言以软美而入，奇论目为横议，庸论谓有典则；当与二三大臣，反其道以教之，作其气而养之，随其才而用之。陈亮所论，恢弘大度，远超功利实用之浅见，亦与格物穷理者异趋。其书奏上，孝宗震动，召令上殿，将擢用之。近臣曾觌将见亮，欲交结以为利用；陈亮耻之，逾垣而逃。曾觌怀恨而怫然不悦，大臣亦恶其直言无讳，乃交沮之，由是不合。然亮愈自信，益励志读书，尝曰："研穷义理之精微，辨析古今之同异，原心于杪[秒]忽，较理于分寸，以积累为工，以涵养为正，睟面盎背，则于诸儒诚有愧焉。至于堂堂之陈，正正之旗，风雨云雷交发而并至，龙蛇虎豹变现而出没，推倒一世之智勇，开拓万世之心胸，自谓差有一日之长。"此所讥讽之"诸儒"，盖指朱熹、吕祖谦辈。由此亦不容于理学家，及最后一道激刺疏上，使在廷群臣交怒，竟以陈亮为狂怪。[②]（以上《宋史纪事本末》卷二十《陈亮恢复之议》）随着陈亮以"狂怪"被排斥，恢复中兴大业更被悬置，朝野上下日益耽于偷安，文化重心愈加沉落东南。

陈亮所上恢弘大度之说论，在偷安朝廷的死水微澜里，只发出瞬息的一声闷响，就淹没在朝政喧嚣之中。以后南宋偏安王朝的政术，仍屈从于二元摇摆之惯性；以至于光宁理度诸朝，政术之争集中表现为：理学家对道学之坚守，及奸党对伪学之禁抑。[③] 这使由洛学发展而来的理学，以及由理学推展开来的

---

① 五次上书分别为：隆兴元年十二月，适逢宋与金约和，中外忻然得苏息，独陈亮以为不可，乃发解至京师，上《中兴论》；淳熙五年正月，陈亮诣阙上书；待命十日，再阙上书；紧接着，又上书；淳熙十五年四月，陈亮复上激刺疏。

② 以上亦参见《陈亮集》（增订本）卷一《上孝宗皇帝第一书》、《上孝宗皇帝第二书》、《上孝宗皇帝第三书》、《戊申再上孝宗皇帝书》；卷二《中兴论》五篇。

③ "道学"、"伪学"之名，实为政术斗争的集中表述：高宗绍兴十四年十月甲午日，右正言何若言请："戒内外师儒之官，黜伊川程氏之学。"（《宋史》卷三十《高宗七》第562页）程氏之学，亦称洛学。孝宗十 （转下页注）

道学，成为官方意识形态的主导面；而作为对立面的新学，以及绍述新学的新党，乃至新党萌孽的奸党，则起摧抑刺激之作用，使道学崇黜成为政术争端的焦点，文化重心也就维系在这个焦点上。故于光宗绍熙元年二月，殿中侍御史刘光祖预言："近世是非不明，则邪正互攻；公论不立，则私情交起。此固道之消长，时之否泰，而实国家之祸福、社稷之存亡系焉。甚可畏也。……伏冀圣心豁然，永为皇极之主，使是非由此而定，邪正由此而别，公论由此而明，私意由此而熄，道学之讥由此而消，朋党之迹由此而泯，则生灵之幸，社稷之福也。不然，相激相胜，展转反复，为祸无穷，臣实未知税驾之所。"（《宋史纪事本末》卷二十一《道学崇诎》）

刘光祖所言，诚一语中的。接下来的两相交攻，果真是"甚可畏"：宁宗庆元元年六月，为反击对道学考核，朱熹奏疏极言韩侂胄用事窃权，将使"主威下移，求治反乱"。而作为政治报复，韩党兴起伪学之目，因使善类皆不自安；以至次年十一月，籍伪学逆党得罪者，彻底清算理学中人。（《宋史纪事本末》卷二十一《道学崇诎》）[①]结果弄得，"十数年间，士气日衰，士论日卑，士风日坏，识者忧之。"（《宋史纪事本末》卷二十一《道学崇诎》录李道传语）不止是识者忧之，甚至奸党也后怕。宁宗嘉泰二年二月，其党张孝伯献媚曰："不弛党禁，恐后不免报复之祸。"韩侂胄亦以为然，乃弛伪学之党禁。而伪学党禁一松弛，道学随即甚嚣尘上。如嘉定四年十二月，著作郎李道传奏言："今其禁虽除，而独未尝明示天下以除之之说。臣窃谓当世先务，莫要于此。……臣愿陛下特出明诏，崇尚此学，指言前日所禁之误，使天下晓然知圣意所在。君臣上下，同此一心，感应之机，捷于影响。此诏一下，必有振厉激昂以副陛下作成之意者。"他还捡拾早前胡安国、魏掞之的绪论，请以周敦颐邵雍程颢颐张载从祀孔庙，而罢除王安石父子勿祀，以彰圣朝崇儒正学之意；并断言："诚能下除禁之诏，

（接上页注）五年六月癸酉日，侍郎林栗劾朱熹"本无学术，徒窃张载、程颐绪余，谓之道学。所至辄携门生数十人，妄希孔、孟历聘之风，邀索高价，不肯供职，其伪不可掩"；而太常博士叶适论栗"袭王淮、郑丙、陈贾之说，为道学之目，妄废正人"。（《宋史》卷三十一《孝宗三》第690页）道学之名，自此始称。宁宗庆元元年六月某日，刘德秀请考核道学真伪。（《宋史》卷三十七《宁宗一》第720页）是时，韩侂胄方用事，乃罢除朱熹官，益无忌惮，其党复言："凡相与异者，皆道学之人也。"或又为言："以道学目之，则有何罪？当名曰伪学。"（《宋史纪事本末》卷二十一《道学崇诎》）伪学之目，由此得名。

① 庆元三年十一月，知绵州王沇上疏，乞请置伪学之籍，因得：宰执赵汝愚、留正、周必大、王蔺等四人；待制以上朱熹、徐谊、彭龟年、陈傅良、薛叔似、章颖、郑湜、楼钥、林大中、黄由、黄黼、何异、孙逢吉等十三人；余官刘光祖、吕祖俭、叶适、杨芳、项安世、李埴、沈有开、曾三聘、游仲鸿、吴猎、李祥、杨简、赵汝谠、赵汝谈、陈岘、范仲黼、汪逵、孙元卿、袁燮、陈武、田澹、黄度、张体仁、蔡幼学、黄灏、周南、吴柔胜、王厚之、孟浩、赵巩、白炎震等三十一人；武臣皇甫斌、范仲壬、张致远等三人；士人杨宏中、周端朝、张道、林仲麟、蒋傅、徐范、蔡元定、吕祖泰等八人，共五十九人。（《宋史纪事本末》卷二十一《道学崇诎》）

颁四者之书，定诸儒之祀，三事既行，人心兴起，当见天下之才日盛一日，天下之治岁加一岁。”(《宋史纪事本末》卷二十一《道学崇诎》)李道传的奏请，不为权臣喜好，当时未及施行；但在理、度二朝，以皇帝有崇儒意，均一一得以实施。①

尤其是理宗赵昀，对道学崇信备至。淳祐元年正月甲辰日，诏曰：“朕惟孔子之道，自孟轲后不得其传，至我朝周敦颐、张载、程颢、程颐，真见实践，深探圣域，千载绝学始有指归。中兴以来，又得朱熹，精思明辨，折衷融会，使《大学》、《论》、《孟》、《中庸》之书，本末洞彻，孔子之道益以大明于世。朕每观五臣论着，启沃良多。”他还御制《道统十三赞》，亲书朱熹《白鹿洞学规》，不惟崇奖理学五臣，更自任道学代言人。反之对王安石，以其尝放言“天变不足畏，祖宗不足法，人言不足恤”，定为万世罪人。(《宋史》卷四十二《理宗二》第821—822页)如此，道学似可定于独尊，政术不再二元摇摆。但当朝的实际治效，并未“日盛岁加”。推其原由，盖因理宗以经筵性命之学来徒资虚谈，而任用权奸史弥远、丁大全、贾似道，未能“圣心豁然，永为皇极之主”；又因兵力未赡，仍从和议之策，延至端平元年(1234年)正月，金朝亡而蒙元迅速崛起，非但恢复中原转成绝望，更使江南遭受元兵进逼。然则，南宋朝廷尚且飘摇欲坠，又何谈恢弘道学家政术？

从此，文化重心彻底沉落东南，不再有化行天下的势能。就南宋偏安之政局而言，用道学来缘饰中兴之治，不仅加剧政术二元摇摆，而且养成士民素质巽懦，日益消磨恢复中原之志。故知，不论是元祐学术、洛学、理学，还是去“伪”存“真”之道学，或可用以教世化民，却不足以御敌安邦。更具反讽意味的是，权奸韩侂胄虽轻起兵端，却愿意追封岳飞为鄂王；而朝廷竟然在诛杀韩侂胄、函其首以行成于金之前，先后追复理学保护人赵汝愚和专主议和的秦桧官爵。(《宋史》卷三十九《宁宗三》)②这不仅大有亏于国体，更以忠直与奸邪同

① 仅从封恤祀谥来看，即可见崇儒之大概。宁宗朝，嘉定十三年某月日，追谥周敦颐曰元，程颢曰纯，程颐曰正。(《宋史纪事本末》卷二十一《道学崇诎》)理宗朝，宝庆二年正月癸亥日，录张九成、吕祖谦、张栻、陆九渊子孙，官各有差。(《宋史》卷四十一《理宗一》第788页)宝庆三年正月已巳日，诏特赠朱熹太师，追封信国公。(《宋史》卷四十一《理宗一》第789页)端平二年正月甲寅，诏议胡瑗、孙明复、邵雍、欧阳修、周敦颐、司马光、苏轼、张载、程颢、程颐等十人从祀孔子庙庭。(《宋史》卷四十二《理宗二》第807页)景定二年正月乙酉日，诏封张栻为华阳伯，吕祖谦开封伯，从祀孔子庙庭。(《宋史》卷四十五《理宗五》第876页)景定二年正月丁丑日，皇太子赵禥谒孔子于太学，请以张栻、吕祖谦列从祀。(《宋史》卷四十六《度宗》第892页)度宗朝，咸淳三年正月戊申日，以颜渊、曾参、孔伋、孟轲配享，颛孙师升十哲，邵雍、司马光升列从祀，雍封新安伯。(《宋史》卷四十六《度宗》第897页)

② 宁宗嘉定元年二月戊申日，追复赵汝愚观文殿学士，谥忠定；同年三月戊子日，复秦桧王爵、赠谥。(《宋史》卷三十九《宁宗三》)

论；则宋王化不行江北，已是尘埃落定之局；而文化价值之偏颓，亦成不可逆转之势。

二 东南沉积为人文荟萃之地

元文化重心遗落东南的格局既已形成，就会产生与之相适应的政治文化生态。对世居江南的士民及其族群来说，他们一旦被抛置在异族统治之下，就面临传统文化价值沦丧的危机，从而陷入屈辱与抗争的两难境地，既要承担政府强加的责任与义务，又要谋求文化族群的延续与发展。而元政体固有的两面性，即刚猛褊狭与阴柔宽容，也为身陷两难境地的南人，提供了最底限的生存空间。这有限的空间，略有三个层面：

（一）高压下的疏阔。自从至元十三年南宋灭亡开始，江南各地反元斗争即风起云涌，而闽浙广等沿海地区最为炽烈；以至二十五年四月间，御史大夫伊噜勒惊奏："江南盗起凡四百余处"。（《元史纪事本末》卷一《江南群盗之平》）对于南宋故国旧民的反叛，蒙元统治者除了血腥镇压，还采取了一系列高压举措。如至元十五年八月，以汰江南冗官为名，追毁宋故官所受告身，将江南儒官清除殆尽（《元史》卷十《世祖七》第201—202页）；禁江南民挟弓矢，有犯者籍以为兵（《元史纪事本末》卷一《江南群盗之平》）；禁制"华人畜鹰犬，猎者没入家赀"，甚至禁止江南农户使用铁叉之类农具（《滋溪文稿》卷十二《学士韩公神道碑铭》）。而更触目惊心的是，至元十五年十二月，江南释教总统杨琏真珈率领徒众，发掘钱塘、绍兴赵宋十余座皇陵，不仅盗取墓中金玉珍宝，还将理宗颅骨截为饮器，又尽裒诸帝后骼胔，杂置牛马枯骼之中，于杭州故宫建塔压之，名之曰镇南以示压胜。（《元史》卷二百二《释老传》、徐干学《读礼通考》卷九十二《葬考十一・山陵五》）[1]这"镇南"实为一种象征，是元政治高压的极端表现。

但高压似非严密无隙，其禁网每有疏阔之处：对江南反叛势力的镇压，元统治者重在严惩魁首，而往往宽贷部属随从，并遣散安抚无辜平民。如成宗元贞二年（1296年）十月，赣州乱民刘六十聚众至万余人，建立名号，反叛朝廷。朝廷遣将讨之，然多观望不进。江南行省左丞董士选，自请带兵进驻兴国县，

---

① 明陈粹中《元史续编》卷三载：杨琏真珈盗宋皇陵之事，系于至元二十一年九月。其文曰："嘉木扬喇勒智发宋诸陵"，并有附注文详叙其实况。不知其何所据，姑录于此备考。

命将校分兵守其地，悉置激乱之人于法，又诛包庇窝藏之奸民，以迫使民众争出自效，刘六十就擒，其余党逃散。董的镇抚办法，可谓威逼严酷。但他遣使奏报朝廷时，只是请求黜赃吏数人，而略不提及破贼事，故“时称其不伐”。（《元史纪事本末》卷一《江南群盗之平》）兹所谓“不伐”，是高压下的宽贷。

对宋宗室及大臣仕元者，元统治者力图严加监管，不使卷入反元势力，并曲加保全利用之。如世祖至元二十一年（1284 年），以荆、湖、闽、广间连岁兵兴，有人告宋宗室居江南者反，元世祖乃遣使欲往搜捕之。但近臣谏曰：“江南初下，民疑未附。宋宗室反，不闻郡县言；而信一人浮言，捕击之，恐人人自危矣。”世祖有所悟，乃召还使者，并立即下诏：“迁宋宗室及大臣之仕者于内地”。（《元史纪事本末》卷一《江南群盗之平》）“内地”即江北中原之地，也就是元政化的中心区域。将宋宗室及大臣仕元者迁内地，就是要加强对南宋余孽的监控。这同时也作出一种表示，只要江南民众放弃反叛，是可以劫后余生的，且获得朝廷的庇护。兹所谓“内地”，是高压下的容所。

对宋遗民之不与合作者，只要是不起兵反叛朝廷，元统治者未拟斩尽杀绝，而允其潜伏退隐草野间。这样的处置办法，是出于权衡甄别：对于起兵反元的仁人志士，如谢枋得、赵必王象、谢翱，元政府予以残酷迫害，并大兴株连罗织之狱；对于徒标气节的孤臣孽子，如郑思肖、许月卿、方凤，元政府未加过多压制，而任其抱守残山剩水。特别是蒙古贵族文化程度不高，又监临江南的官员通文墨者少，乃至世祖朝尚书留梦炎等奏报，当时江淮行省竟无一人通文墨。（《廿二史札记》卷三十“元诸帝多不习汉文”条）因此，元政权放松对意识形态控制，其思想文化的禁网较为疏阔。一时间涌现在江南的，是地域性的遗民群落，略有故都临安群、会稽山阴群、台州庆元群、婺州浦阳群、严州桐庐群、江西庐陵群、建阳崇安群、广东东莞群等等。它们各相对独立，又彼此交互联动，以国破家亡相惜，以民族气节相尚，开展系列寄寓故国之思的文事活动，构建成多元一体的南宋遗民文人群。[①]

（二）禁抑中的助长。蒙元统治者对汉族士民的防范是很严酷的，前述四等人、教派差别、差别选举诸制度，从多层面全方位编织，形成巨大的禁抑之

---

① 如至元二十三年（1286 年）十月十五日，浦阳吴渭邀方凤、谢翱、吴思齐等人，在县西之月泉树月泉吟社，以《春日田园杂兴》为题，向四方文雅士征集诗歌，至次年正月十五日为期，得五七言律诗二千七百三十五卷，作者遍布江南之浙、苏、闽、赣。他们大都是南宋遗老，诗中多寄寓遁世之意，以及“听杜鹃、餐薇蕨”语，来表达抗节季宋的集体志趣。（《四库全书总目提要》集部《月泉吟社》提要）参见方勇《南宋遗民诗人群体研究》第三章“群体网络的布局结构特征——从亚群体的地域分布说起”，第 60—110 页。

网。兹按事状，略举数端：

禁抑儒教——有这么一幕，颇具戏剧性：帝师尝至京师，“上命朝廷一品以下咸郊迎。大臣俯伏进觞，帝师不为动。惟国子祭酒富珠哩翀举觞立进曰：‘帝师，释迦之徒，天下僧人师也；予，孔子之徒，天下儒人师也。请各不为礼。’帝师笑而起，举觞卒饮，众为之栗然。”（《元史纪事本末》卷三《佛教之崇》）众朝臣栗然之神态，恰衬托帝师之煊赫。与此类似的情形，还见于时人记述：“自近世以来，释氏之宫满天下，老氏半之，儒之宫若州若县各一而已，儒已不竞于二氏矣。至元一统，独推释氏为三家首，绀园见宇，日新月盛，宏杰诡伟，蔚柄丽靡。陟其门者，将目眩气夺，儒者尚敢望其仿佛哉！虽老氏之徒，亦将自逊其不逮矣。”（何梦桂《南山天宁禅寺三门记》，见《全元文》册八卷二五一第145页）

禁抑儒生——为体现蒙汉两科进士之别，仁宗皇庆二年十一月诏定：“蒙古、色目人，第一场经问五条，《大学》、《论语》、《孟子》、《中庸》内设问，用朱氏章句集注，其义理精明、文辞典雅者为中选。第二场策一道，以时务出题，限五百字以上。汉人、南人，第一场明经、经疑二问，《大学》、《论语》、《孟子》、《中庸》内出题，并用朱氏章句集注，复以己意结之，限三百字以上；经义一道，各治一经，《诗》以朱氏为主，《尚书》以蔡氏为主，《周易》以程氏、朱氏为主，已上三经，兼用古注疏，《春秋》许用《三传》及胡氏《传》，《礼记》用古注疏，限五百字以上，不拘格律。第二场古赋诏诰章表内科一道，古赋诏诰用古体，章表四六，参用古体。第三场策一道，经史时务内出题，不矜浮藻，惟务直述，限一千字以上成。”这是蓄意加大汉人进士科的难度，以使汉人、南人举子不容易获中。

禁抑儒臣——在蒙古贵族把持的朝堂中，儒臣地位之卑落不遑多论，即以号称崇儒的奎章阁而言，其屈抑之氛围实在让人窒息。文宗平常御奎章阁，命虞集等学士侍从，日以讨论法书名画为事，而不允许建言军政事务（《御选历代诗余》卷一一九）；初建阁是为宠礼儒臣文士，而事权实为贵胄重臣把持，其出任奎章阁大学士者，先后有燕铁木儿诸权贵，而对非本族类的大学士赵世延，则嫉恨而逼迫他“引疾以辞”，其他学士不堪猜忌排挤，竟至联名请求集体辞职（《元史》卷三十四《文宗三》第758页、卷一百八十一《虞集传》第4178页）；诸阁臣职在文学侍御，以修饰盛时国家治体，而其实只是御用帮闲，甚至被视为局外之人，如阁中尝因编纂《经世大典》之需，请求从翰林国史院取《脱卜赤颜》，文宗亦尝诏命翰林学士承旨押不花等人予以支持，而押不花竟以“事关秘禁非可令外人传写”拒命。（《元史》卷三十五《文宗四》第784页）

但这种禁抑主要在社会上层，况且不曾造成毁灭性的破坏；因而在一定程度上会激发反作用力，并在社会政治的下层助长儒学教化。从这个意义上说，前述多元一体的南宋遗民文人群，除了用诗文抒写国破家亡之感伤，同时还默默担当传承儒教之职能，以使汉民族的文化种性不至废绝。而更值得重视的是，由于蒙元差别选举法的限制，大批汉族儒士被迫蛰居草野，这又为民间儒学教化提供了制度保障，使在遗民消亡后仍获源源不断的补给。这源源不断的补给，来自历科落第举人。早在仁宗延祐开科之初年，即创设会试下第叙恩之例。当时，丞相重臣等奏："下第举人，年七十以上者，与从七品流官致仕；六十以上者，与教授；元有出身者，于应得资品上稍优加之；无出身者，与山长、学正。"仁宗皇帝谕曰："依下第例恩之，勿着为格。"泰定元年三月，中书省臣复奏："下第举人，仁宗延祐间，命中书省各授教官之职，以慰其归。今当改元之初，恩泽宜溥。蒙古、色目人，年三十以上并两举不第者，与教授；以下，与学正、山长。汉人、南人，年五十以上并两举不第者，与教授；以下，与学正、山长。先有资品出身者，更优加之；不愿仕者，令备国子员。后勿为格。"奏闻，从之。(《元史》卷八十一《选举一》第 2026—2027 页)这两次叙恩例，虽未设为常格；但对备受压抑的汉族士子，实无异于久旱之后逢甘霖，给读书人预设想象空间，不仅激励他们科举进身，而且落第犹荣，亦可自拔流俗。此例既开设，便因循成制，及至顺帝至正元年，科举已废复兴之后，"其法始变，下第者悉授以路府学正及书院山长，又增取乡试备榜，亦授以郡学录及县教谕。于是科举取士，得人为盛焉。"(《元史》卷八十一《选举一》第 2026—2027 页)所谓"得人"，既指储备官僚队伍，也指造就教育人才；所谓"为盛"，是指中否皆大欢喜，足以收揽天下人心。这种对儒学教化的助长，实属禁抑下的奇特景观。

（三）耗损时的保养。蒙元以马上得天下，贪残掠夺是其本性；而江南物产丰富，自当被视为利薮。故史家称："元都于燕，去江南极远，而百司庶府之繁，卫士编民之众，无不仰给于江南。"是为实录。(《元史》卷九十三《食货一·海运》第 2364 页)元政府之搜刮江南物质财富，采取了南北有异的赋税制度："其取于内郡者，曰丁税，曰地税，此仿唐之租庸调也；取于江南者，曰秋税，曰夏税，此仿唐之两税也。"(《元史》卷九十三《食货一·税粮》第 2357 页)。为了将江南税粮北运都城，元政府多次开挖疏浚运河；还开辟了海上运粮航道，使年运量达三百多万石。[①] 据统计，泰定初年天下岁入粮数 12114708 石，其中

① 元初期漕运路线，是由江淮溯黄河，向西北至封丘县中砾镇，转陆运行一百八十余里，至新乡后，进入卫河，水运经天津至通县，然后再陆运至大都。这样绕道，里程遥远，水陆转运，又很费时，且运（转下页注）

腹里2271449石，行省9843258石；而行省中江南三省，江浙省4494783石，江西省1157448石，湖广省843787石，合计6496018石，占全国总量的54%，占行省总量的66%。元政府的税粮征徵数字，是历年累积增益而来的，从至元十三年(1276年)江南入版图起算，到产生这些统计数字的泰定元年(1324年)，大约历经四十八年，恰当元朝中年稍过，足见江南税粮之重，以及数额增速之剧。尤"至于天历之际，视至元、大德之数，盖增二十倍矣。"(《元史》卷九十三《食货一》第2352页)则江南入元后的耗损，由此而显露冰山一角。为此时人痛心疾首，发为诗歌而悲叹曰："寒向江南暖，饥向江南饱。"(《静斋至正直记》卷三"曼硕题雁"条)

然而，江南在竭力供给北方朝廷之余，也还在顽强地长养着它的居民。这说明，其耗损程度仍在可承受范围内，江南社会经济未至崩溃之境地。若参以前代汉、唐、宋之赋税，则元朝取用于民犹称宽而知本。此诚如史家所云："元初，取民未有定制。及世祖立法，一本于宽。其用之也，于宗戚则有岁赐，于凶荒则有赈恤，大率以亲亲、爱民为重，而尤惓惓于农桑一事，可谓知理财之本者矣。……自时厥后，国用浸广。除税粮、科差二者之外，凡课之入，日增月益。……虽然，前代告缗、借商、经总等制，元皆无之，亦可谓宽矣。"这可归结为三条：一是以爱民为重，二是能重视农桑，三是无课外之制。蒙古政权也正是凭借这三条，才"兼有四海，传及百年"。(以上《元史》卷九十三《食货一》第2352页)在这近百年的蒙古贵族统治之下，江南社会经济固然遭受巨大耗损；但其士民也因有朝廷庇护，而获得多方面的进步发展。特别是遍布江南的故家旧族，并未因异族入据而遽遭破灭，如江西泰和以南唐故家为核心的族群，历宋元四百余年生息繁衍而绵延不替，不仅人口增长，而且人才辈出。其家族成员安土重迁，耕读自守而诗书传家，养成清正平和的文化气质，为家族长远发展奠定基础。[①] 而元政府也多能信赖保全之，未尝刻意破坏这种家族传统；且当朝廷愿治之时，统治者还有所褒扬。有浦江县郑氏义门，自南宋建炎年间

(接上页注)量少，不甚便利。为了提高运河的输送能力，世祖朝先后三次开挖新河。至元十九年(1282年)，动工开挖济州河；至元二十六年(1289年)，动工开挖会通河；至元二十八年(1291年)，动工开挖通惠河。就这样逐段开挖连接，大运河终于南北贯通。但由于会通河航道窄浅，年漕运量实不足十万石。实际上，元朝税粮北运，主要依赖海道。其法创自至元十三年平定江南之时，丞相伯颜为了将南宋库藏图籍北运，尝试从崇明州起航，经由海道输送京师。及至元十九年，伯颜追忆其事，以为海运可行，乃奏请于朝廷。次年，"罢新开河，颇事海运"。(《元史》卷九十三《食货一·海运》第2364页)

① 参见饶龙隼《南唐故家与西昌文学》，《文学评论》2005年4期；又《接引地方文学的生机活力——西昌雅正文学生长历程》，《文学评论》2012年1期。

始，历十余世同居共食，孝义家风闻于天下。武宗至大四年（1311 年）首次旌表之为“孝义门”，顺帝至元元年（1335）再旌为“孝义郑氏之门”，还免其赋税，以表率天下。[①] 对此，《元史》馆臣评曰：“元有天下，其教化未必古若也，而民以孝义闻者，盖不乏焉。岂非天理民彝之存于人心者，终不可泯欤！上之人苟能因其所不泯者，复加劝奖而兴起之，则三代之治，亦可以渐复矣。”（以上《元史》卷一百九十七《孝友一》第 1141 页）如此随其旧俗而因势利导之，虽说未必真能兴复三代之治，却有利于故家旧族延续发展，有利于保养江南社会的元气。所以尽管江南所遭耗损巨至，且南人政治地位又最低；然未至民彝泯灭、人才凋零，反而使才俊辈出、人文荟萃。

如上所述，军政高压固然让人绝望，而疏阔又留有一线生机，这使江南士民劫后余生，因以保守南人民族气节；多重禁抑固然让人沮丧，而助长又潜藏再造之机，这使儒学教化日积月盛，因以存续华夏文化种性；财税耗损固然让人疲惫，而保养又积蓄故家能量，这使家族文化发扬光大，因以培植江南社会元气。而尤可注意者，民族气节、文化种性、社会元气的根本依托，均在于江南久经劫难而绵延不绝的故家旧族。由此可知，尽管生存空间局促窒碍，江南士民难以自由伸展；但终赖故家旧族之延续发展，而确保汉文化传统传承不替。仍如江西泰和的故家旧族，其中陈、刘等二三十氏族，多来迁自唐末五代时，历经四百年十六七世，能“守先庐尺地于陵谷变迁之余，而诗书膏泽尤烨然有耀而益远”。（《槎翁文集》卷十《南冈陈氏宗谱序》）而与家族文化之世代传承相协同，家族之间多互通婚姻、递相师友，因使特定族群拥有共同的文化特质，其文化传统的主体性精神流传不坠，既为区域文化生长根植下基质，也为当代文化建设提供了源泉。此正印合陈寅恪所云：魏晋以降的中国文化，“其重心不在政治中心之首都，而分散于各地之名都大邑，是以地方之大族盛门乃为学术文化之寄托。……故论学术，只有家学之可言，而学术文化与大族盛门常不可分离也。”（《金明馆丛稿初编·崔浩与寇谦之》第 147—148 页）

其影响最为卓著者，无如吕氏明招之学。吕氏本是中原文献之家，自先祖吕好问始居婺州，中经成公祖谦、忠公祖俭，以明招山传承的中原文献，教导后

① 于时朝野内外，颂扬之声如沸，自太子以至丞相诸公卿，多作大书及赋诗称美之：部使者余阙篆“浙东第一家”以褒，一代贤相脱脱题“白麟溪”字以赠，中书平章政事月鲁帖木耳赠“一门尚义，九世同居”字，皇太子爱猷识理达腊竟两次赐书“麟凤”、“眉寿”字。其他王公大臣及翰林国史院名儒，如虞集、揭傒斯、欧阳玄、李好文等，以及与郑氏有同里或世交关系的，如黄溍、柳贯、吴直方等都中名贤士，纷纷吟诗作文以赞美之，掀起了强大的舆论热潮。（《四库全书存目丛书》本《麟溪集》）

学四百余年，而自成体统与绪余。自其体统言之，从南宋孝宗干、淳之后，儒学分朱、陆、吕三派，“三家同时，皆不甚合。朱学以格物致知，陆学以明心，吕学则兼取其长，而复以中原文献之统润色之。”(《宋元学案》卷五十一《东莱学案》引全祖望《同谷三先生书院记》第1653页)此所谓中原文献之统，就是指一种文化主体精神。这种主体精神承载于吕氏家学传统，而在特定时空扩充增长并传之久远。其空间上的拓展，如忠公为官甬上，虽不得有所设施，而以“明招山中父兄中原文献之传，左右其间，其功无所见于官守，而见之讲学”(《宋元学案》卷五十一《东莱学案》引全祖望《吕忠公祠堂碑文》第1681页)；其时间上的绵延，表征为文献之传，即“明招学者，自成公下世，忠公继之，由是递传不替……而明招诸生，历元至明未绝——四百年文献之所寄也”。(《宋元学案》卷七十三《丽泽诸儒学案》卷首全祖望案语第2434页)所谓“文献之所寄”，即为文化精神之承载。自其绪余言之，则四百年中，演化出二派：“东莱学派，二支最盛，一自徐文清再传而至黄文献、王忠文，一自王文宪再传而至柳文肃、宋文宪，皆兼朱学，为有明开一代学绪之盛。”(《宋元学案》卷七十三《丽泽诸儒学案》卷首王梓材按语第2434页)故知，吕氏家学规模影响弘远，具有强健的主体性精神，不仅未被异族统治移易，而且开启有明一代学绪。

类似的故家旧族，在江南还有许多；而且有元一代的家族，主要分布于江南地区。据《元人文集篇目分类索引》等书统计，现存元代族谱的序言与题跋共有253篇。其中所展示的信息表明，这类文献分布极不平衡：从南北分区来看，江南地区产生家谱193种，约占总数的76.3％；北方地区产生家谱30种，约占11.9％。从行省区划来看，江浙省产生家谱103种，约占总数的40.7％；江西省产生家谱85种，约占总数的33.6％；中书省产生家谱19种，约占总数的7.51％；河南省产生家谱11种，约占总数的4.3％；湖广省产生家谱3种，约占总数的1.1％。[①] 这个统计数据是依据存世文献得出的，虽不能反映元代家谱编纂的全部情实；但传世文献经过自然选汰，实具有毋庸置疑的随机性，因而所提供的情节较为真切，是可以用来说明某些问题的。这主要有三点：(一)蒙古贵族虽歧视南人，将之置于四民之末等；却未尝蓄意毁灭江南的故家旧族，而为之留有适度的生存繁衍空间。(二)江浙、江西两省家谱数目最多，说明元代家族主要聚居于东南，而有元一代东南文化占优势，正好与当地家族繁盛相呼应。(三)另在200多种元人家谱中，属于当代重修的多达63种。这

---

① 尹俊、席永春《元人文集家谱序中的元代家族》，《宁波党校学报》2005年3期，第89—94页。

些能重修族谱的家族，多为宋以来的故家旧族，其能延续数百年而不衰，实赖自身顽强的生命力，既能适应复杂多变的环境，又能不失时机地谋求发展。

更重要的是，江南家族面对蒙元的严酷统治，多能赡宗收族强本以适时应变，在源源不断供给国家的同时，也能谋求自身的延续与发展。由于蒙元未尝蓄意废坏家族传统，江南故家旧族便能因其旧俗积习，承袭两宋家族的文化血脉，并能有所发扬和推广深化。这大约表现为三层面：(一)秉承张载等创设的家族理念。门阀士族衰落之后，面临重建宗族问题，而其基本的建构理念，可追寻宋儒张载所论。他认为："管摄天下人心，收宗族，厚风俗，使人不忘本，须是明谱系世族与立宗子法。"(《张子全书》卷四《宗法》)就是借此维持宗族长远发展，并因以维护国家的统治秩序。这种理念深入人心，颇为士大夫所遵奉，不仅影响当代，而且泽被后世。因之，宋以来的家庙祭祖之制逐渐成为庶民化的宗法伦理，为民间宗族组织由小宗向大宗发展提供了理论支持。(二)继承朱熹等创立的家族制度。朱熹发扬前辈理学家志愿，也大力提倡重建宗族制度。他亲自编撰了《朱子家礼》，设计出家族制度的实施方案，内容包含建祠、墓祭、族田、族长、家法、家礼等，不仅兼顾了大小宗法精神并且展示了宗族发展前景。入元以后，士大夫家及富室，特别是故家旧族，多自觉遵行《朱子家礼》，以运用于宗族的建设发展。如浦江郑氏创立的《郑氏规范》，就将其精神融进日常生活管理中。(三)沿承范仲淹创建的家族设施。范仲淹创建范氏义庄，以维护家族整体利益。它以义田为物质基础，附设了义学、义宅等，并以规约为运行依据，来实现福利宗族之旨。范氏义庄当时即为官僚富室推崇，后又成为世人效仿的榜样与范本，其成规多被仿效而有所损益，故其影响深及于元以后诸朝。

这种三重构建而成的家族形态，就使得元代家族文化承前启后，以与唐宋时期宗族传统保持血脉联系，故其精神实质能不因异族统治而失坠。又因理念、制度都要落实到设施之上，所以设施才是家族形态的基础与关键。即以元朝的情况来看，据学者的不完全统计，累代增补或当代新置的义田，仅江南地区就有 26 处之多。[①] 各处义田由族内贤能专门负责管理，对田产出纳和分配方法有明确规定。如此创建的家族公共财产，既可周济助养族中贫弱者，又可减轻族内贫困现象，从而避免族群贫富悬殊。此外，宗族义田及学田之设置，还为义学提供物质保障；而家族义学作为一种免费教育，使族人子弟大都能够

---

① 以上参见苏力《元代地方精英与基层社会——以江南地区为中心》，第 198—201 页。

修习学业，不仅增强宗族内部的向心力，而且可望获得登科入仕之机。正是这种运行机制，使得家族人丁兴旺，人才辈出，经久不衰。所以江南入元之后，仅经历短暂的修复，就仍保持人才高地优势，成为一个人文荟萃之区。

有学者据《中国文学家辞典》统计，该书着录元文学家 588 人，其中籍贯可考者有 497 人。其分布情况是：依省计算，居前三位的是江浙行省 252 人、中书省 134 人、江西行省 51 人，江浙行省下辖浙江、福建全部和江苏大部以及江西东部，加上江西行省，涵盖了江南的绝大部分区域，其人数远超元大都所在的中书省；依路计算，拥有文学家 10 名以上的是杭州路 33 人、平江路 29 人、大都路 27 人、庆元路 20 人、婺州路 18 人、吉安路 17 人、真定路 15 人、台州路 14 人、徽州路/湖州路/绍兴路/晋宁路 13 人、温州路/东平路/抚州路 12 人、饶州路 11 人，此中大都、真定、晋宁、东平北方四路共有 67 人，其余属江南的诸路共有 205 人，可见江南诸路人数占绝对优势。[①] 由此可知，元代文学家分布的总体格局仍倚重东南，并未因异族统治和建都北方而根本逆转。这从一个侧面表明，东南确实人文荟萃。

对此，蒙元政府也能有所关注，并采取一些措施来调节，如命各路举荐儒吏兼通者，又命各省臣专意访求遗逸。（《元史》卷二十四《仁宗一》第 552 页、卷二十五《仁宗二》第 563 页）及至英宗朝，尤重视推行东南等地的政化，遣使往江浙、江西等处选官。（《元史》卷二十七《英宗一》第 612 页）甚至文宗朝用官，还建立换注制度："凡仕由内郡、江淮者，注江西、江浙、湖广；由陕西、两广者，注福建；由甘肃、四川、云南、福建者，注两广。"（《元史》卷三十五《文宗四》第 781 页）这些做法对调配人才资源，当然起到一定的积极作用；但并未根本改变人才汇聚江南、文化重心长期偏居东南的格局。而元政府从不标榜野无遗贤，也缺乏真诚来任用江南贤士；所以终元之世，文化重心遗落东南，而无逆转北移之机。

---

① 参见曾大兴《中国历代文学家的地理分布》相关章节；梅新林《中国文学地理形态及演变》第 124—134 页。

宋元之际的理学诗风及其反拨

东华大学　史　伟

作为宋代主流的学术思想，理学和理学家的诗歌创作、诗学理论近年来受到较多的关注。但是理学诗风概念上的界定、理学诗风本身的流衍及其影响，均颇为丰富复杂；而在理学诗风盛行的时代，实已起反拨的声音，蒙元灭宋之后，这种倾向尤为突出，这为我们观照理学和理学诗风提供了很好的视角，但同时也增加了此种复杂性。本文即欲对宋元之际理学诗风的形成，尤其是其所引发的相应的反拨的论说，作一梳理，就教于方家。

一

理学诗之所谓"击壤派"的名目，起于四库馆臣[①]，胡云翼《宋诗研究》则把"理学家的诗"与"词人的诗"作为南宋"反江西诗派"而能自开生面的一个诗帕特别提出[②]。有学者更就"击壤派"之渊源流变进行了史的评述，以为"击壤派"源于邵雍《伊川击壤集》，其形成则在宋元之际数十年内，而与真德秀《文章正宗》、金履祥《濂洛风雅》的编定和刊行，及理学自身的发展进程密切相关；至元代许衡、金履祥、王柏及明代陈献章、王慎中、唐顺之诸人，则其流衍而已。所论亦承《四库全书总目提要》之说而别有发挥[③]。

---

① 见《四库全书本总目·濂洛风雅提要》。

② 见胡云翼：《宋诗研究》第十七章《反江西派的诗人》，岳麓书社 2011 年版，第 136 页。

③ 参见祝尚书：《论"击壤派"》（载《文学遗产》2001 年第 2 期），关于理学诗的论述还可参见祝尚书《论宋代理学家的"新文统"》（《文学遗产》2006 年第四期）、《论宋人的"诗人诗"、"文人诗"与"儒者诗"之辨》[《北京大学学报》（哲学社会科学版）2009 第二期]等。

一时风气,是否遽以“派”目之,是一值得商榷的问题[①]。对于理学诗风,可以从以下两方面进行认识,一方面,理学家所作其实也不完全是理学诗风之诗,邵雍《伊川击壤集》相当一部分并不是“诗源心造化,笔发性园林”的语录之压韵者;魏了翁实是南宋中后期为数不多的诗学老杜而可得其格调神理者;金履祥七古则全承李贺作涤荡跳脱之调,更不用说诗文造诣绝高的朱熹,更非“击壤”所能拘限。但另一方面,理学诗也确实是宋元之际一种普遍的风气,如刘克庄《跋恕斋诗存稿》所言:“近世贵理学而贱诗,间有篇咏,率是语录、讲义之压韵者耳。”[②]这不仅表现在以理学自命的人在做理学诗,也表现在一大批以诗名称世的人,也不免染此习气。《濂洛风雅》所收曾几、吕本中、杨万里、赵蕃亦皆诗家巨擘,一时风气,于此可见端倪。钱钟书《谈艺录》论道学诗颇多,其云:

> 山谷已常作道学语,……曾茶山承教于胡康侯,吕东莱问道于杨中立,皆西江壇坫而列伊洛门墙。……名家如陆放翁、辛稼轩、洪平斋、赵章泉、韩涧泉、刘后村等,江湖小家如宋自适、吴锡畴、吴龙翰、毛翊、罗与之、陈起辈,集中莫不有数篇“以诗为道学”,虽闺秀如朱淑真未能免焉。至道学家遣兴吟诗,其为语录讲义之压韵者,更不待言。[③]

所以钱钟书称“此乃南宋之天行时气病也”[④],妙语诚可以解颐,而就时论事,其时道学之诗与诗人之诗,至少就作者本身而言,似乎也并不像《四库提要》所说的“千秋楚越”,泾渭分明。

二

下面简单地讨论一下理学诗风的形成。这一点见于前揭祝尚书先生的论述,论列已多。这里强调两点,其一,理学诗风可以溯源至邵雍《击壤集》,但是

---

① 本文之所以要对古代文学所谓诗派或者文派做比较严格的辨析,是因为假如“派”的称呼只是为了论述或者行文的方便,那是无关大碍的;但是假如确定地将之作为一种文学流派来运用,则会对整体的论述,对于真实全面地解释问题造成误导。

② 《后村先生大全集》卷一百一十。

③ 《谈艺录》,中华书局1984年版,第405页。

④ 《谈艺录》第405页。

对于理学诗风真正起极大推动作用的恐怕还是理学集大成者朱熹。其二，以朱熹《感兴诗》为代表的理学诗之所以能够引起很大的反响，一定程度上是因为《感兴》一类的诗对于理学后学之传习修道确实起到了指示门径的作用，至于后来理学诗流于虚声影响，是缘于理学定于一尊后，后学以此作势利名声之求，却是朱熹所不能任其责的。

朱熹少好诗，诗名颇盛，以至于胡铨等以“诗人”的名义加以荐举，引起朱熹的戒惧，但是仍然未能废诗[①]。一方面诗是朱熹衷心所好，另一方面作为理学家，朱熹也希望以义理之学来规范诗，他以后所做的诗也确实开始逐渐开始向理学诗转变。事实上，被荐举前，朱熹与张栻等有《南岳酬唱集》，张栻赠诗云：“遗经得紬绎，心事两绸缪。超然会太极，眼底无全牛。”朱熹答云：“昔我抱冰炭，从君识乾坤。始知太极蕴，要妙难明论。谓有宁有迹，谓无复何存。惟兹酬酢处，特达见本根。万化从此流，千圣同兹源。旷然摸远御，惕若初不凡。”[②]已经是理学诗的格调。所以，理学诗风的流衍，与理学中人彼此的唱和酬答也有着密切的关系。

此后，干道八年(1172)朱熹作《斋居感兴二十首》，其自序云：

> 予读陈子昂《感遇》诗，爱其词旨幽邃，音节豪宕，非当世词人所及，如丹砂空晴，金膏水碧，虽近乏世用，而实物外难得自然之奇宝。欲效其体作十数篇。顾以思致平凡，笔力萎弱，竟不能就，然亦恨其不精于理，而自托于仙佛之间以为高也。斋居无事，偶书所见，得二十篇。虽不能探索微渺，追迹前言，然皆切于日用之实，故言亦近而易知，既以自警，且以贻同志云。[③]

所谓“虽近乏世用”，“然亦恨其不精于理，而自托于仙佛之间以为高也”云云，仍然是理学家的声口，从中也可以看出朱熹欲藉此匡正义理，与同道切磋砥砺的意味。翁方纲这样评价这组诗：“朱子《斋居感兴二十首》，于陈伯玉采其菁华，剪其枝叶，更无论阮嗣宗矣。作诗必从正道，立定根基，方可印证千条万派耳。”他在称引了朱熹《次陆子静韵》“旧学商量加邃密，新知培养转深沉”的诗句后说：“朱子诗自以此种为正脉，曾从道中流露也。”[④]事实上，也就是这

① 见罗大经：《鹤林玉露》甲编卷六，中华书局1983年版，第112页。

② 曾枣庄、吴洪泽：《宋代文学编年史》第三卷，凤凰出版社2010年版，第1271页。

③ 朱熹：《晦庵先生朱文公文集》卷三，四部丛刊初编本。

④ 翁方纲：《石洲诗话》卷四，人民文学出版社1981年版。

样体道有得，深于理致而不堕于理窟的诗作奠定了理学诗成为一时风气的基础。

朱熹《斋居感兴二十首》在南宋中后期影响极大，岳珂《桯史》“晦庵感兴诗”条言：

> 朱晦翁既以道学倡天下，涵造义理，言无虚文。少喜作诗，晚年居建安，乃作《斋居感兴二十篇》，以反其习，自序其意，断断乎皆有益于学，而非风云月露之词也。[①]

这段文字是岳珂与同乡蔡元思（念成）诵《斋居感兴二十首》后的札记，他认为朱熹的这些诗与“少喜作诗”时的诗不同，是“断断乎皆有益于学，而非风云月露之词”的诗。他在引述了朱熹自序和这二十首诗之后说：“（《感兴诗》）习驰骋今古，剟华反实，斯可谓志之所存者。其中二篇，论二氏之学，犹若有轻重有无之辨，晚学恨不得撰杖屦以质疑焉。”他是把《感兴诗》当作修习义理的程课，与《近思录》等量齐观了。王柏《朱子诗选跋》言：

> 首卷虽先生手自删，取名《牧斋净稿》，然实少年之作也。今观《远游》一篇，已见其规橅之大，立志之坚，既有以开拓其学问之基矣。其次卷则自同安既归，受业于延平之后，时年二十有八。自是往返七年，豁然融会贯通，然寄兴于吟咏之际，亦往往推原本跟，阐究微渺，一归于义理之正，净洗诗人嘲弄轻浮之习，其《挽延平》时年三十有四诵其本本存存之句，亦可验其传河洛之心矣。《南岳酬唱》实乾道丁亥时，年三十有七。《斋居感兴二十首》，其壬辰癸巳之间乎，凡篇中所述，皆道之大源，事之大义，前人累千万言而不能仿佛者，今以五言约之此，又诗之最精者。真所谓自然之奇宝。[②]

王柏笃奉朱熹之学，其《诗疑》删“淫诗”以合“思无邪”的诗旨，实则是对朱熹《诗》学观念的极度推衍。朱熹的这部诗选《宋史·艺文志》没有着录，可能入元已经亡佚。王柏以知人论世的方法，为朱熹诗大致做了系年，又以此推求

---

① 岳珂：《桯史》卷十三，中华书局 1981 年版。
② 王柏：《鲁斋集》卷十三，影印文渊阁四库全书本。

其义理。这也正是他们解经的观念和方法，只是与朱熹相去尚近，推求不至于离开事实太远。其诗歌标准则是“寄兴于吟咏之际”，“推原本跟，阐究微渺，一归于义理之正，净洗诗人嘲弄轻浮之习”。但理学后学诗学素养及于理学体会之亲切，均与朱熹相去太远，所以理学诗就只能成为“语录、讲义之压韵者”了。

理宗朝，理学定于一尊，至宋末，理学诗风乃衍成风气。虞集《玉井樵唱集序》云：“当先宋之季年，谈义理者以讲说为诗，事科举者以程文为诗。”[①]“事科举者以程文为诗”，入元后形成元初诗坛上的所谓“时文故习”；“谈义理者以讲说为诗”则衍成理学诗风。

这种“天行时气病”入元依然流行，尤以南宋遗民为甚。纪昀《瀛奎律髓刊误序》斥方回论诗“三弊”，其二即为“攀附洛、闽之道学”[②]，其诗亦多道学语[③]，此外见于熊禾《勿轩集》、陈着《本堂集》等别集之道学诗亦层见叠出。

如果说方回、陈着、熊禾诸人或以理学自命，或以讲学闻名而学有渊源，那么王义山以诗事为“吾学”[④]，其文集中理学诗却并不少见，如《和康节天意为二人吟》云：

> 一毫矫揉不安然，人众岂能终胜天。透出梦关方是觉，要从心地自澄源。人能穷理始知命，事到容心便费言。造物安排都已定，道中法法而渊渊。[⑤]

卫宗武《理学》诗述理学源流，及无极太极、性命理道，几乎是一部具体而微的《伊洛渊源录》了：

> 寥寥二千岁，道统几欲坠。濂洛暨关中，浚源接洙泗。乾淳诸大儒，流派何以异。无极而太极，性命发其秘。先天而后天，理道稽其致。[⑥]

卫宗武亦诗承江湖余习而留意词翰者，诸如此类，不一而足。盖理学洐

---

① 李修生主编：《全元文》26册，凤凰出版社2004年版，第274页。

② 见《瀛奎律髓汇评》(下)第1826页，附录一。

③ 可参《次韵恢大山拟古三首》(《桐江续集》卷二十)、《春半久雨走笔五首》之二(《桐江续集》卷二十七)、《题郑提学孔明敬斋》(《桐江续集》卷二十五)等诗。

④ 见《子惟肖诗稿序》，《稼村类稿》卷六。

⑤ 《稼村类稿》卷二，影印文渊阁四库全书本。

⑥ 《秋声集》卷一，影印文渊阁四库全书本。

至宋末暨元初，几成禅家之所谓“口头禅”，机锋解悟，触处而发，已不以为意了。

三

但是，在理学极为盛行的时候，已经起了反拨的声音。这种反拨主要来自于浙东学派，确切地说是与浙东史学关系密切的叶适及其后学。叶适被认为吕祖谦、薛季宣、陈傅良浙东事功之学向朱熹之学靠拢、转向的一个关键人物。全祖望在《宋元学案・水心学案序录》中说：

> 水心较止斋又稍晚出，其学始同而终异。永嘉功利之学，至水心始一洗之……咸淳诸老既歿，学术之会，总为朱、陆二派，而水心龂龂其间，遂称鼎足，然水心工文，流于辞章。[①]

这也是全祖望于永嘉学案之外别立水心学案的原因，所以他在叶适生平之后特别加了一段案语：“祖望谨案：许及之、雷孝友之劾先生也，当时无以为然者。自方回始据之以抵先生，其意特以先生论学有所异同于朱子，遂拾小人之说以毁之。《宋史》亦不复白其诬。予续修《学案》，始别为立传，而特详其事迹以明之。”[②]

不过，叶适之学格局极大，其于文学的见解与朱熹不同，同时也无意对文学严加规范。钱基博于叶适诗文渊源有很好的梳理，称其：“藻思英发，其为诗文原本唐人，文则偶必错奇，得韩、柳之意，不如欧、苏之条达疏畅，一往不返。诗亦疏不害妍，则李杜之遗；不如黄陈之生犷拗蹇，披猖失谐，似欲力复古调，不逐时贤后尘。”[③]则叶适的文学也如他的学术，取径颇广，而有所树立。所以水心后学流于辞章之学，正是渊源有自。

叶适之后，于晚宋诗坛影响最大的是刘克庄。《宋元学案》将刘克庄归入林光朝“艾轩学案”和真德秀“西山学案”，而未入叶适“水心学案”，这可能

---

① 黄宗羲：《宋元学案》(三)“水心学案”上，中华书局2006年版，第1736页。

② 同上书，第1743页。

③ 钱基博：《中国文学史》(下)，东方出版中心，2008年版，第523页。

是因为《宋元学案》重在学术渊源，文学并不在考虑范围之内（叶适极力提携的“永嘉四灵”也未入水心学案）。但事实上，刘克庄精于史学[①]，与叶适消息暗通，学术倾向上也颇近于叶适，而有较为宏大融通的学术旨趣，只是刘克庄于理学流弊体会得更清楚，所以其于理学末学的诋诃也更严厉；至于文学，叶适于刘克庄的影响也是显而易见的，刘克庄《黄孝迈长短句》引叶适语云：

为洛学者皆宗性理而抑艺文，词尤艺文之下者也。[②]

郭绍虞认为刘克庄之于诗，受到林光朝的影响，又受叶适的赏识，故能“以道学家而兼诗人”[③]，所见极明。故刘克庄亦有“理学兴而诗律坏”的感慨[④]。

宋亡之后，元代士人于理学诗的批驳见于言论者，更多、更严厉，也更能切中肯綮。这与元初科举废止，理学不再成为仕进之途有关；也与入元士人对理学所作的普遍的反思有关。

舒岳祥、戴表元皆浙东天台人，是宋末少有的科举之士而能诗者[⑤]。袁桷《李景山鸠巢编后序》叙述“近世”诗歌风貌云：

先生讳表元，字帅初，……失仕归剡，遂俾桷事先生，始尽弃声律文字，力言宋百五十年理学兴而文艺绝。[⑥]

戴表元所谓“理学兴而文艺绝”的言论，见于《方使君诗序》、《张仲实诗序》、《陈晦父诗序》等，如：“异时缙绅先生无所事诗，见有攒眉拥鼻而吟者，辄斥之曰：“是唐声也，是不足为吾学也。”[⑦]其中颇可见出戴氏于宋末一般理学之士的厌弃。

① 刘克庄精于史学，在当时为一公论，尝任国史院编修官、实录元件套管，宋理宗称其：“朕知卿文名，有史学”（林希逸《后村先生刘公行状》）。

② 《后村先生大全集》卷十六，四部丛刊初编本。

③ 见郭绍虞：《中国文学批评史》（上），百花文艺出版社1999年版，第77页。关于刘克庄学术思想的研究可以参看王宇《刘克庄与南宋学术》《艾轩学术：刘克庄的思想根柢和学术基础》一节，中华书局2007年版。

④ 《林子显诗序》，《后村先生大全集》卷九十八。

⑤ 可参《陈晦父诗序》，《剡源文集》卷八，文渊阁四库全书本。

⑥ 《清容居士集》卷二十一，四部丛刊初编本。

⑦ 《张仲实诗序》，《剡源文集》卷八。

戴表元入于《宋元学案》王应麟“深宁学案”，对于王应麟，全祖望在序录中说：

> 祖望谨案：四明之学多陆氏，深宁之父亦师史独善以接陆学。而深宁绍其家训，又从王子文以接朱氏，从楼迂斋以接吕氏。又尝与汤东涧游，东涧亦兼治朱、吕、陆之学也。和齐斟酌，不名一师。《宋史》但夸其辞业之盛，予其微嫌于深宁者，正以其辞科习气未尽耳。[1]

则王应麟折中于朱熹、陆九渊、吕祖谦之学，“和齐斟酌，不名一师”，其史学尤为精深，“王门首座”胡三省即以史学着称[2]，而其“辞科习气未尽”也颇有浙东学术的流风余韵。引文中王子文即王埜（？—1260年），子文其字，浙东金华人，《宋史》有传，与刘克庄、戴表元均有交谊，亦为本学术，隆师友，且诗“粹美无疵”的识见通达之士[3]。

舒岳祥列入《宋元学案》“水心学案”，水心学案“吴氏门人”部分称舒岳祥：“受文法于吴荆溪（吴子良——著者按），荆溪序其集，以‘异禀灵识’称之。宋亡，避地四明之奉化，与戴表元友善。所著有《史述》、《汉砭》、《补史家录》、《荪野稿》、《避地稿》、《篆畦稿》、《蝶轩稿》、《梧竹里稿》、《三史纂言谈丛》，又有《丛续》、《丛残》、《丛肆》、《昔游录》、《深衣图说》，共二百二十卷，通曰《阆风集》，今多不传。然自水心传于篔窗，以至荆溪，文胜于学，阆风则但以文着矣。”[4]叶适以下，从陈耆卿（篔窗）至舒岳祥渐“流于文辞”，但即以舒岳祥而言，其著述见于着录者，史学犹为大宗，可见其渊源所自。戴表元亦师事舒岳祥，《宋元学案》称：“时同郡王厚斋、天台舒阆风并以文章师表一世，先生皆受业焉。至元、大德间，东南以文章大家名者，唯先生而已。”[5]均与浙东学术有着密切的关联。

袁桷师事舒岳祥、戴表元，以史学称世，亦可谓承浙东史学之绪余，有以接中原故国文献。其于理学之坏诗，诋诃颇多：

---

① 《宋元学案》（四），中华书局2008年版，第2856页。

② 同上书，第2870页。

③ 见刘克庄《王子文诗序》，《后村先生大全集》卷九十四。

④ 《宋元学案》（三），中华书局2008年版，第1825页。

⑤ 《宋元学案》（四），中华书局2008年版，第2875页。

> 近世言诗家颇辈出，凌厉极致，止于精丽，视建安、黄初诸子作，已愦愦不复省，钩英掇妍，刻画眉目，而形干离脱，不可支辅。其间凡偶拙近者，率悻悻直致，弃万物之比兴，谓道由是显，六艺之旨阙如也。[①]

所谓“凌厉极致”盖指“江西”末流粗豪一路，“精丽”云云指“四灵”、“江湖”晚唐习气。而“凡偶拙近”、“谓道由是显”云云，则是指理学一脉而言。理学家的诗，或理与情融，道与境会，确可写出极富“理趣”的诗。但大多数的理学家，直以理入诗，率口肆心，直白无文，如“禅家偈子”，适成理障，这就是袁桷所说的“直致”，“弃万物之比兴”，“六艺之旨阙如也。”袁桷在《乐侍郎诗集序》中又尝专论理学诗云：

> 至理学兴而诗始废，大率以模写宛曲为非道。夫明理者，犹足以发先王之底蕴，其不明理，则错冗猥俚，散焉不能以成章，而诿曰：“吾唯理是言。”诗实病焉。[②]

“大率以模写宛曲为非道”即是“弃万物之比兴”，即是“直致”。“错冗猥俚”即是“凡偶拙近”，袁桷诗学承舒岳祥、戴表元而来，于理学诗之弊端看得是很清楚的。

舒岳祥、戴表元师表东南学术文章，袁桷在大德初年北上大都入翰林国史院后，于元代诗文嬗变也有重要影响，顾嗣立《寒厅诗话》论及元诗流变言：“元诗承宋金之季，西北倡自元遗山，而赫陵川、刘静修之徒继之，至中统、至元而大盛，然粗豪之习时所不免。东南倡自赵松雪，而袁清容、邓善之、贡云林辈从而和之，而诗学为之一变。”[③]此外，对于元代文学包括诗学有着重要影响的方凤、谢翱、吴思齐、吴景昌以及柳贯、吴莱、黄溍等皆入《宋元学案》“龙川学案”[④]，亦与浙东学术有着深切渊源。可以说对于理学诗风的批驳宋末直迄元初，以浙东事功一脉所发最为激烈，也最为持久。其于宋元之际诗风影响最大，也在事实上奠定了元代诗学的基础。

---

① 袁桷《李景山鸠巢编后序》，《清容居士集》卷二十一。

② 《清容居士集》卷二十一。

③ 丁福保编：《清诗话》上。

④ 谢翱等对于元代李贺诗风流衍的影响参见本书第八章《“宗唐得古”与融通调和的理论旨趣》中《元代李贺诗风的流传》一节相关论述。

四

元代对于理学诗风的反思和调整，不只来自于有着浙东学术背景的文人，也来自于朱熹理学的内部。学宗朱熹者，固然也有严承朱熹诗学者如程端礼等[①]。以吴澄为代表，也有对理学诗风作折衷拨正之论的。在《张达善文集序》中，吴澄对儒者之文进行了辩解：

> 朱子祖述周、程、张、邵，而辞莫有同者焉，谁谓儒者之文不文人若哉。彼文人善于诋诃，以为洛学兴而文坏。夫朱子之学不在于文，而未尝不力于文也。……韩、柳、欧、曾之规矩也，陶、谢、陈、李之律吕也。律之、吕之、规之、矩之，而非陶、非谢、非陈、非李、非韩、非柳、非欧、非曾，是岂区区剽掠掇拾者，而犹有诋诃者乎？[②]

这固然是对儒者之文的辩驳，但是其辩驳的理由却是立足于文本身，所谓“朱子之学不在于文，而未尝不力于文也”；同样吴澄对于文人的批驳，也只是指摘其剽窃模拟，而没有重拾道学家“作文害道”的老话头，因此就其趋向而言，其实是重文而调和文道，却不是以道来贬低或者规范文[③]。

这其实是元初理学家的普遍倾向。金履祥所编订的《濂洛风雅》，被后来学者当作是“击壤派”诗歌之渊薮，这个看法或失之于偏颇。金履祥见于《宋元学案》“北山四先生学案”，但其治学有独自树立之处，全祖望言：

---

① 程端礼《孙先生诗集序》云：“愚尝究其末流之弊，以为诗一变而为骚，再变而为五言，五言变七言，其后又变为律，琢而为词。故诗至七言而衰，律而坏，词而绝矣。何则？骚作于屈子，虽其忧幽愤怨有戾中和，然皆出于恳恻之诚，五言有梁昭明选，虽其出处不精，薰莸杂植，犹平易而近古，若七言则或弛骤放肆，或刻巧不醇，以至乎词，轻浮浅薄，华靡淫荡，不惟无用，又有以凿人之性，故曰：诗之绝也。然五言之近于古者，自渊明迄于李、杜而已，以韩、欧、苏、黄之雄才尚不离今人语，况其余哉？夫以文华之士所尚如此，而诗体之变又如此，宜其愈工而愈无诗欤？盖千余年，朱子既出，而古诗之遗意复观，朱子之学不在乎诗，故其作有自然之妙，讽詠劝惩之实，自朱子没几百年而后有孙子焉。”（《畏斋集》卷三，影印文渊阁四库全书本）此论亦承朱熹之“诗三等”说，而较之朱熹更为褊狭。

② 吴澄：《吴文正集》卷十五，影印文渊阁四库全书本。

③ 关于吴澄诗学的论述可以参见查洪德：《理学背景下的元代文论与诗文》第十章《吴澄：文学问题的哲学思考与儒学宗师的文士风致》，中华书局2005年版。

勉斋之传，得金华而益昌，说者谓北山绝似和靖，鲁斋绝似上蔡，而金文安公尤为明达体用之儒，浙学之中兴也。[1]

盖金履祥于学无所不究，宋季国势阽危之时，独进奇策，请以舟师由海道直趋燕、蓟，以解襄、樊之围。其叙洋岛险易，历历有据，时不能用。金履祥的计议是否能够施行，且做别议，要之其迥出于一般腐儒之上，这就是全祖望所说的“尤为明达体用之儒”，这是时代给他的刺激而在学术上的反映。他在义理上与朱熹也不无抵牾，这与其师黄震之谨守朱学也颇异其趣了[2]。所以，其于诗学其实也无特别的偏见和执着，从《濂洛风雅》选诗的情况看，选诗体例仍然可以看到真德秀《文章正宗》的影响[3]，重古体、重乐府，但就入选的诗人和诗作而言，如前所述，金履祥选入很多理学气味不重的诗人，甚至一些颇受理学家排斥，甚至被诋为朱熹作诗害道的诗人如赵蕃等的诗作；曾几为宋室南渡后出入理学、诗派的诗家巨擘，但《濂洛风雅》选入的曾几的诗中，如《长淮有感》、《夏夜闻雨》、《寄许子礼》、《食笋》等，都不是语录讲义之押韵者，而《长淮有感》等所寄予的黍离麦秀之悲，正曲折反映了金氏故国之情。假如与方回《瀛奎律髓》做一比较，这一点会体现得更加清楚。《瀛奎律髓》被纪昀讥为“攀附道学”，方回把一些工诗的理学家如朱熹纳入了江西诗派的法统。两者比较，可以认为，金履祥站在理学家的角度对诗做了包容，而方回则以“攀附道学”的方式从诗的角度，融通了理学家。他们从不同的角度，体现了元初诗学融通调和的理论旨趣。论者论及元诗，多言其“宗唐得古”的风气，此种风气固然是在对江湖诗风、江西诗派全面反思的基础上的选择，也是对理学诗风全面反思基础上的选择。

---

① 《宋元学案》(四)，中华书局2008年版，第2725页。
② 参见《宋元学案》(四)，中华书局2008年版，第2737—2738页。
③ 《金仁山先生选辑濂洛风雅》，丛书集成初编本。

南人北上与元代南方文人的“两都”书写

浙江师范大学江南文化研究中心　邱江宁

随着《全元文》、《全元诗》以及大量元人别集的整理出版，元代诗文研究逐渐成为热点，为学界所注意。而值得注意的是，人们在看到元代诗文研究大有可为的情境下，还是不能摆脱现有以汉族中心主义思想为指导的视角局限，这使得目前的元代诗文研究还是不能真正展示元代诗文的独特风貌。作为游牧民族统治、疆域辽阔，但文明程度最高的南方却政治地位最低的王朝，元王朝南北多族群、多地域、多文化交流的特征非常普遍而突出，这一特征深刻地影响了元代社会的文化格局和包括文学创作在内的文艺创作特征。忽略元代南北多族文化交流所产生的影响，便可能忽略掉许多真正具有元代文学独特审美意旨和主题特色的内容。

在元代，南宋治下地区被划为南方，之外的其他地区被称作北方，南人大量北上是整个元代都存在的现实，而人们北上的目的地主要是两都——大都与上都这两个元代的政治资源最集中的地方。元代诗文创作中，南方文人的“两都书写”很独具元代文化特色，是元代南北文化交流过程呈现出的最平常却又最独特的话题之一。

一　南人北上的热情与儒家进用于世理念的密切关联

从元王朝南北统一的进程来看，南宋是最后被征服统一的，以此，元蒙统治者也以自身扩张进程的先后，确立了蒙古、色目、汉人、南人四大种群的等级，南宋治下地域的汉人被称作南人，并列于整个王朝族群的最低等。而且出于对高度发达的农耕文明的抵触与陌生感，元王朝在平定南宋之后的十余年间，刻意漠视和排斥南人。直至至元二十三年（1286 年），在程鉅夫等人的据理力争之下，忽必烈王朝终于对南方地域渐开心扉，令程鉅夫奉旨下江南访贤。从实际利益的考虑来说，北都朝廷对南方地域态度的转暖是南人北上热情涌动的核心动力。

而从儒家积极入世的理念来看，江山易主，倘若没有受过旧朝的恩奉，那么士绅将学成的文武艺货与帝王家，货与新的王朝则是天经地义的事了。士生于世，必须让自己有用于世，对于士人来说，只有用与不用两种选择，只能在被用的情况讨论自身意义之大小，仿佛日常之器物的品级一样："上焉者不器，用可也，不用亦可也；次焉者器也，用则可，不用则废；下焉者器之未成，未成而用，而用适其事者鲜矣"[①]，士之被用于世，可以是浑然之大器，可以是适当之稳器，也可能是不中用的劣器，这与当政者是谁、士被谁用关系并不大。在南方大儒吴澄看来，士作为器，无论为车为盖、为兵器为器皿、为娱为乐，只要能被用就行。大元王朝调整政策之后，求贤若渴，各种人才无论长短大小，各有所施，而南方士大夫所以要不远千里奔赴北都的目的又在于增加见闻以使自己在新朝成为更合用的"器"，所以，某种程度而言，南人大举北上潮流的形成正与吴澄所指明的士努力成为可供新主任用之器的愿景相关联。

当然，像赵孟頫这样的宋宗室子弟竟然因程鉅夫的江南访贤之举仕进北都，这对于江南士绅北进大都的热情与决心都影响巨大。事实上，赵孟頫到大都朝廷这件事，就与他本人期待被任用于世的哲学理念有很大关系。在杨载为赵孟頫所作的行状中曾记载了赵孟頫母亲丘夫人勉励赵孟頫读书的细节，文章记载道：

> 魏公薨，公始十一岁。生母丘夫人，董公使为学，曰："汝幼孤，不能自强于学问，终无以觊成人，吾世亦已矣。"语已，泣下沾襟。公由是刻厉，昼夜不休。性通敏，书一目辄成诵。未冠，试中国子监，注真州司户参军。皇元混一后，闲居里中。丘夫人语公曰："圣朝必收江南才能之士而用之，汝非多读书，何以异于常人。"公益自力于学。[②]

---

① 吴澄《送黄文中游京师序》，李修生等《全元文》，江苏凤凰传媒出版集团 凤凰出版社 2005 年版，第 14 册，第 204 页。

② 杨载《大元故翰林学士承旨荣禄大夫知制诰兼修国史赵公行状》，《全元文》第 25 册，第 579—580 页。

赵孟頫虽然是宋宗室子弟，可是生在南宋末期，所谓王公贵戚的待遇也形同虚文了，所以他的母亲期望他能读书以振兴家族，把全部的期望都寄托在赵孟頫身上，而赵孟頫也深有此感，并为之发愤读书。元王朝一统江南之后，在冷落江南的岁月里，赵孟頫的母亲依旧勉励赵孟頫发愤读书以期望终于被元廷任用的那个时刻，所以，从赵孟頫的读书出仕动机中，可以看出他希望通过刻苦努力以脱颖而出并被用于时的念想占据了主动地位，这恐怕也是使他最终能放下身段出仕新朝行为中最不容忽视的内容。吴澄与赵孟頫作为那个时期知识分子精英，他们的人生理念不仅具有代表性而且具有引领性。大德四年(1300)的某一天，年在三十一岁的安徽宣城人贡奎，裹粮秣骑跟戴表元告别说:“平居读古传记，见才名气焰士，必怏慕之。今纵不得如洛贾生、蜀司马长卿、吴陆士衡，即取印绶节传，为左右侍从言论之臣，尚当赋《两都》、《三大礼》，献太平十二策，遇则拱摩青霄，不遇则归耕白云。安能浮沉澳忍，为常流凡侪而已乎”[①]，贡奎的那番话以及裹粮秣骑的行动是南方文人在终于守得北方大都朝廷政策松动之后最具代表性的话语与行动，也是掀开整个元代南方文人大举进入北都的标志言行。

“元诗四家”虞集、揭傒斯、范梈、杨载，以及“元文四家”虞集、揭傒斯、黄溍、柳贯，还有诗文成绩不让于元诗、文四家，但以艺术独领风骚的赵孟頫以及副翼元诗、文四家的袁桷、邓文原、陈孚、冯子振、贡奎等人，他们都是元代诗文领域举足轻重的人物。他们基本生于十三世纪下半叶，差不多在而立之年，正好元王朝一统南北，走向稳定的文治时期到达大都，而大都朝廷因为他们的到来与影响，在延祐元年(1314 年)，终于决定开科设举。尽管科举考试对南方士人限制众多，但毕竟给予了南方士人竞争仕进的机会，在延祐首科的会试中，除了杨载、黄溍外，还有欧阳玄(湖南浏阳人)、陈泰(长沙茶陵人)、干文传(江苏平江人)、杨宗瑞(湖南醴陵人)、刘彭寿(四川眉州人)、赵篔翁(江苏淮安人)、韩涣(江苏淮安人)、杨晋孙(江西新淦人)等，连同以上所列人员，他们成为元大都朝廷从对江南政策松动到政策稳定，南方士子中早期到达大都最成功的一批，也是由于这批人在京师的地位、活动与影响力，更多的南方士人如过江之鲫涌入大都寻找仕进的机会。顾嗣立曾概括元代文坛发展情形道:“元兴，承金宋之季，遗山元裕之以鸿朗高华之作振起于中州，而郝伯常、刘梦吉之徒继之。故北方之学，至中统、至元而大盛。赵子昂以宋王孙入仕，风流儒雅，

① 戴表元《送贡仲章序》，李军、辛梦霞校点《戴表元集》，吉林文史出版社 2008 年版，第 184 页。

冠绝一时。邓善之、袁伯长辈从而和之,而诗学又为之一变。于是虞、杨、范、揭一时并起,至治、天历之盛,实开于大德、延祐之间”[①]。没有确切具体的数据来测知那个年代南人北上的情形,但南方文人集子中那些频繁出现的送行序、赠别序却非常真实地表达了人们北上的心思与热情,到大德、延祐时候,南方文人在北都渐成气候,元代文坛也由于他们的力量翻开新的一页。

应该意识到的是,在儒家甚或所有的传统教育当中,读卷书、行万里路,是君子成才非常重要的一环,无论是先秦的孔子、孟子还是汉时的司马迁,唐代的李白、杜甫等,他们都有壮游天下以充实自己的经历,作为政治、经济、文化等各方面都占据资源优势的首善之区,京师几乎是传统士绅阶层必须到达和朝拜地方,也是传统士绅阶层努力奋斗的目标地。对于元代的南方士绅来说,京师远在北都,更兼朝廷对他们长期态度淡漠,所以一旦朝廷态度转暖,南方士绅对于北都积蓄的热情便喷涌而出,他们几乎真诚而热切地渴望调适自己以获得大都朝廷的接受与认可。所以,他们的壮游又每每包含着以游观而指向仕进的意识,即《易经》“观”卦六四繇辞“观国之光,利用宾于王”所表达的情形,元代南人的北上行为非常典型地体现了这一点。

在《易经》看来“观莫明于近”,之所以“六四繇”解为“观国之光”,是因为“五以刚阳中正居尊位”,乃指圣贤之君,所以四与五之间即“切近之观”,可以“见其道”,所以称“观国之光”,实际也是见出国家的“盛德光辉”。而五既指圣贤之君,繇辞不指君本身,却说国家,是因为《易经》认为,“在人君而言,岂止观其行一身乎,当观天下之政化,则人君之道德可见矣”,因此,“四”虽然地位阴柔,但“巽体居正,切近于五”,会积极观见并能顺从。而所谓“利用宾于王”的意思,是指“圣明在上,则怀抱才德之人皆愿进于朝廷,辅戴之以康济天下”,“四”既观见人君之德、国家之治,光华盛美,所宜宾于王朝,效其智力,上辅于君,以施泽天下,故云“利用宾于王”也。“宾于王”的意思是,“古者有贤德之人,则人君宾礼之,故士之仕进于王朝,则谓之宾”,也因此六四繇的“象”曰“观国之光尚宾也”,它的意思是,君子怀负才业,志在乎兼善天下。然有卷怀自守者,盖时无明君,莫能用其道不得已也,岂君子之志哉?故孟子曰:中天下而立,定四海之民,君子乐之。既观见国之盛德光华,古人所谓非常之遇也,所以志愿登进王朝以行其道,故云“观国之光尚宾也”,尚谓志尚,其志意愿慕宾于王朝也。[②] 明白所

---

① 顾嗣立《元诗选》初集(上)“袁学士桷小传”,中华书局2002年出版,第593页。

② 程颐《伊川易传》卷二,《四库全书》本。

谓“观国之光，利用宾于王”这句话的意思，不仅可以明白南方士绅何以一定要不远千里前往京师的深刻原因，而且也能万千江南士绅汇聚成北上大潮、热切地渴求通过观光京师进而达到进用于朝的行动指向。在吴澄的《送徐则用北上序》中，即以谈论《易经》“观”的对话方式对南方士绅们对于北上京师“观国之光，利用宾于王”的行为态度做出了详细的解释。序言中，徐镒以解析《易》书中“观”卦的内容为切入口，来阐释他对于士绅去往京师必要性的认知。徐镒把江南与京师的关系用《易经》中的“观”卦及其卦繇、卦象来解析，认为江南地处闲远偏僻，地位卑下，远离九五尊上之京师，江南人对于京师的观察眼光仿佛“戴盆而观之，坐井而观之，岂能见天之广大也哉？以下观上，而远于天位，何以异于戴盆、坐井而观天者乎？”《易经》之所以在“观”的卦辞中说“观国之光，利用宾于王”，就是告诉人们“若观之六四则切近九五矣”，如果要察知国家盛治情形，则“宜近不宜远”[①]因此，位处江南的君子必须远至京师，近观国家盛德辉光，然后再将所学用以辅翼国家，康济天下。事实上，对于江南士绅来说，当元王朝终于对于江南的态度有所松动时，便是他们可以施展才华、抱负之日。吴澄给徐镒写序言的时候已经83岁，已然风烛残年，再过两年就离开人世，即使这样的衰朽之年，吴澄也肯定徐镒们的京师观览强仕行为，也承认大元王朝是前所未有的盛大之朝，也诚如吴澄在这篇序言的最后一句对“观”卦的阐释，无论是近观者还是远观者，是观国之光还是观己之身，大家都一样遭逢圣世。对于长期处于卑弱无能的王朝统治之下的江南士绅来说，大元王朝恢宏的强国气魄给予了他们非常强烈的盛世之感，所以他们都很期望能将自己的一腔学问用以黼黻这个他们在史书中都见所未见的圣朝。

南方士绅们热切地渴望“观国之光，利用宾于王”的念想和行动激发了元代诗文创作中以大都、上都为描述对象的创作热情。不容忽视的是，元代南方文人对于大都、上都的书写往往都体现着“观”与“仕”的意义，而早在至元中，南人陈孚凭藉《大一统赋》而知名于朝廷，最终获得翰林席位的成功例子也激励着南方士绅努力在创作表现出“观国之光，利用宾于王”的意义。还有很多类似的例子，它们构成元代诗文的独特风景，也刺激着更多的南人奔赴北都。

---

① 吴澄《送徐则用北上序》，《全元文》第14册，第104页。

二 元代南人的“两都书写”的盛行

元代实行大都、上都两都巡行制。忽必烈入主中原，为控制中原全境而迁都燕京，并将燕京改名为大都后，大都成为正都，上都成为陪都。作为元王朝政治、军事以及各种社会资源的中心城市，两都成为各方人士奔赴的中心区域，更成为求名求仕的南人们书写的重要对象。而两都书写即非常典型地体现出人们“观国之光，利用宾于王”的创作动机，并因为对两都夸耀式的描画而获得仕进捷径，另外，上都作为游牧统治者活动的中心区域，普通人一般难以到达，因此“两都书写”的特殊意义而吸引着元代士子风从影追。

典型如福建人黄文仲的《大都赋》。文章在序言中非常清晰明白地把“观国之光，利用宾于王”创作理念亮出来。序言中交代道，他所以要创作《大都赋》是因为他认为大元之盛，两汉万万不及，而汉代班固的《两都赋》却在后世夸耀不朽。现在他希望能“谨摭其事撰《大都赋》上于翰林国史，请以备采择之万一”。序言特意强调了自己创作态度的谨严，不会像班固《两都赋》那样用尽“声牙之文，繁艳之语”不过是展示出汉代政治的“奢靡”，文风的“浮夸”，就是这样一篇在作者不事夸竞的大都赋，竟然除去序言还有4300余字，几乎是《上林》、《子虚》篇幅之和。有了这样由观而及于仕的念想，整篇赋文的立意、笔势、表达重点就颇为耐人寻味。

开篇，作者就亮开气势，将古来著名都城金陵、钱塘、开封、洛阳、咸阳等一并点到，却很不客气地指出这些都城都因战争而残缺、黯淡，令人登临之后倍增悲凉彷徨之感，不像位于北边燕地的大都城那样生鲜闹腾，令人“惝兮恍兮，殆失所存”。紧接着，赋文开始进入它的典型格式，以主客问答的方式展开。而虚拟的大都主人将仔细地对南来的客人解析大都的位置和建制、政治体制、面积大小、宫阙之雄伟、人烟之密集、市场之繁荣、风物之丰饶、生活之快乐安康以及政治之清明，并在最后一部分肆力夸耀大元盛世。在三千余字对大都城池建设、宫殿建筑、市井人烟大肆描摹之后，作者再下一城，笔势更往深处挖掘，力图向读者揭示出大元王朝之所以盛大恢宏的必然性、合理性。作者在文中总结大元王朝之所以丕显伟大，日盛日隆的原因在于其有古往今来统治者所不具备的大德：第一，代降以宾，对南宋赵氏孤王，只要他已纳土称臣，便“既宠之以封爵，复全之以终身”，这是以往帝王所不能比拟的仁厚；第二，用武止戈，对荒蛮之裔，“罢横海之戈船，但遣使而存抚”，即便是儒家最肯定的大禹征有苗尚且不能免于兴师，所以没有哪个帝王比元统治者更加宽恕；第三，临下以简，在位以俭，忽必烈作为南北一统的大元君王竟然能够能想到先祖江山基业建立的不易，对于宫室起居能做到“宫不为广，殿不为奢”，简要、俭朴的情形简直令像黄文仲一类的儒士深感震撼，而忽必烈的出行“五辂不乘，八鸾不驾。雨则独乘象舆，霁则独御龙马”，这在见惯载记传闻中所谓帝王贵胄的显赫威风的儒生们看来简直是要感到骇异了。第四，忽必烈在不效仿汉族帝王奢华行止的同时，却又能将儒家道德所推崇的“忠孝”作为国家道德的基础，“是崇是尚”；在用人之际不拘一格，广开贤者进用之路，这也是黄文仲等儒生深感震撼的地方。第五，对于国家祖训，“是惕是惧”地谨记；对于社稷民生，“靡夙靡夜”地忧思。无论亲亲、老老还是柔远，都态度明晰简易、纲举目张，所以能“大化亦洪”，也正因为忽必烈所建立的大元王朝在每个环节都迥异于以往中原帝王的制度章法，却又自成体系，看似简易粗疏却力量无穷，强大而不可撼动。[①]史书曾对忽必烈评价道：“度量弘广，知人善任使，信用儒术，用能以夏变夷，立经陈纪，所以为一代之制者，规模宏远矣”[②]，在这样的旷世雄主规划下建立的王朝怎么不令久处积弱、偏鄙王朝的江南士民所叹服呢，所以黄文仲的赋文尽管有谄谀献媚的一面，但其赞美也的确不乏真诚。

黄文仲的《大都赋》到底完成于什么时间，还有待考证，但从黄文仲留下的一些活动的踪迹来看，他在元文宗天历、至顺时候较为活跃，而文宗皇帝温雅风流，喜好文艺，因此“当时济济夸多士，争进文章乞赐钱”[③]，人们竞相展示文采以追求仕进。黄文仲这么一篇热情的《大都赋》是否就完成于天历前后，从而通过“观国之光”，最终实现了他“利用宾于王”的目的呢？

再有典型如浙江画家王振鹏，他曾通过界画《大明宫图》而得官。值得解释的是，界画是中国画中以界笔、直尺划线的技法，这种画法，“以墨为浓淡高下，以笔为尺”，“尺寸层叠，皆以准绳为则”、“分秒不得逾越”[④]，这种画法可以较为精确地表现宫室、楼台、屋宇类题材，特别适用于对宫殿城池的写实描画。王振鹏此后继续以两都为创作题材，创作了著名的界画《大都池馆图样》、《金

① 黄文仲《大都赋》，《全元文》第 46 册，第 131—138 页。

② 《元史》卷一七“世祖本纪十四”，第 2 册，第 377 页。

③ 萨都剌《奎章阁感兴》二首之二，殷孟伦 朱广祁校点《雁门集》，上海古籍出版社 1982 年版，第 311 页。

④ 袁桷《王振鹏锦标图》，李军、施贤明、张欣校点《袁桷集》，吉林出版集团・吉林文史出版社 2010 年版，第 640 页。

明池锦标图》、《东凉亭图》、《大安阁图》等，并因此以一介平民而备受元仁宗青睐，封为五品官，曾“累官数迁，遂佩金符，拜千户，总海运于江阴、常熟之间”，且推封父母[①]。王振鹏凭界画而得高官厚禄的案例不仅反映出当时元蒙统治者青睐那种带有夸耀性的宫殿、楼台、都城、屋宇等写实描绘作品的情形，也给许多期望通过观国之光，实现利用宾于王的南方士绅指明了努力创作的方向。

类似于黄文仲、王振鹏的例子在元代非常普遍。大德二年(1298)，宁海人李洧孙到达京师，进献《大都赋》，馆阁文臣交相荐举，遂被授为杭州路儒学教授，延祐元年(1314)，李洧孙还被选为江浙乡试考官。再有如江南著名画家朱德润游历京师，图画皇室雪猎柳林的情景并创作万言《雪猎赋》进献英宗，遂深得英宗青睐，而李洧孙、王振鹏、朱德润等人的求仕、获仕经历就坐实了南方士人通过观国之光实现利用宾于王愿景的做法。当然，能通过作文、绘画便获得仕途的士人毕竟是元代南方士绅中的少数优秀者和幸运者，但这种成功的途径却大大刺激了南方士绅北上京师、观国之光的热情，同时也带动起人们对两都盛景的关注热情，像欧阳玄的《渔家傲》、袁桷的《卤簿诗》、虞集和贡奎、袁桷等人的长春宫联吟诗还有柯九思、张昱、杨维桢、萨都剌、乃贤[②]等人的宫词、京城杂言等等，大都书写可谓是元代中叶文学创作尤其是南方士人创作的重要内容。

相比元代南人们的大都书写，元代南人对上都书写的热情更加引人注目。上都是忽必烈的龙兴之地，也是北方游牧民族活动的重要地带，相对于其他朝代的陪都，上都作为蒙古汗廷所在地，形势尤重于大都，是忽必烈“控引西北，东际辽海，南面而临制天下”的重要枢纽[③]，对忽必烈联络和控制势力强大的漠北蒙古宗亲贵族，至关重要[④]。而且，对于不善于度夏且习惯游牧的蒙古统治者而言，上都还是他们清暑、狩猎、狂欢的重地，从忽必烈中统三年(1264)实行两都巡幸制开始一直到至正十八年(1358)红巾军烧毁上都宫殿为止，每年蒙古皇帝都要带着“后宫诸闱、宗藩戚畹、宰执从寮、百司庶府”[⑤]在上都度过至少四个月时间，长者甚至达到七个月时间。每年扈从上京的人，“皆国族、大

① 虞集《王知州墓志铭》，陈高华《元代画家史料汇编》，杭州出版社 2004 年版，第 420 页。

② 按：萨都剌、廼贤是北方少数民族，但自小生长江南，在南人北上的热潮中，他们也裹挟其中，并受到当时南方作家的影响，创作了大量描写北都的纪实作品。

③ 虞集《贺忠贞公墓志铭》，《全元文》第 27 册，第 510 页。

④ 肖瑞玲《元上都的历史地位》，《内蒙古师大学报》1998 年第 5 期。

⑤ 王祎《上京大宴诗序》，《全元文》第 55 册，第 293 页。

臣，及环卫有执事者”，对大多数文臣来说，“仕至白首，或终身不能至其地也”，能亲历上都，也“实为旷遇”，某种程度而言，前往上都工作、游历即昭示出身份或者资历，而且从大都到上都，“为里七百五十有奇”，一路车驾停留的驿站十八处，需要 24 天，一路环境殊异，风物独特，实在是许多人“行所未行，见所未见”，尤其值得注意的是，上都完全保持蒙古旧俗[①]，对南方文人来说，上都独特而又超然的政治地位，以及它神奇、独特的异域风情，凡能到达此地，可以作文赋诗者都不免要创作“以纪风物”了[②]。

首先将上都书写拉开序幕并推向中心的人是浙江四明人袁桷。袁桷“在词林几三十年，扈从于上京凡五”[③]，袁桷将自己四次上京之行咏之于诗，遂有《开平集》四集，总共 227 首诗。袁桷不仅自己创作了大量上京纪行诗，而且时常以其上京纪行诗呼引馆阁文臣们唱和，翻检虞集、马祖常、揭傒斯、欧阳玄、王士熙、许有壬、胡助、黄溍、柳贯等人的诗文集，常常可以看到他们以上京纪行为对象相互唱和的题咏诗，甚至与同行文臣以上京之景为对象联句吟诗，著名如他与虞集、马祖常的“枪竿岭联句”，袁桷在上京与馆阁文臣们的重午联句，其他馆阁也有类似之作，像马祖常与王士熙等人的联句，等等。从袁桷开始，上都书写逐渐繁盛，它的创作高潮是在元文宗时期，揭傒斯云：“自天历、至顺，当天下文明之运，春秋扈从之臣，涵托德化，苟能文词者，莫不抽情抒思，形之歌咏”[④]。上都特殊的政治地位、地理民俗以及前往上都人员的特殊地位，上都书写几乎成为影响整个元代人们视听的最典型题材之一。可以看到，元代中叶享誉文坛的南人诸如袁桷、虞集、范梈、程鉅夫、贡奎、揭傒斯、黄溍、柳贯、胡助、柯九思、周伯琦、贡师泰、欧阳玄、危素、吴师道、傅与砺、张起岩、陈旅、张翥等人都有上都书写的篇章，而索察现今所见近千首元代上京纪行诗，仅袁桷、杨允孚、胡助、黄溍、柳贯这类江南文人便贡献了近一半的数量，其余 60 余名作者、近一半作品中，也有百分之八十的份额是由江南文人或久居江南的北人像乃贤、马祖常这类文人所贡献，上都书写可谓元代诗文创作中最具元代特色，最不容忽略的写作题材[⑤]。

---

① 《元上都》，陈高华、史卫民《元上都》，吉林教育出版社 1988 年版，第 28—31 页。

② 周伯琦《扈从集前序》，《全元文》第 44 册，第 530 页。

③ 按：实际上，袁桷扈从上京的次数应该是四次。第五次，1323 年八月初，袁桷受诏与虞集、马祖常、邓文原同趋上都。因“南坡之变”，八月十五日，袁桷一行半途回返。引文见苏天爵《元故翰林侍讲学士知制诰同修国史赠江浙行中书省参知政事袁文清公墓志铭》，《全元文》第 40 册，第 389 页。

④ 揭傒斯《跋上京纪行诗》，《全元文》第 28 册，第 404 页。

⑤ 参见邱江宁《元代上京纪行诗论》，《文学评论》2011 年第 3 期。

三　元代南人“两都书写”的独特意蕴

“两都书写”的繁兴对于元代诗文创作的繁荣以及独特风貌的形成影响巨大。两都作为游牧民族活动的北方中心区域，其迥异于传统农耕风物的特色在南方文人纪实描画的书写中不期而然地从题材、气度、风格等方面体现出独具元朝特色的内容，改变了南宋以来因地域局限而“气萎茶而辞骫骳”的特色，进而成为元代诗文研究中绝不能忽略的存在。

一方面，两都作为北方都城，他们自身所独具的北方地域特色使得两都书写大放异彩，元代中叶盛行的“两都书写”真实而艺术地再现了大元王朝多民族、多文化混融的独特特征，所以，两都书写的繁荣代表着元代诗文独特特征的形成。与之前的所有一统王朝相比，元王朝“舆地之广，旷古所未有”[①]，它的特点就在于它疆域辽阔，民俗风貌和地理气候形态迥异、特征多元，物产丰富奇特，尤其是人文物理荟萃的两都，更是集中了那个时代的所有精华之所在，倘若不能如实再现，而沉湎于辞章藻饰，则委实有愧于时代。所以，“两都书写”贡献给那个时代以及文学史的内容和最大意义就在于它夸耀式的写实。在黄文仲《大都赋》对大都城建地及宫阙的描述中，为了强调新的大都城是为新一代雄主而建，作者特意指出大都城虽因旧址，却自作制度，并不辙人之轨、蹑人之跗。建城最基础的一步是城市水源问题的解决。燕京旧城依靠的水源是城西莲花池，而旧城东北部建起的新城不仅有潞河、易水、滹水、鸭绿等水脉护持以保证城市水源的丰足，而且西有香山，南有柳林，北有居庸关，后有龙门、野狐岭，右有五台山、常山等天然屏障，保证了帝王所居之城市安稳、妥帖，所以黄赋称新城的建设可保证帝王基业“与海岳相为长久”。大都共有十一门，在黄仲文看来，十一之数与“五六天地之中”的意思相吻合，正是得天地之护持，与天地同寿的意思。东、南、西三面均为三门，北面两门，每天都人来车往，的确是“四达憧憧”。作为习惯毡帐的蒙古人，蒙古统治者们居住的寝殿也是圆形穹顶，而因琼华岛改建的地方改名为万寿山，山顶是广寒殿，是整个大都城地势最高的宫殿，所以文称“奠于嵯峨”。从广寒殿上四望周围，既可以远眺西山，也能够俯瞰街衢市井，所以黄仲文赞美道“听政之暇，忧民之劳，御步

① 戴良《皇元风雅序》，《全元文》第53册，第292页。

辇以临幸，垂天目于秋毫”。而在广寒殿所在的万寿山与位于太液池南边的小岛瀛洲的之间有长达二百余尺的白玉石桥，无怪作者会说“下引西山之沦漪，蟠御沟而溶潏；经白玉之虹桥，出宫墙而南逝”。在作者看来，大都作为四海一统王朝的首都，其事其容，何可胜纪。仅仅只是“纲提而领挈之”，便足以使人“启聋而听，刮盲而视”，根本不用像《两都赋》那样，因无恢宏盛大之事物可记载，便是虫鱼草木之类的琐细物也赫然其中。作者认为倘若他的《大都赋》也将草木虫鱼之类的细物罗列其中，则“将与子谈三月而不止”①，这个说法也不算夸张。

元代中叶，到过大都甚至上都的元人，都不由自主地滋生出写实的热情。诚如欧阳玄的《渔家傲》。作者以月份时间为序，将大都的典型民俗、风物、节令、游赏、玩乐作为表述对象加以描述，作品中诸如朝仪拜年的热闹祥和，驰马出行、放鹰打猎的爽利豪健；清明寒食、梨花风吹的舒适轻松，上都巡幸的忙乱排场和恢宏大气以及人们在各个季节所享受的悠闲风雅情景。诗作细致而又艺术化地再现了元代大都在国泰背景下民乐融融的景象，而欧阳玄也在序言中很明白地告诉人们，他的诗正是努力使“国家之典故，乘舆之兴居，与夫盛代之服食、器用，神京之风俗、方言，以及四方宾客宦游之况味”毕现其中，以便“山林之士未尝至京师者，欲有所考焉，此亦可见其大略矣”②。元王朝的多元统一社会特征使得元代诗文可以描述、赋咏的事物和事件非常多，那个时代的人们也只有详尽叙事、铺张纪实才能略略彰显自己居处于不断变化的世界里所带来的深切惊奇感和不断见识新事物的诧异自豪感。而那个时期的人们也正是带着“观光上国”的心态来期待和阅读“两都书写”作品的。明白这一点，才能理解那个时代像袁桷那首没有流传下来、却如实地描写了大都帝王驾出时扈从仪仗队的《卤簿诗》何以备受推崇的原因。对于元代中叶的人们来说，袁桷竭尽才力创作的五十韵、六百言的《卤簿诗》，曲尽了当时仪仗铺张之妙，深深地满足了穷乡下士“一览观焉，如身在辇毂之下，而睹熙朝之弥文”③的愿景，让他们知道作为“治世之鉅典，华夏之伟观”象征的卤簿仪式在元王朝是怎样的恢宏、繁复、典丽且超轶前代。所以，时人盛赞袁桷的《卤簿诗》不仅再现了国家的“度制仪章”，而且将“国家一代文明之象”，“焕然目睫间”④。生在大

---

① 黄文仲《大都赋》，《全元文》第 46 册，第 135 页。

② 欧阳玄《渔家傲南词并序》，《欧阳玄全集》，第 78 页。

③ 黄溍《跋袁翰林卤簿诗》，《全元文》第 29 册，第 169 页。

④ 王袆《跋至治卤簿诗》，《全元文》第 55 册，第 326 页。

元一统时代的人们所欣赏、盛赞的诗不再是意境佳美、言辞工巧、孤芳自赏的东西，而是充分切实地展示了王朝盛大都城、恢宏气象的作品。探究元代诗歌创作，需要深深理解那个时代人们观国之光、遍历江南之丽，海涵四境，声披宇内、域外的心态。

另一方面，“两都书写”的盛行很大程度地打破了南宋以来诗文创作题材偏鄙、狭窄的格局，以纪实的风格改变着南宋末期令元人深为诟病的逞文炫技，气质萎靡的创作风气。元朝国家南北统一，定都于燕，对宋季文人因偏安一隅而生出的骄逸华靡习性的改变深有影响，而年来岁往的两都巡幸制的例行，南人以扈从为幸，这不仅促使溺于案牍劳作的书生走出书斋，身体力行于塞北险途，更是使得宋末以来因国力孱弱而致使创作“气萎苶而辞骪骳”[①]的情形为之一变，士子殊无儿女之态。在元人看来，南宋诗文创作根本弊端在于吟咏对象狭窄，孜孜于辞章、声律之胜，而两都无论是风景、物象、风俗还是气候条件、气度格调都迥异于南宋治下区域，从而在写作气度、吟咏对象、表达主题等方面都给与了元代南方士人充分的营养与源泉。在南人们的“两都书写”中，“凡山川、道路之险夷，风云、气候之变化，銮舆早晚之次舍，车服仪卫之严整，甲兵旗旄之雄壮，军旅号令之宣布，禡师振武之仪容，破敌纳降之威烈”[②]，以及“江山人物之形状，殊产异俗之瑰怪”莫不穷形尽相、一一赋咏于诗[③]，终于相当程度地冲破了南宋以来人们局限于南边，题材偏狭，气度偏窄的创作弊端。如郑泳对上都“诈马宴”的描述。诈马宴，又叫质孙(只孙)宴，是蒙元时期最为重要的宫廷宴享大会，其内容有宴饮、歌舞、各种杂技、竞技与游戏等，是一个大型的狂欢盛会。“诈马”指盛装的马匹，“只孙”指盛饰的服装。下一段文字是作者对诈马与只孙的描述：

> 前数里之左右兮，有两山之对峙；矧诈马之聚此兮，易葱芊之绮丽。额镜贴而曜明兮，尾银铺而插雉；雉丛身而騕袅兮，铃和鸾而合清徽。镫钻铁而金嵌兮，鞍砌玉而珠比；秋鞘辔靶，亦皆重□。若其只孙之衣，古制无之，惟织纹之暗起兮，却绮绣之彰施。三朝三易，一日一色，或蓝或碧，或绛或赤，轻绯深紫，间错缘饰。[④]

---

① 《元史》卷一九〇“儒学二”，第 14 册，第 4336 页。
② 金幼孜《滦京百咏集序》，《四库全书》第 1240 册，第 721 页。
③ 罗大已《滦京杂咏跋》，《四库全书》第 1219 册，第 627 页。
④ 郑泳《诈马赋》，《全元文》第 57 册，第 870 页。

这段文字的描写非常形象精确。但见郑赋中马身上：从马额的镜贴、马尾的雀饰到马身上的鞍镫、铃铛再至马的辔绳，无不是宝珠、金饰，异彩纷呈。至于预宴的王孙贵族们身上的只孙服，在郑泳等江南文人看来，更是古制所无，其织法、其色泽都是当时最巧夺天工者用尽心力与智慧所为，而王孙贵族们在参加宴会的三天中“三朝三易，一日一色”，足见其富丽奢华程度。“诈马宴”是“上都书写”中的典型题咏对象，大多数留有上京吟咏之作者，像虞集、王士熙、宋褧、杨允孚、乃贤、郑泳等亲临现场者，都耐不住要或点或面地描述诈马宴的盛况，一赋再赋，每个人都努力附和、补充着已经相当细密的诈马宴描述。当然，上都作为草原上建立的城市，它那糅合着蒙汉文化的独特魅力，以及因帝王巡幸活动而带来的多种资源高度集中的特殊地位，使它甚至成为整个元代国家盛世的象征，它值得南方文人书写的内容实在太多，上都书写也由此为元诗以及整个诗歌发展史画下浓墨重彩的一笔[①]。

元代“两都书写”的兴起与元王朝调整南方政策，南方文人大举入北都的时代潮流有密切关联，更与南方士人受儒家“观国之光，“观国之光，利用宾于王”的思想以及现实考虑息息相关。“两都书写”尤其是上都书写的作者不仅是元代文坛的主导者，而且多为馆阁名臣，他们掌控着元王朝的绝大部分文化资源，对天下士子影响巨大，以此他们的创作倾向也相当程度地影响着元代士子的创作方向。

---

① 邱江宁《元代上京纪行诗论》,《文学评论》2011年第3期。

袁桷的学术渊源

南开大学文学院　查洪德

在元代学术史和文学史上，袁桷都是一个必须给予高度重视的人物。以至于可以这样说：要研究元代学术史和文学史，都不能不高度重视袁桷。袁桷在元代学术史和文学史上的特殊地位和作用，在于他有效地促进了南北学风与文风的融合。

南北统一之后，学术史与文学史发展面临的一大课题，就是学风与文风的南北融合。在经历了宋金长期南北分裂对峙之后，南北的文风学风都有很大差异。这种差异，使得南北的融合注定要经历一个艰难的过程。当时南方文人自认为学在南方，但政治中心在北方，学术机构如翰林院国史院、国子学在北方。南方文人北上之前，学术机构由北方文士主导。北上的南方文人能否被北方在朝文人接受，是南北学风、文风融合的前提。而恰恰在这方面，在袁桷北上之前一直不顺利。大儒吴澄、诗书画具臻极致的大家赵孟頫，以及众多著名文士如张伯淳等人先后北上，都没有真正被接受。南北融合，遇到了极大困难。当时的翰林国史院有北方东平文人主导，他们认可并推崇四明学者兼文章家袁桷的学术与文章，荐如翰林。苏天爵对此有述，说："大德初，群贤萃于本朝。闻公(按指袁桷)才名，擢翰林国史院检阅官。秩满，升应奉翰林文字同、知制诰兼国史院编修官，遂迁修撰。"[①]当时袁桷由出生东平行台的学者阎复(曾任翰林学士、时任集贤学士)、王构(曾任翰林侍讲学士、时为参议中书省事)和程鉅夫(曾受世祖命江南访求遗贤)荐入翰林，从此供职翰林近二十年，与南北各地文人交往，促进了南北文风、学风的融合。袁桷之所以能被东平人主导的翰林院文人接受且推崇，进而促进南北文人交往与文风融合，与他务有用、尚博识、重词章的学术特点

① 苏天爵《滋溪文稿》卷九《袁文清公墓志铭》，中华书局 1997 年版。

有关。要认识其学术特点，需要从其学术渊源入手考察。

前人把袁桷看成一位文章家，清人全祖望还以其为文士而轻之。应该说，他是文章家，同时也是学者。在元成宗至英宗时期，他是四明学术的代表，是当时在朝地位最高，影响也最大的四明学者。只是他为学重实用，重践履，不以著述为急务。苏天爵为他作墓志铭，说“公有《易说》若干卷，《春秋说》若干卷”。实未成书，故不流传，这是一大遗憾，后人因而无法评价其学术，仅能据其文集《清容居士集》中所收《郊祀十议》等文，窥知其学术之一斑。《郊祀十议》，不仅当时为朝廷采纳，也博取了后世诸多好评，《四库全书总目·清容居士集》提要就说：集中如《南郊十议》诸篇，“援引经训，原原本本，非空谈聚讼者所能。当时以其精博，并采用之。”英宗时，他受命修辽、金、宋三史，这本是他的梦想。但突发政变，修史之梦破灭，他只好抱恨归乡。他很年轻时，老师戴表元对他的评价，就不仅是“天资高，文章妙”，而且“博闻广记”，“精于史学”，“贯穿经术”①，史学经术，皆受称道。但其学术未能见诸著述：贯穿经术，经说未能成书；精于史学，修史之梦未圆，仅以《延祐四明志》表现其史才之一二。命运给他安排的是发挥文章才华的机会：供职翰林，职掌撰述，暇则与翰苑唱和，“其在朝，践历清华，再入集贤，八登翰苑，凡朝廷制册，勋臣碑板，多出其手。故其文章，博硕伟丽，有盛世之音。……其诗格俊迈高华，造语亦多任务炼，卓然能自成一家。盖桷本旧家文献之遗，又当大德延祐间，为元治极盛之际。故其著作宏富，气象光昌，蔚为承平雅颂之声。文采风流，遂为虞、杨、范、揭等先路之导。其承前启后，称一代文章之巨公，良无愧色矣。”②于是在学术史上的定位，他被认定是文章家，是元代盛世文风的开创者，是“元诗四大家”之先导。这是历史使然，时势使然。但就其学养说，他确实是一位学者，是“旧家文献之遗”。特别应该珍视的是，在元初宽松的思想环境中，他以丰厚之学发客观之论，求真求实而无所顾忌，有一些具有异端叛逆色彩且富有思想价值之论。探究其学术渊源，分析其学术特色，认识其学术价值，无疑是有意义的。

近来出版了两种袁桷文集的整理本，一种是李军等校点的《袁桷集》，吉林文史出版社 2010 年出版，一种是杨亮整理的《袁桷集校注》，中华书局 2012 年出版。两本前言中都谈到了袁桷的学术渊源，本文就这一问题做专门探讨。

袁桷的学术渊源，或说形成袁桷学术思想的元素，有家学、师承、地方学术

---

① 戴表元《剡源戴先生文集》卷十三《送袁伯长赴丽泽序》，《四部丛刊》影印明万历刊本。

② 纪昀等《四库全书总目》卷一百六十七，中华书局 1965 年整理本。

背景和时代学术风尚四个方面。当然，一个人学术特色的成因是极其复杂的，机械地一对一地寻找其学术渊源，会成为主观臆测。只是为了论述的方便，我们从这四个来加以梳理。他学术特色的任何一个方面，都可能是多种因素促成的。这是必须特别强调的。

四明袁氏，号称文献旧家。家学影响，是形成袁桷学术的一个重要因素。但在宋元之交那样一个特殊时期，袁桷父亲袁洪接纳诸多故宋遗老，如天台籍的著名学者王应麟、胡三省、刘庄孙，都寓居袁桷家乡鄞县，且馆于袁家，为袁桷之师。他们也与袁洪讨论学问，袁氏家学因而变得复杂。袁桷幼年学于东南文章大家戴表元，也曾师事学者与文章家舒岳祥，他最退尊的老师是王应麟，再加上胡三省等，在当时的东南，他可以说是遍师诸大家，如《四库全书总目》所言："桷少从戴表元、王应麟、舒岳祥诸遗老游，学问渊源，具有所自。"袁桷学术，主要得自师传，这其中，对袁桷影响最大的是王应麟。袁桷之学，在一定程度上说，是承续王应麟之学。浙东四明，自宋以来便是一大学术中心。四明地方学术，是袁桷学术形成的背景。地方学术背景对任何一位学者的影响，都不能低估，袁桷当然也是这样，认识袁桷学术，就不能不高度关注其地方学术背景。历来学者都难免为时代风气所左右，袁桷当然也是如此。元初的学术风气，在袁桷身上表现是很明显的。追寻袁桷的学术渊源，从这四个方面来探讨和把握，大致可以认识袁桷学术的基本特点。

一　地方学术背景

袁桷(1266—1327)生在宋元之际的浙东四明鄞县(今宁波鄞州区)，这里宋以来就是学者荟萃之地。在袁桷生活的时代，虽处宋元鼎革，但学风始终很盛。宋之将亡，贾似道当国，排斥四明人，四明籍官员乡居，常于陈卓之世纶堂雅集，袁桷还有《书世纶堂雅集诗卷》追怀其事，说："吾乡盛时，比屋皆故家大官。咸淳，贾相擅国，绝恶四明，繇是衣冠皆为月集，悉不敢议时事，卒至国亡，无卖降于外者。当至元末年，诸老先生犹亡恙，时则有深宁王先生，师表模范。世纶雅集，犹有洛社耆英之遗意。……桷以契家子，犹得从封胡羯末之后。愿相与勉焉，以图无斁。"[①]明言曾受其熏染，且愿勉力继承诸老先生之学。这种

① 袁桷《清容居士集》卷五十《书世纶堂雅集诗卷》，《四部丛刊》影印元刊本。

雅集，诗酒唱和，也谈论学问。宋亡入元，鄞县学风并未消歇，原因是鄞县在宋元战争中未遭破坏。当时不少地方破坏严重，不仅元军，败逃的宋军也一样焚掠地方。鄞县由于乡居官员的守备，未遭战争蹂躏。袁桷在为其父袁洪写的行状中，详细记载其事：

> 时高公衡孙、赵公汝楳以户部侍郎，汪之林以汀州，陆合以军器少监，章士元以太常少卿，赵孟传以赣州，合执政官至守倅凡六十余人，皆家居，月为一集，约讨论先哲言行，不得议时事。繇是公益得紬绎文献，深爱重自晦，绝不通京师书问。……乙亥冬，临安奉表降，谢太后诏谕东浙诸郡如命，戒毋徒以百姓污锋镝。时入南军道上虞、余姚，焚掠以行，声言留军庆元备御。居无何，王师将压境，公见赵制置，言南军以具海舟，实无意留，旦夕必入城纵火，当先攻甬东门，宜戒火政，分卒保东城，以全居民。未几，果纵火焚浮桥，劫江浒。城有备，不得入，舟出定海以行……①

所谓“入南军”，即临安破后南下之宋军。鄞县由于预有防备而免遭败逃宋军的焚掠，故老大儒得以在这里安居。不仅本地学者得以安居论学着书授徒，外地学者也寓居于此。清代学者鄞县人全祖望在《胡梅磵藏书窖记》中说：“宋之亡，四方遗老，避地来庆元者多，而天台三宿儒预焉。其一为舒阆风岳祥，其一为先生，其一为刘正仲庄孙，皆馆袁氏。时奉化戴户部剡源亦在。”②天台三宿儒舒岳祥、胡三省（梅磵先生）、刘庄孙，以及奉化人戴表元，这些人和王应麟等，都成为袁桷的老师，对袁桷学术先后发生了不同的影响。

宋元之际，四明学术有一个宗尚的转变，由宗陆转向宗朱。对这一转向，当时和后世都有人谈及。但如何认识这一转变，人们的说法并不完全一致。与袁桷的老师王应麟同时的方回，记载了他和王应麟就这一问题的交谈：

> 王尚书应麟伯厚尝语予曰：“朱文公之学行于天下，而不行于四明；陆象山之学行于四明，而不行于天下。”此言亦复有味。盖四明四先生沈端宪公早师事陆文达公；宜倅舒公，南轩开端、象山洗涤，而融会于东莱，不专一家，为前辈；袁正献公后出，始专尚象山；而慈湖又尝为史弥远师。故

---

① 袁桷《清容居士集》卷三十三《先大夫行述》，《四部丛刊》影印元刊本。

② 全祖望《鲒埼亭集》外编卷十八《胡梅磵藏书窖记》，清嘉庆十六年刻本。

一时崇长昌炽，其说大行。袁广微为江东宪，创信州象山书院。……自汤汉伯纪、徐霖景说死，而象山之学无闻，慈湖之学亦无传。[①]

陆学行于四明，其最盛期在南宋孝宗时，方回所说的四明四先生也称甬上四先生，或称淳熙四先生，即南宋尊崇陆九渊心学的杨简、袁燮、舒璘、沈焕四人（沈焕谥端宪，舒璘官宜州通判，袁燮谥正献，杨简号慈湖，即沈端宪公、宜倅舒公、袁正献公与慈湖杨简）。“四明四先生”之学也人各不同，舒璘是著名学者，但其学先后宗法张栻（南轩）、陆九渊（象山）和吕祖谦（东莱），所谓“南轩开端、象山洗涤，而融会于东莱，不专一家”。陆氏之学行于四明，袁桷的祖上是推动者，袁燮乃袁桷之高祖叔，袁甫（广微）为袁燮子（少服父训，又从慈湖问学），按方回所说，他们是陆学流行于四明的主要推动者和关键人物。对舒璘、沈焕，袁桷也很敬慕，他有《跋竺氏藏舒沈二先生书》，说：“二先生授学乡里时，踵门而登巍科膴仕者，固不一二数。殊异以后，衣冠沦落，有不忍言者。独剡源竺君嗣孙稷，犹能守儒保世，庋藏二先生遗墨惟谨。”[②]按上文方回所说，四明心学一派，传于宋末而绝：“汤汉伯纪、徐霖景说死，而象山之学无闻，慈湖之学亦无传”（汤汉死于度宗末，1275 年，徐霖死于理宗景定二年，1261 年），汤汉死的第二年，临安破，南宋也就灭亡了。两人死而四明心学无传，这种说法太过绝对化。元明之际金华学者王袆也谈这一问题，说法与方回有些不同，他说：

昔日新安朱氏、象山陆氏一时并兴，皆以圣人之道为己任，而其所学不能无异。……陆氏之传，为慈湖杨简氏，絜斋袁燮氏，皆四明人。故四明学者祖陆氏而宗杨、袁，朱氏之学弗道也。东发黄震氏，果斋史蒙卿氏者出，而后朱氏之学始行于四明。[③]

“祖陆氏而宗杨、袁”是对南宋中期四明学术的概括。南宋后期，黄震、史蒙卿出，朱熹之学行于四明。朱学行，陆氏之学并未绝于四明，只是学术主流由陆学转为朱学。从元代的实际情况看，是两者并传且呈融合之势。

---

① 方回《桐江续集》卷三十一《送家自昭晋孙自庵慈湖山长序（性存子）》，文渊阁《四库全书》本。

② 袁桷《清容居士集卷》四十七《跋竺氏藏舒沈二先生书》，《四部丛刊》影印元刊本。

③ 王袆《王忠文集》卷六《送乐仲本序》，《北京图书馆珍本丛刊》影印明嘉靖元年张齐刻本。按此说当得自于其师黄溍，黄溍为程端礼所作墓志铭说：“宋季之士，率务以记诵词章为资身取宠之具，而言道学者亦莫盛于此。时四明之学祖陆氏而宗杨、袁，其言朱子之学者自黄氏震、史氏蒙卿始。……黄氏主于躬行，而史氏务明体以达用。”（《金华黄先生文集》卷三十三《将仕佐郎台州路儒学教授致仕程先生墓志铭》）

由陆学向朱学的转变，并非一朝完成的。而变四明之学的关键人物，是史蒙卿和黄震，他们都是宋元之际著名学者。史蒙卿(1247—1306)，宋亡不仕，自号静清处士。《宋元学案》为立《静清学案》。他是袁桷外家舅舅一辈人。在前人看来，史蒙卿出而四明之学变，《宋元学案》言："四明之学，祖陆氏而宗杨、袁，其言朱子之学，自黄东发与先生始。黄氏主于躬行，而先生务明体以达用，着书立言，一以朱子为法。"[①]史蒙卿、黄震学术形成影响，在宋度宗咸淳末，不久南宋也就灭亡了，他们在宋亡后都做了遗民，继续着他们的学术活动。史蒙卿死前，曾托袁桷为作墓志，今存袁桷《清容居士集》卷二十八有《静清处士史君墓志铭》，其中说到，袁桷官翰林时，史蒙卿有信给他，"策励于桷为甚重"，信的大致内容是："斯文剥丧余，数十年师表郡县，学者应格则得，未尝于其人。后生不说学，亦未尝知学，剔伪务实，而挽之古，子宜勉焉，非可以虚谈冀也。"[②]对袁桷给予厚望。清人全祖望对史蒙卿扭转四明学术极其敬重，对袁桷所撰史氏墓志铭表示不满，他说：

> 先是，吾乡学者杨、袁之徒极盛……朱学之行于吾乡也，自静清始，其功大矣。……吾读清容所作静清墓志，于其易代大节，言之已悉，而学统所在，不甚了了。清容文士，其于儒苑窔奥，宜其在所忽也。然清容言静清尝与深宁说经，每好奇，以是多与深宁不合。则又可知静清虽宗主朱学，而其独探微言，正非墨守《集传》《章句》《或问》诸书，以为苟同者……[③]

全祖望认为，使朱学行于四明地区，是史蒙卿之大功。而史蒙卿之学，并不全同于朱熹，他因而对史蒙卿更加敬重。他认为，袁桷只是一个文士，所以所撰写的墓志铭忽视了对史蒙卿学统的考察，这是很令他不满的。其实，袁桷撰史氏墓志，重其节操而略其学术，并非如全祖望所说的忽视，正表达了袁桷的学术态度——他对朱学不感兴趣，因而也不认为史氏以朱学变四明学术为有功。

全祖望之说，近似朱学宗派之论。黄百家的说法稍不同，他认为，史蒙卿

---

① 黄宗羲、全祖望《宋元学案·静清学案》，中华书局 1986 年版第 2910 页。
② 袁桷《清容居士集》卷二十八有《静清处士史君墓志铭》，《四部丛刊》影印元刊本。
③ 全祖望《鲒埼亭集外编》卷十六《甬东静清书院记》，清嘉庆十六年刻本。

传朱子之学，以此救陆学流于禅之弊，所以史氏不仅有功于朱学，同时也是陆学功臣，他在《宋元学案》程端礼传下案语说："庆元自宋季皆传陆子之学，而朱学不行于庆元，得史静清而为之一变。盖慈湖之下，大抵尽入于禅，士以不读书为学，源远流分，其所以传陆子者，乃其所以失陆子也。余观畏斋《读书日程》，本末不遗，工夫有序，由是而之焉，即谓陆子之功臣可也。"[①]《读书日程》即程端礼（畏斋）《程氏家塾读书分年日程》。程端礼是史蒙卿弟子，宋元之际学者，鄞县人。其《程氏家塾读书分年日程》，为救当时父兄教子弟之弊，其目的乃要使后学"经之无不治，理之无不明，治道之无不通，制度之无不考，古今之无不知，文词之无不达，得诸身心者，无不可推而为天下国家用。"[②]大致宗旨，主于明理、博识、有用。程端礼乃袁桷同乡同辈人，这对于我们认识朱学流行于四明后，四明地区的学术特点，很有帮助。

袁桷早年读书于湖州，初仕在金华为丽泽书院山长。湖州、金华地方学术，对袁桷也有影响。就广义的概念说，袁桷的地方学术背景，可以包含湖州与金华。在湖州，袁桷与赵孟頫过往甚密，情好甚笃。他们在学术上肯定有相互影响，但没有文献依据，无法做具体说明。唯有袁桷书法与赵孟頫之神似，可以说明他们相契之深。袁桷之学，得于金华吕祖谦者为多。金华是吕祖谦的家乡，袁桷任职的丽泽书院，原是吕祖谦讲学会有之所。人们很容易将其学术与金华丽泽书院相联系。一般说来，袁桷得吕祖谦之学，与他师从王应麟有关，王应麟治学"兼取诸家，然其综罗文献，实师法东莱。"[③]袁桷乃从王应麟得吕祖谦（东莱）之学。而吴师道《上袁伯长学士书》，则以为与袁桷任职金华有关，他说：

> 东莱吕子之在干淳间，而婺实其侨居，流风遗化深矣。易世抢攘，衣冠沦谢，虽欲考德问业，而求之故老，皆无存者矣。先生世鄞中大家闻人，与吕子辈行言论风旨相及。先生渐渍其渊源，而博闻精艺之学，亲从其徒而得其书，又尝憩金华之下，坐丽泽之上，致其景行之思，而修其教育之方，得之于吕子者多矣。[④]

---

① 黄宗羲、全祖望《宋元学案·静清学案》，中华书局1986年版第2913—2914页。
② 程端礼《程氏家塾读书分年日程·序》，《四部丛刊》影印瞿氏铁琴铜剑楼藏元刊本。
③ 黄宗羲、全祖望《宋元学案》卷八十五《深宁学案》，中华书局1986年版。
④ 吴师道《礼部集》卷十一《上袁伯长学士书》，《北京图书馆古籍珍本丛刊》影印清抄本。

可以说，袁桷得东莱之学，是多途径的。如吴师道所言，有袁、吕两家前辈交往中的相互影响，有袁桷与吕祖谦弟子交往且因而得读其书，又在金华地区任职且主持吕氏之丽泽书院而亲受熏染。即由家族渊源，地方学术，学友交游，多途径所得，当然也有师从授受。地方学术的影响确实不能排除，因为苏天爵也曾说到“昔宋南迁，浙东之学，以多识为主，贯穿经史，考核百家”[①]，体现的也是吕氏之学的精神。应该引起我们关注的是，当袁桷任教职于金华时，金华地区流行的，已经主要是金华朱学，以何基、王柏、金履祥为代表，他们自称为朱学正宗。吴师道本人就是金履祥弟子。但在现存袁桷诗文中，未见与这些人有交。大致可以说明，袁桷与他们学术旨趣不同。

二　袁氏家学

袁桷生在一个学术世家。但谈袁桷家学，并不容易。高祖叔袁燮，曾祖叔袁甫，都是南宋学术名家，四明学术的代表。袁桷曾祖袁韶是袁燮弟子。袁氏一门列名《宋元学案》者，还有袁裒、袁傒、袁毂、袁肃等多人，这些都足可说明袁氏家学的辉煌。苏天爵为袁桷所撰墓志铭也说：“龙图阁学士正献公燮、兵部尚书正肃公甫，父子俱号名儒。越公……师事正献，尹临安十余年，为政严明，事载之史。”[②]作为家族的骄傲，其学术对袁桷肯定会有影响。但在多大程度上影响其学术取向，却很难说。在家庭中，直接影响袁桷的，当然是他的父亲袁洪。袁洪不以学术着称，但也有向学之心。袁桷撰《延祐四明志》卷五《人物考》有袁洪传，言洪“七岁通《诗》《书》《春秋》，受业王先生鑐”。官太社令，“时贾相不乐四明人，与同郡士六十余人坐废，家居讲学，不及世务。其畜德远权势如此。”[③]袁桷《清容居士集》卷三十三《先君子蚤承师友晚固艰贞习益之训传于过庭述师友渊源录》，列王鑐、王应麟、胡三省、戴表元、黄震、程鉅夫、舒岳祥、史蒙卿等 34 人，王鑐冠于诸多高官名儒之前列于首位。就对袁洪影响大者说，应属王鑐，该文介绍王鑐说：“敦厚寡言，幼师之。精理学，多录言行教

---

① 苏天爵《滋溪文稿》卷九《袁文清公墓志铭》，中华书局 1997 年版。

② 苏天爵《滋溪文稿》卷九《袁文清公墓志铭》，中华书局 1997 年版。按越公即袁桷曾祖袁韶。

③ 袁桷《延祐四明志》卷五《人物考》，文渊阁《四库全书》本。

人。……语干道、淳熙事，月日先后亡异，史官李心传尝质之。喜校书，经史皆手定善本。严州奉祠，日相过从。”[①]严州指袁桷祖父袁似道，官知严州。如此说，王鑛对袁似道、袁洪父子都有影响。

由于袁氏为四明学术之大宗，所以在谈地方学术时，不少内容都与其家学有关。袁家是四明心学的主要推行者，四明心学虽以四先生杨简、袁燮、舒璘、沈焕为代表，而“袁正献公后出，始专尚象山”，真正使陆氏心学大行于四明的，是袁燮，其子袁甫（广微）也积极推动其传播，“袁广微为江东宪，创信州象山书院”。所以后人称四明学术“祖陆氏而宗杨、袁”。但这一家学传统在袁桷身上的体现，主要是感情的而非学术主张的。如果从学术主张方面看，在四明四先生中，倒是早于袁燮（1144—1224）的舒璘（1136—1199）“南轩开端、象山洗涤，而融会于东莱”，兼取张栻、陆九渊和吕祖谦，与袁桷有些近似。除了人们关注较多的陆九渊、朱熹、吕祖谦学术外，袁桷家学影响中，被人们忽视的是张九成。袁洪的老师王鑛不仅“多录言行教人”，且以张栻之《言行编》授袁洪，袁桷为父袁洪所作行述言：“公幼从王先生鑛学问，戒以躬行为持身本，每授以《言行编》诸书，公守而行之。”[②]《言行编》记张九成（无垢居士）之言行。张九成曾贬温州，其书在浙东广泛流传，明人刘鳞长认为，张九成之学，是浙东心学的渊源之一[③]。王鑛以《言行编》授袁洪，袁洪“守而行之”，这会间接影响到袁桷。宋代理学家多排佛，张九成却好佛学，因此为朱熹所痛斥。张九成有《横浦心传》一书，“晦庵尝谓洪适刊此书于会稽，其患烈于洪水、夷狄、猛兽”[④]。袁桷生当宋元之际，学术活动在元代。元代学者论学，多不排佛老。袁桷论学不排佛老，主要是时代学术宗尚使然，但也应与家学影响有关。

据元末诗人戴良《跋袁学士诗后》，袁桷曾与龙山永乐寺僧商隐“同参横川和尚”，戴良称赞“商隐之结交文清，犹如佛印之于东坡，灵源之于山谷，其趣味相同”[⑤]。这可说明袁桷与佛教的因缘。袁桷对道家（道教）的兴趣始于幼年，自言“余幼好读《黄庭》《真诰》二书”[⑥]。他自号清容居士，“清容”者“清而容物”，取自《庄子・田子方》，是田子方描述其师东郭顺子的话：“其为人也真，人

---

① 袁桷《清容居士集》卷三十三《先君子蚤承师友晚固艰贞习益之训传于过庭述师友渊源录》，《四部丛刊》影印元刊本。

② 袁桷《清容居士集》卷三十三《先大夫行述》，《四部丛刊》影印元刊本。

③ 刘鳞长《浙学宗传》，《四库存目丛书》本。

④ 黄震《黄氏日抄》卷四十二，《丛书集成初编》本。

⑤ 戴良《九灵山房集》卷二十九《跋袁学士诗后》，《四部丛刊》影印明正统刊本。

⑥ 袁桷《清容居士集》卷五十《书薛严二道士双清编》，《四部丛刊》影印元刊本。

貌而天，虚缘而葆真，清而容物。”[①]袁桷《题放翁训子帖》说：

> 放翁先生送其子之官，独书《庄子》二章以训。或曰：“五经切近，而书《庄子》，何耶？”余曰：自农师右丞师尊临川，临川宗老庄，故其家学世守之。此二章足以涉世变。“清而容物”，远祸之基也；喜怒哀乐不入于胸次，进德之本也。绍熙党祸萌蘖，故逢迎者废于嘉定，标榜者锢于庆元。虽善恶歧，而当时仕进者宁不自重？先生教子之意深矣。[②]

顺应自然，清而容物，这应该是袁桷信奉的人生哲学。在袁桷的观念里，没有将道家与道教明确区分，但他崇信道家之理，而疾恶道教之妄。宋代理学宗师以佛老为异端，主张一概加以拒绝。有人主张应该分辨其与儒家合与不合，合者取之，不合者去之，二程坚决反对，说：“释氏之说，若欲穷其说而去取之，则其说未能穷，固已化而为佛矣。……故不若且于迹上断定不与圣人合，其言有合处，则吾道固已有。有不合处，固所不取。如是立定，却甚省易。”[③]这样简单武断，显然不是处理学术问题所应持的态度。元桷则明确表示，应该吸取佛道之长，其《定水源禅师塔铭》借定水源禅师之口表达其主张，认为其合处与异都有可取，都有价值：

> 或问曰：“吾儒性善，与佛所言同否？”曰：“同。感物而动，汉儒失之。由是有不同焉。”后乃曰：“儒、释二教，分别有异，在治人治心。治人在五常，治心在四大。修五常，治人之本。修四大，乱心之本。道微世衰，诚得一人焉不可得。”[④]

治人与治心，对于社会，都是需要的，因此佛与儒，应该并行不悖。至于老庄，他认为多与儒家经典《易》合，“昔之善言老子者，谓其同者合于《易》，其不同于孔子者，皆矫世之弊。”“道散于九流百家，同归而殊涂，唯老子最近。然则《易》《老》诚相表里耶？”[⑤]“道”绝非为儒家圣人所专有，九流百家，都是“道”的体现

---

① 郭庆藩《庄子集释》，中华书局1961年版，第702页。

② 袁桷《清容居士集》卷四十六《题放翁训子帖》，《四部丛刊》影印元刊本。按陆游祖父陆佃，字农师，官右丞。师事临川王安石。

③ 程颢、程颐《二程遗书》卷十五，中华书局《二程集》本，1981年版。

④ 袁桷《清容居士集》卷三十一《定水源禅师塔铭》，《四部丛刊》影印元刊本。

⑤ 袁桷《清容居士集》卷二十一《老子讲义序》、卷三十一《空山雷道士墓志铭》，《四部丛刊》影印元刊本。

者，殊途同归，“唯老子最近”。这是对理学家道统论的公然挑战。他甚至直接回击排佛老之论，说：

> 老氏之学，力本自治，退足无欲，其言黯以彰，不知者以虚无释之，邈不相涉矣。……世以役鬼神窃服食为道，吾不能知之。不惑于众，则害于民者寡。考其自治，则于吾道合。清净富强，昔之时君尝师之。则凡刻缮者，诚得矣，夫何疑焉。①

“世以役鬼神窃服食为道”，这是妄诞的道教；“老氏之学，力本自治，退足无欲”，这是道家之学。袁桷没有道家与道教的观念，但其区分清静的老氏之学与虚妄的道术，还是很明确的。区分了道教与道家，则道家之学是有益于社会的，“夫何疑焉”？

袁桷长于史学，曾立志修《宋史》而未果。其史才应有得于胡三省。袁氏家学也长于史，袁桷这方面大约也得益于家学滋养。袁桷为其族人袁裒作墓志铭，哀其有志史事而不得酬：“两家子孙，凡五为史官，独君不及用，诚可憾。”②袁家多史官，今可知者，袁燮尝以礼部侍郎专史事，袁韶入秘书省为史官，袁甫为实录史院修撰等。有志修史而不及用，这是袁裒的遗憾，更是袁桷的悲哀。因为正当他受命修《宋史》时，元英宗被刺，史事搁浅。苏天爵为袁桷所作墓志说：

> 公在词林几三十年，扈从于上京凡五。朝廷制册，勋臣碑版，多出其手。尝奉诏修成宗、武宗、仁宗三朝大典。至治中，郓王拜住独秉国钧，作新宪度。号令宣布，公有力焉。……王尤重公学识，锐欲撰述《辽》《宋》《金》史，责成于公。公亦奋然自任，条具凡例，及所当用典册陈之。是皆本诸故家之所闻见，习于师友之所讨论，非牵合剽袭，漫焉以趋时好而已。未几国有大故，事不果行。③

这成了袁桷终生的遗憾。稍可慰其情怀的，是撰修《延祐四明志》，略显史才。

---

① 袁桷《清容居士集》卷三十一《通真观徐君墓志铭》，《四部丛刊》影印元刊本。
② 袁桷《清容居士集》卷三十《海盐州儒学教授袁府君墓表》，《四部丛刊》影印元刊本。
③ 苏天爵《滋溪文稿》卷九《袁文清公墓志铭》，中华书局 1997 年版。

该书成为古代著名方志，四库馆臣称其书“条例简明，最有体要”，“考核精审，不支不滥，颇有良史之风”[①]。

袁氏多史官，袁氏家学重史学，但这些属于其家学的远源，对袁桷长于史学的影响究竟有多大，难以落实。我们在有关文献中倒是看到有袁桷与他父亲老师王鏞近似的记载：袁桷《先君子蚤承师友晚固艰贞习益之训传于过庭述师友渊源录》说王鏞“语干道、淳熙事，月日先后亡异”。陆友仁《研北杂志》记袁桷则更过之：“袁伯长学士，博闻洽识，江左绝伦。谓张伯雨曰：‘宋东都典故，能以岁记之；渡江后事，能月记之。’”[②]王鏞也许曾直接或间接影响袁桷。

袁氏藏书极富，“袁氏自越公喜藏书，至公收览益富。”[③]从其曾祖袁韶（越公）到袁桷，经五世积累，袁氏成为东南著名藏书之家。袁桷刻苦读家藏书，是其获益于家学的一个重要途径。

三 师承授受

袁桷的师承，清人胡文学《甬上耆旧诗》卷三袁桷小传说：“袁氏最为世族。公少负异才，读先世遗书，至穷日夜。初事戴剡源，稍长，在王深宁先生之门，复从舒岳祥游，尽传诸公之学。既家有赐书，又亲见中原文献，得接风流。故其学最为有本。”又说：“自宋南渡而后，吾乡学者，以多识相尚。文清得王氏之传，其于近世礼乐之因革，官阀之选次，朝士大夫之族系，九流诸家之略录，俱能溯源执本，得其旨归。浙河以东，于斯为盛。”首先列举其先后师承，依次为戴表元（剡源）、王应麟（深宁）、舒岳祥，而后又重点谈王应麟。遍师名家，而得益于王应麟者最多，反映了袁桷师从关系的实际。这里有一个重要的遗漏是胡三省，胡三省应该是袁桷比较重要的一位老师。其他馆于袁氏的，还有刘庄孙等，也是袁桷的老师。未曾师从而受其教诲者尚多，在袁桷《先君子蚤承师友晚固艰贞习益之训传于过庭述师友渊源录》所列三十多人中，应有不少，可以确切指明的，如史蒙卿等。

在前人看来，袁桷从不同老师那里所学是不同的。苏天爵撰墓志铭说：

---

① 纪昀等《四库全书总目》卷六十八《延祐四明志》提要，中华书局 1965 年整理本。

② 陆友仁《研北杂志》卷下，文渊阁《四库全书》本。

③ 苏天爵《滋溪文稿》卷九《袁文清公墓志铭》，中华书局 1997 年版。

“公生富贵，为学清苦，读书每至达旦。长从尚书王公应麟讲求典故制度之学，又从天台舒岳祥习词章，既又接见中原文献之渊懿。故其学问核实而精深，非专事记览、哗众取宠者所可拟也。”未言戴表元。明徐象梅《两浙名贤录》卷四十六《侍讲学士袁伯长桷》说：“始从戴表元学绩文，脱去凡近。长师王应麟，授以文献渊懿，深有悟造。尤长于论史，悉究前朝典故，叩之亹亹不倦。尝谓宋末文漭滥，益自奋厉，希古作者。”[①]在人们看来，戴表元、王应麟、舒岳祥是袁桷一生中重要的老师。但人们没有注意到，这些老师，与袁桷也有合与不合。由其合者，可以考察袁桷学术之渊源；由不合者，更能认识袁桷学术之旨趣。

一般都说戴表元是其幼年之师，从戴表元是学“绩文”等，似乎戴表元对袁桷学术影响不大。从现有文献看，戴表元确实是袁桷幼年之师，但戴表元对袁桷影响决不仅仅在幼年，袁桷从戴表元所得，也不仅仅是“绩文”。袁桷成年后，他们依然保持联系。考察戴表元对袁桷的影响，可以纠正前人对袁桷生平记载的一个错误：苏天爵撰《墓志铭》载：“年二十余，宪府荐茂异于行省，授丽泽书院山长，不就。”由于这是袁桷生平记载的原始文献，所以不少人认为袁桷虽被举，但没有赴任。事实是，袁桷到任了。而由力辞不赴到改变态度而就任，与戴表元的督促有关。戴表元有《送袁伯长赴丽泽序》，反复说明应赴任的道理，说：“而今之君子，率习为之辞曰：‘我学治其身治其家，犹未之能也，而安能治人？’此说行，故贤者得成其谦，而不肖者亦以容其伪。及乎人不得已而取之，则谦者退处，伪者售焉。此甚非君子之通法也。”[②]本文乃为送其赴任而作，不赴任，自无此文。而吴师道《上袁伯长学士书》更明言其曾“憩金华之下，坐丽泽之上”[③]，任教职于丽泽书院。从现有文献可以判断，在戴表元生前，他们一直保持联系。《清容居士集》卷十四有诗题为《六月二十四日夜梦剡源师同游山寺主僧延入丈室出梅花画卷赋诗旁有胡用章先生坐主僧下时剡源对席仆居其次案上绿竹一枝青翠可爱剡源赋诗桷即援笔》，可见其感情之深。当时及后世多视戴表元为文章家，且认为，袁桷之文得自戴表元，如《元史》称：“至元、大德间，东南以文章大家名重一时者，唯表元而已。其门人最知名者曰袁桷，桷之文，其体裁议论，一取法于表元者也。”[④]但袁桷认为，戴表元也一位学

---

① 徐象梅《两浙名贤录》卷四十六《侍讲学士袁伯长桷》，明天启刻本。

② 戴表元《剡源戴先生文集》卷十三《送袁伯长赴丽泽序》，《四部丛刊》影印明万历刊本。

③ 吴师道《礼部集》卷十一《上袁伯长学士书》，《北京图书馆古籍珍本丛刊》影印清抄本。按袁桷自言：“元贞元年，桷掌吕成公丽泽祠。”（《清容居士集》卷二十九《龙兴路司狱潘君墓志铭》）这是更准确的记载。成宗元贞元年（1295），袁桷 30 岁。

④ 宋濂等《元史》卷一百九十《戴表元传》，中华书局 1976 年版，第 4331 页。

问家，其《戴先生刻遗文疏》称戴表元："少负奇志，晚成大名。漱六艺之菁华，穷百氏之源委。"[①]袁桷与戴表元之学术渊源极其相似，他们虽为师徒，但又先后师事王应麟、舒岳祥，《元史·戴表元传》云："时四明王应麟、天台舒岳祥，并以文学师表一代，表元皆从而受业焉。"也就是说，王、舒是他们两人共同的老师。他们接受心学影响的途径也大致相同。这诸多共同处，不仅使他们感情深厚，也使其学其文，都有近似取向。特别是他们的文学理论主张，差不多可以说是师徒同声。

对袁桷影响最大的老师是王应麟。王应麟字伯厚，号深宁居士，宋元之际著名学者，以博学着称，《宋元学案》为立《深宁学案》。在袁桷所有的老师中，他最尊敬的也是王应麟。袁桷《先君子蚤承师友晚固艰贞习益之训传于过庭述师友渊源录》列三十多人，包括戴表元、舒岳祥、胡三省以及其舅辈史蒙卿，还有对他有荐拔之恩的程钜夫。所有这些人，全都直称其名，唯王应麟称"王先生应麟"，并言："先子命桷受业门下十年"。袁桷也是王应麟最重要的弟子，泰定时官刻王应麟《困学纪闻》，请袁桷作序，序称："桷游公门最久"[②]。很有意思的是，袁桷《清容居士集》卷四十八《跋象山先生经德堂记后》录朱熹《答项平父》书，朱熹文在《晦庵集》卷五十四，比照原文，则袁桷所录文字，大不同于朱熹原文。王应麟《困学纪闻》卷五也曾录朱熹此文，袁桷所录，与王应麟此处文字，一字不差(唯少一"而"字)。显然，所谓朱熹文，原是从《困学纪闻》抄来的。当时朱学大盛，"家有其书"，绝对不会是原书难找而转录于他书。而王应麟《困学纪闻》，当时尚未刊刻。可见袁桷读王应麟书之用心，受其影响之大。

袁桷基本上是学王应麟之所学，其学术特色，极其相似，我们几乎可以从王应麟认识袁桷的学术特点。王应麟所崇尚的，基本上也是袁桷所崇尚的；王应麟所追求的，基本上也是袁桷所追求的。王应麟为人所称道者，为中博学宏词科。理宗淳祐元年(1241)，年十九，举进士。《宋史》本传载："初，应麟登第，言曰：'今之事举子业者，沽名誉，得则一切委弃，制度典故漫不省，非国家所望于通儒。'于是闭门发愤，誓以博学宏辞科自见。假馆阁书读之。宝祐四年中是科。应麟与弟应凤同日生，开庆元年，亦中是科，诏褒谕之。"王应麟追求的是作"通儒"。博学宏词科，属宋代词科之一名，为招致文学之士而设。宋代词

① 袁桷《清容居士集》卷四十《戴先生刻遗文疏》，《四部丛刊》影印元刊本。
② 袁桷《清容居士集》卷二十一《王先生困学纪闻序》，《四部丛刊》影印元刊本。

科，先后有不同名称，有宏词科、词学兼茂科、博学宏词科、词学科等。研究者认为，这些不同名称，代表了不同的人才选拔标准："宏词科着眼点在'词'，即选拔有文采之士，重点在'文'；词学兼茂科则'词'、'学'并重，在强调有'文'的同时亦不偏废'实学'；博学宏词科则先强调'学'要'博'，然后才是'文'须'宏'，是以王应麟认为究悉典章制度者方为'通儒'。"[①]王应麟向往博学宏词科并得中此科，则博学宏词既是他的学术追求，也是他的学术特点。《宋元学案》卷八十五《深宁学案》全祖望案云："《宋史》但夸其辞业之盛，予之微嫌于深宁者，正以其辞科习气未尽耳！"[②]应该说，全祖望的看法并不客观。博学而宏文，追求有用于当世，是王应麟的学术特色，也是袁桷的学术特色。苏天爵为袁桷所撰墓志铭，开篇即定性袁桷为"文学博洽之儒"，这似乎是"博学宏词"的另一种表述，又赞袁桷之学术说：

> 昔宋南迁，浙东之学，以多识为主，贯穿经史，考核百家，自天官、律历、井田、王制、兵法、民政，该通曲委，必欲措诸实用，不为空言。[③]

从学源说，王应麟兼治朱、吕、陆学，《宋元学案》说他是"兼治朱、吕、陆之学者也。和齐斟酌，不名一师。"[④]兼取诸家，综罗文献，师法东莱。袁桷也是如此。他们兼取各家似吕祖谦，重视文献也似吕祖谦。袁桷生逢宋季，未成年而宋亡，命运使他没有机会中博学宏词科，但他心中有博学宏词情结。他说："方宋文治时，立博学宏词科。番阳三洪公、周文忠公，迄致清显。至吕成公、真文忠公，阐正学，弥贵重。真传诸徐凤，徐凤传诸尚书王公应麟。公曰：'中是科者实有命。'"[⑤]先历数中此科之人，有番阳三洪洪适、洪遵、洪迈，周必大，吕祖谦，真德秀，而王应麟则是真德秀之再传。如果不是宋元易代，袁桷也当中此科。但不幸，老天没有给他这个机会。不过，他虽不得中此科却依然可以传其学：作既博学且宏词的学者。袁桷继王应麟之学，也承接并发扬王应麟文风。四库馆臣评王应麟文："典雅温丽，有承平馆阁之遗。"评袁桷文风："博硕伟丽，有盛世之音。"这种相似，可以从师承关系得到解释。四库馆臣又赞扬袁桷：

---

① 张骁飞《王应麟文集研究》第六章《〈词学指南〉研究》，中华书局 2011 年版，第 219 页。

② 黄宗羲、全祖望《宋元学案》卷八十五《深宁学案》，中华书局 1986 年版。

③ 苏天爵《滋溪文稿》卷九《袁文清公墓志铭》，中华书局 1997 年版。

④ 黄宗羲、全祖望《宋元学案》卷八十五《深宁学案》，中华书局 1986 年版。

⑤ 袁桷《清容居士集》卷二十八《将仕佐郎信州路儒学教授陈君墓志铭》，《四部丛刊》影印元刊本。

“尤练习掌，故长于考据。”[1]就更与王应麟的影响有关了。不过，袁桷与王应麟之学也有同中之异。前人称王应麟之学正，《四库全书总目·困学纪闻》提要言“应麟博洽多闻，而理轨于正”[2]。而袁桷论学，却时有逸出儒家正轨之外者。

舒岳祥是袁桷的老师。从前人对袁桷的生平记载看，凡谈袁桷师从的，都提到舒岳祥。舒岳祥还是他另外两位老师戴表元和刘庄孙的老师。但人们没有注意到，袁桷与舒岳祥，从性格到为学都不合。考察其不合的原因，对认识袁桷，也很重要。

袁桷的诗文中，很少提到舒岳祥。在《先君子蚤承师友晚固艰贞习益之训传于过庭述师友渊源录》中，他这样介绍舒岳祥：“舒岳祥，台州宁海人。七岁能作古文，弱冠谒吴子良吏部，大奇之。吴学于陈耆卿舍人，舍人学于叶适正则。以师道自任，好讥侮。晚岁诗益工。官庆元时，与之游。后作书俾桷往事之。”介绍刘庄孙时说：“学于舒。”[3]看不到弟子对师长敬意。袁桷敬重老师戴表元，戴表元敬重舒岳祥，而袁桷与舒岳祥之间似乎没有师生情谊。究其原因，大约舒岳祥“好讥侮”与袁桷“清而容物”的人格理想相悖。就诗文风格说，舒岳祥之好奇，也与袁桷的追求相悖。《宋史》、《元史》均无舒岳祥传，其文集散佚，四库馆臣自《永乐大典》辑出，今四库本《阆风集》有胡长孺、王应麟两序，从序中可窥知其为人与为文。胡序言：“先生负奇气，固伯仲诸葛孔明、王景略，其视龊龌琐碎虽达官贵人若遗涕唾，不肯一回顾。少年已擢巍科，同时流辈，往往涉足要津，已独凝立却行，不能以分寸为进。”王序称：“自重难进，阅群飞之刺天，而无竞心。不得弦歌《生民》《清庙》之章荐之郊庙，又不得紬金匮、石室书，续左、马、班氏之笔。晚岁涉坎险，历蹇难，萍流蓬转，有陶、杜所未尝。气益劲，思益深，胸中之书不烬，方寸之广居浩乎其独存。弄云月于巉岩之下，友渔樵于寂寞之滨，固穷守道，皜皜乎白璧之全。”这些都是表彰其孤高不群。高才不合于时，一般说，总是反应出当时的社会问题。但就个体说，也可能与个人性格有关。仅就个体与个体的关系说，可以想象，舒岳祥的为人与为文，都难与袁桷相合。从学术上说，舒岳祥是永嘉之学的传人(永嘉叶适一传篔窗

① 纪昀等《四库全书总目》卷一百六十五《四明文献集》提要、卷一百六十七《清容居士集》提要，中华书局1965年整理本。

② 纪昀等《四库全书总目》卷一百十八《困学纪闻》提要，中华书局1965年整理本。

③ 袁桷《清容居士集》卷三十三《先君子蚤承师友晚固艰贞习益之训传于过庭述师友渊源录》，《四部丛刊》影印元刊本。

陈耆卿，再传荆溪吴子良，三传阆风舒岳祥），袁桷不喜永嘉之学，在《戴先生墓志铭》，他借戴表元之口，从文章角度批评永嘉之学，说："永嘉之学，志非不勤也，挈之而不至，其失也萎。"[①]舒岳祥正是永嘉之文的代表，《宋元学案·水心学案》就说："水心传于篔窗，以至荆溪，文胜于学，阆风则但以文着矣。"[②]则袁桷与舒岳祥的不合，就更容易理解了。如此看来，舒岳祥名为袁桷之师，但如此不合，不可能对袁桷有什么影响。

袁桷仰慕胡三省。袁桷有《祭胡梅涧先生》云："甲申之岁，先生出峡，访先子于城南。桷时弱冠气盛，望先生之道，不知佩玉之利于徐趋，驾车之不可脱衔也。先生微机以抉之，再而赧，三而竭，垂头却立，毕志以请业。由是始得知二千余年之内，论事不可以一概。而所谓非三代不陈者，实要君以行怪。"[③]甲申之岁，即元世祖至元二十一年(1284)，袁桷十九岁。自青年时为胡三省所折服，即终生仰慕。他首先是景仰胡三省的博学，其次又从胡三省得到观察和认识历史问题的启发，培养了史识。其史学观，也鄙弃怪异而不合世用且迂腐的复古论。留心史事的袁桷，多次谈到史之三长：才、学、识[④]，从胡三省学，其收益在此。胡三省的《资治通鉴音注》最后在袁家完成，在此过程中，袁桷受到濡染，应该是正常的。袁桷还仰慕胡三省的人格，他有《过扬州忆昔六首》(《清容居士集》卷十一)诗，其六怀胡三省，表达了对胡三省才识人格等全面的推崇，对其遭际表述同情，并抒写深切的怀思之情。

四　时代学术风气

元代学术以融通为特色，不仅在理学内部合会朱、陆，当时学术各派，也都兼容并包。宋代理学排佛老，元代则少有排佛老者。由于许衡的大力提倡，朱熹之学被普遍认可，成为形式上的主流学术。但许衡又重实用，重实用是元代学术突出的特点，于是南宋理学的空疏之病，就遭到集中的批判。被二程力批的词章之学、训诂之学，也为元人所容纳。所有这些，在袁桷身上都有体现。

---

① 袁桷《清容居士集》卷二十八《戴先生墓志铭》，《四部丛刊》影印元刊本。
② 黄宗羲、全祖望《宋元学案》卷五十五《水心学案(下)》，中华书局 1986 年版。
③ 袁桷《清容居士集》卷四十三《祭胡梅涧先生》，《四部丛刊》影印元刊本。
④ 刘昫《旧唐书·刘子玄传》："史才须有三长，世无其人，故史才少也。三长，谓才也，学也，识也。"

南宋学术门派森严，不同学派互为敌垒，其中特别是朱陆之争，两派学者互相攻击。在元人看来，这是不可思议的。既然都是圣人之学，那就小异而大同，只不过入学门径不同而已。在宋末元初，倡导合同朱陆，已经成为学术大的走向。宋亡入元，不少人都力倡泯灭朱陆之争，强调二者之同。如由宋入元的江西学者刘埙，他花很大功夫编《朱陆合辙》一书，其序云：

朱、陆之学，本领实同，门户小异。故陆学主于超卓，直指本心，而晦翁以近禅为疑；朱学主于着书，由下学以造上达，而象山翁又以支离少之。门分户别，伐异党同，末流乃至交排互诋，哗竞如仇敌。遂令千古圣学之意，滋郁弗彰矣。

他推尊兼宗朱、陆的包恢，特别赞成包氏观点："二家宗旨，券契钥合，流俗自相矛盾。"他进一步为这种观点寻找理论依据：

夫人惟一心，心惟一理。群圣相授，继天立极，开物成务，何莫由斯？孔子曰："性相近也。"孟子曰："先圣后圣，若合符节。"岂至于学能独异乎？①

批评宋人的分朱分陆，在当时是普遍的学术取向，如程鉅夫，其《题象山先生遗墨后》说：

朱、陆二公来往翰墨，情与甚真。若此帖者甚多，余家亦宝数纸，恨不使妄有异同者一一见之。②

袁桷也反对朱陆之争，主张朱、陆会同。有龚霆松者撰《朱陆会同》一书，他为作序，说：

曩朱文公承绝学之传……陆文安公生同时，仕同朝，其辨争者，朋友丽泽之益。朱、陆书牍具在，不百余年，异党之说兴，深文巧辟……而二家

---

① 刘壎《水云村稿》卷五《朱陆合辙序》，文渊阁《四库全书》本。

② 程钜夫《雪楼集》卷二十四《题象山先生遗墨后》，文渊阁《四库全书》本。

> 矛盾大行于南北矣。广信龚君霆松，始发愤为《朱陆会同》，举要于《四书》，集陆子及其学者所讲授，俾来者有考。[①]

龚霆松《朱陆会同》与刘埙《朱陆合辙》同一宗旨，即例举朱、陆相同之论，证明朱、陆学术大旨之同，消弭朱、陆之争。袁桷认为，当时朱熹与陆九渊关于学术问题的辩论，是朋友间的辨析，通过辨析相互补益，在学术问题上并没有根本分歧。《周易・兑》卦之象辞说："丽泽兑，君子以朋友讲习。"在《易》卦，兑为泽，兑卦下兑上兑，如两泽相并，程颐解释说："丽泽，二泽相附丽也。两泽相丽，交相浸润，互有滋益之象。故君子观其象，而以朋友讲习。朋友讲习，互相益也。"袁桷认为，朱、陆之论辩，乃是"交相浸润，互有滋益"。朱、陆矛盾，都是后来庸人兴起的。这种宗派之争，"党同恶异，空言相高"[②]，乃学术之大弊。

元代学术的又一突出特征是重实用而黜空言。元代文人反思宋代亡国之因，以为理学空疏误国，是其中之一。所以在元代，一边大力推行朱熹之学，一边批评理学之空疏。重实用，成为一代学术宗尚。北方学者郝经称："天人之道，以实为用，有实则有文。"且立志终生"不学无用学，不读非圣书"[③]。程钜夫代文宗所撰《行科举诏》，宣布其选人导向："举人宜以德行为首，试艺则以经术为先，词章次之。浮华过实，朕所不取。"现实的学风文风，入元后也确实发生了大的转向，程钜夫谈到过这一转向，说：

> 数十年来，士大夫以标致自高，以文雅相尚，无意乎事功之实。文儒轻介胄，高科厌州县，清流耻钱谷，滔滔晋清谈之风，颓靡坏烂，至于宋之季极矣。穷则变，敝则新，固然之理也。国朝合众智群力壹宇内，自筦库达于宰辅，莫不以实才能立实事功，而清谈无所用于时。[④]

探讨心性义理之玄奥，在元代已非时尚。学术要合于世用，成为时代共识。人们需要的是"以实才能立实事功"。

会同朱陆，崇尚实用，这两点在袁桷身上都有很充分的体现。在袁桷学术

---

① 袁桷《清容居士集》卷二十一《龚氏四书朱陆会同序》，《四部丛刊》影印元刊本。

② 袁桷《清容居士集》卷四十八《跋瑱山经德堂记后（象山先生作）》，《四部丛刊》影印元刊本。

③ 郝经《陵川集》卷二十《文弊解》、卷二十一《志箴》，《北京图书馆古籍珍本丛刊》影印明正德李瀚刊本。

④ 程钜夫《雪楼集》卷十四《送黄济川序》，文渊阁《四库全书》本。

中，这两者还是密切相关的。这也使得袁桷的和会朱陆，有了他的独特处。

如果说元人合会朱陆，大部分人是主张兼宗朱陆的话，袁桷的真正看法与他们不同。在袁桷心里，不管朱学还是陆学，他都不是十分推崇。只是由于元代是朱学的天下，他有时说些推尊朱学的面子话；又由于家学渊源的关系，他没有明确对陆学的贬斥。在本质上，他对理学高谈性命而无实学的空疏，是厌恶的，他对此有不少尖刻的批评。如其《昌国州重修学记》说：

> 先儒以明理为纲领，讥诋汉唐不少假。濂洛之说盛行，诚敬忠恕，毫分缕析，一以体用知行，概而申之。繇是髫龀之童，悉能诵习。高视阔步，转相传授。礼乐刑政之具，狱讼兵甲之实，悉有所不讲。哆口避席，谢非所急。言词之不工，则曰："吾何以华藻为哉？"考核之不精，则曰："吾何以援据为哉？吾唯理是先，唯一是贯。"科举承踵，骎骎乎魏晋之清谈。疆宇之南北，不接乎视听。驯致社亡，求其授命死事，率非昔时言性理之士。后之学者，宁勿置论，而循其故习者哉？[①]

他对理学是从根本上否定的。理学宗师程颢要求学者"且省外事，但明乎善，惟进诚心，其文章虽不中，不远矣。所守不约，泛滥无功。"[②]一切的礼文、制度、学问之事，都是所谓"外事"，都应该省去，学者应专注于内心的体认。程颐也说："古之学者惟务养情性，其他则不学。"一切的学问都要省去，"养情性"就是全部学问，也是为学的唯一目的，所以他说："古之学者一，今之学者三，异端不与焉。一曰文章之学，二曰训诂之学，三曰儒者之学。欲趋道，舍儒者之学不可。"儒者之学，就是宋儒的义理之学，或称心性义理之学。又说："今之学者有三弊：一溺于文章，二牵于训诂，三惑于异端。苟无此三者，则将何归？必趋于道矣。"[③]二程当时所提倡的，也有其合理性。但流弊所至，以至于空疏误国。袁桷对理学空疏之弊，显然是深恶痛绝的。所以他的批判，直指濂洛，而无所避忌。他对二程的批评如此尖锐，对朱熹也不客气："自武夷之说行，其门人矜重自秘，皆株守拱立，不能亲有所明辨。"[④]这好像只是贬斥朱熹的门人，但事实上是指向朱熹的。以"武夷之说"代朱熹之学，或许是袁桷所独用。搜

---

① 袁桷《清容居士集》卷十八《昌国州重修学记》，《四部丛刊》影印元刊本。

② 程颢、程颐《二程遗书》卷二上，中华书局《二程集》本，1981年版。

③ 程颢、程颐《二程遗书》卷十八，中华书局《二程集》本，1981年版。

④ 袁桷《清容居士集》卷四十九《跋宜春夏君与上饶陈先生文蔚讲经书问》，《四部丛刊》影印元刊本。

索《四库全书》、《四部丛刊》，未见有第二人用此说法。就行文口气看，也感受不到对朱熹多少敬重之意。在《送陈山长序》中，倒是以“朱文公”称朱熹，但却是更明确地批朱学之流弊：

> 数十年来，朱文公之说行，祠宇遍东南，各以《四书》为标准，毫杪擿抉，于其所不必疑者而疑之，口诵心臆。孩提之童，皆大言以欺世，故其用功少而取效近。礼乐政刑之本，兴衰治乱之迹，茫不能以知。累累冠绶，碍于铨部，老死下僚，卒莫能以自见，良有以也。①

在他看来，元代文人沉抑下僚，不被重用，原因不在社会，不在朝廷，而在这些文人自身的空疏无用。这在当时，是不少人的看法。

对朱熹门人后学，袁桷唯一推尊的是辅广。辅广是朱熹最忠诚的弟子。“少读濂洛书，慨然愿学。从吕祖谦游，复师事朱子，与黄干并称，时号黄辅。庆元初，伪学禁兴，蔡元定贬死，广独侍熹不去。入京师，居太学南，集同志，讲学不辍。尝扁其堂曰传贻，学者称传贻先生。又称庆源辅氏。所著有《论孟答问》、《六经集解》、《诗传童子问》、《通鉴集义》诸书。”②由于辅广之书多不传，我们没有办法详细了解其学问。今传有《诗传童子问》，元明之际金华学者王祎曾就这部书说到辅广之学：

> 朱子《集传》，其训诂亦用毛、郑，而叶韵则本吴才老之说。其释诸经，自谓于《诗》独无遗憾。朱子之传行而毛、郑之说废矣。当时东莱吕氏有《读诗记》，最为精密，朱子实兼取之。而朱子门人辅氏有《童子问》，其说复多补朱传之未备者焉。③

综合有关文献，大致说来，我们对辅广之学可以有两点认识：一是曾从吕祖谦学，其学应兼具吕氏之长；二是不株守朱熹之说，且对朱熹之说有所补益。这应该是袁桷肯定其学的原因。袁桷为辅广《论孟答问》作序，他先指出，汉人之传注，有“蔓辞衍说，漫淫乎万言”繁琐之弊，魏晋说经，则有空玄之弊。而后说到北

① 袁桷《清容居士集》卷二十三《送陈山长序》，《四部丛刊》影印元刊本。
② 沈季友《槜李诗系》卷三《传贻先生辅广》，清刻本。
③ 王袆《王忠文集》卷二十《丛录》，《北京图书馆珍本丛刊》影印明嘉靖元年张齐刻本。

宋理学家之解经，接着集中表彰朱熹之解："统宗据要，盖将使夫学者不躐等而进，若律之有均，衡之有权，不得以锱铢差也。既又惧其疑之未释，复为问答以曲喻之，其详且尽，不复可以有加矣。"但一转，就说到朱熹之书流行后的弊端：

书大行于天下，而后之师慕者，类天台释氏之教文，旁行侧注，挈纲立目，茫乎皓首，不足以窥其藩篱，卒至于圣人之经旨，莫之有解。日从事于口耳，孩提之童，齐襟拱手，相与言道德性命者皆是也。

读者自然明白，表彰朱子是泛，是虚，而指其流弊是实。而后说到黄干与辅广："桷幼承父师，独取黄、辅二先生之书而读之。黄公之书，尝辅翼其未备，若可疑者，则以昔之所闻于先师而申明之。至于辅公，则直彰其义，衍者隐之，幽者畅之，文理炳着，不别为标的，以尽夫事师之道。微文小义，简焉，以释经为急，而其知行体用之说，不蕲合而有合矣。"[①]袁桷赞赏辅广的关键，就在于不求合而自与朱子合，不株守朱熹之说而能对朱说有所补益。人们自可体会袁桷之意。

元代一部分学者兼采佛老，既崇尚实学又兼尚佛老，这好像有点自相矛盾。事实上，重实用而兼采佛老的学者，不是要效法其禅思机锋，也不是要遁入虚空，而是认为佛老有益治道。程鉅夫就说："孔、释之道，为教虽异，而欲安上治民、崇善闭邪则同。"[②]袁桷说：

道家者流，以清静无名为本，时王以其宜于治国，靡然宗之。传世益薄，长生之说侈，卒茫昧不复讲。今世所传，惟法、药与术，药、术又鄙弃不用，而法仅传，谓其宜于水旱疾病，通得而用之也。余行天下，与方外士游，率不得一二，盖其传受讹缺，浮靡恣荡，摄思握神，罔不知所以，而其袪役禁制，按图以求，叱咤瞬息，欲通灵于肸蠁，不可得也。噫！其教若是，而为其学者又皆不自植立，可哀也矣。[③]

何者当取，何者当斥，他有清醒的认识。其取于佛老的，也是合于世用的部分。

---

① 袁桷《清容居士集》卷二十一《辅汉卿先生语孟注序》，《四部丛刊》影印元刊本。

② 程钜夫《雪楼集》卷九《秦国文靖公神道碑》，文渊阁《四库全书》本。

③ 袁桷《清容居士集》卷三十一《陆道士墓志铭》，《四部丛刊》影印元刊本。

五 荟萃群说，成博识有用之学

袁桷的为学主张，乃兼学博取，取各家之长，为有用之实学。他特别赞赏汉代杨雄“百川学海而至于海”之喻，他说：

> 扬雄有言曰：“百川学海而至于海。”善喻者也。首之以训诂之精，次及夫名物度数之密，由小成至于大成，非积年不能，以至周官乡三物之教，讵止执一而以为传道之要，殆不可也。委流安行，由蹇而达，讫归于海，学之功也。①

汉唐经学的训诂之学，名物度数等，被宋代理学宗师摈斥，等同于异端，袁桷却大力倡导，并认为这是积年而成的真功夫。他认为，学者需要《周礼》所说的“以乡三物教万民”那样全面的修养。所谓“三物”即三事，郑玄注：“物犹事也。”三事，指六德、六行、六艺，是一个人应该具备的三个方面的修养，也即学者应该学习的三个方面的内容。《周礼·地官·大司徒》：“以乡三物教万民，而宾兴之。一曰六德：知、仁、圣、义、忠、和。二曰六行：孝、友、睦、婣、任、恤。三曰六艺：礼、乐、射、御、书、数。”六德，是六种社会公德；六行，是家庭和亲友关系中的伦理道德；六艺则是六种实际才能。人应该具备这三个方面的全面修养，而不能如二程所主张的“惟务养情性”。“百川学海而至于海”，就是要广学博取，而后方能成其大。就如众流之汇，“会众以合一，由谷而之川，川以达于海”②。

《国学议》一文，比较集中地反映了袁桷的为学主张。他希望在国子学中恢复唐代的一些做法，比如“五经各立博士，俾之专治一经，互为问难，以尽其义”。学经当如此。北宋学者胡瑗在湖州办学的经验为人们所称道，袁桷认为也应该吸收。胡瑗创分斋制，《文献通考》载：“是时方尚辞赋，独湖学以经义及事务为先，故学中有经义斋、治事斋。经义斋者，择疏通有器局者居之；治事斋者，人各治一事，又兼一事，如边防、水利之类。故天下谓湖学多

---

① 袁桷《清容居士集》卷十八《昌国州重修学记》，《四部丛刊》影印元刊本。

② 袁桷《清容居士集》卷二十八《刘隐君墓志铭》，《四部丛刊》影印元刊本。

秀彦。”[①]治事斋，程颢说是治道斋，《二程遗书》载有程颢的介绍，说：“胡安定在湖州，置治道斋，学者有欲明治道者，讲之于中，如治民、治兵、水利、算数之类。”[②]胡瑗的做法在当时影响很大，“庆历中，兴太学，下湖州取其法，着为令。”[③]胡瑗湖州办学，为后人所称道，如宋元之际学者熊禾说：“昔安定胡公以经术、德行教人，至农事、礼乐、刑政、兵防之类，亦使之人治一事，世称为明体适用之学。”[④]经义为“明体”，治事则“适用”，所以袁桷《国学议》主张：“至于当世之要务，则略如宋胡瑗立湖学之法，如礼乐、刑政、兵农、漕运、河渠等事，亦朝夕讲习，庶足以见经济之实。”至于经学，他主张采纳朱熹《学校贡举私议》的意见：“往者朱熹议贡举法，亦欲以经说会萃，如《诗》则郑氏、欧阳氏、王氏、吕氏，《书》则孔氏、苏氏、吴氏、叶氏之类。先儒用心，实欲见之行事。”说是效法朱熹，但其实他所列解经各家，与朱熹不同。其差异处在于，朱熹所举诸家，大致都是宋人，他则首举汉唐学者。对汉唐经学的不同态度，是他与朱熹的根本分歧[⑤]。《国学议》的主体部分，是对宋末以来教法之弊的批判，矛头所指，是理学，是朱学，是读书止于《四书》，且止于《四书》之朱注，学者空谈性理，造成的儒者无用：

> 自宋末年，尊朱熹之学，唇腐舌弊，止于《四书》之注，故凡刑狱簿书，金谷户口，靡密出入，皆以为俗吏而争鄙弃。清谈危坐，卒至国亡而莫可救。近者江南学校教法，止于《四书》，髫龀诸生，相师成风。字义精熟，蔑有遗忘。一有诘难，则茫然不能以对，又近于宋世之末尚。甚者知其学之不能通也，于是大言以盖之。议礼止于诚敬，言乐止于中和。其不涉史者，谓自汉而下皆霸道；其不能词章也，谓之玩物丧志。又以昔之大臣见于行事者，皆本于“节用而爱人”之一语，功业之成，何所不可？殊不知通

---

① 马端临《文献通考》卷四十六《学校考七》，中华书局1986年版。

② 程颢、程颐《二程遗书》卷一，中华书局《二程集》本，1981年版。

③ 脱脱等《宋史》卷四百三十二《儒林二》，中华书局1977年版，第12837页。

④ 熊禾《勿轩集》卷三《晋江县学记》，同治正宜堂本。

⑤ 按其所举不同于朱熹。朱熹《晦庵集》卷六十九《学校贡举私议》之说是：“《易》则兼取胡瑗、石介、欧阳修、王安石、邵雍、程颐、张载、吕大临、杨时，《书》则兼取刘敞、王安石、苏轼、程颐、杨时、晁说之、叶梦得、吴棫、薛季宣、吕祖谦，《诗》则兼取欧阳修、苏轼、程颐、张载、王安石、吕大临、杨时、吕祖谦，《周礼》则刘敞、王安石、杨时，《仪礼》则刘敞，二戴《礼记》则刘敞、程颐、张载、吕大临，《春秋》则啖助、赵匡、陆淳、孙明复、刘敞、程颐、胡安国，《大学》、《论语》、《中庸》、《孟子》则又皆有集解等书，而苏轼、王雱、吴棫、胡寅等说亦可采。”除《春秋》学啖助、赵匡、陆淳三人外，其他全为宋人。袁桷则《诗》学首举郑氏，《书》则首举孔氏，显示其重视传统经学，表现出与朱熹学术精神之不同。

达之深者，必悉天下之利害。灌膏养根，非终于六经之格言不可也。又古者教法，春夏学干戈，秋冬学羽钥，若射御书数，皆得谓之学。非若今所谓《四书》而止。儒者博而寡要，故世尝以儒诟诮。由国学而化成于天下，将见儒者之用，不可胜尽。儒何能以病于世？①

理学影响，造成儒者“清谈尉坐”而不务实，由此招致人们对儒者的讥讽。在袁桷看来，这些不能算真正的儒者，真儒应该是有用之儒，不仅博识，礼仪、制度、史学、词章，无不贯通，射御书数，兵刑、农事，以及钱谷户口等，无所不知，了解治国临民所需要的一切知识，这才是真儒，是有用之儒。这些批评，已经不止于针对朱熹，而是追溯而上，直指二程。此文写作在恢复科举之前，他希望通过国子学教育，培养出有用之真儒，“由国学而化成于天下，将见儒者之用，不可胜尽。”但让他感到痛心的是，力倡实学的元代，国学教育，竟然沿袭“宋世之末尚”。这是许衡创例在先，“许文正公定学制，悉取资朱文公。”②生于南宋的袁桷深知其弊，呼吁改变。后来开科举，袁桷是深度的参与者，从制度的制订，到科考的实施，他都身在其中，“贡举旧法，时人无能知者，有司率谘于公而后行。及廷试，公为读卷官二，会试考官一，乡试考官二，取文务求实学，士论咸服。”③但考试的内容，却与他的主张相悖：“明经经疑二问，《大学》《论语》《孟子》《中庸》内出题，并用朱氏章句集注”④。《四书》是考试的主要内容。所以后来应举者多在《四书》上下工夫，且专于朱注。经义所本，也不出朱学所传，“至仁宗皇帝，集群儒定贡举法，五经皆本建安，《书》蔡氏，为文公门人；而《春秋传》则正字胡公之从父文定公。”⑤不符合他广学博取的为学主张，应该是他不愿意看到的。

袁桷论学重博学而厌空疏。他又认为，博学可以救空疏之弊。在《王先生困学纪闻序》中，就强调博识的重要，“夫物不烛，不足以尽天下之智；物不穷，不足以推天下之用。”他不用朱熹常用的“格物致知”之说，而用“烛（明察）物”、“穷（穷究）物”。由“烛物”、“穷物”而获取“智”，适于“用”。“考于史册，求其精粗得失之要，非卓然有识者不能也。”读史的目的在鉴往知来，明乎得失。不博

---

① 袁桷《清容居士集》卷四十一《国学议》，《四部丛刊》影印元刊本。靡密：繁琐细碎。《汉书·循吏传·黄霸》：“米盐靡密，初若烦碎，然霸精力能推行之。”颜师古注：“米盐，言碎而且细。”

② 袁桷《清容居士集》卷二十四《送朱君美序》，《四部丛刊》影印元刊本。

③ 苏天爵《滋溪文稿》卷九《袁文清公墓志铭》，中华书局1997年版。

④ 宋濂等《元史》卷八十一《选举一》，中华书局1976年版，第2019页。

⑤ 袁桷《清容居士集》卷二十四《送朱君美序》，《四部丛刊》影印元刊本。

识，则不能“求其精粗得失之要”。“畜德懿德，必在夫闻见之广。”品德修养，也需要博识。积蓄德行需要知识[①]，美好德行（懿德）的养成需要学问[②]，而王应麟《困学纪闻》之作，就是要让后学了解世间知识之丰富广博，以警示不学之人：

> 礼部尚书王先生出，知濂洛之学淑于吾徒之功至溥。然简便日趋，偷薄固陋，瞠目拱手，面墙背芒，滔滔相承，恬不以为耻。于是为《困学纪闻》二十卷，具训以警。[③]

读了《四书》便以为穷尽天下之理，他认为这简直是无耻。正是从这样的认识出发，他对当时浙东地区众多学派多有肯定，当时金华地区有吕祖谦文献之学，陈亮（字同父）事功之学，唐仲友（字与政）经制之学。吕祖谦为袁桷所推崇，陈亮、唐仲友都被朱熹所贬斥，袁桷则给予积极评价：

> 东莱之学，据经以考同异，而书事之法，得于夫子之义例。以褒贬而言者，非夫子旨矣。龙川陈同父，急于当时之利害，召人心，感上意，激顽警偷，深以为世道标准，志不成而年逝，识者悲其不遇焉。说斋唐与政，搜集精要，纲挈领正，俾君臣得以有考礼乐天人图书之会粹，力返于古，是则论史者无遗蕴矣。[④]

事功之学、经制之学，都以实学问有用于当世，所以他认为都是应该肯定的。只有博取各家才能博识。因此，袁桷之治学，不仅“于近代礼乐之因革，官阀之迁次，朝士大夫之族系，九流诸子之略录，悉能推本源委而言其归趣。”[⑤]而且“博闻广记，尤精于史学……他如琴、书、医药，诸艺深得其理。”[⑥]博识是他自幼的追求，其《忆昔三首》其二说自己：“七岁诵诗书，十龄学词章。骎寻志学岁，折节师老苍。纪事法班马，冥心契羲黄。谬与时彦交，宝书阅琳琅。”[⑦]博

① 《周易·大畜》九五象辞：“君子以多识前言往行，以畜其德。”
② 吴兢《贞观政要·论崇儒学》：“《礼》云：‘玉不琢不成器，人不学不知道。’所以古人勤于学问，谓之懿德。”
③ 袁桷《清容居士集》卷二十一《王先生困学纪闻序》，《四部丛刊》影印元刊本。
④ 袁桷《清容居士集》卷四十九《书朱氏精舍图诗卷》，《四部丛刊》影印元刊本。
⑤ 苏天爵《滋溪文稿》卷九《袁文清公墓志铭》，中华书局1997年版。
⑥ 戴表元《剡源戴先生文集》卷十二《送袁伯长赴丽泽序》，《四部丛刊》影印明万历刊本。
⑦ 袁桷《清容居士集》卷五《忆昔三首》其二，《四部丛刊》影印元刊本。

识也成就了他的事业,“成宗皇帝初建南郊,公进《十议》……礼官推其博,多采用之。”[①]

袁桷是元代前期著名文章家,也是著名学者。我们可以把他当作那个时代儒者的代表,通过他认识那个时代的儒者。这对客观认识那个时代的儒士,认识那个时代,都是有益的。

① 苏天爵《滋溪文稿》卷九《袁文清公墓志铭》,中华书局 1997 年版。

徜徉九峰三泖之间

——古代松江诗画文化考略

华东师范大学艺术学院　汪　涤

目前关于江南都市文学艺术的研究大都集中在南京、苏州、杭州等一线的都会城市，这些城市聚集了政治、经济和人才资源，在文学艺术的活动开展中具有不可比拟的优势。然而我们也应该看到，江南的中小城市也对文学艺术的繁荣起到了自己独特的促进作用，有些方面还是大都会所不可替代的。在江南地区众多历史文化名城之中，松江并不是能够第一时间跃入人们脑海中的城市。松江的前身原来不过是海边的小县——华亭，直到元代才从嘉兴路脱离出来，形成了独立的府城，从时间上看是江南诸多府城中建立较晚的。虽然明代松江府经济发达，上缴税收仅次于苏州府，松江府城也位居全国三十三大城市之列，但是比诸南京、苏州、杭州等政治、经济大都会来说，松江城市在江南显然还处于二线城市的地位。不过，元明以来松江在文学艺术上取得了非凡的成就，尤其在文人艺术最精粹的绘画与诗歌方面。绘画上元四家大多在松江居住过，他们笔下的山水画也和松江九峰三泖的风光颇有关联，明代松江的董其昌、莫是龙、陈继儒等人更是提出了绘画上的南北宗论，提倡南宗画法，更是确立了文人画的统率地位。文学上客居的杨维桢、松江本地的陈子龙都是领一时风气的人物，其影响也超过松江一地。在历史悠久，人文资源丰富的江南，松江以其能在竞争激烈的绘画和诗歌领域方面产生关键性影响，这显然超出了松江二线城市的实际地位，颇值得人们关注和研究。

一

在江南，松江属于后开发地区，这很大程度上是因为其地理环境。作为滨海的冲积平原地带，松江在古代地势比较低洼，水网纵横，不少地方河流舒缓淤塞形成各种水泖、湖泽。13 世纪以前，松江一直得不到有效开发，人口非常稀少，呈现出一片荒滩泥沼的景象，这与临近的苏杭等地精细化的农业耕作，成熟而稠密的城镇景观有着很大的不同。南宋以后，松江的水利治理才全面展开，土地得到普遍的开发。由于处于平原，整治开发后的土地都属于膏腴之地，使得松江一跃成为富庶的地区。元末松江文人邵亨贞在就说："云间为濒海下邑，因九峰三泖之胜，而置官司焉。迹其可考者，晋陆士衡、陈顾野王而下，人才辈出，民俗殷富。逮唐宋间，几与列郡抗。以五代南渡之乱，民不知兵，生聚五百余年，而宋末而盛剧矣。"①不过这是就松江府整体的经济而言的，特别是农业经济。松江的城市化还是非常有限，松江的内外交通不甚便捷，没有位于江南交通主干道之上，从而无法形成繁盛的大都会。因为缺乏特殊的战略意义，松江府城的规模始终比较有限，大量滋生出来的人口都住在城郭之外，城市的壮丽繁华远不如苏杭。松江的园林别墅也和苏杭主要分布于城内不一样，而是大量散布于松江府城之外的山林、湖泊和市镇之间。

虽然城市化程度不足，但是松江相对乡野的环境对于隐居和躲避战乱倒是不错的选择。元末、明末甚至清末民初，松江因为复杂的水网，可以让人们隐匿其间，从而吸引了相当多外来人口。明代松江文人何良俊《四友斋丛说》说："吾松文物之盛亦有自也。盖由苏州为张士诚所据。浙西诸郡皆战场。而吾松稍辟，峰泖之间以及海上皆可避兵。故四方名流荟萃于此。熏陶渐染之功为多也。"②公元 1351 年元末农民起义后，苏州、杭州和松江都先后成为农民军领袖张士诚控制的地区。然而，苏州、杭州靠近朱元璋、元朝政府等军事集团，离反复拉锯的战场较近。松江则地处滨海，远离战场，成为了江南文人避兵的所在，从而形成了文艺兴盛的局面。明代上海县文人陆深也说："胜国

① 邵亨贞《野处集》卷一《一枝安记》，四库全书本。

② 何良俊《四友斋丛说》卷十六，中华书局 1997 年，第 136 页。

时浙西人士沿季宋晏安之习，务以亭馆相高。而吾松尤号乐土，四方名硕咸指为避影迁足之区，故衣冠文献为江南冠。”[①]此外明末清军下江南之后，陈子龙等文人依托松江周边密布的河网湖泊隐居，秘密组织抗清活动。即使到了近代陈云等革命领导人还在九峰三泖地带从事过很长的游击活动。这些都说明松江地理上是江南核心区少有的隐居之地，对于从事政治反抗活动者如此，对于从事文学艺术者也是如此。

松江较为偏僻的环境以及都市化程度的不足伴随着的是世家大族和富户力量的庞大。何良俊《四友斋丛说》说：“吾松不但文物之盛可与苏州并称，虽富繁亦不减于苏。胜国时，在青龙则有任水监家，小贞有曹云西家，下沙有瞿霆发家，张堰有杨竹西家。陶宅有陶兴权家，吕巷有吕璜溪家。祥泽有张家，干巷又有一侯家……想吾松昔日之盛如此，则苏州亦岂敢裂眼争耶！”[②]这些元代富户大都不居住在松江府城，而是在松江下属小城镇之中，他们经营海运，有的经营煮盐，更多的则是以依托农业垦殖而兴起。他们重视教育，雅好文艺，成为松江文艺繁盛的主要支持力量。从明代开始，松江有因为科举的兴盛形成文化家族，这些家族不少与元末的素封富户家族有渊源的关系。虽然说明代江南各地的科举都很兴盛，都形成了文化家族，但是松江在文化家族的密度是相当高的，这是其重要的特色。表1呈现了明代苏、常、松、嘉四府的进士人数和比例。可以看出虽然在总数上松江是进士数最少的，苏州是最多的。从人口平均看，松江地区出现进士的几率几乎是苏州的两倍。实际上，如果按县统计，明代松江府的附郭县华亭县共有259位进士，位居全国县级单位第一，苏州府城所在的吴县195人，长洲188人。这说明了松江府高端人才的密度和集中性很高，而苏州则比较分散。

表1

	进士人数	口　数	占比
苏州府	1025	2011985	1963
常州府	636	1002779	1577
松江府	424	484414	1142
嘉兴府	471	563765	1197

资料来自《大明统一志》，引自范金民《明清江南进士数量、地域分布及其特征分析》，《南京大学学报》1997年第2期。

---

① 陆深《俨山集》卷八十九《跋东园遗诗二首》，四库全书本。

② 何良俊《四友斋丛说》卷十六，中华书局1997年，第136页。

清初松江人叶梦珠的《阅世编》列出了明末松江 67 个著名家族，这些家族绝大部分是因为进士起家的，其比例远高于苏州和常州。松江进士担任高官的比例也是比较高的。在嘉靖之前有钱溥、陆深、张弼家族，特别在嘉靖以后。其中尤以嘉靖末年首辅徐阶、尚书陆树声、莫如忠、董其昌、钱龙锡、徐光启、潘恩等为代表。相较而言，苏州在嘉靖到天启年间也仅出过首辅申时行、王锡爵两人，其中王锡爵还属于比较边缘的太仓州的。松江狭小的地域里面集中了数量可观的上层士绅。实际上，叶梦珠的《阅世编》还列出了众多松江园林，它们也基本都是进士级别文人的宅邸，其中尤以担任高官的徐阶、陆树声、董其昌的宅邸壮丽庞大。①

松江士大夫力量的集聚还可以从松江土地的分布和贫富反差来观察。明代松江府的赋税总量排名第二，人均排名却是第一，负担远超苏州、常州。这是因为松江官田比例全国最高，达 80%以上，官田比私田征税额更高。由于重税，松江户籍人口逃亡隐匿的现象和普遍，人口减少的比例也最高。表 2 是万历六年时太湖流域最发达的苏、常、松、嘉四府户口、田亩、赋税的状况。从中不难看出松江在户口、田地方面的不多，而平均负担是最重的，明人胡侀说松江府税收“视他郡为特重”。② 在灾年的时候，很多人因为为了缴税而导致破产。大量平民为了避税不得不投充在大地主名下，松江的贫富差距也是最为悬殊的。董其昌本人就是一个例子，他早年在未仕之前也因为赋税沉重逃离本籍上海县，躲避到了华亭县。后来董其昌因为成为高官，享有特权，成为了合理避税的大户，很多农户投充在其门下，于是形成了“膏腴万顷，输税不过三分”的局面。③

表 2

	户数占比	口数占比	田亩	实际赋税(石)/每亩平均升数
苏州	600755	2011985	9295951	2092557/22.51
常州	254460	1002779	6425595	761346/11.85
松江	218359	484414	4277703	1031487/24.29
嘉兴(嘉靖)	273990	797170	4500683	616000/13.69

资料来自梁方仲《历代户口、田赋、土地统计》，中华书局 2008 年，第 600—601 页。

① 松江府的主要园林有上海潘允端的豫园、华亭顾正谊的濯锦园、顾正心的熙园等，都是“掩映丹霄，而花石亭台，极一时绮丽之盛”。见吴履云《五茸志逸》卷一。

② 正德《松江府志》卷一四《仓廪》，四库全书存目丛书本。

③ (明)佚名《民抄董宦事实》，丛书集成续编本。

相比于苏州这样的大都会，松江的贫富差别实际更为显著，财富集中于少数世家大族手中。这种经济和权力模式与其说是近世的，不过说是中古时代的，有点接近魏晋时期的江南门阀士族。相比于苏杭等大城市经济和日常生活的市民化和世俗化，松江仍然还处在一个比较保守、落后的阶段。不过也正是这种经济社会结构的劣势或者说滞后性，使得松江能够聚拢不同时俗的文艺人群，形成特殊的艺术价值观。

二

松江士大夫文化的兴盛，在文学艺术上表现为对诗词以及绘画这些高雅文艺的兴趣上。特别是在王朝末年，随着社会纷争、战乱频仍，松江反而越发成为隐居乐土，在诗画方面也越发形成了强有力的集群。

在元代初中叶，松江本地就出现了任仁发、曹知白等大画家。任仁发(1254—1327)松江青龙镇人，元代水利专家，曾任都水监丞。他是一位典型的官僚型画家，以画鞍马人物着称。女画家管道升(1262—1319)也被认为是祖籍华亭小蒸人(今上海青浦人)，她的丈夫赵孟頫因之常常来松江一带。曹知白(1272—1355)，华亭人。他是长谷(今松江天马山)中的大地主，是江南三大文艺雅集的召集人，其名望与玉山雅集的顾瑛、无锡的倪瓒同列。

不过最重要的文人集团还是形成于元末。在诗文方面得益于杨维桢的到来，在绘画上面则是黄公望的定居。公元1349年，杨维桢应松江吕巷吕良佐(辅之)的邀请，赴璜溪义塾讲授《春秋》。[①] 次年，吕良佐还创办应奎文会，聘杨维桢主评文章，东南文士以文卷赴会者达七百人。[②] 公元1359年秋应张士诚手下松江同知顾逖力邀，杨维桢全家搬迁到松江府学任教，从此居住在松江，直至终老。由于杨维桢长期在松江教学，其门人多为松江。杨维桢在松江不仅教授府学学生《春秋》之学，也教授诗学。杨维桢《蕉窗律选序》就说："余在淞，凡诗家来请诗法无休日。"[③]比之于在昆山、姑苏雅集上的注重唱和、应酬和宴会来说，杨维桢在松江的活动更加强调教育。杨维桢门下弟子百人，其

① 《东维子文集》卷十七《桂隐记》，四部丛刊本；另见孙小力《杨维祯年谱》，复旦大学出版社1997年，第154页。

② 《东维子文集》卷二十八《故义士吕公墓志铭》；另见孙小力《杨维祯年谱》，第171页。

③ 李修生主编《全元文》第41册，凤凰出版社2004年，第250页。

中不少都是在松江期间向他求学的。画家群体的代表人物是黄公望。黄公望(1269—1354)常熟人,早年任浙西宪吏,因官司入狱,落职后就往来三吴间,以占卜为生。黄公望主要在松江生活,以至于很多记载都误认为他是松江人。此外还有画家马琬、姚廷美也到松江生活。马琬、姚廷美在画风上受到黄公望的影响,属于画家集群,但是在诗文和学问上则是杨维桢的学生。

实际上这两个群体都是依托松江当地的富户士绅集团而生存与发展的。比如黄公望的绝世名作《富春山居图》就是在松江名门夏氏的知止堂完成题跋的。[①] 杨维桢也正是在这一期间在夏氏任西席的。虽然不能考证出两人是否为一位夏氏赞助人服务,但是这里的夏氏属于同一大家族是无疑的。杨维桢、黄公望、马琬、张渥、赵雍等文人画家还为张堰镇的富户杨谦(号竹西)创作了大量的诗文和绘画。公元1349年杨维桢多次到杨竹西住所"不碍云山楼"、"竹西草堂"拜访,并为杨竹西写下多篇文章。同年,马琬也为杨竹西绘制了《乔岫幽居图》(台北故宫博物院藏)、《暮云诗意图》(上海博物馆藏)等作。1362年王绎又为杨竹西画像,元四家之一的倪瓒为之补石,杨维桢在画后又再次题诗作跋,而马琬也有像赞。[②] 围绕杨竹西的诗文、书画创作持续时间之长,参与者之多,丝毫不亚于昆山顾瑛的玉山草堂。后者以雅集活动的场景为主,人物聚散不定,而前者则以主人自身形象及田园为主,显得更为稳定和持久。当然不能就此说,杨竹西是元末松江唯一重要的艺文赞助人,实际上还有不少类似的赞助人存在,比如松江青龙镇的叶氏。画家姚廷美为其作《有余闲图》(美国克利夫兰美术馆藏),杨维桢在画后为其作文《有余闲说》。另外杨维桢还为位于下沙镇的道士邹复雷的《春消息图》题写过诗文,作品也流传于世。这些表明,松江有不少士绅富户都延请著名诗人、画家去定居、访问和品评艺术,形成了比较稳定的诗画圈子。这个集群甚至在明代初叶,还有一定的延续。这方面的领袖代表人物是文人陶宗仪,他长期定居在松江泗泾,元四家之一的王蒙多次前来探望。陶宗仪也取代杨维桢,成为一位重要的教育者,门下生徒众多。洪武二十九年三月,陶宗仪率领学生赴南京参加礼部考试,学生考中的很多,为奖励他,皇帝朱元璋还赐钱给他。这些学生中较为著名的有来自苏州的杜琼,他后来成为吴门文人的领袖,是早期吴门画派大师的沈周的

---

① 图见国立故宫博物院编《元四大家》,国立故宫博物院出版,民国64年(1975年);卞永誉《式古堂书画汇考》卷四十八《黄大痴富春山居图并识卷》,四库全书本。

② 《杨竹西小像》,故宫博物院藏,图见《中国古代书画图目》第19册,京1-760,文物出版社1986—2001年。

老师。

杜琼的事例一方面表明元末松江文化的引导地位，另一方面也表明到了明初这种地位的转移。随着明朝进入稳定发展时期，苏州的重要性凸显出来，松江很快失去了文化艺术集聚的效应。在明代前二百年间，文艺中心除了两京之外，主要是苏州和杭州等大城市。只是到了晚明，随着政局的腐败，苏杭等大都会出现普遍的市民运动，在政治和经济上的波动非常明显。松江虽然也出现过民抄董宦这样的社会突发事件，但是恰恰说明当的士绅集团的势力强大。相比于苏杭，松江整体上比较稳定、封闭，较少受到社会剧变的干扰。

晚明松江的诗画集群主要是由本地文人组成的，在美术和文学上分别出现了具有全国性影响的松江画派和几社。松江画派以董其昌、陈继儒为代表，几社则是以陈子龙、夏允彝、徐孚远等为代表。董其昌无疑是其中最为重要的人物，他以礼部尚书的身份长期乡居，是明代最重要的官僚士大夫画家。当时与董其昌相近身份的艺术家族还有孙克弘家族、顾正谊家族、莫是龙家族等。他们出生仕宦，坐拥大量田产，热衷于书画收藏和品鉴，对于书画创作也是兴趣浓厚。陈继儒虽然不过是一介布衣，但是周游于公卿之间，结交王锡爵、申时行、王世贞、陆树声、钱龙锡等名臣，被称为“山中宰相”。他与同乡董其昌友善，又同在艺文上成就非凡，影响甚大，自称为“山林钟鼎，并峙人间”。董其昌、陈继儒也是诗文方面的领袖人物，朱彝尊《静志居诗话》说：“松江旧有十六子社，唐文恪、董文敏及吾乡冯祭酒与焉。”陈继儒编选了大量诗文集，是晚明小品文方面的大家。陈继儒还代行着文化社交中介的角色，他在东畲山的居所是晚明各界文化名流聚会的场所，其间不乏徐霞客、陈子龙、柳如是、万寿祺这样的风雅之士。实际上，陈子龙、柳如是的相识正是得益于陈继儒。当时正值陈继儒七十五岁寿诞，陈子龙等前往东畲山为陈继儒祝寿，在那里遇见了同样来祝寿的柳如是。柳如是此年只有十五岁，刚从吴江周道登府被赶出，流落到松江一带。柳如是在松江落脚，应该是拜陈继儒为师的，这可以从她给陈继儒的祝寿诗中略知一二：“李卫学书称弟子，东方大隐号先生”。[①]。陈继儒在江浙一带文人士大夫中影响很大，青楼女画家诸如王修微、林天素等都愿意与之交往，从而抬高身价。她们还经常到东畲山拜访陈继儒，向他学习书画。柳如是作为新一代青楼书画家自然需要借助陈继儒这样的重要平台，与松江士

---

① 《柳如是诗文集·拾遗·寿陈徵君》，上海古籍出版社2000年。

人交游。实际上也正是在此之后，柳如是开始寓居松江城，与宋征舆、陈子龙两位松江著名诗人先后产生了爱恋关系。

几社的创始人主要是陈子龙、夏允彝、周立勋、徐孚远、彭宾、杜麟征六人。他们多出生松江世家望族，又同为少年举子，共同砥砺古学。几社与以苏州为中心的复社有着密切的关系，几乎可以看作为复社的松江分支。根据《复社纪略》统计，在复社中共有松江府人士 41 人，仅次于苏州、嘉兴、湖州三府，如果以人口比例而论，松江更是极高的。[①] 然而比之苏州复社人士热衷于政治活动，松江几社文人则不太希望被卷入万历以来的朋党之祸。虽然陈子龙等也编选了不少经世文章，但是他们的主要兴趣还在于学问和文学。杜麟征之子杜登春的《社事始末》写道："几社六子，自三六九会艺诗酒唱酬之外，一切境外交游，澹若忘者。至于朝政得失，门户是非，谓非草茅书生所当与闻，以声应气求之事，悉付之娄东、金沙两君子，吾辈偷闲息影于东海一隅。"日本学者小野和子也认为："几社虽说参加了复社，但其性质稍显闭锁性和非政治性，渐渐从复社乖离，几社的同人对复社政治活动持批判态度"。[②] 在社员构成上几社社员最多时也不过百人，严格规定入社社员身份——非师生不同社。反观复社人数多达数千，没有任何身份限制。几社成员多以家族为背景，强调父子兄弟或是师生关系。除了最为著名的抗清志士夏允彝、夏完淳父子，还有宋氏家族的宋存标、宋征舆、宋征璧等父子兄弟子侄十多人，徐孚远家族也出现了徐致远、徐凤彩、徐丽冲等多为几社成员。此外师生关系也非常重要，云间六子之间构成了一种相互关联的师生网络，杜登春《社事始末》认为："非游于周、徐、陈、夏之门，不得与也"。谢国桢《明清之际党社运动考》论几社道："明季几社的成立，他们只师生通家子弟，在一块结合，外人是不能参加的。"[③]

可以看出，无论是松江画派还是几社实际上都是依托家族背景的，这些诗画群体有着较强的封闭性。相比于苏州的吴门画派、复社文人来说，松江诗画群体在人数上并不多，但是相当集中有凝聚力。他们不是都市化环境下商业性的文艺社团，而是乡居环境中士大夫消闲性质的文艺社团。他们很少介入晚明复杂的党争之中，而是醉心于文艺品赏和创作之中。画家群体和诗人群体的交往是频繁的，这体现在董其昌、陈继儒与陈子龙身上。陈继儒与陈子龙

---

① 小野和子《明季党社考》，李庆、张荣湄译，上海古籍出版社 2006 年，第 258 页。

② 同上书，第 250 页。

③ 引自朱丽霞《明清之际松江几社的文学命运与文学史意义》，《云间文学研究》，上海古籍出版社 2009 年，第 220 页。

的相识是1627年,陈子龙《陈忠裕公自着年谱》云:"(天启六年丙寅)是岁,始交陈眉公、董玄宰两先生。"这一年陈子龙还是刚满二十岁的青年学生,陈继儒则年已七旬,和董其昌都是名满天下的艺文大家了。陈子龙在此后的自着年谱中多次提及与陈继儒的交往。崇祯四年,陈子龙记载道:"四月抵里门,即徒事古文词,闲以诗酒自娱。问业者日进,户外履满。是时意气甚盛,作书数万言,极论时政,拟上之。陈征君怪其切直,深以居下之义相戒而止。"这时陈子龙年轻气盛,参与几社、复社的文学活动,关心时政,多次提出意见。陈继儒作为长者则对他有所规谏。这里不难看出陈继儒为代表的书画家文人是比较反对参与政治的。陈子龙虽然年轻气盛,但是对陈继儒的劝诫还是很在意的。这种情况越到后来越明显,1639年陈继儒去世,陈子龙又撰写了《陈征士诔》纪念之,其中有"矜直来忌,轻动多悔。箴予凝滞,勖予潜晦"的句子,念念不忘陈继儒当年的劝导。陈子龙抗清被捕投水之前还对亲友说:"生我名者杀我身,余终以名死乎?使余早从先大夫及陈征君之言,不及也。"[①]可见陈子龙对于陈继儒主张隐退,远离政治功名的见解至死都是很赞同的。因为时局的关系,松江诗人群体或多或少被卷入政治,然而这并非其本义。从陈子龙对陈继儒的仰慕来看,松江诗画家醉心古学、痴迷艺文的特点相当显著。

自元代以来松江就不乏重要的诗画群体,诗人和画家之间也有着密切的往来。松江的诗画群体有着较强的隐居色彩,也呈现出一定的内向性。这些群体不以人数众多见长,参与政治或是从事商业盈利为目的,而基本上是将文艺看作为消闲活动。由于持续时间比较长,而且人员相对固定,有着比较稳定的经济基础和社会关系网络。这些都使得松江诗画群体虽然不是在同时代最有声望的团体流派,但是往往可能成为转变艺术趣味非常关键的力量。

三

从元代开始,松江乡野、大气的自然和人文环境就给了诗人和画家以极大的启发。杨维桢在《不碍云山楼记》中描写杨竹西的居所道:"竹西宴于楼之上,窗户四辟,万顷之云,两鳌之岛,皆自献于眉睫之下,其所名也固宜。……竹西风日佳时,岸巾楼上,手挥五弦之余,与一二解人谈至理。既以八窗无碍

---

① 宋征舆《林屋文稿》卷八《于陵孟公传》,康熙刻本。

者辟于目,复以八荒无碍者洞于心,云山之观尽矣备矣。”①杨竹西所在的张堰镇离金山海边不远,那里一马平川,视野辽阔,颇有豪迈的气势和自由想象的空间,这是江南内陆狭小的市镇中文人所没有的,也是令他们感叹的。更他们感叹的是在其间生活的人,杨维桢还《杨竹西小像》道:“汝岂无相汉之筹,而遽从赤松之游?汝岂无霸越之筴,而自理鸱夷之舟?仙踪寄乎葛杖,劲气吞乎吴钩。集平辙于户外,登歌吹于西楼。不识者以为傲世之叔夜,识者以为在乡之少游。”②画家马琬也说杨竹西是“抱豪杰之才而不屑于济用,具轮囷之胆而不轻于肆放。故挥金有五陵侠士之风,然爱客有四国公子之量”。我们从这些文字中不难看出杨维桢等人看到了杨竹西的隐逸形象,既有仙人般的超逸,也有一种豪杰、侠士般的壮气。杨维桢的《有余闲说》是对另一位松江富户的精神境界和生活状态的阐发:“欧阳子诗曰:‘得朋为乐偶偷闲。’闲仅得于偷,则不得谓之有余矣。东坡诗曰:‘因病得闲殊不恶。’闲得于不获已之疾病,则又不得谓之有余矣。鄙哉晚宋人之诗曰:‘剩买田园准备闲。’间必以田园之广置,则又适以害吾之闲。而闲且日不足矣,谓之有余又可乎。淞之青龙有杜隐君者,内有良子弟为家督,下有勤臧获为生产,而外有贤姻友为守望,君得以安居饫食优游以卒岁,则其闲也不偷于得朋,不出于因病,不损于田园之广置,闲曰有余,岂诬我哉!”③在杨维桢看来欧阳修、苏轼等官僚文人的闲适是“偷”、“病”而来的,晚宋人的闲是费心置办的,而松江叶氏的闲适是家族积累而来,是更可靠和长久的,是更游刃有余的。这实际上也体现出元代人开始形成自己新的隐逸观、美学观。

日本学者吉川幸次郎在《元明诗概说》中把杨维桢看作为元代南方市民诗歌的领导者。④ 同样,美籍华裔美术史学者何惠鉴先生也看到了黄公望所代表的新生活方式。他《文人画序说》一文中认为:“元画之发展和元曲之分为大都、临安两时期颇相类似:前期主要以士大夫为对象,以杭州、吴兴为中心,而赵孟頫为代表;而后期以江湖隐逸或寄迹下吏的‘平民’为对象,以松江为中心,而黄公望为代表。”⑤元末,江南市民诗画两位领袖人物不约而同选择松江这一并非最繁华的城市居住,看来不是偶然的。他们在松江可以找到一种可

① 李修生主编《全元文》第41册,第484—485页。
② 《杨竹西小像》,故宫博物院藏,图见《中国古代书画图目》第19册,京1—760。
③ 李修生主编《全元文》第42册,第515页。
④ [日]吉川幸次郎《宋元明诗概说》,李庆等译,中州古籍出版社1999年,第209页。
⑤ 洪再辛选编《海外中国画研究文选(1950—1987)》,上海人民美术出版社1992年,第269页。

以脱离政治和商业困扰的生活状态，这与其说是平民或是市民的状态，不如说是隐居士绅的状态。他们在松江的生活和状态是更加大气而自由的，杨维桢在《跋君山吹笛图》中曾记录在松江三泖间游历的情况："予往年与大痴道人扁舟东、西泖间，或乘兴涉海，抵小金山，道人出所制小铁笛，令余吹《洞庭曲》，道人自歌小海和之，不知风作水横，舟楫挥舞，鱼龙悲啸也"。[1] 他们面前的自然不是幽不可测的高山丛林，而是湖海相连的平原、沼泽。面对这种景观，他们形成了一种更加开朗、豪放的艺术境界。杨维桢、黄公望在诗画上都是仿古的高手，但是不会拘泥于临摹，而是能得其性情气质。他们到松江定居带来大批诗画上的追随者，促使了文人诗画在元末的成熟。这种文人诗画与立足于政治都市的宋代文人诗画是不同的，甚至和元代初中叶赵孟頫为代表的复古性质诗画也是不同的，它没有离奇的内容，只是表现民间质朴的生活，但是在作风上则更为大胆乃至粗放。这种气质虽然不能说完全由松江一地促成，但是松江的城市风貌与之是最为匹配的。从元末开始，松江就成为了江南文人艺术的福地，在那里形成了看似保守、复古但又充满大胆、粗放气息的作风。

明代松江的经济文化达到鼎盛，这使得松江不再仅仅是一个文化输入地区，而试图成为一个输出自己价值观的地区。比较明显的是，晚明时期松江在诗画方面都提出了强烈的复古主张，并对之前主流的艺术流派、思想进行了攻击。松江人何良俊是在绘画上比较早地认为元人之画高于宋人之画的，是他率先鲜明地提出黄公望、王蒙、倪瓒和吴镇为元四大家的。他把元四家看作为"正派"、"利家"，与浙派的"院体"、"行家"对立起来。这实际上都是在为松江本地的传统张目，试图通过对艺术史的梳理来获得现实画坛的话语权。何良俊的观念在他的同乡莫是龙、董其昌、陈继儒那里得到不断的发展，最终形成了著名的南北宗论。这一理论进一步抬高文人画的地位，抬高元四家的正统性，将院体、浙派进一步贬低为"野狐禅"。董其昌还对曾经的同盟军吴门派也颇有微词，在一册《唐宋元名画大观》上题跋道："吴中自陆叔平后，画道衰落，亦为好事家多收赝本，谬种流传，妄谓自开堂户。不知赵文敏所云：'时流易趋，古意难复'速朽之技，何足盘旋？"[2]人们常常对董其昌将浙派、吴派一起批

---

① 《东维子集》卷二十八《跋君山吹笛图》，四库全书本。

② 《石渠宝笈》卷四十二，四库全书本。另见《董其昌论"吴门画派"》，《吴门画派研究》第140—155页，紫禁城出版社1993年。

评感到有些难以理解，实际上这还需从各派所处的城市环境来理解。董其昌所批评的院体、浙派以及吴门末流都是以北京、南京、苏州、杭州这些一线政治、商业都会为基地的，这些画派是真正的都会画派。相比之下，松江由于都市化程度有限，受到商品经济冲击较小，松江本土的士绅群体就更为强大，在文化价值观上也就更为稳定和团结。松江文人在绘画上最强调士气并批评苏州文人的商业化，他们反对技术性的摹古，以及对丘壑、蹊径等规范的追求。松江文人喜欢将绘画与书法乃至心学、禅宗联系在一起，他们复古的调子更高，比苏州文人的复古更难以为常人把握，从而烘托出自己高贵和智慧的精英形象。从实际的绘画创作中我们又不难发现，松江文人画家的作品似乎并不复杂，至少在基本的造型语言上要落后于吴派。松江派的特色也许在于笔墨，他们的作品多是单纯的水墨，似乎没有特别的造型技巧，更多的自由的笔墨书写，其粗率、自由的风格似乎比他们所主张的禅宗玄妙境界来得更为显著。这种大胆、粗放的笔墨语言实际上是从元四家特别是黄公望那里发展而来，是具有松江本地文化传统的。董其昌的影响绝不仅仅在松江一派，晚明以后江南诸地区的绘画都导源于他。无论是之后在太仓、常熟地区的四王正统派、还是金陵八家之一的龚贤，甚而是所谓个性化的新安画派都师法董其昌。之所以如此，在于董其昌的艺术中既有官僚士大夫的温柔敦厚，也蕴含乡野士绅的大胆与自由。

晚明几社、复社的文学也是以复古为特征的，受到明七子的深刻影响。这似乎与晚明城市文学反对模拟，注重表现性灵的大潮流不一致。只是由于陈子龙等几社文人都是抗清志士，具有高洁的品格，历来研究者都对之持肯定态度，并从其文学中找到大量关注民生、政治的词句来佐证之。然而陈子龙大部分的诗词都是在崇祯时期所作，自然无法涉及所谓抗清气节，即使如忧国忧民的诗词数量也要少于其歌咏爱情、风物之作。陈子龙以及云间诗派、词派的复古特性看来并不能用政治抱负来解释或否定，而是应该从云间文学家大多来自松江名门望族这一特点来解释。这种复古之中带有家国一体的成分，他们“以闺情述君国之思”，在风花雪月中隐含对家族、国家的忧患。他们没有把政治考虑放在过于明显的位置上，其兴趣首先还在于文学艺术本身，在于哀怨的情调，婉约浓艳的语言，比如陈子龙论诗主张“先辨其形体之雅俗，然后考其性情之贞邪”。松江文人真正的感染力不在于政治性的情感诉求，而在于其对文学雅正品格的倡导。复社早期在二张的影响下比较偏重于政治活动，随着他们的去世复社最有影响力的人物就成了陈子龙。崇祯中后期，反对阉党的斗争早已结束,无原则的党争导致复社本身在政治上、道德上的优势也不再明显,陈子龙本人也绝非野心勃勃的政治人物,他的官职也很低微,他完全是依托其文学才华成为复社、几社的主盟者的。陈子龙殉难以后,松江文人的抗清活动逐渐消退,几社以及与陈子龙交好的许多松江文人都参加了清朝的科举考试并入清为官。这种状况下,明末松江文学的趣味基本延续到了清初。特别是在词学上,云间词派被认为是清初影响最大的词派,清代之后的词派诸如"西泠十子"都导源于此,可说是开三百年词学中兴之盛。松江文人在诗词上的成就都很高,但是显然其词派影响更为深远,究其原因还是在于词更能体现松江文人对于婉畅秾逸趣味的追求。

结　语

元明以来,松江依托其质朴的自然环境和强大的士绅阶层,成为江南文人诗画艺术发生、发展的重要基地。相比于苏、杭、南京等大都市更为庞大的流派规模,更为生动、世俗的特点,松江的诗画给人规模狭小而又极具保守性的印象。元明以来江南文艺中关键性的大家如黄公望、董其昌、杨维桢、陈子龙都长期在松江生活,他们的影响是跨地区乃至跨时代的。他们在艺术上主张复古,呈现出很强的保守性,呈现出崇雅贬俗的特征。他们利用松江相对偏远、乡野的环境实现自己的艺术观念,凝聚了一批自己的信徒,形成与主流相反的艺术流派和观念。尽管松江的诗画流派在观念上有着很强的保守性、复古性,但是客观上往往能够矫正艺术上长期形成的流俗、积弊,重新梳理文学艺术本身的历史和发展脉络,为此后艺术风气的大转变做出贡献。松江的这些流派大都兴起于王朝晚期甚至战乱时期,这样的历史背景使得松江偏远的劣势变成了优势,成为了跨时代、革命性艺术思想发生的土壤。也因为同样原因,当王朝进入和平发展的阶段后,艺术活动的中心转向了更为方便的内陆交通主干线上,在江南就转到了苏州、杭州和南京这三大都会上,松江的诗画发展则会陷入停顿,沦落为一个不起眼的地方流派。

就诗画两者的关系而言,诗画群体人物之间往往有着师生、姻亲之谊,相互之间往来密切,但是诗画酬唱、雅集活动反而不多。这是因为诗画雅集更多的是一种社交活动,适合于大都市人员流动的复杂环境,而松江相对简单封闭的环境下诗画家之间的交往更多是内在学术和情感上的。所以我们看到松江诗画的特征是诗画酬唱作品较少,但是诗画作品在美学和艺术趣味上倒有很多相似之处。就诗画两者的重要性而论,在松江文化中绘画的影响力更为显著。这是因为松江隐逸的自然人文环境更适合绘画的精神,而诗文毕竟还要有更多的现实关怀。在松江诗画的美学趣味上,主要也是非政治性的,属于为艺术而艺术的,即使如几社的诗学活动也不能例外。这或许是松江诗画的不足,但也是它能超越时空限制,产生深远影响的重要缘由所在。

弦索考一

从四方新声到弦索官腔

——"中原音韵"与元季明初南北曲的消长

华东师范大学中文系　李舜华

"弦索"一词,原指乐器上的丝弦,同时亦代指弦索乐器。至少在宋时,弦索已开始指代某一类用弦索乐器伴奏的曲艺。唐宋之时,"弦索"多指琵琶;金元以来,"弦索"主要泛指筝、纂、琵琶、阮等弹拨乐器,后来又有三弦一类;明代,因北曲主要以弦乐器为伴奏,甚至有"北曲不入弦索,南曲不入弦索"、"北筋在弦,南力在板"种种议论,于是,"弦索"并引申为北曲的代称,而与主要以箫笛鼓板伴奏的南曲相对举,后来还出现专以"弦索"命名的乐器。明季以来又有弦索调、弦索腔、弦索时剧等等称谓,甚则"弦索"单指《西厢记》一种,而有"弦索西厢"的盛行,可谓众说纷纭。[①] 其实,一应歌曲之兴起,皆经历了由徒歌而入乐两个过程,这一点北曲与南曲并无根本性的区别,譬如,二者都曾经历了以笛、鼓、板伴奏的时期,也曾先后打入弦索,只是后来,在如何入乐上,二者的发展便有了诸多的差异。即便是北曲本身,"入弦索"(入乐)也是一个不断发生历时性变化的过程,而后来弦索新腔(时剧)的纷纷出现,实际已进入新一轮的新声迭起了。也正是因此,古人所说"弦索"诸概念,往往因时因地因人内涵不一,相应,"弦索"所称乐器也各有所指,甚至雅俗有别。这一方面恰恰烘托出元明以来各种戏曲声腔发展的丰富性与复杂性;另一方面,则是当各种声腔蔚兴,文人雅士纷纷而起考音定律、各有所

① 因此,长期以来,戏曲界关于弦索问题也争议迭起。关于弦索问题的研究主要集中在两个时期,一是肇始于六七十年代,而聚讼于八十年代,集中在对"南曲不入弦索北曲入弦索"的质疑上,并由此展开种种对南北曲伴奏乐器的考订。二是近十余年,则主要考辨弦索与南北声腔的变迁,所涉为史。由于不少研究对弦索的解读颇有偏差,甚至混淆不同的弦索概念,因此对曲史的探讨也往往语焉不详。

持的事实。

曲者，乐之支也。当明清人在追溯南北曲的发生时，无一例外地都将之与历代礼乐传统联系起来。王世贞《曲藻》即道："三百篇亡而后有骚、赋，骚、赋难入乐而后有古乐府，古乐府不入俗而后以唐绝句为乐府，绝句少宛转而后有词，词不快北耳而后有北曲，北曲不谐南耳而后有南曲。"这样一种声辞系统的叙述，它所依据的并不是各文体实际发生的次序，而是各文体进入礼乐文化系统、或者说被尊体与被雅化的先后次序；而一应文体的雅俗更替，几乎都经历了由徒歌到合乐的过程——这方是诗词曲都可称作乐府、并以乐府为尊的根本原因。因此，"入弦索"，是与"成乐府"相互呼应的，它并不仅仅意味着用弦索乐器伴奏，而意味着律化、雅化与文人化，遂最终得以纳入礼乐系统，是之为"合(入)乐"。[①] 然而，说"弦索"与"弦歌"相通，分属礼乐范畴，其实"弦管"、"管弦"亦然。那么，为什么后来"弦歌"说渐居于"管弦"说之上？就南北曲而言，王骥德即曾反复申说南曲亦不是不可入弦索，事实上，元明时期就一直流传着打入弦索的南曲。那么，为什么晚明曲家考音定律，最终形成了北曲以弦索为主，南曲以箫管为主？

所谓南北消长、雅俗并兴，在种种考音定律之后，实际潜藏着极为丰富的理论语境及精神内涵，并与明清之时复杂的政治运作相互关联。若不明此隐曲，仅从字面考述戏曲声腔的发展、南北曲体的差异，终不免有所睽隔。所谓治史必先清源，本文有意自《中原音韵》入手，先考明元季明初南北曲入乐——"从四方新声到弦索官腔"——的历史进程，并进一步发明其间所隐寓的理论取向及其精神意义，《中原音韵》是为关键。这一研究径路所涉实深，非仓促可以得之，谨草撰此文以呈教于四方贤者。

引：南北曲入乐问题的构想与明初弦索官腔的意义

"北曲入弦索而南曲不入"，此说实盛行于明代嘉靖之后。当今人据此而引征文献，欲详考金元时期北曲(剧)的搬演形式时，却发现早期杂剧并不是用弦索来伴奏的，而南曲也并不是不能打入弦索而歌，从而引发了诸多的疑

① 参李舜华《礼乐与明前中期演剧》"明清人眼中南北曲之发生及所依托之礼乐观"，上海：上海古籍出版社，2006年，第110—126页。

问①。然而，由于材料的不确定性，进一步的阐发却往往语焉不详，一些研究者甚至指斥明人的“北曲入弦索而南曲不入”说不过是梦话而已。显然，这种静止地罗列材料，甚至断章取义式地择拣出若干伴奏乐器，本身即存在问题。

确切而言，关于南北曲的“入乐”其实是一个漫长的历史过程，②主要经历两大阶段：（一）自南宋金元南北曲发生以来，至明初弦索官腔的形成。这期间又可分为：1. 早期杂剧戏文均以笛、鼓、板伴奏为主。2. 北曲的清唱开始加入弦索，这一过程应与北曲进入城市，尤其是教坊相关。3. 南曲在进入城市、进入教坊后，在北曲影响下也开始加入弦索，南北合套应该是在南北曲共同供唱于教坊之后发生的。这一过程最终是在明初完成的，时人称之为弦索官腔，主要行于各级教坊之中。4. 在教坊弦索弹唱的影响下，北杂剧与南曲戏文的搬演可能也先后加入弦索，只是具体时间与具体形态已无法确定。尤其是南戏，即使在搬演过程中有弦索加入，恐怕亦非常态，甚至也可能只是某些曲子，也可能只是戏剧搬演中所穿插的弹唱。（二）自明中期迄清中叶，南北分途，一入弦索一入箫（笛）管。这一时期亦可分为三段：1. 正嘉之时诸腔并兴，文人雅士纷纷以辨体考音为己任，南北辨体也日趋严格，“北曲入弦索而南曲不入”说因此而盛传。2. 南曲伴奏弃弦索而取箫（笛）管，这一以入箫管为主的新乐始用于清唱，次播于搬演，遂迥别于北曲。当然，这一以箫（笛）管为主断非回到早期的箫笛伴奏，而是南曲日益雅化的过程，与北曲入弦索相似，只是取径不一而已。3. 与此同时，民间弦索新声大兴，由北而南，即所谓弦索调、弦索时剧等等；相应，在南曲雅化的影响下，关于北曲弦索的考辨也日趋精严。

问题是，为什么明代嘉靖以后，“北曲入弦索而南曲不入”一说如此盛行，也就是说，当时文人雅士的考音定律，以及种种南北辨体，究竟是在何种背景下发生的？这一“入弦索”如何理解？或者我们首先需要追问的是，北曲究竟何时开始打入弦索？所谓北曲入弦索，仅指清唱而言，还是已用于杂剧的搬演之中？根据现有材料，我们最多只能证明以弦索清弹北曲在金元已经盛行。然而，不论此时南北曲——无论清唱还是搬演——是否已经有弦索伴奏，但大规模考定音律、制定腔调，当始于入明以后，尤其是永宣时期。明初，在上有教

---

① 有关今人研究，及对南北曲实际入乐情况的考查，可参见笔者所指导的硕士论文，张雪芸：《明中期曲论“北曲入弦索南曲不入弦索”研究》（广州：广州大学硕士学位论文，2008）。

② 笔者以为，梳理诗乐关系，便是重构一部文学史；曲乐关系，便是一部曲学史，其核心便在入乐与否。探讨南北曲何时入乐，如何入乐，又如何从入乐到不入乐，便是一部南北声腔发生、发展、衰亡的历史。因此，笔者有意做一系列弦索考，此段叙述不过勾勒其大概，以便下文论述。

坊司，在下则有王府之乐司，共同制造了一种弦索新腔，以适应以宫(藩)廷为中心的教坊演剧的需要，这就是后人所谓的弦索官腔。确切而言，自金元迄明初，将南北曲打入弦索，这一过程本身还可以分为两个不同的阶段，一者处于民间自发的状态，二者集文人乐工之力，考音定律，固定腔调，最终以官方的名义加以认可，并广泛推行。前者属于当时的弦索新声，后者则属于考音定律后的弦索官腔，彼此之间有明显的雅俗之别；而后者方是真正意义上的“入弦索”。这一“入弦索”与元明人所积极鼓吹的“成乐府”其实在根本上是同一个概念，一个重声，一个重辞，彼此相辅相成，而包含了特殊的礼乐内涵。嘉靖以后种种“北曲入弦索而南曲不入弦索”说亦然，它不过是在晚明戏曲复兴这一新情境下对弦索官腔的一种反动，以复古乐思潮的复炽为背景，并由此展开了新一轮的考音定律。

可以说，金元之时是否北曲已经打入弦索，这一弦索是用于清唱，还是用于搬演并不重要，关键还在于明初弦索官腔的形成。关于明初具体的演剧政策、具体考音定律的史实、以及明初教坊的演剧，笔者已有论述。[①] 这里尚需进一步追问的是，明初弦索官腔的形成，这一真正意义的“入弦索”，究竟是在怎样的历史背景下发生的，其间隐含了怎样的理论取向与精神内涵，其曲史意义又如何？

这里，我们需要重新追溯南北曲发生的历史径路。[②] 简言之，唐宋曲乐一脉相承，亦以弦索音为主，自北宋灭亡后，遂分南北两途发展，北上者发展迅速，遂先后有金院本元杂剧，日新而月异，是为金元之弦索；南下则雅俗分途，一方面词乐日趋精雅，并渐次以琴箫之音取代原有弦索之音，姜夔的考音定律是为显例；另一方面俗乐则发展缓慢，始终处于宋词益以里巷歌谣的阶段，遂多存古貌，[③]料得乐器也尚处于鼓、板、笛阶段。此外，原北宋弦索之音亦仍在流传，只是渐染地方俗音(南音化)罢了。自元一统以来，南北混一，四方声调大兴，一时管弦之中，新声迭起。这一新声，不仅包括北曲弦索在南北各地的新变，也包括南曲在北曲影响下的日渐繁兴，这一南曲反过来开始渐次侵入弦索——诸如原本仅以板、笛伴奏的南曲也开始打入弦索、弦索中南北合套的发

① 参见李舜华：“功成作乐：明初官方演剧，”《礼乐与明前中期演剧》(上海：上海古籍出版社，2006 年)127—182。

② 本文对此一南北曲发生径路的勾勒与今人曲史的叙述尚有若干差异，当撰文详述。

③ 关于这一点，王国维即有论述，一是南曲出于古曲者远较北曲为多，二是南戏之故事关目，皆有所本，视元杂剧对古剧之关系，更为密切。参见王国维：《宋元戏曲史》(上海：上海古籍出版社，1998 年)115—116。

生、北曲弦索的南曲化等等，大约都涵括在这一过程之中，相应，是南曲伴奏中箫、笛的发展，甚至弦管的渐次合流。也就是说，元末曲坛出现了与明代中期相同的契机，那么，此时的曲坛将何去何从，或者说，南北曲将如何进一步消长？这之间具体的演变进程已经无法明了，我们只知道，待到明代初年，弦索官腔开始兴起，这一官腔一以中原雅音为正，复以北曲为正，兼采南曲，自上而下，一统天下教坊；元统一以来日益繁兴的四方新声，无论南北，至此忽然消歇下来。

仔细推衍，也许这一变迁不得不追溯到《中原音韵》的出现。元泰定年间，周德清撰成《中原音韵》，此书的撰写在曲学史上具有标志性的意义。令人惊诧的是，周德清等数人在江西吉安一隅的考音定律，却直接预言了元明之际曲坛的最终走向。金元以来，朝野上下几乎都卷入了对“（成）乐府”的孜孜考求，周德清不过其中一支而已；然而，这一场深刻的文学变动，最终在明初却走向了一场悖论，而折射出极为复杂的历史背景。

一 元季南北新声大炽与周德清对“正音（乐）”的考求

一般以为，有元一统后，北曲大兴，作者日众，遂有种种不合音律之处，周氏撰写此书正是有意指点当时北曲的创作。其实不然。如上所云，当时的曲坛，关键并不在于北曲大兴，而在于南北新声大炽；[①]同样，周德清的考音定律，首先在于对曲统的辨识，其旨一以中原雅音为正，明确标举北乐府方为一代之正声，而南曲不过亡国之音罢了。也就是说，对周德清而言，辨统是为第一要义，考音不过具体之路径而已；而这一关于曲学史的辨统，与当时“一天下”的呼声有着直接的关联。关于这一点，《中原音韵》曾有明确表述，“中原音韵三声，乃四海所同者，不独正语作词”（周德清“正语作词起例”），作词（“正乐”）之根本在于正语，正语之根本在于“一天下”而已。

余尝于天下都会之所，闻人间通济之言：“世之泥古非今、不达时变者众，呼吸之间，动引《广韵》为证，宁甘受鴂舌之诮而不悔，亦不思混一日久，四海同音，上自缙绅讲论治道及国语翻译，国学教授言语，下至讼庭理

① 周德清《中原音韵》第273页。

民，莫非中原之音。不尔，止依《广韵》呼吸[……]如此呼吸，非鴂舌而何？不独中原，尽使天下之人俱为闽、海之音，可乎？窃闻《大学》、《中庸》，乃《礼记》中语，程子取为二经，定其阙疑，如'在亲民'之'亲'字，当作'新'字之类是也。圣经尚然，况于韵乎？合于四海同音，分豁而归并之，与坚守《广韵》方语之徒，转其喉舌，换其齿牙，使执而不变，迂阔庸腐之儒，皆为通儒；道听途说，轻浮市尘之子，悉为才子矣。"余曰："若非诸贤公论如此，区区独力，何以争之！"（周德清"正语作词起例"）

泰定甲子秋，复闻前章余论："四海之人，皆称父（去声）、母（为'姥'音），《广韵》[……]悉如今之南宋戏文唱念声腔。考自汉、魏无制韵者。按南北朝史，南朝吴、晋、梁、陈，建都金陵；齐史沈约，字休文，吴兴人，将平、上、去、入制韵[……]详约制韵之意，宁忍弱其本朝，而以敌国中原之音为正耶？不取所都之内通言，却以所生吴兴之音，盖其地邻东南海角，闽海之音无疑，故有前病。且六朝所都，江、淮之间，缉至乏俱无闭口，独浙有也。以此论之，止可施于约之乡里矣。又以史言之：约才如此，齐为史职，梁为大臣，孰不行其声韵也？历陈，陈亡流入中原。自隋至宋，国有中原，才爵如约者何限？惜无有以辨约之韵乃闽、浙之音，而制中原之韵者。呜呼！年年依样画葫芦耳！南宋都杭，吴兴与切邻，故其戏文如《乐昌分镜》等类，唱念呼吸，皆如约韵。昔陈之《后庭花》曲，未必无此声也。总亡国之音，奚足以明世法！惟我圣朝，兴自北方，五十余年，言语之间，必以中原之音为正。鼓舞歌颂，治世之音，始自太保刘公，牧庵姚公、疏斋庐公辈，自成一家。今之所编，得非其意乎？彼之沈约不忍弱者，私意也，且一方之语，虽渠之南朝亦不可行，况四海乎？予生当混一之盛时，耻为亡国搬戏之呼吸，以中原为则，而又取四海同音而编之，实天下之公论也。"（周德清"正语作词起例"）

这两段文字合起来看，便是一篇叙述《中原音韵》撰作缘起的总纲。当蒙元灭宋之后，南北混一之初，有关音韵的争执前所未有地兴盛起来。显然当时颇有一群文人士大夫，始终坚持《广韵》音系。《广韵》重修于北宋景德、祥符年间。六朝时期，大抵一为审音，一为作文，韵书蜂出，沈约不过其中一家，只是其四声八病说于近体诗的起来颇有影响罢了。隋末，陆法言等人考古今通塞、南北是非而为天下正音，遂有《切韵》一书；以后，唐有《唐韵》、宋有官修《广韵》（同时又有《礼部韵略》一种），大抵与《切韵》一脉相承，却也非全无变异。后来《切韵》、

《唐韵》亦皆佚失，今存韵书惟《广韵》最古，遂为当时诗韵大宗。然而周德清对“《广韵》派”的批评却极为奇怪。在这段文字中，周氏竟直接将《广韵》等同于沈韵，句句所驳皆不离沈约其人；《切韵》意在正音，宋室遂因之而定《广韵》通行天下，周氏在混淆沈韵与《广韵》之后，却反复斥责《广韵》并非正音，沈约最初制韵不过源于私意罢了。其辨证过程如下：第一，身在南朝，不忍弱其本朝，遂不主敌国中原之音，而以南音为正；第二，甚至不取南朝通行之语，即今以南京为核心的江淮一带语音，而以乡音为正；第三，当后人将沈韵作为南音代表时，后人称之为吴音，[①]然而，周氏却明确指出沈氏所取乡音——因沈约乃吴兴人（吴兴，今浙江湖）——实乃闽浙之音，亦称闽海之音，第四，并因“杭州与吴兴切邻”，更直接将这一音系与南宋戏文的声腔联系起来，道是，“悉如今之搬演南宋戏文唱念声腔”，“故其戏文如《乐昌分镜》等类，唱念呼吸，皆如约韵”，等等。这样，一步步曲折说来，便推出最关键的结论：这一南宋戏文，与陈后主《玉树后庭花》相似，皆出于沈韵，都不过亡国之音而已，“奚足以明世法”！因此，周德清等人纷纷考音定律，欲以中原之音雅正四方之音，并指点当前乐府的撰作。

周德清依托金元北曲以重订中原音韵，或者说，周氏在论断南北曲孰为正统之时，直接引发了一个新的概念——“大元乐府”。这一概念，首先确立国初北方诸俊（多由金入元者）的撰作为典范：“国初混一，北方诸俊新声一作，古未有之，实治世之音也”。其次，因深慨后世创作不继，音律多讹，遂详考前辈音声以指点当下，“欲作乐府，必正言语，欲正言语，必遵中原之声”。因此，在周德清笔下，并非所有北曲皆能称之为乐府，“彼之能遵音调，而有协音俊语可与前辈颉颃，而谓‘成文章曰乐府’也，不遵而增衬字，名乐府者，自名之也”（“中原音韵自序”）。再次，周德清于“乐府”之外，别以“传奇”指称北杂剧，“戏文”指称南戏。[②]“戏文”一词向来为南戏之通称，以“传奇”指代北杂剧却不常见，今人更很少提及。[③]“戏文”原有（搬演）故事之意，这里用“传奇”指代杂剧，大

---

① 早在唐代，李涪便批评《切韵》道：“然吴音乖舛，不亦甚乎。”参见李涪：《刊误》卷下“切韵”条，《景印文渊阁四库全书》第850册（台北：台湾商务印书馆，1986年）180。明初，宋濂等《洪武正韵原序》也称沈韵“多吴音”：“自梁之沈约，拘以四声八病，始分为平上去入，号曰‘类韵’，大抵多吴音也。”参见乐韶凤等：《洪武正韵》，《景印文渊阁四库全书》第239册（台北：台湾商务印书馆，1986年）4。

② 《中原音韵》中提到传奇者有三处：如“前辈《剐王莽》传奇”、“《周公摄政》传奇”，又道乐府字声“切不可以传奇中全句比之”等，皆指元杂剧而言。

③ 王国维曾提及“元人则以元杂剧为传奇，《录鬼簿》所著录者，均为杂剧，而录中则谓之传奇。又杨铁崖《元宫词》云：‘《尸谏灵公》演传奇，一朝传到九重知，奉宣赍与中书省，诸路都教唱此词。’案《尸谏灵公》，乃鲍天祐所撰杂剧，则元人均以杂剧为传奇也。”参见王国维：《宋元戏曲史》（上海：上海古籍出版社，1998年）130。

约与“戏文”类似，也是强调杂剧的故事性。同时，“传奇”一名，暗指所传者乃奇事奇文——这一概念袭自唐传奇，属文人写心或游戏之作——而戏文不过初具故事情节而已，二者相较显然雅俗有别。由此可见，“传奇”雅于“戏文”，二者均偏重叙事；“乐府”又在传奇之上，偏重曲辞——用以指代套数与只曲小令（亦包括剧曲中所摘录者）。对周德清而言，“大元乐府”又特指以国初北方诸俊为典范，必遵中原之声（“遵音调”）、必有协音俊语（“成文章”）者，以之入乐而歌（“入弦索”），方可以鸣一代治世之音。

周德清等人在鼓吹“大元乐府”的同时，重新梳理了历代乐府的变迁，并由此重新构建了北宋以来南北文学统纪的变迁。虞集《中原音韵序》道：

> 乐府作而声律盛，自汉以来然矣。魏、晋、隋、唐，体制不一，音调亦异，往往于文虽工，于律则弊。宋代作者，如苏子瞻变化不测之才，犹不免“制词如诗”之诮；若周邦彦、姜尧章辈，自制谱曲，稍称通律，而词气又不无卑弱之憾。辛幼安自北而南，元裕之在金末国初，虽词多慷慨，而音节则为中州之正，学者取之。我朝混一以来，朔南暨声教，士大夫歌咏，必求正声，凡所制作，皆足以鸣国家气化之盛。自是北乐府出，一洗东南习俗之陋。

此段文字以为乐府自汉以来，于文虽工，于律则蔽；北宋以苏轼为宗，犹不免制词如诗之诮；当北宋将亡之时，有周邦彦出，南宋姜白石继之，皆有志于音律，以礼乐自任，却词气渐趋卑弱。北宋亡后，惟辛弃疾由北而南，北方又有元好问，皆绍继苏轼而来，虽词多慷慨，而音节为中州之正，学者取之。由此可见，第一，这段议论的核心仍在于对南北文学的辨统。以北曲绍继宋词，同时，词以北宋苏轼为宗；而斥南宋词气萎弱，殆北乐府出，方一洗东南之陋云云；第二，以元曲绍继宋词，并溯至唐、隋以上，由此重构了一部汉以来的乐府变迁史，甚至以为历代乐府，虽体制不一，音调亦异，却往往文律不得兼工。惟我朝混一以来，士大夫歌咏，必求正声，以鸣国家气化之盛。这或许才是周德清等人鼓吹“大元乐府”的根本原因。

简言之，周德清明确将南朝沈（广）韵与中原音韵相对，以南宋戏文与大元乐府相对，以为前者乃亡国之音，后者乃治世之音；元曲，也因此得以绍继唐诗、宋词，为一代文学之正声，是谓“大元乐府”。

二 南北音韵之争与元代文学复古思潮的消长

周德清如此积极地以正音(乐)自任显然别有寄托。可以说,他所勾勒的曲统说直接源于当时"天下都会之所"的音韵之争,而蕴含了极为复杂的历史与文化内涵。

一般新声的起来,往往与四方语音密切相关,一方面,当民间俗调初兴时,往往以地方土音搬演,另一方面,原有曲调流播四方,受方言影响,其咬字吐音也必然发生变异,遂渐次形成不同声腔。当方音进入城市(即"都会"之所)之后,会渐次形成一地之通语,这一通语又往往因官方的语言取向而定,因此亦称作官话;与此相似,当四方诸腔纷纷进入城市时,或南或北,或雅或俗,彼此竞呈,相互交融,以何种语言为通语,以何种声腔为官腔,往往朝野士夫各有所持,最终也往往因官方的取向而定。南曲如此,北曲亦然;曲如此,诗词亦然。诗词曲诸体,当入乐之时,俱有腔调之别,待到不入乐之时,也仍有音韵之别。那么,蒙元灭宋之后,南北混一,四方新声大炽,所谓"雅乐之不作,声音之学不传也久矣。五方言语,又复不类"(虞集"中原音韵序");有识之士几乎都陷入了一种焦虑,究竟以何种语言为天下通语(是之为雅音),以何种文学为天下通行之范式(是谓雅文学),并由此而礼乐天下(是谓雅乐)? 可以说,周德清笔下所谓"天下都会之所"的音韵之争正是以此为背景的。

天下士夫的焦虑还有着更深层的原因。自金元与宋对峙以来,南北之别再次成为历史上极为突出的现象。因此,当蒙元灭南宋已成事实之后,如何书写元以前的历史,并由此确立元代继统的合理性(正统与否);同时,以何种学术一天下,并由此重构一种新的政治体制,以适应天下混一的形势,便成为南北士夫共同关注的核心。可以说,当时朝野上下,对音韵、文学、史学、道学诸领域种种有关统系正变的争论,莫不与此密切相关。由此来看,《中原音韵》的撰写便颇有意味了。

关键在于"中原"究竟指代的是什么? 这一"中原",本指代河南中州一带,同时兼指以中原地域为核心的唐宋政权,或者直接喻指汉家文化。因此,"中原音韵"首先指称的是宋代以中州音系为核心的天下通语。然而,从语音实际变迁来看,大抵随着时间的推移,一者金元在北方混一已久,政治中心由中州而大都,原有中州一带语音已渐次发生变化,而形成新的北方通语;再者,宋室偏安南方，随之南下的中州语音，以杭州为中心，也已发生变化。也就是说，这时的中原音韵——一如南北朝时期——也发生了北杂夷虏、南染吴越的现象。那么，当元灭南宋，南北混一之时，谁又是真正的中原雅音呢？

如前所说，南北音韵之争从来就不是某一孤立的事件，而与当时史学、文学上的正统论以及道统论等密切相关。自金灭北宋、宋室南迁以来，朝野上下正统之争始终不绝，无论南宋还是金元，均以绍继中原（北宋）正统自许；[①]文学上也大都继承苏黄遗风，北方尤以苏氏诗风为盛，[②]南以江西诗派为正，[③]随着北方混一日久，一方面，南北士夫在逐渐认同金元政权正统性的同时，更往往以恢复中原道（文）统自任，甚至"治统在北、道统在南"一说渐次盛行。自金末以来，文坛复古之风也渐次繁兴。[④] 诸子深薄江西诗派之余风，更有意跻苏黄之上，而标举"宗唐得古"，在音韵上自然也以《广韵》为正。同时，这一《广韵》，无论是否明说，也必然与南宋的杭州官话发生更多的关联。事实上，北宋以来中州音系在南北的变迁颇有不同，北方变化迅速，而南方杭州一带却变化较缓，南下士大夫之间的读书音往往保留古音居多。因此，欲复古音必考中元音，再者，对南方士夫而言，南宋虽亡，却不忍埋没故国语言，所持《广韵》自然也更以杭音为正，这才是周德清笔下众人"呼吸之间，动引《广韵》为证"的真实背景。可以说，对宋金以来的士大夫而言，代表北宋中州音系的《广韵》方是真正的中原雅音，这一雅音系统直接绍继隋唐音韵（"唐音"）而来。这一音韵上的复古主张，直接体现了士大夫以恢复中原道（文）统自任的精神。

然而，周德清却明确指出，真正的中原音韵是金元以来的北方通语，而指斥"广韵派""泥古非今、不达时变"，"亦不思混一日久，四海同音，上自缙绅讲论治道及国语翻译，国学教授言语，下至讼庭理民，莫非中原之音"。同时，周氏将《广韵》与南戏联系起来，极尽诋诃，以为后者源于沈韵，实属南音；并从沈约籍属浙江吴兴一事加以生发，指实沈韵就是今日以杭州为主的闽海之

---

① 因此，当时正统论大兴，聚讼不已。以金代而论，当时泰和朝议便以本朝绍继北宋为正统，黜南宋为蜀汉；在野多以南宋为正统，元丞相脱脱等人修史，则以辽、金、宋并为正统，分南史北史。参燕山修瑞《三史正统论》，文见王恽《玉堂嘉话》，与苏天爵《元文类》卷九所收谢瑞《正统论辨》文字略有异同。至于蒙元，或以为继辽、金之统，或以为绍南宋之统；或以为辽、金、南宋俱失统绪，元遥承北宋之统。饶宗颐《中国历史上的正统论》。

② 元好问《跋赵秉文和拟韦苏州》云："百年来诗人多学坡、谷"。

③ 早在江西诗派初成之时，便有若干批评的声音，譬如叶梦初《石林诗话》、张戒《岁寒堂诗话》；后来作者也有若干变化，不过，整个南宋诗坛基本上由江西诗派衍出，至南宋末四灵、江湖、严羽等，变机方显。

④ 赵秉文《答李天英书》曾道，"为诗当师《三百篇》、《离骚》、《文选》、《古诗十九首》，下及李、杜"；而从元好问《论诗三十首》来，元氏所赏也在元祐诸子能倡古风罢了。

音——反之，也即将以杭州中心的南宋官话指实为南音，而完全抹去后者与中州音系之间的关联，甚至用“闽海之音”这样的概念，将南宋一朝斥为远离中原的海隅。如果说，大量的汉人士夫在认同异族统治时，始终以恢复中原道(文)统为己任，甚或坚守故国音声，而隐然与新政权相抗；那么，周德清等人，却顺应时变，开始以积极主动的心态鼓吹大元盛世的来临。

泰定初年，音韵史上一场浩大的复古与新变之争开始在不同层次酝酿。这一音韵之争，同时也是文学之争。《广韵》依托的是唐宋一直以来的诗韵，相应，诗坛欲跻北宋苏黄之上，标举“宗唐得古”之声也日益风行；而周德清则依托当下的金元北曲——即以之绍继北宋词统，以为元(北方诸俊)得之于金(元好问)，金得之北宋(苏轼)——试图重构一种新的音韵体系，使之跻身为中原雅音，元曲(在“成乐府”后)也因此可以绍续唐诗、宋词跻身于雅文学，为中原之正声，是之谓“大元乐府”。不过，当周德清之时，诗坛的复古之风还是主流，也就是说，在当时的音韵之争中，“广韵派”明显占据上风。这也是为什么周德清要反复申说，自己如何在“天下都会之所”，闻得“人间通济之言”，“若非诸贤公论如此，区区独力，何以争之!”。对周德清来说，“世之泥古非今、不达时变者众”，因此，撰写《中原音韵》一书，力辨何为中原雅音，何为治世之音。并道，自己依托金元北曲，重构中原雅音，正是继承元初诗文复古遗意而来：“(我朝)治世之音，始自太保刘公、牧庵姚公、疏斋卢公辈，自成一家。今之所编，得非其意乎?”①由此可见，周德清依托前贤，慨然以辨明曲统自任，考定《中原音韵》，其根本即在于重构有元一代的治世之音。因此，周氏一以国初北方诸俊为正声，每每于桃花扇影里考其声调，辨其音韵，进而定其谱式，论其文章，择其声辞俱善者以为天下乐府之范式，其志如此；只是这一举措——亦如隋末陆法言等人对《切韵》的考定一般——在当时犹颇为寂寞罢了。

有意味的是，周氏以绍续国初刘、姚、卢三子自任，却只字不提当时的文坛之首虞集(1272—1348)。其实元代复古之风，当刘因、姚燧之时不过得其先声，待虞集力倡于延祐以来方趋于极盛。欧阳玄《梅南诗序》道：“诗得于性情者为上，得之于学问者次之，不期工者为工，求工而得工者次之。《离骚》不及

① 指刘因、姚燧、卢挚三人，元初诗以刘因为冠，文以姚燧为冠，卢挚与二人齐名，世称“刘卢”、“姚卢”，不过，其诗文集皆佚，今存诗文与姚、刘不副，而以曲著称。三人皆以倡复古道著称，鼓吹盛世之音。张养浩《姚庵姚文公文集序》曰：“皇元宅天下百许年，倡明古文，才牧庵姚公一人而已。”参见张养浩：《归田类稿》卷三，《景印文渊阁四库全书》第1192册(台北：台湾商务印书馆，1986年)497。《元史·姚燧传》也称其文章“有西汉风，宋末弊可，为之一变。”参见宋濂等：《元史》(北京：中华书局，1976年，4059。周德清《中原音韵》将其【普天乐】《别友》作为“定中务”之例。)

《三百篇》，及魏六朝不及《离骚》，唐人不及汉魏六朝，宋人不及唐人，皆比之以，而习诗者不察也。[……]京师近年诗体一变而趋古，奎章虞先生实为诸贤倡。"其《罗舜美诗序》道："我元延祐以来，弥文日盛，京师诸名公咸宗魏晋唐，一去金宋季世之弊而趋于雅正，诗丕变而近于古。江西士之京师者，其诗亦尽弃其旧习焉。[……]诗雅且正，治世之音也，太平之符也。郑笺言诗'可以观治道之盛衰'，岂不信哉。楚与吴之诗不列国风，而近世江表诗甚多，他日置诸乐府者矣。"于虞集等人而言，这一"诗"方是真正的"乐府"，而与"今乐府"相对。同是论治世之音，虞集等人的"乐府"论，一以宗唐得古为旨，欲以唐为法，取径六朝、汉魏，直达三百篇，以成一代雅正之音。由此来看，周德清对广韵派种种微词恐怕针对的正是延祐以来的文学风气。当时文学，诸文体之间诗（古之乐府）为雅，曲（今之乐府）为俗，南戏（俗音耳，不可称之为乐者）又为俗之下者。因此，以崇尚乐诞为核的复古之风，首先在诗文领域兴起，以后方波及曲学领域（当元季之时止于北曲而已），从而兆示了文学领域一次崭新芽变。

然而，"复古"与"新变"从来就不是截然相反的两种事物。周德清以绍继刘、姚、卢三子自翊；因此，他对今乐府的雅正，一以国初关汉卿诸子为典范，也不妨视为复古思潮在曲学领域的体现。更值得注意的是，虞集在鼓吹"复古"与"雅正"之时，也颇有意于"今乐府"。他曾撰文感叹，"诗三百，皆可被之弦歌"，而近世乐府，或依谱缀辑，仅谐里耳，或文章虽高，却不叶音律，而太常乐工虽明音律，作词又鄙，"如三百篇之皆可弦歌，其可得乎。"今存《中原音韵》篇首赫然便是署名虞集的序言，其次是欧阳玄序。这一篇虞集序，由周德清的考音定律直接联想到了朝廷的礼乐制作，感慨良深。序中以为北乐府出，一洗东南之陋，足以鸣国家气化之盛，只是朝廷之上礼乐不修，遂寄望去德清云云："方今天下治平，朝廷将必有大制作，兴乐府以协律，如汉武、宣之世，然则颂清庙、歌郊祀，据和平正大之音，以揄扬今日之盛，其不在于诸君子乎？"（虞集"中原音韵序"）虞氏一生师道自任，虽位居高显，其志向却颇有抑郁不舒之处，或许，晚年亦深慨古道之渺茫，遂寄望于今乐府耶？这篇虞集序令人想起明代复古巨子李梦阳的《弘德集自序》，后者在宗唐溯古、直闯三百篇之壶奥而不得时，也曾发出了"真诗乃在民间"的感叹。或者，也可以说，元代文学复古思潮的消长与明代中期复古思潮的消长，由诗及曲而渐趋于新变，这一径路是颇有些相似的；然而，在元季，这篇序言不过是一个退隐者寂寞的呼吁罢了。① 虞

① 泰定元年，周德清撰成《中原音韵》，同年，虞集任国子监司业，为国子监司业，后为秘书少监。又数年升任翰林直学士兼国子祭酒。至顺三年（1332）告病返乡，至正八年（1348）病逝。

氏所期盼的大制作，兴乐府以协律，以雅化今曲，已在数十年后的明初了。

三　明初弦索官腔："中原雅音"的"一天下"

"德清之韵，不独中原，乃天下之正音也；德清之词，不惟江南，实当时之独步也。"（琐非复初"中原音韵序"）自元代一统以来，南北新声大炽，此时曲坛究竟将何去何从？周德清等人以南人而鼓吹中原之音，这似乎成了一个预言。

洪武八年(1375)，诏修《洪武正韵》成。当时参与修撰的乐韶凤、宋濂等11人几乎都为南方人，却明确标举一以"中原雅音"为定，只是其语音系统却不可避免地上呈现出南音化的倾向。① 相应，明初乐制，教坊上下所行弦索官腔，一以北曲(剧)为雅，南曲、甚至南戏也以北曲为准则，开始采合宫调、谱入弦索；同时，南北曲一起按入弦索、供唱于宴席，又进一步促使了南北合套的发展。这一入弦索不仅意味着用弦索伴奏，而是意味着一以中原为正，修饰文辞、协比音韵、采合宫调等一系列雅化与律化的举措，其核心则在考音定律。

其实，朱明一统后，究竟以何种语言为天下之正音，以何种音声为天下之正乐，最终取向仍然经历了极为复杂的历史过程。曲者，乐之支也；而乐者，又治统所在。因此我们还得从正统之争说起。如前所述，自南宋迁都以来，关于南宋与金元孰为正统续有争论。其中，杨维桢《正统辨》一文措辞尤为严正，以为正统之说，出于天命人心之公，必以《春秋》为宗，不得以割据僭伪当之。遂力黜辽金不过"荒夷非统之统"，以为"中华之统，正而大者，不在辽金[……]我元大一统者，当在平宋，而不在平辽与金之日"；同时，明确标举"道统者，治统之所在也"，今"道统不在辽金而在宋，在宋而后及于我朝，君子可以观治统之所在也。"杨氏议论虽不见用于当时，却在文人士大夫间流传甚广。② 朱元璋兴师江淮，以南人而一统天下，原本是杨氏正统说彰显的一个极好的契机；然

① 赵荫棠即指出，《正韵》编修"诸臣之所以不能完全遵守中原雅音者，实因为他们不完全是北方人。[……]除荅禄与权系北人外，隶浙江者五人，安徽、江西、广东、江苏、湖南各一人。以这些人而审定中原之音，宜乎遭吕坤之讥。"参见赵荫棠：《中原音韵研究》(北京：商务印书馆，1956年)26—28。稍后张世禄亦云，"《洪武正韵》虽然说是'壹以中原雅音为定'，可是内容上并非纯粹属于北音系统，一方面迁就了旧韵书，一方面又掺杂了当时南方的方音；所以这部书可以说是北音韵书南化的开始。"参见张世禄：《中国音韵学史》(下册)(北京：商务印书馆，1998年)224。

② 杨维帧《正统辨》全文载入陶宗仪《南村辍耕录》卷三，与贝琼《清江贝先生文集》卷二《铁崖先生传》，可见元末明初人对此文的重视。参见陶宗仪：《元明史料笔记丛刊南村辍耕录》(北京：中华书局，1959年)32—38；贝琼：《清江贝先生文集》，《四部丛刊初编》第250册(上海：商务印书馆，1919年)。

而，历史却颇有些幽晦难明。洪武元年，朱元璋诏修元史，洪武三年史成，真正编撰工作历时不足一年，论其根本便在于迅速确立朱明治统的正当性。史称北宋礼乐之器自灭亡后，便转入金，故称金得之于宋，元得之于金；因此，朱元璋明确标榜绍继金元，以为绍继金元方是绍北宋之统，而以南宋为偏安。[①] 北宋灭亡以来，南北种种有关正统的争议至此一锤定音，只是，朱氏于南北之间却也不得不略有折衷，可以说，此后一应制度均由此而生。《洪武正韵》一以中原雅音为定，实际上却呈现出南音化的趋势，以北曲为雅，同时，又将南曲采合宫调、打入弦索，这种种正是以这一历史与思想为背景的。

一旦明了这一背景，关于戏曲史研究中的一则疑案也就不难索解了。今人在追溯南戏的发生时，发现有两则材料叙述迥异，遂颇为困惑。一是元末叶子奇《草木子》卷之四下的叙述："俳优戏文始于王魁，永嘉人作之。识者曰：'若见永嘉人作相，宋当亡'。及宋将亡，乃永嘉陈宜中作相。其后元朝南戏尚盛行，及当乱，北院本特盛，南戏遂绝。"二是明代嘉靖间《南词叙录》的叙述："元初，北方杂剧流入南徼，一时靡然向风，宋词遂绝，而南戏亦衰。顺帝朝，忽又亲南而疏北，作者猬兴，语多鄙下，不若北之有名人题咏也。"以下续说高则诚撰《琵琶记》事，及朱元璋命乐工将《琵琶记》打入弦索事。言下之意，南戏乏名人题咏，自高则诚出，始有改观，并援朱元璋之力而进入教坊，播于天下。这两者材料，前者声称元朝南戏尚盛行，至元末遂绝；后者却道元时杂剧风行，至元末南戏方始复兴，二者叙述似乎截然相反，[②]然而，仔细推衍却饶有意味。

叶子奇这一则材料表面上是在叙述南戏的变迁，实际却是在叙述宋元明朝政的更替，而别有寄寓。俳优戏文永嘉人作之，而永嘉人作相则宋亡，那么戏文不过乱世之象；元朝南戏尚盛行，言下之意是元朝短促，亦尚非治世；及当乱，北院本特盛，南戏遂绝，这一风尚之变却兆示了新朝（即所谓治世）的起来。叶氏尚有两则议论可以与这条材料相互参照，俱见于卷之四上。一道："元将亡，都下有《骂玉郎》曲，极其淫佚之状，盖桑间濮上之风，居变风之极也。"一道："传世之盛，汉以文，晋以字，唐以诗，宋以理学。元之可传，独北乐府耳。"由此可见，叶子奇以风雅正变论当时曲乐，意在针砭治乱。同时，叶氏以戏文为乱世之象，而标举有元一代文学为今乐府，与《中原音韵》的表述极为一致。

---

① 所谓元得之金，可参见宋濂等：《元史》卷六七，卷六八（北京：中华书局，1976年）。

② 王国维《宋元戏曲史》即对叶氏所说颇有疑虑，道："叶氏所记，或金华一地之事。然元代南戏之盛，与其至明初而衰息，此亦事实，不可诬也。"参见王国维：《宋元戏曲史》（上海：上海古籍出版社，1998年）119。后人论南戏者遂多取《南词叙录》所说，于《草木子》所说但存疑而已。

《草木子》乃叶氏洪武九年入狱后所作。叶子奇一生困顿，却与宋濂、刘基、章溢、叶琛等明初巨子同为元末浙东重要的学者，只是显隐有别罢了。那么，我们可以肯定，《草木子》所录"元末北院本特兴，南戏遂绝"，首先是(浙东?)一个事实，同时，也源于一种理论倾向；也就是说，文人士大夫中复古尚雅、黜南尚北之风反过来直接影响了地方演剧，或许，这一演剧在元末尚仅囿于某一地域，却预言了明初曲坛的走向。

至于《南词叙录》，却是明代嘉靖时人对南戏历史的追溯。其实，此书所述元初北方杂剧南下，南戏亦衰，与叶子奇说元朝南戏尚盛行，并无根本冲突。只是《南词叙录》着意在南词，便特意点出元顺帝与明高祖与南曲之关系种种。而且说顺帝好南戏与叶子奇所述亦无抵牾。顺帝是元史末代帝王，在位长达三十六年。史称顺帝好逸乐而元衰，那么，顺帝好南戏——前面所述南北新声大炽或者即在此时——也便是叶子奇所说亡国之征兆；及当乱，北院本兴而南戏绝，也正是元明易代时种种兴亡消长的重要迹象之一。这样，我们可以将元明雅乐与俗乐、北曲与南曲的消长理出一个清晰的脉络来。元一统以来，北杂剧南下，词乐明显不敌，遂暂生消歇，这是一变；后来，南戏在北杂剧的影响下又渐次兴盛，遂形成南北竞艳的局面，遂有种种正音之举，这一变化早在周德清所说的泰定年间已经发生，说元顺帝亲南而疏北不过是一个更重要的契机罢了；及当乱，雅正之风渐兴，一时士大夫尊北黜南，于是北院本兴，南戏绝。八十九年间，凡三变。至于明高祖将《琵琶记》打入弦索，便已是新王朝如何以礼乐教化天下了。

余论：从"弦歌"到"弦竹"：杨维桢"今乐府"论与明人对南曲的追慕

早在元代中叶，朝野文士便有人积极鼓吹将曲打入弦索(管)，以嗣续风雅，成一代治世之音，《中原音韵》不过适逢其会罢了。明建伊始，朱明君臣锐意制作，将北曲引入庙堂，重加修订，其实质正是以官方的名义认可了长期以来朝野士夫对考音定律的诉求，最终将南北曲纳入新朝的礼乐系统(至此，方是真正"入弦索"、"成乐府")。这一礼乐系统最终以雅范北曲为主，兼采南曲，大元一统以来四方诸调大兴的局面从此消歇，取代而起的是弦索官腔的一统天下。待到永宣之时，明代由官方一统的教坊演剧遂臻于极盛。

自南北混一以来，朝野文士纷纷以师道自任，欲以朱子之学一天下，其文学复古思潮，种种宗唐得古，以及治世之音的鼓吹几乎都由此衍出；然而，一旦新朝建立，一以北宋金元中原之统为正，由此构建的“一天下”及其治世之音，却已远离士大夫的梦想。一代文臣之首宋濂力言“诗三百以下无诗”，却欲复古音（乐）而不得；而同为开国功臣的刘基，却更曲折表达了对南曲的追慕。刘氏有《江南曲》道，“金陵好是帝王州，城下秦淮水北流。惆怅江南旧花月，女儿尽作北歌讴”。数十年后，陈漠又有《鄢大善胡琴归宜春求题》，“白下矶头绿树肥，宜春台上白衣归。山童把得琵琶在，惆怅开元旧谱稀”。以刘诗与陈诗对读，二者均流露出对南曲无限憧憬与憧憬不得之惆怅。在虞集《中原音韵》序中，金元北曲绍北宋词统，是为中原之正声。然而，在另一种叙述中，自唐末宋初兴起之词体，远绍六朝，近承南唐、西蜀，实为南曲，自金、元以胡俗行于中国，始体南曲而更以北腔，惟南宋词绍北宋之声日趋雅正。在这一文学统纪的叙述中，南北曲其体之尊隆实已暗分轩轾，南曲实早于北曲，更为汉家之正统，[1]而明初制作不废南曲，迄明中叶，在野士夫又纷纷属意南曲，莫不由此衍出。

其实，早在元代，朝野士夫的考音定律便存在不同的声音。虞集专以雅正论今乐府，欲其如三百篇一般皆可弦歌，以成一代治世之音，以礼乐教化天下。与此相映成趣的是元末杨维桢的议论。在元代文学史中，虞杨各领一代风骚，古人常以正变论文学，如果说，虞集躬逢治世，力倡风雅之正；而杨氏则托生末世，鼓吹变风变雅。尤其值得提出的是，杨氏对待朱明新朝的态度颇为微妙，而他当年所上《正统论》也一直成为世人争议的焦点。那么，这样一位杨维桢，他是如何看待元曲入乐的问题呢？杨氏也曾撰文中明确指出，今之乐府即古乐府之流，古乐府即骚之流（今），骚即诗之流，故诗可以弦，骚以下至于今乐府者，“其不可乎”；同时，又历数“士大夫以今乐成鸣者”，如关汉卿、庚吉甫、杨淡斋、卢苏斋、冯海粟、贯酸斋等，或豪辣、或豪爽、或奇巧、或蕴籍，虽“体裁各异，而宫商相喧，皆可被于丝竹者也”。不过，仔细推衍，同样是鼓吹将今曲可入乐，虞、杨二人却有着根本的歧异。虞氏所续在诗，所重在雅，希慕成治世之正音，以礼乐天下；而杨氏所续在骚，所重在风，大抵乱离之世，不平则鸣，遂各主性灵，自然成音。因此，杨氏明确标举“今乐府者，文墨之士之游也”：第一，这一“今”字与“古”有别，“乐府出于汉，可以言古，六朝而下，皆今矣，又况今之今

① 参见李舜华：《礼乐制度与明前中期演剧》（上海：上海古籍出版社，2006 年）163。

乎？吁！乐府曰今，则乐府之去汉也远矣。士之操觚于是者，文墨之游耳。”第二，这一“乐府”与“传奇”有别。“其以声文缀于君臣、夫妇、仙释氏之典故，以警人视听，使痴儿女知有古今美恶成败之劝惩，则出于关、庾氏传奇之变。或者以为治世之音，则辱国甚矣。”第三，这一“乐府”与“时曲（小叶俳辈）”有别，“士大夫以今乐府鸣者”，如国初关汉卿、卢疏斋、冯海粟、贯酸斋辈，“皆可被于弦竹者也”，继起者往往文采音律不可得兼，迩年以来，其变日繁，“专逐时变，竞俗趋”，“亦何取于今之乐府可被于弦竹者哉”。“或问骚可以披弦乎？”（杨维桢 477—78）。杨氏特辨骚为诗之流，乌不可以披弦，而力尊今乐府，鼓吹性灵之声，可以说是其诗歌革新主张的重要内容。有意味的是，虞集重“诗”，所云为“弦歌”，杨氏重“骚”，问者亦言“弦”，答者所称却为“弦（丝）竹”，那么，这一概念的略异是否恰恰分别指向了二人诗学主张的差异？如前所说，南宋词乐日益精雅，渐以箫笛之间取代弦索之音，而杨维桢更以善铁笛著名，其论偏重弦竹，这之间显然有着某种关联。

虞杨之别，或者说，二者眼中的“弦歌”与“弦（竹）”之别，或许正可以帮助我们进一步思考今乐府中南北曲之别：南曲亦不是不可入弦索，那么，为什么晚明曲家考音定律，最终形成了北曲以弦索为主，南曲以箫管为主，其实别有其特殊的理论语境与精神内涵。

江南才女之殇

——张丽贞之情事自悔与本事演绎

四川大学中国俗文化研究所　丁淑梅

张丽贞，字惜奴，万历吴江（今江苏吴江）望族张翼珍之女，《古今女史》卷三录其《狱中自序》一篇、卷六收其七言绝句《自悔》一首[①]，《名媛诗纬初编》卷三录其《自悔》七言绝句一首[②]。仅凭这一序一诗，在存世作品众多的明代才女中，应该是一位不会引人关注的女子。然而因其私奔被劫的身世经历和题壁自序的写作方式，张丽贞不单在文坛留下了供文人议论的话头，还引发了明清通俗小说作者对其本事的叙写和情事演绎。审其笔意声吻，才女何以自序其丑？读其夹批点评，文人何以评价异出？《女才子书》何以补写佚失题壁诗并《寄大父书》，《生绡剪》何以翻写丽贞本事？考察张丽贞的自传性叙事与自悔诗以及由此带出的这些文化信息，将有助于我们进一步了解江南才女文化的另一面相及复杂趣味。

一　题壁自序与情事自悔

在《狱中自序》中，张丽贞以实录的笔墨和自传的心态，叙述了私奔落难经过，陷狱的苦恨以及内心对情感、对追求情感所抱定的想法。其字里行间，有自责自悔，亦有自陈自辩，虽说不上抱定了千秋功与罪、留与后人说的勇气，然女子自道其丑、直面不幸的写作动机和自我剖解，实开自序体例之新篇。从文

① （明）赵世杰辑《古今女史》卷三、卷六，明崇祯（1628—1644）问奇阁刻本，第29、37页。

② （清）王端淑辑《名媛诗纬初编》卷三，清康熙六年（1667）清音堂刻本，第9页。

本内蕴的情感看，“悔此宵一念之差，呕心有血；至今日终身之误，剥面吾皮；还顾影以自怜，更书空而独语”，作者开篇自陈，即痛心疾首于一着不慎而罪孽难除，辱没此生而羞惭无颜；然扪心顾影，明知要把盘亘心间的忏悔血泪翻检出来，是一番枉自徒然的对空独语，却又不能不写下赎罪之文——呕血之悔等剥皮，明知书空尚独语，读来令人感慨唏嘘。

作者自述为吴江望族之女，出身名门，饱览诗章，芳姿绰约，父母奉若掌上明珠，养在深闺，自视闺秀端居，谨守女训。谁曾料到，在随父亲前往嘉定赴任、暂住椽舍之际，却轻信丫鬟雌黄，陷贼牢笼，“一朝消息漏，道旁笑破朱唇”，破名门闺训，声名狼藉，遭世人唾弃，身心摧挫，“雷霆劈开鬼胆，冰鉴照出妖形”，弄得生非人死非鬼，成了世人眼中不可饶恕的妖孽。作者回顾这一场情事流离，遂生出严厉的自谴，一念之差落入贼仆恶计，“所图嫿婉，竟是人奴”，弄真成假，所奔匪人，一点爱才的贪念酿成一场噩梦，招致利器自毁，何以闻人？不计后果的冒险私奔，落得无家可归，囹圄延息，“已悟生生世世罪大弥天”，此生辱没，何以自处？

然而，忏悔的目的何在？自认私奔是丑行？承认名节有亏之罪？甘受谴责和惩罚？还是自陈心曲自辩冤苦？从自序的心迹表白与作者对追求情感所抱定的态度看，恐怕重心在后而不在前。

其一，这个于拈诗作文冰雪聪明的女子，何至于一投书即仓促私奔？未得复信即匆忙上路？于期约细节如此不加点检？造成无可挽回的纰漏？作者剖白心迹：之所以过于相信身边侍女的行事作为和成合之举，是因为自己内心对才子佳人两心许的浪漫姻缘充满了痴迷和遐想。“伊既曲叙其悲思，侬亦顿深其怨慕，自谓知书识礼，不妨反经为权，逐张倩之离魂，重门夜出；持乐昌之破镜，永巷宵奔”，起初打定注意与风雅才俊徐郎携手连理，是担心父亲另行聘问，婚姻不谐，加之日前私信往来，诗书唱和，徐郎倍诉想念，彼此才情相惜，自以为此举堪比倩女离魂，以为才子执帚如乐昌奔镜，认定感才情而酬知己乃女儿家爱恋的正当之举，所以才不取常礼而行变通之宜，“反经为权”，连夜私奔惟求自择佳偶。如此看来，张丽贞并没有将社会对女性的闺范和女德要求视为人生的第一要义和生存的首要条件加以践诺，却选择了“书中自有颜如玉”的生活，黄金屋不顾，千钟粟不虑，而是才女赏才子——非功利的相中了男子的才情，并且“为访婚姻，并非媒妁”，为此展开了主动追求，甚至私奔求合。如果说丽贞在自序中有对自我的忏悔和反省，悔的也是错在轻信，酿成了镜里飞鸾、亭边别鹄的悲剧，而不是爱才私奔行为本身；省的却是对情感的自主选择以及抱定追求的态度。如此大胆叛逆的表白，已显现出女性反抗父母之命、聘定的婚姻，追求自我存在价值的合理性——爱才自荐，已然成就了一种自我肯定与自我实现的才女精神。

其二，既陷牢狱磋磨，料定去路与生路渐远，残生不足惜，此情何以堪？如何给自己即将逝去的生命一个了断？“青草黄泥，毕冤魂于今日；白云红日，见慈母于何年？感里衣之已旧，哭手线之犹新。”一方面，囚室中苟延残喘，夜柝声声，整夜难眠，磷鬼闪闪，惊惧难寐，梦中思念阿亲、乡路渺渺。俯身视己，污淖囚笼生不如死，冤魂一缕随风飘散，抬眼看天，云移日影流光飞逝，慈母面容期年难再，衣衫褴褛，纫痕犹新，丽贞在绝境之中依然对亲人、对故乡充满思念——赴死之别已近，乡关之思难绝。无可如何地怀念养育之恩，希图得到父母亲情的呵护与包容，其实也是一份绝地中无法安顿的生之留恋。“呜呼！硕鼠拖肠，蜣螂化羽，倘青苹之得荐，尚白圭之可磨，已决策于外黄，世无张耳，谁录瑕于上蔡，人是季心，已矣！”另一方面，思前想后，弱女落难虽已不能有所作为，还巴望身后能有一洗秽名的机缘：青苹之荐昭昭于心，白圭之玷终还其清白，外黄富家女可信从内心、自择贤夫、再嫁张耳，可惜我却错过了徐郎，不幸误堕牢笼，再难遇良人；谁能像袁盎那样原谅、包容和赏识季心，来宥解我罪不该杀的冤苦？然而，名门闺秀一旦沦落，乞求新生而难再得，死何以辞？写下十首怨悔题壁诗，衷肠难诉，谁能明我心曲？这绝望的申辩，是对此生零落的一种回省；也是痛断肝肠的鸣冤，是对社会邪恶摧残女性的控诉；更是以怨切不平之呐喊抗辩世俗物议之非难，希冀异日有知我者之幸遇，以备后人知女子慕才爱才荣辱得失之眷念。

此《自序》并十首题壁诗，应该是一气呵成的艺术整体，但题壁组诗不知是时已佚还是才情不及，惜《古今女史》及《名媛诗纬》俱未能存录，诗佚序存，自序遂一跃成为书写文本的主体。读《自序》一篇，闻其言自责自悔，已足见张丽贞私奔陷贼、剖示心路之拳拳；审其情自陈自辩，亦足见闺秀才人的沉沦在当世之惊世骇俗。惟以自序文传世，不是闺中私吟，而是在狱中客邸的书写现场，公开留下女性自传的声音，期待爱才女子的生存境遇与异路悲情引起公众瞩目并传之后世，以忏悔自赎，以文字自救，亦见其慧质深心。

二 才情论雅与本事流俗

《古今女史》在收录张丽贞自序时，配有四处眉批夹评，编者赵世杰附有张丽贞略传、并王季重、朱赤玉评语；王端淑《名媛诗纬初编》亦为其作小传并附评语；冯梦龙《情史》收录张丽贞事亦有短跋；烟水散人《女才子书》卷三《张小莲首附张丽贞》在叙写张小莲故事之前，以入话形式插入了张丽贞自序文及五首七言诗，并及《寄大父书》一笺，并有作者评语；顺治八年(1649)刊《生绡剪》小说第十六回《梨花亭诗定鸳鸯 西子湖萍踪邂逅》则以论衡才情开篇，洋洋洒洒用了整整一回的篇幅完整演绎了张丽贞本事的通俗版故事。此后钱德仓《解人颐·丽情集》亦收录《狱中自序》文，听风堂主人选编《拍案惊奇续编》卷二十九收录了《生绡剪》第十六回故事。可见，才媛闺秀张丽贞私奔落难的事件，在明清江南文人圈产生了不小的影响。在其文其诗被缀入女性文集、小说随笔的同时，闺秀才人之沦落，也引得不少文人留下点评。而张丽贞本事的戏剧性和悲剧性因素，还先后引起了两部通俗小说作者和编者的关注和兴趣，对于其才华和情事结局进行了评录和故事演绎。

《古今女史》编者附略传曰："张丽贞，吴江人，钟情所至，误奔匪人，遂至陷狱，其狱中自序弁寄父书，皆悲惋清丽，时人传录云"[①]。此略传交代了丽贞陷狱的原委，由自序及寄父书文字，肯定其抒情悲惋，文笔清丽的创作才华，并呈明其文与书不胫而走、为时人争相传阅的事实。后附王季重评语曰："天下才人，偏为情使；天下情人，才有才见。怜情惜才，如遇丽贞，将不忍以铁面相向。"[②]王季重，即王思任(1574—1646)，这位才情烂漫、文风诙谐通脱的明末小品文大家，认为天下有才之人，其才都是情动于中而生；而天下有情之人，因其禀赋钟情之质，才能有超迥之识见。若同情其情、顾念其才，遇到象张丽贞这样的才情女子，怎么忍心横眉铁面。此评着眼于才与情的关系，肯定才情相生，才情一体，颇富爱才不肯遗珠之念；才女之隳落，引得文坛大家为之动容申解，并极慰其"三尺典章严，堂上嗔生铁面"的惶恐，丽贞之心愿足否？另一评者朱赤玉曰："伤心只为多情使，愁闷皆因春色留。"[③]朱赤玉不知何人，从其曾评鉴李清照《打马图序》看，似也应是一位才学博雅之士。其说侧重于情，认为情生于心是人性的自然生发过程，男女爱悦情到深处，情思缠绵春恨萦绕，心灵的伤痛、苦闷都是因为多情深情所至。此论显然对丽贞"顿深怨慕"、"逐张倩之离婚"的痴情举动婉为回护。与此相对照，丽贞自序文的眉批不知出于何

① (明)赵世杰辑《古今女史·姓氏》，明崇祯(1628—1644)问奇阁刻本，第90页。
② (明)赵世杰辑《古今女史》卷三，明崇祯(1628—1644)问奇阁刻本，第28页。
③ 同上。

人之手，或许是编者赵世杰，或许是阅读此本的不同读者？因为是夹批具体行文之情理，态度就有些犹疑了。自序开头的批语“心地书空、罪难自赎”，似在理解丽贞自赎之难；“反经为权”处的批语“太弄权了”，却有讽戒丽贞此举不端之意；而在“已悟生生世世罪大弥天”处的批语“罪只在不识货”，又在为丽贞开脱罪责。“梦中乡路”、“见慈母于何年”处的批语字迹刊落不清，大致推测是“悲秋赋云，归故乡于幽梦，学丽姬兮路何远，情闷而伤别”[①]，对丽贞思乡之怀寄予深深的同情。除第二条批语有苛责之意外，批者对丽贞还是原宥大于谴责的。

在《女才子书》卷三《张小莲首附张丽贞》中，作为十余年后也是真实发生的金陵张小莲诗词寻夫成就美满姻缘故事的入话反题，烟水散人以“万历丙辰岁，吴江有张丽贞者，一名德贞，有美色，工诗词，年方及笄……误会奔匪人。事觉其父执送有司……深自怨悔”[②]穿起丽贞故事的碎片，援引其自序文，并及五首诗与寄父书。

> 其一《从贼》：开尽莺花燕已愁，可怜百舌闹枝头。春魂自是随风散，乱逐流红出御沟。
>
> 其二《东门道上》：红幙遮栏几许年，避人不省出门前，双鸳一夜银塘路，兰路生秋复自怜。
>
> 其三《自悔》：为燕钗头钿子黄，翠翘斜护晚来妆，桃源路曲花阴黑，错道渔郎作阮郎。
>
> 其四《人幽怨王满》：粉香无复渗梨腮，破屋阴阴锁不开，姊自作愁愁缚住，儿家却为阿谁来。
>
> 其五《自怨》：红死灯花睡亦苏，却羞残梦到冰壶，百年身世成何事，夜夜城头哭鹧鸪。[③]

这五首七言组诗，只有其三《自悔》收录在《古今女史》和《名媛诗纬初编》中，余作是烟水散人的自拟，还是丽贞原作的抄录，尚难确论。就《自悔》一诗看，“为燕钗头钿子黄，翠翘斜护晚来妆，桃源路曲花阴黑，错道渔郎作阮郎。”

---

① (明)赵世杰辑《古今女史》卷三，明崇祯(1628—1644)问奇阁刻本，第 27 页。

② (明)鸳湖烟水散人《女才子书》卷三，马蓉校点，春风文艺出版社 1990 年版，第 32 页。

③ 同上。

此诗起笔轻倩流荡，用燕钗黄钿、翠羽翘头，极写自己凤簪绾发的美丽翩然，意在表达豆蔻年华、人约黄昏的那份痴心期盼。因为刻意于修饰、过于渲染外在的装扮之美，“晚来妆”包裹着内心急切的渴念，遮蔽了黑夜可能带来的种种不测和凶险。行路蜿蜒、树影幢幢，引领这个意乱神迷的少女，投入了一场疯狂而危险的游戏——不意梦断桃源，托身阮郎却未料夜会渔郎，情梦仙缘与私奔夜路就这样歧出了。渔郎的比喻，似乎将私奔错遇带来的灾难轻轻抹去。如果遇见的果真是本本分分、普普通通的打渔为生的渔郎，似乎也不是什么大不幸？作为组诗其三，此诗尾句言犹未尽、待启下章，似可理解，若是独立成篇，以此收束就有些突兀难解了。或许是作者有意对遭难真相有所隐讳，以避忌人言耸动，亦未可知。总体看来，五首诗分别从从贼、夜遁、自悔、自问、自怨几个角度，叙写从人落难带给自己的不幸和痛苦。但作为才子佳人故事框架中的题壁诗，虽有遮、避、黑、破、锁等字眼倾诉悲戚苦恨、自怜自叹的愁怨，却被莺燕、乱红、双鸳、兰路、翠翘、粉香等意象勾连起的光影流荡、暗香氤氲的意境和背景所冲淡，加之用词倩巧，极富色彩装饰性，文笔旖旎，颇含声嗅之婉转，所以情感表达总有些隔膜飘忽，直到最后“夜夜城头哭鹧鸪”，感情才变得极为沉痛浓烈。

而《古今女史》与《名媛诗纬初编》丽贞小传都提及的那封《寄大父书》于此出现，言辞恳切，绝似丽贞手笺。其书曰：“阿父嗔儿，定杀儿矣。夫私奔，丑行也，为门户羞，死何辞哉！父耶母耶，杀之良是。恨儿年少，巧言之徒，煽人从贼，情更可悲耳！啜其泣矣，噬脐何及。倘得归死先人墓，百年后魂傍阿翁，实罪人之大幸也。山川渺隔，阿翁乎来何时？”[①]在这封写给父亲的诀别信中，丽贞自认丑行贻羞门风，揣测嗔怒之下的父亲一定会觉得自己罪不容诛，归家无望，所以下了就死之心，后悔自己年少无知，轻信巧言煽惑，不幸为贼裹逃。唯一的心愿是死后归葬祖坟，陪伴阿翁。然死后无知，山川杳渺，父亲会不会来？何时才能来为自己收殓尸骨？这愿杀愿剐的待罪之心，令人感叹，这痛彻心扉的祈求哀告，动人恻悯。

烟水散人为何要补写四首余诗及手笺？于此不难自明，亦可以作者随后写下的一段评语为证：“予谓丽贞，固深于情者也。惜其识见不及卓氏，以致误奔匪人。今观其狱中自叙，并怨题五首，故饶文人之至，且其言曰：‘反经为权’，岂其漫无卓识？若谓忠臣不事二君，而管仲何以见收于夫子。昔蔡文姬

① (明)鸳湖烟水散人《女才子书》卷三，马蓉校点，春风文艺出版社 1990 年版，第 33 页。

初适卫仲道，中辱于沙漠，购归而嫁董祀，律之以节，不几遗臭哉。乃范蔚宗传烈女，津津称述。夫亦惜其才，而深悲其遇。有心人另具一识赏，第难与道学言耳！然则丽贞事，亦未免伤于不幸。而其才固不容泯没矣！周礼中春之月令，会男女于是时也，奔者不禁。先王礼制，缘乎人情。予是以深原其误，而悯其痴。但其始末，传闻各异。故不及备次其事，而姑挂漏书之。"[①]评者肯定丽贞深于情，富于才，有识见，并以周礼言春月会男女、孔子收事二君之管仲、蔡琰辱于沙漠适两夫事为丽贞失德之一辩。评者还认为礼制本乎人情，不可以道学论强女子之德行贞节，况遭逢误会而未失德之本心，慕才自荐而灵隽自在，痴情如丽贞可原，特录其诗文书笺以彰其才华，表达自己对女子才情德识的看法。

与《女才子书》传录诗文而彰其才华的入话故事着眼点不同，顺治八年(1649)杭州书坊刊刻的谷口生《生绡剪》拟话本小说集，则在第十六回有不解道人[②]《梨花亭诗定鸳鸯　西子湖萍踪邂逅》一篇故事，以丽贞本事为题材，加入了新的情节因素和细节描写，以诗笺为媒介，完整演绎了丽贞因才起祸、因爱结缘的通俗爱情故事。

作者开篇即强调爱才之心亦如爱色，甚至胜于爱色，是"钻皮入骨，真正五牛六马拔他不出"的，因为色衰爱弛，而才却日久弥新，"越看越有滋味，这个爱在魂里梦里，婉婉转转的。想看他，便是男人有才，男人也爱那男人，女子有才，女子也爱着女子。若那才男去爱才女，才女去爱才男，看官，你道这个爱叫我怎的形容?"[③]此一番议论，不仅顺顺当当引出了丽贞爱才的故事，而且为即将展开的才女爱才子情事必经的周折，以及才情相生过程的市井俗艳色彩做了预设和伏笔。除了作者转录的《自序》文外，小说中丽贞并没有其他诗作，侯监待讼时丽贞的口占之词，其中有"阡陌想际，明明在乡国，霎时无数烟。……又是黄昏时候也，柝声敲起掩残月"之句，亦似时调小曲。而"诗学不让全唐，文情直媲两汉"的徐郎写下的梨花诗"皑雪簌簌雍小亭，怕他风舞一团春，玉人休向栏西坐，月下郎归没出寻"[④]，看似为梨花写照，也不过轻艳流媚如此，用笔柔密，颇带脂粉气。丽贞在丫鬟瓶芳劝说下，兜着爱才之心迈步园亭品评男

---

① (明)鸳湖烟水散人《女才子书》卷三，马蓉校点，春风文艺出版社 1990 年版，第 33 页。

② 《生绡剪》作者谷口生，生平不详，该书回目标注作者多人，其第十回及十六回题下标注作者"不解道人"，其何人不详，亦或熟知丽贞本事的江浙文人。

③ (清)谷口生《生绡剪》，李落，苗壮校点，春风文艺出版社 1987 年版，第 306 页。

④ 同上书，第 308 页。

子梨花题壁诗，叹赏徐郎“直将梨花神髓于有意无意之间托事咏出”，遂生“若才情如备人徐郎，儿家愿为之执帚”之想；后经瓶芳传书递简，惜奴索稿拜读，二人互慕才情，多有唱和；当闻知父亲受聘杨家，随即捎书一封，约备人当晚相会梨花亭，即便出游以成夫妇。如此大胆直截的作为，颇具市民女子的行动力。而当她被劫后，几次欲投水赴死，想到一定要为自己洗冤而辗转苟活，直面不幸和苦难，积极寻找摆脱困境的机缘，机警拦轿告冤，主动自陈诉讼，历经坎坷而扭转命运，这一系列的抗争和自救，完全不同于本事中只能留下一篇自序而向人世诀别的那个名门闺秀张丽贞。而故事最具温情的是，徐郎身陷囹圄而自陈实情，并不因丽贞错遇匪人而嫌弃，而是感其前情苦心追寻，但是相思决不相负，终于杭州大佛头僧舍邂逅惜奴，陈情婉劝，了却官司，最终于梨花亭成合了患难姻缘。这样的结局安排亦纯粹是话本小说描写的市井故事风味了。

此外，这一回故事呈现的江南社会环境，真情与恶俗相交杂，主要人物身份有所下移、角色各异。如张丽贞并非出身诗书望族的名门闺秀，而是小家碧玉。小说只称其父是饶有家资、楼亭高筑的先生。故事是由张翼珍结交诗客、举行梨花诗宴引起的，文人诗客反做了富室家庭小宴的装点。风雅如徐郎之韵士，终日所好，无非是“拈花弄柳，少年场上抽簪；斗酒分茶，壮士俦中打马。囊青琴，挂绿剑，赋天涯之游子；践黑履，戴黄冠，称市上之散人”①。其诗友颇有江湖义气，出入市井与寺庵，结交大户与僧尼，为徐郎分忧解难。为政一方的知县能察小民之冤情、放牌许婚；衙门掌事的温州推官能救弱女于水火，斡旋办案惩治奸凶；解人亦能义愤填膺痛斥贼奴，传递讯息告慰徐郎。而明清通俗小说中常常出现的藏污纳垢的尼庵，在这一回里却肃穆静净、成为女性落难的暂时避难所。看似可靠的行商却贪婪不义，劫财弃弱；好赌嗜酒、四处流浪的恶仆可以随意出入旧日主人门户，坑蒙拐骗，劫掠人口。这一幅市井社会的缩影，善善恶恶，斑驳尘杂，恰如小说尾诗所言“借题写我意中愁，可惜文鸳落虎丘，世上绝无黄袂客，眼前都是黑心虬”②。

以王季重为代表的文人关注和评点丽贞本事，多是惜其才而悯其情，以才情论雅，而通俗小说家一方面在传录和改写过程中尽骋其诗笔文才，以突显才子佳人故事的要素，另一方面又在平民意识影响下淡化了贞节观念和道德罪

① （清）谷口生《生绡剪》，李落，苗壮校点，春风文艺出版社 1987 年版，第 311 页。
② 同上书，第 330 页。

感，使得这一原本属于名门闺秀的故事向市井社会下延，展开了才女故事的通俗想象，以满足在浓厚的商业氛围里生存、挣扎与竞争的市井读者的好尚。

三 才女之梦与才女之殇

张丽贞事件及其在江南文坛产生的耸动和影响，应该不是一件孤立的个案。明代最有名的一首题壁诗，是万历末年无名会稽女子书于山东南部驿站壁上的《题新嘉驿壁》①，诗序互证，交代了自己性好文史，从嫁将军小妾，备受人生凌辱，深夜题诗壁上，惟望过往君子、知音读者解其文情，传之不朽。因其题壁于游人客旅频繁往来的驿站，"万种忧愁诉与谁"、"一句诗成千泪垂"的憾叹剀切动人，其作不胫而走，广为传诵，一时间和者甚众。张大复考订其作者为李秀②，冯梦龙、袁中道、施闰章、钱谦益等十多位文人或为此写下和诗，或留下笔记记述，或亲赴其地游历，引起人们对女子题壁诗现象的关注。此后，在明清之际的易代离乱中出现了大量的女性题壁诗，其中有很多是出于无名女性之手的作品，集中反映了女性在战争和逃亡中的磨难与流离，掀起了明清女性题壁诗创作的高潮，带来明清才女文化绚烂局面之下女性创伤记忆的集体书写与痛恻心音。在这样的文化背景下，张丽贞选择题壁自序的写作方式及其传名于世的创作心理，之于彼时代女性意味着什么？就值得一论了。

原本是十首题壁组诗的补充和背景性交代的文字，因组诗佚失而成为独立的文体，张丽贞的题壁自序文，因其写作方式的苦衷与匠心，兼具了自序与题壁的文体凸越，不仅述事细腻而运典自如，投地告天以才情补过；而且怨慕与怨怒相颉颃，实现了才华崭露与创伤记忆的双重功能。首先，支撑丽贞才女之梦的，是其熟稔自如的运典笔力。在这篇自序中，作者拈用了很多典故，不仅化用琅函、金屋、乘龙、冰鉴、三尺、里衣手线等语典，叙述闺秀身世，娓娓含情，描绘难中心理，幽咽沉郁；而且对硕鼠拖肠、蜣螂化羽、青苹白圭等蕴意较深的事典亦信手拈来，以腹边有余物如肠的唐鼠比喻自己身陷囹圄、苟活于世而不能有所作为的困境，形象贴切；以蜣螂化羽形容自己期望摆脱臭秽污渎而不能的无奈，真切可感；以白圭之玷尚可磨，期待人言有恤还自己以清白，言之

① （明）赵世杰辑《古今女史》卷六，明崇祯（1628—1644）问奇阁刻本，第37页。

② （清）张大复《梅花草堂笔谈》卷十二"新嘉驿"条，上海古籍出版社1986年版，第784页。

恳切。作者还能将倩女离魂、乐昌破镜等具有故事头尾的戏典、张耳发迹、季心得遇等包含复杂背景的史典，带入凝练文字中，以倩女、乐昌在戏典中的角色，表达自己为追求美满爱情而甘愿经历磋磨的勇气，以外黄富家女一嫁庸奴再嫁张耳而改变命运，季心杀人人人畏之而能得袁盎赏识，慨叹自己一遇匪人难再回身、沦落飘零遭物议之谴的悲情，可见其博览文史视野广瞻，运典笔力雅致超迈。无怪乎其文情词笔、才女慧质被誉为“悲惋清丽”、“高才渊博”。

作为一篇自序文，张丽贞以写实笔法自传，却没有遵从刘知几所肯定的自《太史公自序》以来自传忏悔宜隐恶扬善的套路[①]，虽没有司马相如以春秋讳为美谈的招摇[②]，却秉承了王充不避家私自揭其丑的质直[③]，拓展了自序文的功能，又以狱中题壁、客邸留诗的形式，打破了女子“内言不外出”的古训，将私奔难事昭示于众，转换了纸面阅读的创作载体及其传播渠道的有限性，托寓和建构了自己昭然当世、传名后人的才女之梦。

然而，令人叹惋的是，才女之梦遭遇市井之险象、狂徒之陷阱，众口之非议，伴随而来的，是才女之殇。才女遭难，清官可以断回，徐郎可以寻回，而那被损害、污毒的灵魂于何处安顿？才女爱才而导致不测，即自毁才学、终身污渎，不可恕赎吗？冯梦龙《情史》录张丽贞事并自序文，有“如此异才，而为奸人所欺。聪明太过，故有好高之累”[④]的讥评。所谓聪明太过、异才为身累之论，与赏其才情而悯其不幸的文人点评显然不同，已流露出对女子爱才的偏见，这背后依然是“女子无才便是德”的隐性观念在作祟。尽管在明清江南的世家大族中出现了不少闺秀才女，呈现出才女文化的繁荣景象，但即使在这些特定人群和圈子的风雅之中，传统的妇德意识依然是捆绑在更多女性身上的枷锁。不仅男性对才女现象存在指摘和疵议，甚至身为才女者亦不乏持此观点之人。如王端淑《名媛诗纬初编》在收录张丽贞《自悔》一诗时，即有这样的评语“丽贞高才渊博，竟以失节琐类致陷囹圄，时人多惜其才而轻其人，录自悔一首以议褒贬之遗意耳”[⑤]。王端淑(1662—1523)是文学家王思任的女儿，明末有名的女才子女诗人，不仅诗才卓异，有《吟红集》传世，而且参与许多家族诗会和女子诗社，在江南女性诗歌唱和交游活动中颇有声望。作为张丽贞文学才华的

---

① (唐)刘知几《史通新校注》，赵吕甫校注，重庆出版社1990年版，第611页。

② (西汉)司马相如《司马相如集·自叙传》，金国永校注，上海古籍出版社1993年版，第201页。

③ (东汉)王充《论衡·自纪》，北京大学历史系注释，中华书局1979年版，第1668页。

④ (明)冯梦龙《冯梦龙全集·情史·情仇》卷十四；周方，胡慧斌校点，江苏古籍出版社1993年版，第511页。

⑤ (清)王端淑辑《名媛诗纬初编》卷二三，清康熙六年(1667)清音堂刻本，第10页。

品评者，这段话虽肯定丽贞高才渊博，但无形中又囿于道德舆论的禁忌，借“时人”之口声明录《自悔》一诗的依据，是以备议论褒贬。而这议论褒贬之中隐去的，其实是评者以德为衡、德失而才掩的立场——丧失了传统妇德之美的女子，即有诗作传世，其才华也只能落一义看了。不仅如此，王端淑《名媛诗纬初编》在评价入选女诗人时，虽然对女子的容色与才华大加赞叹，但还是强调了“予品定诸名媛诗文，必先扬节烈，然后爱惜才华”①的编选原则，将德性表彰置于前而诗才品鉴置于后，表明其对选录集中的女子才华的揄扬是以道德评判为前提的。而作品被收入《古今女史》的才女秦氏，亦写下《警世语》、《绿窗语》，谆谆告诫女子以嗣育为则、守阴辅阳，恪尽妇道，以贞信全身，自保其祥，不可恣情忘义、辱志灭身。其《警世语》曰：“彼美丈夫德仪外不着闲想，彼淑女子贞信中独全此身。丈夫快事最多，奚以得女为乐，女子育嗣足矣，稍狥则成人之生，毁人之家，伐人之国。天地阴阳之灵气，岂以供人之戏弄之？资戏弄天地阴阳者，天地以为不祥，不祥而能自保者，从古未有。”②其《绿窗语》曰：“天地生人，付以弱质，盖假此转换阴阳，转续人世之命脉焉者，溺之以为欢，如饮醇醪，不知其醉。妒焉者，专之以为乐，如竞好爵，不顾其他；迷焉者，郁之以为痼，如入鬼箓，不恤其毙；纵焉者，得之以为美，如遇奇珍，不羞其污。天下如是之，丈夫如是之，妇人恣情忘义、辱志灭身，大失天地化育生人之意。”③或许，名媛才女忌才以自戒、畏才以戒人的顾虑重重、言不由衷，方显现出才女文化在无才、扬才与抑才之间、在无名、立名与毁名之间不为人知的文化焦虑与精神症候。

丽贞情动于中而不能自持，即手书寄笺，书信款通，主动遣婢致书，以诗词酬答爱才慕才之心，希望未来的婚姻里得到的更多是感情的交流、才华的赏慕和心灵的契合，而不是为父命之命先定的、所配非偶的未知婚姻命运，却因为社会暴力的侵蚀和剥夺，造成了与传统妇德的背离，无论作者如何抗诉暴力，如何控诉恶仆打劫、匪人作乱的社会，才女形象及其优雅的创作姿态已经被颠覆，心灵备尝煎熬，创伤难以平复，孤独的才女精神在世俗面前，不得不记忆和书写另一种残酷的真相。正如讨论吴地才女生活的一位研究者所说“她们之中，有的虽敏悟过人，却不幸早卒；有的未婚守贞，凄苦终生；有的矢志不嫁，形

① （清）王端淑辑《名媛诗纬初编》卷十二，清康熙六年（1667）清音堂刻本，第 6 页。
② （明）赵世杰辑《古今女史》卷九，明崇祯（1628—1644）问奇阁刻本，第 18 页。
③ （明）赵世杰辑《古今女史》卷九，明崇祯（1628—1644）问奇阁刻本，第 17 页。

容枯槁;有的历经磨难,自悔才学,有的自暴自弃,摒弃笔砚”[①],无论才华多么出众,这些女子的最终命运大多无法摆脱才女之殇——这恐怕不仅是张丽贞面对的尴尬,也是明清时期以才自赏的女性想要改变命运、拓展生活空间时都有可能遭遇的不幸。

看上去,明清时期才女的生活似不再以谨守妇道为唯一轴心。饱览诗章,颖悟美慧,谢女展眉,驰骋翰墨,在闺阁内外以立言为自己争取人生意义,构成了才女生活的重要内容;她们亦藉此拓展自己的生活空间,追寻情感的慰藉与美满姻缘。但因为传统观念的强大与礼法的羁绊,才女们往往历经磨难、才华凋零,甚至生事致祸,面对死亡。张丽贞本事只是才女之梦的一粟而已,但却是明清时代才女之殇的典型个案与个体预演。作为才女之梦记录者与见证者的文人、作家,虽然从某种程度上挣脱了以闺范衡其才华的道学浸染,却很难从男性评判者的立场解开才女之殇性别书写的症结,而如《钟情误》评丽贞《自序》所云:“有如此异才,而为奸人所欺。聪明太过,祸鬼揶揄,英雄失足,古今同慨,岂独妇人”[②],能以男女作齐观,将才女与英雄相提并论,那毕竟是清末以后的事了。

---

① 杨晓东《历史的回声——吴地古代妇女研究》,北京燕山出版社 1994 年版,第 340 页。

② (清)钱尚濠辑《买愁集》,王文英校,广益书局 1936 年版,第 71 页。

周汝登《唐诗助道》浅论

复旦大学中国古代文学研究中心　周兴陆

苏辙《诗病五事》云："唐人工于为诗，而陋于闻道。"这是宋代对于唐诗人的主流看法。如孟郊诗曰"食荠肠亦苦，强歌声无欢"；"出门如有碍，谁谓天地宽"云云，在宋代受理学影响的论者看来，胸襟逼仄，不能自持，非远大之器(见葛立方《韵语阳秋》卷十八)。宋人重视闻道，其诗歌也以义理见长。但是，这在株守唐诗审美范型的严羽看来，则是"以议论为诗"，虽然不能说不工，但"终非古人之诗"。严羽并不认为唐人陋于闻道，他称赞"唐人尚意兴而理在其中"(《沧浪诗话·诗评》)。但严羽的《沧浪诗话》对"尚意兴"说得比较多，对于"理在其中"则语焉不详。后代也少有人论唐诗之"理"，反之，往往称赏唐诗对"理"的超越，如清人贺裳《载酒园诗话》就赞美唐诗人李益"嫁得瞿塘贾，朝朝误妾期。早知潮有信，嫁与弄潮儿"一诗是"无理而妙"。

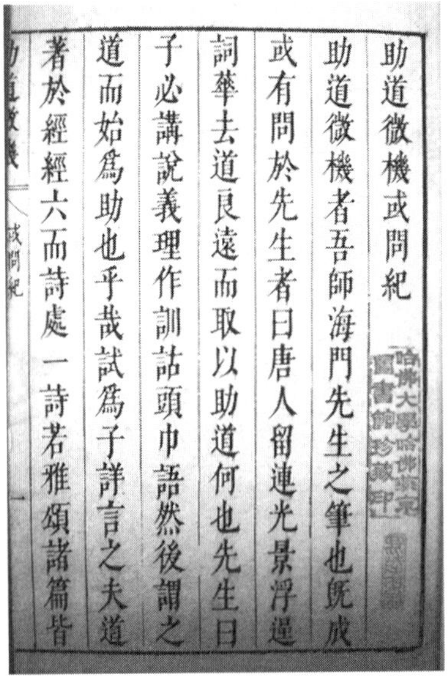
助道微機或問紀
助道微機者吾師海門先生之筆也旣成
或有問於先生者曰唐人留連光景浮遌
詞華去道良遠而取以助道何也先生曰
子必講說義理作訓詁頭巾語然後謂之
道而始爲助也乎哉試爲子詳言之夫道
著於經經六而詩處一詩若雅頌諸篇皆
助道微機　或問紀　一

明代诗学是沿承严羽"标举盛唐"的路数走下来的，很为轻视宋诗之讲义理；而思想上则是秉承着宋代的理学，特别是"心学"一派在明代中后期甚为发达。因此，理学视野和诗学视野的"唐诗观"存在着明显的冲突，而明代的一些理学家则试图消弭这一矛盾。其中，周汝登的《类选唐诗助道微机》提出"唐诗助道"的新观念，值得注意。

周汝登《类选唐诗助道微机》尚未得到研究者的关注。唐诗选本研究专家孙琴安先生在《唐诗选本提要》中说："(此书)现藏湖南省图书馆。余欲知此书之详多年，终未如愿。”（第158页），除了湖南省图书馆外，国家图书馆、美国哈佛大学燕京图书馆都有藏本，然而学界尚无研究的文章。

周汝登（1547—1629），字继元，人称海门先生，浙江嵊县人。他是明代后期“心学”的重要人物，受学于王门高第王畿和泰州学派的罗汝芳；他编撰了《圣学宗传》，面对“王学由盛而衰，朱学由衰复盛”的思想趋势而定“心学”于一尊。他所谓的“圣学”的要旨，就是以心学为依归①。《类选唐诗助道微机》是周汝登从“心学”立场对唐诗的新选择、新解读。与一般的理学家不愿意花费工夫于诗文上不同，周汝登编选了这部独特的唐诗选本，甄选唐诗以“助道”，并解说其中的“微机”。

卷首门人方如骐的《助道微机或问纪》曰：

> 《助道微机》者，吾师海门先生之笔也。既成，或有问于先生者曰：“唐人留连光景，浮逞词华，去道良远，而取以助道，何也？”先生曰：“子必讲说义理作训诂头巾语，然后谓之道，而始为助也乎哉？为子详言之。夫道着于经，经六而《诗》处一。诗若《雅》《颂》诸篇皆圣哲述作，至《国风》中浅言恒语，出自愚夫妇之口者，圣人皆删而存之；次于《雅》《颂》之前直与《易》之卦、彖、象、爻，《书》之典、谟、训、诰并列而为经，此何以故？盖圣哲与庸愚一心，臭腐与神奇一理，不说义理中有真说处。是故蒭荛可询，迩言可察，而况唐人之诗多得之天才妙悟，以为《三百篇》之鼓吹，而作吾人进道之资藉，何不可也？”或人唯唯。

所谓“或人”者，是持常人之见，认为唐诗“去道良远”，但是周汝登则心胸活络，认为“唐人之诗多得之天才妙悟”，可以作为“吾人进道之资藉”。后有新安胡正言的简短题识：

> 夫诗言志。志，心所之也。本心之志，率乎其天。天机发为天籁，自有天然之旨趣，岂人之所能为哉？人为之诗，奚以诗为？杨慈湖云：“世传李杜文章伯，问着《关雎》恐不知。”彼盖有所重者在也。海门先生之笺唐诗，意取诸此。予有感而订行之，庶几与《三百篇》并垂，人心世道胥赖之

① 参见卢钟锋《中国传统学术史》第194页，河南人民出版社1998年版。

矣。诗云诗云，词句云乎哉？

所言乃心学家的诗学态度，即诗乃天机之发动，关乎心性，不在于技艺的考究。胡正言，安徽休宁人，是明代末年的出版家。晚明时隐居在南京鸡笼山侧，室名“十竹斋”。此书板心下署“十竹斋”，当是刻于明末。笔者所见哈佛大学燕京图书馆藏《类选唐诗助道微机》，系与周汝登的《邵杨二先生诗抄》合刻的。周汝登继《程门微旨》后编撰《邵杨诗微》附其后。《邵杨诗微》是选评邵雍和杨简诗歌。《邵杨诗微》与《类选唐诗助道微机》性质相近，于是胡正言将二者合刻行世。

所谓“类选”，是指分类编选。《唐诗助道微机》与一般按体、按人编选的唐诗选本不同，周汝登确立心学、家庭、君道、臣道、交友、边塞、饮酒、静趣、感策、对治、禅门、玄门12类，编选为六卷，每卷两类。其中“心学”类选诗多，评论较为详细。标题下的一大段小序，可谓是“心学”专论，曰：

> 吾人与生俱生之事，唯有学问一着。学问之要只在求心。孟子“无他”二字吐露直截。甚矣，孟子之学，溯自虞廷，而得于孔子。虞廷开统，只传此心。夫子十五志学，以心始；七十从心，以心终。宗旨灼然可据。而后儒以本心归之释氏何耶？即谓儒者本天，天匪心外，心即是天。总之，惟心明矣。顾心无二，而求心之工夫不一；心至约，而因心之妙用无穷；心不离睹闻声臭之中，而实超睹闻声臭之外，名言俱绝，思虑都忘。知此乃可言心，故心之体至微，而心之学至密，未可以容易承当者也。
>
> 予生平于此切切未能通其关棙，而不敢废乎参求，自圣贤经传而外，俗语恒言稍可取证，俱不敢忽。昔阳明子见两人相诟于途。一曰汝欺心，一曰汝没天理。阳明子呼门人曰：“小子听之，两人者方讲学乎？盖其入耳儆心如此，而况我辈有闻，何可轻易放过？”予近因读唐诗而每有儆省，取以讴吟，深得求心之助。
>
> 吾观古人读诗，其取之道有四，一直赞，二触发，三假借，四微妙。直赞者，以如是人作如是语而赞之，如“为此诗者，其知道乎”之类是也。触发者，作者未知而听者致察，如触“沧浪”之歌而发自取之道是也。假借者，诗意在彼，而借明在此，如“岂不尔思，室是远而”，借明思则不远之理；“乃积乃仓，爰及姜女”，借作好货好色之征是也。四微妙，如《易》之韵语，有“豕负途，载鬼一车，先张之弧，后说之弧”，镜中花，水中月，刘须溪谓

"妙处不必可解"者是也。今予所取，亦窃效兹义，随取随录，得若干首云。

前面一段是根源于孟子的"求放心"而论心之体、心之用和心之学。周汝登在《圣学传登》卷十一中说，孟子"始明指本心之学以教人，此陆子之学所从出也"。陆、王的心学就是渊源于孟子的心性论而加以发挥的。后一段论从"心学"角度吟诵唐诗，常有省悟，"深得求心之助"，可以触着微机，获得"心学"思想的感悟。至于如何看待唐诗，他说有的诗人闻道，诗则是见道之言；有的虽非言道，但可以触发道机；有的诗意与道无关，但可以借用来省悟道理；有的则是镜花水月，妙处在可解不可解之间。周汝登在《自题诗文》中说："欲事诗文，先治心。"①他是从"心学"的立场来解诗的，诗也就成了心学修炼和感悟的辅助。试看此书"心学"类的选评：

他首先选了张九龄三首诗，分别是《登荆州城望江》("滔滔大江水，天地相终始。经阅几世人，复叹谁家子？东望何悠悠，西来昼夜流。岁月既如此，为心那不愁！")《春江晚景》("江林皆秀发，云日复相鲜。征路那逢此，春心益渺然。兴来只自得，佳处莫能传。薄暮津亭下，余花满客船。")《晨出郡舍林下》("晨兴步北林，萧散一开襟。复见林上月，娟娟犹未沉。片云自孤远，丛筱亦清深。无事由来贵，方知物外心。")三首诗分别有"愁心"、"春心"和"物外心"，周汝登评论说：

> 初首登城望江，而遂究天地之终始，岁月之如流，乃发愁心。夫其所愁何在耶？次首春心自行，而佳处莫传，惟其能愁，故能自得也。末首享无事之贵，知物外之心，见益超，趋益深矣。曲江为唐朝贤相，风节凛然，其根本于此见之，非偶然也。

李商隐的《端居》："远书归梦两悠悠，只有空床敌素秋。阶上青苔与红叶，雨中寥落月中愁。"悲秋与思归相交织，具有唐诗以"情韵"胜的典型特征，但周汝登从心学的视角评曰："此心不知安顿，雨中、月中，头头是碍。"

唐人诗歌本不重于表现道理，但往往也有无心而自合的情况，诗人的阅历和感触所得，有时就蕴含着义理。储光羲《临江亭》曰："古木啸寒禽，层城带夕阴。梁园多绿树，楚岸尽枫林。山际空为险，江流长自深。平生何以恨，天地

① 周汝登《自题诗文》，《海门先生文录》卷四，四库全书存目丛书影印明万历张元忭等刻本。

本无心。""何以恨",其实正是有恨。《庭草》:"庭草根自浅,造化无遗功。低回一寸心,不敢怨春风。""不敢怨春风"其中也蕴含着怨。从作者本意来说,是有怨情的,不过表达得比较宛转。周汝登则撇开诗人的本意,就文字所吟咏,赞此二诗是见道之言,批曰:"悟此二作,可以永无怨尤。"他寻绎的是唐诗中的心性义理。

严羽在《沧浪诗话·诗评》中说:"唐人好诗,多是征戍、迁谪、行旅、离别之作,往往能感动激发人意。"唐诗情深,故能动人。韩愈《从仕》曰:"居闲食不足,从仕力难任。两事皆害性,一生恒苦心。黄昏归私室,惆怅起叹音。弃置人间世,古来非独今。"温庭筠《客愁》曰:"客愁看柳色,日日逐春深。荡漾春风里,谁知历乱心。"韦应物《夏日》曰:"已谓心苦伤,如何日方永。无人不昼寝,独坐山中静。悟澹将遣虑,学空庶遗境。积俗易为侵,愁来复难整。"韩愈诗歌表达的是居闲、从仕皆不可,遭世弃置而举足无措的"苦心";温庭筠诗写春色扰乱客愁;韦应物似是悟道之人,但也遭遇世俗侵扰的烦愁。这三首诗或多或少都蕴含着悲怨之情,在一般读者,或许会为这种情绪所感染。周汝登则评曰:"皆见心之难降,求所以降伏其心,岂容缓乎?"这是从"心学"的立场来读诗的,借诗以明道,意谓人心不能受制于外物的得失、仕途的穷达,若受外欲的牵制,人便心猿意马,难以降伏其心。这已撇开诗人的本意,是借题发挥了。

从"心学"的立场来看,唐人吟咏的多是世间俗情,似乎尚未证道悟入。周汝登"长夏无事,读唐诗偶有所触,乃就其语而转之,名《正唐诗》,凡一十五首",收入他的《海门先生文录》。这是借用禅宗"机锋转语"的方式,从诗学角度说,是运用"翻案法",以接引学人,引人悟道。如李白《山中问答》诗曰"问予何事栖碧山,笑而不答心自闲。桃花流水杳然去,别有天地非人间",周汝登转而正之曰:

问予何事栖碧山,笑而答心自闲。
桃花流水依然在,别有天地只人间。(《海门先生文录》卷十二)

诗末有振升批云:"李白慕仙而不知真仙,欲去人间而别寻天地,可笑。"李白诗末句"别有天地非人间",是道家慕求超越尘俗的仙境的思想,而周汝登则说"别有天地只人间",若能明了自家心性,获得彻悟,生活在人世间也是别有天地,别有境界的。清代四库馆臣在《四库全书总目提要》中批评说:"《正唐诗一十五首》尤不可解,如取李白'问余何事栖碧山'一首,翻其意而窜改之曰:'桃花流水依然在，别有天地只人间’，是不几王安石之‘一鸟不鸣山更幽’乎？”其实，清代正统文人对于明代心学颇为反感，也未能了解心学的主旨，因此便觉得《正唐诗》“尤不可解”。

王维的《与卢员外象过崔处士兴宗林亭》诗曰：“绿树重阴盖四邻，青苔日厚自无尘。科头箕踞长松下，白眼看他世上人。”周汝登转而正之曰：

> 清净无边洽比邻，才分我尔即成尘。
> 一般面目谁亏欠，莫漫轻他世上人。（同上）

诗末有美祖批云：“古有常不轻菩萨。轻世，晋人之失也。”王维诗“白眼看他世上人”一句，本于魏晋之际阮籍“能为青白眼”的典故（《晋书·阮籍传》），意思为愤激于世俗，但是在周汝登看来，“才分我尔即成尘”，心中有世俗、非世俗的观念在，就是已起分别心，所以他说，都是一般面目，莫漫轻视。从心学的立场上，满大家都是圣人，人人皆有良知良能，从禅宗的立场说，就是无分别心，众生平等。

周汝登的《正唐诗》十五首，近似于禅宗的诗偈机锋，采用的是诗歌的翻案法，重在义理的点悟，从诗歌意蕴上来说，算不得上乘之作。周汝登本来就未打算成为一个诗人。他在《自题诗文》中说：“余为诗文，如花如鸟，共发共鸣，不容已而已矣。”他说，若“本之以矜能取名之意，刻削安排，失造化自然之妙，此不足贵”。他的《海门先生文录》也收入若干诗篇，近似于陈白沙、庄定山等心学家的诗，是当下证悟时，信笔自然而出的结果。

从上引《正唐诗》中已经可以看出周汝登受到禅学的影响。本来心学的发生好发展都受到禅学的启悟，泰州学派与禅宗关系更为密切，周汝登受学于泰州学派的传人罗汝芳，其思想明显地表现出兼通儒禅的倾向。《明史》本传说他“更欲合儒释而会通之，辑《圣学宗传》，尽采先儒语类禅者以入”。唐诗助道的“道”，其实也表现出融会贯通的特征。当然，他所谓的“道”，首先是指儒家之道。《类选唐诗助道微机》中除了“心学”外，如家庭、君道、臣道、交友、边塞等类都属于儒家之道的范围。其中“家庭”类小序说：

> 学问之道，始于家庭。家庭间，父子、兄弟、夫妇天伦聚焉。天伦敦，而所谓心学无余事矣。夫子以达道开群蒙，而教在诗歌，是故《陟岵》之篇，所以教父子；《常棣》之篇，所以教兄弟；“鸡鸣待旦”之篇所以教夫妇。盖歌咏之感人，深于言词之督责，而遗风余响，唐人犹有存者。是以予取

其厚伦之咏，以继“删述”之余。

《诗经·陟岵》，《小序》谓是“孝子行役，不忘其亲”，故作此诗以表达思念之情。《常棣》是“燕兄弟之乐歌”（《小序》）。“鸡鸣待旦”之篇是指《诗经·女曰鸡鸣》，朱熹解释曰：“此诗人述贤夫妇相警戒之词。”这些诗篇的主题都是关涉古代儒家的家庭人伦之道，这是一个诗歌传统，唐人也是如此，多歌咏人家亲情的诗篇。周汝登选了41篇，如韩愈的《履霜操》、孟郊的《游子吟》《归信吟》、李嘉祐的《送从弟永归侍》、孟浩然的《寄弟》、杜甫的《得舍弟消息》、七岁女子的《送兄》（据《唐史遗事》）、李贺的《勉爱行送小季之庐》、白居易的《赠内》、王昌龄的《闺怨》，都是表达母子、兄弟、夫妻之间骨肉至情的诗篇。

“君道”类选诗较少，是一些君臣奉和应制之作，包括君王自撰赐下之作和臣下奉和之什，今天来看没有多大意义。“臣道”类的小序云：

臣道非一，总根于忠君爱国之心。有其心，自然尽其道。盖不论职之崇卑，遇之亨否，而心不变，道固常存。有若人而宗社由之奠安，民生由之休遂，纲常由之维植。不然，于世道何藉也！唐诗中往往有歌吟是事者。予览其词而惕于衷，或为之欣然以喜，或为之悚然以敬，或为之勃然怒而冲冠，皆可以备劝戒之道，而鼓激此心者，因录而时时咏之。

“臣道”类选诗33首，较多的是反映民生疾苦和社会问题的诗篇。如元稹《连昌宫辞》、元结《舂陵行》、《贼退示官吏》、杜甫《和元使君舂陵行》等都入选，在后面的评语中，周汝登指出“国家之理乱，系于宰相”；“民生之休戚，系于守令”。因此“居相与令之职者，尤不可辜（原文为‘孤’，据文意该）负”，并发出“今何如哉？难言之矣”的慨叹。《明史》本传说他“初为南京工部主事，榷税不如额，谪两淮盐运判官”，大约不是所选李绅《闾里谣》讽刺的“莫令太守驰朱幡，悬鼓一鸣群鹊喧。恶声主吏噪尔门，唧唧力力烹鸡豚”的残暴官吏。张籍的《野老歌》揭示了农民“苗疏税多不得食”而“西江贾客珠百斛，船中养犬长食肉”的严峻阶级对立；郑云叟的《富贵曲》云：“美人梳洗时，满头间珠翠。岂知两片云，戴却数乡税！”蒋贻恭的《咏蚕》诗云：“辛勤得茧不盈筐，灯下缫丝恨更长。着处不知来处苦，但贪衣上绣鸳鸯。”这些诗篇将社会中巨大的贫富差距揭露得非常直接。可能正是因为将社会矛盾揭露得太直接了，后世的唐诗选本很少选入此类诗篇（张籍《野老歌》入选《唐诗品汇》），而周汝登选入不少这类诗歌以“助”“臣道”，并批曰：“已上三首诗为民上者所宜痛心！”从中可见他的政治态度，以及对于诗歌在政治生活中的意义的认识。同样的思想态度在“边塞”类，也有体现。“边塞”类的小序说：“吾读唐人之诗，于其讽刺悲伤处，原其始而究其终，每为之涕泗盈襟。居政本而寄阃外者，更宜于此三复焉。”

“臣道”类有一些诗篇歌咏、阐论为臣为政之道。如晚唐诗人邵谒的《论政》，算得上是一篇诗体的政论，一般唐诗选本很少选它。张巡、裴度等贤臣不以诗名，但“臣道”类选入了裴度的《中书即事》，其中有“道直身还在，恩深命转轻”；又选入了张巡的《守睢阳诗》和《闻笛》，并评曰：“睢阳，忠节之士。其表见于世者，非以文墨，而诗可见者，使人诵之加敬。”选者的思想倾向非常明显。

此外，“交友”、“静趣”、“感策”（感叹人生短暂）、“对治”（吊挽逝者）等类所选的诗篇，也都有助于对儒家之道的领悟。周汝登论道，是“欲合儒释而会通之”，这个思想特点在此唐诗选本中的表现是他列了“禅门”、“玄门”二类。“禅门”类的《小序》云：

> 自来大儒，无论显从禅者，即形迹若远而声气未尝不相通，若濂溪之参佛印，明道之味《华严》，伊川之叩灵源，晦翁之从道谦，俱不可谓不取也。予近逐尘劳，时临仆隶，未获茗对高僧，榻移竹院。每取古诗吟之，亦自欣然。盖未论至理，而一种清凉之味聊自得云。

宋代理学家多交游高僧，理学汲取了禅宗的滋养，周汝登论道正是秉承这一传统。“禅门”类中选入了王维《秋夜登望》、《叹白发》、《过香积寺》等意味入禅的诗篇，也选入皎然（6首）、贾岛、僧良乂、贯休等僧人诗作，还大量入选一般诗人游览禅寺、寄赠高僧的诗歌，如杜甫的《游龙门奉先寺》、柳宗元的《禅室》等。杜诗末二句“欲觉闻晨钟，令人发深省”，可谓是声闻缘觉而道心呈露。柳诗“涉有本非取，照空不待析”，亦颇得禅理。前面的“心学”类也选入了吕温《赠僧灵彻》、尚颜《寄刘逸士》、皎然《赠韩武康》，并评曰：“‘禅心无滞境’，‘道不离方寸’，‘此兴唯无别’，皆是极微极到之语。”“玄门”类选入陈子昂《感遇》2首、李白《古风》5首以及其他赠道士、题道观的诗篇。周汝登持三教合一的观念，认为“若最上究竟，则教未有不本心者，非心则非教矣”，以儒家的“心学”为本而会通释、道。

周汝登的《类选唐诗助道微机》是一部非常特别的唐诗选本，是站在“心学”立场来选取唐诗作为“求心之助”；若今天纯粹站在文学的立场上来看待它，或许多有不尽人意之处，但是放回到诗歌阐释的历史中去看，这种做法又是可以理解的。汉魏晋唐时释诗，重在训诂文义，考释本旨。自宋代始，鉴赏的重心有了很大的转向。詹初在《日录》下中说："读书不但是记文义，正须要理会于心。"刘辰翁《题刘玉田选杜诗》说"观诗各随所得，别自有用"。"理会于心"，体会出诗味，自家受用，注重读者自得，用今天的话来说，重视鉴赏主体的独立性、创造性是宋代诗歌鉴赏论的特点。罗大经《鹤林玉露》说：

> 大抵古人好诗，在人如何看，在人把做甚么用。如"水流心不竞，云在意俱迟"；"野色更无山隔断，天光直与水相通"；"乐意相关禽对语，生香不断树交花"等句，只把做景物看亦可；把做道理看，其中亦尽有可玩索处。大抵看诗要胸次玲珑活络。（乙编卷二）

周汝登正是将唐诗"把做道理看"，以独特的视角甄选唐诗，加以独特的解读。在"心学"类荆叔《题慈恩寺塔》、窦巩《南游感兴》、李益《上汝州郡楼》、刘禹锡《九日登高》等几首都咏及"伤心"的诗篇后，周汝登就明确地说："已上皆'伤心'之诗，不必深求作者之本意，而但以激发自己之迷情。"从"深求作者之本意"转向"激发自己之迷情"，这正是宋代以来诗歌阐释学的一大转变。刘辰翁曾提出"好诗不必可解"，周汝登在此基础上提出"应须神解，未可言求"（邵雍《秋怀》批语）。杨简《偶作》（其十五）曰："勿学唐人李杜痴，作诗须作古人诗。世传李杜文章伯，问着《关雎》恐不知。"周汝登批曰：

> 读经而不识经，能诗而不识诗，此郑氏之笺、李杜之什也。然则经与诗毕竟如何识？"关关雎鸠，在河之洲"，今人解得"关关"是相应之声，"雎鸠"是水鸟，"河洲"是水中高地，便谓知诗，可乎？千经万典，皆不过如此。可惜，可惜！

周汝登的意思是说，读诗仅仅解得"文义"，不能领会其中的旨趣义理，终是不识诗。而他自己的《类选唐诗助道微机》可以标之曰"义理读诗法"。在古代的诗歌阐释史上，时常可见到零星地对诗歌里义理的掘发，而以这种解读方法纲举目张地编一部唐诗选来"助道"，这可能是独一无而二的。

闵齐伋的编刊活动、编刊特点及其影响

浙江外国语学院　赵红娟

闵齐伋是晚明江南著名的编刊活动家，其编撰活动可细分为撰、编撰、编辑、辑评、裁注、批校六类，一生所刊书籍达 34 种。其编刊的品牌效果十分显著，以致后人一提起套印书，就以为是他所刊，且乐于收藏。目前，收入《国家古籍珍贵名录》的闵齐伋刊本已达 18 种 141 部。兹就其编刊活动、编刊特点及其影响进行探讨。

一　闵齐伋的编撰活动

闵齐伋的编撰活动可细分为撰、编撰、编辑、辑评、裁注、批校六类。“撰”特指研究撰写，不包括辑录、汇编。从现存资料来看，真正属闵齐伋“撰”的著作只有《西厢记五剧笺疑》一卷。是书最早见于闵齐伋崇祯十三年（1640）刊《会真六幻》之赓幻《关汉卿续西厢记》后，民国八年（1919）贵池刘世珩所刊《暖红室汇刻传剧》收入[①]。其主要内容是对《西厢记》的校勘，自跋曰：

> 旧本原有注释，诸家颇多异同，强半迂疏，十九聚讼，将为破疑乎？适以滋疑也。至有大可商者漫不置词，更于大纰缪处迄无驳正，讹以承讹，错上铸错，无或乎？其不智也。世界原是疑局，古今共处疑团。不疑何从起信，信体仍是疑根。我今所疑，孰非前人之确信也？我今所信，孰非来者之大疑也？疑者不笺，笺者不疑，以疑笺疑，有了期乎？

---

① 暖红室刊本有扬州广陵古籍刻印社 1979 重印本。

亦有对《西厢记》的赏析，如其评《西厢记》第四本第三出《长亭送别》【一煞】曰："'夕阳古道无人语'，悲己独立也；'禾黍秋风听马嘶'，不见所欢，但闻马嘶也；'为什么懒上车儿内'，言己宜归不宜归也。"这些评点细腻精辟，常被后世引用。

编撰是指带辑录和撰写双重性质，这类书有《六书通》十卷。据自序，是书成于顺治辛丑(1661)，乃闵齐伋晚年之作，也是闵齐伋著述中最有影响的一部。它仿照《金石韵府》体例，以《洪武正韵》统字，每一字楷书，先列俗体字，后列《说文》中的小篆及反切。凡《说文》中的部首字，均标明"建首"二字，然后列古文、籀文、钟鼎彝器以及秦汉公私印章。凡《说文》所无者，均注明出处，自为注解，并引经史加以证明。该书保存了大量的古体字，是一部研究汉字字体演变及书法篆刻的工具书。闵齐伋生前未能梓行此书，直到康熙五十九年才由毕既明厘定，付基闻堂梓行，名《订正六书通》。此后该书一版再版①，并传到了日本②，影响甚远。

编辑主要是指汇编或辑录。闵齐伋汇编之书有《会真六幻》十九卷。主要收唐元稹《会真记》、金董解元《西厢记诸宫调》、元王实甫《西厢记》四卷(即《西厢记》前四本)、元关汉卿《续西厢记》(即《西厢记》第五本)、明李日华《南西厢记》、明陆采《南西厢记》六种书，外加一些附录③。闵齐伋认为这六种书分别是幻因、搊幻、剧幻、赓幻、更幻、幻住，故曰"会真六幻"。因此，该书是闵齐伋所编有关"西厢"故事的作品总集。闵齐伋辑录之书有《云天佩》。自序云："《易》曰：'云上于天，需。君子以饮食宴乐。'圣人弥纶参赞之事，其凡六十有四耳。饮食宴乐，顾居一焉，需之用大矣。是故乐天氏之颂酒功也，亦曰：'吾尝终日不食，终夜不寝，以思无益，不如且饮。'何其言之似圣人也！爰辑《云天佩》。"④该书已佚，从序言来看，当是一部辑录历史上有关酒事的书。值得一提的是《藏机枰》四卷，《晟舍镇志》卷六《著述》亦将其列于闵齐伋名下，并引闵

① 主要有：乾隆六十年(1795)南汇吴稷堂刻本、光绪四年(1878)绣谷留耕堂刻本、光绪十九年(1893)平远书屋石印本、光绪十九年上海校经山房石印本、光绪二十一年(1895)上海鸿宝斋石印本、宣统元年(1909)上海扫叶山房石印本、民国五年(1916)上海扫叶山房石印本、民国上海广益书局石印本、上海书店1981年本、《四库全书存目丛书》本等。

② 主要有：日本天保八年(1837)年刻本、日本明治十三年(1880)松田文书堂刊本等。

③ 闵齐伋《会真六幻》，国家图书馆有藏。附带说明的是，据笔者目验，该书所附《围棋闯局》后，有闵齐伋跋，云"围棋之词，板直淡涩，不唯远逊实父，亦大不逮汉卿，其为另一晚进无疑"。华东师大2005年蒋文仙博士论文《明代套色印本研究》(以下简称蒋文)第200页说"北图藏本无此跋"，误。

④ 见《晟舍镇志》卷六《著述》。

齐伋自跋曰:“凡夫术之巧者,皆可意传。惟弈寄巧于秤,非文能殚。此制昉于宋末邵时雍,几成春夏秋冬之辞,法通千百万亿之局,只此三百六十一子,而颠倒纵横,弈之巧尽是矣。向无刻本,余所藏凡四卷,只三百余局,每卷缺至十许,皆残局,而鲜起手。今益于起手及腹心侵角共五十余势,而四九之数始充,庶几全璧。”从该跋来看,这是闵齐伋收藏的棋谱,并非其辑录之书①。

所谓辑评,就是辑录诸家评语或圈点,多以套色刻之眉端或正文中。闵齐伋辑评之书较多,如万历四十四年所刊朱墨本《檀弓》一卷。其《刻檀弓》曰:“顷从从弟子京所见谢高泉先生所校本,盖旧本也。兼有用修附注,援引淹博,足备参稽。因汇注、疏、集注、集说诸书,去其繁而存其要,以着于简端,而品题则仍谢之旧。”据此,其眉端评语,除谢评、杨注外,还有闵齐伋辑自“注、疏、集注、集说诸书”之评。

所谓裁注,就是对所辑评语去粗存精,所裁注之家一般是该书重要评家②。先辑后裁,辑是裁的基础,裁是辑的更进一步,是辑者择取意识的体现,两者密不可分。如闵齐伋万历四十七年刊三色本《国语》九卷就兼有辑评和裁注双重性质。跋曰:“注《国语》者,汉有郑众、贾逵,魏有王肃,吴有虞翻、唐固、韦昭,晋有孔晁。历世久,多所散佚。其以全书传者,独韦氏解耳。弘嗣因郑、贾之精确,采虞、唐之博赡,辑而成书。患不在寡,若之汰之,或者有所未尽与。夫晐精狣以了义,当不厌详;期指点而会心,宜擥其要。窃不自量,辄为裁注如右。”韦昭注《国语》原有二十一卷,闵齐伋把它删减为九卷,故跋曰“裁注”。正文每卷卷尾题有“皇明万历己未仲秋乌程闵齐伋遇五父裁注”字样。眉端有三色批语,其中侧重于评文的朱色批语和侧重于评史的蓝色批语就是闵齐伋裁注部分,而其墨色眉批则为闵齐伋所辑柳宗元、真德秀、穆文熙、孙应鳌、汪道昆、屠隆等各家评语。总之,裁注离不开辑评,闵齐伋所刊这类裁注之书,不仅辑评重要评家评语,加以裁注,而且还辑录其他诸家之评。

所谓批校,就是批点、校勘。闵齐伋万历四十八年所刊三色本《战国策》十二卷即属辑评、裁注兼批校之书。如同其所刊《国语》,该书每卷卷末题“皇明万历己未仲秋乌程闵齐伋遇五父裁注”。跋曰:“前后注《国策》者多矣,执拗聚

① 按:《晟舍镇志》卷六《著述》收闵齐伋著述 8 种,情形不一:《六书通》属编撰;《云天佩》属辑录;《丹批檀弓》、《老庄列子》四册是辑评、刊刻;《丹批国策》、《丹批国语》是辑评、裁注、刊刻等;而《绣批孟子》只是刊刻,《藏机秤》只是收藏,与其编撰活动无关。

② 从“去其繁而存其要,以著于简端”之语来看,《檀弓》亦有裁注之义,但闵齐伋裁注的主要是自己辑自他书的评语,原书主要评家之评语,即谢评、杨注,似仍其旧。

讼，往往半之赘语，肤见亦复不少，五分其注，得解者居一尔。是编大约取高者十三而强，取鲍者十四而弱，从吴者十之二，诸家入编者不过十之一。高，东汉高诱也；鲍，宋鲍彪也；吴，元吴师道也。其或旨有未疏，义或未安，间以蠡测而为貂续者，百不得之一焉。”可知，是书评语主要是经闵齐伋辑录并裁注的高诱、鲍彪、吴师道三家评语，亦间有闵齐伋自己批校之语，但量很少，所谓“百不得之一”。闵齐伋天启元年所刊三色本《春秋公羊传》十二卷①，亦是闵齐伋辑评、裁注兼批校之书。该书每卷卷末有“皇明天启元年春正月乌程闵齐伋遇五父裁注”字样②；眉端则有朱、黛、墨三色批语，文内有朱、黛两色圈点，未标明姓氏。王重民曰：“圈点有朱黛两色，当是采用两家评本；眉评则有朱黛墨三色，朱黛当与圈点同，墨色盖闵齐伋语也。墨色眉评除三引陈深说外，多系校勘文字异同。”③也就是说，其朱、黛眉批与圈点是闵齐伋所辑、所裁名家评点，墨色眉批则是闵齐伋批点、校勘之语。闵齐伋天启元年还刊有三色本《春秋谷梁传》十二卷，所做工作与上述《春秋公羊传》同。

二　闵齐伋的刊刻活动

关于套版刻书的起源，学界说法颇多，但笔者以为，真正用套版刻出彩色，而不是通过在同一块板上涂不同颜色来刷印出彩色，且是套刻彩色文字而非图画，闵齐伋应是最早者。徐珂《清稗类钞》“工艺类”之“套板印书”条即曰④：“朱墨本，俗称套板，以印墨一套，印朱又一套也。广东人仿印最伙，亦最精，有五色者。武英殿本《古文渊鉴》亦五色。考其原起，则实明万历时乌程闵齐伋所创也。”⑤至于湖州刻套版书，始于闵齐伋，那是毫无疑问。同里凌启康曰：“朱评之镌，创之闵遇五。”⑥学术界一般认为，闵齐伋所刊第一部朱墨套印书籍是万历四十四年(1616)的《春秋左传》十五卷⑦。也许是因为第一次刊套色

---

① 是书与下文《春秋谷梁传》均不分卷，然十二公各自起讫，故历来多将其著录成十二卷，今从之。

② 但“襄公”卷后因刻不下一行字，是双行排列的“乌程闵齐伋”、“遇五父裁注”字样。

③ 见王重民《中国古籍善本提要》(以下简称《提要》)，上海古籍出版社 1983 年版，第 24 页。

④ 关于“套版”、“闵版”等词，历代多有作“板”字者。笔者一律用“版”字，但引文遵从原著。

⑤ 徐珂《清稗类钞》，中华书局 1984 年版，第 2403 页。

⑥ 凌启康刻《苏长公合作》序。

⑦ 参见王重民《套版印刷法起源于徽州说》，原载《安徽历史学报》创刊号，收入《版本学研究论文选集》，书目文献出版社 1995 年版，第 40—57 页。

本，所以《凡例》中特别记载了它的优越性，曰："旧刻凡有批评圈点者，俱就原版墨印，艺林厌之。今另刻一版，经传用墨，批评以朱，……置之帐中，当无不心赏，其初学课业，无取批评，则有墨本在。"同年秋天，他又刻成了《檀弓》一册，自序云："皇明万历丙辰秋九月，剞劂告成。雕镂既极人工，为之一笑。"言语中亦流露出刚试验成功的口气。次年，闵齐伋又刻印了朱、墨、黛三色套印的《孟子》二卷和《杜子美七言律》一卷，成为三色套印的最早刻家，因此他在《孟子》跋文中带着自豪的口气说："勿以点缀淋漓为观美而诧异也！"在以后的20多年间，他又先后刻印了《楚辞》二卷、《读风臆评》一卷、《国语》九卷、《战国策》十二卷等众多套色书籍，从而成为中国印刷史上最著名的套版刻书家。其中《会真六幻》自序末题"三山謏客闵寓五"，是闵齐伋在南京所刊[①]。笔者因此推测，闵氏在南京刻书中心三山街一带开有分所。套版印刷书籍的风气在湖州兴起后，不久传到南京，并于十七世纪上半叶在南京和湖州达到极盛，应和闵齐伋的努力分不开。

作为明代著名的刻书家，闵齐伋究竟刻了多少书，很难精确统计。杜信孚《明代版刻综录》列有37种[②]，谬误之多，令人惊诧，列举并考辨如下：

1. 万历四十六年(1618)朱墨蓝三色刊本《楚辞》二卷。按：尽管《综录》以小字注明该书"卷末有'皇明万历庚申乌程闵齐伋遇五父校'一行"，但还是误判此书为万历四十六年刊。万历庚申实为万历四十八年(1620)。

2. 万历四十八年(1620)朱墨套印本《花间集》四卷。按：是书乃闵暎璧所刊，辽图等有藏[③]，跋语署"万历岁庚申(1620)菊月苕上无暇道人书于贝锦斋中"。"无暇道人"乃闵暎璧之号。"无暇"与"暎璧"，其义一致。闵暎璧所刊朱墨本《玉茗堂摘评王弇州先生艳异编》跋署"苕东无暇居士书于天香馆"、该书《图说跋》署"无暇道人"等，亦可证之。

3. 万历四十五年(1617)朱墨套印本《春秋左传》十五卷。按：此书辽图、国图、浙图等80余馆有藏，有韩敬"万历丙辰(1616)仲秋"所作序，隐公等各公后均有"万历丙辰夏吴兴闵齐华闵齐伋闵象泰分次经传"字样，因此其刊刻时间是万历四十四年(1616)。

4. 万历四十五年(1617)朱墨套印本《孟子》二卷。按：是书国图、杭州市、

---

① 王重民曰："考三山一在福建，一在江宁，则又知是书刻于寓五客南京时也。"见《提要》，第688页。

② 杜信孚《明代版刻综录》(以下简称《综录》)，江苏广陵古籍刻印社1983年版，卷五第15—16页。

③ 辽宁省图书馆、国家图书馆、上海图书馆、南京图书馆、浙江图书馆，分别简称辽图、国图、上图、南图、浙图；其他××省、××市、××单位，是指该省、该市、该单位图书馆；各大学在无歧义的情况下用简称。

安徽省等有藏，乃朱墨黛三色印本，闵齐伋跋即曰："老泉原评，朱黛犁然，具有指点法，顾传者失之。今刻特存其旧，勿以点缀淋漓为观美而诧异也。"

5. 万历四十七年(1619)朱墨套印本《国语裁注》九卷。按：闵齐伋万历四十七年裁注刊刻有三色套印本《国语》九卷，上图、国图等藏，笔者已目验。《综录》该书着录自《南京图书馆善本书草目》，翁连溪《中国古籍善本总目》(以下简称《总目》)亦着录清华、中科院等藏有朱墨本是书，行款与三色本同。不知是否实有，俟考。

6. 万历四十八年(1620)朱墨套印本《读风臆评》一卷[①]。

7. 万历四十七年(1619)朱墨套印本《战国策裁注》十二卷。按：闵齐伋万历四十八年(1620)裁注、刊刻有三色套印本《战国策》十二卷，故宫博物院、山东师大、山东省、南图藏等均藏。《综录》该书着录自《北京图书馆善本书目》、《浙江图书馆善本书目》，其中浙图笔者已目验，实乃三色本。

8. 万历四十四年(1616)朱墨套印本《檀弓》三卷。按：是书分上下篇，有着录成一卷的，如陶湘《明吴兴闵板书目》[②]，本文从之；亦有着录为二卷的，如《国家古籍珍贵名录》收入安徽省等 5 馆所藏是书，均为二卷。《综录》言"三卷"，误。

9. 天启元年(1621)朱墨套印本《曹子建集》十卷。按：是书乃凌性德所刊，辽图等有藏。前有天启元年施扆宾序，曰："社友成之兄实董成已。""成之"乃凌性德之字。

10. 明天启朱墨套印本邹思明编《文选尤》十四卷。按：《文选尤》十四卷乃天启二年(1622)朱墨绿三色套印本，辽图、浙图、无锡市等 30 余馆藏，前有同里朱国桢《镌文选尤叙》、韩敬《文选尤序》。朱序曰："吾湖邹见吾先生灵慧性成，……先生是编一出，并得游而习焉，以之扬芬蜚藻，共登作者之坛"，可知是序为邹思明(字见吾)《文选尤》所作；书后附邹氏《镌文选尤叙》，署"天启二年春分日乌程邹思明书于自得其趣山房"；另外，是书卷首署"明西吴邹思明评阅，男德延校"。由上可知，是书乃邹思明编刊。据笔者详细核查，是书没有任何闵氏出版印记，然除《综录》，赵俊玲《邹思明〈文选〉评点著作——〈文选尤〉略论》一文亦认为是闵齐伋所刊[③]，台湾中央图书馆则作天启二年吴兴闵氏刊[④]，不知何据。

---

① 按：该书实不分卷。又蒋文附录一《明代套印本综合著录表》将其著录为朱墨蓝三色本，误。

② 陶湘《明吴兴闵板书目》(以下简称《闵目》)，《青鹤》第五卷，第 13 期，1937 年 5 月。

③ 赵俊玲《邹思明〈文选〉评点著作——〈文选尤〉略论》，《湖南大学学报》2007 年，第 5 期。

④ 参见蒋文，第 366 页。

11. 天启元年(1621)朱墨蓝三色套印本《春秋公羊传》十二卷。按:是书还附有闵齐伋所作《考》一卷(篇),上图、人大、甘肃省等均藏。

12. 天启朱墨套印本《谷梁传》十二卷。按:闵齐伋天启元年(1621)裁注、刊刻有三色套印本《春秋谷梁传》十二卷《考》一卷,辽图、华东师大、安徽省等均藏。笔者未见有朱墨套印本《谷梁传》十二卷。《综录》该书着录自《南京图书馆善本书草目》,《总目》则着录山西祁县、忻县藏有闵齐伋刊朱墨本《增订公羊谷梁传》二十四卷,不知是否实有,俟考。

13. 万历四十八年(1620)朱墨套印本《秦汉文钞》六卷。按:是书乃闵迈德刊,上图等有藏。前有万历四十八年臧懋循序,曰:"我湖闵氏称望族,古文词大半为其家刻,而日斯诸君复取秦汉文,一订政之。批点宗融博氏,参评集诸大家,闭户精批,阅岁而告成事。""日斯",乃闵迈德之字。闵迈德朱墨刻本《尺牍隽言》十二卷卷首有"吴兴闵迈德日斯甫校"字样,亦可为证。

14. 崇祯朱墨套印本《孟东野集》五卷。按:凌蒙初刊有朱墨套印本《孟东野诗集》十卷,众多书目着录,国图、浙大等亦有藏。除《综录》,笔者从未见到有任何书目着录闵齐伋刊《孟东野集》,更别说目见。《综录》该书着录自《南京图书馆善本书草目》,实有的可能性近于零。

15. 崇祯六年(1633)朱墨套印本《礼记集说》十卷。按:是书乃墨本,国图等有藏。

16. 崇祯六年(1633)朱墨套印本《草韵辨体》五卷。按:是书神宗皇帝御制叙、跋二篇为朱印,叙、跋间行线、叙跋之边框及边框外所附龙形图案为蓝印,闵梦得识语亦蓝印,正文则墨印,与一般套色本有别,但就颜色来说乃三色,故一般亦被着录成朱墨蓝三色套印本。

17. 天启元年(1621)朱墨套印本《春秋公羊传裁注》十二卷《考》一卷。按:闵齐伋是年刊有朱墨蓝三色套印本《春秋公羊传》十二卷,即上述第11种,该书亦有裁注之义。笔者未见有闵齐伋刊朱墨套印本《公羊传》。《综录》该书着录自《北京图书馆善本书目》;如前所述,《总目》亦着录山西祁县、忻县藏有闵齐伋刊朱墨本《增订公羊谷梁传》二十四卷。不知是否实有,俟考。

18. 崇祯元年(1628)朱墨套印本《书集传》六卷。按:是书乃墨刻本,国图、浙图、故宫博物院等有藏。

19. 崇祯元年(1628)朱墨蓝三色套印本《批点杜工部七言律》一卷。按:是书当即闵齐伋所刊《杜子美七言律》,湖南省等有藏。其目录与开卷题"杜子美七言律",版心题"杜律",故又名《杜律》。《综录》该书着录自《南京图书馆善本书草目》、《福建大学图书馆善本书目》，之所以名“批点杜工部七言律”，概因该书卷首有郭正域“批点杜工部七言律序”。上图、国图等所藏《杜律》与《韩文》装订在一起，名《韩文杜律》。《韩文》内有“万历丁巳（1617）夏六月乌程闵齐伋识”字样，因此笔者将《杜律》的刊刻时间亦定为万历45年（1617）。

20. 万历四十四年（1616）朱墨套印本《春秋左传》三十卷，宋胡安国撰。按：如前第3种所述，闵齐伋万历四十四年是刊有朱墨本《春秋左传》，但该书十五卷，并非胡安国撰。闵齐伋另刊有《春秋胡（安国）传》三十卷，但它是崇祯六年（1633）所刊，且为墨本，浙图等藏。笔者已目验是书，九行十八字，白口，左右双边，书末有“崇祯癸酉孟夏乌程闵齐伋遇五父三订”一行，钤“闵齐伋印”、“遇五氏”二印。值得一提的是，《春秋胡安国传》三十卷亦有朱墨刊本，但非闵齐伋刊。笔者没有目验，主要据董捷《明末湖州版画创作考》记载：是书十行二十字，白口，四周单边；卷首有《春秋总例》、《诸国兴废说》、标定《凡例》十则；又有严有容《诠次》，题“天启壬戌归安后学严有容广舆父诠次”；后有茅棻跋，题“防风门人茅棻芳茹父谨识”，且跋中有“爰授梓人，以公同志”之言[①]。据此，该书当为茅棻天启刊本[②]。然董文最后受蒋文影响，说其刊者“存疑”，并在《明末湖州版画着录表》之该书刊刻者“茅氏”后打了问号。查蒋文，原来蒋氏据《中国古籍善本书目》着录有明末朱墨套印本《春秋传》三十卷，宋胡安国撰，辽宁大学、哈尔滨市、香港大学藏，行款与上茅棻跋本同。蒋氏“考辨”曰：

> 《南京图书馆善本卡片目录》作“春秋胡传三十卷，明万历吴兴闵远庆刊，半叶九行，行十八字，白口，上下单边，左右双边，胡文定公春秋传序前钤有‘明吴兴后学闵远庆校梓’朱色印记一方”，待查。《综录》又作“《春秋左传》三十卷，宋胡安国撰，明万历四十四年（1616）闵齐伋朱墨套印”，未明出处。《闵目》作“春秋胡安国传三十卷，有春秋总例、诸国兴废说、标定凡例十则，严有客（容）诠次，茅芬芳评点有跋[③]。《书目》作天启间刻。辽大藏本无序跋[④]，待考。[⑤]”

---

① 董捷《明末湖州版画创作考》（以下简称董文），中国美术学院2008年博士论文，第17页。

② 董文对该书版本的著录很详细，应当是目见过，但文中未说明据何馆藏本著录。

③ 按：茅棻，字芳茹，陶湘《闵吴兴闵板书目》著录有误。

④ 董文亦曰《春秋胡安国传》为辽宁大学、哈尔滨市、香港大学藏。然其著录时，引有茅棻跋，若辽宁大学藏本无序跋，其所见当非此本。

⑤ 以上参见蒋文第18页、第328页。

以上文字，其实只是引录《南京图书馆善本卡片目录》、《闵目》、《综录》等，并无考辨。实际上，《闵目》误将茅氏朱墨本归入闵氏刻本；《综录》着录的既然是《春秋左传》就意味着非胡安国撰。另外，南图卡片目录言序前有"'明吴兴后学闵远庆校梓'朱色印记一方"，然此印章的内容、长度、所钤的位置有些怪异。这些有误有疑的着录列在一起，若无考辨和区分，很容易被左右。据上可知，除所谓闵远庆刊本存疑外，笔者所目验的闵齐伋墨本、董捷着录的茅蓁朱墨本是无疑问的。

21. 崇祯十三年(1640)朱墨套印本《刘拾遗集》一卷。按：是书乃墨刻本，无眉批，正文中有少量校订文字，国图、浙大有藏。

22. 崇祯十三年(1640)朱墨套印本《唐孙职方集》十卷。按：是书乃墨刻本，无眉批，正文中有少量校订文字，浙大有藏。

23. 朱墨套印本《琵琶记》四卷。按：是书国图、上图等有藏，有"西吴三珠生"刻书跋。"西吴三珠生"乃凌瑞森，字延喜。是书有凌蒙初《凡例》，故亦有误为凌蒙初刊者。

24. 朱墨套印本《会真六幻西厢》十四卷。按：是书亦有着录成《会真六幻》或《六幻西厢》的，国图有藏，乃墨刻本。若算上附录，乃十九卷，包括：《会真记》一卷、《会真诗》一卷、《会真赋》一卷、《会真说》一卷、《钱塘梦》一卷、《董解元西厢记》三卷、《王实父西厢记》四卷、《关汉卿续西厢记》一卷、《围棋闯局》一卷、《五剧笺疑》一卷、《李日华南西厢记》二卷、《陆天池南西厢记》二卷。学术界现在一般认为，德国科隆东方艺术博物馆所藏闵齐伋《西厢记图》是该书的一部分①，该图册为朱墨套印。如果这个观点成立，那么《会真六幻》亦可认定为套色本。值得注意的是，蒋文、董文都以为国图藏本乃孤本②，然据《总目》，文化部文学艺术研究院、戏曲研究所、甘肃省亦藏，待查。

25. 万历朱墨套印本《会稽三赋》四卷。按：是书国图、清华、北大等10余馆有藏，乃凌弘宪天启元年辛酉所刊，书前《会稽三赋叙》落款即为"辛酉秋日晟溪凌弘宪题于生香馆"。

26. 崇祯朱墨套印本《王摩诘诗集》七卷。按：此书与《孟东野诗集》十卷、《李长吉歌诗》四卷、《孟浩然诗集》二卷，均为凌蒙初所刊，合称《盛唐四名家集》。

27. 崇祯朱墨套印本《选诗》六卷。按：是书国图、上图等40余馆藏，乃凌

---

① 参见范景中《套印本和闵刻本及其〈会真图〉》，《新美术》2005年第4期，第78页；董文，第34页。

② 蒋文，第201页；董文，第36页。

蒙初所刊，数量是七卷，并附《诗人爵里》一卷。

28. 崇祯朱墨套印本《刘子文心雕龙》四卷《注》二卷。按：是书国图、北大、上图等30余馆藏，是朱墨蓝紫黄五色套印本，前有闵绳初《刻杨升庵先生批点文心雕龙引》和凌云《凡例》，当是凌云与闵绳初所刊。

29. 万历朱墨套印本《空同诗选》一卷。按：据闵齐伋《空同诗选跋》，是书刊刻时间明确，为万历四十六年戊午(1618)。

30. 万历二十四年(1596)朱墨套印本《东坡易传》八卷。按：《总目》着录浙大、辽图等29馆藏有闵齐伋刊朱墨套印本《易传》八卷附王辅嗣《易论》一卷。据笔者目验，浙大、辽图藏本，卷首署“周易”，故两馆卡片均着录成《周易》八卷，但版心题“易传”。是书乃苏轼所撰，故《综录》之《东坡易传》八卷当指该书[①]。浙大、辽图藏本八行十八字，小字双行，白口，四周单边，与《总目》着录同。然笔者细阅两书，并未发现任何闵齐伋所刊标志，因此只能视作疑似闵齐伋刊本。另外，浙大、辽图藏本亦无刊刻时间，《综录》所载刊刻时间，不知何据。如前所述，若把万历四十四年所刊《春秋左传》十五卷当成是湖州第一部套印本，则万历二十四年并未有套印本。

31. 万历二十四年(1596)朱墨套印本《东坡书传》二十卷。按：是书上图等10余馆藏，乃凌蒙初所刊，前有凌蒙初撰并书《苏长公书传序》，并无刊刻时间，而且万历二十四年湖州也未有套印本。

32. 万历四十四年(1616)朱墨套印本《考工记》二卷。

33. 万历四十六年(1618)朱墨套印本《韩文》不分卷。按：《韩文》内有“万历丁巳(1617)夏六月乌程闵齐伋识”字样，因此其刊刻时间应为万历四十五年(1617)。是书卷首有郭正域《评选韩昌黎文序》，故有时亦被着录成《评选韩昌黎文》。又网上检索《浙江图书馆历史文献馆藏目录》，显示有闵齐伋万历四十五年刊《韩文选》四卷，然据笔者核查，即《韩文》不分卷。

34. 万历朱墨蓝三色套印本《东坡志林》五卷。按：该书没有闵氏序跋，但据笔者目验，辽图藏本扉页右上角有“闵”印，左下角有“遇五氏”印，据此可判定为闵齐伋刊。又该书目录、卷首等作“东坡先生志林”，故辽图等亦着录成《东坡先生志林》。

35—37. 万历朱墨套印本《三子合刊》十三卷。包括：《庄子南华真经》四

---

① 《闵目》亦著录有《东坡易传》八卷，曰：“前有《易考》，后附王辅嗣《易总论》。”辽图、浙大藏本，亦前有《易考》一篇，后附王辅嗣《易总论》。

卷《音义》四卷、《列子冲虚经》一卷《音义》一卷、《老子道德经》二卷《音义》一卷。按:是书又作《三子音义》,闵氏以丛书形式刊出,可作 3 种计。关于该丛书的卷数,各书目、各图书馆着录有异。究其原因,一是《老子道德经》分上下篇,着录时有二卷、一卷之别[①]。二是三书所附《音义》,是按正文卷数或上下篇来对应的,但篇幅很小,只有一两页或数页,所以有不计卷数的,有计一卷的,亦有按正文卷数来计《音义》卷数的。这样一来,除《综录》将之着录成十三卷外,还有将之着录为其十四卷、十二卷、七卷的[②]。

据上可知,《综录》虽着录了 37 种,但其谬误触目惊心。除《读风臆评》、《考工记》少数几种外,绝大部分在刊者、书名、卷数、刊刻年代、印刷颜色等方面,有值得商榷、补充处。笔者以为,《综录》之所以这样谬误百出,与其只据早期书目着录,没有任何目验有关,而早期书目中多有一见套色就归之闵氏,特别是归于闵齐伋的倾向。现明确可以剔除的有 11 种:闵暎璧刊《花间集》、凌性德刊《曹子建集》、闵迈德刊《秦汉文钞》、凌蒙初刊《孟东野(诗)集》、《王摩诘诗集》、《选诗》、《东坡书传》、凌瑞森刊《琵琶记》、凌弘宪刊《会稽三赋》、闵绳初、凌云刊《刘子文心雕龙》、邹思明刊《文选尤》。疑似闵齐伋刊本 1 种:《东坡易传》。另外,朱墨本《战国策裁注》十二卷、《国语裁注》九卷、《谷梁传》十二卷、《春秋公羊传裁注》十二卷 4 种,是否实有,存疑。此 4 种朱墨本,与笔者目验的三色本刊于同一年;且据笔者阅验经验来看,因核查不细等原因,早期书目常有把三色或三色以上套印,着录为朱墨套印的情况。如上述第 4 种、第 28 种,所谓朱墨本,实际上分别是三色本、五色本;第 16 种《草韵辨体》,若将其视作套印,那也应该是朱墨蓝三色套印,而不是朱墨套印。因此,笔者以为,朱墨本《战国策裁注》等 4 种,《综录》着录有误的可能性较大,也就是说它们很可能是三色本[③]。由上可知,《综录》所载 37 种,可考定闵齐伋所刊的只有 21 种,若计入三色本《国语裁注》、《战国策裁注》、《春秋谷梁传》[④],则为 24 种。

董文亦对闵齐伋所刊书进行了考察,认为其一生共刻书 22 种:经部 11 种,史部 2 种,子部 2 种,集部 7 种。其中集部《韩文杜律》作两种,但子部《庄子南华真经》、《列子冲虚经》、《老子道德经》作《三子音义》一种,实际上共计

① 《列子冲虚真经》的篇幅实际上比《老子道德经》要多,但它不分卷,所以一般著录成一卷。

② 十四卷:《老子道德经》之《音义》计作二卷,其他与《综录》同;十二卷:《老子道德经》作一卷,其他与《综录》同;七卷:只计正文卷数,而不计《音义》。

③ 如上所述,其著录自《浙江图书馆善本书目》的《战国策裁注》,据笔者浙图目验,就是三色本。

④ 三色本《春秋公羊传》,《综录》已著录。

24种。董文未说明闵氏所刊书的颜色，因此就书名来看，少了《东坡志林》、《春秋胡传》，多了《绘孟》七卷和疑似刊本《(东坡)易传》[①]。这样加上《绘孟》，闵齐伋刊书已达25种。

然据笔者考察，除上述25种外，闵齐伋还刊有墨本《诗经集传》八卷、《心印绀珠经》二卷、《痘疹活幼心法》不分卷、《女科百问》二卷、《产宝杂录》一卷附《芸窗万选方》一卷、《周易本义》崇祯四年本、《周易本义》四卷崇祯十一年本、《列子冲虚真经》八卷、《欧阳文忠公文钞》九卷9种，这样其刻书总数是34种，包括经部14种、史部2种、子部10种、集部8种，列表如下：

序号	书名卷数	四部分类	作者或评点者	闵齐伋工作	印刷颜色	刊刻时间	行款	馆藏情况[②]
1	《读风臆评》不分卷(一卷)	经·诗经	明戴君恩评	翻刻跋钤印	朱墨	万历48年(1620)	九行十九字，小字双行同，白口，四周单边	上图、辽图等27馆藏
2	《诗经集传》八卷	经·诗经	宋朱熹注	刊	墨	崇祯6年(1633)	九行十七字，小字同，白口，上下单边	据《总目》着录，故宫博物院有藏
3	《书集传》六卷	经·书	宋蔡沈撰	校订刊钤印	墨	崇祯元年(1628)	九行十七字，小字双行同，白口，左右双边	国图等4馆藏
4	《绘孟》七卷(十四卷)[③]	经·四书	明戴君恩评	校订翻刻	朱墨	天启6年(1626)[④]	九行十九字，白口，四周单边	辽图等5馆藏

---

① 董文，第94页。

② 馆藏情况主要据《总目》统计，亦有笔者据其他书目和目验情况累加的；笔者点明的馆藏单位，若无特别说明，则意味着该馆所藏原本或影印本为笔者目验过。

③ 历代著录闵齐伋刊《绘孟》有七卷、十四卷之别，如《续修四库全书总目提要·经部》(中华书局1993年版，第921页)即著录为十四卷。这是因为该书分七篇，每篇分上下，实无卷之称。又《中国古籍善本书目·经部》(上海古籍出版社1989年版，第312—313页)，著录《绘孟》七卷有"明天启闵齐伋刻朱墨套印本"、"明天启刻本"两条，其中后一条的收藏处有辽图。侯美珍曰："既分为两条，则版本应不同，'天启刻本'疑为单色。"(见侯氏《晚明诗经评点之学研究》，台湾国立政治大学1992学年度博士论文，第194页。)然笔者以为，之所以"分为两条"，很可能是因为著录时只抄录卡片而未目睹原书，笔者已目验辽图所藏即闵齐伋朱墨刻本。

④ 《续修四库全书总目提要·经部》(中华书局1993年版，第921页)著录《绘孟》时，曰："书为吴兴闵齐伋朱墨套印本，刊于天启甲子。"然据笔者目见辽图藏本，是书龚惟敬跋虽署天启甲子(1624)，然黄汝亨序署"天启丙寅(1626)夏六月"，故其刊刻时间当为天启六年丙寅。

(续表)

序号	书名卷数	四部分类	作者或评点者	闵齐伋工作	印刷颜色	刊刻时间	行款	馆藏情况
5	《孟子》二卷	经·四书	宋苏洵批点	刊 跋 铃印	朱墨黛	万历45年(1617)	八行十八字,白口,左右双边	杭州市等19馆藏
6	《檀弓》一卷(二卷)	经·礼·礼记	宋谢枋得批点、明杨慎注	辑评 刊 序 钤印	朱墨	万历44年(1616)	八行十八字,白口,左右双边	上图等24馆藏
7	《考工记》二卷[①]	经·礼·周记	明郭正域批点[②]	刊	朱墨	万历44年(1616)	八行十八字,白口,左右双边	上图等15馆藏
8	《礼记集说》十卷	经·礼·礼记	元陈澔撰	校订 刊 钤印	墨	崇祯6年(1633)	九行十八字,小字双行同,白口,左右双边	国图等5馆藏
9	《春秋左传》十五卷	经·春秋	明孙矿批点	分次经传[③] 校订 考证 刊 凡例 钤印	朱墨	万历44年(1616)	九行十九字,白口,四周单边	辽图、上图、浙图等84馆藏
10	《春秋公羊传》十二卷《考》一卷	经·春秋	战国公羊高撰	辑评 裁注 批点 校勘 撰 《考》 钤印	朱墨蓝	天启元年(1621)	九行十九字,小字双行同,白口,四周单边	上图、辽图等17馆藏

① 以上三种有《三经评注》丛书本。

② 郑振铎以为该书实乃周梦暘批点、吴澄考注,见郑氏《西谛书话》,北京三联书店1998年版,第293页。

③ 意即一经一传,鳞次栉比。

（续表）

序号	书名卷数	四部分类	作者或评点者	闵齐伋工作	印刷颜色	刊刻时间	行款	馆藏情况
11	《春秋谷梁传》十二卷《考》一卷	经·春秋	战国谷梁赤撰	辑评 裁注 批点 校勘 撰《考》 钤印	朱墨蓝	天启元年(1621)	九行十九字，小字双行同，白口，四周单边	辽图、上图等18馆藏
12	《春秋胡传》三十卷《纲领》一卷《列国图说》一卷《诸国兴废说》一卷《提要》一卷	经·春秋	宋胡安国撰	校订 刊 钤印	墨	崇祯6年(1633)	九行十八字，小字双行同，白口，左右双边	浙图等13馆藏
13	《周易本义》四卷《易图》一卷《筮仪》一卷《卦歌》一	经·易	宋朱熹撰	刊	墨	崇祯6年(1633)	十一行二十三字，白口，四周单边	据《总目》着录，故宫博物院、复旦有藏
14	《周易本义》四卷《易图》一卷《筮仪》一卷《卦歌》一卷	经·易	宋朱熹撰	刊	墨	崇祯14年(1641)	九行十七字，小字同，白口，四周双边	据《总目》着录，故宫博物院有藏
15	《国语》九卷	史·杂史	吴韦昭注，明汪道昆、屠隆等评	裁注 辑评 刊 跋 钤印	朱墨黛	万历47年(1619)	九行十九字，白口，四周单边	上图等13馆藏

(续表)

序号	书名卷数	四部分类	作者或评点者	闵齐伋工作	印刷颜色	刊刻时间	行款	馆藏情况
16	《战国策》十二卷《元本目录》一卷	史·杂史	东汉高诱、宋鲍彪、元吴师道注	辑评裁注批点刊跋两篇钤印	朱墨黛	万历48年(1620)①	九行十九字,小字双行同,白口,四周单边	上图44馆藏
17	《老子道德经》上下篇《音义》上下篇	子·道家	无评点	刊校钤印	朱墨②	不可考	九行十九字,白口,四周单边	浙大、上图等33馆藏
18	《庄子南华真经》四卷《音义》四卷	子·道家	明孙矿评?	辑评校刊钤印	朱墨	不可考	九行十九字,白口,四周单边	浙大、上图等33馆藏
19	《列子冲虚真经》一卷《音义》一卷	子·道家	明孙矿评?③	辑评校刊钤印	朱墨	不可考	九行十九字,白口,四周单边	浙大等33馆藏
20	《列子冲虚真经》八卷附《音注》④	子·道家	明孙矿评?	辑评校刊钤印	墨	万历44年(1616)或以前	九行十九字,白口,四周单边	浙大

---

① 《四库未收书辑刊》第一辑第16册收入,扉页题"万历四十七年刻本"。按:是书末有闵齐伋识,曰:"皇明万历己未(1619)嘉平被之梓",每卷后亦有"万历己未仲秋乌程闵齐伋遇五父裁注"字样,但书前刘向《战国策序》后之闵齐伋识语却署"皇明万历庚申(1620)立春日乌程闵齐伋识"。盖裁注之年是万历四十七年己未八月(仲秋),刊刻则始于是年十二月(嘉平),完成于次年万历四十八年庚申。

② 只有朱色圈点,而无评语。

③ 《三子合刊》之《老子》无评点,《庄子》、《列子》有评点,但未标明姓氏。浙大藏本卡片作"《孙月峰三子评》十四卷",不知何据。

④ 浙大藏《列子冲虚真经》八卷,二册,圈点、眉批均为墨刻,眉批行四字,批语用方框框住。这说明闵氏此时很可能还没有套印,也就是说,其刊刻时间当在第一部朱墨本《春秋左传》之前。《三子合刊》中的套色本《列子冲虚真经》,很可能是由此墨本改刻而成。

（续表）

序号	书名卷数	四部分类	作者或评点者	闵齐伋工作	印刷颜色	刊刻时间	行款	馆藏情况
21	《草韵辨体》五卷[①]	子·艺术·书画	明郭谌辑	刊摹	朱墨蓝	崇祯6年(1633)	六行十二字，白口，四周双边	辽图、国图等7馆藏
22	《心印绀珠经》二卷	子·医科·内科	元朱撝撰	刊	墨	崇祯6年(1633)	十行十九字，小字双行同，白口，左右双边	国图
23	《痘疹活幼心法》不分卷	子·医科·儿科	明聂尚恒撰	刊	墨	崇祯6年(1633)	十行十九字，小字双行同，白口，四周双边，或左右双边	国图
24	《女科百问》二卷	子·医科·妇科	宋齐仲甫撰	校刊序	墨	崇祯十三年(1640)	十行十九字，小字双行同，白口，四周双边	中科院
25	《产宝杂录》一卷附《芸窗万选方》一卷[②]	子·医科·妇科	宋齐仲甫撰	校刊	墨	崇祯十三年(1640)	十行十九字，小字双行同，白口，四周双边	中科院、国图
26	《东坡志林》五卷	子·杂家	宋苏轼撰；明焦竑评	刊	朱墨蓝	不可考	八行十八字，白口，四周单边	辽图等14馆藏
27	《韩文》	集·别集	唐韩愈撰；明郭正域评	刊识[③]钤印	朱墨	万历45年(1617)	八行十八字，白口，左右双边	上图、杭州市等17馆藏

① 该书有北京新民印书馆1941年影印本。

② 《产宝杂录》目录中有“《芸窗万选方》一卷”，正文中《芸窗万选方》没有另起页，且版心仍题“产宝杂录”，因此笔者将《芸窗万选方》视作《产宝杂录》附录，而不作两种计。

③ 仅“万历丁巳夏六月乌程闵齐伋识”一行。

（续表）

序号	书名卷数	四部分类	作者或评点者	闵齐伋工作	印刷颜色	刊刻时间	行款	馆藏情况
28	《杜子美七言律》不分卷（一卷）	集·别集	唐杜甫撰；宋辰翁、明郭正域评	辑评刊跋钤印	朱墨蓝	万历45年（1617）	八行十八字，白口，左右双边	上图等17馆藏
29	《空同诗选》一卷	集·别集	明李梦阳著、杨慎选评	刊跋钤印	朱墨	万历46年（1618）	九行十九字，白口，四周单边	上图等22馆藏
30	《楚辞》二卷	集·楚辞	明王世贞、冯梦祯等评点	刊校	朱墨蓝	万历48年（1620）	九行十九字，白口，四周单边	辽图等32馆藏
31	《会真六幻》十九卷	集·曲	元稹、王实甫、李日华、陆采等撰	刊序跋钤印撰《五剧笺疑》	正文墨插图朱墨	崇祯13年（1640）②	十行二十字，小字双行同，白口，四周双边	国图等4馆藏
32	《刘拾遗集》一卷	集·别集	唐刘蜕撰	刊序钤印	墨	崇祯13年（1640）	九行十八字，白口，左右双边	浙大、国图
33	《唐孙职方集》十卷	集·别集	唐孙樵撰	刊跋	墨	崇祯13年（1640）	九行十八字，小字双行，白口，左右双边	浙大
34	《欧阳文忠公文抄》九卷	集·别集	宋欧阳修撰	刊	朱墨	不可考	八行十八字，白口，四周单边	国图藏，未目验。

① 学界一般认为现藏德国科隆东方艺术博物馆的《西厢记图》为该书插图，其第十五幅题“庚辰（1640）秋日寓五”，据此判定该书刊于是年。

据上表，除《周易本义》2 种、《诗经集传》[1]、《欧阳文忠公文抄》，其他 30 种书籍笔者均已目验，因此，我们说闵齐伋刊书 30 余种已毫无问题。

三　闵齐伋的编刊特点

作为著名的编刊活动家，闵齐伋的编刊主要有以下特点：

1. 内容广泛，经史子集兼具，但小说戏曲等俗文学极少。关于闵齐伋刻书的内容，《晟舍镇志》卷五《人物》曰："所刊书本上自经书子集，下稗官词曲。"从上表闵齐伋所刊 34 种书来看，史部书确实较少，只有 2 种，而经、子、集依次为 14 种、10 种、8 种，但词曲只有《会真六幻》一种，稗官小说则没有。也就是说，闵齐伋刻书虽然经史子集兼俱，但小说戏曲等俗文学极少。另外，笔者以前总以为闵氏刻书虽商业特征明显，但总体趋儒趋雅，没有一般坊刻常见的医书、历书等日常生活用书。在发现闵齐伋所刊《心印绀珠经》、《痘疹活幼心法》、《女科百问》、《产宝杂录》等子部医学书籍后，笔者的观点发生改变，那就是：在明末商业浪潮中，闵氏也常游离他的世家子弟与儒者身份，与一般书商一样刻一些实用性书籍。这些实用性书籍的刊刻是晚明望族刻书商业性的鲜明体现，这对那些不承认闵氏、凌氏刻书为坊刻的学者来说，无疑是一个极其不利的证据。

2. 多为市场畅销书的翻刻本，自己首刊的很少，像《周易》、《春秋》三传、《战国策》、《国语》、《书集传》、《庄子》、《老子》等，都是历代喜刻的经典。闵齐伋择取当时书生必备的这些经典，加以裁注，缀以评点，或音义考释，以吸引眼球，获取市场。有时甚至因某书畅销而即时翻刻。如其所刊《考工记》乃翻刻周梦旸刊本，通过删减序跋、考注、批点等而成新本。又如其所刊《绘孟》，此前有萧元恒南京刻本；所刊《读风臆评》，此前有蜀刻本；所刊《东坡易传》，此前有焦竑刊本；所刊《东坡先生志林》，此前有海虞赵开美万历二十三年刻本，不胜枚举。

3. 墨印、套印兼具，校雠以精良着称。闵齐伋所刊 34 种书籍，套色本为 21 种[2]，墨本为 13 种。相比受人重视的套色本，墨本存留至今的难度更大，因

---

① 闵梦得《敬书草韵辨体后》有"季弟齐伋三订六经，既竣事"之言，《周易本义》、《诗经集传》与上述《礼记集说》、《书集传》、"春秋三传"当属闵齐伋所刊"六经"。

② 《会真六幻》、《草韵辨体》均纳入套色本系列。

此闵氏实际所刊两者种数可能更接近。值得注意的是，除《列子冲虚真经》八卷外，其他 12 种墨本均刊于崇祯后，晚于其第一个套色本问世时间。也就是说，此 12 种选择墨刻，并非技术上原因。其中医书 4 种，乃日常生活用书，面对的是百姓大众，为降低成本，不用套印，很可理解；《诗经集传》、《书集传》、《礼记集说》、《春秋胡传》、《周易本义》(2 种)、《刘拾遗集》、《唐孙职方集》8 种，为非评点本，不用套印，亦可理解。

关于闵齐伋刊本的校雠质量，《晟舍镇志》卷五《人物》曰："锓木后，士人能雠一字之伪者，即赠书全部。辗转传校，悉成善本。"闵齐伋自己在《春秋左传 · 凡例》中也特别提到校雠之事，曰："校雠不啻三五。"其崇祯元年所刊《书集传》之扉页题"吴兴闵家三订书传"，并钤有"寓五三订"之印；其崇祯六年所刊《礼记集说》书末有"崇祯癸酉夏乌程闵齐伋遇五父三订"一行；同年所刊之《春秋胡传》，书末亦有"崇祯癸酉孟夏乌程闵齐伋遇五父三订"一行。以上所谓"三订"，显然是自抬身价，有广告宣传之目的，但也充分说明闵齐伋刻书以校雠精良为品牌标志。而同里凌氏在这方面可能比不上闵氏，时人谢肇淛说："吴兴凌氏诸刻，急于成书射利，又悭于倩人编摩，其亥豕相望，何怪其然!"[①]故当时贾人统一以闵刻称之，以便卖个好价。

值得注意的是，这里所谓的校雠精良，主要指文字方面，而不是指内容遵循原本。如闵齐伋翻刻周梦旸《考工记》，即任意删改序跋与正文内容。郑振铎有曰：

> 闵刻读本，虽纸墨精良，实非上品。每每任意删节旧注，未可称为善本。余既得周梦旸批点《考工记》，复于某肆架上，取得闵刻本批点《考工记》一册……顷灯下校读二本，于闵刻本之不实处竟大为惊诧，闵本首亦为郭正域序，删去序末"吾楚周启明氏为郎水部，品藻《记》文而受之梓，夫所谓在官而言官者乎？郎以文章名，所品藻语，引绳墨，成方圆，进乎披矣。有所著《水部考》行于世，则冬官之政举矣。请校《周礼》，吾从周"等四十五字。复易"卷"为"篇"，并不标出吴澄及周梦旸之名，于"考注"、"批评"及"音义"均任意删改变动。若余不先收得周氏刊本，直不知"批点"出于周氏手而"考注"之为吴澄着也。闵刻书之不可靠，往往如是。世人何

① 谢肇淛《五杂组》卷三。

当以耳代目乎?[①]

《考工记》原为吴澄考注，周梦旸批点，郭正域作序，周梦旸所刊，闵齐伋翻刻时，删去郭序中有关批点者信息之语句，正文中亦不标出吴澄及周梦旸之名，使人误以为是郭正域批点本，且任意删改原书的"考注"、"批评"及"音义"。这与闵齐伋"能雠一字之伪者，即赠书全部"的做法看似矛盾，实则生动地体现了闵氏刻书的商业特征：明打品牌意识，暗中使用权变手段，目的均指向商业利润。

4. 绝少凡例，而多具刊刻时间。这与同里同时著名刻书家凌蒙初所刊书恰好相反。就笔者目前所掌握的情况来看，凌蒙初所撰或所刊之书多有凡例，如《选诗》、《圣门传诗嫡冢》、《言诗翼》、《诗逆》、《苏老泉文集》、《世说新语鼓吹》、《后汉书纂》、《南音三籁》、《西厢记》、《琵琶记》、《拍案惊奇》等，而闵齐伋所刊之书仅万历四十六年《春秋左传》一书有凡例。凌蒙初所刊之书仅其自撰的《圣门传诗嫡冢》一种标明时间，而闵齐伋所刊 34 种书籍中，刊刻时间可考者达 28 种，它们是：《春秋左传》、《檀弓》、《考工记》(1616)；《孟子》、《韩文》、《杜律》(1617)；《空同诗选》(1618)；《国语裁注》(1619)；《战国策》、《读风臆评》、《楚辞》(1620)；《春秋公羊传》、《春秋谷梁传》(1621)；《绘孟》(1626)、《书集传》(1628)；《礼记集说》、《草韵辨体》、《心印绀珠经》、《痘疹活幼心法》、《周易本义》、《诗经集传》、《春秋胡传》(1633)；《刘拾遗集》、《女科百问》、《产宝杂录》附《芸窗万选方》、《会真六幻》、《唐孙职方集》(1640)、《周易本义》(1641)。现存闵齐伋所刊第一部书当是墨本《列子冲虚真经》八卷，其眉批墨刻，且用方框框住，说明此时闵齐伋还未能使用套印技术，也就是说，其刊刻时间当在第一部朱墨本《春秋左传》(1616)之前。从第一部时间可考的刊本面世，到时间最晚的一部刊本(1641)，其编刊活动共持续 26 年。其中刊本最多的年份是崇祯六年(1633)，达 7 种；其次是崇祯十三年(1640)，亦有 5 种。

5. 多自序自跋，而不太求名人。一般编刊家喜欢请当世名公巨匠为自己所刊之书题辞、作序，名公巨匠们在表达自己对该书的见解、说明该书出版之意义的同时，往往还会谈到编刊缘起、与编刊家的交游等，因此无论对所刊之书还是刊书之人都是很好的宣传。在请当世名人题词作序这一点上，凌氏编

---

① 郑振铎《劫中得书续记》之"闵刻批点考工记"，见《西谛书话》，北京三联书店 1998 年版，第 293 页。

刊家凌稚隆就很有代表性,但闵齐伋却是例外。除底本本身具有的名人题辞、序跋外,闵齐伋所刊34余种书籍,多为自为序跋。仅《春秋左传》、《草韵辨体》两种,前者状元韩敬为之序,后者尚书闵梦得为之跋,但一为邑人,一为兄长,与一般名公巨匠亦有所别。

四 闵齐伋编刊的影响

闵齐伋是中国出版史上套色印刷的标杆人物,后世一提起套色本,就会想到"闵版",想到闵齐伋。《四库全书总目提要》卷四十三在着录闵齐伋《六书通》时,即曰:"世所传朱墨字板、五色字板,谓之'闵本'者,多其所刻。"这与闵齐伋使用套色印刷文字的首创性、所刊套色书籍数量的惊人性以及所刊之书在当时及以后的广泛传播性有关。

闵齐伋是利用套色印刷文字的尝试者,一生所刊套色书达20余种。其万历四十八年所刊《读风臆评》自问世以来广泛流播,享誉天下。天启六年,龚惟敬在给其岳父戴君恩评点本《绘孟》作跋时,即曰:"初,先生令巴,有《读风臆评》四卷……已而乌程闵遇五太学得于其尊兄方伯昭余先生,复加朱黛,为刻于吴中,海内人士竞相传诵。"[①]尤其是对初学孩童来说,这个色彩鲜明的美观的套印本具有墨本不可比拟的优势。嘉庆十年(1806)崔述作《读风偶识又序》,曰:"余家旧藏有《读风臆评》一册,刻本甚楷而精,但有经文,不载传注,其圈与批则别有朱印套板。余年八九岁时,见而悦之,会先大人有事,不暇授余书,乃取此册,携向空屋中读之,虽不甚解其义,而颇爱其抑扬宛转,若深有趣味者。久之,遂皆成诵。"[②]到了民国,闵齐伋所刊《读风臆评》仍活跃在书市上,只是价格不菲,像周作人这样的读者也只能望洋兴叹。其《知堂书话》之《读风臆补》条曰:"好几年前在友人手头看见一部戴忠甫的《读风臆评》,明万历时闵氏朱墨套印,心甚爱好,但求诸市场则书既不多,价又颇贵,终未能获得。"[③]就着录与收藏而言,是书《四库全书总目提要》卷十七、《中国古籍善本书目》、《提要》、《闵目》均着录,目今有上图、辽

① 见闵齐伋刊本《绘孟》。
② 转引自侯美珍《晚明诗经评点之学研究》,台湾国立政治大学1992学年度博士论文,第223页。
③ 周作人《知堂书话》(上),海南出版社2000年版,第206页。

图等27馆入藏，并已影印收入《四库全书存目丛书》，其底本为首都图书馆藏本。

由于套印本有收藏价值，在流传过程中受到重视，所以在社会上的存有量普遍比同类内容的墨本大，这从现存套印本的馆藏量即可看出。由于套印本在社会上流传广，因此藉由套印本传播的著者的观点也会比墨本影响大。侯美珍就认为，明末名气小于徐光启、孙矿的戴君恩，其《读风臆评》反而更获后世的重视和好评，并非其评点、识见高于徐光启《毛诗六帖》、孙矿《批评诗经》，而是套印本与墨刻本的传播差异所致：

> 与徐光启、孙矿之作比较，《臆评》似较获得后世的重视和好评，然这并非可就诸人评点优劣、识见高低来解释，重要的原因是徐光启，孙矿之作非如《臆评》为朱墨套印精刻。明末拥有《毛诗六帖》、《批评诗经》的人，不会慎重典藏、流传。据《中国古籍善本书目・经部》的统计整理，《毛诗六帖》仅有万历四十五年书林金陵广庆堂唐振吾刻本，只有上海图书馆、辽宁省图书馆两处收藏。《批评诗经》亦仅有明末天益山刻本，只有北京师范大学图书馆、复旦大学图书馆二处收藏。而闵齐伋朱墨套印的《读风臆评》，共有首都图书馆等二十七处的图书馆收藏，远逾前二者。刊印较粗，使徐、孙二书，不受珍重，致不易传于后世，时间愈久，影响也愈不如《臆评》。①

闵齐伋编撰、刊刻的37种书籍②，收入《四库未收书辑刊》的有两种：史部第1辑第16册之《国语裁注》与《战国策裁注》；收入《四库全书存目丛书》的有6种：经部第61册之《读风臆评》、第82册之《考工记》、第88册之《檀弓》、第200册之《六书通》、集部第327册之《韩文》、《杜律》。又收入《第一批国家古籍珍贵名录》的有11种31部，占明清时期1018部的3%；收入《第二批国家古籍珍贵名录》的有14种64部，占明清时期3409部的近2%；收入《第三批国家古籍珍贵名录》的有种5种7部。若丛书按实际包含的种数计，部数亦据种来计，并除去重复的，则三批共计18种，存141部，列表如下：

---

① 侯美珍《晚明诗经评点之学研究》，台湾国立政治大学1992学年度博士论文，第225页。

② 所刊之34种，加上疑似所刊《易传》、所编撰之《六书通》以及刊入《会真六幻》之《西厢记五剧笺疑》。

序号	书名	批次	藏馆	部数
1	《易传》	一	无锡市、温州市	8
		二	辽图、南图、山西省、四川省、北大、人大	
2	《读风臆评》	一	广东省立中山图书馆、金陵图书馆、安徽省、甘肃省、山东范大	9
		二	长春市、山西博物院、南图、浙图、	
3—5	《三经评注》	二	人大、陕西师大、安徽省、福建师大、故宫博物院	7×3
		三	天津图书馆、山东省	
	《考工记》	一	金陵图书馆、安徽省、甘肃省、山东师大、广东省立中山图书馆	5
	《孟子》	一	安徽省	1
	《檀弓》	一	安徽省、金陵图书馆、山东省、山东师大、广东省立中山图书馆	5
6	《春秋左传》	一	扬州市(2部)、南阳师范学院、青海省、湖南省社科院、山东省、山东师大、安庆市、安徽省博物馆	9
7	《国语》	一	安徽省	6
		二	人大、徐州师大、湖州市博物馆	
		三	天津图书馆、吉林大学	
8	《战国策》	一	故宫博物院、山东师大	4
		二	山东省、南图	
9—11	《三子合刊》	一	新乡市、郑州市	11×3
		二	山东省、山东大学、南图、浙图、故宫博物院、首都图书馆、辽图、南通市、保定市	
12	《楚辞》	一	青海省①	16
		二	山东省(3部)、黑龙江省、河南省、安徽省、四川省、长春市、齐齐哈尔市、赣州市、厦大、哈尔滨师大、蓬莱市文化局慕湘藏书馆、南图	
		三	辽图	

① 《第一批国家古籍珍贵名录》著录青海省图书馆所藏闵齐伋万历四十八年所刊《楚辞》二卷为朱墨本，误。如前所述，当为三色本。

（续表）

序号	书名	批次	藏　馆	部数
13—14	《韩文杜律》	一	中山大学	3
		二	辽宁省、陕西师大①	
	《杜工部七言律诗》	二	河南省、湖北省、苏州市、厦大、湖北省襄樊市少年儿童图书馆	6
		三	湖南省	
	《韩文》	二	河南省、杭州市、山东大学	3
15	《春秋公羊传》	二	人大、甘肃省	2
16	《春秋谷梁传》	二	华东师大、安徽省	2
17	《绘孟》	二	辽图	1
18	《空同诗选》	二	山西省、陕西师大、安徽省、长春市、吉林市、云南省	7
		三	首都图书馆	

另外，除闵齐伋自身刊本，特别是套印本，流播广泛外，闵齐伋刊本也常被后世所翻刻。如其天启元年所刊《春秋公羊传》十二卷《考》一卷、《春秋谷梁传》十二卷《考》一卷，后来有明天启唐锦池文林阁刊本、清同治十二年(1873)稽古楼《袖珍十三经注》丛书本、清咸丰二年(1852)浔阳万青铨《袖珍十三经注》丛书本等。

注：本文为国家社科基金一般项目《晚明望族的文学编刊活动与传播研究》(10BZW050)阶段性成果。

① 《第二批国家古籍珍贵名录》著录两馆所藏《韩文杜律》为朱墨套印本，误。如前所述，《韩文》是朱墨本，《杜律》乃三色本。

陈子龙的魏晋观及其影响

华东理工大学人文科学研究院　吴思增

在中国历史的发展进程中，魏晋南北朝在政治、社会等方面充满动荡和不安，但在文学艺术及文化思想方面却展现出自由开放的探索精神和蓬勃发展的生命朝气，并影响着唐宋以后文艺的革新变化，魏晋人文精神的面貌，也为后世所评介和探讨①。

晚明的审美意趣与魏晋文艺思潮，有些许相似之处又各具特色。以诗歌而论，被公认为“明诗殿军”的陈子龙，其个性风度、文化品格与诗歌创作，无不体现着他对魏晋人与艺的思辨与承继。本文拟就陈子龙的魏晋观及其影响作以论述，以期深入和补充陈子龙诗歌研究。

一　任侠使气的名士风度

明季江南名士陈子龙的一生，坎坷而壮丽，朱东润先生将其概括为：名士、志士与烈士的过程。诚然，名士风度是肇始于少年时期并伴随其一生的个人风采，并影响其诗风特色。崇祯元年(1628)，陈子龙与唐宋派文章大家艾南英相会于江苏太仓的弇园，辩论之事轰动一时：

> 秋，豫章孝廉艾千子有诗名，甚矜诞，挟谖诈以恫喝时流，人多畏之。与予晤于娄江之弇园，妄谓“秦、汉文不足学，而曹、刘、李、杜之诗皆无可取”，其詈北地、济南诸公尤甚，众皆唯唯。予年少在末坐，摄衣与争，颇折

① 《魏晋南北朝文学与思想国际学术研讨会》迄今已举办六届，其成果可代表此期研究的新里程碑。

其角。彝仲辈稍稍助之，艾子诎矣。然犹作书往返，辩难不休。

艾南英(1583—1646)，字千子，江西临川人。艾南英论文承归有光唐宋派遗绪；陈子龙则推崇前后七子的复古主张和秦汉文风。《天佣子集》有《与陈人中论文书》、《答夏彝仲论文书》和《再答夏彝仲论文书》等，即是往返辩难的产物，主要是各自重申唐宋派与前后七子的文论主张。吴伟业《复社纪事》记述更为翔实："天下争传先生(张溥)之文，而艾千子独出其所为书相訾。千子之学，雅自命大家，熟于其乡南丰、临川两公之文，未尝无依据，顾为人褊狭矜愎，不能虚公以求是。尝宴集州山园，陈卧子年十九，诗歌古文倾一世，艾旁睨之，谓：'此年少何所知！'酒酣论文，仗气骂座，卧子不能忍，直前殴之，乃嘿而逃去。"

两人论辩之时，艾南英46岁，陈子龙方将弱冠之年，仗气论文，使酒骂座，"摄衣与争"，甚至"直前殴之"，翩翩君子之风、礼让谦和之态抛诸脑后，狂傲犀利，针锋相对，足见二人捍卫各自文章传统的执着。然而，在文学论争上互不相让的两位"意气用事"的文人，在人生态度、民族大义上却无二致：甲申之变后，陈子龙投笔从戎，辗转斗争，成为抗清的英烈；艾南英与族人、志士歃血为盟，拉起了一支七、八千人的队伍组织抵抗，后奔往福州唐王朱聿健处，直至人生终结。

明中晚期的狂诞士风，学界多有论及，如清赵翼《廿二史札记》中专门开列《明中叶才士傲诞之习》，当代何天杰《从归庄与朱用纯的关系看明清士风之转变》等，记述如吴中名士唐寅，前七子中李梦阳、康海等，都是纵酒放怀、耿直豪宕之人，陈子龙亦有名士之风。

其实再早些，陈子龙17岁时，也曾经做过"出格"的事。当时大批朝臣因反对魏忠贤，纷纷被削职或逮捕，如杨涟、左光斗、魏大中、袁化中、周朝瑞、顾大章等都下狱而亡。天启五年，阉党抓捕东林党人周顺昌，激起苏州民变，数万人自发聚集，为其塞道申冤，执香乞命，并"奋击缇骑至死"，惊动朝野。陈子龙虽年少，也暗中结纳，会集乡人友朋，伺机而动，后来事态渐息，他冒着灭族的风险，缚草为人，"书阉名射之"。[1] 少年人自有其参与、解决问题的独特方式，这种类似诅咒、符箓的"报复"行为，确有幼稚之处，亦可见陈子龙爱憎分明，刚肠疾恶之性格。

---

① 《陈子龙自撰年谱》天启五年条，《陈子龙诗集》(以下简称《诗集》)附录二，上海古籍出版社1983年7月版，第636页。

陈子龙好友中也有狂放与耿直之性兼具者，如钱澄之。钱澄之（1612—1693），初名秉镫，字饮光，一字幼光，晚号田间老人、西顽道人。明末诸生，复社成员，南都陷落后，曾参与抗清斗争，事败后削发为僧，后隐居著书，不仕清廷。著有《庄屈合诂》《田间易学》《田间诗学》等。陈、钱相识的时间较晚，在崇祯十六年（1643）[①]。在此之前，一直以诗文相知，订交之后，钱视陈、夏（允彝）为知己诤友。在性格上，二人亦有相似之处，钱澄之少有侠气，好谈经略，积极用世。陈子龙亦"好奇负气，迈激豪上，意不可一世。"[②]其《自慨》[③]诗云："岂将豪顿拟高踪，礼俗由来厌不恭。""自羞节侠难为弟，人指风流亦可宗。""交游泛爱属英姿，儒雅当年自羽仪。"更为相似的是，他们面对阉党余孽的斗争，都有奇特之处，方苞《田间先生墓表》中写到：

> 先生生明季世。弱冠时，有御史某，逆阉余党也，巡按至皖，盛威仪，谒孔子庙，观者如堵。诸生方出迎，先生忽前，板车而揽其帏，众莫知所为。御史大骇，命停车，而溲溺已溅其衣矣。先生徐立正冠，植立，昌言以诋之，驺从数十百人，皆相视莫敢动；而御史方自幸脱于逆案，惧其声之着也，漫以为病癫而舍之。

在观者如堵的人海之中，钱澄之教训阉党的方式竟是："溲溺"溅衣，随以痛骂，这一骇俗的举动，使得御史随从近百人，面面相觑，不知所措，事后只好自认倒霉，"以为病癫而舍之"。尤其钱澄之当时已过而立之年，并非少年轻狂，他故意以"非君子"的方式对待"非君子"——这与陈子龙"缚刍为人，书奄名射之"的行为，有异曲同工之妙。率性适意，做性情中人，儒雅的学养风度、文质彬彬的中和仪态，特定时刻都可抛开，从晚明读书人这些出格的举动中，我们似乎看到了千年以前鄙弃道德礼法、越名教而任自然的魏晋风度。

就陈子龙而言，他恃才傲物、疾恶如仇的疏放个性，确实有着魏晋风度的影子，且陈子龙喜欢以嵇康自比。崇祯十年，他在给陈继儒的信《与陈眉公徵君》中谈到自己："既挟嵇生疏诞之性，而又怀元礼是非之心。"[④]嵇康是三国时

---

① 汪孔丰《陈子龙与桐城文人交游考论》，《牡丹江大学学报》2009 年 12 期，第 13 页。

② 夏允彝《陈李倡和集序》，《诗集》附录三，第 759 页。

③ 《诗集》第 425 页。

④ 《安雅堂稿》卷十三，《陈子龙文集》（以下简称《文集》），华东师范大学出版社 1988 年 9 月版，第 403 页。此信作于崇祯十年。

魏名士，竹林七贤之一，反对儒家繁琐礼教，在政治上表现为刚肠疾恶，锋芒毕露。李膺（字元礼）是东汉大臣，反对宦官专权，被称为“天下楷模”。“嵇生疏诞之性”与“元礼是非之心”，说明陈子龙既有狂放不羁、清高自傲的一面，同时又有正直刚劲的禀性，坚持原则、以天下为己任的责任感。

陈子龙的老师黄道周也曾喻其：“有规简之叔夜，无锋棱之文举。”[①]叔夜与文举，分别指嵇康与孔融。孔融，建安七子之首，幼有异才，勤奋博学，为人不拘小节，恃才负气，喜抨议时政，颇露锋芒。因非议曹操被杀。在恩师眼中，陈子龙心怀天下，却个性内敛，做事沉稳有度，理性平和，正所谓“有规简”与“无锋棱”。虽然二人所评稍异，但都指出陈子龙与嵇康品性之间的关联，并不矛盾。

二 陈子龙的名士观

陈子龙写过一篇《晋论》[②]，通过晋、宋情势的对比，分析了东晋灭亡的原因，如过分喜“禅名”、位“江左”之弊，“立国之势”等，其中对士大夫处境的思考尤为值得注意。他说：

> 以清言亡晋乎？谓其非世所用而茫乎？无所止也。宋之所谓儒者，亦尝言道矣。今将曰诸儒生实亡宋，诸儒生不受也。二者所言道各殊乎，其不可以捍寇却敌均矣。至于着于风俗之事，即何得不左晋，虽然，此儒者执泥师说，不达名实之故也。
>
> 晋人放弃先王之礼法，高道情性，绪肆虚无，此诚为罪，宋人修复久弃之仪，言必入准绳，动必在规矩。自三代而后，莫我若也，此所号功矣。然而晋之人乐，宋之人苦，乐则君子有以尽其用，小人有以散其恶。苦则君子有所拘忌，而英雄之略以为违于道，而不敢出，小人不胜其约束禁制之艰，而愤然跳于外，极其为恶之怀而不反。故晋之东也，虽当倾覆而有优游甚裕之意，是以迭废迭兴，宋之南也，晏然无事而迫蹙顿困之状，日见告也。故渐弱不复振也。然则晋何以亡也？曰东晋虽亡，犹勿亡也。且无

---

① 《与戴石房》,《安雅堂稿》卷十四,《文集》第 431 页。约作于崇祯十一年。

② 《陈忠裕公全集》卷二十二,《文集》第 177 页。

致亡之道焉。

清末之前，魏晋士人经常被批为"清谈误国"、魏晋学术被讥为"老学之毒"，文艺创作被斥为"文起八代之衰"，这些评价总体上来说是负面的，而且是儒学正统大背景下的必然结论。陈子龙却从思想自由与个性解放的角度对魏晋六朝进行了肯定，发现士人的价值。

陈子龙首先指出了宋儒与晋人的共性，"不可以捍寇却敌"，即知行不一。他承认晋人"放弃先王之礼法，高道情性，绪肆虚无"之罪，无法对捍寇却敌有实际的功用，而沉浸于谈玄说理之中，但他的真实意图在于说明"晋人之乐，宋人之苦"。其实，宋代是儒生的时代，士大夫所受到的礼遇，高过前代和后代，没有因言杀头的事情发生。而晋代却是知识分子的"黑铁时代"，战争频仍，政治黑暗，因言获罪、被杀戮的事情时有发生，因而转向老庄清谈。但陈子龙却一反常见，认为"晋人乐，宋人苦"。原因就在于，"乐则君子有以尽其用，小人有以散其恶。苦则君子有所拘忌，而英雄之略以为违于道，而不敢出……"宋代拘谨、懦弱的士风，一些英雄伟略之事因为"违于道"而不敢有所突破；而晋人因为关注自身、抒发性灵却得以"尽其用"，即文艺的自觉而拥有"乐"，进而得出"东晋虽亡，犹勿亡"的结论，批驳了"清言亡晋"之论。

从这里可以看出，陈子龙对晋人风度的回护。他们服五食散，希求长生；注重自我，追求风流洒脱；鄙弃礼法，做性情中人，他们的"优游甚裕之意"是战乱年代面对政治黑暗、寻求解脱的一种方式，强调个性、注重自我的背后更多的是消极和幻灭，稽康无端被杀，阮籍闭口不言，刘伶脱衣裸形……成就了独特的魏晋风度。魏晋时代的个性解放，究竟对后世产生了怎样的影响，这种解放是否远远小于个人的无奈和痛苦，"魏晋文学自觉说"为当代学者所争论和反思。但在陈子龙看来，晋人的价值亦体现于此，或者说，突破繁文缛节的约束禁制，体现士人的个性、精神气质是可贵的，知识分子由关注社会转到了关注自身、自我生命价值的实现，是值得嘉许的。其实，这其中也包含着陈子龙对明末士大夫处境的批评和明末士人疏放之性的回护。在另一篇《名士论》[①]中，他说到：

至于今世，苟稍有激扬之风，小擅人群之誉，于古无十一也，而荐绅侧

① 《陈忠裕公全集》卷二十二，《文集》第187页。

> 目，指为党人，流俗奋讥，如待私仇，辄云樊英周党纯盗虚声，房管深源，竟贻国祸。

在陈子龙看来，名士风度是必定要有激扬之风的，是敢于直言、针砭时弊的，而不应墨守成规，为流俗所拘困。他不愿做“袭章缝之容、守拘方之器”的人[①]。明末士人深知被“指为党人”的危险性，当时的门户之祸、东林党人遭受的政治迫害，是让人深以为惧的。而陈子龙在崇祯十年中进士之时，就已被“宵人耽耽，目为党魁”。恰值钱谦益、瞿式耜被诬告贪赃枉法，张溥等被污“树党挟持”，图谋不轨。陈子龙面对结党之名，毫不畏惧，不顾他人“微服前往”的劝告，“冠盖策马而去”，为钱、瞿报信，为二张奔走疏论，几乎危及自身。一方面证明了他“清者自清”的自信和对时局的把握，同时，“冠盖策马”的举动亦可见其过人胆识和狂放性格。

三　诗歌中的魏晋情结

陈子龙心仪魏晋风流飘逸的名士风度，这在他的诗中有多处体现。25岁时，他曾仿阮籍《咏怀》体，写过《咏怀》十首；他喜用魏晋风度比附自身与友人的风采和豪情。如《欲偕舒章游金陵不果各赋诗十首》之一云：“气象年年大，登临处处愁。风流如晋代，无梦到西洲。”“晋代词人歇，吾家狎客衰。此方愁绝地，何许更伤离?”（自注：忆周、徐诸子。）（《欲偕舒章游金陵不果各赋诗十首》之十）再如《遇桐城方密之于湖上，归复相访，赠之以诗》二首之一云：“由来江表论兵者，大抵风流似晋年。”方密之即方以智，文武全才，以诗文议论朝政，又跃马挥剑，演习兵阵。陈子龙以晋人风流描写密之多才负气、志高疏狂之态。

陈子龙更时常以嵇阮典故入诗，表达异代相知的感慨。他在25岁所作《生日偶成》中，表达了自己的报国志向：“击剑读书何所求？壮心日月横九州岛。颇矜大儿孔文举，难学小弟马少游。”矜者，惜也。即同情怜悯，进而有注重、崇尚之义。这里，陈子龙表达了对孔融的赞赏仰慕之情；马少游，是汉将马援从弟。其志向淡泊，无意功名，后世把马少游作为不求仕进、知足求安的典

---

① 《答戴石房》，《安雅堂稿》卷十四，《文集》第433页。

型。刘禹锡诗云："一以功名累，翻思马少游。"苏轼也喜马少游，有诗云："雪堂亦有思归曲，为念平生马少游。"陈子龙反其道而用之，意在表达一种不甘于淡泊闲适的思想。同年所作《春感》诗云：

> 春来花信杳难凭，风雨高歌酒不胜。消息龙鸾仙事远，飘零鹰犬少年憎。文章绮艳羞江左，踪迹淹留似茂陵。终日掩书广武叹，雄心深夜有飞腾。

阮籍凭吊广武楚汉古战场，慨叹到："时无英雄，使竖子成名。"此处，陈子龙用阮籍登广武而慨叹时无英雄，意在表明并不想做一个"文章绮艳"的才人，所以"雄心飞腾"，不能自安。

除了风采与豪情的比附，陈子龙更以嵇康之气骨相比附。如《杂感》诗云：

> 端居日夜望风雷，郁郁长云掩不开。青草自生扬子宅，黄金初谢郭隗台。豹姿常隐何曾变，龙性能驯正可哀。闭户厌闻天下事，壮心犹得几徘徊？

此诗作于崇祯七年，陈子龙 27 岁会试落第之后[①]。颔联用扬雄、郭隗典喻自己失意京师。扬雄历经汉成帝、哀帝、平帝三朝，皆无升进；燕昭王为郭隗改筑黄金台，待以师礼，于是士人争赴燕国。陈子龙用这两个典故抒发了怀才不遇的心情。颈联借古讽今。"豹姿"谓谢朓事，谢朓身处明帝朝，明帝弑君自立，故玄晖有幽隐之意，他曾作"虽无玄豹姿，终隐南山雾"之句，表达隐退的想法；陈子龙身处明末天启、崇祯年间，看到奸邪秉政、贤者受制的政局，感到实现理想的艰难，因而全身远害之想与出仕报国之志时常交织矛盾；"龙性"本谓嵇康，颜延年在《五君咏》中咏嵇康："鸾翮有时铩，龙性谁能驯？"后人常以"龙性难驯"形容嵇康孤傲、刚肠疾恶的个性，而《晋书》称其"龙章凤姿，天质自然"，因此"龙性"又含有风姿绰约、风采夺人之意，陈子龙对"龙性能驯"的哀叹和愤激正表达了自己卓而不群、不妥协的本意，"壮心犹得几徘徊"更传达出作者对天下事的关注和急迫心理。可以说，重魏晋六朝，是陈子龙前期诗风的一个特色，彭宾序陈子龙早期的《岳起堂稿》认为其诗"绵芊风丽，近于六朝者

① 《诗集》第 435 页。

为多”[①]。

甲申国变之后，陈子龙做《秋日杂感·客吴中作》十首，其中用阮籍穷途痛哭之典，比附自己的身世遭遇，表达报国无门、穷途末路的悲怆心情，诗云：

万木凋伤叹式微，何人犹与赋《无衣》？繁霜皓月阴虫切，画角清笳旅雁稀。阮籍哭时途路尽，梁鸿归去姓名非。南方尚有招魂地，日暮长歌学采薇。

《魏氏春秋》载，阮籍时常率意独驾，不由径路，车迹所穷，辄痛哭而反。阮籍的痛哭，是魏晋文人在政治高压罅隙中挣扎求生的境遇与心迹表述。游玩行散的路，到了尽头还可以重新选择方向；可是人生日暮途穷，没有办法再回转。异代之际的陈子龙，兼负忠国与孝亲的双重责任，面临死节与存身之矛盾，抒写的是内心绝望的哀苦。因此，他在诗中叹万木凋丧，悲寒蝉秋虫，开篇即发出了“何人犹与赋《无衣》”的疑问。《无衣》是斗志昂扬的远古战歌，事到如今，还有谁能与自己并肩而战，同唱慷慨激昂的从军战歌？颔联用“繁霜皓月”的秋景与“画角清笳”的边塞意象，营造了清冷苍凉的氛围，秋虫呜咽的悲鸣，旅雁南飞的身影，是作者凄凉心声的写照，又与他客吴中的情境相符。面对英雄无路的处境，陈子龙也曾有出世之想，“梁鸿归去姓名非”，梁鸿是汉代高士，淡泊名利，与妻孟光隐居霸陵山中，后因作《五噫之歌》而得罪汉章帝，改居齐、鲁间，不为高官厚禄所诱，终于吴。陈子龙也希望像梁鸿一样隐姓埋名，然而，又怎能真的逍遥世外呢？最后一联表明了自己捐躯赴死的决心和志向。“南方尚有招魂地”，昔楚大夫屈原为楚怀王做《招魂》，有“魂兮归来，哀江南”句，隐含着诗人对本朝故主的怀念；“日暮长歌学采薇”，用伯夷、叔齐之典，武王伐纣，天下宗周，二人耻食周粟，采薇而食，饿死在首阳山上。陈子龙也希望像古代隐者一样，义不侍新朝。诗中所举诸人：梁鸿、屈原、伯夷、叔齐，都是古代抱节守志的典范，而屈原最后投汨罗而亡，更是以谶语的形式，召示出作者的结局。在这首诗里，陈子龙对典故的运用，已超越了青年时代的简单模仿，用典、抒情、言志都自然浑化，毫无雕琢的痕迹，是情韵兼胜的佳作。

而且，陈子龙为数不多的四言诗，对嵇康的作品也多有借鉴。《酿川偶笔》

---

① 《诗集》附录三，第752页。

中谓“陈大樽先生四言古诗，全从嵇康《赠秀才十九首》中得来”。[①]

陈子龙四言诗共三首，均为30岁之后作品。一首名为《初观政刑部自励》，崇祯十年(1637)，陈子龙中进士，在京“观政刑部，登白云楼”[②]诗中表达了黾勉济世之志。

第二首《辛巳上巳同太守王公、郡丞毕公、别驾李公修禊兰亭仿古》作于崇祯十四年，绍兴司李任上。司李即掌狱论之官，负责执法断案。他为官勤政，救济饥民，整治民风。时逢三月三日上巳节，与知府王孙兰、郡丞毕九臣、通判李犹龙等，雅集于会稽兰亭，昔王羲之曲水流觞之所，仿先贤修禊事作此诗，发怀古之幽情。

第三首《朔风》，辑自《焚馀草》，是亡国之后作品。三首中，以这首艺术性最高、思想内涵最为丰富，诗云：

朔风其凉，灌木悲吟。靡靡长薄，实劳我心。
陟彼高冈，宿麦青青。野无行人，远望涕零。
予怀维何？云念畴昔。发英三春，扬华九陌。
驰光密移，倏若川流。素商既逝，玄景忽周。
寒暑递迁，当待来兹。我生不再，谁能揽持？
瞻彼飘蓬，亦或爰止。嗟我惮人，载行载起。
兰茝在握，君子所媚。枯菀有时，芬芳不异。
我有神鼎，谁与析薪？我有修竹，谁与丝缗？
原田膴膴，何勿荷锄？登高极目，不如脂车。
临兹芜秽，岂无耦耕？执绥授策，可以遐征。

开篇以景起兴，北风引起灌木的哀鸣，实则是诗人的悲吟，“陟彼高冈，宿麦青青。”登高，是诗词的一大主题。孔子曾“登东山而小鲁，登泰山而小天下”；汉末王粲的《登楼赋》，赋写湖北当阳楼，表达了一种浓浓的乡情；南宋的辛稼轩登上建康赏心亭，“把吴钩看了，栏杆拍遍”，抒发怀才不遇、忧时伤国的心境；陈子龙登上高冈，描绘的是繁茂葱郁的无际麦田。“宿麦”即冬麦，晚唐诗人薛能有“青青宿麦肥”之句(《送胡澳下第归蒲津》)。以“青青”之色写眼前景，是

---

① 《诗集》第783页。
② 《陈子龙自撰年谱》崇祯十年条，《诗集》第657页。

以丽景写哀，则哀更甚矣，“野无行人，远望涕零”，绚丽的绿色与旷野中伫立的孤独之人形成强烈对比，英雄失路感更加突显，富有感染力。

第二层，诗人以自问自答的方式，开始了对往昔美好生活的回忆：“予怀维何？云念畴昔。发英三春，扬华九陌”，并且感叹年华易逝，好景不再：“驰光密移，倏若川流。素商既逝，玄景忽周。”素商是秋天的雅称。按古代“五行”之说，秋天色尚白，又属“五音”之中“商”的音阶，故秋天又称素商。“玄景”是黑影，又指夜色、夜景。这几句点明了时节，与题“朔风”相呼应，又喻阴阳流转、江山异代之感。

第三层，由伤时转为悲己。“寒暑递迁”，周而复始，是自然之理；但“我生不再”，诗人发出“谁能揽持”的呼声，这是希望破灭的痛苦呐喊，也是迷茫无助中的不甘沉沦。接下来，诗人以“飘蓬”起兴，蓬草，是孤独无依的意象，它栖止无定，但也有停歇之时，“嗟我惮人，载行载起”，无家可归的人，却不能停止奔波的脚步。言外之意，人的处境比“蓬草”还要可悲可怜，作者遭遇巨变之后的怆痛跃然纸上。

第四层，托物言志。“茝”即白芷，香草名。《楚辞·九歌·湘夫人》云：“沅有茝兮澧有兰。”这里作者以荣枯不改芳香的兰茝比喻君子清高的品格，诗人守道的志节亦如此。后面的“神鼎”与“修竹”也是对自身美好品格与才志的描绘。神鼎为国之重器，竹的清雅淡泊一直是文人高风亮节的象征。古人言：“未出泥土已有节，凌云高处亦虚心”，而“谁与析薪”、“谁与丝缗”的疑问，则再次表达了苦无知己与后继者的孤独无力感。至此，诗人的心绪一起一伏，由孤苦到坚忍，由软弱转为刚毅。

第五层是自身归属的思考。“原田膴膴，何勿荷锄？”膴膴：是膏腴、肥沃之貌，与前面“宿麦青青”相呼应，从这两句看，作者似有躬耕归隐之意；“登高极目，不如脂车”，“脂车”即给车子的轮轴涂好油脂，指准备作战或继续出行。与其登高悲慨，不如整装待发，诗人在结尾处做出了回答。

通观全诗，感情深挚，言辞恳切，层次分明，借景抒情，托物言志，自然老到，是四言诗中的佳作。同时，确如《酿川偶笔》中所言，《朔风》对嵇康诗有诸多借鉴。《酿川偶笔》中所说的《赠秀才十九首》，即嵇康《兄秀才公穆人军赠诗十九首》，其中一首是五言诗，题为《赠秀才诗》，另十八首为四言《赠兄秀才人军诗》。陈子龙《朔风》诗中，有直接取自嵇康诗原句者，如“陟彼高冈”，来自于十八首之三“陟彼高冈，言刈其楚”，当然，更早的出处是《诗经·周南·卷耳》：“陟彼崔嵬，我马虺颓。……陟彼高冈，我马玄黄”；有相类者，如陈诗：“野无行人，远望涕零”与嵇康《赠兄秀才入军诗》十八首之三“仰彼凯风，涕泣如雨”相似；再如陈子龙的方式抒情：“我生不再，谁能揽持?”“我有神鼎，谁与析薪？我有修竹，谁与丝缗?”以疑问的方式，叹知己全无、人生失意之感，与嵇康十八首之十一“虽有好音，谁与清歌？虽有姝颜，谁与发华?”十五“鸣琴在御，谁与鼓弹?”表达方式相类。所不同的是，嵇康从琴诗中找到乐趣，希望能够远离流俗，忘却名利荣辱，“贵得肆志”，同时，“生若浮寄”的人生感悟，是对生命之渺小短暂与宇宙之广阔无穷的哲学思考结果；陈子龙则以特定的时代背景，抒写了国难当头的志士之悲和两难抉择。

陈子龙诗体现出的魏晋情结与其个性有关，亦与晚明的审美思潮一致。晚明的审美意趣与魏晋文艺思潮，都有打破清规戒律的趋向，外观上都呈现为旷达不羁的狂人、酒徒、韵士的形象。尤其是晚明文言小说的兴盛，明末以传人为主的文言小说，一个重要的时代特征就是大量表现名士风度。并且，这一时期更有直接模仿《世说新语》的作品。陈子龙诗歌，尤其是后期诗，终能将取法魏晋、崇尚才情的观念一以贯之，洗去刻意雕琢的痕迹，不论是用典，还是设色、陈情，都达到了浑然天成的诗境。

明末才子汤传楹与尤侗《钧天乐》传奇

黑龙江大学明清文学与文化研究中心　杜桂萍

在清初才子尤侗(1618—1704)的眼里心中,最令他敬重的友人是汤传楹,让他系念一生的友人也是汤传楹。崇祯十七年(1644),当二十五岁的汤传楹突然去世的消息传来,尤侗形销神毁,痛不欲生,创作大量文学作品表达深刻的思念之情。初步统计,即有《哭汤卿谋文》、《再哭汤卿谋文》、《反招魂并序》、《汤传楹墓志铭》、《汤卿谋小传》、《汤卿谋遗像赞》、《重题汤卿谋遗像赞》、《遗亡友汤卿谋书》等;诗词作品则多达百余首,如诗作《哭汤卿谋》(九十首今删存六十首)、《再哭汤卿谋》(十首有引)等,另有词《凤凰台上忆吹箫·梦亡友卿谋》、《玉蝴蝶·雪窗忆卿谋》、《沁园春·梦卿谋》等,其他如《闻公肃捷感念亡友汤卿谋》诗、《六桥泣柳记》文等,亦情不自禁地联想到汤、思念及汤,深情厚谊,古今罕见。他多次感慨:"弟永无见兄之日也,并求见其如兄者,不可得也。可奈何?奈若何!临风染翰,聊以发九原之一涕而已。"[①]顺治十四年(1657),尤侗创作了唯一的传奇作品《钧天乐》,亦刻意将汤传楹写入其中:"《钧天乐》一书,展成不得志而作,又伤卿谋之早亡。书中沈子虚即展成自谓,因以杨墨卿为卿谋写照耳。"[②]在这部长达三十二出的戏曲作品中,作为主人公之一的杨云(汤卿谋),与作为尤侗代言者的沈白共同演绎了个人的怀才不遇之情,以及与才有关的因才而厄、恃才而骄、抱才而死、才情共生等命题,通过"两才子一举登天"(第一出下场诗),完成对二人今生的演绎,续写了彼此的后世情缘,汤传楹的生命因之而完满生动,与尤侗的友谊亦因这一特殊的艺术建构而获得更具丰富性的呈现。

---

① 尤侗:《遗亡友汤卿谋书》,《西堂杂组》一集卷六,康熙刻本。

② 阆峰氏:《钧天乐》卷末附诗注,见尤侗《钧天乐》,康熙刻本。

一　汤传楹其人及与尤侗的友谊

汤传楹(1620—1644),字子辅,更字卿谋,诸生,吴县人,着有《湘中草》等。当他崇祯九年(1636)与十九岁的尤侗定交时[①],还是一位只有十七岁的青年才俊,当然也不会预料到真挚的友谊让他的生命丰富而延展,并因文学意义的呈现而发生了特殊的影响。性情与思想的投合,使两人很快发展为"性命交,一时瑜亮,无忝齐名"[②]。崇祯十七年(1644,顺治元年),国破之难所导致的家亡对于汤卿谋及其家庭而言平常而不平凡。六月,皇帝的哀诏到达吴中,汤卿谋哭悼不已,伤痛而病,遽然离世,愁病之中的妻子丁氏随后殉亡。同样处于家国之悲中的尤侗闻知讣信,哀伤病倒,几乎肝肠断绝:"我今顾影已无俦,如此人间不愿留。若许九原寻旧友,何妨蝴蝶化庄周?"[③]认为"卿谋既亡,知音断绝"[④],苟活于世间已无多大意义,一度萌生了绝尘断缘的出家之念:"槁木死灰,嗒焉丧我,大意已类枯禅,但未剃发耳。"[⑤]即便后来回归生活常态,亦长期悒郁不乐,难以忘却故友,多次感叹:"求其相知定我文如卿谋者,已不可得。"[⑥]"斯人死,坐看卿辈,谁是知音?"[⑦]他将哀思寄托于对好友遗着的整理刊刻:"乙酉岁刻其《湘中草》十二卷,藏之其家。"[⑧]又"数年披阅,辄加删订,裁为六卷",并在追忆和痛悼中写下一段段评语,保存了汤传楹生平的大量信息及二人友谊的深情回忆;他还多次向当宁、同道介绍推举好友,如写给时为户部右侍郎周亮工的信:"亡友汤卿谋少年早夭,其遗集《湘中草》可以传世而未得其人以传。知明公于存没之谊最深,故摘其中尺素数则寓览,此未足尽才人之万一。盖哀其无闻,庶乎附作者以彰焉。伏惟留意。"[⑨]关乎好友的一切,他都

---

① 尤侗《哭汤卿谋文》云"侗自丙子秋与卿谋定交","丙子"即崇祯九年,尤侗十九岁。《西堂剩稿自序》又云:"十八游庠,获交汤子卿谋……"。《祭章素文》:"予年十八,始出交友,以渐识天下之士。然总角同好,不过数人。"见《西堂杂组》一集卷三。

② 柳亚子:《汤卿谋"闲余笔话"》,见郭长海、金菊贞编《柳亚子文集补编》,社会科学文献出版社 2004 年,第 84 页。

③ 尤侗:《哭汤卿谋》,《西堂剩稿》,康熙刻本。

④ 尤侗:《西堂剩稿》自序,康熙刻本。

⑤ 尤侗:《再哭汤卿谋文》,《西堂杂组》一集卷三,康熙刻本。

⑥ 尤侗:《湘中草跋》,见《尤太史西堂全集》附,四库禁毁书丛刊本。以下凡引此书,不另注刻本。

⑦ 尤侗:《满庭芳·风雨夜怀卿谋》,《百末词》卷四,康熙刻本。

⑧ 尤侗:《湘中草跋》,《西堂杂组》二集卷五,康熙刻本。

⑨ 尤侗:《答周侍郎书》,《西堂杂组》二集卷五,康熙刻本。

尽心尽意尽力，如将汤的女儿嫁给最得意的门生徐元文。顺治十六年徐元文高中进士时，尤侗精神为之大振，兴奋之情溢于言表："喜闻洗马乘龙日，应续中郎第一弦。"[①]因"中郎"汤卿谋后继有人而欣慰不已。

尤侗引汤传楹为海内第一知己，这在相关的祭悼文和诗词中揭示得最为充分。《哭汤卿谋文》云："侗自丙子秋与卿谋定交，于今九年矣。其间车马往来，多一时名士，而生友死友，惟卿谋一人！侗平生冷淡不求人知，人亦无知者，独以卿谋为鲍子知我。"[②]在汤传楹离世后长达六十年的时光里，这种深刻理解构成了尤侗心灵的生动图景，其性情、才能、品格等因时光荏苒而日益凸起，并映照着和认证了青年尤侗的真正自我，以及关于青春、自我、人生选择的深切回忆。如何素描汤传楹其人其性其文呢？

汤传楹"性好静"，追求"幽居之适"[③]。他特别喜欢"闭门兀坐，杳若深山，悠如永年，类禅家之寂"[④]的生活状态，刻意营造一种远离世俗喧嚣的诗情画境："值风露清微，月痕入水，亦时步出斋中，空庭对影，绕树往来，或箕踞坐颓垣废址，仰天长啸，荡吾沉郁，旷然有云海情。人生百年，似此佳境，正自不可多得。"[⑤]他借此彰显个体的理想、价值与尊严，努力追求一种迥异于俗的文人情怀。尤侗赞赏汤卿谋"温且美"、"淡且静"[⑥]，"性高洁"[⑦]，主要是基于他这种萧散自适、恬然放松所带来的心态、心情及趣尚。

汤传楹不喜交往，但笃于友谊。白天，他或读或吟，或与好友清谈于书室"荒荒斋"，"薄暮进登南楼，与妇焚香煮茗，剪烛夜话，以为笑乐"[⑧]。他的"荒荒斋"，并非人尽可入，据尤侗回忆："惟予辈二三子，至辄叩门，君闻即启扉延入，握手捉尘，清谈而已。其他俗客罕有闯其座者。"[⑨]在这"二三子"中，有尤侗，陆寿实、陆君实兄弟，宋实颖等，多为少年知己、才名早著者。他与陆氏兄弟、尤侗结为"四子社"[⑩]，登山临水，吟诗为文，甚为相得。尤侗是与他交往最频繁、关系最为亲密者，情意款洽，志趣相投，诗词唱酬，殆无虚日。梳理同一

① 尤侗：《闻公肃捷感念亡友汤卿谋》，《右北平集》，康熙刻本。
② 尤侗：《哭汤卿谋文》。
③ 汤传楹：《荒荒斋记》，《湘中草》卷五。
④ 汤传楹：《闲余笔话》，《湘中草》卷六。
⑤ 汤传楹：《荒荒斋记》。
⑥ 尤侗：《哭汤卿谋文》。
⑦ （同治）《苏州府志》卷八十一，光绪刻本。
⑧ 尤侗：《汤卿谋小传》，《西堂杂组》二集卷六，康熙刻本。
⑨ 尤侗：《汤卿谋小传》。
⑩ 尤侗《哭陆灵长八首》诗注："予与卿谋、二陆盟四子社。"见《西堂秋梦录》，《尤太史西堂全集》，康熙刻本。

时期二人的唱和创作，留存至今者二十多首，深厚之友情见诸字里行间。唯是，方能理解汤传楹去世后尤侗历久弥长的怀念何以如此真切，乃至二十五年后，面对挚友遗像，依旧“展卷泫然，感念故人，如在初没”[①]，唏嘘不已。

汤传楹多次强调“予生而多愁善病”[②]。善病，或者缘于身体素质之孱弱，日常生活中，他和妻子往往“药烟相对袅”[③]，早夭当亦与此相关。而多愁则首先来自一种独特的心理体验，所谓“赋性善愁”[④]是也，与青年时期尤侗的生命情绪恰恰形成互文[⑤]，彼此诗词中类似情绪的审美表述很多，以致汤有天下“万斛愁，尔我各分其半”[⑥]之喻。他曾对尤侗表示：“卫洗马‘人言愁我始欲愁’，吾固不因人愁也。然亦不自知其何故，但一往情深尔。”[⑦]尤侗何尝不是如此。所谓“一往情深”，与“一生爱好是天然”的理趣之妙，是彼时崇尚自我、向往心灵自由的青年才子们具有普泛性的价值选择。

多愁，当然也来自人生际遇之不谐：“秋闱不遇，郁邑不自得。”[⑧]对于汤传楹而言，或者还有父亲行事为人所带来的心理压力：“少与父志行殊辙，而又难自口出，虽为贵公子高才生，恒邑邑不自得。”[⑨]也就是说，父亲汤本沛于明末之际依附阉党、打击东林人士等劣迹及其影响也在一定程度上强化了他的惆怅之感。尤其是，“君性孝友，事刑部公暨朱安人尽孺子慕”[⑩]，在父子伦理关系上表现合节，又要坚持“志行”，对身为长子的汤传楹而言，只能任困惑、挫折感与无奈的情绪纠结于内心，积郁为无法言说的“愁”。

汤传楹以才闻名于当时当地：“自少以才见称……年甫弱冠，即用诗古文屈其辈行，至于老师宿儒，悉折节下之。”[⑪]尤侗十分钦佩他的才华，有“惊才绝艳，援笔便成”[⑫]之叹，又曾表达过异常激切的赞美：“吾国颜回竟短年，惟留道气古今传。他时若作儒林传，大雅风流第一贤。”[⑬]的确，汤传楹富深

---

① 尤侗：《重题汤卿谋遗像赞》，尤侗《西堂杂组》二集卷六，康熙刻本。
② 汤传楹：《病夜听秋赋》，《湘中草》卷四。
③ 汤传楹：《妇病》，《湘中草》卷一。
④ 尤侗：《汤卿谋小传》。
⑤ 尤侗亦以“赋性善愁”总结自我，见《哭汤卿谋文》。
⑥ 汤传楹：《闲余笔话》。
⑦ 尤侗：《汤卿谋小传》。
⑧ 尤侗：《汤卿谋小传》。
⑨ (乾隆)《长洲县志》卷二十四《人物》四。
⑩ 尤侗：《汤卿谋小传》。
⑪ 汪琬：《湘中草序》，见《湘中草》卷首。
⑫ 尤侗：《西堂剩稿》自序。
⑬ 尤侗：《哭汤卿谋》。

情慧心，多文采风流，所作诗词幽婉清丽，韵味悠长，传达出一种纯净的苦闷、莫名的忧伤和优雅的真诚，其中洋溢的自然、率性和忧郁透射了一种清标脱俗的美、清雅朗俊的真，于明清之际确实为不可多得。现存《湘中草》六卷，经尤侗删校附于其《尤太史西堂全集》后，仍清晰地展现了这样的特征。不过，因生命短促，生活与创作均视野较窄，汤传楹的文学作品主要立足于自己的生活环境，或发思古之幽情，或感慨个人之处境，题材范围和思想意蕴都相当有限，也是事实。

尤侗之于汤传楹的知己之情，缘于彼此性情、趣味和观念的高度认可。如对于愁、病、秋的多情自许，两人往往遥相呼应，相得益彰。汤说："予生而多愁善病，少与此境往还，长而相得益深。"[①]尤侗则言："余素善病，三秋之际，系恋尤深。"[②]他更有《西堂秋梦录》之辑，专力写秋抒情，汤传楹先后为之为序作跋（均收入《湘中草》卷四），表现出一以贯之的声气相求："纸上烟雨无数，忽忽沁入心骨，乃识此编之感人深于秋气矣！予又安能使胸中之秋不出而相应耶？"[③]翻开《湘中草》六卷，其中载录的汤、尤唱酬之诗词作品，计有二十五篇许，几占所收作品总数的25%；排除尤侗整理文集时所进行的选择性删校，及未能及时保存等因素，实际数量应更可观；与尤侗早期文学创作中与汤卿谋倡和之诗词近二十首相比照，不仅可证二人交往之密切，且可发现这些倡和之作情绪相通、风格相类等特征，哀怨愁叹，伤春惜秋，失意困窘，怀才不遇，大致相似的主题彰显出二人彼时心境相合，趣味相投，惺惺相惜，肝胆相照，无怪乎"社中呼为尤汤，犹之元白、皮陆，以倡和齐名也"[④]。汤传楹去世后，尤侗包揽了其传记、墓志等生死之文的撰写，许多盖棺论定之语出自其笔下，几乎构成了后出之方志、总集、笔记等相关评价的核心意旨。晚清平步青（1832—1896）讥讽尤侗所为乃出于明人积习之遗留："实不脱天、崇时习气。"但也充分理解地表示："卿谋诗文虽不必如西堂所推，而年少负异才，不遇以死，即谓明末诸才人中之长吉，亦无不可也。"[⑤]可见，汤传楹确有其独特之处，而尤侗借助一系列带有修辞色彩的文学文本所表达的欣赏、所进行的标举，不但素描出一位历史的汤传楹、才子的汤传楹，也塑造了一位文学的汤传楹。

① 汤传楹《病夜听秋赋》，《湘中草》卷四。
② 尤侗：《病信并序》，《西堂秋梦录》。
③ 汤传楹：《题秋梦录后》，《湘中草》卷四。
④ 尤侗：《亡友汤卿谋墓志铭》，《艮斋倦稿文集》卷十一。
⑤ 平步青：《霞外捃屑》卷六，上海古籍出版社1982年版，327页。

二 怀才不遇:才子情结的艺术建构

汤传楹去世后,尤侗如是总结他的不幸夭折:“吾谓汤子有五不幸焉:年太少,才太奇,思太敏,文太多,着书太早。此汤子所以死也。”①因其早逝而伤怀,更为其“偃蹇休箦以死”②而抱恨不已。平生寥落,未得一官;满腹才学,空无一用,这是最令尤侗郁结愤懑之处。他曾极度怨艾“汤子之殁,天地山川若弗闻也”③,对于历史上那些著名文人如屈子、曹植、李白、韩愈、苏轼等,“或步兰台,或枕芸阁,或纡青殿上,或垂白山中,而汤子独贫贱死,死年二十五”④,充满了不平、不解和不甘。尤其是,在汤传楹去世后的十多年里,百般寻求有所作为的他始终仕途不顺,多有挫折,日益强烈的怀才不遇之感在顺治十二年(1655)遭遇了彻底的打击,因无奈、无望而导致的辞官之痛挫折了他的情感,消损了他的意志⑤。于是,“丁酉之秋,薄游太末,主人谢客,阻兵未得归。逆旅无聊,追寻往事,忽忽不乐,漫填词为传奇”⑥。在尤侗惆怅万端的自我反观中,挚友汤传楹的不幸不遇跨越时空而发酵于心灵,彼此相通的高才不偶、坎坷不遇再次涌上心头:“既痛逝者,行自念也。”⑦正是在这样一种境遇和情绪中,《钧天乐》传奇应运而生。

《钧天乐》文本共三十二出,通过上、下本各十六出建构界域分明的两个空间,促成两个空间自足性的关键词则是“不遇”和“遇”。一个空间归属现实人生,主要演绎了才子沈白、杨云如何“不遇”,为何“不遇”:才高应举,总是名落孙山;不断受到嘲笑、欺辱,投告无门,块垒难消。另一个空间则超越尘俗世界,在已然仙化的现实中华丽展开,呈示了“遇”的顺理成章,皆大欢喜。两位主人公不仅获得上帝的认可,独开特科,中式擢用,且复仇成功,伉俪团聚,尘世的未尽理想于天界获得了酣畅淋漓的实现。所谓“玉堂金马皆尘土,不朽功名天上高”(第十七出《天试》文昌君语),较之人间,这种极具价值和意义的认

---

① 尤侗:《湘中草序》。
② 尤侗:《哭汤卿谋文》。
③ 尤侗:《湘中草序》。
④ 同上。
⑤ 本年,身为永平府推官的尤侗,因旗丁违法,按律治罪,被弹劾“擅责投充,例应革职”,遂愤然辞官。
⑥ 尤侗:《钧天乐·自记》。
⑦ 曹丕:《与吴质书》,陈寿撰、裴松之注:《三国志·魏书》卷二十一,中华书局2011年版,505页。

可洋溢着花团锦簇般的世俗欢乐。

作品力图从多个维度昭示：形成“不遇”的关键是科举，是受制于权力腐败和人心堕落而来的被异化的科举；促成“遇”的关键也是科举，只不过是属于制度伦理下处于常态的科举。正是围绕着这样的思考，《钧天乐》首先呈现了一个导致科举崩坏的乱世背景：天灾人患，民怨四起，官吏贪腐，皇帝昏昧，以致国家政权乏力，民不聊生。这种有关明朝灭亡原因的思考，与清初社会关于国家、士人、党争等的反思不谋而合，实际上是彼时一般文人具有普遍性的认知，只不过尤侗更愿意通过涉及文人出处的科举问题来进行关乎身世浮沉意义的解读而已。康熙二十三年(1684)腊月，已借助博学鸿词科荣任翰林院编修的尤侗反观自己这一时期的诗歌创作，孜孜于科举所造成的心灵磨难再次唤起了那一段段怀才不遇的感伤：“自念束发受书，日夜揣摩，不获与甲乙之科，仅乃为贫而仕，屈首以就功名，此中邑邑，有难为外人道者。不平之鸣，其容已乎！”[①]显然，在一生最为低落的时期(顺治十四年前后)，《钧天乐》的创作为尤侗才子情结的纾解打开了一条狭窄但还算切实的通道。

作为“小生”，汤传楹的代言者“杨云”并非《钧天乐》之第一主人公，然其与主人公沈白(生)的关系，则刻意映射着汤传楹与尤侗的人间情感和现实遭际，体现为一种经验设定和对比性建构。杨云与现实中的汤传楹具有高度的一致性，传记性特点相当明确。譬如汤传楹美风姿、多愁病，杨云也是“清羸善病”(第十出《祷花》)：“虽是乌衣子弟，却像红粉女郎。论他国士无双，比我玉人有两。但常多病多愁，恐被道旁人看杀。”(第二出《歌哭》)他与沈白的感情一如汤、尤生前：“隔一日，似三秋。”“一日不见，千里相思。”(第十二出《哭友》)杨云的早逝令沈白悲痛无比：“兄弟，我与你交比芝兰，爱同花萼。方谓良朋耐久，白首如新。岂意中道生离，一朝永诀。”(第十二出《哭友》)这与尤侗在汤传楹去世后的“肝肠断绝，不能成声”[②]差可比照。在揭示一个才子的不幸夭折方面，杨云的遭际与其原型之间似乎形成了抵牾。汤传楹本因崇祯之难而死：“哀诏下，吾友汤子卿谋哭临三日，归而病，以六月六日酉时卒。”[③]作品则进行了如是改写：“适才遇见杨家小厮，说杨相公避乱乡村，被流贼打粮，受了惊吓，感冒风寒，已病故了。”(第十二出《哭友》)“避乱乡村”是史实[④]，病亡原因实为

---

① 尤侗：《西堂小草》自序。

② 尤侗：《哭汤卿谋文》。

③ 同上。

④ 尤侗《哭汤卿谋》小注云：“自四月闻京师之变，传言流寇长驱，卿谋移住村庄，遂成长别。”后因病而返，病逝于家中。

子虚乌有；同样涉及“流贼”，一则缘于皇帝殉国，一则因为感冒风寒，叙事之旨趣已绝然不同。而形成这种“故意”的初衷，显然是为剔除其中含蕴的朝代更迭、历史变迁的政治色彩，与《钧天乐》创作于顺治十四年的时间节点亦不无关联。此际的尤侗，已多次应举于清朝（顺治二年始），且曾以拔贡身份任职永平府推官（顺治九年至十二年），乃实实在在的大清顺民，自然不宜对关涉前朝的有关往事过于白描。

实际上，汤传楹未尽其才而夭逝，早已开启了尤侗诸如性情、风貌及多才不偶、怀才不遇等问题的思考，有关的悼诗、祭文昭示了这一点，这也印证了彼时才子文化思考的诸多主题。而作为苟延于现实中的才子，进入清初的尤侗继续承受着与汤相似又不尽相同的感愤与无奈；“才高志大，运蹇时乖”（第十五出《哭庙》），不仅是《钧天乐》主人公沈白的命运，也是改朝换代后尤侗生活情态的真实写照。正是基于这一点，他在为主人公沈白设置一个污浊的现实背景的同时，还努力建构了一个充满了各种压力的窘迫境遇：“第一来科名连败，第二来兵戈罹害，第三来人琴早亡，第四来割断夫妻爱，第五来秋风钝秀才。”（第十六出《送穷》）在“妻亡友没，举目无亲”的境地中，沈白“叹孤身天涯地角，顾影无俦”，更感愤“一身不偶，四海无家”（第十四出《伏阙》），不得不摒弃“世缘”，转而寻觅上天入地的求索之路，所谓“仙才只合瑶天住”[①]。如是，才有了第十六出《送穷》的转关之笔。既然“曲高和寡，才大知希，人世科名已不可得”（第十五出《哭庙》），他只能将目光转投天界，寻求“寤寐英贤，旁求侧席”、思贤若渴的君王，以改变“楚山刖玉，沧海遗珠”（第十七出《天试》），贤愚颠倒的非正常现状。如是，又有了第十七出《天试》：上帝对于如他一般的“彷徨草泽”者十分伤怀，“专取那下第才人中式擢用”，“开天首科，可称亘古盛事矣”，沈白的“独秀江东”之才获得了高度认可。这是一个未来世界，是比喻的，也是寄托的；是理想的，也是现实的。相知相念的友人、不离不弃的佳偶、高中状元的兴奋、凭才审案的挥洒，等等，都以特殊的展演方式回应了现实生活中难以实现的诸多期许。可以说，第十七出《天试》及其后来有关天界的艺术描写，在抽绎出了一代才子内在世界丰富性的同时，也为传奇戏曲的文体诉求、内容趣尚、结构叙事提供了合适而有力的支点。从此，作品以另一种方式敷衍对现实的否定和批判，又借助李贺与苏轼两位大才子的出场，宣示了对理想社会和人生的真诚希冀和热烈向往，力图抚慰古往今来那一颗颗不肯沉沦的才

---

① 尤侗《读叶小鬟诗题赠》之二，《西堂剩稿》卷下，康熙刻本。

子之心。也就是说，无论是上天入地，还是死生改易，作者极力烘托、大力凸显的永远是尤侗那颗郁勃奋激的才子之心，这是作品核心旨趣之所在。

尤侗、汤传楹一向以才子自居，学识富赡且怀才不遇，是两人共同的生活特征。汤传楹的才华生前已传遍吴中："才思敏妙，风驰电发，诗古文辞爽迈。……一时推为才子。"①尤侗幼有"神童"之誉，对自我的矜许亦时刻未曾脱离才子之规定性，《钧天乐》中即借沈白之口表示："谁似我才高，年少抱经纶。"（第十五出《哭庙》）汤传楹诗云："男儿不遇汉天子，长杨赋尽无人怜。"尤侗评曰："读至此句，千古才人，一齐泪下。"②可见怀才不遇的共同心声与彼此认同。为了张扬二人及李贺等作为"天下奇才"之"逸气孤骞，高文卓烁"（第十六出《送穷》），借以形成对现实的强烈反拨，《钧天乐》传奇还将尤侗《广寒宫上梁文》③、汤传楹《织女催妆诗》及李贺《白玉楼赋》作为科举考试题目，博得了文昌帝君的赞颂不已："奇哉，可称三绝！老夫当让君辈出一头矣。"（第十七出《天试》），后又反复敷衍，加以推扬，如第二十六出《入月》借助剧情专门敷演《广寒宫上梁文》，嫦娥说上帝"命新殿元沈子虚作《上梁文》，笔堪题柱，音欲绕梁。最爱他落句'宫殿如明镜，嫦娥号丽华'，足画妾之风流矣。"第二十八出《渡河》以隐括笔法演绎杨云创作的《织女催妆诗》，让一段凄美的千古爱情在乞巧的欢愉中完美收官。作为一位才子情结始终激荡于心的文人，尤侗深怀对自我才能的高度期许和本能向往，如此作为，自然不难理解。

对才的尊重，往往使一般文人将才人及才的陨毁视作上天的不公，又或者解读为上帝偏爱的结果。汤传楹曾言："窃谓才如临川，自当修文地府；纵不能遇花神保护，亦何至摧残慧业文人，令受无量怖苦。岂冥途亦妒奇才耶？"④对传说中汤显祖的才高受虐深为气愤、不解。在很多文人的意念中，凡高才年少者亡，往往是因上天之招，故有"曼卿年少，仍主芙蓉之城；子建才高，应王遮须之国"一类的想象。尤侗哀悼好友陆灵长之逝时亦表示："古来慧业文人，都自天真游戏尘世。如郸侯为瑶台散仙，白傅为海山院主，东坡为五戒禅师，山谷为香岩女子。"⑤当他困惑于汤传楹之早夭时，也产生了这样的诉求："欲问天所以死卿谋者而不可得，则解之曰：'内典云：慧业文人应生天上。'天殆爱卿

① 徐元文：《湘中草》序。
② 尤侗：汤传楹《吊李谪仙集寄展成》诗眉批，见《湘中草》卷一。
③ 尤侗：《广寒宫玉楼上梁文》，《西堂杂组》一集卷三，康熙刻本。
④ 汤传楹：《闲余笔话》。
⑤ 尤侗：《告陆灵长文》，《西堂杂组》一集卷三，康熙刻本。

谋、重卿谋，而遂夺人世之才以自佐焉。长吉之玉楼，长源之瑶台，曼卿之芙蓉城，子建之遮须国，皆古来才子回翔之地，天必设一座以待卿谋。卿谋而念故人，肯留五城一片地，为后来者卜居乎？则侗褰裳就之矣。”[①]认为以汤传楹之才必定会与李贺等一样，据有一个可以发挥自我才能的“回翔之地”。《钧天乐》中，在批评了“天道无知，一至于此”后，沈白果然也强调了这样的结果：“我晓得了，古来慧业文人，必生天上。墨卿此去，当在五城十二楼矣。多应是锦囊才尽无人也，又召杨云赋玉楼。”（第十二出《哭友》）于是，第十七出《天试》二人相见时，杨云即明确交代：“弟与弟妇暂寓石曼卿芙蓉城。”后来，又不负故人所望，为沈白“卜居”了一片地，促成他与未婚妻寒簧月宫相聚。现实中的尤侗果然借助代言者沈白而“褰裳就之”，完成了上天入地的生死诉求。

对于青年男女成仙的想象，或许缘于对生命情态的不理解，或者缘于一种理想性的宿命认知，这在明末清初时期的动乱时局下似乎格外醒目；而彼时盛行的扶乩之术，广为文人青睐，才子成仙的想象也因之获得了有力的神道支持。尤侗自己对这一类活动始终饶有兴趣，曾亲自降乩：“岁癸未，予读书王氏如武园，偶为扶鸾之戏，得遇瑶宫花史云……”[②]与当时颇为有名的扶乩者如泐庵大师金圣叹、掌文真人孙过庭等亦过从较多，如：“客冬，予召孙真人过庭，自云掌天上笔札，卿谋赋诗赠之。”[③]汤传楹去世后，其早夭的命运，多才的人生，以及独立不移的性情，更激发了他的类似想象。《汤卿谋遗像赞》云：“天南地北，何处君家？畴昔之夜，我吟楚些。有美一人，翩翩以佳，荷衣蕙带，风马云车，玉笙铁笛，游戏尘沙，彼何人哉？吾知之矣，其在三山之畔、十洲之涯。”已经奠定了“三山之畔、十洲之涯”的想象。他认为，这样一个具有“灵心慧业”的文人，“非侍书天上，即修文地下”[④]，绝不会游荡人间。何况，“予总角初遇卿谋，望其风姿，如玉山珠树，恍然疑为神仙中人。及读其诗歌文辞，常飘飘有凌云气，又断以为非人间人也，岂待殁而后知其仙哉！”[⑤]他曾于汤传楹去世不久即聘方士招魂：“空思剪纸叩灵衣，闻说鸿都术已稀。泉下子规啼不到，茫茫魂鬼几时归？”[⑥]对“陆灵长殁，予恳孙真人招魂来归，卿谋亡而真人去矣”[⑦]，则

① 尤侗：《哭汤卿谋文》，《西堂杂组》一集卷三。
② 尤侗：《瑶宫花史小传》，《西堂杂组》二集卷六，康熙刻本。
③ 尤侗：《哭汤卿谋》诗后注。
④ 尤侗：《遗亡友汤卿谋书》。
⑤ 尤侗：《汤卿谋小传》后附评语。
⑥ 尤侗：《哭汤卿谋》。
⑦ 尤侗：《哭汤卿谋》诗后注。

十分遗憾，直到获得另一位扶乩大师的招魂结果："卿谋死后数月，有仙降乩大书曰：汤传楹，青华府侍书金童，丁氏传言玉女也。若是，则几乎仙矣。"①如是，汤传楹夫妇金童玉女的宿命获得了一种终极体认。

这里所谓"有仙降乩"，与尤侗《再哭汤卿谋文》中的一段记载互相照应："前戴子云叶传示泐师乩语云：先帝本青华帝君，兄即侍书金童，此才人生天公案也。平日与兄论李长吉、石曼卿故事，辄为色舞，今兄已先着鞭，且得与嫂氏携手同归，使青华府中更添玉女，其乐何极？"②所指当为一事。此文作于崇祯十七年末，可证扶乩之事发生在之前，具体应在当年的秋冬之际。尤侗对此笃信不疑，作于去世周年忌日的《反招魂并序》嘱其"魂勿归来兮"以避江南战乱："归乎青华永行乐些，俯视九州岛蹇难安些。"③已隐含此事。作于次年即顺治二年三月的《再哭汤卿谋》十首之七："鼎湖龙去恨如何，独倚江楼涕泗多。还忆青华香案吏，春风重唱故宫歌。"小注云："十九日，登君山哭先帝，遂哭卿谋。时有降乩者，云先帝本青华帝君，汤子侍书金童也。"④再次加以强调。后来，在为汤传楹所作小传的附记中，第三次提及此事。顺治十六年，当汤传楹的女婿徐元文高中状元，有人猜测："公肃妇翁为才子汤卿谋，早赴玉楼，征之术者云为青华府侍书。公肃之第，盖得请于帝矣。"⑤尤侗虽谦称"予未敢信为然"，但特意记载这段传闻本身已昭示其认可之诚。此际，《钧天乐》的影响已遍及江南，借助作品的影响力，汤传楹的故事竟然为徐元文中状元增添了一段命中注定的神秘，或者是尤侗创作《钧天乐》传奇时未曾预料到的结果。

关于扶乩的细节，有关史料并未给予揭示；然这一想象的制造者"泐师"则可确证为当时赫赫有名的金圣叹。关于金氏以"泐庵"、"泐师"或"泐大师"之名扶乩的有关情况，陆林教授的探讨最为具体，笔者对明末才女叶小鸾作为文学想象成因的有关讨论，也涉及了相关情况，这其实与本文论及的《钧天乐》在一定程度上形成了互文⑥。得益于金圣叹的扶乩活动，明末才女叶小鸾从历史人物演变为一个文学形象，甚至影响了许多文学创作的生成，《钧天乐》即为

---

① 尤侗：《汤卿谋小传》后附评语。

② 尤侗：《再哭汤卿谋文》。

③ 尤侗：《反招魂并序》，《西堂杂组》一集卷二，康熙刻本。

④ 尤侗：《再哭汤卿谋》，《西堂剩稿》卷下，康熙刻本。

⑤ 尤侗：《徐公肃稿序》，《西堂杂组》二集卷二，康熙刻本。

⑥ 参看陆林《〈午梦堂集〉中"泐大师"其人—金圣叹与晚明吴江叶氏交游考》（《西北师大学报》2004 年第 4 期）、拙作《诗性建构与文学想象的达成—叶小鸾形象生成演变的文学史意义》（《文学评论》2008 年第 3 期）等。

其中之一。如果没有金氏的扶乩判词，或许汤传楹也只能止步于一个乱世夭折的才子形象，尤侗所谓“古来慧业文人，必生天上”的理解亦不能得到具象化定格，转化为《钧天乐》中的艺术形象，获得更具传奇性的接受与体认。金圣叹的扶乩活动建构了一位才子的“来生”。值得注意的是，在金圣叹的乩词中，汤传楹为仙的想象是与崇祯帝之死乃至明朝的灭亡密切相关的，所谓“先帝本青华帝君，汤子侍书金童也”。但《钧天乐》却无法据此进行真实的艺术表达，不仅“先帝本青华帝君”不便提及，汤子为“侍书金童”的乩语也只能含混绕过，大略交代“弟与弟妇暂寓石曼卿芙蓉城中”（第十八出《天试》），经特科考试得授修文郎之职，兼巡按水府监察御史，与所谓的“青华府”似乎从未发生过任何关联。这应当也是两年后尤侗以“未敢信”对待徐元文中状元之传闻的心理动因之一。

金圣叹的扶乩建构，却促成了汤传楹夫妇金童玉女形象之定格，成为一部才子佳人戏曲构思的艺术源泉之一。正是在这一基础上，善于以白日梦形式抒发困顿不得志情怀的尤侗，将金圣叹扶乩塑造的另一位文学形象叶小鸾引入其中，形成了怀才不遇与怀情不遇的双刃剑，指责了社会，抒发了自我，扬弃了现实。如是，《钧天乐》传奇理所当然地进入清初士人社会文化普遍认可的才子佳人文化思潮中，并产生了令人意想不到的社会影响力，以至不少人以为其是顺治十四年科场案的揭露者和导火索：“顺治丁酉科场大狱，因尤侗《钧天乐》而起。”[①]传言汹汹，让无心插柳的尤侗险遭不测[②]。好在历史的误会，有时不过是未经意的时间巧合，始料未及却终能在历史必然性中找到“正解”，人类的理性往往逆风飞翔很远才能触及核心价值之所在。

三　怀情不遇：《钧天乐》中的女性世界

与怀才不遇多展现男性世界的逼仄不同，怀情不遇的兴奋点更多投注于幽怨婉约的女性世界，或者更准确地说，是对与才子相关的“佳人”的心灵世界

① 戴璐：《石鼓斋杂录》。其实不然，郭英德教授早对此进行辨析，详见《偌大乾坤无处住—谈尤侗的〈钧天乐〉传奇》，《名作欣赏》1988年第1期。

② 尤侗《悔庵年谱》顺治十四年载：“南北科场弊发，上穷治其狱。有无名子编为《万金记》者，制府以闻，诏命进览，其人匿弗出也。臬司卢慎言大索江南诸伶，杂治之。适山阴姜真源侍御还朝，过吴门，亟征予新剧，同人宴之申氏堂中。乐既作，观者如堵墙，靡不咋舌惊叹。而逻者杂其中，疑其事类，驰白臬司，即檄捕优人，拷掠诬服。既得主名，将加罗织，且征贿焉。会有从中解之者，而予已入都，事得寝。”康熙刻本。

的演绎。怀情不遇是明末清初时期审视男女感情状态时最能博人关注的话题。其与怀才不遇多有相通之处,“美人易老,佳人早夭,本来容易契合男性文人怀才不遇的感伤心理,何况女性的怀情不遇与男性的怀才不遇在价值结构与审美意义上存有深层认同之处;以才子不遇呼应红颜薄命的忧伤感慨,以‘才与命妨’的不幸抒发边缘文人的怨愤不平,既是香草美人文学传统的历史延展,也容易达成文人借助这种文化象征表达对儒家文化价值中心的疏离倾向。”①《钧天乐》对女性世界的建构即是如此。在尤侗笔下,怀情不遇首先是怀才不遇的现实补充和情感映衬:“人生世上,若无伉俪之欢,总使拔地升天,只算虚生浪死。”(第二十五出《仙访》)他对汤传楹的“三副泪”理论十分赞同:“人生不可不储三副痛泪:一副哭天下大事不可为,一副哭文章不遇识者,一副哭从来沦落不偶佳人。此三副方属英雄身泪,真事业、真性情,俱在此中。”②正是“哭从来沦落不偶佳人”的诉求,才让尤侗一类文人对那些怀情不遇的佳人投注了特殊的赞美、惋惜与喟叹。

于是,《钧天乐》中两位才子各有佳偶,既为情理之必然,亦为题中应有之要义。杨云与夫人齐素纨“少年伉俪,燕婉同心”(第六出《浇愁》)的感情生活,因有汤传楹夫妇的真实生活作为写照,并不需要多少虚构。二人一个是“才华无匹,绝世风姿”的稀世才子,一个是“冰雪聪明,芳姿如画”的绝世佳人,面对失意的生活彼此慰藉,诗词唱和,呈现出才子佳人生活的理想状态。如“彩笔题残无处赠,妆台画出小眉青”(第十出《祷花》)的闺中之乐,如“夜熏瑞脑喷金兽,晓卷珠帘挂玉钩”(第十二出《哭友》)的恩爱之情,均笔墨细致,婉转多情。《祷花》一出,特意以汤传楹的散曲作品为蓝本,传达夫妇二人两情相得的浪漫情怀,颇得汤氏之作的艺术韵意。

在有意还原汤传楹夫妇“惆怅相怜惜”的优雅生活的同时,《钧天乐》还为杨云夫妇的伉俪之好注入缠绵悱恻、哀感顽艳的情绪。面对杨云的“忧生之嗟”、“蒲柳先零”之感,妻子含泪回答:“妾与相公,生则同衾,死则同穴。相公倘有不测,妾岂能独生乎?若有丝儿病,这一缕魂灵,敢向夜台先等。”(第十出《祷花》)有力照应了这段“一时佳话,千载伤心”的生死之情。其实,一代才子佳人的香消玉殒,这段发生在现实的故事本身已足具震撼人心的魅力。作为

① 杜桂萍:《诗性建构与文学想象的达成—叶小鸾形象生成演变的文学史意义》,《文学评论》2008年第3期。

② 汤传楹:《闲余笔话》。

亲历者，尤侗曾多次表达羡慕和感动："丁氏少君一岁，才色双丽，伉俪比肩，若青鸟翡翠之婉娈矣。"[①]有诗云："镜中一啸殉青鸾，留下啼痕染竹斑。此去长眠并枕树，不须重上望夫山。"[②]又悼文云："所持为卿谋慰者，惟有闺中人相从地下。吹箫双去，仍上凤皇之楼；舞镜重开，永守鸳鸯之冢，又为紫玉青陵增一佳话。"[③]而对他们"夫妇恩情不舍，所以同穴相从"（第十二出《哭友》）的艳羡，应是他将才女叶小鸾故事引入《钧天乐》传奇并设定为自己的"佳人"的重要心理动因。

叶小鸾（1616—1632），字琼章，吴江人，叶绍袁之女，叶燮之姊，年十七岁而逝。作为一位完成过《返生香》集中那些哀感顽艳之作的才女，她少年早夭，婚前而逝，并因为金圣叹的扶乩活动而留下了一段美丽的传奇[④]，在苏州一带传诵甚广。作为同郡友人，尤侗曾拜访过叶绍袁，与叶燮亦有交往，当然对叶小鸾的故事并不陌生。他仰慕叶小鸾的才华，曾以多种方式表达过向往之情和仰慕之意。譬如他的三个女儿，名琼华（生于崇祯十三年）、琼莹（生于崇祯十六年）、琼英（生于顺治二年），一以贯之以"琼"命名，照应叶小鸾"琼章"之字；譬如在审视周边才女创作时，他情不自禁地表示："松陵素称玉台才薮，而叶小鸾《返生香》仙姿独秀。虽使漱玉再生，犹当北面，何况余子？"[⑤]在《西堂全集》中，涉及叶小鸾的诗词作品有多篇，如《戏集〈返生香〉句吊叶小鸾》十首、《鹧鸪天·和叶小鸾梦中作》、《蝶恋花·吊返生香》等，毫无遮拦地表达了对这位当代才女的倾慕和赞赏。如："疑是凌波洛浦游，不知香艳向谁收。海棠睡去梨花褪，只有多情宋玉愁。"[⑥]作为尤侗的第一知己，汤传楹曾有这样一段话："展成自号三中子，人不解其说，予曰：'心中事，扬州梦也；眼中泪，穷途哭也；意中人，《返生香》也。我比猜诗谜的杜家何如？'展成笑而不答。"[⑦]所谓"返生香"，即借同名文集指代意中人叶小鸾，叶小鸾显然是青年尤侗的梦中情人。

在《钧天乐》传奇中，尤侗对这位临邑才女的仰慕和攀附是十分坦诚的。他没有直接提及叶小鸾之名，但文本提供的诸多细节，让读者很容易联想到

---

① 尤侗：《汤卿谋小传》。
② 尤侗：《哭汤卿谋》。
③ 尤侗：《哭汤卿谋文》。
④ 杜桂萍：《诗性建构与文学想象的达成—叶小鸾形象生成演变的文学史意义》。
⑤ 尤侗：《林下词选序》，《西堂杂俎二集》卷三，康熙刻本。
⑥ 尤侗：《戏集〈返生香〉句吊叶小鸾十首》，《西堂剩稿》卷下，康熙刻本。
⑦ 汤传楹：《闲余笔话》。

这位彼时苏州一带的知名才女。如第五出《叹榜》，寒篁(叶小鸾)的母亲上场即云："先夫魏叶，曾为县令。"叶，已经指向了叶小鸾的姓氏；《叹榜》之【尾声】(旦)："你教我加餐，怎举杯和箸？算只有梦魂堪煮。""梦魂堪煮"又与叶小鸾自号"煮梦子"发生了关联；而沈白所谓"才色倾城"(第二出《歌哭》)、"悼亡之惨，恰在催妆之日"(第九出《悼亡》)等语，亦可以一一与叶小鸾的相关传记发生对应。最为关键的是女主人公的名字"寒篁"，源自叶绍袁《续窈闻》中的记载。而尤侗对此也非常熟悉："叶小莺，字琼章，号瑶期，宛君季女，许张氏，未嫁而卒。有《返生香》。泐子云：'小鸾，本月府侍书女，名寒簧。'"[①]其他例证更是不胜枚举。如第八出《嫁殇》，当听母亲"拣定今月十五日"成婚后，寒簧(叶小鸾)问侍儿："今日几日？"侍儿答："初十日了。"寒簧又说："如此甚速，如何来得及！"与沈宜修《季女琼章传》所记几乎一样。凡此，无一不指向叶小鸾。

对"意中人"的本能向往和始终不能释怀，促使尤侗将沈白与魏寒篁建构为一对情侣，通过传奇艺术的演绎宣示一种理想的才子佳人模式。《钧天乐》中，沈白与魏寒篁之间本有父母之命，因生活困窘、科举失利未能成婚。当寒簧得知未婚夫再次下第，忧郁成疾，加之"全无廉耻"的哥哥魏无知欲将她改嫁程不识，"因此抱恨，症候转加"(第八出《嫁殇》)，终在失望和无奈中忧病而逝。直到沈白于天界得中状元，方由王母和嫦娥为媒，终成连理。对一个同时同郡的名媛进行如此扬才露己式的意淫，尤侗遭到的非议可想而知，嘉庆时期的才女汪端即指责他"语多轻薄，文人口孽又过临川"[②]。不过，作为才子生活的生动景观，寒篁形象不仅担负着确认才子价值的意义，对极大地满足尤侗一厢情愿的梦游神恋心理，似乎也不可或缺，这其实是他才子情结激荡于胸的必然结果。

尤侗的家庭生活并非不美满，妻子曹令(1621—1678)虽"性卞急"，才情有限，毕竟"端庄淡静"，"深明书义"[③]；且彼此相濡以沫，患难与共四十载[④]。康熙十七年(1678)，正当汲汲于功名的尤侗在北京奉旨候试博学鸿词科时，妻子因病去世的噩耗传来，他悲痛不已，创作了一百余首情深意切的悼亡之作，并

① 尤侗：《宫闺小名录》，康熙刻本。

② 孙楷第：《戏曲小说书录解题》，人民文学出版社1990年，第329页。

③ 尤侗：《先室曹孺人行述》，《西堂杂俎三集》卷七，康熙刻本。

④ 尤侗《祭先室曹孺人文》云："忆汝归我，计四十年，恍如昨日，已隔重泉。汝同贫贱，汝共患难。"《西堂杂俎三集》卷八。

与众多名人朋友的哀挽之作结为《哀弦集》。很多诗作非常感人，如："暂别同衾剧可怜，应知同穴尚千年。三生石上精魂在，愿结同心再世缘。"[①]可见两情欢好，十分称意。但是，作为一位风流才子，尤侗亦曾如此表示："予沦落不偶，无家室之乐……"[②]也从未放弃过那些婚姻之外的感情补偿，所谓"扬州梦"是也。其《放歌》五首之四云："世上负心十八九，了此只须一匕首。乌呼！安得季布、朱家结为友，更有红线、隐娘娶作妇。"[③]其实，对于一切拥有美色和才艺的佳人，都有纳入怀抱的幻想，并非只是尤侗一人的白日梦，汤传楹在构想自己遗世独立的生活理想时，亦曾产生过如此期待："梦觉徐徐，两美在侧。一寐一寤，一偎一抱。"[④]从这个意义上说，尤侗在精神和艺术领域表达对叶小鸾这样一位才女的向往与期待，似乎也可以理解。

叶小鸾才女形象的建构离不开金圣叹，金圣叹对尤侗的影响其实也一语难尽。以《钧天乐》而言，寒簧的名字，是泐庵大师金圣叹为叶小鸾招魂时所用，尤侗径取为主人公之名；寒簧的绝笔诗："身非巫女学行云，常对三星簇绛裙。清映声中轻脱去，瑶天笙鹤两行分。"乃金圣叹扶乩之作，不过是假用叶小鸾声口，尤侗仅仅改动三字；寒簧的遗稿，当沈白观赏时："你看清文满箧，新制连篇，正是'团香写就夫人字，镂雪装成幼妇词'。薄福书生，如何消受得起?""团香写就夫人字，镂雪装成幼妇词"两句也取自金圣叹的乩词，此句后来在《林下词选序》中被再次使用，足见尤侗欣赏赞许之深。值得注意的是，《钧天乐》中寒簧形象既非金圣叹建构者的简单复制，也不是历史人物叶小鸾的直接呈现，而是尤侗关于才女幻想的经验凝结和艺术诠释。这从其女仙封号的演变汇合即可看出。在金圣叹的扶乩活动中，叶小鸾身居"缑山仙府"，为月府侍书女，后被收入泐庵大师的无叶堂中，法名"绝际"[⑤]。而在《钧天乐》第二十出《瑶宫》，王母如是介绍寒篁："今有魏氏寒簧，本是传言玉女，因与侍香金童沈郎私订三生，误投五浊仙。他两人应作天边匹偶，却无人世姻缘，故使终日穷愁，少年离别，备尝才子佳人之苦。"寒篁逝后，得王母提携，云："今后可住我瑶宫，为散花仙史。"(第二十出《瑶宫》)又后来，因随嫦娥学习紫云之歌、霓裳之舞，留住月宫，方为月府侍书女。用她自己的话就是："奴家寒簧，昔为瑶宫花

---

① 尤侗：《哭亡妇曹孺人诗六十首》，《哀弦集》，康熙刻本。
② 尤侗：《瑶宫花史小传》，《西堂杂俎二集》卷六，康熙刻本。
③ 尤侗：《放歌》五首之四，《看云草堂集》卷三，康熙刻本。
④ 汤传楹：《闲余笔话》。
⑤ 叶绍袁：《续窈闻》，见《午梦堂集》，中华书局 1998 年，522 页。

史，今作月府侍书。”（第三十出《闺叙》）且不说此月宫非金圣叹之所谓“月府”[①]，仅从寒篁前世来生称谓之变化，即可发现，尽管对叶小鸾无限仰慕，但尤侗并未放弃将另外一些女神元素注入寒篁形象中，力图打造一个他眼里心中更为美好的艺术形象。如“瑶宫”之“散花仙史”名，取自他心仪已久的一位女仙：“岁癸未，予读书王氏如武园，偶为扶鸾之戏，得遇瑶宫花史云。……王母怜其幼敏，录为散花仙史。”[②]“瑶宫花史”与尤侗彼此唱和，十分投契；又云其侍儿楚江与尤侗前世有缘，“遂请于王母，许于甲申二月降生赵地”，与之续缘；以致他多年后“每策蹇往来邯郸道上，秦楼日出，游女如云，恍然若有所遇，卒无鼓瑟而至者”[③]，念念不忘这一约定，怅恨仙人之不守信誓。寒篁，应该是以叶小鸾为主体又集中了其他女性优长的一位更完美的艺术形象。

只是尤侗笔下的这位佳人功名利禄之心旺盛，不但与叶绍袁夫妇笔下的叶小鸾不可同日而语，与金圣叹塑造的“叶小鸾”更难以比并。在叶氏夫妇眼里，叶小鸾容貌美，个性亦不同凡俗：“性高旷，厌繁华，爱烟霞，通禅理。”所谓“才色并茂，德容兼备”[④]也。尤其她气质中含蕴的仙霞之气，借助“流光闲去厌繁华，何时骖鹤到仙家”[⑤]、“三山碧水魂非远，半枕清风梦引长”[⑥]等诗句的表达，体现为清空、华艳、哀婉的艺术魅惑，直接启发了金圣叹的扶乩创作。金圣叹的乩词则更着意于凸显叶小鸾的秀丽明艳、灵慧多才、机智敏捷、孤高自许，并借之传达一位少女对青春、自然和美的眷恋与渴望。如是，“潜隐于叶小鸾内在世界的多愁善感和弃世求仙倾向，经泐师的强化，生发出具体可感的形象特质和传奇因素，激发了有关离经叛道的审美想象，叶小鸾形象因之具有了丰富的形象结构和传神的艺术魅力”。[⑦] 相比之下，《钧天乐》中的寒篁形象颇多烟火气，还染上了少许道学腔。譬如她闻知沈白下第的叹息之语：“（叹介）咳，古来才子数奇，佳人薄命，同病相怜。世间多少女郎，七香车、五花诰，享受荣华。偏我寒簧，寂寞深闺，香消粉褪也。似下第秀才一般，好伤感人也。”（第五出《叹榜》）将“七香车”、“五花诰”的荣华看得高于一切，自然有情悭不如意等同于“下第秀才”之比。此段眉批揭示云：“后来做夫人的比官人更加性急，

---

① 叶绍袁《续窈闻》介绍所谓“月府”并非“广寒宫”。见《午梦堂集》，中华书局 1998 年，520 页。

② 尤侗：《瑶宫花史小传》。

③ 同上。

④ 沈宜修：《鹂吹》，见叶绍袁编《午梦堂集》，中华书局 1998 年，201 页。

⑤ 叶小鸾：《返生香》，《午梦堂集》，330 页。

⑥ 同上书，339 页。

⑦ 杜桂萍：《诗性建构与文学想象的达成—叶小鸾形象生成演变的文学史意义》。

如寒簧十五女郎，一闻儿夫下第，无限感慨，至以死继之，何热中(原文如此)之甚也！”这里，将女子的怀情不遇转变为对怀才不遇的世俗期待，脱去了香艳，也少了一份清新。寒簧的青春早夭固然达成了批判科举的目的，然其热衷于“做夫人”的烟火气也一定程度上消解了其形象的美感。如是，作为一位花季少女应有的青春觉醒及对自由的向往，在寒篁的身上少有体现；与叶小鸾的出尘之思始终夹带着自由洒脱清空的女性魅力相比照，真是一种本质上的悬隔。也就是说，《钧天乐》中的女性形象塑造虽然也指向才女不幸与人生短暂的怀情不遇主题，呈现出的艺术魅力却远逊于同期的很多作品，《钧天乐》未能成为传奇戏曲之经典当与此相关。

余　论

作为清初最优秀的戏曲作家之一，尤侗在文学史上的地位举足轻重。除了《钧天乐》传奇，他还先后创作杂剧五种，结集为《西堂乐府》。如果说他的杂剧缘于仕途遭受挫折，功名失意，因而借古人事或虚构的情节发泄满腹牢骚，传奇则在表达类似主题时，同时担负了以剧存人的历史功能。因为杨云形象的塑造，汤传楹的形神风貌、行事为人乃至诗文作品，与尤侗反复编辑的《湘中草》一样，达成了青史有名的目的。尤侗对于汤传楹的深厚情谊，也激发了人们阅读汤、理解汤的浓厚兴趣，张潮即云：“向读尤悔庵先生《西堂杂俎》，其倾倒于汤君者实甚，屡欲购《湘中草》读之而不可得。及《西堂全集》出，始见其书，诚有如尤先生所云者。”[①]同时，尽管作品一再重复尤侗多次引用的昔人之语：“海内第一知己已去，复何心世缘？”[②]但是《钧天乐》本身却让后人领略了无比丰富多彩的“世缘”——一位才子看到和感受到的一段时空交错下的“世缘”。

沈白形象则同时具有与《西堂乐府》诸杂剧类似的“自况”意义[③]，所谓“抑郁不得志，因着是编，是以泄不平之气，嬉笑怒骂，无所不至”[④]。挥之不去的才子情结，让怀才不遇的尤侗多有心灵困惑，也不断反观自身，推己及友，借助

---

① 张潮《闲余笔话》跋，见《湘中草》卷末。

② 尤侗《再哭汤卿谋文》初次引用，《钧天乐》第十二出《悼友》再用。

③ 尤侗曾明确交代“自制北曲《读离骚》四折，用以自况云”，见《悔庵年谱》，康熙刻本。

④ 阆峰氏：《钧天乐》题词，《钧天乐》卷首，康熙刻本。

对彼此现实人生和期待视野的敷衍和塑造抒发一腔块垒。可以发现，在尤侗所进行的戏曲艺术建构中，涉及到历史上多位际遇不幸的大才子，但他从不仅仅表现才子的沦落，更着意于展示他们对境遇的超越，以及这种超越所导致的心灵的挥洒、志向的满足，对“才”的热烈关注已内化为一种思维与心理倾向，成为尤侗建构戏曲主题的基本兴奋点。《钧天乐》卷末云：“文鸟会从天上匹，桂枝只许月中生。无人解筑黄金穴，有梦能游白玉京。”的确，因为“有梦”，心灵的创伤才可以疗救，达成自娱自乐的目的；因为“有梦”，才能挥洒和自足，既为古人补恨，也为自己写怀。《钧天乐》“极万古伤心之事，罄三生得意之欢，鲜不写以缠绵，抒其愤郁”[①]，是一个充满压力时代的文人的白日梦，其鲜活感人之处恰在这里。

① 邹祗谟：《钧天乐》序。

城市生活与诗歌新变

——明代中后期苏州文人的视角

上海师范大学人文与传播学院　严　明

明代苏州文坛可谓人杰地灵、钟灵毓秀，文艺创作成就极为突出。值得注意的是，无论是仕宦沉浮，还是终身布衣，苏州文人的生活大都显得闲适而富有诗意。继明中叶四才子之后，苏州文坛又出现王宠、陈淳、汤珍、王稚登、文嘉、陆师道、王谷祥、钱谷等人，无一不以文学与书画兼长。文人诗书画艺兼长与吴文化文脉的深厚积淀固然分不开，然而与明代苏州文人所处的环境和生活状态更是有着直接的关系，本文从生活与心态的关系角度，具体剖析明代中后期苏州文人的生存状态，并由此探讨他们开创文艺创作新格局的最富个性化的内在因素。

一　都市生活与吴中文人素质

1. 文人雅集是苏州文人“诗性生活”状态的具体生动的表现，而正是这些名目繁多、频繁举办的各类雅集，为苏州文人的艺术交流及切磋技艺提供了平台。比如唐寅与文人经常聚集于其桃花坞居所饮酒赏月，吟诗作赋，挥毫泼墨，探讨书画技艺，还在苏州经常与友人行文酒之会，如《吴门补乘》记载：

> “东禅寺红豆一本，结为连理枝，高至三丈。花时，沈启南、文征仲、唐子畏、汤子重诸君，恒修文酒之会。”[①]“东禅寺……清溪堂，前明天机禅师

---

① （清）钱思元撰：《吴门补乘》卷二，嘉庆二十五年刻本，第2页。

与吴匏庵、沈石田、唐伯虎、文衡山、祝枝山诸君子往来唱和于此。”①

又如王穉登，“骆文衡，字季铨，笔法钟王，晚年与周天球、王穉登结社论书。人获寸楮，不啻吉光，学者称荆阳先生，着有《字学源委》。”②万历二十年(1592)前后，王穉登、周天球与秀水骆文衡结社论书，这个书法社团只是当时江浙地区民间无数文艺社团中的缩影。这三人皆为著名书法家，王、周的文名为众所知，而骆文衡“笔法钟王”，“人获寸楮，不啻吉光”，并撰有书法理论著作《字学源委》，在明清书法史上也是一位重要人物。③

苏州文人多借雅集契机唱和诗作，切磋技艺。这样的聚会多随兴而起，相对自由而不受拘束，氛围也是自由而活跃，有利于激发文人的创作激情和艺术灵感。在热烈的唱和中，对诗文的理解会变得多元而丰富；而在对艺术的探讨中，书画技艺也会日益精进。在自由开放的交流中，明中晚期的苏州文人的诗书画艺素养日益提高，在全国独领风骚，显示出了时代变革精神和极高的艺术造诣。

2. 苏州文人较为独立的谋生方式为其文艺创作提供了丰厚的物质基础，生存压力也往往转化为多方面创作的强大内驱动力。以唐寅、王穉登、冯梦龙为代表的明代中后期苏州文人，大都为布衣身份，他们的生活来源主要靠自己经营文艺的获利。文艺产品是应市井社会的文化需求而制作产生的，明中后期的苏州物丰民富，市民阶层物质生活上的富足促进了精神文化上的多种需求。江南城镇中的商贾平民大都有着附庸风雅的传统，重娱乐，好字画，好读小说，好观戏曲。苏州文人尤其是布衣文人，往往是在这样的江南市井环境下找到了自己谋生的方式，保持了经济的独立。经济的独立使得苏州文人有了身心自由和进行独立创作的精神，有了更多的时间和精力从事文学艺术等活动，他们的文艺创作活动因而就少了一些歌功颂德的成分，而更多地关注身边的日常生活，表现生动的艺术个性，具有了丰富的社会真实性和强烈的情绪感染力。

唐寅等苏州文人画作中多展现高士饮酒吟诗、秋高赏菊、访胜记游的生活场景，如《春山伴侣图》中青山层叠，疏林盘旋，清泉环绕，画幅中有栏桥小

① (清)钱思元撰：《吴门补乘》卷三，嘉庆二十五年刻本，第3页。

② 《秀水县志》卷六《人物·隐逸》，康熙二十四年刻本，第28页。

③ 参见何宗美：《文人结社与明代文学的演进》，北京：人民出版社，2011年版，第338页。

道、山居茅屋，两位高士对坐溪涧边饮酒吟诗，显得十分悠闲高雅。高士的悠闲生活是苏州文人十分向往的，而饮酒作乐，结友而游也是江南布衣文人的日常生活状态。这些画作显示出的不只是精湛的画艺，还是一种悠闲的生活姿态。这些风雅画作也为苏州的商人市民所追捧，一定程度上是唐寅等文人引领了当时的苏州市民审美风尚。苏州文人长期生活在市井街坊，了解普通民众的审美需求，他们的创作自然受到世俗风气的影响，同时也显示出了主动迎合世俗潮流的倾向。如冯梦龙编辑民歌，是因“《打枣竿》、《挂技儿》不问南北，不问男女，不问老幼良戏，人人习之，亦人人喜听之。”理解市民审美观念，顺应市井文艺的潮流，使得唐寅等人成为较早从事通俗文学的编辑和创作的苏州文人。

明中后期苏州文人的经济独立，带来了自由思想萌芽和独立创作精神的萌发。因生存的压力和利益的驱使，生活在繁华市井社会中的苏州文人涉足众多文艺领域，出现了文艺市场的全面繁荣。正如黄省曾《吴风录》所记载的：“自席谦善棋，石荆山善琴，吕彦直善双钩，张珙善刊镵。至今吴中多棋客、琴师、双钩，然逐利而为，无古人自得之妙。”些许酸溜溜的批评，实则透露出明代苏州文人及其旺盛的创作力，除了传统的诗文创作，书法、绘画、创作戏曲自然是高手，收藏文物、弈棋、弹琴、品茶等样样精通，出版编辑之事又无所不做，无所不能。在明代中后期的苏州，养家谋生的刚性需求及经济压力，是促使文人群体大多诗书画艺兼修并取得多方面艺术成就的重要原因。

二　明代吴中“市隐”心态的特色

1. 吴中“市隐”与传统“隐逸”之别

中国文人有着悠久的隐逸传统，历代典籍中对隐逸和隐士的论述颇多。如孔子言：“天下有道则见，无道则隐”①。《易·蛊卦》云：“不事王侯，高尚其事”。② 孔颖达疏也云：“不复以世事为心，不系累于职位，故不承事王侯，但以自尊高慕，尚其清虚之事，故云高尚其事也。”③《荀子·非十二子》云：“古所谓

① 《论语·泰伯》卷八，见《论语注》，楼宇烈整理，北京：中华书局，1984年版，第116页。

② 黄寿祺、张善文撰：《周易译注》，上海：上海古籍出版社，2010年版，第152页。

③ 《周易注疏》卷四，文渊阁四库全书电子版。

处士者,德盛者也,能静者也,修正者也,知命者也,着是者也。”[①]《新唐书·隐逸》则云:

> 古之隐者,大抵者三概:上焉者,身藏而德不晦,故自放草野,而名往从之,虽万乘之贵,犹寻轨而委聘也;其次,挈治世具弗得伸,或持峭行不可屈于俗,虽有所应,其于爵禄也,泛然受,悠然辞,使人君常有所慕企,怊然如不足,其可贵也;末焉者,资槁薄,乐山林,内审其材,终不可当事取舍,故逃丘园而不返,使人常高其风而不敢加訾焉。[②]

从以上论述中可知传统的隐士是远离政治、隐居不仕,具有高风亮节的贤者。此外隐士必须有“士”的素质涵养,如《南史·隐逸》云:隐士“须含贞养素,文以艺业。不尔,则与夫樵者在山,何殊异也。”上古巢父、许由隐居不仕开了隐逸的先河,为后人所称羡。受时代环境与思想风尚的影响,隐逸之风在六朝受追慕,此时的隐士之多可称历代之冠,与之相应的是“隐逸诗”的大量涌现。东晋陶渊明归隐田园是中国文学史上的大事,他被称为“千古隐逸诗人”。由此可知隐士自产生之初,就是正面的形象,其身份往往是才德兼备、文艺兼长的士子。古人对于隐逸总是持着一种崇敬、向往的态度,此外传统隐士在生活方式上是离群索居,脱离市井,地点一般是山林或者田园。

明代吴中文人的“市隐”不同于传统的隐逸,它主要表现为一种生活心态,而非生活形式。具有“市隐”之心的苏州文人大都未登仕途,栖居在明代苏州繁荣市镇,如唐寅、王稚登等布衣文人。有的苏州文人曾做过官,但历时都很短,最终返归吴中过上“市隐”生活,如文林(文征明之父)、祝允明、文征明、冯梦龙等人。而有些在朝为重臣的苏州文人如吴宽、王鏊等,也显示出了浓郁的“市隐”心态,身在朝而心在野,充满着对回归吴中生活的向往与追慕。

“市隐”之说可在《庄子》中找到滥觞[③]。庄子认为,躲入山林里归隐的人只是小隐,而那些身居闹市隐者才是真正的圣人。因为在道家看来,真正的归隐在于内心,如果跑到山林里,心里还是有所芥蒂,根本算不上真正的归隐。相反,身在闹市,心却“无执无着”,“出淤泥而不染”,才是最高的隐者境界。唐

---

① 方勇、李波译注:《荀子》,北京:中华书局,2011年版,第76页。

② (宋)欧阳修、宋祁撰:《新唐书》,列传第一百二十一,隐逸,北京:中华书局2000年版,第5595页。

③ 《庄子·外篇·缮性第十六》:“道无以兴乎世,世无以兴乎道,虽圣人不在山林之中,其德隐矣。隐,故不自隐。古之所谓隐士者,非伏其身而弗见也,非闭其言而不出也,非藏其知而不发也,时命大谬也。”

白居易于“大隐”、“小隐”概念后又提出“中隐”说：“大隐住朝市，小隐入丘樊。丘樊太冷落，朝市太嚣喧。不如作中隐，隐在留司官。似出复似处，非忙亦非闲。不劳心与力，又免饥与寒。”[①]此后宋代苏轼《六月二十七日望湖楼醉书五绝》诗中也说：“未成小隐聊中隐，可得长闲胜暂闲。”到了明代中叶，江南经济兴盛，苏州市镇繁荣，生活丰富多彩，追求隐逸生活与世隔绝一则难以达到，二来也太清苦，不如将隐逸之心从山林转移到城市，就如白居易所说的“大隐住朝市”。明代苏州文人形成共识，只要保持人格的独立，身心的自由，精神的超脱，于闹市中栖居能够享受更为自由与丰富的人间生活。

由此可见，明代的“市隐”观念，是老庄哲学和白居易等历代隐逸思想的融合，并在江南商业市镇繁荣生活背景中的生动实践，而进行这种实践的主体，正是苏州文人。明代苏州文人因而对“市隐”说有着自己的独特阐释，如沈周《市隐》诗曰：“莫言嘉遯独终南，即此城中住亦甘。浩荡开门心自静，滑稽玩世估仍堪。”[②]这便是明代苏州文人所追求的生活境界——在闹市中求得心灵的静土，成为他们一种普遍的人生选择与精神追求。沈周之后，与唐寅同时代的文征明对惬意的市隐生活也有自己的体认和论述，他在《顾春潜先生传》中曾有这样的论述：

> 或谓昔之隐者，必林栖野处，灭迹城市。而春潜即仕有官，且尝宣力于时，而随缘里井，未始异于人。而人以为潜，得微有戾乎？虽然，此其迹也。苟以其迹，则渊明固常为建始参军、为彭泽令矣，而千载之下，不废为处士，其志有在也。渊明在晋名元亮，在宋名潜。朱子于《纲目》书曰，“晋处士陶潜”，与其志也，余于春潜亦云。[③]

文征明认为，身处何处已不能成为判断其是否处士的标准，顾春潜虽然并没有像前代隐士一样“林栖野处，灭迹城市”，但也和千古隐逸之士陶渊明一样，同是“处士”。即使身居市井，只要是“志有在也”，同样“不废为处士”，这就是明代苏州文人普遍奉行的“市隐观”。身在山林或家居市井都只是一种生活形式，即使身在朝廷仕途，也可实施“市隐”，因为最根本的还是秉持素心，能够自

---

① （唐）白居易：《中隐》，《全唐诗》第四四五卷，北京：中华书局，1960年版，第4991页。

② 张豫章等：《御选宋金元明四朝诗·御选明诗》卷95，沈周《市隐》，《四库全书》，上海：上海古籍出版社，1987年版，第1444册366页。

③ 文徵明著，周道振辑：《文徵明集》，上海：上海古籍出版社，1987年版，第654—655页。

持、自静。晚明夏基在《隐居放言》对明人的“市隐”心态有着更为细致的分析：

大隐隐迹，市隐隐心。二者非有异同。客曰：何谓隐心？予曰：人之心不澹，则生艳想；人之欲不静，则生竞心。二者非隐心也。心喜荣华，即思美其田宅，庇其妻子，盛其服食玩好，澹则无之矣；心喜奔竞，即思广其交游，炫其学问，逞其博辩雄谈，静则泯之矣。好静者，心若枯禅，情同止水，燎之无炎，激之不泛，随缘而已；好澹者，竹几藤床，疏梅澹石，茶灶药炉，衲衣旧被，安分而已。安分随缘，悦情适性，是曰心隐。若必买山而居，筑室而处，志在林泉，心游魏阙，则终南捷径之讥，北山移文之诮，吾恐慕为隐者之非隐也。①

夏基明确指出“市隐”其实是一种心隐，是一种安分随缘、悦情适性的生活心态，而不是指生活形式。明代苏州文人的“市隐”，是一种有别于传统的新的“隐逸”方式，选择的地点由山林田园转移为城镇市井，“市隐”的重点不再是一种生活形式，而成为一种生活心态，正因如此，不少在朝为官的吴地文人自然也可秉持这种“市隐”心态。

2. 吴中“市隐”心态与文人“诗化生活”的关系

明中叶苏州代文人“市隐”心态的形成，与吴中尚隐传统、明初避祸免难的社会心态都密切相关，同时与明代中后期苏州城的新变和市井新貌有着更为直接的关系。明中后期的苏州城市商业发展迅速，市井发达繁荣，出现了对精致优雅生活方式的普遍追求，这为苏州文人的市隐生活提供了优越的条件。比如苏州园林艺术在明代的登峰造极，为苏州文人提供了理想的生活场景和艺术创作对象，历代隐士向往的神仙境界在苏州园林中有着逼真的体现。王稚登诗云：“城中丘壑秀，何用入烟寻。”②（《同黄丈过郑氏看假山石》），他还曾跟友人的书信中这样提到自己的生活：“仆且持床坐松间，听侍儿烹新涧，忽作带雨暮潮声，悠然自谓羲皇人，何慕足下怀间三尺！”③的确，在明代苏州这样

---

① 夏基：《隐居放言·客窗闲话·问隐士》，（台北）中央图书馆汉学中心，影印内阁文库藏清康熙三十二年刊本。

② （明）王稚登：《王百穀集十九种三十九卷·金阊集》，《四库禁毁丛刊》集 175 册，北京：北京出版社，1998 年，第 35 页。

③ （明）王稚登：《王百穀集十九种三十九卷·谋野集》，《四库禁毁丛刊》集 175 册，北京：北京出版社，1998 年，第 343 页。

荟萃园林、戏曲、书画等艺术高度发展的城市中生活是极为惬意的,最符合传统文人对优雅生活的追求。苏州的布衣文人可以不依附于朝廷,不为仕途政务所累,以自己的才学和声名获得生活来源,经济上不受拘束,性格上也就容易狂放不羁。他们力图彰显自己个性的与众不同,其行为举止往往惊世骇俗。他们经常身着精美服饰,品赏美酒佳肴,在苏州园林间与友人相互唱酬,评骘古今。他们在切磋交流中诗书画艺日益精进,学术的探讨与精神的交流合一,促进了明代苏州文艺持续兴盛的局面。

明代苏州文人生活于城市世俗物欲潮流中,又以清雅自持的生活方式来消减世俗的物欲,这是一种艺术化的生活方式,是一种独具特色的“诗性生活”。在这样一种生活状态下,自然容易产生长居于此而不问世事变迁的自满自足心态,唐寅诗中的“笑舞狂歌五十年,花中行乐月中眠”、“莫损心头一片天”等吟唱,也正是这种“市隐”心态的表现之一。

“诗性生活”催生了明代苏州文人的“市隐”心态,这种心态也反过来影响苏州文人的生活环境及生活状态。苏州文人好山水,好清雅,好世俗,不忍舍弃尘世的各种物质与精神享受。他们希望在喧嚣嘈杂的闹市中也能保留内心的清静,在欣赏着市井繁华景象的同时也希冀摆脱城市生活的拘束,在享受着世俗生活的同时也希望消除现实的烦扰而去畅游名山大川。在这种矛盾的心态下,有条件的苏州文人就参与造园,极尽机巧,构建出美轮美奂的城市山林之园。苏州园林作为文人理想的栖居地,其间假山池泉、密林芳草、松菊幽径,置身园中能尽享山林野趣,细观四时之变。这样的居所不仅可供居住和观赏,同时也是主人人格、旨趣之寄寓,成了文人“适志”、“自得”内在精神的外化。明代苏州园林是主人对造园艺术理解的投射,文化意味与艺术品位往往在此合二为一,出现了一系列的精品,如唐寅筑桃花坞、王稚登锦帆泾废址买宅筑园等,都是在这种心态下改变居住环境的园艺创作。苏州文人正是在这样潜移默化中改变着自己的居住环境、改变着自己的生活品味和审美趋向。园林、品茗、谈书论道成了“市隐”心态的寄寓载体,文人的生活一旦与艺术相渗透,这样的生活状态也艺术化了。这种双向作用的结果,使得苏州城市文艺在文人“市隐”心态引领下有了更丰富更多元的发展。

“市隐”心态不仅布衣文人所持有,在一些吴中籍贯的朝廷高官身上也有着明显表现,比如王鏊在《吴宽神道碑》这样评论吴宽:

公好古力学,至老不倦,于权势荣利,则退避如畏热。在翰林时,于所

> 居之东治园亭，杂莳花木，退朝执一卷日哦其中，每良辰佳节为具召客，分题联句为乐，若不知有官者。[①]

这些在京做高官的苏州人对故乡吴中的生活念念不忘，在家中构筑园林，招客邀游，吟诗作画，自然是一种诗性化的高雅生活。吴宽、王鏊等苏州人虽身居高位，但心能自静，“于权势荣利”进退有度，不失为一种心隐之术。

明中后期的苏州文人栖居在诗意的江南城市，享受着适性的日常生活。这是一种优雅精致和艺术化的生活状态，士人在追求富庶商业社会给予的富裕物质生活的同时，又得到了精神层面的极大满足。在这样的城市生活背景中，苏州文人形成了“市隐”心态，这样的心态又使得不少身在仕途的苏州文人急流勇退，选择归乡闲居，享受优雅生活。譬如文林四十七岁归吴，治园林，其《停云馆初成》诗云：“尽有功名都置却，酒杯试卷送年华”，反映出他乐于市隐、享受读书吟诗之趣。再如正德十六年，祝允明迁应天府通判，数月后便辞官回乡，于苏州筑怀星堂，“益事著述，洞观天人。或放浪山水间，翛然乐也。”[②]还有文征明、冯梦龙等人都是晚年入仕，但是在任时间都很短暂，最后都是辞官归返苏州，享受“市隐”的生活。可以说，苏州城市的“诗性生活”催生了文人的“市隐”心态，而这一心态形成后又在苏州文人中产生了广泛的影响，犹如一张无形网笼罩在文人心间，促使着后来的苏州文人不断地追求这种悦情适性的艺术化生活状态。

三 城市生活与诗歌新变

中晚明社会各种思潮涌动、市镇的繁荣与民间文艺的兴起，不仅给苏州文人提供了适宜的生活环境，同时还开创了开放的艺文氛围。市井的繁荣促进市民阶层的壮大，而迎合市民审美趣味、反映江南社会世情民俗、社会生活的小说、戏曲等通俗文学也随之繁荣。在此背景下，作为传统雅文学代表的诗歌也发生了新变，这在苏州布衣文人的诗中更为明显。他们的诗歌在主题题材、语言风格、体式声韵和审美意识、艺术表现上都发生了新变，整体上显现出朝

---

① （明）王鏊：《震泽集》卷十三，文渊阁《四库全书》版。

② （明）王宠：《明故承直郎应天府通判祝公行状》，《雅宜山人集》卷10。

着个人化、生活化、世俗化方向发展的倾向。

以唐寅、王稚登、冯梦龙为代表的明中后期苏州文人居住在市井社会，江南商品经济环境直接影响了他们的创作内容，江南城市繁华市井、商业活动成为他们诗歌中的表现内容。他们大多是布衣文人，经济上以艺谋生，像王稚登这样的山人大多“名为山人而心同商贾。”[①]他们贴近市民生活，了解民风民俗，因而创作中出现大量表现苏州世情民俗题材的诗歌。

诗意的江南给他们提供了诗意的生活状态，这样自由适性的生活状态促使他们“市隐”心态的形成，在他们的观念中，建功立业、科举功名已经不占首要位置，而自我的适情悦性、人生的安适享受才是最真实的。在这种观念旨趣的影响下，它们对宝贵的个人生命，对个人生活的乐趣愈加重视。山水之乐，诗酒酬唱，风花雪月，佳肴美食，光阴之叹，个人心绪都成了他们诗歌歌咏的主题，这在唐寅和王稚登的诗歌中表现的尤为明显，他们诗歌中出现的是大量吟咏个人风雅生活的内容和对个体化的人生思考。总之，他们的诗歌不仅关注世俗市井，还关注自我生活琐事和个人心绪，江南苏州生活的琐碎细节都成为了他们诗文书画创作的题材。

明中后期苏州布衣诗人心隐于繁花似锦的市井中，他们的诗歌中出现了大量的对苏州世情民俗的歌咏，其关注的重点不再是家国天下，忠君爱民；也不再是“致君尧舜上，再使风俗淳”的宏图伟愿；更不是倾泻如“大道如青天，我独不得出”这样怀才不遇的激愤，而是一些日常生活中的趣味情怀、山水之乐、友朋之情及光阴之叹。日常生活中的文酒之会，访胜记游或者春去夏来，阴晴雨雪的节气之变，甚至梳头忽见白发这样在众人看来是一件毫无疑义的琐事或感触，都可以敷衍成诗。他们的诗歌一览无余的表现了明中后期苏州从文人到市井百姓、从日常衣食到情感生活的方方面面。诗歌主题题材随之在扩大，诗歌中那种古典主义浑厚雄壮之美渐渐淡化，诗歌的审美日趋生活化世俗化，这是苏州文人诗歌的新变化。

诗歌题材的变化也带来了诗歌语言风格的转变，今语、口语、俗语、俚语甚至方言纷纷入诗，使得他们诗歌的语言通俗畅达，地域特色明显，生活化气息浓郁。生活化世俗化的诗歌还引起了审美意识的趋俗尚趣，通俗文学的艺术手法进入诗歌，诗歌的体式的日趋自由，形式多样，诗歌的节奏感、音乐感的加强，诗歌出现民歌化的倾向。从唐寅、王稚登的诗歌中，都能看到诗歌在语言

---

① 查清华:《明人选唐的价值取向及其文化蕴涵》(j),《文学评论》2006 年第 4 期。

方面的通俗化，内容平民化生活化、体式自由化的特征。冯梦龙是明后期通俗文学大家，对于诗歌的革新也是惊天动地，他的《夹竹桃顶针千家诗山歌》“三句山歌一句诗，中间四句是新词，偷今换古，都出巧思。”[①]是对传统诗歌集《千家诗》的大改动。“夹竹桃”是指既有新句，又夹着古人的一句诗，诗的前后各两句七言体，中间夹着四句四言体，就像夹竹桃叶如竹而花如桃的样子。“顶针”是指拟作前一首尾字与后一首首字相同，每首拟民歌的结尾句都是《千家诗》中某首诗的其中一句，民歌题目是所截取《千家诗》中句子的前四个字。在《夹竹桃》中，可以发现很多口语特别是吴方言入诗的现象，证实了其《夹竹桃》正是模拟《山歌》且在吴地地域特色及吴地生活的影响下进行创作的。特别值得一提的是至晚明，“真诗乃在民间”之论得到了重视，文人提出了像民歌学习的口号，冯梦龙不仅收集编辑民歌，还拟作民歌，诗作中表现的世俗化生活化达到了高潮。

口语、俗语的入诗并非明代才出现，古已有之，但没有一个朝代的诗歌能像明中后期的苏州文人这样尚俗尚趣，重视民歌，诗歌的语言如此通俗易懂、诗歌的体式如此自由，这样的诗作日趋平民化、生活化及通俗化，和文人的布衣身份有关，也和诗坛风尚之变有关，这些融化自然的俗语俚语入诗亲切生动，饶有情趣，贴合大众的审美趋向，显示出了异于正统诗学别具一格的诗歌面貌。

综上所述，“诗性生活”是明中后期苏州文人市隐心态形成的重要因素之一，这种市隐心态又促使文人追求高雅的“诗性生活”。在这样的双向互动中，文人与生存环境合一，而在这种生活状态下产生的文学作品，便成为人的日常生活、人的生命、人的情感、人的哲思的真实而生动的显现。在唐寅和王稚登为代表的诗作以及冯梦龙收集的民歌中，读者可以看到中晚明时代苏州城乡色彩斑斓的市井生活，贴近吴地男女率真大胆的情爱生活，感受到苏州文人对日常生活琐事的关注、对百姓世情的理解。因此，明代中后期苏州文人诗是江南城市世俗化和生活化的诗，形成了极为生动鲜明的特点，从而在明清诗歌史上占有突出的地位。

---

① (明)冯梦龙编纂、刘瑞明注解:《冯梦龙民歌集三种注解》,北京:中华书局,2005年版,第612页。

明清吴江徐氏文学世家考述

上海应用技术学院艺术与设计学院　郝丽霞

明清时期吴江徐氏不仅以医名家，更以词曲方面的杰出成就而享誉文坛。清初先后徐氏家族涌现出了徐釚、徐大椿、徐爔等词曲家，成为吴江地区著名的文学世家。与众多科第簪缨、钟鸣鼎食的世家望族不同，吴江徐氏以医起家，门第寒微，“一生哪有真闲日，百岁仍多未了缘”①，世代业医，但却始终视医为小道，寄情诗文词曲，在传统文学领域寄托情志。明清时期，徐氏经历了兴起、兴盛和衰落三个时期，与家族发展相应，徐氏文学创作取得了相应的成就。

一　吴江徐氏家族的兴起

徐氏祖籍江西，随宋南渡居浙江魏塘（今嘉善）。明正统年间，始祖徐富自魏塘迁吴江南麻村（今属吴江市南麻镇），其三子徐硕奉父命再徒西蒙港（今属吴江市北厍镇），遂世居吴江。三传至朝恩、朝惠，其中二房朝惠生子四，长子履升、三子履陆、幼子履端均不娶，仅次子履仁一脉相传。

明正统至清代康熙初期，包括徐氏一世到六世六代人，约百余年，这一时期是徐氏的兴起和发展阶段。这一阶段，徐氏成员皆睦族孝友，性情淡泊，以耕读传家，为徐氏家族的兴盛打下了坚实的基础。这一时期有文学创作的有徐硕、徐履仁、徐韫奇等人。

吴江徐氏始迁祖徐富，字富一，以科进士候选知县，待赠文林郎。明代正统年间从浙江嘉善迁至江苏吴江南麻村，之后不久又迁至西蒙港，由此定居。徐富以

① 徐大椿《洄溪府君自序》。见《吴江徐氏宗谱》。

名进士授文林郎例铨知县，不赴选。惟以读书课耕为事，乡党重其德。时遨游于吴越山水间，或讲道谈禅，或歌诗作赋，故老传闻其有五柳先生之雅范。自从徐富迁移到西蒙港后，率领子弟，或课儒或务农，家道日益，子孙繁衍，流泽孔长。

二世徐硕，徐富三子，字硕瓮，由乡贡进士候补知县，不仕。生平寡恬，语默廉介，恤邻睦族，以娱亲养志为务。性喜读书稽古、谈道，凡子弟无力延师者悉教诲之。家谱传记言其诗文颇多，惜未付梓，故未称盛于世。

三世徐汉，徐硕长子，原名徐泰，号竹溪。隐居力学，年高德劭，乡党奉为楷模，举乡饮介宾，正德中有司荐于朝，不仕，赐八品冠带。凡当世要务，有关民生国计者，辄陈有司，乡人颇受其益。晚年隐居乡里，手不停披，训诲子弟。于濂、洛、关、闽等书发微阐幽，为士林啧啧称道。虽居乡里，依然冠盖相望，车马盈门。

四世徐朝惠，徐汉次子，号景竹。以名诸生器重乡邑，谦恭自恃，喜怒不形于色。少制举子业，久困棘闱三十余年。晚年敦伦学古，乡党推硕德。生四子：履升、履仁、履陟、履端。

五世徐履仁(1565—1623)，徐朝惠次子，字熙宇。邑庠生。少攻举业，经史百家无不贯通，声名宿重。明万历中，吴江知县霍维华编订《履亩清册》，履仁帮助邑宰勘量田亩，制定宽窄，钩稽核算。举乡饮介宾，品行为时推重。辛勤农耕，治家有方，拓田产累至数十顷，但依然寒素布衣，质朴俭约。时遭饥馑，他开仓以赈乡里，捐资以助，功闻于朝，钦赐七品冠带。晚年于西蒙港筑稻香楼，每登临吟咏，着有《稻香楼集》若干卷。天启三年(1623)九月初七卒，年五十九。配潘氏(1566—1629)，相助治家，举案齐眉，咸称齿德。生四子：允谦、允恭、允和、允美(韫奇)。

六世徐韫奇(1599—1667)，徐履仁四子，原名允美，字季华。诸生。年十八即助其父勘田核算。喜购书，积书至数千卷，博学多闻，尤邃医理。性倜傥，怀济世之具，然时值多事，科考屡屡受挫，不能获展其才，明亡后不再应试。家境殷实，常散其资财给贫乏，时称公为倪高士。黄与坚《敕赠翰林院检讨吴江徐公墓志铭》记载，明清鼎革之际，徐韫奇兄子徐矿与同里吴易、沉自炳等聚众起义，后事败，徐矿亡命藏匿，后被官捕，徐韫奇奔走四方，力为辩解，最终狱事稍缓，徐矿被籍没家产，得以全身。徐韫奇又以己田代偿债务，由此家业稍衰。[①] 年

① 黄与坚《敕赠翰林院检讨吴江徐公墓志铭》，收入《吴江徐氏宗谱》卷三。黄与坚，太仓人，字庭表，号忍庵。顺治进士。授知县。康熙间，荐应博学鸿词科，授翰林院编修，与修《明史》及《一统志》，贵州乡试主考，顺天乡试同考，迁左赞善。后辞官归。工诗，与周肇等被吴伟业合称为“娄东十子”。著有《忍庵集》、《论学三说》等。

少时期科场失意，其长子诸生徐锷复罹世纲不得进，暮年越发悒郁，带着遗憾离开了人世。直到十二年后，以子徐釚贵，追赠翰林院检讨。因家族支派繁多，遂自西蒙迁于小光，筑室于吴淞之西，澈浦之东，太仓王世懋题其所居曰“南州草堂”[①]，居常唯手抄书史，莳花种竹自娱。据家谱着录，着有《吴郡志略》、《事物原始》、《文体正伪》、《闲窗集异》、《医略》、《适志集》、《徐氏日抄》、《纬武集》《创始备览》等书凡百余卷。家谱中另有朱彝尊为作《皇清敕赠征仕郎翰林院检讨吴江徐公墓表》。清康熙六年(1667)五月二十四日卒，享年六十九。配王氏(1601—1656)；副室韩氏(1615—1673)，徐釚生母。生四子：锷、釚、铣、锽。

这一时期，徐氏子侄辈在乡党中德高望重，由此得到朝廷嘉奖，徐氏族人以耕读传家，数代人研制举业，然时值明清易代，多事之秋，皆以失败告终，于是转而淡泊名利，隐居乡间。其中六世祖徐韫奇，孝友仗义，博学多闻，贯通经史，其文学修养和医学功底对其子徐釚、曾孙徐大椿、玄孙徐爔产生了深远而积极的影响。

二　吴江徐氏文学世家的兴盛

清康熙到乾隆年间为徐氏文学、医学鼎盛时期，包括徐氏七世到十一世共五代人，约一百五十余年。这一时期，徐氏家族成员仕途依旧偃蹇不得志，仅有徐釚、徐熙吉两位举人。然而文学创作方面，代有闻人，声名卓著者如词家徐釚、曲家兼名医徐大椿、徐爔等。正如吴江文士费振勋称“吾邑徐氏入本朝世有闻人，而虹亭、洄溪尤着”[②]。另如七世徐铣、十世徐煐、徐爔、徐燝、十一世徐埏、徐龄、徐培、徐堉、徐垣等皆有文名，徐氏一跃而成誉满吴江的文学世家。

七世徐釚(1636—1708)，徐韫奇次子。字电发，号虹亭，一号拙庵，晚号松风老人，又号枫江渔父、菊庄老人、垂虹亭长等。早具夙慧，弱冠即以诗名，尤工词。曾两至京师，公卿皆折节与交。尤见知于大司农梁清标。经其举荐，康

---

① 徐釚《南州草堂集·自序》，康熙间刻木。王世懋，字敬美，江苏太仓人。嘉靖进士，祟官至太常少卿，明代文学家王世贞之弟，好学善诗文，著述颇富。

② 费振勋《榆村徐君墓志铭》。墓志铭收入凌淦《松陵文录》卷十六，同治十三年(1874)刻本。

熙十八年(1679)举博学鸿词,授翰林院检讨,入史馆纂修《明史》。任馆职四载,因不能事权贵,以病告归。几年后病愈转调外官,不赴选,遂脱朝衫归里,居吴江县城毓瑞堂。与同邑潘耒、嘉兴朱彝尊,苏州尤侗为莫逆交。南归后,远游江浙、两粤,名流胜侣皆喜从游,饮酒倡酬,创作了大量诗篇。工诗词,早岁刻《菊庄乐府》,朝鲜贡使仇元吉以金饼购得,并赠以诗曰:“中朝觅得菊庄词,读罢烟霞照海湄。北宋风流何处是,一声铁笛起相思。”其词绵丽幽深,耐人寻绎。癸未岁(1703),康熙南巡,两次钦赐御书,诏复原官。因老病不就职,杜门却轨,唯以着书为事。刊《青门集》。著作有《南州草堂集》三十卷、续集四卷、《菊庄词》二卷、《续本事诗》十二卷、《词苑丛谈》十二卷,为清初词坛名家。兼善绘事,兴酣落墨,山水笔致风秀,画面神趣如生,咸臻能品。徐釚生平资料较为丰富,《吴江徐氏宗谱》除了世系、小传之外,还收录秦道然《清故翰林院检讨徐先生墓志铭》,《南州草堂集》自序及《先府君事略》等均记载甚详。配吴氏(1631—1683),养浩生母;副室吴氏。生四子:养浩、养潜、志深、逢源。

徐铣,字公卫,号半村。徐韫奇三子,幼颖悟,读书过目不忘,弱冠游庠辄试前列,省试一不获售,遂淡上进之心。雅好作诗,工画山水。兄徐釚补馆职时尝劝其试北闱,而徐铣以纵游山水为乐,不果往。其诗专写性灵,落墨神乎天趣。问其家计时事,不知也,问其经史百家及古今诗话,若河决下流而东注,若驷马驾车就熟路。生平作诗颇多,刻《和梁药亭十九秋》诗及《别裁集》,选《落花诗》若干卷,俱脍炙人口。① 家谱卷四“著述考”中还列有《群数类数》四卷、《考古类略》十六卷、《古文选》二十四卷、《唐诗辨体》二十卷,俱未刻。

八世徐养浩,徐釚长子。徐养浩(1663—1719),字直方,号莼江,徐釚长子。太学生,待赠儒林郎选州同知,不就选而归。精于水利之学,曾应知县张清恪之聘,修《吴中水利志》。其书稿未刊,藏于家。其子徐大椿后重新刊刻,并作有《重刊吴江水利考》,载入《乾隆吴江县志》。清康熙六十年(1721)与其父徐釚同葬于吴江二十七都壁字圩。配丁氏,副室顾氏。生子五,长子大椿;次子如桐,字含醇;三子如彬、四子景松、五子景柏均早殇。

徐逢源,号湛渊,徐釚四子。读书自立,一禀庭训,小试不利,入成均。性沉潜,稽古之功深厚,曾注《李义山诗全集》。其诗歌冲和渊雅,如其为人。因性不好名,时人罕知之。

九世徐大椿,徐养浩长子。徐大椿(1693—1771),字灵胎,后更名大业,晚

---

① 《吴江徐氏宗谱》卷三李重华《半村公传》。

号洄溪道人、洄溪老人。自幼习儒，旁及诸子百家，凡星经、地志、九宫、音律、技击无不探究，尤嗜《易经》与黄老之学。年弱冠，补邑诸生。旋改习武，精通技击及枪棍之法，可举三百斤巨石。年近三十，因家人多病而致力医学。自《内经》以至元明医家著作，皆广求博采，精心钻研，五十年间，经他批阅之书约千余卷，泛览之书达万余卷，在临床中，治疗效果也好，甚至怪症痼疾，亦多效验，远近皆慕名而来，因而医名鹊起。徐大椿生平富于著述，今存《难经经释》、《神农本草经百种录》、《医贯砭》、《医学源流论》、《伤寒类方》、《兰台轨范》、《慎疾刍言》、及《内经诠释》、《六经病解》等。他又工文辞，通晓音律、水利之学。吴江修治河道，多陈开河事宜，当事从其议，往往事半而功倍，着有《水利策稿》，与邑人沉彤共辑《吴江县志》、《震泽县志》，其界域、形胜、山水、塘路、桥梁、治水、修塘、声歌等类皆为灵胎分修。所著《乐府传声》，论述唱曲字音的四声阴阳和抑扬顿挫等规律，是有关唱曲的重要参考资料。而其《洞溪道情》警动恺切，颇为生动。又着《道德经注释》、《阴符经注释》、采入《四库全书》。此外，尚有《述恩纪略》、《洞溪经义》、《画眉泉杂咏》、《待问篇》等著述存世。灵胎以医名上达九阍，曾于乾隆二十六年和三十六年两次奉旨进京诊治。晚年居吴县越来溪(今名越溪)之吴山画眉泉，为静养之地，以终余年，乾隆三十六年〔1771〕农历十二月初四卒、享年七十九。配周氏；继室殷氏；副室沉氏。生子三。长子徐爔，继室殷氏出；次子徐爔，三子徐爆，同为侧室沉氏出。

徐大椿生平资料比较丰富，除了《吴江徐氏宗谱》世系、小传之外，他自己于乾隆三十六年辛卯(1771)夏日作生平自述，半年后十二月初四日在京病逝，其后次子徐爔将父亲生平自述未尽之事作了补充，定名为《洄溪府君自序》，收入家谱卷三。此外，有彭启丰《皇清敕赠儒林郎徐征君墓志铭》[1]、袁枚《徐灵胎先生传》、沉彤《赠徐灵胎序》等，记载其生平资料甚详，《吴江县志》等方志也均有记载。

十世徐爔(1728—1761)，字昭时，号少泉，徐大椿长子。为人为文皆为时所称道，惜英年早逝。沈慰祖为作《少泉公传》言："观其为文，博览典籍，非成、弘、正、嘉不欲观，清真雅正不下笔。其试艺及窗课不下三百余首，孰不曰今之古文也？所刊《臣子备览》、《真容传》等篇早已行世。先生之杂学可谓高且雅

① 彭启丰所撰徐大椿墓志铭除徐氏家谱收录外，又收入《芝庭先生集》卷十五，题作《儒林郎徐君墓志铭》，铭文稍异。彭启丰(1701—1784年)，字翰文、号芝庭，又号香山老人。江苏长洲人(今苏州)。清雍正五年(1727)丁未科进士第一人。彭启丰与徐大椿为重表兄弟。墓志铭中称"君出自汲水港丁氏，故与余为重表兄弟。少而相习，既老犹时时往还，间歌诗相赠"。

矣！其为人也，从善如不见，及穷苦者必恤之，忧患者必拯之，孰不曰今之古人也？先生之为人也可谓仁且义矣！”[①]沈慰祖与徐煐为姻戚，二人同为申门女婿，徐煐继室为沈慰祖妻侄女。徐煐卒时其子徐培年仅三岁，沈慰祖在传中极伤其母子孤寡，感慨善报之不公。沈慰祖，字砺斋，雍正庚戌进士(《扬州画舫录》卷三)

徐爔(1732—1807)，徐大椿次子。字鼎和，号榆村，别署镜缘子、镜缘主人、种缘子等。少受医学于乃父，“亲承指授，究力研深，久之尽得其父传，寓之于医”[②]。工诗词，精音律。随侍其父灵胎奉召进京，父殁，护榇归里。以太学生候选布政司理问，乾隆三十七年(1772)例授儒林郎。晚年亦居吴山之画眉泉，过着“窗临青嶂留寒月，路绕丹崖入乱云。山野不知名利事，笑人车马自纷纭”[③]的生活。嘉庆十二年(1807)七月二十九日卒，年七十六。次年葬于长洲县(今吴县)九都丽字圩。作有杂剧十八种，合称《写心杂剧》，另有传奇《镜光缘》二卷、《蝶梦龛词曲》四卷、《双环记填词》二卷、《梦生草堂诗文集》四卷、《道情》一卷，以及医学著作《禅医问答》一卷。配钱氏，字凝香，吴江人。工诗，先于徐爔卒，着有《兰余小草》。生四子，依次为徐埏、徐龄、徐堉、徐垣。

关于徐爔具体的生卒年月日，目前学界研究者由于没有利用徐氏家谱的第一手资料，因此存在错误认识。[④]《吴江徐氏宗谱》卷三徐爔小传记载，“生雍正十年壬月十月十三日”，卒年没有记载。上述现存徐氏家谱纂修时间为乾隆五十七年(1792)，其时徐爔年六十一岁，尚在人世，故没有卒年记载。关于徐爔生平资料记载较为完善的是费振勋《榆村徐君墓志铭》[⑤]，记载“君卒嘉庆十二年七月二十九日”。因此徐爔的生日的确切时间为 1732 年农历 10 月 13 日，卒于 1807 年农历 7 月 29 日。

徐煒(1736—1760)，字星灿，徐大椿三子，徐爔同母弟。早卒，年二十五岁。郡庠生。读书砥行，卓荦不群，徐爔《星灿公传》言其“六岁入塾，能读书四五十行。经史百家无不毕诵，每一二过目即终身不忘。于性理尤心乎爱之，是

---

① 《吴江徐氏宗谱》卷三沈慰祖《少泉公传》。沈慰祖，字砺斋，雍正庚戌进士清画家，工花鸟。与徐煐同为申门婿。徐煐继室为沈慰祖妻侄女。

② 费振勋《榆村徐君墓志铭》。墓志铭收入凌淦《松陵文录》卷十六，同治十三年(1874)刻本。

③ 钱蕙《吴江别野漫成》，见薛凤昌编《松陵女子诗徵》卷四，吴江费氏华萼堂铅印本，民国八年。

④ 杜桂萍《戏曲家徐爔生平及创作新考》，《苏州大学学报》2007 年第 3 期。将徐爔生年月日题为 1732.11.30—1807.9.1.没有作详细考辨。

⑤ 费振勋(1738—1816)，徐爔友人，籍贯震泽，乾隆四十年(1775)进士。震泽县，本吴江县地，清代雍正初年析置，两县同城而治，民国并入吴江县。

以年十八而无愧通儒矣！然天性诚笃，绝无自负之概，惟求明理，不役旦夕”。乾隆十八年(1753)应童子试，列府庠生。二十年(1755)补增广生。二十四年(1759)参加秋闱乡试，得新阳令王公荐，未能命中。然恬淡自如，惟益力学。时与其父徐大椿讨论千古。徐爔认为其生前坚辞婚娶，称过二十五岁后娶，似有先觉。着有《易经系辞说》、《晴川楼诗》，未刻甚多，深得前辈名公赏识。徐大椿作有《哭亡三子爆》道情，徐爔《写心杂剧》里作有《哭星灿弟》一折，抒发痛失亲人悲痛，感情真挚，并在康熙五十七年家谱重修之际，为作《星灿公传》。

十一世主要有徐埏、徐龄、徐培、徐堉、徐垣等人。

徐埏(1752—?)，徐爔长子。字滨陶，号竹圃。幼颖悟，有才识，仗义慨直，落落不与童子伍。年十三从沈立斋游，年十五，从曹竹亭先生游。文希金陈，诗法李杜，著述每多惊人语。为博雅所赏识。后历任罗平、宣威、嵩明、邓川等州知州及南关通判、永北、直隶同知，后补授镇雄州州同知，政绩有声。着有《天涯阁诗稿》三卷，制艺二百余篇。[1] 家谱卷四称有《竹圃诗稿》。

徐龄(1755—?)，徐爔次子，后出嗣徐爔弟徐爆为子。原名聂，号绣波，附贡生。

徐培(1759—?)，徐燡子，徐大椿孙。字聪彝，号菘畦。监生。道光四年(1824)夏六月，65岁的徐培在江西奉新官廨为其祖徐大椿重刻《洄溪道情》。徐培在序中称其道情“辞近旨远，最为雅俗共赏，其间有裨世教职旨尤多，盖以元人职词说采宋儒职理，遂觉体格创新，情词斐亹，感人易易，良有由也”，三十年来，徐培“泫然歌之，涵养性天，三十年来立身行己，亦藉是得稍免大雅谤议焉”，可见《洄溪道情》对家族子弟的深刻影响。

徐堉(1765—?)，徐爔三子。字坤元，监生。

徐垣(1770—?)，徐爔四子，字锦城，号纬堂。邑庠生。乾隆六十年乙卯(1795)恩科举人，拣选知县。基于祖父辈与袁枚的渊源，徐垣有幸成为随园弟子之一，得以亲聆教诲。袁枚《续同人集》、薛凤昌《松陵诗征补编》载徐垣同其师袁枚的酬唱诗歌共三首。

学界目前关于徐爔四子的考证目前存在错误判断。《吴江徐氏宗谱》卷一世系图显示，徐爔有四子，依次为徐埏、徐龄、徐堉、徐垣。由于徐爔弟弟徐爆早世无子，次子徐龄出嗣为其子。费振勋《榆村徐君墓志铭》记载徐爔：“子四：长即诞；次龄，副贡生，出为弟后；次焴(据家谱应为堉)，太学生；次垣，乾隆乙

① 《吴江徐氏宗谱》卷三《竹圃公传》。

卯恩科举人，拣选知县。”二者一致。而彭启丰《皇清敕赠儒林郎徐征君墓志铭》言徐大椿“孙五人，埏、聂祖、培、堉、垣”。此与上述记载稍异，邓长风先生最早发现这点，称《榆村徐君墓志铭》所“记徐爔四子，名与前引彭启丰所作徐大椿铭文稍异”，但并没有作深入分析。杜桂萍《戏曲家徐爔生平及创作新考》中辨析称“所谓‘聂祖’，必是徐爔子；两文中的‘培’、‘龄’当为一人，即徐爔次子，原名培，因徐熻早逝无子而过继，改名龄。”这段辨析是错误的。原因在于作者没有查阅《吴江徐氏宗谱》，真实的情况是，徐大椿长子徐爔有一子，名徐培，徐爔有四子，分别是徐埏、徐龄、徐堉、徐垣，其中次子徐龄出嗣徐熻，所以徐大椿孙共五人。而徐龄原名聂，彭启丰在记载时采用原名，而且以五人实际年龄长幼排序，没有按照长房、次房排序。因此上述三种记载都是正确的。

锡山秦泰钧《吴江徐氏宗谱》序中叙述了徐氏四代人与秦氏交往之谊，并欣然为之作序。兹录如下[①]：

> 松陵徐氏，南渡后之望族也。自有明以来如富一公（徐富）之厚德、季华公（徐韫奇）之善施、我西公（徐矿）之节义、剑津公（徐允和）与子真公（徐镔）之父子孝烈，皆远近相闻，啧啧称道者。至虹亭（徐釚）先生诗歌文章中外传之，与先曾祖对岩公（秦松龄）同举康熙己未（1679）鸿博，有年契交。而洄溪先生（徐大椿）与先君子大司寇（秦蕙田）笃世谊之好，先生博学而外尤精于医理，当时以仙人称。辛巳岁奉诏入都，与先君子聚首，得唱和之乐。故尝训子曰：我与徐氏道谊世交也，家之离又不二百里，当时相亲炙焉。余退居，自庚戌岁（1790）适枫江而造庐，洄溪先生没几二十年矣。乃得与榆村先生（徐爔）聚旧交，出其诗歌文词以诵之，诚旷达人也。而医理亦能继父业。余不禁自夸其世义中无钝人矣。壬子春（1792）榆村过吾庐，出手抄家谱，属予序。自有明以迄今纂其图表，序其昭穆，别其名号，显其年位，彰其言行。凡四卷计十有三世。余起而深揖曰：君之家，余深悉者也。读君家之谱，犹忆先人辩论焉。且犹忆先人之善交焉。

徐爔挚友潘奕隽的《吴江沈氏诗集序》，在叙述友情之际，总结了徐氏文学创作成就：

---

① 《吴江徐氏宗谱》，徐书城纂，清乾隆壬子五十七年（1792）刻本，上海图书馆。秦泰钧，字汝夏，号静轩，乾隆甲戌年（1745年）进士，授翰林院编修。根据谱序内容，此序作于乾隆五十七年壬子（1792）。

嘉庆庚辰(1820)六月，榆村之孙芝楣文学汇其一家之作，上自洄溪，下逮伯叔昆季，附以已作，都为一编，索序于余。余读之数日始竟，皆冲和淡逸，讽之令人旷然夷然，摆脱尘鞅，意思开豁，盖家风如此。因不辞衰耄而为之序，并以志吾两人相与余无异之怀，同超然于世网之外也。

《吴江徐氏诗录》作为汇集徐氏数世文学家诗歌作品的重要文本，惜今不存。序中所言徐爔《曲池花影诗钞》也已散佚，实为一大遗憾。然而我们品阅其现存诗词曲诸论，依然可见昔日徐氏文学创作之繁盛，成就之卓著，而徐釚、徐大椿更以词曲而名家。

徐釚为清初著名词人、词论家、诗论家。着有《南州草堂集》三十卷、续集四卷，另有《菊庄词》、《词苑丛谈》、《南州草堂词话》、《本事诗》，参与编纂《吴江县志》。学界对其词学、诗学思想与创作成就已经做了深入研究，兹简述如下。

徐釚天资英敏，早岁韶令，年十二[①]和无题诗有“残月无情入小楼”之句，长老皆异之。[②] 十四五时，师从计东读书于南州草堂，为其大弟子。[③] 计东，字甫草，号改亭，江苏吴江人。顺治十四年(1657)中顺天大乡试第二，名动长安。后三次参加礼部考试皆不中，又因奏销案被黜。因不得志，乃出游四方，结交贤士大夫。其诗文纵横跌宕，对客议论风发，愤激怒骂，人皆以狂目之。徐釚耳濡目染，印象颇深。因计东出游，徐釚又受业于其友宋实颖门下。宋实颖，字既庭，号湘尹，江南长洲人，顺治十七年(1660)举人。他经学造诣深厚，学徒几以千计。徐釚后成为宋实颖的得意门生，加入其主办的慎交社。[④] 其后，徐釚常与当代名公讨论占今得失，有江南才子之称，时年尚未二十。其父因科考不得志而一生困顿，故希望徐釚能博一功名，临终之时，犹勉励其致力于科考。徐釚自此开始留意制科之文，希望能完成先父遗愿。然乡试不中，拔例入国子监。自此，与曹溶、姜宸英、王士禛、朱彝尊、陈维崧、程康庄等人深结文字之好。

康熙七年(1668)，程康庄任芜湖郡司马，招徐釚入署。二人以诗词酬唱，

① 《乾隆吴江县志》卷三十二徐釚传作十三，乾隆十二年刻木。
② 清李集《鹤征录》卷二，嘉庆间漾葭老屋印木。
③ 徐釚《祭业师计甫草先生文》，《南州草堂集》卷三十，康熙间刻木。
④ 徐釚《上大司农梁公辞徵召书》，《南州草堂集》卷二十四，康熙间刻木。

相得益欢。康熙十一年(1672),计东在北京以书招徐釚,徐釚乃北上。这一时期,与龚鼎孳、梁清标、冯溥、周在浚、王鸿绪、周纶、汪懋麟、纪映钟等人订文字之交。尤为龚鼎孳所推重,他临终之日嘱徐釚于梁清标曰:"负才如虹亭,可使之不成名耶?"[①]徐釚在京数年无所作为,仍复南归,应钱塘令梁允植之聘入其幕府。康熙十六年(1677)于南京参加乡试,又落第。[②]

康熙十七年(1678)正月二十三日,朝廷有荐举博学鸿儒之诏,户部尚书梁清标荐徐釚。时徐釚年已四十二岁,犹欲以制科显,作《上大司农梁公辞征招书》力辞不就,言辞恳切。最后因督抚州县屡屡催促,乃于康熙十七年(1678)六月匆匆赴京。康熙十八年(1679)三月朔,试体仁阁下,授翰林院检讨,入史馆纂修明史。[③] 徐釚在史馆"所著俞(大猷)、戚(继光)、刘(显)、马(芳)诸大将军传,尤高洁缜密,一时推大作手。"[④]

康熙二十一年(1682)九月,徐釚因病请假回里,其间游松江、肇庆、广州、苏州;回乡修筑城西老屋二十余间,为其子娶妇其中[⑤];葬其父于吴江[⑥];与叶燮等修纂《吴江县志》[⑦]。康熙二十五年(1686)四月,入京补官翰林院检讨。还京未满一月,值翰林外转,因忤权贵在被黜之列。遂于康熙二十六年(1687)二月买棹南归,五月抵家。于南州草堂之左,扫除一屋,为读书之所,名曰"松风书屋"。[⑧] 康熙二十六年(1687)秋,徐釚访丁炜于湖北官舍,出示所著《词苑丛谈》。丁炜赏之,为其出资刊刻,于康熙二十七年(1688)刻成。[⑨] 之后,徐执时而游幕,时而家居,踪迹不定。四十二年(1703),康熙帝南巡至吴江,赐御书,诏复原官起用。时徐釚已六十八岁,感壮年外转事,遂不复应诏。[⑩] 于屋后圃中筑丰草亭,与朱彝尊、顾有孝等远近耆宿觞咏其间,悠然忘老。

徐釚生长于江南文秀之乡,自幼颖敏。喜爱绘画,山水用墨简淡,极有占意,画蟹神趣如生。[⑪] 其所师所友皆当世知名人士,为人以文章雄视一世。[⑫]

---

① 赵尔巽《清史稿·文苑传》卷489,中华书局1977年版。
② 徐釚《词苑丛谈·自序》,上海古籍出版社1981年版。
③ 清王应奎《柳南随笔》卷四,中华书局1983年版。
④ 清郑方坤《清名家诗人小传》卷二,扫叶山房民国八年石印木。
⑤ 徐釚《松风书屋记》,《南州草堂集》卷二十三。
⑥ 朱彝尊《赠翰林院检讨徵侍郎徐先生墓志铭》,见《曝书亭集》卷七十六,康熙间刊木。
⑦ 徐釚《吴江县志序》,《南州草堂集》卷十九,康熙间刻木。
⑧ 徐釚《松风书屋记》,《南州草堂集》卷二十三,康熙间刻木。
⑨ 徐釚《词苑丛谈·自序》,上海古籍出版社1981年版。
⑩ 《吴江县志》,乾隆十二年刻木。
⑪ 清李浚之编《清画家诗史·乙上目》民国十九年李氏刊木。
⑫ 清姜宸英语,《南州草堂集·序》,康熙间刻木。

喜欢辩论，性情耿直，虽以文字交公卿，但却不能因人俯仰，在京任馆职四年便被迫离开，仕途不得志。徐釚喜远游，足迹遍及浙江、河北、安徽、山东、湖北、江苏、江西、两广和福建等地，所到之处，名流胜侣皆喜从游，有诗集《昌亭集》、《皖江草》、《齐鲁游草》、《西陵草》等，晚年辑入其《南州草堂集》[1]。徐釚曾两至京师，名公巨卿皆折节与交，与当时文坛名士也多有酬唱，其《枫江渔父图》题咏盛于一时，有 91 人为之题词和韵，成为当时文坛一大盛事，文人皆以不与题词为憾。康熙二十六年(1687)，徐釚离京归里，诸公卿 71 人赋诗相送。徐釚在清初顺治、康熙年间诗坛及词坛，成就卓著，享誉海内。所作《菊庄词》曾和《弹指词》等一起传至朝鲜，轰动友邦，被聂先、曾王孙选入《百名家词钞》，其部分词作被选入顾贞观、纳兰性德《今词初集》及蒋景祁《瑶华集》。其诗被选入王豫辑《江苏诗征》及徐世昌《晚晴簃诗汇》。其所著《本事诗》远近传抄殆遍。所著《词苑丛谈》与朱彝尊、汪森的《词综》相辅行世，同为嘉惠后人之词学要籍。《菊庄词话》辑录尤侗、毛奇龄、毛先舒、宋荦、纪映钟、董含、董俞、曹鉴平、叶舒颖、叶舒崇、李渔、宗元鼎、汪懋麟、梁云麓、梁允植、程康庄、王晫、宋思玉、吴敏文、吴榷、吴符一、周纶、周在浚、徐士俊等 24 人对《菊庄词》的评论文字，是解读徐釚《菊庄词》及研究其词学思想的宝贵资料。

徐釚晚年访道求仙，游山览水，吟咏唱和，其《书怀》乃晚年生活的写照，诗云："心清宿业捐除久，一任闲云自卷舒。大药难成休炼鼎，老怀易忘畏观书。人间厚禄非关我，世上浮名肯恋渠。只有看花忙不了，才停短棹又巾车。"晚年所辑《丰草亭集》中有徐秉义、徐树穀、宋荦、尤珍、赵执信、潘耒、吴兆宜、朱彝尊等当代名家的投赠之作。徐釚俨然成为当时吴江文学沙龙的中心人物。

徐釚在《南州草堂集》为友人所作的诗文序跋中表述了自己的诗学观。他论诗主温厚醇雅，强调儒家诗学政教传统，倡导温柔敦厚之音，如为顾樵所作《十七代诗选序》中认为"诗言志"乃"诗之本"，"盖作诗之教未有不温柔敦厚者也"。论诗崇尚唐诗，尤尚晚唐。其《本事诗》将有明以来纤靡秾艳、缠绵悱恻之作汇为一集，远近纷纷传抄，可见其时崇尚晚唐诗风之炽。他在为梁清标所作《蕉林诗二集序》中从儒学关于诗歌风尚与时代政治的角度，论述尊唐之必要性，对那些学习宋诗元诗的人提出批评，认为诗歌创作要密切联系现实，声音之道与政通，而盛唐诗歌气象与"今国家当休明全盛之时"非常和谐。徐釚

---

① 清钱肃润语，《南州草堂集・序》，康熙间刻木。

崇尚唐诗，但并不拘泥于此，而是转益多师，风格不拘一格，目的“以道性情”“发其胸中有欲言”[1]。他六十岁时曾作《乙亥腊月六十自寿》（六首），可以说是对自己一生诗歌追求的回顾和总结，其诗如下：

等闲一别软红尘，又向江潭过几春。记得东坡诗句好，华青犹见梦归人。

青鞋布袜日追游，泡影由来付海沤。记得草堂诗句好，微躯此外复何求。

才华耻与角时贤，犹记床头手一编。记得昌黎诗句好，宜将衰朽惜残年。

回思瀛海困浮沉，霜鬓从教日日侵。记得石湖诗句好，眼前无物可关心。

冥鸿不使雪泥粘，偷取闲身意属厌。记得放翁诗句好，熊蹯鱼腹岂能兼。

千愁已过百年中，难换衰颜此日红。记得香山诗句好，尊前劝酒是春风。

徐釚诗歌内容丰富，主要有言志诗、纪游诗、表达亲情友情之诗、反映民生之诗及题画诗。徐釚早年四处奔波，曾宦游京师，也曾先后在芜湖郡司马程康庄和钱塘令梁允植幕府内作幕僚，寄人篱下的生活使其对世间人生百态及人情冷暖感触尤深，正如其在《偶感》中所言：“日夕劳劳车马间，人情曲似武夷山。不如归去虹亭好，箬笠蓑衣水一湾。”徐釚在京任职前后，亲眼目睹了康熙十八年同举博学鸿词科的五十人在短短几年内除故去者和告归者纷纷被罢官的情形，归隐之心渐生，“一片归心质月明”（《渡江》）。然而他与清初很多文人类似，内心矛盾挣扎，一方面厌恶官场的险恶，另一方面又不甘心寂寞垂老。《春至》便是此矛盾心态之写照，诗云：“衰病暗来无避处，寻春只欠旧心情。唯有鬓边几点雪，不因春至一时消。”其纪游诗则恬静从容，如《游虎跑泉寺》等先写山路之幽静、花香之馥郁、泉水之清澈、鱼儿之快乐、翠竹之浓密，营造出一个清新、幽远的意境。另外由于常年羁旅，诗歌中不少作品描摹亲情友情，感人至深，如《寄家兄》：

① 徐釚《张阜樵太守诗集序》，见《南州草堂集》。

早岁怜余拙，飘零竟若斯。每逢鸿雁过，便忆鹡鸰诗。
旅食何颜面，还家只岁时。衰亲头已白，强半赖扶持。

徐釚不但工诗词，而且“‘精绘事，山水竹木并臻绝妙”。他所交往和酬唱的戴木孝、谢彬、顾大申、张一鹄、曹重、蓝涟、毛际可、沈白、朱轩、顾樵等人都是当时画坛的名家，他本人也具有很高的作画、赏画能力，其题画诗皆使诗画相宜，相映生辉。

徐釚《菊庄词》主要包括闺怨词、纪行词、凭吊怀古词、咏物词和题图词等，其词宗尚南唐北宋，但同时推崇南宋辛弃疾、姜夔、史达祖等人的词作，主张不同的内容用不同的风格表达，因而其《菊庄词》呈现出多样风貌，婉丽秾艳者如“泪洒江干，添几尺、桃花春涨。想别后、篷窗千里，布帆无恙。忽寄短书看未了，重挑离恨眉尖上。”（《满江红·再叠前韵寄吴虞升》）沉雄豪宕者如“电马霜戈，驰江上、怒涛始歇。夸保障、并吞割据，韩彭比烈。寂寞几堆洋虎石，凄凉一片铜驼月。”（《满江红·越故宫吊钱武肃王，用岳忠武韵》）徐釚喜化用前人诗句、典故，善于捕捉瞬间细小景物，细腻刻画，如《误佳期·离情》等。

徐釚在《词苑丛谈》中阐发了自己独特的词学观念。他上溯《诗》《骚》及汉魏乐府以推尊词体，严守词律音韵，认为词与诗在抒情功能上是一致的，崇南唐北宋，提倡多种风格。而《词苑丛谈》在始分为七门：体制、音韵、品藻、纪事、辨证、谐谑、外编，将此前词话中混为一体的内容条分缕析，分门别类，较之原来纷然杂陈的面貌，内容更集中、更明晰，同时思辨色彩增强，表明清人对词的研究进入更系统，更具体细微的阶段。虽然书中偶有脱讹，但体制上的创新在词话史上尚属首次。

徐釚《词苑丛谈》对后世词论家产生了深远的影响。受《词苑丛谈》体制的启发，康熙二十七年（1688）沈雄刊行《古今词话》八卷，分词话、词品、词辨、词评四类，亦是词学资料汇编，注明了资料来源，间有编者自己的论述。康熙四十六年（1707）王奕清等编成《历代诗余》后，将“诗余有因事而发、流传为词话者别录卷末”，辑成自唐迄明《历代词话》十卷。嘉庆十年（1805）冯金伯将《词苑丛谈》删去十之一，增入十之三四，成《词苑粹编》一书，共二十四卷。

与所有的世家子弟一样，徐釚孙徐大椿从小就开始接受传统的教育。《洄溪府君自序》言：“余生而资质中下，七岁入塾，日诵数行，犹善复忘。师不奇之也。然志气颇异，虽未有所识，似乎不屑随人作生活计”。家谱《洄溪府君自序》中言：

> 十四学时文，在同学中稍优。因问师：时文至何人而极？师父曰：如本朝有名前辈皆时文尽境。曰：若弟子者，何时可臻其境？师曰：攻苦数年则庶几矣。曰：然则数年之后可不学耶？师曰：时文止此矣，惟经学则无尽境。曰：然则何以舍终生不可穷之学而反从事于数年可尽之业乎？且时文即所以明经，而穷经正有益于时文？我志决矣。

青年时期的徐大椿即已敏锐地洞察到，时文只不过是士子通往仕途的敲门砖，只有经学才是终生不可穷尽之学，由此坚定了他致力于经学的目标。他还作有道情《时文叹》，揭示时文本质，讽刺当时世人：

> 读书中，最不齐，烂时文，烂似泥，本来原为求贤计，谁知变了欺人技。看了半部讲章，记了三十拟题，状元塞在荷包里。等到那岁考日，乡试期，房行墨卷，汪汪念到三更际。也不晓得三通四史是何等的文章，也不晓得汉祖唐宗是那样的皇帝、读得来口角离奇，眼目迷离，脚底下不晓得高低，大门外辨不出东西。更有两个肩头，一耸一低，直头吃了几副迷魂剂。又不能稳中高魁，只落得昏沉一世。就是做得官时，把什么施经济！得趣的是衙役长随，只有百姓们精遭晦气。劝世人何不读几部有用的经书，倘遇合有期，正好替朝廷出力。若遭逢不偶，也还为学校增辉。

经其师指点，徐大椿选取诸经中最难之易经，潜心研磨。又好览濂、洛、关、闽诸书，每丙夜默坐潜阅，其师未知。旁及诸子百家，感于《道德经》旧注幽晦冗陋，遂详加注释，积二十余年方脱稿。后又注阴符经合成一书。二十岁时，从学于周意庭先生。[①] 是年通过县试，鄙视这种以八股制艺求取功名利禄的道路，在他入学后的一次岁试时，因发泄这种厌恶情绪后因故被革除生员资格。从此他摆脱了科举束缚，精心研究天文、历算、史地、音乐、武技、水利等，乐此不疲。

---

① 周意庭著有《吴江周意庭先生诗稿》、《周意庭先生文集》。此为庄一佛藏书，2007年5月由其后人捐赠嘉兴图书馆。

徐大椿不仅自幼习儒，且研习武技，不但可以强身健体，且可以弱胜强，他在《洄溪府君自序》中记其事曰：

> 余之学习武艺也，质本柔弱，而性颇动，至弱冠始善饭。闻言力可试而长也，及试举巨石，日加重，两年可举三百斤，身亦便捷。后复得闪打母子及枪棍之法，更参悟练习，以更有所得，竟可不受制于人，而能以弱胜强也。至若诗词经义，学之之功甚少，后因儿辈学艺，或偶拈示，检存数十首，同志颇有赏之者，亦聊以自娱耳。

他十八岁时，邑宰张清恪与杭州俞星留欲修江南水利书，徐大椿父养浩为副修，他曾助父亲审阅水利诸书，后因清恪去官，其事遂寝。后徐大椿作为医生，往来于苏松嘉湖间，造其境如逢故人，其源流顺逆、缓急迁徙，了如指掌。后雍正二年修浚塘河，雍正八年大修河塘、乾隆二十七年泄太湖下流时，徐氏提出建议省工且有成效，均被采纳。乾隆九年徐大椿为邑志疆域水利诸卷主笔，后修府志均以此为定论。着有《水利策稿》，载入邑志。

青年时期，因三弟患痞症，使他有机会与名医讲论医学并研制药物，后四弟、五弟又相继病故，他的父亲也悲悼成疾，乃发奋研读医书。攻读《本草》、《内经》、《难经》、《伤寒》、《千金》、《外台》及历代名医之书，久之妙悟医理，遂悬壶于世。其临症洞晓病源，用药精审，虽至重至危之疾，每能手到病除，为时医所叹服。乾隆二十五年(1760)，文华殿大学士蒋文恪患病，大司寇秦蕙田首荐徐。高宗弘历召其入都为蒋诊治。徐氏检查后直言蒋氏的病已无药可救，帝嘉其诚，欲留京师效力，乞归田里，后隐居于吴山画眉泉。乾隆三十六年(1771)十月又被召入京，其时徐氏正病卧在床，自知体衰，未必生还，病稍愈，即由其子徐爔陪同前往，抵京三日后病逝。弘历惋惜之，赐以帑金，命爔扶榇以归。死前自拟墓前对联曰："满山芳草仙人药，一径清风处士坟，"可谓平生写照云。

徐大椿不仅以医学知名，同时也是清初重要的曲学家，其《乐府传声》精细地阐述了他的唱曲审美追求，详见第六章。

徐大椿有道情词《六十自寿》，形象地再现了徐大椿的生活情形：

> 倏忽光阴，花甲已齐。回念平生，约略重提。想当年束发从师，志薄

风雷。也曾穷经辩史，也曾谈玄讲理，也曾嗜癖探奇。原指望少博微名，悻叨半职，些微展布苍生计。谁料得严君见背，诸弟连摧。只剩得单亲独子，形影相依。朝持两桨辞娘出，暮倚柴门望子归。只得谱几调高宫细羽，聊代斑衣戏。卖几片陈皮甘草，权当负米回。待守到风木悲余，我的年华老矣。分明是黄粱一梦，只不曾显荣富贵，单债尽离别悲凄。如今是深秋露冷蝉将蜕，春老花残蝶倦飞。只愿得天公怜我，放我在闲田地，享用些闲滋味、直闲到东溟水浅、西山石烂、南极星移。

徐爔文学作品，费振勋作墓志铭中记载着有《梦生草堂诗文集》四卷、《蝶梦龛词曲》四卷。潘奕隽《三松堂文集》卷二《吴江徐氏诗集序》记载有《曲池花影诗钞》。其诗文集今未见，《吴江徐氏诗集》亦未见传本。其诗歌、道情作品散见于清代方志、笔记、选集中。现存有道情3首。杜桂萍记录其二，一为《哭星标兄仙吕道情》，收入嘉庆十年《黎里志》卷十四，一为赠袁枚作品，作于乾隆五十九年(1794)，收入袁枚《随园诗话》。第三首为笔者检阅资料发现，《仙吕道情》一阙，乾隆六十年(1795)为贺袁枚八十寿作，收入袁枚《续同人集》。

诗歌作品有作于乾隆四十四年(1779)的《拂尘十二绝》即12首绝句，蔡毅《中国古典戏曲序跋汇编》转录。杜桂萍从薛凤昌辑《松陵诗征补编》中发现三题六首，又从《写心杂剧》之《寿言》辑出1首，共五题19首。近日，笔者于《镜光缘》传奇第七出《分镜》中辑得1首七言律诗。因此现存诗歌共20首，新辑1首转录如下：

霎时泣别苦难降，共向西风恨满堂。
卿去无须悲路远，侬魂先已过长江。
梦断香魂镜里缘，彩云深处锁婵娟。
自惭无计藏金屋，忍泪将卿寄别船。

《蝶梦龛词曲》为戏曲作品集，现存乾隆五十四年(1789)刻本，六册，收《写心杂剧》18种和《镜光缘》传奇。

这一时期，吴江徐氏家族中亦不乏女性作家，何埕、钱凝香、席文卿是较为突出者。《松陵女子诗征》卷四记载钱蕙、卷十《待征录》记载何埕与席文卿：

何埕，字季斯，徐矿副室。案：邑志，何为庠生徐矿妾，明亡，矿与吴易潜约起兵，易被执，矿走武康山中，讹传矿死于兵，埕遂作绝命词自径死。

钱蕙(1732—1770),徐爔妻。《吴江徐氏宗谱》附徐爔传中,“娶钱氏,敕封安人。监生讳汝楠珍南女”,其生卒年为,年三十九岁。清吴德旋《初月楼续闻见录》卷六记曰:

> 钱凝香,名蕙,吴江人,别驾珍南之女,适同邑徐爔。珍南家有眺湖阁,凝香十二岁时,作《眺湖阁》诗,有佳句,珍南异之,遂延名师教以诗。其生平有古近体诗四卷,性尤爱兰,故自名其诗曰《兰余小草》。凝想工绣人物,以发代丝;绣古佛像,俨如图画。年三十九岁,得疾,疾革,犹手执兰,题诗二句,并令以兰煮水,漱口拭体而逝。

钱蕙多才多艺,惜不永年。《镜光缘》传奇中的钱氏即是钱蕙的化身,姓名小字一字不改。在看到丈夫所作《镜光缘》后得知此事,在第九出《赏花》言:“余夫镜缘,天性多情,慕幽岩之香草,雅爱风流,怜绣阁之清才,一段奇缘,谱就《镜光》雅曲,千秋佳话,填成环合新词”,委婉地猜出了丈夫与李秋蓉的恋情,但既没有明确反对,也没有表示赞成,在第十五出《埋真》中还与丈夫一起安葬李秋蓉,这也许是当时士人理想中的贤妻形象,钱氏是否果真如此则无法得知了。

席文卿,字淡如,吴县人。徐爔三子徐堉副室。案:文卿幼孤家贫,为虹台太史五世孙筠峤篮室。年十二,性幽静灵颖。明大义,教以诗词书画,能领会。尤有至性。尝纺织五年,得金以治父母葬,不欲累主人,人皆贤之。筠峤故通画,家藏古迹尤伙,文卿暇即仿人物花卉,笔法娟秀,悉宗北宋。所居有琴韵楼,年二十九卒。

近人薛凤昌《吴江文献保存会书目序》总结曰:

> 吾吴江地钟具区之秀,大雅之才,前后相望,振藻扬芬,已非一日。粤自季鹰秋风,希冯芳树,天随笠泽,成书师厚,宛陵名集,流风所扇,下逮明清,人文尤富,周、袁、沈、叶、朱、徐、吴、潘,风雅相继,著书满家,份份乎盖极一时之盛。且也一大家之出,同时必有多数知名之士追随其间,相与赏奇析疑,更唱迭和,而隔世之后,其风流余韵,又足使后来之彦闻风兴起,沾其膏馥,而雅道于以弗替。用是词人才子,名溢于缥囊,飞文染翰,卷盈乎缃帙,斯故我乡里之光也。

诚哉是言！

现存《吴江徐氏宗谱》为清乾隆五十七年(1792)撰修。卷首有锡山秦泰钧和秀水朱彝尊所作序言。清代乾隆年间徐氏家族兴盛时期，家谱有过四次修纂。

一为乾隆二十八年(1763)八世孙徐观澜首次修纂。徐观澜(1686—1765)，子紫海，号如川，徐铣次子。徐观澜序中言，徐氏自富一公而下至观澜，凡历八世，期间事实一无遗漏。其祖父季华公徐韫奇曾有志于修谱，“欲首辑一编以示子孙”，然未竟而卒。徐观澜承祖愿，以七十五岁的高龄，自乾隆二十五年庚辰(1760)开始，到乾隆二十七年壬午(1762)，三易其稿，终于完成，使其子孙后辈得以“明其水源木本之意”。现谱中存徐观澜序一篇。[①]

二为乾隆三十年(1765)九世孙徐大椿增修。其序言中称，徐氏明代正统之前宗谱虽有可稽，但残缺失次，已淹没不可考证。其祖父徐釚草创未就，其叔如川公徐观澜继修完稿。此稿即首次所修家谱。然而，仅仅过了两年，旧谱即散佚不克闻，于是加以增修。[②]

三为乾隆五十七年(1792)，十世孙徐熙吉、十一世孙徐书城同修。即现存《吴江徐氏宗谱》。徐熙吉(1753—?)字融春，号蓉村，又号蔼堂。邑庠生。乾隆五十八年甲寅(1793)举人，徐氏十一世孙。徐书城(1751—?)字南百，号菡斋。监生，四库全书馆誊录人员，徐氏十一世孙。徐熙吉《谱后序》中言，家谱自洄溪公徐大椿增修后二十年间，缕次修订，然而皆未刊刻，仅传缮本，“既不能遍给宗族，亦无以垂诸永久”。乾隆五十五年庚戌(1790)，在榆村公徐爔倡导组织之下，三修族谱，“宗谱虽多，以吾视之有亲疏，以祖宗视之则无亲疏”其敬宗收族之意甚明。[③] 而徐书城的谱序中则称，其先祖所修谱牒“代传缮本”，皆“以不克付梓为憾”，徐书城惧其久远不可考，于是加以访闻，重修赠葺，编为四卷授梓刊刻。家谱的编撰刊刻为我们今天研究徐氏文学世家保存了极为重要的史料。

吴江市文物陈列室现存有清《吴江徐氏家谱》八卷抄本残本。残本应该是徐氏第四次重修家谱。现存卷一“世经人纬图”、卷二家传、墓志铭、卷八墓域等。

---

① 《吴江徐氏宗谱》徐观澜序。
② 《吴江徐氏宗谱》徐大椿序。
③ 《吴江徐氏宗谱》徐熙吉序。

三 吴江徐氏文学世家的衰微

清代嘉庆以后，徐氏文学世家逐渐衰微，包括徐氏十二世到十三世两代人。这一时期，徐氏家族成员文学家数量减少，文学作品数量减少，呈现出明显的衰微景象。《吴江徐氏宗谱》秦泰钧序言“自有明以迄今纂其图表，序其昭穆，别其名号，显其年位，彰其言行。凡四卷计十有三世。”由于家谱世系至十三世而止，此后徐氏后裔资料散佚，家族逐渐衰微。

明清鼎革之际，吴江徐氏也同叶氏、沈氏等众多吴中大族一样，以节义着称乡里，在天崩地裂的易代时刻，诗书子弟相继身赴国难。如徐氏六世徐允和及其子徐镔，允谦之子徐矿等，皆肝胆忠烈，明亡后相继死节。徐允和（剑津公），徐韫奇之兄，有肝胆，人有极难，不恤身援。举乡饮介宾。读书之外兼明武略。其子徐镔（方直公）性忠烈，弱冠补庠生，晓畅军事，佐从兄徐矿有功，授奉直大夫兵部职方司员外，酉戌之变仓皇奔救不及，与父同日赴水，以死明义。家谱《剑津公传》言：

> 闻闯贼陷京师，公向北裂眦，曰：人不能为国家捐躯而苟全性命，生焉得为大丈夫乎？遂匹马燕赵间，访天下奇士。因势不能为，归于乡里，谒节愍吴公，出而语人曰：吴公之志则善矣，吴公之识则未也。殆酉戌之变，携其子镔从容赴水而死。呜呼！公以一介书生，生未列于朝班，死犹忠于国难，父全以忠，子全以孝，夫谁能表其潜德哉！

徐矿（我西公），字掌文，弱冠补庠生，举人，科制时间失考。肝胆过人，襟怀阔达，以御流贼有功，授奉直大夫兵部职方司郎中。酉戌之变后隐居于浙江湖州武康山中，设帐聚徒，受业者数十。作有《难事诗》三十首，诗文甚富，时值鼎革散失殆尽。

明清时期，吴江徐氏数世科举不振，兼遭乱事，其衰落是必然的。观其兴衰发展，我们可以看出，徐氏家族并非如大多数家族一般，由科举而显家，而是以精湛的医术与深厚的文化积淀，赢得世人赞誉，徐氏在词学、曲学、医学方面的杰出成就，奠定了其在文学史、戏曲史和医学史上的重要地位。从家谱的记载和刊刻情况，我们可以得知，吴江徐氏家谱、诗集、别集流传不广，与其财力有限，未能及时刊刻有很大关系。无怪乎沈慰祖言其“然而家世隆不见其荣，文章高不见其贵，杂学优不见其名传，好行善不见其厚报”，发出了“天下之报施善人果何如也”的感慨[①]。这也足为明清时期吴江徐氏的真实写照。

① 《吴江徐氏宗谱》卷三沈慰祖《少泉公传》。

简论苏州城市书写与《红楼梦》人物之关系

上海师范大学都市文化研究中心　詹　丹

不同于故事主要展开的地域环境如神京(神都等)所指向的北京还是比较朦胧,《红楼梦》作品中出现的江南一部分城市名称,其给故事情节发生所安置的部分地域环境,倒是历历可考的。这些江南名城,除开书中多次提及的金陵、扬州外,就是历史名城苏州了。

关于苏州与《红楼梦》的关系,既有学者从李煦一家与曹氏家族关系入手探讨的,如皮述民的《苏州李家与红楼梦》①,也有将苏州城市民俗风貌与文本内容加以比照的,如孙菊园师撰写的《红楼梦鉴赏辞典》中的有关苏州内容。②凡此,都不失为探讨《红楼梦》与苏州城市关系的有效路径,值得我们借鉴。但作为对小说创作的一种研究,本文更想从作品内部的整体关系中,来考察进入小说文本的苏州城市书写,其所占有的特殊位置以及对作品人物形象塑造所起的独特作用。

一　苏州:“中转”城市的戏剧包孕性

众所周知,苏州城作为小说的一个背景,是在第一回叙述甄士隐和贾雨村的故事而被引入的。甄士隐与贾雨村在艺术表现转换中的关系,甄士隐一家的小荣枯以显示贾府家族的大荣枯,贾雨村的艳遇构成对才子佳人小说传统的反讽式关系,还有第一回写到的两大节日(中秋节和元宵节)在小说整体结

---

① 皮述民:《苏州李家与红楼梦》,新文丰出版公司,1996年。

② 上海市红楼梦学会编:《红楼梦鉴赏辞典》,1988年。

构中的特殊用意，都被一些学者作了淋漓尽致的阐释，这里无需赘言。

倒是人物所处环境，即苏州这一名城自身的特点，并没有受到太多学者的关注。当然，也有人认为，作者之所以选中苏州，是因为自古以来，苏州就是繁华富贵地，特别是阊门一带，唐代白居易的《登阊门闲望》，明代唐寅的《阊门即事》、清代刘廷玑的《阊门晚泊》，似乎都把“阊门擅雄”（唐寅语）的境界表现了出来。也难怪《红楼梦》要说“当日地陷东南，这东南一隅有处曰姑苏，有城曰阊门者，最是红尘中一二等富贵风流之地。”[①]这样，选取阊门作为红尘一隅的代表，符合一僧一道携带通灵宝玉下凡的目的，就是“去那富贵场中，温柔乡里享受几年。”而作者用神话传说的“地陷东南”来引出苏州城，也是有意在上界与人间构成一种对照关系。正因为阊门代表的姑苏城是对应于上界而言的，所以在原文“曰姑苏”旁，甲戌本有批语道：“是金陵”，[②]在这里，它故意要把苏州混同于金陵，不单单强调这一城市具有的普遍隐喻性，而且，从相对于上界来说，从出世人的视角看，所有的繁华城市，都是无差别的、均质化的，都属于充满欲望享受的温柔富贵乡。不过，指出苏州城的这一特点，仅仅是作品构思的一个方面。而在另一方面，苏州城这一特殊环境对两位主要人物甄士隐和贾雨村造成的变故或者说人生转折意义，也不容小觑。

甄士隐虽被推许为本地的望族，但因为其秉性恬淡，不以功名为念，每日只以观花修竹、酌酒吟诗为乐，倒是神仙一流人品。按道理说，这样的生活态度，恰恰是应该生活在与世隔绝的自然环境中，如同陶渊明那样，在自耕自作的田园生活中，才能摆脱人事关系的各种羁绊，过上自得其乐的恬静生活。但甄士隐偏偏居住在人烟辐辏的苏州城，处在人际交往大流动的环境中。这样，其家财被相邻的火烧所累及、女儿在灯市的人流中被拐走，无不是繁华城市特有的人祸和生活风险带来的结果。而他虽然家道殷实，但毕竟只是中等家庭的实力，也不是闲人唯恐避之不及的达官贵人，在物力和人力方面尚不足于抵御城市生活的各种风险。所以，看似安逸的苏州城市生活环境，构成甄士隐生活败落的中转点，使其不得不退居到农村，不是没有缘故的。

而对贾雨村来说，作为一个进京赶考的举子，流落在苏州城，靠作文卖字为生，其寄寓的特点，不会把苏州城作为其生活目标的终点，更显示了苏州城

---

① 中国艺术研究院红楼梦研究所校注：《红楼梦》，人民文学出版社，1988 年，第 7 页。凡所引用原文，皆出于此版本，下不一一注明。

② 《脂砚斋重评石头记甲戌本》，北京图书馆出版社，2004 年，卷一第八面。

之于他的中转特点。因为苏州城虽然富庶，但毕竟不是政治文化中心，对一个汲汲于功名的人来说，他是需要去京城来争取机会的。而其受甄士隐接济、受陌生丫鬟好奇张望（使其产生误会，竟至于把她视为风尘中的知己），更把城市生活的变动性、人际关系的偶然性充分表现了出来。就世俗层面看，甄士隐的后退与贾雨村的上进，他们在苏州城的不期而遇，都是在用空间展示的形象方式，强调这个城市有关人生进退的中转性特点。也正是因为这种中转性，才使得在短小的一回篇幅中，包孕了富有戏剧性的人生道路的两类基本变化。这是进与退的不同、是主动与被动的差异，也是现实与梦想的交替。当人生之路发生变化时，作为政治结构关系中的都城与城市、作为经济文化生活关系的城市与乡村以及作为人生终极追求的城市与世外的结构关系差异等等种种维度，把苏州城在这一结构关系中的中间、中转性特点呈现到了读者面前。或者反过来，这一中间、中转性的环境，促成了人物命运的转换。

这样，苏州城的意义，在小说的整体结构就呈现出多重意义。至于甄士隐和贾雨村为了各自人生目的而告别苏州城，不论是主动还是被迫，不但凸显了苏州城在人生歧路中的特殊意义，并在更大的范围内，隐喻了人生如过客、城市如逆旅的普遍意义。

当然，把第一回的苏州城作为人物活动的环境来与此后的描写作比较，差别也是明显的。这不单单是因为以后的人物事件不再发生在苏州城，使得涉及到苏州城的一些描写，只能作为远景、作为人物的记忆和想象来处理，而且，从最直接的感受来看，同样是城市环境，甄家与贾府所处其间，也呈现了不同的状态。对于甄家来说，因为是中等人家，所以其基本的活动区域，并没有脱离城市自身的运行轨迹，其家庭的小环境与城市的大环境，有着最直接的联系，而人物的日常活动包括变故，也与家庭外部如城市的流动人员有很大关联。但是贾府则不然，其深宅大院在城市中隔离出的一个相对独立的空间，使得人物的大部分活动，都处在一个封闭的环境中，特别是大观园的营造和众姐妹的入住，更强化了这种隔离，让人几乎忘记了城市大环境的一定制约性。只是当小说写到了元妃省亲、可卿出殡等，才让人想起了贾府所在的神京位置。就这一点论，第一回写甄家所处的苏州城，反而是最直接的，是比贾府所在的神京更容易感受到城市氛围的。不过，由于苏州城首先是作为一个人生整体结构功能意义在《红楼梦》中得到描写的，所以关于苏州城本身的地方风俗，尚没有得到写实性的充分展开，只是要到小说进入人物性格和心理世界的特定刻画环节，这一城市地方特色，才在人物世界的折射中，得到了若隐若现的展示。

二　城市、风物与人物的志趣

在小说中，苏州城在人生历程的中间、中转性是相对于身处其间、或者经过其地的人物如甄士隐、贾雨村而言的，对于已经离开或者外在于这一城市的人来说，其唤起的意义却有所不同。特别是当小说主体部分已经展开，小说中的主要人物在北方的神都充分活动时，地处江南的苏州，就更多地是作为一个异质化的城市而被提及的。即使他们身处小说展现的当时社会最豪华的顶级城市，苏州对他们而言，依然新奇和迷人。这里既有江南自然环境本来优良的原因，也跟东晋南朝，特别是中唐后，文化中心逐渐南移有相当关联。

把小说中的两处细节拿来对照一下，是耐人寻味的。

第三回，写苏州女孩林黛玉客居扬州而被带进京城时，已经算是走过一些繁华城市了。但是当她进入京城时，从轿子纱窗向外张望，仍然生出了“其街市之繁华、人烟之阜盛，自与别处不同”的感叹。但是在第十四回，该小说写林黛玉丧父后，由贾琏带着她把林如海的灵柩送回老家苏州后返回，与凤姐聊起偶然在薛姨妈处看到的香菱而感叹其美貌时，凤姐不由跟着感叹道：“嗳！往苏杭走了一趟回来，也该见些世面了，还是这么眼馋肚饱的……”，身处京城而把去苏杭看作是见世面，说明在凤姐眼里（她是金陵人而生活在京城，其日常活动的城市规模应该都要大过苏州），苏州作为一个城市，还是有其不可替代的特殊魅力，特别是如云的美女，会让男性产生视觉盛宴的感觉。有意思的是，贾琏所赞叹的这位生得好齐整模样的香菱，恰恰是苏州人，只不过贾府中的人不知道罢了。

林黛玉与凤姐对异地城市的换位式艳羡，是否显示了一种泛泛意义上的“围城意识”，可能还不好匆忙判断，但在小说家心目中，这样的对照描写，也许恰恰是说明了，即便京城有那样的繁华，却仍然无法掩盖苏州城的特有魅力。这种魅力，不仅仅是因为女性的容貌美丽，也是因为这座城市有较多的才艺出众者，是一座文化名城。这在小说中也有具体表现。其一是为筹办元妃省亲盛大之事，特地委派贾蔷去姑苏，采买了 12 位女子来演出助兴。另外就是小说中多次提及唐寅、仇英（仇英虽出生于吴中太仓，但 10 多岁后主要活动于苏州）等人的绘画，如第五回写秦可卿的卧室挂着唐伯虎的绘画，薛宝琴在雪地里从妙玉处捧回红梅，老祖宗特别指出，这有仇英画中意境的效果，等等。

特别是苏州才子唐寅，在小说中，如草蛇灰线般若隐若现，对小说不同人物的个性塑造、言行刻画等，都产生了一定的影响。其实还在小说第二回，借贾雨村之口，已经把唐寅等划归为秉承正邪二气的“情痴情种”、“逸士高人”之类，跟红楼里的人物，在精神气质上有着割不断的联系了。

比如，唐寅风流韵事不断，但又自号“六如居士”，其所谓的“六如”，即《金刚经》中的“一切有为法，如梦幻泡影，如露亦如电，应作如是观。”岂非同“情僧”一脉相承？① 特别是其对花的痴迷，蕴含一种觉悟式的形而上的人生态度，与贾宝玉的气质也有某种联系。（他的《桃花庵歌》中的结尾“别人笑我忒风颠，我笑别人看不穿。不见五陵豪杰墓，无花无酒锄作田。”）②而第五回中，贾宝玉进入太虚幻境的情梦中而惊觉，卧室中所挂的唐伯虎《海棠春睡图》，似乎也有一点关联。还有，不少学者指出，林黛玉的《葬花吟》与唐寅的《花下酌酒歌》有明显的继承关系，而唐寅在生活中也有哭花葬花之举动。此外，薛蟠把唐寅在画上的落款，误认作“庚黄”，固然说明了薛蟠的不学无术，毫无艺术修养，但更主要的是，恰恰因为唐寅在当时大众生活中的家喻户晓，其落款几乎不需要仔细辨认，用来作为对薛蟠的讽刺，也就更有力量，而联想到他娶风雅的苏州女子香菱为妾却不知苏州才子唐寅为何人，其对苏州地域文化如此之陌生，才是更让人感叹的。

但是，同样具有深厚的文化修养，比如薛宝钗和林黛玉，因为与苏州关系的不同，特别是个人遭遇的不同，苏州风物引起的感情波澜，也有了深刻的差异。

第六十七回写薛蟠去江南返货回家，带回了一箱子在苏州虎丘等地买回的许多任务艺小礼物送给宝钗：

> 笔、墨、砚、各色笺纸、香袋、香味、扇子、扇坠、花粉、胭脂、头油等物，外有虎丘带来的自行人、酒令儿，水银灌的打筋斗的小小子，沙子灯，一出一出的泥人儿的戏，用青纱罩的匣子装着；又有虎丘山上泥捏的薛蟠小像，与薛蟠毫无相差。宝钗见了，别的都不理论，倒是薛蟠的小像，拿着仔细看了一看，又看看他哥哥，不禁笑了起来。

---

① 《蔡义江新评红楼梦》，龙门书局，2010 年，第 311—312 页。又，徐缉熙：《说说〈葬花吟〉》，《读红手记》，上海文艺出版社，2012 年，第 56—57 页。

② 转引自卢寿荣：《唐寅画传》，山东画报出版社，2004 年，第 12 页。

对此，蔡义江先生评点说，“里面装的东西不厌其烦地逐一写出，越有乡土特色的，说得越具体。从馈赠花色之多，不难看出阿呆对妹子还是相当不错的。”这样的分析当然有道理，但也可以说，正是这些东西有苏州等地的乡土特色，才值得阿呆带回来给宝钗。而这种物品的详尽罗列，不是也可以让我们想象阿呆在苏州虎丘闲逛的场景么？其不加选择统统购买下来，可以认为是苏州地方的物产让他目不暇接，也可以说他挥金如土，或者竟是他不知何物是宝钗更需要的，所以一并带回来了。如果是这样的话，那么东西带回来多，既说明其待宝钗确实不错，也可以说明他并不理解宝钗的内心真正需求、宝钗的真正爱好。还有，其带回的泥捏人像，不是也能让我们想象阿呆当时做模特让捏泥人一展技艺的场景么？让薛宝钗好笑的，还不仅仅在于泥人很像阿呆，而是这种捏泥人的场景，把对于地方风情的猎奇态度与阿呆的儿童般天真结合了起来，并且在这过程中，似乎把宝钗也拉进了一个新的场景，让本来似乎是习惯于薛蟠外貌言行的妹妹，用新的眼光仔细看起对方来，从而或多或少点燃了亲人间已经习惯得近乎麻木的温情。说因为薛蟠待宝钗不薄让她心里欢喜，倒还是其次的。

如果说，宝钗因为薛蟠从苏州带来的礼品而让自己感到亲情充溢感到愉悦的话，那么，当她把许多礼品转赠给黛玉时，黛玉却因此感到亲情的匮乏而伤感。因为她看到这些礼物，想到的却是没有来自家乡的亲人，从而表明家乡已经没人牵挂她，也不需要她牵挂。在这里，对于宝钗来说，具有地方特色的礼物是可以满足猎奇心态的，并且附加了对亲情的重温。而对于黛玉来说，这些出自她家乡的礼物，不但没有异地的奇异光环，而且，反提醒了她尽管拥有这些物品，但却无法延伸到对家乡亲人的思念。后来宝玉看到她落泪，故意说是因为薛宝钗礼物给少了，这样近乎胡搅蛮缠的安慰，不过是宝玉真心希望她能把心思从人转向物而已(因为已经无人可念)。总之，在这一回中，借助于对富有地方色彩的苏州风物描写，其把相关人物的心理，也揭示得相当深刻。同时也说明了，城市中的居住者才是构成城市的灵魂，才能真正让人产生依然之情，而城市之物的充溢，对有些人而言是新奇，对另一些人则有着物是人非的感触。

当然，就黛玉而言，其从苏州风物中感受故乡之人的凋零，这种感受虽然十分真切，也能让作为旁观者的宝玉心领神会，但宝玉毕竟是外在于苏州这座城市的，这种外在性，在一定程度上制约了他，使他不自觉地会把自己与林黛玉跟苏州城的关系区分开来。正是天然的、几乎是来自本能的这种区分，使得后来紫鹃能够轻易哄骗宝玉，让他相信苏州城还有林家人来把黛玉接走。在这里，在心理上对林黛玉的争夺，似乎也是对这个人曾经所属的城市环境以及盘根错节的林家关系的抗争，并且因为在想象中无法把黛玉从其所属的城市割裂开来，而使自己陷入了深深的焦虑竟至于癫狂。

三　苏州地域与痴情女性

苏州地域影响到小说创作的，不仅仅在于苏州城的环境和出产的民俗风物以及苏州的名人，更在于小说中，作者有意识引入了一批苏州女孩子，作为小说的主要人物，呈现了她们的特有风貌。

这其中，除开最为人熟知的黛玉外，还有妙玉、香菱和龄官等。本来龄官作为十二位从苏州买来唱戏的女子之一，应该与其他演戏的一并纳入，但恰恰是龄官，因其最善演戏且性格孤傲，成为十二位演戏者，最早受人关注着，所以特提出来与其他苏州女子一并讨论。

不知作者是有意还是无意，小说写进入贾府的痴情女子，似乎以苏州籍的居多。或者也可以这样说，在小说中，苏州籍的女子大多痴情，且大多爱得很专一，不像二尤，开始是以轻浮女子的面目出现的。林黛玉痴情于贾宝玉自不必说，妙玉作为出家人，轻易不与人交往，其孤高自许，目无下尘，远甚于黛玉，但却对宝玉情有独钟，情感对禅心产生深深的干扰，才让人有“不洁”之叹。而香菱，虽然薛蟠对其谈不上有真正的爱，但她却把心思全放在薛蟠身上，薛蟠被柳湘莲教训，害得香菱哭肿了眼睛。薛蟠出远门，香菱跟黛玉学诗，梦里得来一首最成功的诗，却是一首以思妇形象自居的作品，如明月照沟渠般用情于薛蟠，实在是一件无可奈何之事。而龄官，其对贾蔷一往情深而对旁人如宝玉者懒懒搭理，以至于让在旁的宝玉看得发呆，也是小说最动人的篇章之一。(藕官与药官之间的情感也让人动容)可以说，即便不是全部但也是绝大部分，小说写得最动人的恋爱篇章与苏州女子有关联，恐怕不算是夸张的断语。

其次，小说中写到的苏州女子在性格上又大多孤傲自许。我们看金陵十二钗正册中，跟宝玉最亲密的四位女子黛玉、宝钗、湘云和妙玉中，宝钗和湘云，待人都比较随和、大度，不像黛玉和妙玉，脾性都有点让人难以接近，心眼相对要小，龄官的性格似乎也与之相近。所以一出场，在元妃省亲时，因为表演出色，要她加演曲目，她不愿被人安排，所演的曲目都要自作主张，贾蔷也奈何她不得。而龄官长相与黛玉相似，又强化了两人的联系性。相比之下，香菱脾气虽好，只不过她早年被人贩子拐卖，长大之前已经被人贩子打怕了，其天性多少有些改变也在情理中。但小说又写她在学诗的旨趣上与黛玉走得最近，从而让人想到了作为苏州女子这一组群像的内在联系，虽然贾宝玉一概以美貌女孩的角度，无意中感叹了一句“地灵人杰，老天生人再不虚赋情性的”。其所谓的地灵，只是一种泛泛的所指，但如果他知道香菱是苏州人，与林黛玉本来就是同乡，他又不知作何感想。

由此带来的一个问题是，作者在塑造这些人物形象时，真的有一种若隐若现的地域观念吗？苏州的诗画意趣，文采风流，真的强化了一个地方人物的情感基质吗？贾宝玉无意中说出的“地灵人杰”，是否隐含了作者的这一点意思？

当然，这里也可以从另一角度来思考。小说中写到的苏州女子以孤傲自许居多，似乎缺少帝都带来的恢弘器局，不同于小说提及的神都或者江南的金陵旧都，没有了这些都市气象的熏陶，是否因此才让苏州女孩变得心胸狭隘了些呢？其大尺度意义上的城市环境与小环境的家庭，其影响到一个群体的心理气质，是不是也曾经进入作者的视野而令其有所思考呢？比如，当薛蟠准备迎娶金桂，贾宝玉为香菱的命运担忧时，一向表现出好脾气的香菱突然当面指责宝玉，那种不给他好脸的态度，是不是暴露了久久隐伏的苏州人脾性呢？当然，从《红楼梦》小说本身看，其塑造苏州人的形象基调还是以肯定、赞美为主，不像小说《豆棚闲话》那样，在总体反讽的基调下，对苏州人的嘴头尖刻、内在空虚作了尽情嘲讽。[1]

此外，讨论苏州地域文化，很难回避苏州园林问题，特别是这与《红楼梦》内部空间结构紧密相关。以前讨论大观园，或视之为理想成分居多，或视之为现实居多，而从现实着眼，又涉及到南北地域不同的讨论。但无论是谈理想还是谈现实，谈北方还是谈南方，作为一种物质基础构成的园林艺术，其对苏州园林特点的继承和发挥，应该是没有问题的。而苏州园林总体格局不够开阔，以幽深的曲径和富有层次感的景物营造，与园林主人性格形成一种有趣的融洽关系，是不是也在一定程度上，对苏州人的心智气质造成一定影响呢？或者，苏州园林与其说更近似文人气质还不如说更近似女性气质更好些呢？现在我们讨论大观园中各处院落与居住者的关系，是否也应该从更大范围内来考虑苏州园林的地域风格呢？总之，如果要深入探讨城市人物形象，城市本身

① 《豆棚居士》第十则“虎丘山贾清客联盟”，上海古籍出版社，1983年，第107—122页。

的内部结构，构成城市要素的一些重要方面，似乎也应该纳入探讨的范围。

四 余 论

迄今为止，相对于《红楼梦》所继承的历史文化看，从早期的俞平伯到最近去世的周汝昌，还有别的不少红学大家，其研究的成果已经相当出色，但是关于小说中的地域特征，虽然有从风俗入手探讨的，如邓云乡、陈诏，但将这些地域风俗特征与人物形象塑造结合起来的，还展开得不很充分。如果这种地域文化特征的研究不仅仅是局限于北方与南方的差异，而且也能够深入到小说人物所处城市环境中，深入思考作家的城市书写与人物性格塑造与心理刻画的关联，包括诗文笔记和小说，正面的描写和反面的讽刺，或许能为深入思考城市地域文化和人物性格命运的生成关系，思考城市书写对城市文化本身的建构性，提供一个较有特色的切入点。当然，由于城市环境在小说中较多地是从背景而不是前景中得到表现，所以要加以充分的探讨，恰如其分地分析其所起的复杂作用，本不容易。本文仅从《红楼梦》角度，对此作了初步尝试。思考不周而导致观点勉强的，在所难免，希望方家予以指正。

京洛风尘中的水乡慰藉

——天津查氏水西庄雅集的江南特质

浙江师范大学江南文化研究中心　陈玉兰　项姝珍

清代雍干之际，天津查氏水西庄雅集盛极一时，为此时北方文学繁荣的重要标志。然而，尽管水西庄地处北方，其雅集不可能腾离特定的物理空间，难免受所处地域文化的渗透，但总体而言，水西庄雅集较少朔北文化特质，而表现出浓郁的江南特色。这种江南特色却反而强化了水西庄在南北文人心目中的地位，也深化了其雅集内涵，使之成为雍干之际诗坛一道独特的景观，值得我们关注与讨论。

一　地缘、人缘：天津水西庄文化的江南因子

历来南北文化有着鲜明的分野。以中原、齐鲁、燕赵为代表的北方文化推尊儒学、注重理性、讲究实际、强调规范，有着山一般的浑厚质感；以江南、楚地为代表的南方文化好尚老庄、偏重感性、追求浪漫、崇尚自由，有着水一般的灵动气韵。不同的文化类型往往以其附着之地命名。作为文化承载空间的地域概念既指地理位置，也是行政区划，更是意象空间。作为意象空间的江南，有着鲜明的感性化、个性化、诗意化色彩。所谓雅集的“江南化”，正是指非江南区域发生的雅集文事，其参与主体却体现出较多的江南人格，其活动空间也氤氲着典型的江南气韵，无论就内在精神还是外在形式看，都包蕴着江南文化因子，表现出浓郁的江南特色。北方雅集的江南化特征的形成与江南文化的地位以及影响力、亲和力有关。历史上中国文化中心曾经有过三次南迁的波澜，大体说来，自宋室南渡定都临安后，雅集文事一般就较多地集中于江南。尽管

元明清都定都北京，但北、南大体呈现为政治中心与文化中心分离的态势，江南作为文化中心的地位基本未变。这一方面是由于江南人乐山乐水、唯美尚文、推崇自由、好尚享乐的诗意追求更贴合人之本性，另一方面则因江南风和日丽、山柔水软、物阜民丰的自然条件足以承载支撑之故。因而江南文事频举、雅集叠兴，且多在私家园林中，呈现出率意潇洒、闲适自足的名士风流，绮丽而又细腻。比较而言，北方文会则相对较少，这既跟北人志在兼济的现实追求有关，也受制于北方粗犷雄放、相对糙劣的自然条件。尤其是清代前中期，满族政权出于箝制喉舌、控扼士气的需要，曾一度限制文人集会，北方作为强权统治的中心，受政权威慑，文会雅集自然较前代更少，且往往弥漫着浓郁的政治气息和衙署气味，朴质而典重。以消闲娱乐为目的或以情感抒发、唯美追求为取尚的纯文学雅集远不及江南兴盛。即便有，也多呈现出南北文人融合交互的场景，展现出南北文化互动的双重特质。因为，行商或仕宦的江南文人作为江南文化传承的主体游走四方，使江南文化以其较强的亲和力影响及于北方，因而，即使是北方的文会，其主事者往往也是江南人。北方文会的江南化现象，在天津水西庄雅集中表现得就很典型。

天津属燕赵之地，位于运河之岸、河海之冲，枕河而襟海，既是畿辅门户，又是天子渡口，还是北方泽国，其文化是北方文化、运河文化、海洋文化兼容的产物，体现出包容开放、多元并存的特点。正是这种兼容，使天津文化在漫长的历史发展中形成既奄有众长、又自成一体的特色，其中尤不可忽略的是江南文化质素。

由于北依燕山、扼守京畿，又地处水陆交汇之要冲的特殊地理位置，天津向来是古代军事重镇，“自故明设卫止，修武备而生齿未繁，文教未兴”①。因而，可以说“尚勇力而椎鲁不文”②，是清代以前天津的传统特色。到雍正三年(1725)，天津改卫为州，九年(1731)又升州为府，始得“邑属赤望，沐浴圣化”③，并迅速发展成为“户诗书而人礼让”④的新兴文化城市。而在这过程中，江南士商的大量涌入对其地域文教的发展起到了巨大的推动作用。江南文化借运河之便北上，在北方文教积淀不深的津门获得了生存的空间。正是文化上的兼容并包、广吸博纳，使原本就有北方之水乡泽国自然条件和地理样貌的

① 陈弘谋：《津门杂事诗序》，载汪沆著《津门杂事诗》，清乾隆四年刻本。

② 王又朴：《诗礼堂古文序》，载《清代诗文集汇编》，上海古籍出版社 2010 版第 248 册，第 241 页。

③ 吴廷华，汪沆：《天津县志》，清乾隆四年刻本，卷十八。

④ 同上。

天津赢得了“小江南”之称。查为仁曾有《采菱曲》二首，其中有句云：“漫说直沽风物异，有人曾唤小江南”，汪沆《津门杂事诗》亦谓天津“唤作小江南也称，僧衣一带抱回塘”。地志中说“天津一城，三面临河，大海在其东南，三角淀绕其西北”[①]，其水域之富并不亚于江南。杨柳青绿柳依依、海光寺沃野无垠、城南郊水田百顷，随处可见江南景致。同时，毗邻渤海、岸靠运河的地理优势，也使天津的鱼盐漕运十分发达。商贾萃集之处，都兴土木、造园林，吸纳天下文士，其热闹繁盛颇可比肩江南。名较着的私家园林有龙氏的玉红草堂、佟氏的沧浪考盘、安氏的沽水草堂、金氏的岭南轩、张氏的遂闲堂及问津园等等，这些园林莫不“宛有江南村落风景”[②]。这种充满江南特色的景观风貌和经济情状为天津一地的文化发展奠定了物质基础，使之打上了天然的疑似江南的烙印。且其岸靠的运河直通吴越，南北往来的士商尤以江南人居多。曾有学者对《天津县志》、《续天津县志》、《天津县新志》所载的清初由外地迁至天津者的原籍做过地域分类，发现其中来自江浙的人占大半[③]。这些北迁的南人不仅推动了津门经济的发展，更为其带来了江南水乡文化的滋养。

天津原来尚武不文的独特历史传统使其在文化建设方面留有较多的空白，从而拥有足够的空间接纳并融合江南文化，在包括来自江南的相对较为成熟的文化的引领下，天津在文教初兴不久即出现了“民俗敦庞，人才蔚起”[④]的迥异前代的可喜局面，而其时正是水西庄雅集频兴并走向鼎盛的时期。

可以说，天津地域文化发展过程中所汲取的江南文化因子，为水西庄雅集的展开铺设了富有江南情韵的文化空间，而雅集宾主的江南化人格更是从外在形式和内在精神两方面强化了雅集活动的江南特质。首先，作为雅集主人的查氏家族即来自江南，其文化性格和气质心态的江南特色决定了雅集活动的情感基调。水西庄查氏祖籍江西临川，即属于“中江南”[⑤]区域范围。尽管该家族在北迁宛平三代之后又移居天津，然其与江南查氏各支派联系密切，彼此之间有着难以割舍的血亲之缘与文化关联。其中尤以海宁查氏与之往还最为频密。“一门七进士，叔侄五翰林”的海宁查氏作为江南望族，它与天津查氏的交往，不

---

① 吴廷华，汪沆：《天津县志》，清乾隆四年刻本，卷四。
② 吴廷华，汪沆：《天津县志》，清乾隆四年刻本，卷七。
③ 陈卫民：《天津的人口变迁》，天津古籍出版社2004版，第95页。
④ 陈弘谋：《津门杂事诗序》，载汪沆著《津门杂事诗》，清乾隆四年刻本。
⑤ 梅新林、陈玉兰在其主编的《江南文化世家研究丛书》（中国社会科学出版社出版）之《绪论》中，将“江南”概念区分为三类：“大江南”、“中江南”、“小江南”。前者对应于长江以南地区，“小江南”对应于环太湖流域，“中江南”则包括浙江省、江西省与上海市之全部以及江苏、安徽两省的长江以南部分。

仅密切了宗亲间的联系，更扶持了天津查氏家族文化的发展。天津查氏中查日干与海宁查慎行、查嗣瑮交好，这“海宁二查”常客天津查氏于斯堂，与查日干诗酒赠答；查为仁曾学诗于查慎行，其诗被袁枚赞为“深得初白之诗教者”[①]；查礼诗文亦曾受海宁查奕楠指点。此外，在水西庄雅集兴起至鼎盛的近三十年中，海宁查氏参与水西庄雅集活动见于载记者达十多人，且多为当时诗坛闻人，如查曦、查学、查昌业等。与海宁查氏的交往，使得北迁已百余年的天津查氏依旧保持着江南士人的文化性格。此外，天津查氏的戚属姻亲也多江南地缘：查日干之母（马氏）、姐婿（马玉章），长媳（金含英）皆山阴人；女婿（李授）、次孙媳（陈邦彦第四女）皆海宁人；杭世骏自称与查氏有婚姻之好……血缘、亲缘、姻缘、交游之人缘的江南因子使天津查氏家族文化深深地烙上了江南印迹，这单单从园林构筑即可见一斑。水西庄占地百余亩，其建筑兼具北方园林开阔疏朗与南方园林细腻柔媚的特点，其中“二分修竹三分水”[②]、“轩棂虚敞，坐挹风帆云树于无际”[③]的园林景色更是主人之江南情结的最好诠释。

正由于主人的气质心态与江南文人有着相似性，加之其博雅好文，为水西庄招揽了大批江南文人，成为水西庄雅集江南化的重要动因和突出表现。英廉在《津门杂咏》中就说：“船上买花吴语腻，水滨修禊越人多”，足见水西庄宾客也以江浙文人为主。据查为仁《莲坡诗话》、《蔗塘未定稿》，查礼《铜鼓书堂遗稿》、《沽上题襟集》等水西庄相关文献所载，水西庄雅集宾客中江南文人占总数的 3/4 多，其中尤以浙江文人为主。《沽上题襟集》，乾隆六年（1741）查礼辑，为现存唯一一部较为集中地载录水西庄宾主唱和诗作的集子，共八卷，其中查为仁、查礼、吴廷华、刘文煊、汪沆、陈皋、胡睿烈、万光泰各占一卷，有诗 676 首。另附查为义、朱岷、厉鹗、余懋檣、周焯、赵贤、赵昱等宾主 24 人的 35 首诗歌。据厉鹗《沽上题襟集序》所述，此集原本还“附有联句诗余二卷”，惜今已不可见，但从现存部分诗作中仍可见出浙江文人在水西庄雅集中的地位。集中所载诗人除去查氏主人，仅周焯为天津人，余者朱岷为江苏武进人，其他皆为浙江人。厉鹗所谓“主其家者，多浙中名胜”[④]，诚非虚语。

可以说，天津的地理条件及水西庄的园林风貌为雅集营造了富有江南情韵的物理空间，而水西庄宾主源出江南的人脉关系更使雅集活动浸润在极具

① 袁枚：《随园诗话》，吉林文史出版社 2009 年版，第 94 页。
② 汪沆：《津门杂事诗》，清乾隆四年刻本。
③ 厉鹗：《沽上题襟集序》，载董兆熊注，厉鹗著，《樊榭山房集》，上海古籍出版社 1992 版，第 727 页。
④ 同上。

江南特色的文化生态之中，地缘和人缘共同促成了水西庄雅集的江南化。

二　世道、人心：水西庄雅集的江南化表现

水西庄之创建缘于特定的时代背景和人文生态。其主人天津查氏自明万历十八年(1590)始由临川北迁至宛平，五传至查日干(1667—1741)，始迁天津。查日干素有经济，以业盐起家，成为津门盐商大贾，并由贾而儒，着有《左传臆说》、《史腴》等史着，教育子弟走科举仕进之路。却不意无论坐贾还是为儒，都迭受案狱打击。查日干于康熙六十年自撰《重筑于斯堂记》曰："不意甫数年，涉入帑案，平昔经营尽入于官，身几不保。又赖先慈叩阍蒙恩得释。……更不自揆，又罗文网，父子拘幽，计穷力竭，以为自今难幸免矣。讵意至乙亥秋及庚子春，俱得邀恩释放。"[①]。"于斯堂"为查氏水西庄建成之前的宅邸堂号。《记》中所谓"涉入帑案"事在康熙四十四年(1705)，查日干因天津大盐商张霖带卖私盐案的牵连，被系狱四年。所谓"又罗文网"，指的是其子查为仁遭遇科场案之事。康熙五十年(1711)，查日干子查为仁(1694—1749)十八岁，初次应顺天乡试，即荣膺解元。然其时朝廷因党争而兴大狱，查为仁被诬贿赂主考官、请人代笔，视同作弊，先被定死罪，后与父查日干被关押狱中长达八、九年之久。康熙五十七年(1718)秋冬之际，查日干妻马氏捐银二万两为夫赎罪，父子遇赦，查日干随即出狱，两年后即康熙五十九年(1720)春查为仁始得释放。此事对查为仁影响极大，他直觉得"前程真似漆"[②]，万事颓废，心如死灰，整日案堆《楞枷》而已。水西庄之筑，正是蒙冤初白但仍心中耿耿之时。对此，徐世昌《大清畿辅先哲传》有载："为仁既不幸婴世网，绝意仕进，澹然一无经营，因筑园于天津城西三里近河之处曰水西庄……庄离京都不满三百里，大江南北往来冠盖相属，一刺之投，辄延款如故知，一时名宿如万光泰、厉鹗、刘文煊、陈仪皆主其家，觞咏唱酬无虚日。"[③]如此，则水西庄之筑及雅集之举，一则为蒙冤受辱后意欲告白天下的心理补偿；二为表明优游林下、"绝意仕进"、与世疏离的野逸姿态；更重要的是，在重归江湖后，网罗同样失意的在

---

① 查日乾：《重筑于斯堂记》，载《(民国)宛平查氏支谱》，1941年铅印本。

② 查为仁：《秋怀》，《蔗塘未定稿》，载《清代诗文集汇编》，上海古籍出版社2010年版第273册，第393页。

③ 徐世昌：《大清畿辅先哲传》，北京古籍出版社1993年版，第17页。

野之士，以放达的生活方式，与时世抗争于无形！

水西庄在运河北岸，三面大河环抱，以在卫河之西，故名。始建于查日干、查为仁父子出狱之后，至雍正元年已建成不少台阁，雍正七年终于落成。

上文论水西庄的江南地缘和人缘，曾言及南查与北查的往还。从水西庄的始建时间和“海宁二查”的出处情况看，查慎行、查嗣瑮兄弟与查日干的往还及对其子弟的师授当在顺天科场案前、在北查的于斯堂中，水西庄中并不曾现“海宁二查”的身影。但南查北查早年的这种频密的家族关系对在文学上尚处于起步阶段的天津查氏颇有扶持提携之功。而让海宁查氏家族惊魂不定的庄氏《明史》案、让查慎行余生痛悔不已的国难日观演剧案，对南查族人的立身处事和诗文内容风格都有重要影响，而这同样影响了有师承关系的北查子弟的行事和创作，“烟波钓徒”的生涯早已是一种理想的基因殖入了宗人的血脉。在查慎行、查嗣瑮后，活跃于水西庄的有长查为仁兄弟一辈的查嗣琪等，平辈的有查学、查祥、查复等，晚辈则有查昌业、查昌文、查昌景、查承源、查隆礼、查曦、查奕楠、查懋诸人。其中尤以查曦与查奕楠最为活跃，而其时已是水西庄盛日的乾隆时期，此时海宁查氏则处在家族发展的低谷阶段。究其根源，则又是案狱的荼毒。雍干时期清廷为维护政权而大兴案狱，其中以江南文人遭遇的荼毒最为频繁且惨烈，而海宁查氏更是深受其害者。尤其是雍正四年(1726)的查嗣庭试题案，南查族人牵连获罪，或处死，或流放，处置甚严，查嗣庭本人瘐死狱中后仍被枭首戮尸。受此案影响，浙江停乡试三年，并设观风整俗使监督士人思想行为。此案既成，海宁查氏家族一蹶不振不说，江南士人整体都被断了仕进之路。而天津查氏作为海宁查氏的同宗，虽未因此受到牵累，但回顾家族同样不堪的历史，目睹铁腕政权统治的血腥残酷、血亲宗人下场的悲凄惨烈，其精神心态自然是惊悚悸动、与世疏离的，而这种心态恰是此一时期江南文人最为突出的情感表现。共戴一片天，北查南查的心是相通的。血案之后，雅集继续，交好仍旧，不同于以往南查对北查的扶持奖掖，至此，北查以其雄赀俊才及在南北文人中的影响地位，于南查反有遮荫蔽护之功，而南查则仍然凭其诗艺对北查子弟承担起师授之职。这种同气相亲的至情，在查奕楠乾隆四年(1739)客水西庄南归之际查礼的送别诗中可见一斑：“万藟庇同根，沆瀣通一气。族姓同所敦，师承昔所贵。二者况合并，尊亲道兼备”①。

① 查礼：《送家贡木先生还海宁》，《铜鼓书堂遗稿》，载《清代诗文集汇编》，上海古籍出版社 2010 年版第 338 册，第 24 页。

南查北查的颇多磨难的遭际只是康雍干所谓“盛世”文人心灵深受桎梏的一个缩影，在诗文化政策日趋箍紧的总体氛围下，心灵受戕而依然不屈的灵魂不知凡几。活跃于水西庄的，往往都是在科场、仕途不如意或对当朝心有不满的布衣寒士者流，尤其以江南文人特别是浙江文人参与水西庄雅集次数最为频密，逗留时间也最久。如钱塘汪沆，乾隆元年(1736)博学鸿词科报罢，遂留水西庄参与雅集酬唱，直至乾隆八年(1743)入闽中将军幕始离开天津，淹留此间前后达八年之久。至乾隆十三年(1748)，汪沆再度入津，恰值厉鹗客水西庄，遂与之畅叙久别之情，并在查氏兄弟的热情款待下与吴廷华等人宴饮酬唱、促膝交心，相与甚欢。另如陈皋，为汪沆同乡，早年结识。乾隆三年(1738)汪沆承查为仁之意以书信邀陈皋来水西庄。陈皋也极受查氏兄弟礼遇，与汪沆共主水西庄达五年之久，在水西庄殆无虚日的雅集酬唱中随处可见他们的身影。汪沆离津后，陈皋除曾往扬州外，大部分时间仍客于水西庄，与同仁们日夕把臂，饮酒赋诗。此外，还有余尚炳、潘世仁、符曾、吴可驯等江浙文人，皆为水西庄的主要宾客，他们共同构成水西庄雅集中稳定的诗人群体，影响着水西庄雅集文化的外在表征。由此造成了一种颇具意味的文化现象：清诗史上所谓的浙派，其人员构成和活动空间远非浙江一域所可限定。在雍干之际的特定时空中，江南布衣寒士拒绝人性萎缩、挣脱心灵桎梏，追求自由、审美的主体价值，表现出从容、诗意的人生姿态，他们荒寒冷寂、独立不羁的心态行迹，不仅在平和安逸的雅集氛围中获得了养护，更由此彰显了水西庄雅集的江南化特色，深化了雅集文化的内在意蕴。

江南文化的内涵极为丰富，表现形态也多种多样，有风花雪月的闲逸潇洒，也有耕织渔桑的平淡静谧，还有山水花竹的幽远适意，等等。不管哪种表现形态，其中共有的文化标识则是对人的生命本体的尊重。相对于朔北文化的重集体利益和伦理规范，江南文化更重个体自由和感性审美。无论是对待生活的态度，还是面对名利的选择，抑或是对文学情境的编织，江南文人流露出的往往是对人性本真的执着。水西庄宾主与江南文化血脉相连，以他们为主体的文学雅集，正以真性情为诗人间相因依的情感标志，其雅集活动的江南特色也在“真”的情感统摄下得以凸显。主要表现在以下三个方面：

首先是诗性审美的雅集旨趣。刘士林先生曾说：“江南文化的精髓在于‘审美——诗性’精神”[①]。诗性审美的内涵极为丰富且复杂，简而言之，即以

---

① 刘士林：《风泉清听：江南文化理论》，上海人民出版社2010版，第7页。

无功利的审美态度对待生活中的一切事物，从而获得心灵的愉悦。水西庄雅集的宗旨正是怡情适性，展现的多是“花枝低侧帽，烛影烂摇屏”[①]的风流闲适，最终指向的是率性而为、轻松快意的人生乐享，获得的是人性本真的释放。

殆无虚日的花酒宴饮是水西庄文人生活的基本形态。席间的觥筹交错、宴上的尊琴佳兴，使得文人们完全沉浸在自己构筑的精致生活情态中，甚至“便迷当局亦逍遥”。钱塘陈皋在查礼招众人欣赏水西庄牡丹时曾有句云：“得闲且来亦作乐，有酒不醉无其愚”[②]。其中所表达的无与时事、尽情欢醉、乐享人生的态度正道出了水西庄宾主的心声。这种诗酒随性的氛围笼罩着整个雅集活动，不仅江南文人陶醉于此，连北方文人也止不住生命本性的促发而性情流露，直呼“不厌狂奴诗酒泼，抱琴一日一回来。”[③]且水西庄的宴集并非单一的诗酒形式，而是以诗酒为主，配合乐、舞、书、画、游戏以及评鉴古器物等形式的综合性宴集。这之中既有口腹之享、耳目之娱，还有高雅文化的审美体验，可以说雅俗结合，全方位地为文人提供了生活化的审美享受。雅集中的文人不仅以静观的姿态欣赏美的事物，同时也参与美的创作，将自身融入审美之中，丰富了审美带来的快感体验。雍正十三年（1735），商盘北上入都，经水西庄，查为仁出歌舞演剧，宴饮款待，席间“元郎度曲，毛郎迭奏，宝意（商盘）自吹紫箫和之”[④]。这种情不自禁，一方面源于歌舞戏剧的赏心悦目，另一方面正是其诗性审美心态的流露。此外，北地冬日寒冷，查礼邀请同仁宴饮，“联床作席，促膝传觞，非楫非轮，且篙且靷，飞觥既惬，响竹交鸣，创千古之水嬉”[⑤]，更是以奇思异想获得了诗意的享受，其雅趣与昔日兰亭雅集的流觞曲水相比，恐有过之而无不及。而万光泰则更是将对精致生活的追求落到了实处，于炎炎夏日仿正始年间郑公创碧筒之事作莲蓬酒杯，正是“芙蓉冠帔好，吾醉欲凌风”[⑥]，闲雅之中透着惬意，亦为水西庄文人所效仿。

其次是隐逸疏离的宾主心态。江南山水秀丽，多隐逸之士。自魏晋高蹈遁世之风盛行后，江南隐逸潮流随之汹涌，隐逸形式也由传统的山林之隐发展为市隐、朝隐以及借园林以隐等多种形式。北方政治气息相对浓厚，北人往往有用世之志，而较少隐逸之想，北方园林中更少见隐逸文化。但水西庄作为紧

---

① 查为仁，查礼，陈皋等：《沽上题襟集》，清乾隆六年刻本。
② 同上。
③ 鲁之裕：《式馨堂诗前集》，载《清代诗文集汇编》，上海古籍出版社 2010 版第 217 册，第 335 页。
④ 查为仁：《莲坡诗话》，见《蔗塘外集》，载《清代诗文集汇编》，上海古籍出版社 2010 版第 273 册，第 495 页。
⑤ 查为仁，查礼，陈皋等：《沽上题襟集》，清乾隆六年刻本。
⑥ 同上。

邻皇都的北方园林，其中的雅集活动却表现出浓厚的隐逸色彩。对此，我们仅从水西庄宾主对“菊”的情有独钟即可见一斑。“菊”被称为“逸友”，自陶渊明“采菊”后，菊花与隐逸被审美同化，种菊、赏菊、咏菊之举也因承袭陶令遗风而具有悠然之野趣。水西庄之菊素为津门之冠，其园中顾顾斋、澹宜书屋、花影庵、秋白斋、屋南小筑等皆植有各类菊花。其中尤以秋白斋的洋菊为盛，其数有千本之多，品种亦多而优。乾隆二年(1737)闰重九，查为仁招宾客集秋白斋开樽燕赏，分赋洋菊，应邀参与者达十五人之多。席间“墨渖淋漓，酒光潋滟，达五鼓始罢。”[①]此次集会为津门文人称羡，水西庄的洋菊也因此成为津门胜景。水西庄内类此雅集赏菊活动每年都有，且次数频密。借花酒以追陶令、骆丞，“抽身物外，息影田间，啸傲于白雁清霜”[②]之野的雅集主题多不胜数。

这种隐逸之风并非文人们故作姿态、标榜清高的矫饰行为，而是在特定的空间内烙上了鲜明的时代印记，是文人们与世疏离心态的外在表现。水西庄雅集发生、发展于雍干之际，至乾隆元年鼎盛，而此时正是清代社会走向升平的阶段，同时却也是文人精神生活最为压抑的时代。其时波赓浪叠的文字狱、科场案、奏销案、通海案等多数与江浙文人有关，南查北查都身罹其中，上文已及。士不遇、士晚遇，甚至是士人因文字无端遭灭顶之灾的现象随处可见。面对此种局势，文人或对清廷失望而绝意仕进，或为保全自我而疏离社会政治。故此一时期的文人隐逸在追求闲适野趣的表象之下多了一份坚韧与无奈，回归了隐逸始祖陶渊明不使“心为形役”的隐逸初衷。他们将此种心态带入水西庄雅集中，与水西庄“不饰榱题不画梁，结茅环堵也成堂”[③]的质朴秀野相契合，使水西庄富有野趣的“城市山林”形象得以凸显。而水西庄主人查为仁的心境正与此相契。他荣膺解元却被诬系狱，此后万事不关心，直“拟傍园官学种瓜”[④]。因此，宾主心态自然相互契合，共同助成了水西庄雅集“山林俗不争，遗荣迹远辱”[⑤]的文化取向。

其三是缘情尚真的文学风貌。文学，尤其是诗歌，是以真感情打动人的。然而，盛清时期满清皇族及其政权组织却以前所未有的热情介入诗歌创作领域，以无形之手掌控诗坛。他们一方面以控扼手段箝制士人思想，另一方面以

① 查为仁:《莲坡诗话》，见《蔗塘外集》，载《清代诗文集汇编》，上海古籍出版社2010版第273册，第499页。
② 查为仁:《赏菊唱和诗序》，《蔗塘未定稿》，载《清代诗文集汇编》，上海古籍出版社2010年版第273册，第430页。
③ 查礼:《铜鼓书堂遗稿》，载《清代诗文集汇编》，上海古籍出版社2010年版第338册，第54页。
④ 查为仁:《蔗塘未定稿》，载《清代诗文集汇编》，上海古籍出版社2010版第273册，第413页。
⑤ 汪沆:《槐塘诗稿》，载《清代诗文集汇编》，上海古籍出版社2010版第301册，第350页。

怀柔政策宣扬盛世雅音，使得诗坛呈现出言不由衷、沉寂乏味、毫无生气的景象。而此时的布衣寒士备受压抑迫害，尽管内心荒寒，却有一股不得不发的郁勃之气，待发言为诗，展现出的是与清廷宣扬的雅正诗风截然不同的文学风貌，成为盛清诗坛发展的活力源泉。这些布衣寒士多出于江浙之地，他们将素来崇文主情的江南文风与特定时代的情感心态相结合，形成盛清时期江南特有的文学风格，并将之不自觉地位移到水西庄雅集之中，成为雅集文化江南化的又一突出表现。

水西庄雅集作品在主题取向上多集中于雅集圈内的游乐活动以及个人的情感抒发，较少言及社会政治和百姓民生，表现范围较为狭小，由此也决定了其作品多为缘情绮靡之作而较少载道言志之篇。其中的“情”包含了“性情”与“真情”。雅集作品，一方面表达了友朋间晨夕把臂、宴饮唱和的怡情适性、乐乐陶陶，在这种融融泄泄的氛围中，文人们完全抛开尘俗的烦恼，随性而为、乐而忘忧；另一方面，表达了友朋间长期共处、相濡以沫的手足深情，足可感人肺腑。两者都是文人雅集中情感的真实流露，而后者更是水西庄雅集文化内涵的核心体现。水西庄文人因审美意趣与人格心态的彼此认同而相互聚合，在波谲云诡的“盛世”政局中，他们或许经历不同，但内心的辛酸凄苦和忧惧愁怨却是相同的。借助雅集酬唱的平台，这些“尘埃憔悴无人问”[①]的落拓者，终于找到了使他们“心激昂”[②]的知己，彼此慰藉，互诉心声，以友情维系心脉，以诗歌抒发情志。水西庄内的“会友乐群，相宜以道”[③]，正是这种患难与共的莫逆之情的表现。文人们借诗词抒发性灵，将“真”与“契”的情感体验真实记录，全不见丝毫伪饰或是随意应酬。这与无关痛痒、略无生气的盛世雅音全然不同。如此“真性情”的表达以集群之势出现在清廷龙威笼罩的皇城脚下，堪称弥足珍贵。

三　江南化的水西庄：安放心灵的精神家园

江南文化蕴含的是适性、自由、美好、和平的人生向往。这是自古以来人

---

① 查为仁，查礼，陈皋等：《沽上题襟集》，清乾隆六年刻本。
② 同上。
③ 厉鹗：《沽上题襟集序》，载董兆熊注，厉鹗著，《樊榭山房集》，上海古籍出版社1992版，第727页。

们不断追寻的人生目标，素来敏感多思、清高自持的文人对此尤为渴望。在世事诡谲的雍干之际，文人们行迹漂泊无依、心灵备受危迫，而水西庄雅集呈现出的江南情韵，对南北往来的文人而言不啻是一个文化桃源，让浮沉于京洛风尘中的江南文人感受到了恰似来自故土水乡的温柔慰藉。由此，水西庄在文人眼中便不仅仅是休闲游乐的园林，更是他们的精神栖息之地，这也正是水西庄雅集的文化价值之一。

水西庄宾客从雅集中获得的水乡慰藉首先表现为对故乡愁思的舒解。水西庄内景、事、物、人皆带有江南情韵，犹如一个缩微的江南村落。文人们离乡北上，萦系心头的一缕温情正是对故乡的日夕牵挂，当面对水西庄内随处可见的江南景致，其深藏内心的羁旅乡思便被撩拨了起来，其思乡之情也随着诗意的抒发而得以释放。乾隆四年(1739)夏，水西庄内红菱成熟，查礼以五十枚赠与葛信天、张凤孙。红菱是典型的江南风物，北方少有栽种，是引发南人乡思之物。当葛信天在离乡千里的天津与友人分甘此物时，不禁感叹“莫讶乡心又撩乱，果然风味是江南”[①]。身处远方，乡情难以排遣，而水西庄中的江南风味便成了乡愁的替代补偿。在这里，他们获得的并不只是口腹之欲的满足，更多的是一种情感的慰藉。正如张凤孙食红菱后所言：“芳鲜只供骚客嗜，声价岂要皇都增?”在他们眼中，此一红菱的珍贵并非因其产于皇城脚下，难得一见，而是其中蕴含着江南情韵，令人神思情往。诗人“十年书剑去乡国，鸳凫旧梦空飞腾”，内心漂泊孤苦、郁结难消，而水西庄内的江南风物及主人的殷勤存问，使之仿佛回到了久别的家园，诗酒间“都忘踪迹滞燕土，但觉尘翳消胸膺”。水西庄雅集中的江南情韵为文人们营造了温情适意的氛围，使得北上文人减却了“燕到九秋都是客”的凄凉体验，感受到的是“人辞上国暂如归”[②]的温馨。

然而，“江南情结”并非仅江南文人有之。江南文化是一个地域文化的概念，但又有超越地域的广延性，代表的是文人们普遍抱持的对自由美好的向往。故此，水西庄给予文人的水乡慰藉更多的是对其精神和心灵的养护与宽慰，其施受对象则包含了南来北往中参与雅集的所有文士。清代“盛世”士人精神压抑，无论是仕途功名还是行为言论，甚至是个人的情感表达都受政治的介入和控制。这种情况在雍干之际尤为明显。文人们精神郁闷、生活逼仄，对

① 查为仁：《莲坡诗话》，《蔗塘外集》，载《清代诗文集汇编》，上海古籍出版社 2010 版第 273 册，第 500 页。下引诗句同此。

② 查为仁，查礼，陈皋等：《沽上题襟集》，清乾隆六年刻本。

自由适意的生态环境尤其渴望，而水西庄雅集中展现的妩媚而诗意的生存空间、从容而放达的生活步履、自由而审美的价值追求、和谐而真诚的心灵关系、厚重而精致的文化精神——满溢的江南情韵恰好满足了他们的需求。他们置身于淡雅秀美的园林风景中，感受着如江南山水般的柔美惬意；在山水清音、诗酒宴舞间进行怡情适性的雅集酬唱，享受着自由快意的人生，于轻松和谐的友朋欢聚中调和着他们为世所迫的忧愁惊惧的心理。也正因此，那些漂泊于京洛风尘中，或功名无成，或生活窘困，或抑郁愁苦，或惊悸不安，身心皆饱受煎熬的雅集参与者，在水西庄找到了舒筋活络、疗治伤口的灵药。尤其在政治控制最为严密的皇城脚下，四处皆是束缚与压迫，只有水西庄如同沙漠中的绿洲，以富有江南情韵的雅集活动展现出别样的生机，为他们遮蔽风雨、温养心脉，缓释其漂泊无依憔悴愁苦的心理郁积。也正因此，水西庄成了南北往来失意文人的心灵休憩之所，其雅集活动的内涵也由此得到了深化。

水西庄宾主的内在精神和情感体验与江南文化相糅合，形成了南北交融而江南表征尤其明显的独特文化，成为水西庄诗歌酬唱活动展开的精神向标，牵引着雅集文人的情感走向。文人们以此为情感主线，相互聚合，彼此扶持，在情感慰藉的寻求中真诚相待、和谐相依，温润的雅集文化使熏沐其中的江南游子之身心自然得以滋润和养护。而此种功德在文士心灵集体遭劫的雍干时期，无疑崇高了水西庄在诗坛和文士心目中的地位，也凸显了其雅集活动的价值与意义。水西庄是在野文化抗拒庙堂文化的据点，是南北文化交融的关口，是江南文化北进的津渡，江南诗性文化在这里显示了它的虽然阴柔但足以坚韧地并峙和抗衡朔北伦理文化的力量。这是我们在考察水西庄雅集文化时所不容忽视的。

本文系国家社科基金项目“海宁查氏世家文学研究(项目号:08BZW020)”的阶段性成果。

晚清江南小说文字地图与城市精神

中国石油大学国际教育学院　张袁月

“作为一种文学形式，小说具有内在的地理学属性。”（As a literary form the novel is inherently geographical.）①长期以来，我们只注意小说中情节的线性流动，而忽略了作为背景的地理空间。事实上，就如同小说中选择的意象总暗示出作者所处的特定时代和地域，那些空间叙述同样包蕴着深刻的社会、文化、地域意义。尤其是“中国第一部城市小说”②《风月梦》在江南出现后，城市成为关注的中心而非单纯的背景，小说承载的城市精神就更加彰显。比如，同样是聚焦繁华中心的晚清扬州小说、苏州小说、上海小说，会呈现出不同的繁华景象，这正是由于城市精神有所差异；而同样的城市，也会因为时代的不同展现出不同的文化地理。举个例子来说，同样是发生在上海城市的小说，晚清作家可能把场景设置在四马路，民国作家则会设置在大马路，这是因为上海的繁华中心有了转移。甚至是情节几乎相同的小说，也会因为故事展开的城市空间不同，而展现不同的风格。因此，小说家提供的绝不仅仅是简单的文本，而是描画了一幅“文字地图”。通过地图的引导，我们就能走进特定时代，还原社会生态，构建具体空间，粹取城市精神。

需要说明的是，本文所说“江南”取广义的文化区域，大约包含现在的苏南浙北一带。“江南小说”目前亦无既定称谓，本文用以统称晚清小说中以江南城市为主要场景之一类，具体行文中主要以扬州、苏州及上海三处城市为代表。

---

① Mike Crang, *Cultural Geography*, London: Routledge, 1998, P44.

② 韩南：《〈风月梦〉与青楼小说》，《上海师范大学学报》，2004年第1期，第81—85页。

一 人物行走路线：城市空间中绘制的“文字地图”

对于中国古代描写城市的小说来说，故事是虚拟的，城市场景却往往是真实的，它不仅注重地理位置的准确，还会罗列地名、路线等细节，这为我们根据小说描绘“地图”提供了可能性。

产生于市民文化背景下的话本（拟话本）小说已开始运用这种手法，似乎并不出人意料，说书人想在听觉触媒中为受众塑造视觉感官效果，难免要用真实的区域地点来创造“现场”。如《警世通言・白娘子永镇雷峰塔》关于许宣去保叔塔的一段，地名皆为当时实有，且行走路线也真实准确。

《风月梦》亦如此，它不断详细记录人物在城市中的游走路线，如第四回魏璧从公馆到金元面馆、第六回吴珍邀众人到九巷等，不仅细致标明了移动路径，甚至还注明了方向转换。这当然也有营造现场感的用意，但问题是，在《风月梦》这样的长篇章回小说里，情节本应是它关注的中心，路线的描写并不是必需的，甚至会造成情节的拖沓散漫，比如第三回写陆书拜访袁猷，他在进袁猷家之前的路线被不避烦琐地细细写出：“陆书行过常镇道衙门，转弯到了埂子大街……遂过了太平码头，到了小东门外四岔路口……直向北进了大儒坊，过了南柳巷，到了北柳巷，问到袁猷家门首。”①既然事件重心是拜访，直接写起点和终点就可以了，何必要费这么多笔墨写他的行走路线呢？——何况在路上又没碰到任何与小说有关的人，也没发生任何情节。不仅如此，进了家门，作者全力所写的却是袁猷家中的摆设和一个烟盒。可以说，整个第三回几乎没有情节进展，也没有人物性格。

然而，这正是在《风月梦》之前就有许多描写城市的小说，却只有它被称为中国第一部城市小说的原因——城市生活成为了表现的中心而非后景。小说写五对文人与妓女之间的遇合，但遇合情节却不是作者最着力的地方——这与文人妓女遇合的古典模式明显不同——而是花了不少笔墨去描写扬州风物和人物的城市生活。因此，《风月梦》构建的文字地图就不再是《白娘子永镇雷峰塔》里那样的“景点旅游图”，而是一张“城市繁华图”。尽管对行走路线不厌其详的描写使叙述变得平缓而散漫，在一定程度上瓦解了情节的紧凑性和跌

① 邗上蒙人：《风月梦》，王继权等编《中国近代小说大系》，江西人民出版社，1989 年版，第 198 页。

容性，但正是通过人物在城市各个繁华场所间的不停游走，市民在城市生活的某种空虚状态才被凸显出来。也正是这一点，将《风月梦》从之前的城市小说中分离出来，成为近代城市小说的滥觞。之后的城市小说也大都有结构比较松散、情节比较散漫、空间转换频繁等特点。

在韩邦庆的《海上花列传》中，这种游走城市空间的描写更是被发挥到极致，详尽标明城市游走路线的地方多达31处（尚不包括那些没有标明方向的行走路线）。美国著名学者韩南已敏锐注意到《风月梦》与《海上花列传》"这两部小说都给了我们城市中心的明白无误的路线指南，列出街巷名目，这是它们区别于前人小说的一个特征。"[①]在城市地图的精确绘制方面，两部小说确有共同特性，而就城市品格的塑造而言，两部小说实又有内在差别。笔者通过列表比较发现，《海上花列传》的路线频频出现"抄到（至）"、"穿过"一类动词，《风月梦》却没有。而在作者同样为上海人的《海上繁华梦》中则有类似的"路线指南"："走到第一楼后面那条横街，转了个弯，抄至四马路口"、"从石路口兆贵里内直穿出去，到雅叙园拣个座儿坐了"[②]……就是这些"抄到（至）"、"穿过"泄露了上海的城市密码。地图上两点之间可以有多种路线，但在实际行走中只有长住上海的人才知道如何在穿梭里弄时选择最近的方案，以至于抄近路、穿弄堂被认为是老上海必备的技能。

里弄，又称弄堂，是上海特有的一种民居建筑，也指由这些民居建筑圈出来的狭长空间。虽然"××里"的名称在晚清以前就存在了，但并非作为地名的代称[③]。频频在晚清上海小说里出现的"××里"实际上是租界房地产开发的产物。晚清几次难民潮造成上海人口迅速膨胀，外商乘机在界内大量搭建毗连式的木板简房，高价出租给华人居住，并以"××里"命名，"里"按沿马路门面编号，"弄"内则按单元编号。后木板房因易引起火灾而被取缔，又出现了一种新的都市民居建筑——石库门。晚清小说里的里弄基本属于早期石库门里弄，整体布局上采取西方联排式的格局，单体平面上则类于传统江南民居的样式，只是面积尺寸大大缩小，空间布局更为紧凑，无疑是为适应租界价高地少局面以及江南传统居住习惯而"量身打造"的。可以说，里弄"最能代表近代上海城市的文化特征，它也是近代上海历史最直接的产物"[④]。

---

① 韩南著、徐侠译：《中国近代小说的兴起》，上海教育出版社，2004年版，第42—43页。

② 孙家振：《海上繁华梦》，王继权等编：《中国近代小说大系》，江西人民出版社1988年版，第152、338页。

③ 罗苏文：《路、里、楼——近代上海商业空间的拓展》，《史林》，1997年第2期，第70—85页。

④ 罗小未、伍江主编：《上海弄堂》，上海人民美术出版社，1997年版，第8页。

因此，在里弄之间穿梭与在街道之间游走，已经是两种完全不同的概念了，它们反映的是不同的时代特征，浓缩的是不同的地域文化，彰显的是不同的城市精神。

二 地名：不仅仅是地理名词

如果说小说用人物的行走路线为我们绘制了一幅“城市地图”，那么地名（街名、路名等）就是地图中最显著的标识。晚清江南小说中的地名一般是真实的，无论有意无意，小说家通过地名的“识名”意义将特定的城市文化保存了下来。正如有学者提到的，“一个城市的文化能够看得见摸得着想得到的首先是它的各处地名、各个景名、各条街巷名所代表的一长串历史、一系列记忆，当这些地名、景名、街巷名被识名性地描写出来的时候，其所代表的历史与记忆自然就鲜活地呈示在人们的眼前，人们不禁感到无比亲切，而且也感受到其中必然包含的特定的文化韵味。”①

我们可以用清末民初的一部小说《海上花魅影》来说明。这是一部抄袭之作，情节几乎全袭《风月梦》。但抛开抄袭的负面因素，它却正好可以说明地名对塑造地域风格的显著作用：同样情节的小说，因为不同的地名，呈现出两种不同的城市风貌。如埂子街被换为四马路，作为人物聚集点的教场茶馆等被换为升平楼等上海著名茶楼，史公祠被换为张园，德兴居被换为聚丰园，潮阳楼饭馆被换为一品香番菜馆。如果不知道《海上花魅影》之前有个《风月梦》，那么它与晚清其他上海小说的风格完全没有不同。

当然，如果说仅仅依靠地名变更而完成了地域风格的转换，或许有些武断。事实上，从“扬州小说”变为“上海小说”不仅依赖于地名包含的“文化韵味”——从市井化变为都市化，也要归因于地名串联起的路线中蕴藏的丰富文化信息。最明显的例子是《风月梦》第五回描写众人挟妓乘游船到小金山游玩，在《海上花魅影》中变成坐马车到静安寺游玩。前者游玩的路线都是扬州名胜，后者游玩之处则是晚清上海“兜圈子”的经典线路：从四马路上车，经跑马厅、张园、愚园、泥城桥大马路、静安寺、黄埔滩等处，绕行一圈回至四马路。

① 朱寿桐：《论现代都市文学的期诣指数与识名现象——兼论上海作为都市空域的文学意义》，社会科学辑刊，2009年第3期，第163—164页。

“兜圈子”其实就是坐马车周行城市繁华路段，它产生于近代上海特定的城市精神氛围中：马车需要马路方可行，这代表着上海的现代文明特质；娱人愉心者不是风景名胜，而主要是繁华的都市景观，这投射出近代上海的都市特质。而将水乡特色转换为都市特色的工具，就是这些代表着繁华的地名及它们串联起来的特定路线。

再回过头来比较前文提到的《风月梦》与《海上花列传》中的地名，我们就能发现它们对特定时期地域文化的保存价值。首先，据清初李斗《扬州画舫录》可知，《风月梦》里的街名除了“九巷”位于旧城，其余的贤良街、多子街、埂子街等都在新城[①]。因此，即使我们不知道《风月梦》是部晚清小说，至少也能知道它发生在清代以后，这就是街名透露给我们的时代信息。其次，小说中提到的这些新城街巷是清代扬州的繁华场所，它们甚至大多出现在乾隆南巡时的御道路线中，如天宁门(天凝门)、教场、多子街、埂子上(埂子街)等[②]。尤其是故事展开的中心舞台“教场方来茶馆”，就在位于扬州城中心的教场，这里曾经是明清两代驻军操练之所，后逐渐变为著名的民俗娱乐场所，地位相当于苏州城里的玄妙观，上海县城的城隍庙。《风月梦》用这些繁华场所连线绘制出人物的行走路线和活动区域，这就凸显了全文想要表现的“繁华梦”主题。此外，在清末民初的扬州竹枝词中，说扬州“半是新城半旧城，旧城寥落少人行。移来埂子中间住，北贾南商尽识名。”[③]这说明晚清扬州的繁华中心仍在新城。换句话说，从清初到晚清这么长一段时期，扬州的城市中心都没有迁移，且仍然留存浓郁的市井风味。

再看《海上花列传》，其文字地图里频频出现四马路、兆富里、兆贵里等地名。这又包含了怎样的城市文化信息呢？马路是近代才有的事物，无须多论，而兆富里、兆贵里等里弄与马路一样，也是近代上海才有的：“沪上租界，街名皆系新创。如兆富里，兆贵里，兆荣里，兆华里，东昼锦里，西昼锦里，教坊咸萃于此。”[④]既然“皆系新创”，则街名被书写的本身就体现着晚清上海小说从传统中脱离的特质，是属于新兴租界文化的产物；而作为“教坊咸萃”的里弄名称在小说中被反复提及，又成为一个隐喻，隐喻着都市的爱欲氛围。

地名位于租界、始于晚清的特质，使晚清上海小说呈现出新的城市精神。

---

① (清)李斗：《扬州画舫录》，学苑出版社，2001年版，第141—156页。

② 同上书，第4页。

③ 丘良任、潘超、孙忠铨总主编：《中华竹枝词全编·江苏卷》，北京出版社，2007年版，第16页。

④ 虫天子编：《中国香艳全书》(第4册)，团结出版社，2005年版，第2460页。

“教坊咸萃”的里弄反映出沪地从“风犹近古”的小渔村，转变为苏、扬之后的新风月渊薮；以四马路为中心向四边延展的商业景观，以及与之镶嵌在一起的吃番菜、坐马车等新的城市生活方式，传达着强烈的近代上海都市气息。因此，《风月梦》展现的还是一幅传统城市的繁华图卷，《海上花列传》描画的却是一幅具有近代大都市气象的文字地图。无需深入探究情节，只看这幅文字地图，我们就能嗅到晚清江南小说的新变，它预示着以上海为空间背景的小说将从江南小说中脱离出来，形成新的类型——“海派”小说。

三　地标：区分城市精神的物质景观

在“文字地图”上，有一些地名会被鲜明标示出来，作为这个城市的代表性地点，这些地名所表示的物质景观就是地标。现在几乎每个城市在建设时都会考虑地标性建筑，作为传达城市精神和城市风貌的“名片”。在晚清，这些地标虽不是政府的规划行为，却因为凝聚了当时人们对一个城市的共同文化心理和文化想象，而同样起到为城市“代言”的作用。

什么样的物质景观可以作为晚清江南城市的地标呢？既然是地标，那就是人们所认同的城市象征，是不得不提不得不去的地点，自然也就会在小说中不断复现。比如上海小说中不断描写一品香、张园、升平楼等，这些就是时人所认同的上海地标——那部抄袭之作《海上花魅影》将扬州场景更换为上海场景时，选择的也正是这些地标。一品香（番菜馆）吃大餐、升平楼（茶楼）喝茶、丹桂（戏园）听戏、天乐窝（书场）听书、逛张园（花园），以及四马路跑马车等，已经成为晚清上海人代表性的生活方式。外地人来上海的观光娱乐项目，也基本按照这些来安排。《文明小史》中姚老夫子制定的“章程”如是，《海上繁华梦》里杜少牧的沪上攻略亦如是，甚至后来反客为主地款待钱守愚夫妇，也是按此复制。《海天鸿雪记》反复提到主人公颜华生的“病”，又没明确说是何病。如果我们注意到每次提到他的“病”，他都在进行着上述某一个项目——最开始在四马路听书状态差，之后在一品香被发现脸色不好，最后支持不住是在逛张园后，那么我们会发现他的“病”其实是对上海都市文明和浮糜氛围的不适应。推测华生的病是“都市病”，并非牵强比附，其根据就来源于这些地标所蕴含的文化符码。

地标既是城市精神的凝聚和象征，不同地标的组合也就成为区分城市精神的标识。这里略以《苏州繁华梦》和《海上繁华梦》（初集）为例，不用比较文本，仅观察两部小说回目中的地标性景观就能发现两个城市"繁华梦"之差异：前者除青阳地外，元妙观、虎邱、程公祠、石湖、北寺塔等，都是名胜古迹；后者除龙华寺、也是园外，一品香、升平楼、安垲地等都是上海开埠后的新兴地标建筑。形象地来说，苏州与上海都要拍摄城市形象宣传片，都以"繁华梦"作为主题，但苏州大概会首先聚焦玄妙观，然后慢摇到留园、虎丘，最后在山塘河悠远的流水中无限放远；而上海片中出现的第一个镜头一定是四马路，然后在灯火中飞速摇动镜头，定格在一品香，来个大大的特写，再以蒙太奇拼贴的方式一张张掠过升平楼、天乐窝、丹桂戏园，最后在张园的喧闹中结束。两个"宣传片"都号称"繁华"，但给我们的镜头感一定是不是很不一样呢？

玄妙观是苏州最热闹的民俗场所，在苏州"地图"中总是占据显著位置。《孽海花》许多故事场景在北京或国外，但第一个小说场景却定格在"一城的中心点"[①]玄妙观之雅聚园茶坊。《苏空头》第二章用整整一回描写清明节作为"热闹场"的元妙观；《青楼梦》第九回大力渲染玄妙观在元宵节的盛况；《扫迷帚》第四回写两位江南书生观看中元节盂兰盆会，地点正在元妙观；《苏州繁华梦》则烘染了玄妙观新年的热闹情状。

不过，玄妙观并非一直是苏州的繁华中心，阊门到枫桥一带的商业区才是苏州最繁华的地方。直到太平天国战争后，毁于兵燹的阊门商市一时难以复苏，破坏较小的观前就成为商人复业的更好选择，从而刺激了玄妙观一带的商业发展，使之成为新崛起的商业中心。玄妙观在晚清才成为真正的"城市之心"，是苏州"繁华梦"中的一抹绚丽色彩。这种色彩仍是以民俗节庆为主，商业繁华为辅的。相比之下，上海小说对于商业繁华的毫不矜持地夸饰，这才更像国际大都市的"重量级"的"繁华梦"。

要找上海的"城市之心"恐怕有些难，因为每一个让上海人不去则心空失落的地标都有资格作上海的"心"。笔者暂取一品香，不仅因为它对于上海人生日生活和社交活动的重要，也因为它的地理位置处在四马路上——这基本是晚清上海最繁华的区域了。

《官场现形记》中陶子尧初到上海，就被请到一品香；《孽海花》中金雯青在名利栈稍作歇息后，也有人请他去一品香；而数年后《十尾龟》中同样入住名利栈的费春泉，也被请到同样的地点吃大餐。《海天鸿雪记》中一品香几乎贯穿整部小说，几乎一提吃饭就是吃大菜，一吃大菜就是在一品香。而就在四马路

① 曾朴：《孽海花》，王继权等编：《中国近代小说大系》，百花洲文艺出版社，1996年版，第297页。

上，还分布着一家春、岭南楼、海国春等多家番菜馆，人们为什么偏偏钟爱一品香？抑或小说家描写太过夸张？其实，不管现实与文本是否相符，小说反复写“一品香”，已不在乎人们进的是哪家番菜馆，而是要用地标的符码意义来表现上海的城市特质：这个装潢现代气派而又提供洋味的番菜馆，不正是洋气、现代的上海的浓缩吗？在这里，主人有作为这个城市居民的存在感，尤其看到客人对新鲜事物番菜的无措表情，更增添了一份优越感。

回过头来说虎丘及与之相连的画舫游乐，我们能顿时感到城市特质截然不同。一个小土丘能成身负“苏州第一名胜”之盛名，是因为历代文人诗咏赋予了它丰富的社会文化意义。虎丘让苏州变成一个诗意化的城市，相伴之的画舫更为这个城市增添了一份雅致。但它所彰显的“繁华”也不过是文人挟妓的风流盛事，或全民节庆的集体狂欢，这仍停留在传统城市的民俗嘉年华中。而上海，则是个人狂欢与集体狂欢兼备，日常狂欢与节庆狂欢并存，这才是号称“不夜城”的都市风情。虎丘作为“丘”虽名不副实，但至少还是山水游玩吟咏赋诗的传统名胜；而张园则与传统意义的“园”相去甚远，它是茶园、戏园、游乐园甚至科技园，就是不太像花园。这也是上海的城市特质，如果说“上海以洋气闻名全国”，那么张园恰是“展示洋气的地方”[①]。

由上述简单比较，我们已能体会到同样是城市之心，一颗传统，一颗现代；同样是游乐场所，一个山水清嘉，一个众声喧哗。如果我们把更多晚清苏州小说与上海小说中的主要地域景观标注在地图上，就会发现“苏州地图”布满名胜古迹，且集中分布在玄妙观一带和阊门外，苏州城内的四角与苏州城外的东部地带几乎都为空白；“上海地图”的地域景观多为消费娱乐场所，基本分布在马路沿线。上海小说中出现的马路和里弄数量众多，而里弄又集中在四马路、宝善街之间，二马路、三马路附近比较空白。可见，苏州的繁华源于城市中心的向心力，展现的是充满古韵又有些市井气息的传统城市图景；上海的繁华则是马路发展的推动力，它表现出的是充满洋味且带着消费特色的新兴都市风貌。

四 余 论

透过晚清江南小说绘制的文字地图，我们能窥测到江南城市的地域特质

① 熊月之、张园：《晚清上海一个公共空间研究》，《档案与史学》，1996 年第 6 期，第 34 页。

和地域传统(如浮靡、奢华、享乐、风月等),也能辨识出江南城市在共同地域中城市精神的差异(如扬州偏市井化,苏州更风雅化,上海高度都市化和商业化;苏扬保留传统风味更浓厚,上海西化、现代化程度更高等)。

当小说中文字地图发生变迁时,又投射出城市精神的变化。如玄妙观这样的传统地标在晚清苏州小说中依然占据重要位置,但青阳地租界在“地图”中的出现,以及苏州城外扩展的马路、铁路、火车站等,反映出租界楔入后给苏州城带来的现代气息。再如晚清上海小说的文字地图基本由马路与里弄交织而成。《海上花列传》中的宝善街、棋盘街等在《海上繁华梦》初集里依然是文字地图的组成部分,但后者增添了六马路、集贤里等马路里弄,二集中又出现数条新里弄。这并非作者主观用意,实是上海城市建设的反映。因为初集中出现的部分里弄与1899年连载的《海天鸿雪记》有所重合,而二集中出现的新里弄名则无一出现在《海天鸿雪记》中,却有部分却出现在1906—1910年间出版的《九尾龟》中。文字地图的迅速扩张对应着城市建设的速度感,而这正是都市的特质。而仅仅百年之间,上海“地图”中××街、××巷就被××里、××路完全取代,更象征着“近代商业文明取代农耕文明在上海的迅速推进。这种推进赋予近代上海作为商业都市的繁华和摩登气息,引导上海在近代经历了从传统内贸海港跃为国内首位都市的角色转变。”①

反过来,如果从城市精神的角度切入,也可对小说作出新的解读。比如,《海上花列传》中赵朴斋的出场不是在四马路,而是在宝善街,已暗示他在都市中的边缘化;后流落到六马路,由六马路的偏僻折射出朴斋在上海都市中更加窘迫与边缘化的处境。这是“乡下人进城”主题中乡下人的共同命运,但《海上花列传》却在冷静的叙述中,借由文字地图将之活生生地表现出来。再如《海上繁华梦》后集以妓女如玉发疯作结,也不是简单地阐述恶人终有恶报的道理,因为作者特地写了她行走的路线:先到四马路(其时的繁华中心),再到兆贵里、兆富里(高级区域),又到宝善街(四马路之前的繁华中心),最后转入县城(开埠前的繁华中心),到城隍庙附近被巡士押走,刚好与上海的繁华中心转移呈逆转趋势,印合了小说“呼唤回归”的主题。

当然,文字地图还可能有其他用途,比如与实际城市地图作对比,后者中某区域在前者中的缺失会包含很多信息。此外,加入城市的特定名物等绘出一张“全息地图”,可能会对城市精神作更全面的定位。以此抛砖,有待来者。

---

①　罗苏文:《路、里、楼——近代上海商业空间的拓展》,《史林》,1997年第2期,第70页。

晚清时期上海与文士治生

江苏省社会科学院文学所　徐永斌

自晚清开埠以来，许多中外人士齐集上海治生和经商，一时成为前所未有的景象，加之此后国内大江南北战乱频繁，而上海一时少受战乱的纷扰，许多文人奔赴上海避难或寻求更大的发展空间，他们其中的一些人士和本地文人出于各种原因从事治生或经商，他们所从事的职业多种多样，有的不乏成为上海颇有影响的人士。

一　文人治生的时代背景

宋末，朝廷在上海设立市舶投举及榷货场；元代始析华亭置上海县，设治于吴淞、黄埔之交；明清以来，历属松江府，为吴越之衢要剧邑。

早在晚清以前，就有一些文人在此治生，如《同治上海县志》曾记载明代王守信、顾听、陆时伊等人在此治生的情况：王守信，建文时布衣，"授徒自给"，靖难兵起，愤郁绝世死；曾任建昌府丞的顾听，弃官归隐，以教授生徒和业农为治生手段：

> 自号孤松小隐，足迹不入城市凡三十年，集生徒教授，躬治园圃。卒之日，惟书数卷，布袍、竹杖而已。[①]

陆时伊，因身体不好而弃儒业农：

---

① 《同治上海县志》卷18《人物一》，(清)俞樾 等纂，郭儒栋等修，同治辛未刊本。

以心疾去儒业农，兼葺圃舍，旁躬鉏灌暴，赤日中艺植肥颖，足供饔飧、祭祀，余以付酒家，以故人咸称为老圃，遂自号老圃。暇或手一编，倚树长吟，性简率疏直，与人言无隐讳，不啖人一饭，受人一钱，终身不识县门。①

《松江府志》记载了清代施润、沈沐、张国臣、杨城书、张梦松、陈焕、贾振元、计渤等人在上海从事治生的情况：施润，乾隆三十七年[1772]进士，以母老就凤阳府教授，逾五年以母丧归，“主讲敬业书院”。施润以到书院谋职获得束修为生计；沈沐，周浦人。顺治十七年[1660]副贡，“穷经授徒，及门百余人，多知名”。沈沐以教授生徒为生；张国臣，明末清初名士。“家贫，国臣以母族周以居，故从周姓。善治生，不数年，力致中人产。弟子德困乏，贻以财，后罹火灾，复为治其室庐，视三族如一家，人以缓急告，无弗应”②。杨城书，乾隆五十七年[1792]举人，博学笃行。应礼部试，闻父疾而归，“后遂绝意进取，授徒供菽水，一时名士咸出其门”。杨城书以授徒为生；张梦松，博学能文，中乾隆四十四年[1779]副榜。“游京师，先达咸器重之，后居家，问字者屦常满。兼精术数，为人相地多获吉”。张梦松以相术为治生的手段；陈焕，幼习举业，父、兄早世，“乃弃儒力持门户，两侄成家，始析产，丝粟不私，遇善举率乐从”③。贾振元，诸生，他除了教授生徒外，辅以堪舆之术以治生：“课徒之暇，旁涉堪舆，取酬不苟，有延之者，辄曰：‘佳地须有德福，非我所能助，但求入土为安耳。’乡人有赂之者，弗纳。遇有惑于祸福者以理折之，人皆感服。”④计渤，周浦人。他由经商入儒，后以教授生徒为生：“幼孤贫，习贾，偶于市中得梅村残集，酷摩之。赘邑城，课徒自给。”⑤尽管如此，本地或外地文人在上海从事治生和经商的活动却远远不能与晚清时相比，这与当时国内外的形势的变迁密切相关。

上海自中外通商以来，由于当时江南多受兵燹，尤其是在清军与太平军交战的江南，受到战争的严重破坏，“时江南诸地多陷于贼，渡江避乱者流离载

① 《同治上海县志》卷19《人物二・陆时伊》，(清)俞樾 等纂，郭儒栋等修。
② 《松江府志》卷20《人物三》，(清)宋如林 纂修，嘉庆二十二年刊府学明伦堂藏版。
③ 《松江府志》卷21《人物四》，(清)宋如林 纂修。
④ 《松江府志》卷22《艺术》，(清)宋如林 纂修。
⑤ 《松江府志》卷23《游寓》，(清)宋如林 纂修。

道"[①]。而上海则很少受到战争的破坏,江南的许多富商大贾、文人雅士避难到上海,而且中外通商与上海,使之渐渐发展成当时的经济重镇,王韬在《代上丁观察书》曾云:

国朝干嘉而后,近得西人通商,税务日旺,货物充牣,财力富裕,几甲天下。数年之间,所系于江左者尤重。……苟无上海,是无江左也,是上海一隅,几握江左全局之关键。此固由地势今昔之不同,而治之者亦既事繁而任剧矣。论其财赋所出,全倚于商,地虽濒海,物产远不逮闽、浙,鱼盐之利,两无所居,古所称穷海也。

南北文士慕之而纷集,成为治生之理想目的地:

南北人才,近以此为孔道,持温卷挟荐书以干者,日不知其凡几,酬之则为无益之费,不应则生觖望之心,此难于接纳者一也。[②]

当时上海地理条件的特殊决定了其经济发展主要依靠商贸,这与江南地区不同。士、农、工、商均重商贸,其中身为四民之首的文士也卷入了这场经商大潮之中,时任分巡苏松太兵备道海关监督的涂宗瀛在其作《同治上海县志序》中恰当地描述了当时上海的状况:

或曰今之上海,非昔之上海也。关津之所由,财货之所集,他州别邑殊方异域之所萃,而处形势便利用能以区区之地制粤寇之死命,天下通都岩邑莫是过焉。……上海自咸丰以来,中外缔交,华裔错处,婆罗门教窟宅滋蔓邪说,诐行视为故常。而士几非昔之士,峨舸大舰捆载百物,贩运往还,万里若咫;而商几非昔之商,奇技异术,尽态极妍,人巧极而天工错;而工几非昔之工,且工商之事,积重其利,什佰倍于农;而农亦非复如昔之力于田,其夫人女子亦将自荒其木棉之业,如是则四民之职不尽废乎?[③]

---

① 《民国甘泉县续志》,钱祥保 修,桂邦杰 纂,《中国地方志集成》第 44 册,江苏古籍出版社据民国 10 年[1921]刻本影印,1991 年 6 月第一版,卷 25《列传第七》,第 552 页。

② (清)王韬:《弢园尺牍·代上丁观察书》,中华书局,1959 年 12 月版,第 91 页。

③ 《同治上海县志》卷 18《人物一》,(清)俞樾 等纂,郭儒栋等修。

二 文人治生的途径

文人在上海从事治生的途径也多种，除了传统文人的教授生徒、谋职于书院以获得膏火银、游幕、出售书画作品、行医等治生手段外，还呈现出与前代不同的特色，如有的文人从事办报、翻译、买办等具有近代化特色的行业。

（一）以授徒为生

上海地濒江浙，经济富庶，日益重视文化，而晚清时，上海较之颇受战火破坏的江浙而言，处于较为平静的时期，故而吸引了一些文人在此授徒，除了本地人外，许多江浙文人乐而往从。自明清以来，尤以来自浙江一带的文人居多，他们勤于职守，信誉极好，颇受到上海人的好评：

> 浙省文学士，多馆谷于我郡。郡人以其春至冬归，功课不辍，每乐延之。其间往往有掇科擢第来宦游者。①

在上海以授徒为生的文人，主要有以下几种类型：一是由于科举不售而转而以授徒为生的，如王钟骐，工诗文，尝以国子监生应布政司试，房考某力荐未售，“家贫，笔耕糊口，客沪上最久”。他因体质素弱，以用心过劳患咳血疾，年三十四岁而早逝。②

一种是因为家贫而从事授徒的，如张武，上海人。“居贫力学，授徒自给。”后以贡谒选，当得府推，五雅不乐刑名，请以师儒自效，遂授弋阳王府教授，后乞归。“萧然一室，以著述为事”③。一种是因学识优异而被上海名门望族聘去教授其子弟的，如李祖锡，世居上海闵行。咸丰十年[1860]，随父避地通州，不以乱离废学，其后回里，“在家授徒十六年，馆竹冈黄氏八年，所造就甚众，远近执贽来游者皆撷芹食饩掇巍科以去，热心地方公益”④。又如蒋清镜，上海

---

① （清）毛祥麟：《墨余录》卷10《馆师念旧》，上海古籍出版社，1985年1月版，第160页。

② 《民国甘泉县续志》，钱祥保 修，桂邦杰 纂，《中国地方志集成》第44册，卷24下《列传第六下》，第548页。

③ 《松江府志》卷52《古今人传四・张武》，（清）宋如林 纂修。

④ 《民国上海县志》卷15《人物上・李祖锡》，姚文楠 主纂，民国24年[1935]刻本。

马桥乡人，邑庠生，通经史，工诗文。“性不轻去，就应聘授徒，宾主辄相得甚欢，馆华阳桥顾氏至十余年”。后任马桥强恕沙溪县立农业闵行，强敏各学校校长、教员，造就甚多。由于他学识优异，被当地推为祭酒，有大著作多仰成之。而且在其休假时，一些后生也闻名而至，向他请教学问：“每放假旋里，后生踵门执经问难者相继，清镜揩示详明，虽盛暑严寒曾不屏却，曰：‘我乐此不为疲也。’家贫而廉于取，亦不肯有求于人。”其同学多已成官，但他不干请，晚年东游日本，考察教育以资取法。[①] 一种是因战乱而来到上海以授徒为业的，如沈石介，浙江秀水人。后因战乱避居上海，“设馆训蒙终其身”[②]。一种是鉴于时局变迁，不愿为官而授徒的，如杨振录，光绪间授教职，“未及选除，而政局变迁，遂绝意进取，家居教授十二年，后就馆于徐汇公学，初任大修院教习，继兼中学教习，能勤其职。振录少席丰厚，晚年家中落，而夷犹洒脱，喜怒不形”[③]。

另外，由于晚清时期，随着上海实行中外通商，有大量的外国人来到上海，或经商，或办学，或建医院，或传教，不一而足，出于各种目的，他们需要一些中国文士，这就为文人到外国人建立的机构中任教产生了可能。所以在当时有许多文人就教于西馆。如王韬《弢园老人自传》中云：

> 自少性情旷逸，不乐仕进，尤不喜帖括，遂勉为之，亦豪放不中绳墨。既孤，家益落，以衣食计，不得已橐笔沪上。时西人久通市我国，文士渐与往还。老民欲窥其象纬舆图诸学，遂往适馆授书焉，顾荏苒至一十有三年，则非其志也。沪上虽为全吴尽境，而当南北要衢，四方冠盖往来无虚日，名流硕彦接迹来游，老民俱与之修士相见礼，投缟赠纻，无不以国士目之。中如姚梅伯、张啸山、周弢甫、龚孝拱，其交尤密。西馆中，时则有海宁李壬叔、宝山蒋剑人、江宁管小异、华亭郭尤松并负才名，皆与老民为莫逆交。[④]

（二）谋职于书院

文人谋职于书院以获取膏火银这种现象，在晚清时的上海也十分普遍。

---

① 《民国上海县志》卷15《人物上·蒋清镜》。
② 《民国上海县志》卷15《人物上·沈石介》。
③ 《民国上海县志》卷15《人物上·杨振录》。
④ （清）王韬：《弢园文录外编》卷11，中华书局，1959年10月版，第327页。

上海的书院有很多，较为著名者主要有敬业书院、蕊珠书院、龙门书院、诂经精舍、求志书院、格致书院等。敬业书院，初名申江书院，建于乾隆十三年，三十五年重修，遂改今名。咸丰十一年，因西人请还天主教堂和敬业书院所在之地，于同治元年迁建于县东旧学宫基。光绪三十一年，改敬业书院为官办小学堂。敬业书院主要招收一些举贡生童，地域不限；蕊珠书院，分支于敬业书院，道光八年，署巡道陈銮选敬业书院诸生课于县治南蕊珠宫，故名蕊珠书院，后因费用不支而停，道光十六年，当地乡绅捐资辟地于蕊珠宫南，建珠来阁育德堂，堂前建两庑为学舍，后于道光十八年、二十三年分建芹香仙馆和设海防厅于此，咸丰十年，外兵驻扰，毁损大半。同治三年，从书院撤防，复教课诸生；龙门书院，始建于同治甲子，其前曰南菁书院，后名龙门书院，以砥学励行得士称盛于时。与龙门书院相表里的有诂经精舍，它创设于同治十二年，课士不尚诗文，专讲经史，诸生仅限于沪人；求志书院，始建于光绪二年，应试者不限地域，多通才教育，后并入龙门师范；格致书院，始建于同治十三年，光绪元年落成，注重西学，近似于学堂。

书院给与掌院、教席、生员以不同数额的膏火银，每个书院根据自身的情况，对膏火银的拨付有一定的规定，一些名士便来此任掌教，有的文士也求学于此，依靠自身的学业优劣获得不等的膏火银，从而在生活上有一定的保障，据近人柳诒征《江苏书院志初稿》所辑出的史料记载①，自敬业书院创立以来，先后有数十名文士来此任掌院，如冯桂芬、蒋德馨、吴嘉淦、钟文烝、杨长年、叶维干、张桢、陈昌绅、汪朝模等。在其改为官立高等小学后，汪锡增来此任教，其学识、品行深受师生们的好评。汪锡增，原名龙琛，字季航，上海周浦人。光绪二十八年中举人。尝被聘为海门师山书院山长，主讲二年辞归。“时科举将废，邑敬业书院改官立高等小学，锡增任最高级教习，其后学制屡变，班级递增，而恒主任最高级以终其身，凡十九年，中间权养正、敬业校长各半年，任留云校长十年，仍未脱离敬业，初入马冀主讲广方言馆，锡增随侍于天文、地舆、数理化，涉猎有得，不自以为能。顾生徒受业于锡增者佥谓先生以旧学发明新理，新旧一贯，无不心悦耳诚服”。他热心教育，不愿因薪水微薄而放弃，亦不愿干请：“教育事业俸薄而课重，任此者往往半途辍业去，锡增曰我生于斯，长

---

① 柳诒征《江苏书院志初稿》根据《同治上海县志》、《上海县续志》、《瀛壖杂志》及有关当事人的著述中辑出有关上海书院的一些资料。参见《中国历代书院志》第一册，赵所生、薛正兴主编，江苏教育出版社，1995年9月版。

于斯，生活于斯，愿终于斯。其执德不迁如此。方科举时代，门下士掇巍科入词苑，膺显宦者相望其后，岁时馈遗无所受，谓我自食其力，免冻馁，安用多金？固以请，则谢之曰：鄙人所需于诸君者其在身后乎？由是不敢复请，其秉性廉介又如此。”民国九年六月卒。到桑珠书院任掌院的文士主要有潘曾祁、吴艾生、谢荣埭、姚墉、戴兆春、陆润庠、叶昌炽、章梫等；

龙门书院建立后，聚生徒资膏火，延请宿儒来此掌教，起初仅选拔二十名诸生，拟各送入书院，但诸生多以馆务辞，因谕在邑生童及附近州县之愿学者报名入院，先后共十余人，特延浙江平湖县顾广誉主讲席，设立课程，以躬行为本，以专经为业，以先儒语录为入门之要。其在院肄业者每人月给薪水银四两，汇试经古策论各一道，则所取之四十二名都参加考试，根据成绩优劣，另资膏火。除了顾广誉外，来此任掌院文士主要有万斛泉、刘熙载、鲍源深、孙锵明、朱琛、吴大澄、翁斌孙、汤寿潜等，其中以刘熙载主讲书院的时间最久，其德学均为学者虽推服。刘熙载，字融斋，扬州人。少孤贫，笃行力学，尝以“志士不忘在沟壑，遁世不见知而无悔”二语自励。道光甲辰进士，咸丰三年召入上书房，文宗赐以性静情逸四字，因病乞归。同治三年，召至京授国子监司业，迁左春坊中允，督学广东。“未几，乞病归，幞被箧书而已。旋主上海龙门书院讲席，与学子辨析，辄至夜分，虽大寒暑，衣冠冲整无惰容，历十余年如一日”。刘熙载治经无汉宋门户见，不好考据，熟于周秦诸子书，它如天象、地舆、六书、九数、钟律、方术皆研通其意，所著有《刘氏六种古桐书屋续刻》三种，卒年六十九。光绪壬午，奉旨入国史儒林传，有品学纯粹、以身为教之褒。① 萧穆《刘融斋中允别传》亦云刘熙载曾任广东学政，“旋因病请假，主讲上海龙门书院，品学纯粹，以身为教，成就甚多，洵足为士林表率”。又云：“当道请主讲上海龙门书院凡十四年。”②

诂经精舍、求志书院和格致书院也延请名宿来此任教，如诂经精舍，为同治年间时任观察使沈仲复所专设，他自分俸禄以给诸生膏火。任掌院者先后有俞樾、杨泗孙等名儒；求志书院则先后延请钟文烝、俞樾、高骖麟、杨泗孙、刘彝程、张焕纶、孙锵鸣、宋存礼等名宿来此任掌院；格致书院，则延请西人教习化学、矿学，并按期延请中西名人学者讲演格致学理，中西并用，注重实用之

① 《民国续修兴化县志》卷13《人物志·列传》。李恭简修，魏隽、任乃赓纂，《中国地方志集成》第48册第610页。

② (清)缪荃孙 纂录：《续碑传集》卷75《儒学五》，沈云龙主编《近代中国史料丛刊》第99辑第983册，台北：文海出版社，中华民国55年[1982]10月版。

学，其中王韬就曾被聘作掌院。

（三）出售书画作品

晚清时的上海，书画市场日趋活跃，许多文人学士来此靠出售自己的书画作品作为治生之路，如王韬曾云：

> 沪上近当南北要冲，为人文渊薮。书画名家，多星聚于此间，向或下榻西园，兵燹后僦居城外，并皆渲染丹青，刻画金石，以争长于三绝。求者得其片纸尺幅以为荣，至其轩轾所在，未能遽定以品评。①

从现有的资料来看，在上海以之为业的文士有很多，或以卖字为生的，如相城人张祖翼，官至知府，尝游历日本，归为端方幕僚。工书，隶为最。“晚以鬻书为活，名动海上，并汪洵、吴昌硕、高邕号四大家，然祖翼其首出矣”②。又如阳湖人汪洵，光绪十八年[1892]以进士入翰林，工诗文，行楷书间架峻整，规抚篆隶，以浑厚见长，“鬻书沪上二十余年”③。有的生活极其困难，如太仓人宋希轼，“垂老颓唐，卖字为活，奇穷日甚，饘粥几至不给。所识多知名士，往来沪上者，辄以润笔钱资之。尝作笠屐小像，题者如林。梅伯有句云：‘死能埋我何妨醉，生不如人未敢狂。’壬叔亦有句云：‘一百青钱一首诗。’小坡读之泪下”④。或以出售书画为生的，如王韬曾云：

> 沪上前辈画家，以朱巨山、康起山为巨擘，巨山画山水花鸟，无不工，尤以荷花擅名。四方陈币求索者，无虚日。几如宋之于清言，独步一郡。⑤

又如黄山寿，武进人。善画，工细人物、双钩花鸟、青碧山水，立规正矩，无一俗

① 王韬：《瀛壖杂志》《笔记小说大观》28编第7册，卷5，第3932页。
② 费行简：《近代名人小传·艺术》，沈云龙主编《近代中国史料丛刊》第8辑第78册，[台北]文海出版社影印，民国56年[1967]7月版，第429页。
③ 《民国上海县志》卷17《游寓·汪洵》。
④ 王韬：《瀛壖杂志》《笔记小说大观》28编第7册，卷5，第3925页。
⑤ 王韬：《瀛壖杂志》《笔记小说大观》28编第7册，卷4，第3894页。

笔。“客津门数年，拳匪后，南归于沪鬻画，言行笃诚，乐于为善”[①]。著名画家任伯年，年少时就曾在上海造任渭长的假画出售：

是示任渭有大名于南市。伯年以谋食之故，自画折扇多面，伪书“渭长”款，置于街头地上售之而自守于旁。[②]

由于当时在上海的商贾势家，附庸风雅，重价购求名家之作，一些文人就投其所好：

贾于沪者，大抵皆无目者流耳，即欲攀附风雅，不惜重价购求书画，亦徒震于其名，非有真赏也。故名士至此间者，辄以势力为事，得当道一名柬，无求不获。噫！提绫文刺三百为名利奴，清操何在？窃为至沪之名士差之。[③]

清帝逊位后，一些文士以清遗老心态，不问世事，在上海以出售书画为生，如何维朴，同治间以道员分江南候补。工书画，“宣统三年后，隐居沪上，与诸遗老文燕往还，不问时事，鬻书画以自给”[④]；俞原，浙江吴兴县人。善画花卉山水，“尝北游，应肃亲王之招，京华冠盖，倾动一时。国变后，屏迹海上，谢绝人事，鬻书画自给”[⑤]；高邕，浙江仁和人。工书，“国变后，改号聋公，又号赤岸山民，专以卖字为活”[⑥]。

（四）从事报刊专职编辑

晚清时，随着言论的逐渐开禁，全国各地办报蔚然成风，上海内租界林立，华洋交错，言论氛围较之它地更加宽松，许多近代著名的报刊就发端于此，如《苏报》、《大公报》、《益时报》、《申报》等。一些文人就受聘为报刊编辑，如唐祖绳，工帖括，又熟于时务掌故之学：

---

① 《民国上海县志》卷17《游寓・黄山寿》。
② 徐悲鸿：《任伯年评传》，参见《朵云》第3集，上海书画出版社，1982年9月版。
③ 王韬：《瀛壖杂志》《笔记小说大观》28编第7册，卷4，第3906页。
④ 《民国上海县志》，卷17《游寓・何维朴》。
⑤ 《民国上海县志》，卷17《游寓・俞原》。
⑥ 《民国上海县志》，卷17《游寓・高邕》。

早岁课徒乡里，门弟子称盛。科举罢后，橐笔出游，历主海上苏报、天津北洋官报、大公报、益世报笔政。民国八年，以积劳殁于津寓。当益世报初办时，即受聘为总编纂员，未及二载，报纸销数达数万，执北方报界牛耳。

由于其出色的办报才能，受到了洋人的器重：

馆主西人加敬礼焉，殁后三年，仍以薪水之半赡养其家，其见重如此。[①]

有些文人便受聘于《申报》，当时的申报与反对清政府而鼓吹革命的其他报纸不同，报纸的销量也受到一定的影响：

《申报》创行于同治时，盖英人美查、耶松二人相友善，来华贸易，美查创办《申报》，延山阴何桂笙、上海黄梦畹主笔政，特所载猥琐，每逢乡试年，必载解元闱艺，与外报之能开通智识、昌明学术者，相去霄壤。

王韬受聘《申报》后，间撰时务论策，销量大增，不久就成为上海举足轻重的大报。当时国内的一些报纸因排满和鼓吹革命而深受民众的欢迎，取得了可观的经济效益：

至于反对政府鼓吹革命者，前推《苏报》，后推《民呼》、《民吁》二报矣。宣统辛亥秋，则各报一律排满，而《民立报》声价尤高，贩卖居奇，较原价昂至十倍。[②]

（五）行医为生

晚清时，在上海行医为生的文人为数不少，有的是喜好医学而行医的，如

---

① 《民国上海县志》，卷15《人物上·唐祖绳》。

② 徐珂：《清稗类钞》第8册《著述类·日报月报旬报星期报之始》，中华书局，1986年3月版，第3772—3773页。

上海人朱承鼎，博士弟子员，善属文，“尤好岐黄之学，博通《灵素》、《难经》、《伤寒金匮》，性敏而静，精研脉理，治病辄应手愈，不计酬，求诊者日数十起”。他热心地方公益，对地方助力颇多：“其规画地方如办团防、设商会、兴学校、筹自治、浚河救荒诸章程，皆其手订，便于实施，历任闵行乡经董商会会长，处事和平详慎，人无异言。”①有的不喜科举而选择行医，这种类型较为普遍，如陈廷诰、沈廷奎、严兆楞、张世镳等人。陈廷诰，世居北桥，邑庠生。早孤，母潘氏教养成立，母亲死后，“尝语人曰：‘科举非经世学。’遂弃父业，承祖业行医，擅伤寒一科，不计酬，不求名”。光绪三十三年八月，在应诊回家途中，遇雷雨，他端坐轿中，毫不为意。自后盛称为天打郎中，名气益盛。② 沈廷奎，洋泾市沈家弄人，“幼有大志，世承家学，不屑治举业，专攻医学，鉴于近代西医颇有发明，除研究中医外，兼肄业中日医学校，得医学学士位，任松军军医科长，并在乡里施医给药，以救贫病”③。严兆楞，“少席丰厚，中年钻研方书，遂以医名。与张思臻善，因得其传，兼擅内外科，所治辄效，不计诊金，贫者更却其酬”④。张世镳，年十三父卒，“恬淡寡欲，不乐仕进，以家世业医，遂寝馈于《灵枢》、《素问》诸书，朝夕钻研，不数载出而问世。处方如老吏断狱，时下咸惊异之”。其家如其父麟祥、兄世臻、世煜俱以医名，在这种家风的熏陶下，“世镳益专其业，术愈精，名愈盛”。即使后来有残疾，亦是乐而往疲：

> 中岁耳聋，佐以传声筒，诊时应症处方，不爽毫发，凡妇孺走卒、遐迩人士咸尊以张聋而不名。

由于他不仅勤于行医，医术高超，而且注重医德，怜贫济弱，受到患者的欢迎，从而生意兴隆：

> 黎明即起督子若孙悉心临诊，门以内至庭，除间屏息待诊者恒肩摩无隙地，取值甚微。病者依次坐，不设拨号特诊之例，然见急病亟趋前先诊，一洗时医陋习，贫者不特却其酬，且转给以药资，富者延诊酬金或从丰则色不豫，顾寓沪，名公巨卿耳其名多乐就之。其于致病原因率直言不为

---

① 《民国上海县志》，卷15《人物上·朱承鼎》。

② 《民国上海县志》，卷16《艺术·陈廷诰》。

③ 《民国上海县志》，卷16《艺术·沈廷奎》。

④ 《民国上海县志》，卷16《艺术·严兆楞》。

诗，人服其应验，亦怡然受之。

光绪之季，广征天下名医，有司举以进，世镳以亲老道远辞不应召，人益高之。平时待人和煦，蔼然可亲，然处家一衷于礼。他虽然行医获利不菲，但他从不奢华，急人之所急：

故一家服御俭素若窭人，而慷慨仗义，以缓急告，无不援手。疏戚远族，恩义备至，敬宗收族，视为己任。

晚年于淞南筑淞隐补读庐，杂莳花木，时或习静，倏然物外，有隐君子风。光绪中，以治沪军营兵士病不取酬奖都司职，增贵封通奉大夫。① 有的因科举不售而改为习医的，如杨孝福，“幼善制举文，屡试不售，改习医，审脉审明，必求至当，研治女科，应手辄效”②。有的因战乱而弃儒行医，如陆懋修，江苏元和人，诸生，世以儒显而通医。懋修继承家学，“咸丰中，粤寇扰江南，转徙上海，遂以医名”③。

（六）业农

晚清时，一部分文人，包括去官后的官员常常将业农作为制胜的手段之一，耕读并行。有的是因战乱而从事农事的，如顾言，世居上海十六保荷巷桥，有胆识，善属文，博览古文辞，他不仅躬行农事，而且劝导家乡人热心农事，并取得成效：

咸丰十年，洪杨扰松城，言居乡且耕且读，尝举徐光启《农政全书》植棉成效，劝勉乡人，以是种棉益众。言于浚渠之学，讲求有素，自光绪初至季，年历浚竹冈，横沥千步泾俞塘，并佐浚吴淞蒲肇诸干水，工至万余丈，附近田数万亩皆资灌溉。④

---

① 《民国上海县志》，卷16《艺术·张世镳》。
② 《民国上海县志》，卷16《艺术·杨孝福》。
③ 《清史稿》卷502《艺术一·陆懋修传》，中华书局，1977年12月版，第13881—13882页。
④ 《民国上海县志》，卷15《人物上·顾言》。

有的是在弃官后归隐于农的，他们耕、农并行，如邬景超，上海人。康熙年间，因在平台战役中屡立战功题擢左都督。而他在事定后，“弃官归，与弟克非耕织以养亲，暇则讲论理学，拈题歌咏以为乐诗。诗词清逸，人不能及云。”①

三　文人经商与多种治生手段的交互运用

自明代中期以来，东南沿海一带，好货食利之风益盛，而上海亦是如此，作为社会精英阶层的文人也不免受其影响：

> 上海离郡城不满百里，而风气大异。陵弱暴寡，视为固然，若语以礼让，群指为弃物矣，以故市廛经纪，莫非人奴，不如此则站脚不定。然亦朝秦暮楚，惟势是倚。即有贤士大夫亦不免习俗所移。

有的文人为仰攀富商不顾亲情，甚至因怒而亡，如万历间进士赵升之：

> 居垣中，直声颇震，与王又玄为儿女亲，遇山右大贾至，两家争欲客之，而王氏根深，又奴丁最盛，竟拥而去，升之暴怒殊甚，顷刻仆地殒命。②

到了晚清时，上海更是经商的理想圣地，中外商贾交汇，清廷又开办官商合办产业，国人鉴于国势日弱，遭受列强的欺辱和掠夺，以实业救国的思潮随之而起。在这种情势下，一些文人就弃儒经商，或创办实业，今略举两例。如郁怀智，字屏翰，自号素痴，业广方言馆，“嗣以家贫弃学就商，守信义，重然诺。中年以后，营业渐顺，因以起家”。他生平对于教育、慈善事业及其他公众利益之事，无不热心兴办，资助有差。如他曾创立旦华学堂及普字义学七所，先后输资至 11800 元；其补助各学凡十九校，先后捐银 6919 两，币 2400 元；其捐助慈善凡二十一处，先后捐银 2275 两，币 2120 元，其他若施衣、施银、施乐、施棺、送善书等共计捐银 4882 两，币 790 元；其各省赈捐等共计银 10917 两，币

---

① 《松江府志》卷 57《古今人传九・邬景超》。

② 雷瑨：《清人说荟》，初集《说梦二・上海之风气》，第 77 页。参见王有立主编《中华文史丛书》之八十五第 11 辑，[台北]华文书局股份有限公司据民国 17 年[1928]扫叶山房石印本影印，民国 58 年[1969]5 月版。

1230元；其办理公众利益先后捐银4907两，币6100余元。统计捐款共银30061两，币24500元。另外，郁怀智“尝提倡实业，购桑秧千株分给法华、引翔港二乡农人，劝令种植，以广蚕业，并购美国棉子试种，译刊《棉树栽培新法》、《棉种改良法》、《培棉肥料浅说》分送行世”。他性孝友，曾救二弟于家火，父母亡后，“二弟尚稚，怀智提携扶植，俾至成人，尝以私财润其弟。及二弟没，怀智复抚其子，俾皆有以自立”。[①] 有的受雇于外国人，成为具有买办性质的商人，如姜忠汾，因体弱多病，早年弃儒经商，由于他具有一定的外语水平和经济才能，受到外国人的信赖和器重，自己也成为上海富商：

> 逮君乃奋起君生而岐嶷，顾体羸善病，年十五弃书学贾于沪，无所得。弱冠丧怙恃，以孤窭弥自淬厉，少涉猎旁行文字，舌人语言，乃益展习之，为时效用。沪上绾毂江海，欧美大贾麇集牟利，器君才，争相延致，业日起，依畀日隆，君则要之以诚信出其识略高掌而远跖，与时俯仰，恒操厥赢，骎骎称素封矣。比岁，以沪市开拓，贾儥地产赢得过当，赀益饶。

他虽富甲一方，急流勇退，而且除了与洋人的正常往来外，从不奢靡：

> 君曰：“吾母殉财为也。幸有余以贻子孙，吾知止矣。”遂一切谢去。君虽与外商狎，然未尝有驰骋之娱、绮靡珍异之好，居家遵任公约，衡量出入，教饬子弟毋固毋不孙，用是以保有其家。[②]

近代著名实业家徐润，广东香山人。“年十五来沪上，弃书习贾，业丝茶二十年，中外人士交相推重。同治十二年，直隶总督李鸿章议兴商埠，派会同唐庭枢接创招商局”。发展实业，“溯其六十年来，阅历名场关，于公益事业靡役不与，中外绅商咸相引重。至其利害所关，宁牺牲财产而弗恤，可谓伟矣”[③]。

文人从事治生或经商，有时不是采取单一的形式，而是交互运用两种或多种治生手段：有的将授徒和行医相结合，如《乔润斋中丞轶事》云：

---

① 《民国上海县志》，卷15《人物上·郁怀智》。

② （清）忻江明：《鹤巢文存》卷3《姜君炳生行述》，第658页。参见《丛书集成续编》第161册。

③ 《民国上海县志》，卷17《游寓·徐润》。

> 上海乔润斋中丞……中丞少苦贫，或午刻由塾归，灶突无烟，慰父母曰："师已食我。"仍返塾。弱冠游邑庠，授徒不足自给，继室张夫人纺织以佐。遇秋试，辄不能往。丙辰岁，仅持钱八缗往，同伴恐为累，预约出闱先行。中丞于十六日晚始归寓，时已不及，而囊底罄竭，一钱不名矣。中丞素善岐黄术，乃张贴行诊，应手辄效，凡至病家，率闻鬼语曰："乔大人来，谨避！谨避！"缘是归资粗足。时近榜期，姑缓归。榜发，同人皆落，惟中丞获隽。尹文端公时制两江，素稔中丞名，见于鹿鸣宴，惊异之，厚赠而归。①

有的将游幕、行医、卖字相结合，如郑文焯，高密人。光绪元年[1875]举人。工诗古文辞，精金石考据，通医理，善书画。"襄抚幕前后十余年，时往来苏、沪间。国变后，闭居杜门不问世事，行医鬻书以自给"②。有的将游幕与农事相结合，如浙江秀水人陈鸿诰，"晚年挈家侨寓沪上，与姚芷芳、文藻葛隐耕其龙，袁翔、甫祖志倡和"。因其喜饮酒，以诗酒广交游，渐渐家境困乏，"乃孑身往东瀛，依太政大臣黎堂为幕宾，黎公即日本相臣也"③。有的因早年处于战乱时期，不得不弃儒经商，后又重回儒业，但不愿入仕，以授徒为业的，如李邦黻，上海闵行镇人。精经学。"少遭兵燹，弃儒就贾。北桥孙啸琴一见器重，谓儒家子不当废学，遂决然舍去温肆旧业，从学于川沙顾孝廉谦之门"。中年后精研三礼，尤好宋儒语录，躬行实践，治家整饬，足迹不出公门。"其教授生徒前后四十余年，教法会通经史，归本修身，曾辑《东莱博议集评》刊行，为学徒课本。浦东西青年经邦黻讲授，皆崭然不落恒蹊。家素贫，晚境稍裕，族中无后及戚友困乏者量力资助，以馆谷之余行慈善之实，而自奉淡薄，衣服或至补缀，饮食恒不兼味，居恒慎默，然当酒酣耳熟纵谈十数年来家国事，辄蹙额深忧不能自遣。晚岁以保存古学为己任，与同志设立图书馆，课暇恒至馆厘整藏书"④。有的将经商和行医相结合，如顾大纲，世居蒲松市之江桥乡。少嗜学，遭兵燹不废读。"后舍儒就贾，以盐荚油坊致赢羡。妻颜氏善治稼穑，家业日裕。江桥顾氏世业医，……大纲博读群书，复承家学，研究有得则小试之，往返真茹、

① (民国)葛虚存:《清代名人轶事》卷14《境遇类·乔润斋中丞轶事》，第363—364页，江苏广陵古籍刻印社，1993年6月版。

② 《民国上海县志》，卷17《游寓·郑文焯》。

③ 裘毓麐:《清代轶闻》卷5《文苑杂录·诗人得意》，第293页，王有立主编《中华文史丛书》之八十六第11辑，华文书局股份有限公司据民国17年[1928]铅印本影印，民国58年[1969]5月版。

④ 《民国上海县志》卷15《人物上·李邦黻》。

南翔间，寒暑无间，活人甚众”。①

由上我们可以看出，文人在上海从事治生的途径呈现多样化，而且还呈现出一些近代化的职业，这与当时上海中外时局变迁有一定的关联，由于上海的相对开放，在东南诸省遭受战乱的巨大破坏时，保持了相对的稳定，文人将上海作为“安全土”、“极乐园”：

> 上海为水陆辐辏、工商集合之处，又因时局关系，各地人民皆视上海为安全土、极乐园，纷然猬集，遂使各种生活事项有求过于供之势，而价格历年之增进致成必不可逃之公例，长此不已，一般平民生计岂不有来日大难之叹②

当地的官员也多喜文士，并愿与他们向往来：

> 方楷《吾园雅集》记观察李味庄先生爱士怜才，着书于江左，士以故多归之。嘉庆八年十月，余来沪城盘桓匝月，四方因观察至者亦数辈，皆一时知名士。沪城能诗词、文章、精书、善画者复不乏人，主宾款曲欢极，平生滋维扬、吴门以来未之有也③

吸引了众多上海文人在此治生和经商。

① 《民国上海县志》卷16《艺术·顾大纲》。
② 《上海小志》卷6《生活》，胡祥翰 编，民国19年[1930]上海传经堂书店发行。
③ 《上海小志》卷5《旧迹》。

清代女批评家汪端"知人论世"的诗学观*

浙江师范大学　付建舟

作为一代杰出才女，汪端不仅撰有诗集《自然好学斋诗钞》10卷，着有稗史《元明秩史》十八卷（自焚其稿而不传），还编纂《明三十家诗选》初、二两集，后者尤其重要，奠定了她在女性文坛的崇高地位。《明三十家诗选》开女批评家批评男性文人之先河，该着突出地反映了汪端"知人论世"的诗学观。这种诗学观集中地体现在她以"知人论世"的批评方法，重新评估有明一代的著名诗家，横扫此前居于主导地位的诸家之说，猛烈批判明前后七子及其诗作，置高启于诗坛之首；也用这种方法品评诸家诗作，论述各自的诗歌风格；同时，还用这种方法简略品评历史上一些女诗人及其诗作，并试图勾勒出一幅简要的女性文学谱系。

汪端（1793—1838）清代女诗人，评论家。字允庄，号小韫，浙江钱塘（今杭州）人。生于书香之家，7岁能诗。祖父名宪，乾隆进士，官至刑部员外郎，很早告归，家振绮堂藏书之富甲于武林。父名瑜，博学多才，归隐不仕。母梁应鋗，出身名门。汪端资赋聪慧，又好学不倦，幼年生处咏诗世家，与长兄汪初、次兄汪潭及姊汪筠常拈韵唱和。姨母梁德绳，诗人；姨父许宗彦，诗人兼古文家。姑嫂、中表、甥侄间也多为名闺秀。陈文述在《孝慧汪宜人传》中指出："宜人门第清华，早慧知名，见及前辈，从楚生夫人居闺秀中龙门也。若王兰上、华云芝、黄蕉卿、鲍玉士、梁无非、汤德媛皆中表也；许云、林仲绚则表妹也；网逸珠、杜芳则从姑母也；铭椒颂菊，群从多才，咸推宜人为祭酒。在吴门前辈若曹墨琴、李晨兰闺友订纪群之交者；若归佩珊。余女弟子中若吴飞卿、张云裳、吴

---

* 本文为浙江省哲学社会科学规划重点项目《两浙女性文学：由传统而现代》（批准号为07JDJN018Z）的部分成果。

苹香、陈灵箫并通环佩之好；若笔墨酬答而未通款曲者则如高湘筠、戴兰庄、陈友菊之诗；顾畹芳、翁绣君、顾螺峰、许定生、李定之、陈无逸之画，汪孟文、陈妙云、方韵香之书及扬州阮氏谢月庄、唐古霞两夫人，吴门潘氏陆琇卿、汪佩之两夫人，京师太清福晋咸于图绘翰墨互致倾矜之雅。至昔聊诗社，今证道缘者在吴则灵箫，在杭则苹香。桂苑讲仙，踪迹尤密。苹香所居在南湖为南宋张功甫玉照堂故址，宜人至杭，恒过从相约，登虚白楼。苹香奉宋处士林和靖先生为本诗，宜人为撰先生《宝诰》寄之。”[①]未及成年而父母先后去世，受抚于姨母梁楚生。其姨母和姨父许宗彦皆视她如己出，疼爱有加，汪端亦感恩不尽。18岁与陈文述之子陈裴之结婚。陈裴之亦有文才，夫妇拈韵分笺，互为商榷。嘉庆25年(1820)，汪端因选着《明三十家诗选》而身体欠佳，担心子嗣不广而主张为夫纳妾，访得贤慧的王紫湘，汪、王二人真情相待，相处融洽，可惜王氏不久病逝。能诗，有《自然好学斋诗》十卷，收诗1143首。并编有小说《元明佚史》。编《明三十家诗选》，选明代诗家三十人，创下女性诗人批评男性诗歌的先例。以下仅就其诗词创作成就展开论述，至于其文学批评成就另作他论。

一　“知人论世”的提出与汪端的批评实践

“知人论世”之说由孟子在《孟子·万章下》中首先提出：

> 孟子谓万章曰：“一乡之善士，斯友一乡之善士；一国之善士，斯友一国之善士；天下之善士，斯友天下之善士。以友天下之善士为未足，又尚论古之人。颂其诗，读其书，不知其人，可乎？是以论其世也，是尚友也。”

孟子所讨论的问题是“尚善士”与“论诗书”之间的密切关系。他所尚之友有两种，即“今之友”与“古之友”。前者又有本乡之友、本国之友以及天下之友，想友天下之善士是很难的。后者就更多了，古往今来的善士不可胜数，后人往往阅读其诗书，而要想很好地理解其诗其书，就必须理解其人。前者是从空间上说的或者说是从横向上而言的，属共时性的，后者是从时间上说的或者

---

① 陈文述:《孝慧汪宜人传》，汪端《自然好学斋诗钞》卷首，《江南女性别集》二编上册，合肥：黄山书社2010年，第310—311页。

说是从纵向上而言的，属历时性的。前者是后者的铺垫，因为今人与古人分处于不同的历史时代，今人"颂其诗，读其书"以"友古人"，而要"颂其诗，读其书"就必须"论其世"。朱熹注："论其世，论其当世行事之迹也。言既观其言，而不可以不知其为人之实，是以又考其行也。"他推知孟子的原意在知古人，欲知古人就必须读古人的书，而要真正理解古人还必须论其世，知其在当时的行事。颂诗读书必须知人论世，要结合作者的立身、为人、处世来理解其作品。① "知人论世说是对诗歌、作者、世运三者关系的综合认识，即知人知世以知诗，或因诗而知人知世。这两者是逆向的，然均突出了诗与人、与世的关系，即论诗而不局限于诗本身，要联系作者，联系作者所处的时代，作者的创作环境、动机等。"②深谙历史的汪端，对诸多历史事实比较熟悉，尤其是对有明一代的历史颇有研究，即拥有丰富的"史学"；又由于她天生聪慧，擅长历史，拥有先天之"史才"；更由于她思维敏锐，对有明一代的历史具有与众不同的独到见解，即具备敏锐的"史识"，那么对活跃在明代诗坛的诸家诗人，自己就会产生自己独特的认识。"史学"、"史才"、"史识"三者均具备，汪端以"知人论世"的批评方法研究有明一代诸家诗人便水到渠成。

能够反映汪端的《明三十家诗选》对历史、对诗人与诗作批评观念的著作，除了《明三十家诗选》初、二两集外，还有汪端的咏史诗与论诗诗。汪端熟谙史学，褒贬史事，纵论兴衰，往往见解独到。《自然好学斋诗钞》颇多咏史诗，如《读晋书杂咏》四十首、《张吴纪事诗》二十五首、《读史杂咏》十四首、《元遗臣诗》十三首、《论古偶存》五首、《南都遗事诗》四首、《咏古四首和归佩珊夫人懋仪》、《秋夜读史》、《夷门歌》、《读贾谊传》、《咏史》等，篇幅庞大，洋洋洒洒，令人震撼。她的另外一些作品，如《读李义山集》、《读贾长江集》、《玉笥生歌题元张思廉宪诗集后》、《读谢皋羽集》、《元遗臣诗》(戴良、王冕、吴讷、伯颜、王翰、徐舫、郑玉、李祁、顾瑛、张昱、丁鹤年、钱惟善、周砥、鲁渊、邵思文)、《书王常宗彝文集后》、《读高青丘集感题四律》等，论述精当，显示出她知人论世的杰出才能。汪端论诗首重品评流别，她在《明三十家诗选凡例》中宣称："选诗贵别流品，其来尚矣。"仿锺嵘《诗品》、高棅《唐音品汇》，区别品位，于是有正集与附录之分，有初集与二集之别。其《凡例》指出："是选初集诸家犹主盟之晋、楚也，二集诸家犹列国之宋、郑、鲁、卫也，附录诸家犹附庸之邾、莒、杞、薛也，后之览

① 参阅刘明今：《中国古代文学理论体系·方法论》，复旦大学出版社 2000 年，第 373—374 页。
② 刘明今：《中国古代文学理论体系·方法论》，复旦大学出版社 2000 年，第 376 页。

者平心综核，自见其才气分量实有不可移易之。故正非妄为轩轾。至李空同其人与诗，虽不足道，然前后七子之名褒然居首，沿袭已久，故收录之初集。犹唐十八学士之有许敬宗，南宋四将之有张循王也。”初集正选有刘基、高启、李东阳、李梦阳、何景明、徐祯卿、谢榛、李攀龙、王世贞、陈子龙、顾炎武、陆世仪、陈元孝等 13 家，二集正选有贝琼、张以宁、杨基、袁凯、孙蕡、林鸿、李昱、程本立、边贡、皇甫汸、高叔嗣、区大相、徐燧、曹学佺、邝露、夏完淳等十七家，合计三十家。此外，初集附录有 22 人，二集附录 48 人，合计 70 人。正选前十三家诗选 945 首，后十七家诗选 800 首，合计 1745 首。附录前 22 人诗选 212 首，后 48 人诗选 611 首，合计 823 首。为此，其著作赢得一片好评。女批评家恽珠也赞其“深于诗学”，“知人论世，卓尔大家”[①]。梁德绳称她的选诗集为一部史论，“兹集之选，虽曰诗选，实史论也。盖前明三百年，自高帝以马上得天下，草菅文士；成祖以叔攘侄，芟薙忠良；中间奄人权相，望尘接踵。又以制义取士，词章古文，无真知灼见。虽有前后七子主坛坫者，务以声气相高，文章之途，有市道焉。虞山蒙叟《列朝诗选》富矣，冗杂无次序；小长芦钓师《明诗综》较有次序，亦博而不精；沈归愚《明诗别裁》即《明诗综》约选之，沿袭皆前人旧说，无足观览。今允庄所选，以清苍雅正为宗，一扫前后七子门径，于文成、青丘、清江、孟载诸人表章尤力。至于是非得失之故，兴衰治乱之源，尤三致意焉。读是书者，不特三百年诗学源流朗若列眉，即三百年之是非得失已了如指掌，选诗若此，可以传矣。”[②]陈文述《孝慧汪宜人传》中亦说：“评选精当，兼有知人论世之明，有明一代贤奸治乱之迹，亦略具焉。”这些著作均表现出她“知人论世”的批评实践。汪端在《明三十家诗选》凡例中亦表明：“昔元遗山《中州集》、顾侠君《元诗选》，所选诸家咸系以事略，兹选仿之，兼载其论诗之语，及所著诸书以备参考，亦知人论世之意也。”由此可见，“知人论世”是她诗学观的核心内容。

二　“知人论世”与独尊高启

在女性批评家中，汪端别具才华，如张云璈所言，“天之生一才人也不易，

---

① （清）恽珠：《闺秀正始集》卷二十，清道光刊本。

② （清）汪端：《明三十家诗选初集》卷前梁德绳序文，同治十二年[1873]蕴兰吟馆版本。以下所引不再一一加注，直接在引文后注明引文所居集与所居卷。

生一闺阁之才更不易；闺阁有才而又得全家之多才以张其才，则尤不易”。[①]她的评论极具颠覆性，可谓横扫三百年来明代诗人之过誉，对他们重新定位，显示了一代女性批评家的宏大气派。

有明一代诗人，汪端独尊高启。她观览历代诗人诗集独留高启（1336—1374）与吴梅村（1609—1671）二集，最终独留高启诗，言“梅村浓而无骨，不若青邱淡而有品”。陈文述说：“宜人（按：指汪端）选刻明诗竟，论定三百年诗人以先生为第一，世无异议。”汪端特别重视忠义之节，并以此作为知人论世的标准评论明诗诸家，如程本立、陈子龙、曹学佺、邝露、夏完淳等，皆忠义之士，诗亦名家，故入正选，而像方孝孺、高攀龙、史可法之流，非以诗文争长，故另录浩然正气一集，以彰志节。对高启，汪端更是如此，不仅崇尚其诗品，而且还崇尚其人格。她自幼嗜读高启诗，披阅高启本传后更崇拜其人。然而，高启其人其诗都受到严重歪曲。为了恢复明代诗人的本来面目，汪端以“知人论世”的方式，不仅重评高启，而且重评有明一代诗人诗作。

世传高启因文罹祸，朱彝尊也持此见，其著作《静志居诗话》言之颇详，汪端在《诗选》中详加引用，初集卷二首云：

> 朱锡鬯曰：“侍郎跌宕风华，凤观虎视，造邦巨擘，所不待言。而献吉、仲默，别推袁景文为明初诗人之冠，试以诸体相较，袁自非高敌也。又曰世传侍郎贾祸，因题宫女图诗云：‘女奴扶醉踏苍苔，明月西园侍宴回。小犬隔花空吠影，夜深宫禁有谁来’。孝陵猜忌或有之。然集中又有题画犬诗云：‘独儿初长尾茸茸，行响金铃细草中，莫向瑶阶吠人影，羊车夜半出深宫’，此则不类明初掖庭事，二诗或是刺庚申君而作，侍郎坐魏守事以死，好事者因之传会也。”

在朱氏看来，高启因《宫女图》而惨遭杀身之祸，而“坐魏守事以死”则是“好事者因之传会”。朱彝尊与清代其他名士一样，“集体失明”，要么看不到事情的真相，要么担心惹祸而不敢正视，不论哪种情况，都对高启产生严重损害，尤其损害其崇高的人格形象。这让汪端痛心疾首，决心翻案。她对朱氏的见解大肆批驳：

---

① （清）张云璈：《自然好学斋诗钞序》，《自然好学斋诗钞》。

惟为魏守撰文召祸，论者或议其不自检束。然按明史魏观传，……则观固儒臣而兼循吏。青邱素与文学相契，不幸为酷吏所谗，并罹于祸，既非卢仝宿王涯第之比，尤与死于胡蓝之党者有异也。后太祖悟观冤，诏以礼祭葬。青邱之枉纵未昭雪，其冤已可见矣。至虞山谓以宫女图诗，触太祖怒，假手魏守之狱，因引昭示诸录及豫章侯胡美罪状为证，尤西堂作《明史乐府》，有《上梁文》一首，咏青邱事，以为文人轻薄自取杀身。然按《明史·胡美传》，洪武十七年，坐法死，二十三年李善长败，帝手诏条列奸党，言美因长女为贵妃，偕其子婿入乱宫禁，事觉并伏诛，考其时距，青邱殁已十余载。则因诗而死之说，尤为无稽，竹垞尝有辨而未甚详，爰为扩其说焉。明史又载江夏侯周德兴以子骥乱宫被诛，及陆云士集所记潭王梓事，皆在胡美事败后，与青邱之诗，更无涉及矣。(初集卷二首)

汪端如此大胆地为高启翻案，不是信口开河，而是源于历史事实。她熟谙明史，史识独到。陈文述声称，汪端喜欢高启，“因觅本传阅之，见明祖之残害忠良，暴殄名儒也，则大恨，犹冀厄于遭际而不厄于文字也；及观七子标榜，相沿成习，牧斋、归愚选本推崇梦阳而抑青丘，则又大恨。及来归余家，则已积此恨十余年矣。裴之塾师萧樊村，娄东老诗人也，宜人属裴之以高、李优劣问。萧固墨守归愚者，左袒梦阳更甚，则益大恨不可解，誓翻五百年诗坛冤案而后已”。“及观青邱以魏观贻害，而七子标榜成习，牧斋、归愚选本推梦阳而抑青邱，大恨之。誓翻诗坛冤案，因选明诗初二集，有论世知人之识，明代贤奸治乱之迹，亦略具焉。”对高启的历史冤案，汪端如骨鲠喉，不仅批驳一些名士的陋见，而且还大力揭露明太祖朱元璋的暴行，他借“魏观案”实施高压统治，并严厉告诫江南士子，“顺我者昌，逆我者亡”。文坛名士不愿正视高启冤案，更加凸显高启人格之高尚。汪端据《明史》之记载，说明魏观出知苏州府，整饬吏治，政绩斐然。而魏、高等人被诛，实乃酷吏王度进谗言所致。但汪认为后来明太祖察悟，平反魏观冤情且以礼祭葬，虽未昭雪高启之枉，但青邱之冤昭然若揭。①

汪端在《明三十家诗选初集》卷二总评高启诗：“汪端论”曰：青邱诗众长咸备，学无常师，才气豪健而不剑拔弩张，辞采秀逸而不字雕句绘，俊亮之节，醇

---

① 参见骆育萱：《清代女诗人汪端及其〈明三十家诗选〉之诗观》，《南台科技大学学报》第34卷第2期2009年9月。

雅之旨，施于山林，江湖、台阁、边塞，无所不宜。有明一代学古而化，不泥其迹者，惟此一人。而沈归愚《明诗别裁》讥其才调有余，蹊径未化，故一变元风，未能直追大雅。然则必如空同古诗，沧溟乐府，摹拟饾饤，局促辕下，乃可谓直追大雅耶？若青邱大全集，本非手定，中有自加删润之作，编诗者，两存其稿，故多复句，未可执是谓之蹊径未化也。归愚欲以复古之说盛推李、何，故于明初诸家，概加贬抑。而于青邱尤多微词，此与锺嵘论诗置陶潜、谢朓于中品，同为艺苑不平之事，正不容不辩也。归愚每诋青邱乐府，以为近文昌、仲初，不知张王乐府，微言婉讽，真至简朴，可继香山秦中吟，远出自长吉、飞卿之上，固未可厚非也！而况青邱之深思逸气，遒丽雅洁，又出于张王上耶？……明人近体有先得佳联后续首尾者，往往全篇不能完善，青邱则格律森严，一气镕铸，句中有意，句外有神，足征其功力之深。今人尝以日课一诗之说，疑其滑易少链，持论亦过刻哉。

汪端对高启翻案，既对其政治冤案翻案，又对其在诗坛的地位翻案，这是她知人论世的最典型的例子。她把高启的人品、诗格放在明初的历史情境中去考察，得出与清代一些名士完全不同的结论。

三　“知人论世”与重评前后七子

汪端不同意前后七子地位的评论，她反对李攀龙、李梦阳而重何景明、徐祯卿、谢榛，认为何景明为前后七子之冠，并推崇前七子中的徐祯卿与后七子的谢榛。

汪端认为，何景明各类诗体各有特色：称乐府“何大复源于汉魏开宝，而能自抒妙绪”，称五古“大复骨重神寒”，称七古“而大复雄丽，尤为奇玉特珠”，称五律“大复于李杜王岑均能神肖”，称七律“秀朗则推大复”、称七绝“西涯大复朗朗有致”。“汪端论曰：大复天才高旷，体被文质，五言撷三谢之菁英，近体臻嘉州之堂奥，本不必以学杜为重，惟七古及在京时，律诗法杜之气格，而不规橅字句，雄深宕逸，时或近之，度越空同，奚止十倍。……前后七子自当以大复为冠，试取诸人诗，平心读之自见矣。”（初集卷四）

她从诗品与人品两个方面批评李梦阳与李攀龙，认为李梦阳诗五古、七古、七律、绝句皆非佳作。“七律为世所推最无足观，摹仿少陵皆下驷及拗体耳，求其完善堪压卷者，指不能一再屈也”、“至绝句本非少陵所长，亦复效之，

其无识不待言矣”。说李梦阳是“劫持一代文柄自揣，外强中干，体芜识陋”（初集卷三下）

汪端并不人云亦云地遵从“空同造就昌谷，茂秦羽翼沧溟”之论，她独抒己见。“汪端论”曰：“昌谷诗尽洗芜词，故澹远清彻而色韵自古。茂秦诗不专虚响，故精深壮丽而怀抱极和。虽当空同、沧溟声焰大帜之时，为所牢笼推挽，参前后七子之席，然本色自存，究非德涵、敬夫、伯玉、子与辈叫嚣痴重，随人作计者比。是以昌谷始未输心，而茂秦终且避面，宜其造诣皆卓尔不群。今录两人诗为一卷，合而论之，世之拾前人唾余，谓空同造就昌谷，茂秦羽翼沧溟者，亦可爽然悟矣。”（初集卷五下）她还认为李梦阳和李攀龙之所以受到赞赏，是因为诸多人事关系的因素，而非诗作成就，初集卷五下云：“李于鳞王元美等方结社，于燕重茂秦行谊，推为盟长，后于鳞名盛，茂秦与论诗不合于于鳞遂遗书绝交，元美诸人咸右于鳞而排茂秦，削名于于七子、五子之列，然茂秦游道日广，秦晋诸藩争延致之河南北皆称谢榛先生。”王世贞是尊前后七子的始作俑者，与七子有诗学渊源关系的王士祯和沈德潜均承袭此说，而汪端持性灵诗学观，坚决反对以模拟仿古为主的李梦阳和李攀龙。初集卷三下云：“客曰徐昌谷非见梦阳后，诗益工者乎？王、李诸人，不推梦阳为宗主乎？余曰昌谷之诗，以五律七绝为最，五律似孟襄阳，七绝似刘宾客，并未与梦阳旨趣相同，梦阳气焰熏灼，昌谷一言皮陆大受数责，遂不复与辩。吴俗文弱，诗人温柔，此昌谷之包容梦阳耳，文章烟月语，原卑一见空同迥自奇，乃渔洋耳食之言，盖渔洋亦非深知此事是非者，至凤洲等之推梦阳，亦徒震于其名。”她还严厉批评李攀龙，谓其“挦撦剽拟，词义艰晦，竹垞斥为妄人也固宜”、“沧溟浮嚣，更不足取”、“沧溟虽高华精丽，而用字雷同，易取人厌”，并总评云：“沧溟天资英迈，实未易才，惜早年求名太急，沿献吉之余波，引鳳洲为同调，动以吾道，主盟自命，矜厉失平，浮夸不切，效之者叫呶成习，而真诗渐亡，遂与空同并为后人掊击诟厉固其宜也。”（初集卷上）

四　“知人论世”与其他诸家

汪端尽管推崇前后七子中的何景明、徐祯卿、谢榛，但并不认同前后七子为明代诗坛冠冕，而推崇明初诸家，对刘基、高启、贝琼、杨基四人评价甚高，故作《明三十家诗选》以阐幽。

汪端十分关注诗论家王世贞，认为他对明代诗坛的见解颇有问题，其持论存在严重的“党同伐异”的不良倾向，指责他对明初诗坛的评价很不公允，她说：“王凤洲艺苑卮言，搜罗宏富，而持论党同伐异，颇伤偏驳。尊何、李如泰山北斗，于明初诸人蓢抑太过，实为乖谬。……王渔洋、沈归愚诸公复循声附和，导流扬波，孰谓非凤洲之作俑哉。”她在二集卷一上言贝琼时，则驳诸家讹误：“盖元明之交风气淳朴，诸文士皆笃学好修，厚恬澹，以干名为耻。当元季乱离，颇多屏处，林泉觞咏自适。虽亦有四杰、十子、五先生诸称，大抵皆他人品题，未尝动以坛坫主盟自命。朝而标榜夕而排击，如正嘉间之恶习也，及明祖开基忌才特甚，始则搜剔岩穴，务无遗材。后乃文字祸兴，诛夷相踵。其仅免者，焚砚晦迹，惟恐人知。奚暇计身后名哉。……呜呼诸人生遘法网之罗织，死受艺苑之讥弹，文人不幸至此极矣。虽凤洲晚岁悔心渐萌，自谓少年盛气之论，不足为凭，然亦未暇改正。王渔洋、沈归愚诸公复循声附和，导流扬波，孰谓非凤洲之作俑哉。余选清江以下诸家诗，因详论之。古人可作，来者难诬，亦以为后之意气罩人，媢显凌幽戒也。”她认为贝琼的品位在刘基、高启之下，而居其余诸家之上，她推崇贝琼，有“阐幽之意”，故置于二集卷首，驳王世贞、王渔洋、沈德潜等人尊何、李，而贬明初诗人，实为讹误。[①] 同时，她还高度评价贝琼的弟子程节愍，认为“其诗才力足相伯仲，滇中诸作，尤奇警独造，不特大节卓然也，归愚别裁集仅录二首，忽略之害，安所辞哉。”（二集卷四下）汪端不盲从清初只推崇明前后七子的文学意见，重申明初刘基、高启、贝琼、杨基等四人的文学地位。

张以宁（1301—1370）也是汪端推崇的一位明初著名诗人，汪端把他置二集卷一下，几乎与贝琼平起平坐。关于张以宁的批评一直以来存在一种基本存在基本上有一种倾向，即肯定他的文学成就，而质疑其“臣事二姓”人格。汪端则不然，不仅肯定其诗格，也理解其人格。对于其诗作，汪端首先高度评价其“清刚隽上”的艺术风格，确认其历史地位，其次还肯定其清丽的诗风。张以宁的七言古诗佳作甚多，如《题米元晖山水》、《题李白问月图》、《题进士卜友曾瘦马图》等篇，其《翠屏集》中的不少五言律师诗、七言律诗，也属于上乘之作，如七言律诗《严子陵钓台》。他在由元入明之际，一改诗坛绮靡纤弱之习，竖起“雄丽”之帜。汪端《明三十家诗选》指出：“志道（按：即张以宁）格兼唐宋，诸体皆清刚隽上，一洗元季纤缛之习，后来闽派如林子羽等俱不逮”（二集一卷下）

---

① 汪端《明三十家诗选》，清同治十二年（1873）蕴兰吟馆刊，以下所引随文标出集数与卷数。

钱谦益云:“国初诗派,西江则刘泰和崧,闽中则张古田志道,泰和以雅正标宗,古田以雄丽树帜。江西之派中降而归东里,步趋台阁,其流也卑冗而不振。闽中之派旁出而宗膳部,规模唐音,其流也肤弱而无理。予录二公之诗,窃有叹焉,江闽之士,其亦有当于吾言乎?”(《列朝诗集小传》甲集)陈田《明诗纪事》甲签卷三论张以宁诗,认为:“《翠屏》一集咀含英华,当为闽诗一代开先。二蓝、十子,皆在其下风”。以宁诗也有清丽的一面,如“野烟乔木晚,江南落花深”、“鹿迹闲行见,松香独坐闻”、“鸟影似犹见,猨声疑或闻”皆思深且幽。《四库全书总目》卷一百六十九称其“近体皆清新,间有涉于纤仄者,如《次李宗烈韵诗》:‘浮生万古有万古,浊酒一杯复一杯’之类。然偶一见之,不为全体之累也。”题画之作最易落入俗套,他却善于选用富于色彩的词藻,描绘图画中的各种景色,如其《桃源春晓图》写来却“宛转清便,有流风回雪之致”(二集卷一)张以宁诗歌成就得到批评家一致好评,而对其人品则不尽然,有的学者提出质疑,“古田诗固足笼罩一代,而其品则不可无议。”(梁章鉅:《东南峤外诗话》卷一)汪端的批评则有所不同,她以历史同情的态度批评道:“太仆(危素)以自称老臣见薄,卒至贬死和州。而志道奉使南荒不辱君命,‘覆身惟有黔娄被,垂橐都无陆贾金’,则其清节足喜。而陨身远道,颇备哀荣,遭际视太仆亦幸矣。至其晚岁诸诗,自恨为名高所累,濡忍不死,蓼莪麦秀,凄怆萦怀,则其心迹较太仆为可谅,亦犹国朝娄东之于虞山也。”(二集卷一下)

与对张以宁人格的同情理解不同,汪端对邵浚人格就持批判态度,二集卷三论邵浚云:“文庄诗别出机杼,语羞雷同,其学问淹通,雍容台阁,亦有明文人之达者。而褊心自用,多所排诋,是以不得与李长沙比肩。且其论古好翻成案,如绝元不与正统,讥许衡不当仕元,均属矫枉过正,流入僻谬。最甚者,贬岳忠武而誉秦桧,是谓好恶拂人之性,虽兔园陋儒闻之,莫不裂眦掩耳,岂特贻诮有识哉?”没有褊心人才驰骋的独创性诗作得到肯定,而带有褊心诗论人论遭到批判,汪端的这种见解可谓知人论世。与论邵浚相反,汪端认为宋濂人格有加而诗作乏力,因“以诗存人”的原则不能列入正集,若列附录又患轻亵之病,只好忍痛割爱。其初集卷首的《记梦》云“……明初开国,刘宋并称,青田以谋略着,潜溪以文章显,今文成诗褎然首列,而文宪诗独未入选,公之遗憾一也。且余是选颇有知人论世之意,如青邱、孟载、志道……诸家诗前咸有论断,凡数百年毁誉失寔之案,无不为之更正湔洗,而于文宪独无一言,公之遗憾二也。……以公之诗才力亦甚博大,惟不及其文之精纯,且余所选又以诗存人,而非以人存诗之比,苟令列诸正选,未免迁就,列诸附录,又患轻亵,故竟不入选，乃自为一书之例也，不选其诗因不论其事，亦此书例也。”

汪端对其公公陈文述的批评别具一格。她认为陈文述论学的核心是“辟道统而扫理障”，她肯定前者而否定后者。“翁学贯通三教，故欲辟道统而扫理障。端意人皆可以为尧舜，道不可离，不必有统，辟之可也。理所以范围中行，过于通达，或致流为放废，恐障去而理亦去，且恐障未去而理先去也。不可扫也，在删繁就简、崇俭黜奢，以默挽之耳。”在汪端看来，每个人都有高尚的一面，都可以不断完善自己，所以不必有道统。然而，不能因为担心产生障碍而除掉“事理”，这样会造成障碍未除，却把“事理”先除掉了，所以要“删繁就简、崇俭黜奢”，以挽留“事理”。她还评论陈文述的古文，说：“（翁）古文不受八家牢笼，足以自成一子。说理论事，深切着明。此由见解通达，不尽关于文字。然端于翁文，取《莲花筏》而不取《葵藿编》，以《莲花筏》劝人为善，体用兼备。闵真人谓救劫度世，功行非凡，当非虚语。《葵藿编》则事权不属，而空有议论，乃杜樊川《罪言》《原卫》之流，视文中子《太平十二策》未必胜之。位卑言高，难免谗人借口，当事侧目，《海运》之议可为前鉴。近作《禁烟管见》，正本清源，以举重若轻出之，何尝非救时良策？然当事已各抒高议，而欲使俯听刍荛，其遭人忮刻，不较《海运》更甚乎？幸此文尚未付梓，然恐稿本流传于外之非宜也。”

汪端纵论七言古诗，其《凡例》断言“嘉隆以下，作者殊寡。凤洲富健，尚欠安详；沧溟浮嚣，更不足取”，又一一列举明代“夙负盛名而实不能成家”的诗人，计有：汪朝宗（广洋）诗撰语松利，多流浅率，《静志居诗话》载其佳句数十联，要亦平平，且其人以依违胡惟庸获罪，本非正人，更不足取；若郑少谷（善夫），以学杜自命，拙直枯悴，不免诗囚之目；王稚钦（廷陈）猖狂邪僻，何异桑悦，诗亦赝鼎之流，毋足娱玩；朱升之（应登）、殷近夫（云霄）规模空同，钝涩尤甚；王履吉（宠）、王道思（慎中），袭颜光禄之貌，板重不灵；宗子相（臣）慕太白之风，尚未得其形似，无论神理；蒋子云（山卿）、杨梦山（巍）、李伯远（应征）、朱兆隆（国祚），师法古澹，气格亦完，而殊尠合作；屠长卿（隆）、沈嘉则（明臣）、王承父（叔承）篇什最富，而沙砾盈前，无金可拣，虽多亦奚以为。他如汤临川（显祖）、徐文长（渭）、王百谷（稚登），排斥七子之非，皆有特识。惟临川以词曲名家，诗伤牵率；徐既失之粗野，王又病于纤秾，何其明于绳人而昧于镜己也。至祝（允明）、唐（寅）之俚俗，王（彦泓）、冯（班）之淫艳，三袁（宗道、宏道、中道）之佻仄，钟（惺）、谭（元春）之幽诡，则人所共知，毋庸深论。凡此诸家，大抵不出伪、俳二体。伪体足以惑学人，俳体易于动流俗，其弊均也。兹选概从芟薙。

五 “知人论世”与“清真”风格论

汪端论诗以“清真”为要。梁德绳指出汪端选诗的标准是“清苍雅正”。汪端自己在《凡例》中则宣称“兹集所收，虽面目不一，要皆无悖于清真二字”，强调“诗不可不清，而尤不可不真”。她认为：“清者，诗之神也。王孟韦柳如幽泉曲涧，飞瀑寒谭，其神清矣；李杜韩苏如长江大河，鱼龙百变，其神亦未尝不清也。若神不能清，徒事抹月批风，枯淡闲寂，则假王孟而已。”她将“真”与清并举，强调“真者诗之骨也，诗以词为肤，以意为骨”，又举谢灵运、陶渊明、李白、杜甫四家诗为例，说“后人读之，想见其人性情出处，所以为真诗。若乃生休明之世而无病呻吟，处衡泌之间而恣谈国是，则伪少陵而已”。

以清真为标准，汪端对明代三百年间的著名诗人作了目空百年的评骘。《诗选》卷首《记梦》自称：“余是选颇有知人论世之意，如青丘、孟载、志道、同文、清江、海叟、西涯、二泉、大复、升庵、昌谷、茂秦、沧溟、凤洲、大樽、茶村诸家，诗前咸有论断，凡数百年毁誉失实之案，无不为之更正湔洗。”《明三十家诗选》凡例云：

> 尝谓诗不可不清，而尤不可不真。清者，诗之神也。王、孟、韦、柳如幽泉曲涧，飞瀑寒潭，其神清矣。李、杜、韩、苏如长江大河、鱼龙百变，其神亦未尝不清也。若神不能清，徒事抹月批风枯淡闲寂，则假王孟而已。真者，诗之骨也，诗以词为肤，以意为骨，康乐跅驰，故其诗豪迈。元亮高逸，故其诗冲澹，少陵崎岖戎马，故其诗沈郁。青莲向慕仙灵，故其诗超旷，后人读之想见其人性情出处，所以为真诗。若乃生休明之世而无病呻吟，处衡泌之间而恣谈国是，则伪少陵而已，兹集所收，虽面目不一，要皆无悖于清真二字，优孟门户之习，吾知免夫。

在汪端看来，诗要“清”，更要“真”。“清”是诗神之所在，“真”是诗骨之所在。如幽泉曲涧的王、孟、韦、柳等人之诗，其神可谓清矣；如长江大河的李、杜、韩、苏等人诗，其神亦未尝不清。

作为以“清真”为贵的女批评家，其诗作本身就具有“清艳”的特点。乐府旧题则往往能摆脱传统主题，自构独特的情境，《猛虎行》是典型的例子。管筠说："君以选明诗及多病之故，不暇多作。偶一命笔，必以和雅为宗，于选声傅色皆精意出之，得古人清艳之妙。"[①]如《自然好学斋诗钞》卷二《夜坐》一诗："明河清浅浴疏星，风定珠栊度冷萤。一翦秋花凉影瘦，月波扶上画罗屏。"该诗描绘了一幅水晶般玲珑剔透的景象。不过，她在《论宫闺诗十三首和高湘筠女史》中论鲍令晖、刘令娴的一首诗，就不仅仅是"清"之风格了，还有婉约之风，汪诗云："一序《玉台》传孝穆，刘娘鲍妹句清妍。建安堂庑窥非易，翠羽兰苕亦可怜。"梁德绳评汪端诗选云"今允庄所选，以清苍雅正为宗，一扫前后七子门径，于文成、青丘、清江、孟载诸人表章尤力。至于是非得失之故，兴衰治乱之源，尤三致意焉。读是书者，不特三百年诗学源流朗若列眉，即三百年之是非得失已了如指掌。"明人胡应麟在《诗薮》中就主张"诗以清为贵"，其云："诗最可贵者清，然有格清，有调清，有思清，有才清。才清者，王孟储韦之类是也。若格不清则凡，调不清则冗，思不清则俗。王杨之流利，沈宋之丰蔚，高岑之悲壮，李杜之雄大，其才不可概以清言，其格与调与思，则无不清者。"[②]胡氏提出"四清"之说，即格清、调清、思清、才清，并不为汪端全盘照收，而是以"神情"代之。汪端以此为标准展开自己对有明一代诗人诗作的批评。二集卷一上论贝琼说："清江五古温雅，七古清新，五律沉警者，宗法工部；七律工丽者，方驾道园。"论李东阳则云："西涯七古出入少陵、眉山之间，七律清逸流丽，工于使事，最近刘梦得。余体亦醇规无疵。虽才情秀发未逮青丘、大复，而气度雍容，风骨遒健，究不愧为诗家正宗。虞山过相推挹，以明代第一人目之；渔洋肆口毁斥，以为软靡熟滑，准之公论，均无当也。"论谢肇淛云："在杭诗清圆俊朗，远胜王百谷。而虞山深诋闽派庸熟蹈袭，如出一手，又谓在杭风调谐合，得之百谷为多。其月旦颠倒如此。"同样具有"清"的风格，但彼此并不完全相同，贝琼的七言古诗"清新"，李东阳的七言律诗"清逸"，谢肇淛的在杭诗"清圆"，各具特色。难怪女诗人曹贞秀在序言中说，"今观兹选，论诗则务取清真，力删俳伪；论人则务崇名节，坚斥邪僻，洵能兼两家之美而去其失者"。

六 "知人论世"与女性文学谱系

汪端是最具男性化的女诗人与女批评家，她无疑突出自己的女性视角，基

① （清）管筠：《自然好学斋诗钞序》，查正贤主编《江南女性别集》二编上册，黄山出版社2010年。
② （明）胡应麟：《诗薮》，上海古籍出版社，1979年。

本遵循了男权社会秩序。但是，她毕竟身为女性，自觉不自觉地流露出女性意识，她对女性文学谱系的简单勾勒就是其中的表现之一。她早年的《论宫闺诗十三首和高湘筠女史》(卷三)，评论了历史上从唐山夫人到朝鲜许兰雪共十七位女诗人，这是对远古女性文学谱系一次重要发掘。第一首论唐山夫人，高氏原唱只是出于"吾未见好德如好色者"的感慨，讥讽"诗家但赏辞秋扇，不为夫人拜下风"。而汪端的和作却由汉初文学状况入手，强调女作家在诗歌创作方面超出男作家的领先地位："汉代谁开典雅风，唐山文藻擅深宫。桂华都荔房中乐，枚叔相如恐未工。"无论从现有文献还是从清人的诗歌知识来看，她的结论都是难以反驳的。就对诗的趣味而言，汪端固然很欣赏元代孙蕙兰、郑允端的清风高格，但她同时也充分肯定婉约之风，为女性诗格辩护。论鲍令晖、刘令娴一首即云："一序《玉台》传孝穆，刘娘鲍妹句清妍。建安堂庑窥非易，翠羽兰苕亦可怜。"在汪端的诗歌批评中，道德批评是一个重要的方面，不仅贯串在对男诗人的评价中，也屡试于女诗人。"与君细检然脂集，慧业非难立品难。"(其十三)基于这种认识，她盛赞宋代节妇韩希孟而贬抑蔡文姬，称"平生不诵胡笳曲，三复巴陵节妇诗"。又论花蕊夫人云："摩诃池上万花开，百首宫词绝世才。可惜当年艰一死，题诗甘入宋宫来。"这是对花蕊夫人屈节事宋的婉转批评，卷六《读十国春秋吊前蜀昭仪李舜弦》又以她来反衬李舜弦的忠贞，这对一位宫女来说未免责之过苛。不过汪端在称赞柳如是的节操时，也没忘记批评"河东佐选明诗闺集，于徐小淑、梁小玉、许景樊、小青等多寓讥贬，非笃论也"①可见她虽重视道德，却不唯道德是论，态度还是很通达的。

同时，她还对近世女性文学谱系做出简要梳理。她创作了不少题咏怀吊古今闺秀的作品，其中有大量驱遣闺秀事迹的典故。她还写了很多品题女诗人及其作品的论诗诗，出于相濡以沫之情，不免表彰胜于裁量，咏叹多于评骘。所咏的女诗人诗作以及事迹典故，构成了近世女性文学的珍珠链。以卷六《读松陵朱沁香夫人珠来阁遗集即题绿窗待月图并书所写梵经墨迹后二首》其一为例，第三句"玉箫宛转鸳鸯梦"自注："明叶小鸾殁，其姊蕙绸悼之，作《鸳鸯梦传奇》；"第四句"锦瑟凄清络纬吟"自注："明徐小淑诗集名《络纬吟》；"结联"琐窗泪洒纱犹绿，烟草湘皋共此心"自注："元傅若金妻孙蕙兰有《绿窗遗稿》。若金悼亡诗：湘皋烟草碧纷纷，泪洒东风忆细君。"不管汪端是有意还是无意，这些创作与批评文本中纳入叶小鸾、徐小淑、孙蕙兰等人，让读者看到女性文学

---

① (清)汪端：《前诗意有未尽更题三绝》自注，《自然好学斋诗钞》卷七。

链的一颗颗璀璨的珍珠，其意义是深远的。

汪端的意义不在于其诗作与诗选的女性意识，而在于作为一名女性，其诗作与诗选的非女性化，在于她作为一名女性对男性话语权的渗透，矫正甚至颠覆男性话语所产生的一些结论，显示女性话语的历史存在，尽管这种女性话语并不表现出鲜明的女性特征。

近代乡愚游沪小说中的城乡隔膜与对峙①

上海师范大学都市文化研究中心　施　晔

“乡愚”是近代城市化过程中涌现出的一个新名词，是对信息闭塞、缺少见识、愚鲁不化的乡村人的蔑称。中国古代小说中不乏乡人进城叙事，常被作为陪衬或点缀服务于主体情节，如《水浒传》中梁山泊宋江、李逵等一干村野好汉元夜进东京观灯，《红楼梦》里乡妪刘姥姥三进大观园等，但前者服务于沟通官家以求招安的情节，后者则通过刘姥姥打抽丰的经历展示宁荣二府的盛况及富贵易逝的主题。到了近代，乡人游城成为都市小说的一个重要题材，尤其在高速发展、华洋融合、畸形繁华的远东大都市上海，出现了一批以《乡愚游沪趣史》、《傻儿游沪记》、《温生游沪记》等为代表的乡人游沪小说，另有《海上花列传》、《海上繁华梦》、《九尾龟》、《新上海》、《人海潮》、《歇浦潮》等多种狭邪、社会小说也涉及这一题材。作者大多以嘲谑的笔触，尽夸张之能事，描写这些初入洋场的乡野村夫的无知和少见多怪，以及他们试图将陌生事物纳入其狭隘乡村生活经验与知识图景过程中出现的种种滑稽的讹误。在客观上，这些小说通过乡人视角，对上海光怪陆离的洋场风貌展开陌生化叙述，唤取已经或正在融入这座城市的读者对已熟视无睹的生活场景的新鲜感与亲切感，同时在某种程度亦迎合了读者居高临下观赏乡愚丑态的心理优越感。然而被讽与反讽往往是相辅相成的，乡愚的无知与憨直凸现了市民的虚伪造作、尔虞我诈，乡村的宁静平和反衬了城市的喧嚣与危机四伏。如出一辙的游沪线路表明乡人对城市的向往只停留在声色耳目之享的浅表层面，当稍窥都市华袍那爬满虱子的内里，尤其是亲身经历种种情色及诈骗陷阱后，很多人离开了这个不属于自己的所在选择返乡。而种种强加于他们的詈词则彰显出古老的乡村文明

---

①　本文为教育部人文社科课题“近代小说的城市书写与社会变革”阶段性成果。

与中西交融的近代城市文明间的隔膜与对峙。

乡愚游沪小说的版本及叙事模块

民国时期的乡愚游沪小说多半归入“滑稽”类，因散佚严重，现存的以“游沪”命名的小说已不多见。赵仲熊[①]《乡愚游沪趣史》标“滑稽小说”，四卷三十二回，书前有作者1919年序，书中有眉批。上海开明书局1921年版。贡少芹[②]《傻儿游沪记》凡二十回，亦标“滑稽小说”，连载于民国七年(1918)二至七月上海《小说新报》第三卷一至六期。孙季康《温生游沪记》原载于民国十一年《心声》第一期，不分章回，以日记体形式记载温先生夫妇游沪趣史，作者孙季康无考。其余尚有民国六年上海小说丛报社初版的忏悔生《冒失鬼游沪记》，民国二十一年新明书局出版的褚问鹃[③]《小江平游沪记》，民国三十七年大美书局出版的沈永昌《书呆子游沪记》，惜此三种游沪小说皆已亡佚，无缘得见。庆幸的是，近代多种社会、狎邪类说部或多或少涉及乡愚游沪内容，亦为本文对此题材的考察提供了丰富的文本资源。综观近代乡愚游沪小说，猎奇及猎艳构成了文本叙事的主要模块。

猎奇之“奇”一般指向迥异于乡村文明的都市物质文明。乡愚游沪小说的主人公不同于进城寻找就业机会的农民工，他们一般为颇有资财的乡镇富翁，在小地方劳碌一辈子，久闻十里洋场之盛名，于是想在老之将至前出来见识一番。《海上繁华梦》中的苏州木渎人钱守愚，家有千亩良田、多家商铺，虽然一钱如命，却自思“自己五十多岁的人，虽已儿孙满堂，生平却没有享一些福。听说上海很是好顽，何不与他们同去顽一回儿，也不枉了人生一世。”[④]《乡愚游沪趣史》中圩里村的钱愚亦然，虽薄有资财但鲜少出门，听闻上海的种种乐处，于是老兴勃发，携带数百“巨款”前往苏沪游历。众口腾播中的“上海镜像”更

---

① 赵仲熊，生卒年不详，名廷梁，苏州人。清代末科秀才，民国时以塾师及卖文为生，另有《情侠》、《滑稽趣史》等说部。

② 贡少芹(1879—1939)，名璧，字少芹，别署天忏、天忏生，江苏江都人。与李涵秋、张丹斧并称为“扬州三杰”。清末曾于汉口主编《中西日报》，后赴沪历任进步书局、国华书局编辑。有《苏台柳》、《鸳鸯梦》、《尘海燃犀录》、《新社会现形记》等多种小说传世。

③ 褚问鹃(1900—?)，浙江嘉兴人，名褚松雪，一说褚雪松。笔名有问鹃，问鹃女士，一舸女士，褚问鹃等。毕业于苏州女子师范学校，曾于山西大同女子师范任教。有小说《哲学博士》、《永别了，爱人》、《孝子》等。

④ 孙家振：《海上繁华梦》初集三十回，齐鲁书社1995年版，第209页。

对外乡的青年游子构成巨大吸引力，《九尾龟》中出身纨绔、菽麦不辨的常州乡宦之子方幼恽，一向“听亲友在上海回来，夸说上海如何热闹，马路如何平坦，倌人如何标致，心中便跃跃欲动”，[①]跟家人说明后亦到上海猎奇来了。外乡人抵沪后有极为相似的漫游线路，一般先尽耳目之乐、口福之享，然后追欢逐色作北里之游，在陷阱四布的洋场荡尽钱财甚至危及性命时，始悟出这座城市的深不可测、遥不可及，由此弃城回乡。

初抵沪渎，外乡人一般选择交通便利、靠近著名游乐场所的租界客栈居住。《乡愚游沪趣史》中的钱愚和范桐抵沪后根据熟悉上海的同乡指点，住进了四马路（今福州路）大新街大新旅馆。《人海潮》中的沈衣云同样住在大新街与三马路（今汉口路）交汇处的孟渊旅馆。只有《海上繁华梦》中吝啬的钱守愚，选择了挤轧不堪的满庭芳街旅安客栈。然而满庭芳街并不偏僻，它紧靠洋泾浜，离四马路一个街区，与宝善街相交，被尚仁弄、百花弄、久安里、兆贵里等闻名遐迩的北里妓街包围。“随着公共娱乐区域的北移，上海的高等妓业从老县城内虹桥一带转移到了租界四马路中段，出现了连成一片的壮观景象。”[②]三、四马路不仅与附近的二马路（今九江路）、宝善街及东西棋盘街构成纵横交错的花街柳陌，还北靠先施、永安、泰丰公司所在的繁华商业街大马路（今南京东路），西临著名的娱乐场所新世界及跑马场，南与法租界接壤，成为城市娱乐空间的核心区域。故钱愚与范桐入住当晚，便急着上街浏览洋场风光。初临不夜之城，乍入五都之市，二人眼花缭乱：

> 其时天色将晚，电灯灿烂，照得如白昼一般。那洋货店内五光十色的货物，映着灯光分外发出奇采来……到了英大马路，见街道宽阔异常，两旁店铺规模宏敞，令人心目为之一爽。那大马路一面通外滩，一面通泥城桥。二人正走到五云日升楼前，该处四通八达，轨道纵横，往来的电车如梭织一般，还有汽车、马车、黄包车、塌车闪电也似的来来去去，声音不绝。[③]

街景尽管新异，实难与在乡间早就耳熟能详的游乐场媲美，上海“不独有新世

---

① 漱六山房：《九尾龟》第四回，上海三友书社1925年版，第42页。
② 姚霏：《从图像看晚清上海女性与城市空间》，《上海师范大学学报》（哲社版），2012年第4期，第82页。
③ 赵仲熊：《乡愚游沪趣史》卷二，上海文明书局民国十年版，第101—102页。

界，还有新新世界，更有大世界小世界。"[①]抵沪第二天，钱愚们便直奔大马路泥城桥旁的新世界，"来到得门口下车，抬头一望，果然规模宏大，气象辉煌。"[②]由此拉开乡愚初游新世界的滑稽戏幕。《人海潮》中的衣云则去新世界看中秋灯会，"如到山阴道上，目不暇给。鸳鸯池、秋千架，瞧过上楼，去参观月宫大香斗……走到最高顶，吹了一回风凉。衣云极目四眺，十里洋场尽收眼底。"[③]

新世界游艺场始建于民国三年，在此之前，"泥城桥以北，一片荒凉，跑马厅蒿芦满目，土名芦花荡……民国三年，黄楚九、经仁山始合股鸠工，建设新世界游艺场，具陈百戏，凡大鼓、苏滩，说书、电影、评剧、本滩、相声、杂耍，无不皆备。又辟剧场专演平剧；为商场、茶室、弹子房、跑冰场，五光十色，应有尽有。游者仅费游资二角，而盘桓尽日，乐游忘返者。其时北里娇虫，闲游荡子，无不以此地为集合所；而闺阁名媛，缙绅乡老，亦无不以一游新世界为时髦。"[④]黄楚九还是另一鼎鼎大名的游乐场"大世界"的创始人。此外，张园、愚园、徐园等近代上海著名私家园林也是外乡人热衷的游览场所，"凡天下四方人过上海者，莫不游宴其间。故其地非但为上海阖邑人之聚点，实为我国全国人之聚点。"[⑤]《九尾龟》中的方幼恽到沪第二天，便与表亲刘厚卿乘坐橡皮马车，电闪星流地往张园而去。他们在安垲第泡了一碗茶，坐下不久，倌人们"粉白黛绿，一群群联队而来。一个个都是飞燕新妆，惊鸿态度，身上衣服不是绣花，就是外国缎，更有浑身镶嵌水钻，晶光晃耀的。"[⑥]张园、愚园等私家园林在近代小说中的出现频率颇高，因其以无偿或象征性收取门票的方式对外开放，很快便成为集观光、休闲、娱乐、餐饮等功能于一体的公共活动场所，有时还是社会各界的政治集会和演说场所，尤以张园为甚，"近年称胜之处，厥惟张氏之莼味园。拓地既有七八十亩，园中占胜之处则有旧洋房一区，新洋房两区，皆极华丽，其中最大一区，可容六百人。以故一应胜会皆不乐舍此而他属焉；而日涉成趣，士女如云，车马之集于门内、门外者，殆不可以数计。噫！何其盛欤！"[⑦]

---

① 《乡愚游沪趣史》卷三，第 23 页。
② 同上书，第 30 页。
③ 网蛛生：《人海潮》，上海古籍出版社 1991 年版，第 192 页。
④ 《笔记小说大观》七编（十册），江苏广陵古籍刻印社 1983 年版，第 5846 页。
⑤ 孙宝瑄：《忘山庐日记》，上海古籍出版社 1983 年版，第 589 页。
⑥ 《九尾龟》第五回，第 45 页。
⑦ 卧游生：《游历上海杂记》，《张园掌故》，上海通社编：《上海研究资料》续集，上海书店出版社 1984 年版，第 570 页。

俨然上海最具有地标性的公共场阈。

除上述这些综合游艺场及园林外，乡人们也青睐各式戏院、影馆。戏院兼具传统与新潮，丹桂、金桂、天仙、大观、天蟾等园及大舞台、同舞台皆以菊部为盛，而兰心、新舞台、绣云天等戏院则多演文明新戏。《海上繁华梦》初集第三回中众人去丹桂园看戏，包厢及正厅前三排已客满，案目只能向座客千央万恳才在第四排觅得一张全桌。当晚戏目有小九龄的《定军山》，三盏灯、四盏灯的《少华山》，汪笑侬、何家声的《状元楼》等，那汪笑侬吐属名隽，举止大方，“台下边的看客，无一个不齐声喝采”。[①]《乡愚游沪趣史》中的蔑片萧翩之为从手头宽裕的钱愚处骗些银子，便竭力怂恿其去大舞台看戏。钱愚不知那舞台可旋转，还闹出了地震的笑话。影戏虽是西方舶来品，[②]然以其“有声有色电光融，海市蜃楼尺幅中”[③]的新鲜刺激而广受青睐，因而引进不久上海影院便“多至三十余家，有声、无声皆备，营业发达”[④]。《海上繁华梦》如此描写上海当时放映的电影：

> 现在上海的那班影戏，一共有五十套照片，多是些外洋风景，最好的是“救火”、“洗浴”。那“救火”好像真是火烧一般，先有黑烟冒出，后见红光。“洗浴”乃在大海里头，那海水奔腾之势，与这些人从岸上跳到水里边去，真如身历其境。其余《普法战事》及《非律滨战事》各片，仿佛真有千军万马，骇魄惊心。[⑤]

除了戏院影馆外，还有纯粹由西方移植而来的娱乐场所跑马厅。十九世纪五十年代上海已开辟了跑马厅，俗称抛球场。1862 年英跑马总会理事霍格在租界圈地开设了号称“远东第一”的占地 500 余亩的上海跑马厅(现人民公园、人民广场所在)，主要从事跑马赌博活动，也建有餐厅、酒吧、弹子、滚球、网球、游泳池、扑克室、茶室、舞池等游乐休闲设施。跑马厅主要面向西方客户，早期华人无入场观看资格，故近代小说少有华人游跑马厅的描写。宣统元年后，华人

---

① 《海上繁华梦》初集第三回，第 17 页。

② 光绪二十二年(1896)五月二十日，上海双清别墅(徐园)的又一村放映西洋影戏，此为中国首次放映营业性电影。

③ 余槐青《上海竹枝辞》如此描写影戏：“有声有色电光融，海市蜃楼尺幅中。不是西人工幻术，佛家色相本虚空。”顾炳权编著：《上海洋场竹枝词》，上海书店出版社 1996 年版，第 272 页。

④ 同上。

⑤ 《海上繁华梦》二集二十五回，第 399 页。

始被允许买票入场观看，但看台与西人分隔，“观者上自士夫，下及负贩，肩摩踵接，后至者几无置足处。”[①]总之，这些近代上海公共娱乐场所远承唐代长安曲江名胜及宋代东京瓦子勾栏的余脉，近续明清金陵之秦淮风月、扬州之廿四桥影，为居民的休闲娱乐活动及城市商业经济发展提供了更为广阔的公共空间，因而也成为外乡人游沪的首选之地。

除广猎声色耳目之奇外，口腹之享对于外乡人来讲亦是游沪的乐趣之一。乡村交通不便，食材单调匮乏，消费力有限，而上海为水陆交汇要地，人员辐辏，奇货蜂屯，海物山珍兼具，中西菜馆并陈。因而乡下人游沪不免要开开洋荤、大快朵颐一番。在沪游小说中出现频率较高的餐馆有一品香、一家春、聚丰园、菜根香、杏花楼等，其中前两家是沪上知名度最高的番菜馆，所谓“矗矗危楼曲曲房，大餐番菜仿西洋，奇花五色妆成彩，吉语先传一品香。”《傻儿游沪记》中一众人逛完新世界、愚园后去一品香吃大菜，[②]小说详细描写了他们吃大菜的排场：

> 须臾，第一样菜到了，无非是些鸡绒鲍鱼汤及牛尾汤类。一樵学着众人吃法，尚不曾闹出笑话儿来。伯毚又叫堂倌开了两瓶外国酒给大家饮……这时堂倌又上第二件菜。可巧一樵面前那洋磁盘儿内是炸牛排，正和龙堤的菜一样，他便提起一副眼光注视龙堤。则见龙堤左手举叉戳入那牛排里，右手抓起刀来细细脔切，然后用叉尖挑起送入口内大嚼……此时堂倌已将牛排撤去，又换别样菜送上。[③]

而中餐馆汇集了京、粤、湘、徽、川、鲁、宁、闽、镇扬、本帮、清真等各大菜系，“海上川菜馆不知凡几，调味之精，当推都益处首屈一指，粤菜则以杏花楼为最精美，特代价较诸普通菜馆为稍昂耳。”“京菜烹调之佳，曩年以雅叙园为最美，今则悦宾楼首屈一指。”[④]除林林总总的菜馆外，沪上还广有茶楼烟馆，四海升平楼、青莲阁等皆为知名茶楼，文人切磋诗文，商人洽谈生意，市民聚会聊天都愿意选择茶楼，一是消费相对低廉，二来很多茶楼兼书场、剧场或游乐场于一体。以青莲阁为例：

---

① 葛元煦：《沪游杂记》，上海古籍出版社 1989 年版，第 9 页。

② 沪人称西餐为大菜或番菜。

③ 芮和师编校：《淮扬小说泰斗——李涵秋 附贡少芹评传及代表作》，南京出版社 1994 年版，第 308 页。

④ 刘豁公：《上海竹枝词》，《上海洋场竹权词》，第 250 页。

> 楼下百戏杂陈，如西洋镜、小电影、打弹子，以及角力衡身之器械，无不应有尽有。楼上鬻茶，每当黄昏灯上，粉白黛绿之流，辄麇集其间，藉招游蜂浪蝶，而茶肆生涯为之大盛。每逢岁首，一般轻薄少年，更相率凭槛啜茗，以观曲院姊妹。驾香车宝马，兜喜神方，周而复始，环肥燕瘦，恣意品评，引为笑乐。[①]

钱守愚"因隔夜闻得人说四马路青莲阁去吃茶，野鸡最多，很是好看，心想去打一只儿，乐他一乐。出门问了好几个信，方才寻到，就在第一层楼上泡了碗茶。自从八点多钟坐起，坐到十二点钟，人家多开饭了，不要说野鸡，连野鸭也没有一只。"[②]这只怪他不懂行，去得太早。这些菜馆、茶馆皆集中在三、四马路，交通便利，因而成为受人青睐的交际、休憩、猎艳场所。

说到猎艳，这是乡愚游沪小说的又一大不可或缺的叙写素材。近代上海，社会各界狎妓成风，酒宴叫局已成惯例，几至无妓不饮、无妓不欢之地步。书寓、长三、么二集中的二、三、四马路，车来轿往，热闹非凡，夜夜笙歌，朝云暮雨，卧月眠云，一笑千金。《新上海》中来自浙江北林镇的富户姚锦回一到上海便把可玩之处全玩遍了，但心里终觉没甚畅意。其中缘故即为饱暖思淫，他对久住上海的锡侯说："住在上海这种繁华地方，连堂子里都不去玩一下子，这个人也枉过一世了。我问你，是想要叫你领我逛一会儿呢。"[③]于是便有了"阔大少花丛访艳"、"曾士规计设美人局"等关目，陷入情色、局赌陷阱，被骗去巨款三十万两后怏怏回乡。纯粹来沪游狭的乡愚一般手头宽裕，即便原先吝刻异常之人一遇见堂子里那些媚眼横波、勾魂摄魄的胭脂虎也便雪狮子向火酥了半边，钱袋自然不保。吝啬如钱守愚，"从到上海，着了风魔。他本是一钱如命的人，忽然手松起来，名虽住在旅安栈中，却一天天钻东钻西，凡是兰芳里跳老虫、一洞天背后打钉的事，无一事没有做到。更与洋泾浜一个烟妓，名唤蓉仙，十分要好，一个要讨，一个要嫁……做得竟如火一般热。"[④]更可笑的是，这个老色鬼在黄浦滩看灯时又被野鸡王月仙勾引，结果着了仙人跳的道，被敲去四百大洋，懊恼心痛

---

① 郑逸梅：《青莲阁之沿革》，《郑逸梅选集》第五卷，黑龙江人民出版社2001年版，第153页。
② 《海上繁华梦》初集三十回，第210页。
③ 《新上海》第三一回，142页。
④ 《海上繁华梦》初集第五回，第247页。

得放声大哭。邵一樵携巨款来沪本有讨妾之意，一到上海便落入大滑头邵伯龛和半开门妓女胡丽卿所设圈套中。他们以结婚为诱饵，暗施仙人跳手段，骗尽一樵所有钱财，致使主仆二人流落街头沦为乞丐。钱愚则是着了女拆白党凌飞云的道，夜间在旅馆被下迷药，让其垂涎欲滴的美人和所有银钱都不翼而飞。这些曲气十足的乡巴佬不入书寓、长三类高等妓女之法眼，因而他们所遇大半为花寓[①]或野鸡。“公共租界之南京路一带，亦为冶叶倡条栖止之所。然大半鸠盘荼，不足当雅人一盼。每当金乌西坠，玉兔东升，涂脂抹粉，遍倚市门，遇乡氓之抱布贸丝者，辄目挑手招，必欲罗致幕下而后已也。无识者流，诩为奇逢，惊为艳福，几以罗刹国为群玉山。”[②]邵一樵正是在去胡丽卿家的路上被野鸡蓝雪鸿拉去，他还沾沾自喜这一次艳遇。《九尾龟》中被人称为“瘟生冤桶”的常州人金汉良久闻海上“四大金刚”[③]名气，便动了来上海猎艳的念头，在陆兰芬处吃了闭门羹，又跑到金小宝处，“癞蛤蟆想吃起天鹅肉来。小宝却见他满身土气，牛屄倒吹得一塌糊涂，娘姨等人都在他背后指指点点的取笑，也觉得他假作痴呆，甚是讨厌。”[④]金汉良见小宝新做的轿子十分华丽，竟动了呆念，坐着妓女的轿子上街转悠，被人章秋谷等讽为“寿头码子”、“曲辫子”。金小宝虽大敲这个“瘟生”的竹杠，却仍对其不屑一顾：“格号客人，勒倪房间里向摆酒碰和，勿要说替倪绷啥格场面，连搭仔倪格抬，才拨俚坍完格哉。”[⑤]故四大金刚等高级妓女之门不是乡愚轻易能踏得进的。

中国传统农耕文明闭塞而稳定，故乡民进城，既乏城市吸引力，又少乡村推动力，因而带有极高的分散性、随意性及个体性。而近代城市化进程的提速使政治、经济、文化的中心与乡村渐行渐远，上海的快速崛起和畸形发展尤其富有传奇色彩，对周边广阔的乡村及中小城镇形成了强大的吸引力和辐射力。由此，近代口岸城市如上海、广州、武汉等，成为乡野村夫实现脱贫致富愿景的“福地”，更是他们增长见识、猎奇猎艳的首选地。然而在见识传说中的繁华神话、宣泄被压抑的食色之欲的同时，城市文化的排斥力和阴暗面也使他们倍受愚弄和侮辱，毕竟他们是城市的“他者”。

---

① 花寓为常驻旅馆之娼妓，可应住店客人之需赴阳台行雨，使住客有宾至如归之乐，故称花寓。

② 徐珂编撰：《清稗类钞·娼妓类》，商务印书馆 1928 年版，第 20 页。

③ 指近代沪上名妓陆兰芬、金小宝、张书玉、林黛玉。

④ 《九尾龟》第十四回，第 139 页。

⑤ 《九尾龟》第十五回，第 148 页。

陌生化:乡愚游沪小说的叙事策略

“陌生化”理论是俄国形式主义文论的核心概念之一,由维克托·什克洛夫斯基[①]在《作为手法的艺术》一文中首次提出。他指出文艺的美感特征首先是惊奇陌生的新鲜感,文学作品可以通过经刻意加工后扭曲的、对人具有阻拒性的语言来实现这种陌生感。这种语言或许不合语法,或者不易理解,但能引起人们的注意并产生新鲜的感受,进而使作品取得较强的审美效果。

而小说的陌生化叙事不仅体现在新鲜奇异的语言上,还表现为运用诸如视角选择、情节设计等叙事技巧提供鲜活的“视象”,通过对“视象”而非事物的识别,延长对事物的感受,利用“视象”这一工具达到“感受”的目的,也即“使石头成其为石头”[②],使人们已渐麻痹的感觉重新回到事物本身上来。乡愚游沪小说采用城市“他者”——乡下人的叙事视角,陌生化、妖异化、夸张化描写对象,通过这样的叙事,使读者与早就习以为常的对象重新拉开距离,让审视和聆听替代视而不见、听而不闻,使这些通过陌生化处理的对象放大或变形,唤醒读者对其的本初感受,从而在日常生活中重新出发。

乡愚游沪小说一般采用四种叙事技巧达成陌生化的效果。

首先是为主人公乡愚设定完全陌生的小说场景,人物与场景的格格不入使人物自身成为陌生视象,从而吸引场景中的旁观者及小说阅读者的视线,制造出新奇滑稽、使人忍俊不禁的效果。《乡愚游沪趣史》中的钱愚和范桐在一个铄石流金的酷热天气出去觅凉看荷花,恰遇一条城河,便动了野泳之念。两人在河中畅游了一阵,上岸却发现衣鞋被窃。两人赤条条立在陌生的河滩,叫天不应,喊地不灵,只得捡张荷叶盖住半张脸,赤身走回栈房去:

> 路上的人见了这一对裸体人儿,个个好笑。还有几个好事的人,跟在后面,拍手喝彩。警察见了便上前拦阻,查问他二人因何如此。钱愚只好依实而告。警察听了也觉好笑,便吩咐他道:“这里车子少,一时没有雇

---

① 维克托·鲍里索维奇·什克洛夫斯基(1893—1984),苏联时期著名批评家、作家。苏联形式主义发起人之一。

② [俄]维克托·什克洛夫斯基:《作为手法的艺术》,1917年,转引自[英]拉曼·塞尔登著,刘向愚、陈永国等译:《文学批评理论:从柏拉图到现在》,北京大学出版社2000年版,第290页。

> 处，快些到前面马路去雇车回栈罢，不要再在路上出丑了。”……二人到了那里，被路上的人看见了他们的奇形怪状，遂一哄而集的围了拢来，口里都嚷着说道：“看疯子！看疯子！”二人被他们围住不得脱身。正在急得要死，忽然一个警察手执警棍分开众人挤进来查问情由，钱愚便一五一十的和盘托出。警察听了说道：“既然如此，你们快乘了车子回去罢。”二人诺诺连声的答应，警察遂领着他们出了重围，坐上黄包车。黄包车车夫拉着这一对宝货，也是生平难得的，便拉了车子飞奔而去。那些看的人方才散去。再说二人坐着车子，一路上来往的人看见他们，没有一个不要停足扬声、哈哈大笑的。①

在这场活剧中，两个乡下人因对城市人的不设防而被盗走衣鞋，原本值得同情之人却被围观和嘲笑，不起眼的村夫瞬间变成令人过目难忘的耍戏活猴，可笑而又可悯应是每位读者的感受。

其次是从乡人的视角出发，用他们新鲜的眼睛看陌生场景中的人事物，并且只描绘它们而不指称它们，仿佛作者也是首次遇见这些事物，从而使熟悉的事物“陌生化”，以吸引读者的注意。钱愚和范桐刚到上海，想去小世界玩耍，却走错了路，于是在大马路上乱撞，“忽看见路口立着一个人，身体长大，头缠红布，身窗黑衣。脸上测黑，两只眼睛如剥光的皮蛋一般，胡须根根倒卷，雄纠纠、气昂昂，横眉怒目的矗立在街中。”②作者并未说明此人的身份及职业，故意留个悬念给作者，只是着力描写钱愚初见此人的心理活动：“吓得魂不附体，心里想道：‘不好了，一定是古庙里的玄坛菩萨显圣了。’”③而《傻儿游沪记》却又换了一种笔墨，同行的伯龛明知一樵初见印捕阿三必定会失惊打怪，却先不告知实情，故意逗引出他的奇谈怪论。果然一樵十分惊骇在马路上遇见这一“出天花”大汉：

> 他不出天花，为甚么头上扎一方红布？我记得我家乡里，大家小户生了儿女，自幼儿都逃不了这重关煞，出天花时候总要买一块红布，给他端端正正缠在头上，然后焚香点烛，到痘神菩萨台前磕几个头，祷祝几句。

---

① 《乡愚游沪趣史》卷二，第78—79页。
② 同上书，第104页。
③ 同上。

再请医生代他诊治，将他关在屋里，不许接近生人。等到天花退了，才肯放他出来。怎么这黑脸大汉站大街上，倒不怕受了风寒吗？[1]

同样描写乡愚以有限的乡村经验来误判所见的陌生事物，前者隐而不宣，后者故意逗引，目的皆为强调对视象的观感而非印捕本身。

作者还以同样的方法描写乡人眼中的西方舶来品。如邵一樵看到戈龙堤抓起小木盒上一物事，“一头放在唇边，一头放在耳畔，心下好心疑惑，忙移步到龙堤身后，猛听那物事内有人说话声，吃一惊掉头便走，嘴里嚷道：‘不得了，不得了，青天白日居然有鬼了。’”[2]他认为极小的听筒容纳不了一个人，因而只能是鬼。同样，范桐看到新世界的哈哈镜吓得面皮失了色，也喊青天白日遇着鬼了。可见乡下人习惯把一切他觉得不可思议的事物均归入鬼神的范畴。邵一樵看到哈哈镜里的“鬼”时先是怒目相向，继而破口大骂，最后拔拳相向，引得围观者哄堂大笑。这些描写的共同点均在于将读者熟视无睹的事物作陌生化处理，通过夸张变形的描写，打破人们的思维和审美惯性，将审美的自在之物变成审美对象，从而唤起人们对它们的新鲜感受。

再次是以乡愚非常规的、匪夷所思的行事方式，来增加小说出人意料的滑稽效果。如进餐馆消费，一般由侍者为顾客开酒瓶或饮料瓶。自作聪明的钱愚偏要自己动手，于是他与几瓶荷兰水的搏斗就写得新意迭出，令人捧腹。因为不知荷兰水含气，第一次开瓶，汽水上冲溅了一脸；第二次用力过猛，将瓶子揿裂成几片；第三次晃动太过，瓶口木塞被气冲出，把额头弹出个大包，“开荷兰水凡作几样写法，无不入妙”。[3] 另有孙季康《温生游沪记》中久慕上海繁华大名的温生和老婆双双来沪意欲畅游一番，不料老婆患病，温生欲搭电车去医院。初次乘车的温生一看到医院大门便“跨下踏板，一手扯住铜梗，大模大样的向下一跳，哈哈这一来简直糟了，原来他从车上直跌到马路边水门汀上，当下鲜血如注，满满流了一地。他狂喊了一声，就此挺直了四肢，动也不动。”[4]温生不知电车到站才停，中途不能下车，因此想当然地跳下车子，不仅伤了自己，还累及巡捕和红十字会救护车为他奔忙。乡下人往往以极有限的乡村经

① 贡少芹：《傻儿游沪记》，芮和师编校《维扬社会小说泰斗李涵秋》附贡少芹评传及代表作，范伯群主编《中国近现代通俗作家评传丛书》之九，南京出版社1994年版，第277页。

② 《傻儿游沪记》，芮和师编校：《维扬社会小说泰斗李涵秋》，第284页。

③ 《乡愚游沪趣史》卷二，第84页。

④ 《心声》第1期，1923年，第3页。

验对新事物作想当然的简单判断和武断想象，并且行事鲁莽粗率，因而往往成为城里人的笑柄及茶余饭后的谈资。

最后是语言的陌生化。陌生化在语言修辞形态上，表现为通感、比喻、拟人、夸张等修辞格的使用。乡愚游沪小说采用了很多陌生化语言，如钱愚、范桐大夏天吃火锅，吃得气喘吁吁，满身是汗，烫得嘴里起泡，范桐更吃得上顶喉咙，两眼翻白，此为夸张；又如范桐想要横穿大马路，无奈车马川流不息，只得退缩下来，立在街旁，“急得他两眼如铜铃一样，伸长着鹅颈，向对面遥望”，[①] 此为比喻；再如小说写钱愚掏钱，每每用“挖”字，极言钱藏之深、掏出之难，此为借喻。这些词语使故事生动风趣，而且加深了读者对文本描绘人事的切身感受。此外，陌生化语言在词汇上还表现为对词义的误解及新造词的使用。如上海人称异性之间的相互勾引调情为“吊膀子”，邵一樵跟着一群滑头去绣云天看文明新戏《落花春梦》，女主角包小姐如花似玉，做工、说白、步法、态度俱臻绝顶，众人不住叫好，台口有个小白脸与包小姐眉来眼去，邵伯龛们便议论这两人在吊膀子。邵一樵问清吊膀子可以和喜欢的女人扳相好，由此动了和包小姐扳相好的念头。一等戏完便急急奔回旅馆，令老仆拿来捆扎行李的绳子，将自己一双手束紧，吊在天花板上，两腿蹲马步，左手伸平，右手作怀中抱月形状，并对伯龛说：“我问这相好怎样扳法，你说想扳下好须先学吊膀子。我呢，爱那包小姐，两道弯弯眉毛，一对长长眼睛，一张白白庞儿，比较我那老婆高得几倍。我一心想同他扳相好，又深愁自家不会吊膀子，所以不吃大菜，不瞧影戏，匆匆跑回来，下个死工夫，吊一吊。”[②]这种将“吊膀子”一词错会宗旨为学武吊膀之举，出人意料，令人捧腹。另如，滑头全家福约邵一樵礼拜六吃饭，一樵遂郑重其事地回请他礼拜七晚间聚聚。这种犹如童言般的新词使人好笑，也“使人们强烈地感受到事物，归真返朴，回到人面对世界的原初感受。”[③]

语码背后的“上海他者”及城乡对峙

不谙城市文化的乡下人在乡愚游沪小说中往往被赋予不同的名称，而这

---

① 《乡愚游沪趣史》卷二，第 102 页。

② 《傻儿游沪记》，芮和师编校：《维扬社会小说泰斗李涵秋》，第 289 页。

③ 胡经之，王岳川：《文艺美学方法论》，北京大学出版社 1994 年版，165 页。

些称呼本身就体现了鲜明的城乡隔膜和对峙。曲辫子(或乡曲、阿曲细)、阿乡(或阿土生、土老儿)在近代小说中多用来指称漫游于城市街巷及娱乐场所的打扮土气、少见多怪的乡下人。“曲”字的由来与清代男人的发型有关,前头剃发脑后留辫是满清入主中原后通行的男式发型,城市或富贵之家的男人因不从事体力劳动,往往拖一根油光水滑的大松辫于脑后,甚至“从顶到梢,一串四颗大珠,用金八角坠脚”①地装饰起来。而乡民因辫子妨碍劳作,习惯将其盘起,久盘便曲,即便进城后放下盘辫,总也没有城里人的挺直,因而被称为“曲辫子”。上海人甚至还根据辫子弯曲的程度来判断乡人进城时间的长短。久而久之,曲辫子、阿曲细、乡曲便成为乡下人的代名词,由此还衍生出“曲气”、“乡气”等形容词。《九尾龟》中的方幼恽初到上海在张园见到名妓陆兰芬,惊为天人,一双眼睛便钉在她身上呆呆出神,陆兰芬“见方幼恽虽是衣装炫耀,却有些土头土脑的神情,又见他两只眼睛,对着自家,目不转瞬的呆看,被刘厚卿这一笑,惊得直立起来,失张落智的大有曲气,不觉樱唇半启,皓齿微呈,对着方幼恽嫣然微笑。”②由此可见,“曲气”一词的使用范围已由乡愚扩展到行事不合时宜的外乡人,即便他们来自城镇,即便他们脑后已无辫子。而阿乡、阿土生、土老儿等蔑称则离不开乡、土二字,突出其乡村背景,还带有不领行情、花钱不讨好之意。如《九尾龟》中章秋谷开导被陆兰芬敲去大注银子的方幼恽说:“倌人的心性,爱的因是银钱。然而有了银钱,就有情义,这句话却又未必。无论你在他面上花了一万八千,就是挥金如土的客人,他们背后也不说他一个好字,反说他是土老儿、曲辫子。”③与此类似的还有“瘟生”、“洋盘”二词,“瘟生”用于指称被妓院哄骗、花了不该花的大笔银子者,此词更强调傻气而非土气之人,有如得了瘟病而头脑不清,因而称为“瘟生”。《九尾龟》第六回“留夜厢假装阔客,抢汇票硬捉瘟生”中,陆兰芬听闻方幼恽是个常州首富,便有心笼络,即使方是个爱钱如命的吝啬鬼,仍被陆兰芬当瘟生捉住敲去两千两银子。“洋盘”的“盘”意为价格,如股票交易市场有开盘及收盘。旧时商店、戏院、茶楼等营业场所看人出价,对客地人及洋人开价未免高些,因而称为“客盘”及“洋盘”,后“洋盘”二字成为外行的代名词,至今仍活跃在上海俗语中,尤指那些不领行情容易上当者,如“这种洋盘,一噱就噱进了,勿斩伊斩啥人”。④

---

① 曹雪芹,高鹗著:《红楼梦》第三回,黄山书社 1989 年版,第 32 页。
② 《九尾龟》第五回,第 45 页。
③ 《九尾龟》第九回,第 84—85 页。
④ 薛理勇:《上海闲话》,上海社会科学院出版社 2000 年版,第 211 页。

此外,“阿木林”、“猪头三”、“寿头码子”等词则多指被妓女或形形色色的骗子所坑害者。“木”有迟钝之意,因而“阿木林”即成为愚笨、不开窍的乡下人的代名词;而猪在人们心目中是愚笨无知的动物,猪额头上的皱纹有如寿字,因而寿头亦即猪头,“猪头三”、“寿头码子”皆含有傻呆愚钝之意。《傻儿游沪记》第十二回中有“丽卿自从结识一樵以来,料着这寿头码子金钱既多,性情又糊涂,如何肯放他过去?”①纯厚老实的乡下人初入都市,对各色人等及陷阱不知提防,极易上当受骗,如邵一樵是个未经涉世的富家子弟,“不拘会见甚么人,果然话语投机,便将人当做知己般看待。他哪里晓得现今社会上,人心诡诈,不可捉摸。何况堂子里妓女,哪一派鬼蜮伎俩,越发变化莫测呢?”②钱愚在街头骗子手中买了两只松香做的假琥珀手镯,还以为捡了个大便宜,也被人嘲为“猪头三”。

从很多文本看,这些詈词的使用面随着时代的推移而泛化,由乡下人推及至上海之外的外乡人。直至今天,它们还活跃在沪语方言中。然而为殖民及淘金目的而来的西方侨民则是例外,虽然他们亦属“上海他者”,但因西方文明先进于近代上海文明,崇洋媚外的习气抑制了针对西人的詈词的产生。由此可见,一方面,上海这座城市的自我优越感从开埠以后便随着它的高速发展而与日俱增,西方文明所养成的摩登气质,工商贸易所创造的滚滚财富,天然良港所带来的物质及文化交流,使这座城市有底气傲睨一切,孤芳自赏;另一方面,上海文化对两种“他者”的态度泾渭分明:对于来自西方的“他者”谦卑而又奴性;对于来自本土的“他者”倨傲而又排斥。于是前者在上海如鱼得水,呼风唤雨;后者因隔膜与偏见显得胆怯、疏离。钱愚刚到上海被女拆白党凌飞云骗去了所有银子,一心想找女骗子报仇,谁知恰好在新世界不期而遇,但飞云身边有个高颧瘦脸鹰鼻貙眼的男人陪着,“行近钱愚身旁,那男子忽然对钱愚轮起眼看了一看,钱愚不觉打了一个寒噤,倒退了两步,心里有些害怕,哪里还敢动手?看那飞云两手弄着帕子,毫不在意,眼望他们出场去了。钱愚一股冲天的怒气早变了倒抽的一口凉气。”③钱愚之于飞云本就存渔色之不良居心,再加上她旁边的男人相貌不善,自知难以为敌也便软了下来,正如一则笑话所云:

---

① 《傻儿游沪记》,芮和师编校:《维扬社会小说泰斗李涵秋》,第315页。
② 同上书,第328页。
③ 《乡愚游沪趣史》卷三,第49页。

一乡下人穿新衣入城，因出门甚早，布衣为露水飘湿，及至城中，怪其棉软。事毕出城，衣为日色晒干，又硬如故。归谓妻曰，莫说乡下人进城，再硬不起来，连乡下人的衣服，见了城里人的衣服都会软了。①

笑话中的"软"也即乡下人面对城市强势文明的底气不足。

吊诡的是，不遗余力嘲笑别人曲气、乡气者往往也曾有过被嘲笑的过去。上海为移民城市，在其崛起和发展过程中，成批"乡愚"迁居并融入城市，成为城市的主人，因而具备了傲睨四面八方新移民的资格。他们在嘲笑别人的同时获得一种隐秘的快感，也即庆幸自己终于离开土地、摆脱了乡愚标签、成为城市文明的一分子。所以，从本质上来说，这种嘲笑也是一种自嘲，有其心理学方面的合理性。而描写乡愚游沪小说的作者多为城市文明的享用者，往往会不自觉地站在城市的立场上，在描写乡下人保守、闭塞、愚昧的同时每每会下意识地流露出其作为城市人的倨傲与自满心态。

事实上，无论强势还是弱势，气长还是气短，促成乡愚小说兴起的更深层次原因是城乡二元结构体系中事实存在着的城市文明与乡村文明的对立和冲突。两种文明各有长短，乡村文明尽管闭塞、贫穷、落后，但宁静、纯朴、安全；城市文明看似开放、富足、先进，但贫富差距悬殊，社会问题突出，往往被反城市话语称为罪恶的渊薮。"在城市中，尤其是大城市中，人类联系较之在其他任何环境中都更不重人情，而重理性，人际关系趋向以利益和金钱为转移。"②因而，拥有城市文明的市民鄙视乡村因宗族而形成的复杂亲情纽带，鄙视乡民的单纯厚道无知，更不愿接受乡村的贫穷和落后；而拥有乡村文明的农民亦不齿城市的人情浇薄、尔虞我诈、陷阱丛丛，他们所羡慕的仅仅是城市发达的物质文明，当发现拥有这些需要付出高昂代价时，有人选择了离开，如钱愚、邵一樵和方幼恽；有人则咬牙挺受，幸运者在城市中找到了适合自己的立足之地，不幸者则沉入城市巨大的黑色染缸，为娼为盗、作奸范科，终成魑魅魍魉，如《海上花列传》中背叛乡土的赵朴斋、赵二宝兄妹，他们的堕落又对城市文明构成了强烈的反讽，也即纯朴仁爱、诚实守信、安贫乐道等传统价值观在都市的集体失语。因而在城乡文明的对立和冲突中，其实并无胜出者。

随着社会的进步及城市化进程的加速，城乡间的差距及对峙在逐渐缩小，

---

① 琴石山人编：《可发一笑》(第十版)，第 132 页。

② [美]R. E. 帕克等著：《城市社会学》，华夏出版社 1987 年版，第 16 页。

然而近代乡愚游沪小说对现当代文学的辐射及影响并未消弭，只是由“游历”更向“进城”靠拢，“逃离乡土，进入城市，由农村人变为城里人，便成为现当代文学作品中不倦的命运主题。”[①]从老舍《骆驼祥子》和王统照《山雨》中祥子、奚大有等人被迫离开土地漂泊城市，到路遥《人生》、李锐《残糖》中高加林辈年轻农民义无反顾涌向城市寻觅新生活，这一人群被他者化的传统也未曾弱化。倒是高晓声创作于八十年代初的《陈奂生进城》将亲身经历投射到乡巴佬陈奂生身上，真实可信而又妙趣横生，洋溢着一种自嘲的幽默感和温暖度。

综而言之，近代小说中的乡愚游沪叙事犹如新世界中的哈哈镜，在以变态、扭曲、夸张的视象带给读者陌生、新奇、滑稽感受的同时，折射出了城乡文明的隔膜与对峙，更反映了作为乡土叛离者的作者对于“精神乡土”的留恋。当这些文人离开乡土融入都市文化圈后，有些人身心错置，极不适应城市文明的商品化、物质化，从而产生强烈的精神返乡情绪，往往将乡村文明想象并描述成宁静、和平、温馨的乌托邦，如陆士谔上海书写中浓烈的文化乡愁；有些则会以一种局外人的超脱姿态来审视、描写他们心中的乡土及乡人，其间往往掺杂着揶揄、调侃、反叛乃至仇恨等复杂情感意识，而这些描写恰恰泄露出他们内心深处的不超脱及有所谓，如乡愚游沪书写。其实，文人作为智性的游牧民，他们脱离了土地乃至血缘的束缚而流放自己的精神，因而是无家的精神自由民。无论哪种书写形式都是近代文人处于城乡文明夹缝中“无家可归”的失落情绪的外化，是他们试图找寻理想精神家园的不同形态的文本呈现。

① 雷达，李佩甫：《城的灯》，《小说评论》2003年第3期，第46页。

王伯沆先生其人其诗

上海外国语大学文学研究院　张　煜

王伯沆(1871—1944),名瀣,以字行,号冬饮。祖籍江苏溧水,明末迁至上元(今属南京)。祖易堂,父鹤癯,皆有德之士。母海宁陈氏,喜读《明史》,常为述晚明忠烈故事。先生幼即聪颖,读书数遍便能成诵。六岁叩见南京同光间著名诗人、书法家端木采。年十八,入泮;十九,食饩。尝从江宁名宿高子安学《说文》,后问学于南京钟山书院。先生年轻时,性颇豪放,饮酒赋诗,类王孙公子。后承太孺人训,终身不复饮酒,且不言仕。邻人王木斋,学广才博,长先生十余岁,先生事之如兄。木斋富藏书,恣先生借观。又木斋善填词,著有《娱生轩词》,后先生曾为之作序。木斋师友,多海内胜流,包括当时名满天下的文廷式、陈三立、俞明震等人,先生因木斋而得以和他们结交。

大抵先生四十岁前,以才气见长,诗文书画篆刻,皆已卓有成就。同光体赣派的代表诗人陈三立(1859—1937),早年襄助父亲陈宝箴在湖南推行新政,戊戌事变之后,1900年起,便移居到了金陵。当时金陵有大批诗人聚集,“盖三立居金陵最久,师友酬唱,山水登临,亦金陵作为多”。[①] 六朝古都南京,历来就是文教渊薮。民国中央大学教授胡小石曾作有《南京在中国文学史上的地位》。[②] 晚清诗坛,南京地区的著名诗人顾云(1845—1906),曾为《国朝金陵诗征》作序,其中感慨“吾金陵称诗始王氏昌龄”,[③]但在晚清具有全国影响的大诗人却并不多。当时是湖湘派、同光体等的天下,陈三立等人的到来,无疑使得南京地区的诗歌氛围一下子变得更加浓郁起来,使得南京成为了当时全

① 宋慈抱《陈三立传》,《散原精舍诗文集》第1207页,上海古籍出版社2003年版。

② 《胡小石论文集》,上海古籍出版社1982年版。

③ 《盋山文录》卷一,《清代诗文集汇编》本,上海古籍出版社2011年版。

国的诗歌中心之一。除了陈三立外，当时常在南京的还有范当世（1854—1905）、俞明震（1860—1918）、樊增祥（1846—1931）、李瑞清（1867—1920）等诗人。陈三立有次在朋友处看到先生之诗，极为佩服，亲自延聘他做家庭教师。其子陈寅恪等，都曾从先生执经就业。先生后转到南京龙蟠里江南图书馆（后易名江苏国学图书馆、中央图书馆，今南京图书馆）善本部工作，1916年又被学界名宿高易园先生请至南京高等师范（前身为两江师范学堂）任国文教授，而与散原翁的友谊则保持了终生。

与同光体诗人的交往、唱和，使得先生的诗作更加趋于瘦劲老成，具有宋诗的风味，影响是积极的。虽然先生论诗，是没有门户之见的。我们可以在陈三立的诗集中，找到诸如《半山亭同游为吴彦复陈子言夏午诒魏委词王伯沆刘龙慧俞恪士》[①]、《伯沆觚庵同登扫叶楼题示惺悟上人》[②]、《雪后访伯沆图书馆不遇遂登扫叶楼作兼示惺悟上人》、《访瘦唐伯沆图书馆偕登扫叶楼看雨》[③]、《仁先觉先兄弟由沪过访次日同伯沆觚庵往登扫叶楼》、《雪夜伯沆晓暾觚庵过饮》、《高等师范学校访柳翼谋王伯沆不遇独徘徊六朝松下盖乱后不视此松七年矣》[④]、《伯沆姑苏还过话》等诗作。其中多次提到登扫叶楼，扫叶楼是明末清初画家龚贤的故居，龙蟠里江南图书馆和清凉山扫叶楼离得十分近。王伯沆先生《冬饮庐诗稿》[⑤]中，也有《癸丑（1913）五月十四日陈散原俞觚庵招游焦山三宿松寥阁赋诗五首》、《自焦山渡江舆行十余里至琴园候车漫赋此篇》等诗。后来同光体赣派的后起之秀胡先骕先生（1894—1968）因1918年入南京高师与先生共事，常听先生论诗，在《忏庵丛话》中，对于这几首诗赞不绝口，并称伯沆先生“工诗不宗唐拟宋，而韵味独绝，于柳柳州或近之”。[⑥] 又作论诗绝句称颂王伯沆先生：“口若悬河泻百川，笔如健鹘出霜天。说诗夜午茶铛冷，如此生涯莫计年。”[⑦]1918年俞明震病故于杭州，伯沆先生为作《挽觚庵》。凡此

---

① 《散原精舍诗续集》卷上，《散原精舍诗文集》，此诗作于1910年。陈三立诗集中还有《王木斋见过话海上旧游》，见《散原精舍诗》卷下，作于1905年。俞明震与王木斋相识更早，《觚庵诗存》卷一即有《寄怀王木斋秀才》、《长沙道中寄怀王木斋》等诗，作于1888年；上海古籍出版社2008年版。文廷式与王木斋的交往，参程章灿先生博客《王木斋与文廷式》一文。

② 《散原精舍诗续集》卷中，此诗作于1914年。

③ 《散原精舍诗续集》卷下。

④ 此诗作于1917年。

⑤ 民国南京市通志馆编《南京文献》第7册第二十一号，刊于1948年9月。

⑥ 《王冬饮先生》，《胡先骕文存》上卷第512页，江西高校出版社1995年版。

⑦ 《读陈石遗先生所辑近代诗钞率成论诗绝句四十首诸家颇有未经见录者》，《忏庵诗》，《胡先骕文存》上卷第632页。

皆可见王伯沆先生与同光体诗人之交谊与渊源。

据先生弟子钱堃新所作《冬饮先生行述》:“(先生)四十以后,专力宋明诸儒之书,而广其道于佛门诸宗派。杨仁山倡佛学,每于刻经处会讲,先生危坐寂听,究极奥妙。杨公契焉。”①杨仁山先生去世以后,欧阳竟无独宗唯识,先生以为隘。时泰县黄葆年(隰朋)在苏州传周太谷之学,先生听后不觉心醉,遂请列名弟子之列。太谷学派创于清嘉道之际,被一些学者认为是中国儒家的最后一个学派,尤其盛行于民间。黄葆年是太谷学派三传学者之集大成者,提倡以儒家学说为主,吸引道、佛;而先生论学主于博大,并注重身体力行,所以成为其中一员并不是偶然的。② 先生论学之宗趣,具见于《与王雷夏论学书》,中云:“瀣尝谓不读六经,不知四子之精。”③又云:“瀣初年喜禅语,渐次喜义解,最近十余年始信净业。……今一意从戒字起,笃信因果二字,始实知净土实有。”先生自入南高师任教之后,学校后来又改名为东南大学、第四中山大学、江苏大学,直到最后改称中央大学,先生一直任教其中。先生教人以《四书》为本,言传身教,大家都亲切地称呼他为“王四书”。④ 1935 年,胡先骕在为纪念南京高师二十周年所作的《朴学之精神》中,曾这样写道:“当五四运动前后,北方学派方以文学革命、整理国故相标榜,立言务求恢诡,抨击不厌吹求,而南雍师生乃以继往开来、融贯中西为职志。王伯沆先生主讲《四书》与杜诗,至教室门为之塞;而柳翼谋先生之作《中国文化史》,亦为世所宗仰。流风所扇,成才者极众。”⑤

二十年代的南京,是“学衡派”的活动中心,汇聚了一大批持文化保守主义态度的优秀学者。包括同光派的一些诗人们,也经常在《学衡》上发表诗作。其后中央大学,与先生共事的诸如胡翔冬、黄侃、吴梅、汪东、胡小石、汪辟疆等,都是硕学鸿儒,教学之余,大家经常诗酒流连于南京的名胜故迹。其中胡翔冬、胡小石是两江师范学堂监督李瑞清的弟子,汪东、黄侃是章太炎的高足。吴梅 1931 年的日记中,曾有这样一段记载:“(潜)社有规条三:一、不标榜;二、不逃课;三、潜修为主。此次钟集,因旭初(汪东)、小石(胡光炜)、伯沆(王瀣)、晓湘(王易)在座,胡、王为东大旧友,晓湘新来校,汪虽同乡旧识,但自东南改

① 《南京文献》第 7 册第二十一号。

② 柳曾符先生作有《王伯沆与黄锡朋》,文载《文教资料》,1982 年第 3、4 期合刊。

③ 《冬饮庐文稿》,《南京文献》第 7 册第二十一号。

④ 周本淳《王伯沆先生传略》,《文教资料》,1982 年第 3、4 期合刊。

⑤ 《国风》第 8 卷第 1 号,1936 年。

中大，始来校任国文系主席也。旭初喜诗钟，遂与诸君及诸生同作云。”[①]可见当时的盛况。吴梅还作有《读王伯沆(瀣)园居诗》：“我读伯沆诗，盎然古春意。力能驱万牛，尘不惊六辔。探取风雅源，骚魂可檄至。惠风吹江城，群芳跃欲试。吾园亦不恶，久客孰疏治？”[②]王伯沆先生诗作中，也有《戊辰(1928)上诗社第三集同人再集玄武湖限七古分得阳韵感赋此篇》[③]、《同人游玄武湖诗已成余至后呈一绝索笑》、《戏作〈壶芦图〉赠翔冬》等。

1937年，日寇占据南京，先生因中风而未能与学校一起西移重庆。当时日伪政权在南京成立伪中央大学，在先生生活极其艰难之际，派人来游说，希望先生能够在伪中大挂个教授名，不上课拿干薪，威逼利诱，均被先生坚辞拒绝，表现出了铮铮铁骨。先生作有《纪哀诗》，可谓晚年生活苦况的实录。又有《初还里杂述十首》，描写乱离生活的惨状，则真如杜甫《北征》诗也。老友吴梅在除夕后寄诗前来，先生作《春感再次吴韵柬璞斋》：“蝴蝶成团蜂坐衙，相将空际闹春华。纵横污我奔车水，歌笑随人堕溷花。近日征歌者，必至东花园一带。未必桑中堪有喜，微闻江外欲无家。归飞燕子惊心甚，坏堞犹然隐乱笳。”又作《四次吴韵柬璞斋》：“万柳援天绿可衙，日长残卷对《南华》。化鹏击水心原壮，腐鼠骄人眼未花。果是螂虫难别味，由来野马易忘家。剧怜羁旅江头客，一样临风数怨笳。”自明心迹，也表达了对于那些蝇营狗苟的日伪汉奸的不齿。

先生绘画、篆刻皆精妙，尤工书法。所藏手钞书及批本，丹黄烂然。[④] 仅《红楼梦》一书，一生就精读二十遍，批校六次，留下一万二千多条、近三十万字的批语。[⑤] 先生的诗作，友人柳诒征曾于江苏省立国学图书馆丛刊第二辑专门印了《冬饮庐遗诗》。其女王绵曾裒集其遗稿于1948年9月刊为《王冬饮先生遗稿》。1962年，经先生弟子兼女婿周法高先生整理，《王冬饮先生遗稿》在台湾中国文化研究所刊行。先生一生，博极群书，于经学小学、金石书画、诗词佛学，无所不通，且能身体力行，保持民族气节。无论是学问还是人品，都堪为后学的楷模。

---

① 《瞿安日记》卷一，第29页，《吴梅全集·日记卷》，河北教育出版社2002年版。

② 《霜崖诗录》，第96页，《吴梅全集·作品卷》，河北教育出版社2002年版。

③ 据《量守庐遗墨》，此年黄侃曾与王易、王瀣、汪东、胡小石、汪长禄、汪辟疆等雅集，并作有《戊辰上巳北湖湖辰祠楼修禊联句》，参司马朝军、王文晖《黄侃年谱》第244—245页，湖北人民出版社2005年版。

④ 著有《冬饮庐藏书题记》，《南京文献》第7册第二十一号。另参张敏文《〈王伯沆先生借存书目〉概述》，《文教资料》1994年第4、5期。

⑤ 参苗怀明《论王伯沆和他的〈红楼梦〉批校》，《红楼梦学刊》2009年第6辑。《王伯沆批校〈红楼梦〉》已于2010年于南京大学出版社出版。

陆宝树《樵庵诗话》述略

华东师范大学中文系　杨　君

诗话是中国古代文学批评中颇具特色的一种著述形式，自北宋欧阳修开创这一体式之后，历经发展演变，及至清代，蔚为大观，不仅著作数量巨大，而且内容涉及广泛，由此也越来越多地受到古典文学研究者的重视。近年来相继问世的张寅彭《新订清人诗学书目》（上海古籍出版社 2003 年出版）和蒋寅《清诗话考》（中华书局 2005 年出版），都汇集了上至顺、康，下迄民国的诗话类文献，探赜索隐，提要钩玄，为进一步了解和整理清代（含民国）的诗话类著述提供了极大便利。但清代诗话类著作数量繁富，存佚情况也极其复杂，即使多方搜求探访，仍然难免会有所遗阙。晚清民国时期常熟文人陆宝树所撰的《樵庵诗话》，即未被张、蒋两家书目着录，而其文献史料价值颇有值得关注之处。①

陆宝树（1876—1940），字枝珊，号醉樵，又号樵庵，江苏省常熟县人，曾与蒋祖垚、钱育仁、金鹤翔、俞鸥侣等人于 1920 年春共组虞山诗社（简称虞社）。该社由金鹤翔担任名誉社长，俞鸥侣担任主任，另设评议员十名。同年 6 月创办《虞社》月刊，次年又改为旬刊，主要刊载社友诗文及文坛讯息。1924 年间因时局混乱，诗社一度暂停活动。不过次年春即告恢复，并由陆宝树出任《虞社》编辑主任。1937 年 11 月常熟沦陷，虞社才终告解散。

《樵庵诗话》是陆宝树在主编《虞社》杂志期间撰写完成的一部诗话著作。从内容来看，绝大部分都是对晚清民国时期常熟地区诗人作品的摘录与品评。有清一代，伴随着地域意识及乡土观念的不断增强，出现了大量以某一特定区

---

① 本文所引《樵庵诗话》均据笔者整理校点本，载《古代文学理论研究》第三十二、三十三辑，华东师范大学出版社 2011 年。

域为论述对象，专事记录乡邦人士创作逸事，旨在彰显本地文学风貌及创作系谱的诗话类著作。其中知名者如陶元藻《全浙诗话》、郑方坤《全闽诗话》、梁章鉅《三管诗话》、杭世骏《榕城诗话》等，对于考察各地诗坛人物及创作风尚都具有极为重要的参考价值。常熟自古以来就是人文渊薮，仅以清代诗学而言，由钱谦益、冯舒、冯班等组成的虞山诗派在清诗发展史上的地位就举足轻重，其余如王应奎、陈祖范、孙原湘诸人也都各具特色。道光年间，常熟本地人单学傅曾辑录《海虞诗话》十六卷，收录清代常熟地区诗人四百余家，“不特深扬风扢雅之思，更兼寓阐微显幽之意”[①]。陆宝树《樵庵诗话》的性质与之相似，因此也就具备了此类地域性诗话所特有的征遗补阙的文献价值；而且书中所载人物轶事在时间上恰与《海虞诗话》前后衔接，对于了解清末民初之际的常熟诗坛颇有帮助。

陆宝树在撰写《樵庵诗话》时正值主持《虞社》杂志编务之际，日常经眼的社员作品不在少数，对于同仁的文学活动自然格外留意，在《诗话》中也留下了不少时人结社吟咏的内容。如关于虞社的建立和发展，就有如下的记载：

> 蒋祖垚，字寿朋，号瘦石，常熟人。性敏慧，好读书，弱冠即蜚声艺苑，诗文均隽逸，尤工隶书。庚申发起虞社，时与海内名流酬唱。历任县署掾属，敏慎从公。与同邑周振东、赵钧千交最契，性均狷介，放志于酒，有“虞山三怪”之目。
>
> 钱育仁，字安伯，清优廪生。早年列名南社，颇负时望。鼎革后，别署南铁，主持虞社，人皆仰为山斗。

虞社的文学活动前后持续达十八年之久，成员最多时达到八百余人，是当时江南地区规模最大的诗社之一。但关于其成立初始时的情况，由于资料欠缺，往往语焉不详。蒋祖垚（1897—1931）与钱育仁（1880—1958）这两位虞社早期的创立者，相关的生平资料更是留存无几。陆宝树与两人交谊颇深，又曾亲历其事，其记述的史料价值无疑是值得重视的。

为了便于交流，《虞社》杂志也时常刊载其他文坛讯息，因此陆宝树在《诗话》中对其他诗社的情况也多有记录，其中一些成员并非都是常熟人士，平时也并不在常熟当地活动，而是遍布于天南海北。兹略举数例，并稍事诠说：

---

① 邵松年《海虞诗话序》，载单学傅《海虞诗话》卷首，铜华馆1915年铅印本。

（一）寒山吟社。《诗话》云：

宗君子威，原名嘉仪。光绪丙申，龙大宗师科试，与余同游泮水。迨己酉岁，清帝溥仪登极，易名威。文辞富丽，诗笔尤超脱。……并同樊樊山前辈结一寒山吟社，击钵催诗，殆无虚夕。

按：宗子威（1874—1945），常熟本地人，民国初曾任《常熟日报》社主笔，又先后任教于北京师范学校、东北大学、湖南国学专科学校、湖南大学等。樊增祥（1846—1931），字樊山，号云门，湖北恩施人，是近代同光体的代表诗人之一。陆宝树与宗氏有同学之谊，故能详知两人结社唱和的经历，并载录于《诗话》之中。

（二）壶社。《诗话》云：

蔡卓勋，字竹铭，别署瀛壶，清戊申岁贡。晚年创立壶社，课以诗文，一时注弟子籍者，大有桃李盈门之概。

按：蔡卓勋（1865—1935），字竹铭，号瀛壶，广东岭东人，曾任职于汕头总商会。1923年与同仁结为壶社，社员遍及海内外。

（三）苔岑诗社。《诗话》云：

吴剑门先生，武进人。少年时倜傥不群，寓居琴川。……晚年创立苔岑诗社，海内从而和者约三百余人，一时称盛。

按：吴放（1864—?），字松龛，号剑门，江苏武进人，幼年曾生活于常熟。1917年于常州创建苔岑吟社，活动持续十余年。

（四）甲子吟社。《诗话》云：

李颂韩先生，太仓新塘市人，清廪膳生。文词华茂，咳唾生风。南洋大学校长唐蔚芝先生聘为文科主任，满门桃李，成材者多。迨解职归，与同人结甲子吟社，诗筒往还，颇极一时之盛。

按：李联珪（1871—1927），字颂韩，江苏太仓人。早年肄业于南菁书院，曾任清政府外交部法部主事，调任商标局，其后卸职南归。唐文治(1865—1954)，字蔚芝，晚号茹经，江苏太仓人。中年之后弃官从教，相继主持上海南洋大学(即今上海交通大学前身)及无锡国学专修学校。唐文治与李颂韩有师弟之谊，曾撰《李颂韩养庐文稿序》，对其英年早逝颇致感慨。

(五) 梅社。《诗话》云：

> 胡石予先生，昆山人。工诗。《舟行至昆山》："一棹西风背晓墩，袷衣称体薄犹温。低桥碍水船纤道，密树围村屋闭门。垂老亲朋常在念，昔年城郭半无存。游山请自家山始，翘首西峰野豕蹲。"此稿刊在梅社，因录存之。

按：胡蕴(1868—1939)，字介生，号石予，别署石翁、瘦鹤等。中年时加入南社，被尊为南社诗翁之一。此处所言"梅社"详情无考，也许是昆山当地的诗社。

(六) 集秀吟社。《诗话》云：

> 宫彩鸾女士，字飞卿，泰县人。……曾创集秀吟社，诗筒酬唱，颇极一时之盛。

按：宫彩鸾生平无考，所创集秀吟社想必是以江苏泰县当地女性为中心的诗社。

从上述记载来看，这些诗社组织虽性质各异，分散四方，但彼此并非隔绝不通，而是形成了一种同声相应、同气相求的关系，相互之间的交流切磋相当频繁。陆宝树在《诗话》中曾径称江苏武进诗人于泽如为"苔岑社吟友"，就足以说明这些诗社之间的交谊深厚。这一点还可以从其他的诗话著作中得到印证，如《樵庵诗话》中曾有记载云：

> 邹湛儒先生，青浦人。《咏走马灯》一律："顾影独怜常伏枥，热中谁让着先鞭。"此联极佳，语妙双关，尤能贴切，洵不可多得之名句也。当时同社雅集，分咏者十余人，刊印《甓庐消寒集》，藉留鸿爪。

当时生活在青浦的沈其光在其《瓶粟斋诗话》续编卷一中也有一则相关的记载：

> 壬戌，邹湛如尊莹倡甓庐诗社，咏而不觞。凡社友及他县人士课作，多令各地名宿评阅，第其甲乙。[①]

两者相互参证，可以推知陆宝树当日很有可能受邀参与评阅过甓庐诗社的诗稿，因此才能对邹诗予以摘录评点。由此也足见清末民初之际民间诗社活动频繁，彼此之间诗笺往返、相互品评的风气极为兴盛。

陆宝树在《诗话》中摘录过不少当时人的作品，并发表意见，予以评论。这些诗作虽然有不少都可归入流连光景、往复应酬之列，反映的只是传统文人的风雅意趣，但也有一些不可避免地会受到时局苍黄的影响，透露出身处乱世时的感喟与激愤。例如：

> 丙辰春三月，冯灵南自龙沙归，适值西南有事，吴越间亦传烽遍地，因用杜工部《秋兴》、《草堂》韵，作《春兴》八律，中有句云："远游初破三边梦，望治谁安四海心？""愁云遮断江头月，晓雾终迷海上槎。""漫云蛮触蜗牛战，已见罗浮蝴蝶飞。""赤龙纪岁虚尊号，黄屋何心忆圣时。""北固山青江咽恨，西湖水碧柳含愁。""紫气腾霄瞻北斗，角声动地送东风。"中原多故，其亦有少陵身世之感乎？
>
> （李颂韩）曾咏《秋草》四律，用渔洋《秋柳》韵："宵征蟋蟀鸣荒碛，夕下牛羊认旧村。""芦荻维舟伤白傅，蘅皋税驾忆思王。""玉钩斜畔题红少，金谷园中拾翠稀。""斧柯未解嗟滋蔓，杼轴全空待寄绵。"音节苍凉，写尽杜工部身世乱离之感。
>
> 蒋瘦石同社所著《啸秋阁诗草》，用杜工部韵，曾有六叠之作。《秋兴》："投笔莫辞千里远，读书已恨十年迟。""伏枥自应伤老骥，忘机只许狎闲鸥。""心似哀猿犹啸月，身如退鹢不禁风。"……名句络绎，清婉可诵。盖《庄子》寓言，藉吐抑塞不平之气，作者殆别有怀抱欤？

这些诗人都不约而同地在作品中流露出忧世伤生、抑郁愤懑的意味。陆宝树将之一一记录于《诗话》之中，对此无疑是感同身受，深表同情的。因此，仅仅

① 沈其光《瓶粟斋诗话》续编卷一，杨焄校点，载张寅彭主编《民国诗话丛编》，上海书店出版社2002年，第五册，第590页。

将虞社的宗旨归结为“只谈风月，远离政治”①，恐怕是过于简单化的处理。

《樵庵诗话》中还记载了不少当时的文人轶事，其中一些颇可补史乘之缺。例如以下一则：

> 沈北山太史，家甚贫。……当清季时，权奸误国，政以贿成。太史忧愤填膺，遂上书有三凶之劾。三凶者，荣禄、刚毅、李莲英也。太史捧疏赴都察院，为同乡京官所阻，曰：“批鳞怒，祸不测矣。”使人醵金，促之南归。太史过津门，以弹章登诸《国闻报》，由是内外哗然。旋奉廷旨，看管讯办。太史慷慨就道，赋诗数章。时庚子三月间事也。……后奉孝钦旨省释，郁郁无聊，寻发狂疾而卒，士林惜之。

按：沈鹏（1870—1909），字诵棠，号翼生，又号北山，常熟人。光绪二十五年（1899）十月十六日《国闻报》“折稿照录”栏目曾刊登沈氏《为权奸震主削民生祸召灾请肆诸市朝折》，内容直斥荣禄、刚毅、李莲英等权臣显宦。沈鹏在投书之后返回常熟，旋即被捕，《国闻报》又对其遭遇进行了连续的报道，在当时引发了极大的反响。作为同乡及同辈的陆宝树根据亲身见闻记录下的这些内容，对于了解沈鹏为人及事件始末都有一定的参考价值。

江南地区文化兴盛发达，即便是在闺阁之中，吟咏酬唱之风也极为普遍。单学傅在《海虞诗话》中就曾记载过姚畹真、张玉珍、桑素清、季兰韫、宗婉、吴康承等一大批常熟女性诗人的轶事及作品。陆宝树在《樵庵诗话》中也同样记录了不少常熟女性作家。例如：

> 王素卿女士，常熟人。归俞月卿为室，颇得唱随之乐。五言《对月有怀》：“露滴清于玉，云流薄似罗。”七言《观海》：“千层鼍浪云翻白，万顷鲸波浴日红。”《山径晓行》：“虎归山洞风鸣树，鸟踏花林露滴衣。”笔致清丽。着有《绛雪楼诗钞》。
>
> 翁孟璠女士，常熟人。适张君灵蛮为元配，亦嗜吟咏。《春日》诗云：“春色渡前溪，垂杨绿半堤。风摇花影碎，雨压鸟声低。琴谱香笺录，诗签粉字题。《南华》闲读罢，得意悟筌蹄。”清辞丽句，可入《玉台》。惜早卒，所存者零章断句耳。

① 曹培根、翟振业主编《常熟文学史》，广陵书社2010年。

王素卿、翁孟璃两人在胡文楷《历代妇女著作考》中均失收，可据《诗话》的记录加以增补。

有些女性作家，胡文楷《历代妇女著作考》中虽有载录，但由于条件所限，对其作品并未寓目，而《诗话》中的记载恰可起到拾遗补缺的作用。如云：

> 金玉芝女史，慈乌村人，秉性温淑，颇娴吟咏。《暮春寄二嫂》云："情深怀旧最堪怜，迅速光阴又一年。笑问窗前双粉蝶，也应惆怅落花天。""半晌沉吟不语时，因风飘絮又催诗。幽情写与红襟燕，衔得春愁两地知。"《送春》云："西楼帘卷月昏黄，柳外东风忍作狂。瘦尽花容浑不管，累人怜惜到馀香。""春山笑态望非遥，花落无言太寂寥。听到杜鹃愁唱别，几人铁石也魂销。"《绣馀晚凉》云："萧萧梧叶下窗前，几度抛针坐晚天。怪道怕风帘不卷，始知身上未添棉。"《秋海棠》云："寒烟深锁小窗前，一点猩红画里妍。底事小名呼不得，断肠两字惹人怜。"凄楚动人，殆亦有身世之感耶？

胡文楷虽曾根据《清闺秀艺文略》着录了金氏《绣谢楼吟草》，但因该书流传不广，并未亲见其作品。陆宝树摘录的金氏诗作，使读者得以尝鼎一脔，对于金氏的创作状况能够略有所知。

陆宝树对于文献旧籍也相当关注，在《樵庵诗话》中也屡有涉及，如云：

> 近读《唐墅诗存》，明清以来，人才蔚绝，和声鸣盛，历数百年不衰。因摘录三十馀家，以志景仰。……参军俊逸，开府清新，兼而有之。由是知人论世，一编风雅，岂在沧桑劫火中哉！

按：《唐墅诗存》四卷，谭天成编。据《中国古籍善本书目》，现仅存清抄本一册。陆宝树所摘录的三十余家诗中还包括部分闺媛和方外诗人，大部分都无诗集存世，吉光片羽，弥足珍贵。又如：

> 许湘畹中丞，合肥人，明万历丙辰进士，官至广西巡抚。著作等身。……着有《香雪庵诗集》，民国庚午仲春，杨君开森于肥城冷摊获旧刊本一卷，函商李君伯琦，重付剞劂，以广流传。

按：黄虞稷《千顷堂书目》卷二十六着录有"许如兰《香雪斋诗文》十二卷"，原注："字□□，合肥人，巡抚广西，都御使。"[①]文字阙漏的部分就可以据《诗话》所述予以增补。陆宝树记录了《香雪庵诗集》在民国时期重新付梓的过程，对了解该书的流传提供了重要的线索。

陆宝树的《樵庵诗话》虽然仅有寥寥四万余言，但包括的内容却较为丰富，对于不少诗人轶事、诗社雅集、诗文流传的情况都有比较细致的记录。其文献价值所在，不仅为考察清末民初常熟地区的文化生态提供了很多重要的资料，也为了解近代旧体诗学的发展提供了不少颇有价值的线索。

① 黄虞稷撰，潘景郑、瞿凤起整理《千顷堂书目》，上海古籍出版社 2001 年，第 649 页。

俞樾的俗文学观及其接受刍议*

黑龙江大学　马丽敏

俞樾（1821—1907），字荫甫，号曲园、右台仙馆主人，晚号曲园老人等，浙江德清人，晚清著名学者、经学家以及教育家，着有《群经平议》、《诸子平议》以及《茶香室丛抄》等，被誉为清末“最有声望”①的经学大师，其经学研究具有守先待后的作用，在学术史上有重要地位与影响。值得注意的是，作为一位在学术上颇有建树的传统学者，俞樾对小说、戏曲等俗文学亦十分关注，多有论述，且秉笔创作，这在晚清文学史尤其是俗文学史上具有不容忽视的意义。如光绪十五年（1889），俞樾修订了民间说书艺人创作的《三侠五义》，改名为《七侠五义》刊刻出版，“沪上石印，风行广播”②；到20世纪20年代，《七侠五义》因俞樾的推举而“盛行于南方”，已渐渐取代原来的《三侠五义》③。《月月小说》曾高度赞扬这一行为的积极意义：

> 《七侠五义》一书，粗鄙无文，士大夫多不屑寓目，自先生（俞樾）为之删润一通，遂成一种义侠小说，使我国民读之，振起尚武精神不少。④

这亦是文学史上的一个重要事件，历来多为研究者所重视。当代学者认为“俞

---

* 本文为国家社科基金后期资助项目“俞樾文学研究”（项目编号：14FZW039）、黑龙江省社科研究青年项目“俞樾与晚清文学思潮嬗变研究”（项目编号：13C047）阶段性成果。

① 顾颉刚：《秦汉的方士与儒生·序》，上海古籍出版社2005年版，第2页。

② 平步青：《霞外捃屑》卷九，上海古籍出版社1982年版，第650—651页。

③ 胡适在《三侠五义·序》中说道：“《七侠五义》本盛行于南方，近年来《三侠五义》旧排本已不易得，南方改本的《七侠五义》已渐渐侵入京津的书坊，将来怕连北方的人也会不知道《三侠五义》这部书了。”《中国章回小说考证》，安徽教育出版社1999年版，第314页。

④ 此段附于俞樾像后，《月月小说》，光绪三十三年（1907）第一年第十号。

樾关怀小说之举就是堪称一个异数"[①]。又有学者惊叹，俞樾以"曾当过翰林，学可一代宗匠，为人仰为师表"的身份，对《三侠五义》进行修订，并用本名写序，具有极大的象征意义，"此事在中国文学史上，堪称空前绝后之举，应大书特书之"[②]。

俞樾对小说、戏曲等俗文学产生兴趣不难理解——其时很多人都爱看爱听小说与戏曲，当时小说、戏曲已经成为普遍流行的社会娱乐方式，连以理学家自居的曾国藩，在日记中亦屡屡记其观戏、看小说的行为(要注意的是其写日记并不是一种私密行为，而是对外公开的)。然与流行程度相反的则是其观念上的轻视，或者即使喜欢看，也不能当众承认。对此现象，黄人说得比较透彻：

> 昔之于小说也，博弈视之，俳优视之，甚切鸩毒视之，妖孽视之；言不齿于缙绅，名不列于四部。……私衷酷好，而阅必背人；笔下误征，则群加嗤鄙。[③]

虽不乏偏颇，却大致说中了传统文化中俗文学尴尬艰难的处境。因而，作为一个翰林院出身，做过一省学政，又当了三十余年山长，被誉为清末"最有声望"的经学大师，俞樾能将对小说、戏曲等俗文学的喜好坦坦荡荡地说出来，且将其作为一门学问，做了许多俗文学考证研究及艺术特征的评述，其对俗文学的认知值得深入探讨。

一 "销闲而娱老"的娱情观

俞樾曾发表过这样一段着名言论：

> 《乐记》曰："人不能无乐，乐不能无形，形而不为道，不能无乱。先王耻其乱，故制雅颂之声以道之，使足以感动人之善心，不使放心邪气得接

① 康来新：《晚清小说理论研究》，大安出版社1986年版，第163页。

② 金文京：《俞樾的文艺观》，陈平原、王德威、商伟：《晚明与晚清——历史传承与文化创新》，湖北教育出版社2002年版，第581页。

③ 黄人：《〈小说林〉发刊词》，《小说林》第一期，光绪三十三年(1907)，上海书店1980年影印本。

焉，是先王立乐之方也。”夫制雅颂之声以道之诚善矣，而魏文侯曰：“吾听古乐则唯恐卧，听郑、卫之音则不知倦。”是人情皆厌古乐而喜郑、卫也。[①]

《荀子》即有“乐者，乐也，人情之所必不免也”[②]之语，指出音乐是人的情感所必需的。《礼记·乐记》中亦指出：“乐者，音之所由生也，其本在人心之感于物也。”[③]强调音乐是因为人对外物有所感而产生的，是人的情感的宣泄手段，可以说，“歌咏所兴，宜自生民始也”[④]，它是随着人类的产生而出现的，因此人是离不开音乐的。儒家传统观念非常重视礼乐的教化作用，孔子、荀子皆有相关论述，当然他们所赞赏的是中正平和的雅乐，对于使人心流荡的俗乐，是持批判态度的，“郑、卫之音”即是受批判的对象。“郑、卫之音”即指春秋时期郑、卫两国的民间音乐。孔子指出：“放郑声，远佞人；郑声淫，佞人殆。”[⑤]又说：“恶郑声之乱雅乐也，恶利口之覆邦家者。”[⑥]奠定了儒家批驳“郑、卫之音”的基调。荀子亦认为“郑、卫之音，使人之心淫”[⑦]，《礼记·乐记》中直接将其定性为“乱世之音”、“亡国之音”。儒家主流观念一直持批驳态度，如理学家张载、朱熹等人皆曾批判过郑、卫之音。

然历代亦不乏为以“郑、卫之音”为代表的具有娱情作用的文学、文艺作品辩护者，如汉宣帝所云“音乐有郑卫，今世俗犹皆以此虞说耳目”，从而为“辩丽可喜”的汉赋辩护。[⑧] 又如傅毅所说：“小大殊用，郑、雅异宜。……郑、卫之乐，所以娱密坐，接欢欣也。余日怡荡，非以风民也，其何害哉？”[⑨]指出郑卫之音有不同于雅乐的用途，用来娱情休闲亦无不可。

俞樾身为诂经精舍山长、一代儒学大师，其身份地位及其社会影响自不待言，当他引用本来为儒家所批评的魏文侯的话时，其重心却是指明，随着时代的发展，人们与中正平和、蕴含礼教的雅乐之间的隔膜，对当下流行的与自己的生活贴近的郑、卫等民间音乐的喜爱。进而，他赞赏“惟兹新戏，最洽人情”[⑩]之

① 俞樾：《余莲村劝善杂剧序》，《春在堂杂文》续编卷三，载《春在堂全书》，光绪末增订重刊本。

② 荀子：《荀子·乐论》，安小兰译注，中华书局2007年版，第196页。

③ 杨天宇：《礼记译注》，上海古籍出版社2004年版，第468页。

④ 沈约：《宋书·列传第二十七》，中华书局1974年版，第1778页。

⑤ 杨伯峻：《论语译注·卫灵公篇》，中华书局1980年版，第173页。

⑥ 杨伯峻：《论语译注·阳货篇》，第199页。

⑦ 荀子：《荀子·乐论》，第202页。

⑧ 班固：《汉书》卷六十四下，中华书局1962年版，第2829页。

⑨ 傅毅《舞赋》，萧统：《文选》卷十七，上海古籍出版社1986年版，第796页。

⑩ 余治：《庶几堂今乐自序》，俞为民、孙蓉蓉：《历代曲话汇编·清代编》第四集，黄山书社2009年版，第433页。

语，用人情所好这一观点为起源于民间的文学样式戏曲争得了存在的合理性，突出了人情所好的不可抗拒性，体现了文学观念的进步。这段话也是近代文学尤其是俗文学研究中经常被引用的，如黄霖指出，“作为经学大师的俞樾竟一反儒家的传统观点，将历来否定的‘邪说’作了大胆的肯定，这实在是异乎寻常的”，“这本身也是一种新的时代潮流的反映”[①]。

俞樾“是人情皆厌古乐而喜郑、卫”的观念尤为明显地体现在他对小说、戏曲等通俗文学的态度上。“小说和戏曲，中国向来是看作邪宗的。”[②]《汉书·艺文志》中曾指出：“小说家者流，盖出于稗官。街谈巷语，道听涂说之所造也。孔子曰：‘虽小道，必有可观者焉，致远恐泥，是以君子弗为也。’然亦弗灭也。”然而事实上，通俗文学不仅“君子弗为”，且一直受到统治阶级的鄙视打压，虽然有李贽、金圣叹等人认为其为“古今之至文”、“才子书”，大力弘扬，但直至俞樾的时代，小说、戏曲的地位并未有太大的改变。其时通俗文学已有广泛的市场，许多文人都在笔记随笔中记载观戏看小说事，连以理学自勉的曾国藩，在日记中亦屡屡记载其观剧看小说之事，可见当时社会风尚，但这并不妨碍他们鄙弃通俗文学，斥之为不登大雅之堂。小说、戏曲等通俗文学受到轻视，一些士大夫即使喜欢也不敢为其辩护，如果在写诗文中引用了小说、戏曲的典故还要受到嘲笑。

俞樾却坦坦荡荡，毫不掩饰他对通俗文学的欣赏，在作品中多次记录了他观看戏曲的经历。俞樾在徽州新安汪氏教书时，“每年四月汪村赛神，谓之打标，锦棚演剧，五六日始罢，余岁岁与观之”[③]。在与友人相聚时，“张筵演剧，灯火通宵，亦少年游冶之一乐也”[④]。他任河南学政时，“冬夏试毕还署，每张筵演剧，慰劳幕中诸友”[⑤]。在诂经精舍教书之余，也曾欣赏民间戏曲，并作诗记录，如《观影戏作》所云：

湖楼良夜小排当，老尚童心兴欲狂。戏剧流传黑妈妈，弹词演说白娘娘。轻移韩寿折腰步，明露徐妃半面妆。曲罢局阑人亦散，世间泡影总

① 黄霖：《中国文学批评通史·近代卷》，上海古籍出版社1996年版，第679—680页。
② 鲁迅：《徐懋庸作〈打杂集〉序》，《且介亭杂文》二集，《鲁迅全集》第六卷，人民文学出版社1981年版，第291页。
③ 俞樾：《自述诗》，载《春在堂全书》，光绪末增订重刊本。
④ 俞樾：《春在堂随笔》卷十，江苏古籍出版社2000年版，第151页。
⑤ 俞樾：《自述诗》。

茫茫。①

自少年至晚年，戏曲已经成为俞樾日常生活中不可分割的部分。

在欣赏通俗文学时，俞樾并没有将道德纲常、伦理教化这根弦时时紧绷着，他更多地关注其休闲娱乐的一面，如《九九销夏录》“平话”条里说道：

《永乐大典》有“平话”一门，所收至伙，皆优人以前代轶事敷衍而口说之，见《四库全书提要》“杂史类”附注。按：《七修类稿》云：“小说起宋仁宗时，国家间暇日，欲进一奇怪之事以娱之，故小说得胜头回之后，即云‘话说赵宋某年’云云，此即平话也。”《永乐大典》所收必多此等书，如得见之，亦足销闲而娱老矣。②

《七修类稿》为明代朗瑛所撰，肯定了“平话”题材之奇及其娱乐功能，而俞樾“销闲而娱老”之语可见其对小说娱情功能的认同。《三侠五义》能得到俞樾的高度评价亦是源于此。俞樾评价《三侠五义》时，尤其注重它独特的叙事技巧，高度评价了它的艺术成就，指出：

事迹新奇，笔意酣恣，描写既细入毫芒，点染又曲中筋节。正如柳麻子说《武松打店》，初到店内无人，蓦地一吼，店中空缸空甏皆瓮瓮有声。闲中着色，精神百倍。如此笔墨，方许作平话小说，如此平话小说，方算得天地间另是一种笔墨。

深深被它“闲中着色”叙事艺术所打动，认为作者“闲中着色”，使小说生动曲折，极富感染力，不愧为天地间另一种笔墨。这恰当地说中了《三侠五义》的艺术特色。胡适对此深有体会，他认为写白玉堂与颜查散的订交过程这一段，“这种突兀的文章是向来旧小说中没有的”，“真能写出一个从容整暇的任性少年”，这就是曲园先生说的“闲中着色，精神百倍”③。在晚清大量的侠义公案小说中，《三侠五义》亦不愧为杰出之作。这也与同样推荐《三侠五义》的入迷

① 俞樾：《春在堂诗编》卷十四，载《春在堂全书》，光绪末增订重刊本。
② 俞樾：《九九销夏录》卷十二，中华书局 1995 年版，第 140—141 页。
③ 胡适：《三侠五义·序》，《中国章回小说考证》，安徽教育出版社 1999 年版，第 315 页。

主人与退思道人等人的序中“极赞忠烈之臣、侠义之士”以自重成鲜明对比。

《三侠五义》在艺术上确实卓有特色，高出同侪。鲁迅亦指出其写侠的成功之处：

> 独于写草野豪杰，辄奕奕有神，间或衬以世态，杂以诙谐，亦每令莽夫分外生色。[①]

胡适也说道：“《三侠五义》有因袭的部分，有创造的部分。大概写包公的部分是因袭的居多，写各位侠客义士的部分差不多全是创造的。”这样，“神话变成了人话，志怪之书变成了写侠义之书了。这样的改变真是‘翻旧出新’，算是一种极大的进步”。而俞樾“以一代经学大师的资格来这样赞赏一部平话小说，他的眼力总算是很可钦佩的了”[②]。

俞樾不仅欣赏通俗文学的休闲娱乐之特质，自己在从事小说、戏曲创作时亦以此为旨归。俞樾创作《右台仙馆笔记》时，在《征求异闻启》中说道：“余今岁行年六十矣，学问之道日就荒芜，著述之事行将废辍，书生结习未能尽忘，姑记旧闻以销暇日。”[③]并附诗二首：

> 衰颓不复事丹铅，六十原非亲学年。正似东坡老无事，听人说鬼便欣然。
>
> 郭冲五事太寥寥，戏学姚崇十事要。不论搜神兼志怪，妄言亦可慰无聊。

皆指出其创作小说的一个主要目的就是休闲娱乐，以销暇日，不论是搜神还是志怪，皆可以慰无聊之思。与重视小说的娱情性相关，“志怪”成为俞樾的自觉追求。他在评论小说创作时，常常以“可惊可愕”[④]、“可喜可愕”、“事迹新奇”[⑤]等为标准。“怪”也成为俞樾小说的创作追求。在征求异文时，俞樾即说道：“伏望儒林丈人、高斋学士，各举怪怪奇奇之事，为我原原本本而书。”[⑥]

---

① 鲁迅：《中国小说史略》，上海古籍出版社1998年版，第199页。
② 胡适：《三侠五义・序》，《中国章回小说考证》，第314—315页。
③ 俞樾：《右台仙馆笔记・序》，齐鲁书社2004年版。
④ 俞樾：《先君子印雪轩随笔序》，《宾萌外集》卷三，载《春在堂全书》，光绪末增订重刊本。
⑤ 俞樾：《沈莲豁先生笔记序》，《春在堂杂文》续编卷三。
⑥ 俞樾：《右台仙馆笔记・序》。

两部传奇《骊山传》与《梓潼传》的关目安排也体现出俞樾追求娱情的目的。为了调节气氛，俞樾注意场面冷热的安排。如《骊山传》前两出皆是文戏，在第三出“四将成功”，安排了四位将领率军厮杀的热闹场面，并注出如何表演，一一如下：

> 扮敌兵四人自右上，又四人各执旗，画火焰之形，从左冲上，绕场滚舞，裹敌兵俱下；扮敌兵四人自右上，又四人各执旗画波浪之纹，从左冲上，绕场滚舞，裹敌兵俱下；扮敌兵四人自右上，又四人执白旗写艮字，自左冲上，即败，另四人执黑棋，写坤字冲上，尽杀敌兵下；扮敌兵四鬼魅自右上，四人大呼自左冲上，内场人人大呼，并乱击锣鼓以助之，鬼魅皆被杀。

在《梓潼传》中，俞樾在第七出“百龄大会”中安排了一个非常热闹的祝寿场面。文参的子孙先上前祝寿，然后朝廷使者、诸侯王使者、各级官员使者、西南诸夷、梓潼县境内父老子弟、县中文士等一一上前祝寿。有献寿酒、寿衣的，有献清歌妙舞、新戏的，还有献诗赋、贺寿图的。好一派热闹景象。

二 “有功经学”的教化观

在欣赏或研究俗文学的过程中，俞樾深刻认识到它们的巨大影响，他说：

> 天下之物最易动人耳目者，最易入人之心，是故老师巨儒坐皋比而讲学，不如里巷歌谣之感人深也，官府教令张布于通衢，不如院本平话之移人速也。君子观于此，可以得化民成俗之道矣。

因而“因势利导”，于“戏剧之中，寓劝善之意”也是必然之路，因为“其感人深，其移风易俗易”①。

利用俗文学进行教化是其创作者和评论者一向标榜的应有之意。如夏庭芝的《青楼集·志》中已明确说道：“（杂剧）君臣如《伊尹扶汤》、《比干剖腹》，母

① 俞樾：《余莲村劝善杂剧序》，《春在堂杂文》续编卷三。

子如《伯瑜泣杖》、《剪发待宾》，夫妇如《杀狗劝夫》、《磨刀谏妇》，兄弟如《田真泣树》、《赵礼让肥》，朋友如《管鲍分金》、《范张鸡黍》：皆可以厚人伦，美风化。”①指出戏曲在宣传封建伦理道德方面的教化作用。有助风化成为戏曲存在的最重要的理由，许多戏曲作家在进行戏曲创作时也重点强调这一点，而戏曲评论家也多从道德层面评论戏曲的创作。如王骥德《曲律・杂论》中以这一标准评判《琵琶记》与《拜月亭》，指出：“不关风化，纵好徒然，此《琵琶》持大头脑处。《拜月》只是宣淫，端士所不与也。”②在这方面的种种论述不胜枚举。

在《耳邮》与《右台仙馆笔记》中，俞樾皆以冯孝子事开端，并说道：

> 《春秋》二百四十年，人材极盛，而开卷即载颍考叔事，表纯孝也。余研经余暇，偶掇拾见闻，成斯笔记，而首以冯孝子事，亦庶几左氏之义夫！③

明确表达了以《春秋》、《左传》等为圭臬创作小说的想法，在《荟蕞编》之首亦表达了与此相似的观念。而“《春秋》之义也，以惩恶劝善为先”④，可见俞樾之所作小说，亦以寄寓劝惩褒贬之意。俞樾曾指出：“虽虞初小说，而未始不以表章孝义为主也。”⑤劝善惩恶、有助风化是俞樾小说创作的重要目的。俞樾诚信因果报应，重视道德教化，认为“神道设教，圣人之微权；福善祸淫，天地之正理”⑥，“夫余殃余庆之文，着于《周易》，天人相应之理，备于《春秋》，苟祸福皆虚，则劝惩无寄矣”⑦。而曾经的史官身份，亦使俞樾更为自觉主动地追求道德伦理教化，因为“表章节义，固旧史氏之职也”⑧。如在翠姑事中，俞樾写道：

> 虽其事平平无奇，似不合志怪之例，然稗官小说未始不以表章节义为事，先大夫《秦淮列女篇》云：“我无风化权，仅操笔一枝。”余《笔记》中载此等事，犹此意也夫。⑨

---

① 隗芾、吴毓华：《古典戏曲美学资料集》，文化艺术出版社1992年版，第65页。
② 隗芾、吴毓华：《古典戏曲美学资料集》，第190页。
③ 俞樾：《右台仙馆笔记》卷一，第1页。
④ 刘知几撰，浦起龙释：《史通通释・忤时》，上海古籍出版社1978年版，第591页。
⑤ 俞樾：《右台仙馆笔记》卷四，第73页。
⑥ 俞樾：《许仲孙〈冥记〉序》，《春在堂杂文》五编卷七。
⑦ 俞樾：《右台仙馆笔记》卷二，第34页。
⑧ 俞樾：《冯节妇传》，《春在堂杂文》六编卷三。
⑨ 俞樾：《右台仙馆笔记》卷十五，第320页。

俞樾的小说记载了大量的行忠孝节义之事以得善报的故事。如童元发事，童之父为熊所杀，他入山一年，终于杀掉大熊，为父报仇，被称为孝子，后果有善报，“粤寇之难，近村多被焚掠，而童孝子一村独无恙”[①]。又有夫妻父子失散二十余年后相聚，俞樾感慨道：“夫兵乱以来，父子夫妻离散者多矣，此家乃得完聚，意其有阴德乎？”[②]

然身为经学家，俞樾的教化观念并没有止步于此道德教化。正如《春秋》不仅有“善善恶恶，贤贤贱不肖”之义，还要“存亡国，继绝世，补弊起废”[③]，俞樾亦认为，“《春秋》所书二百四十年之事，皆孔子所立素王之法则，皆天子之事也，非为鲁十二公作载笔之史”[④]，“孔子生衰周，不得位，乃托鲁史成《春秋》，立素王之法，垂示后世”[⑤]。指出《春秋》并非仅仅为纪事而作，而是孔子有所寄托之书，其“详略之间各有其义”[⑥]。因而，与前辈作家津津乐道于伦理风貌的改善不同，俞樾所谓的教化已不同于“不关风化体，纵好也徒然”[⑦]及“备他时世曲，寓我圣贤言”[⑧]等代圣贤立言、宣传封建伦理纲常观念的传统认知。俞樾对俗文学的教化功能的认知进行了别样的拓展。如他在评论《西洋记》一书时说道：“此书之作，盖以嘉靖以后倭患方殷，故作此书，寓思古伤今之意，抒忧时感事之忱。三复其文，可为长太息矣。”[⑨]他认识到许多小说创作是有寄托在内，亦可抒发“忧时感事”之情。

俞樾的戏曲创作即鲜明体现了他“忧时感事”之意、干涉现实之旨。俞樾的两部传奇《骊山传》与《梓潼传》，介绍了许多经学、史学、小学知识及考据成果，因而成了别具一格的学问剧，以至有学者认为他是“近代以学问为戏曲的典型，将这种作风发展到极致”[⑩]。但更值得注意的是俞樾的传奇创作所体现出的救亡图存的倾向，表明他借助戏曲实现济世救民的意图。“以经术饰政术”，借经学思维、理念干预现实政治是儒学的传统。俞樾宣称，他创作戏曲的

---

① 俞樾：《右台仙馆笔记》卷五，第 107 页。
② 俞樾：《右台仙馆笔记》卷一，第 1 页。
③ 司马迁：《史记・太史公自序》，中华书局 1959 年版，第 3297 页。
④ 俞樾：《诂经精舍自课文》卷二，《第一楼丛书》，载《春在堂全书》，光绪末增订重刊本。
⑤ 俞樾：《曲园杂纂・达斋丛说》，载《春在堂全书》，光绪末增订重刊本。
⑥ 俞樾：《经义杂说》，《宾萌集》卷二，载《春在堂全书》，光绪末增订重刊本。
⑦ 高明：《琵琶记》第一出，《古本戏曲丛刊初集》，上海商务印书馆 1954 年版。
⑧ 邱濬：《新刊重订附释标注出相伍伦全备忠孝记》第一出，《古本戏曲丛刊初集》。
⑨ 俞樾：《春在堂随笔》卷七，第 101 页。
⑩ 左鹏军：《近代传奇杂剧研究》，广东高等教育出版社 2001 年，第 49 页。

目的是“使人人知有梓潼文君”[①],“使妇竖皆知,雅俗共赏,有功经学”,而“勿徒作戏文看也”[②]。他的两部传奇约完成于光绪二十五年(1899),直接受到现实社会背景的影响。光绪二十年(1894)是“无端毒雾起扶桑,又费军符日夜忙”[③]的一年,中国面临前所未有的严峻的局面。在中日甲午战争中,中国这一天朝上国惨败于海岛小国的日本并签订了丧权辱国的“马关条约”,割地赔款等一系列不平等条约带给国人的震撼可谓前所未有,以至人们激烈地认为“举朝皆亡国之臣”[④]、“国无以为国”[⑤]。“谁知一领旧青衫,斑斓渍透忧时涕”[⑥],国事如此,俞樾及其同志者不由“相对涕泣”,创作传奇乃是“抒其愤闷之胸”[⑦]的结果,是“更愿起斯人,长镇西海滨”[⑧]的强烈愿望刺激下的产物,有着明显的现实针对性。正是这种明显的现实针对性,让他的戏曲创作自觉地涉入对现实问题的思考。如面对现实中战不能战、和不成和的局面,俞樾在戏曲中借助骊山圣母之口指出:

> 和战二说当兼用之。欲与之和,先与之战;战而后和,乃真和矣。
>
> 【前腔】莫道和戎失策,休言战事多危,挞伐先张,存眺后用,方见恩威交济。(若只是)年年玉帛陈筐篚,(恐不免)岁岁金戈费鼓旗。(先用右大夫之策与之战,然后用左大夫之策与之和,切不可错乱了)盘中一着棋。——第二出

无疑是反对当时清王朝一味求和妥协的政策,主张先通过战争立大国之威,然后再谈和,这样在外交中才能处于有利地位。对当时面临的各种内外难题,俞樾也在戏曲中通过主人公提出对策。对外,面对西方列强的船尖炮利以及火枪等先进武器,骊山圣母认为:

> 用兵当用我之长攻彼之短,岂闻学彼之长攻彼之长。平火器能上轰

---

① 俞樾:《梓潼传》家门,载《春在堂全书》,光绪末增订重刊本。
② 俞樾:《骊山传》家门,载《春在堂全书》,光绪末增订重刊本。
③ 俞樾:《彭刚直公祠下焚寄》,《春在堂诗编》卷十五。
④ 郑孝胥:《郑孝胥日记》,北京:中华书局,1993年,第482页。
⑤ 叶昌炽:《缘督庐日记抄》卷七,续修四库全书影印本。
⑥ 俞樾:《余于道光丙申年入县学,至今光绪丙申六十年矣,追念前尘怃然有作》,《春在堂诗编》卷十五。
⑦ 俞樾:《骊山传·例言》,蔡毅:《中国古典戏曲序跋汇编》第四册,第2281页。
⑧ 俞樾:《咏十乱》,《春在堂诗编》卷二十一。

> 不能下击，能攻远不能攻近。贵国宜制造滚牌，或皮或藤均可。军士一手执牌防护其身，滚舞而进，直达彼军；一手执刀，逢人斫人，逢马斫马，此乃古技击之一术。——第六出

主张用古代技击之法配合滚牌以抵制火枪。俞樾认为，仅仅向西方学习枪械制造是不能超过他们的，因为这是“学彼之长攻彼之长”，只有找到火器的弱点，以长克短，才能取得胜利。且不说对火器的具体看法正确与否，其基本思想应该不乏辩证意识。对内，针对当时的几大祸患如黄河泛滥、鸦片蔓延等，也提出了具体的解决方法。如针对鸦片的毒害，骊山圣母建议通过区别对待的惩罚方式制止人们吸鸦片（第六出）。这些观点实际上是俞樾对当时中国所面临的诸多现实问题经过慎重思考而提出的应对措施。这些解决方法虽然是“药方只贩古时丹”[①]，却体现了以古鉴今的思路，是俞樾深思熟虑的结果。这与传统的戏曲载道观有所不同，在内容上客观拓展了戏曲教化的范畴，从而使他的“因势利导”、“化民成俗”理论具有更深广的现实意义。

俞樾的戏曲创作，与晚清文人对戏曲功能的拓展是一脉相承的，极具时代意义。早在鸦片战争期间，李文翰的《银汉槎》即以汉代张骞勘探河源、治理水患的神话故事，影射鸦片战争时期的社会状况，作品以河灾海患隐喻内忧外患，以“堵外患而清水患”为主线，借张骞泛槎探寻河源寄寓寻求救国之路，作者虽自称“多颂扬而无讽刺，阅者勿视为感时之作”[②]，却恰恰指出其是有感现实之作。黄燮清的《居官鉴》也是利用传奇作品来表达作者想通过政治吏治来挽救危机的政治理想，作者慨叹“国病难医”，痛斥吏治腐败，树立抗击侵略的爱国官吏王文锡的正面形象，即“作者借剧本写做官之道”，“凡用人、行政、安良、戢暴之法，都记载得很详细”[③]。至光绪间，钟祖芬创作的《招隐居》，以寓庄于谐的手法揭露鸦片对人的戕害[④]。还有许善长的《灵娲石》传奇，本意是“论列国名姝之可记者”，但作者虽“劝惩兼寓”，却“原无成心，非一律彰美德也”[⑤]，其造成的客观结果是：“正是通过戏曲形式使得不到

---

① 龚自珍：《龚自珍全集》，上海古籍出版社 1975 年版，第 513 页。

② 李文翰：《银汉槎·凡例》，俞为民、孙蓉蓉编：《历代曲话汇编·清代编》第四集，第 427 页。

③ 周妙中：《清代戏曲史》，中州古籍出版社 1987 年，第 328 页。

④ 张炯等：《中国文学通典·戏剧通典》，解放军文艺出版社 1999 年版，第 520—521 页。

⑤ 许善长：《灵娲石·自叙》，蔡毅：《中国古典戏曲序跋汇编》第四册，第 2478、2479 页。

读书机会的人学到一些历史知识的好办法。……尤其是《无盐附滕》、《庄侄伏帜》、《魏负上书》、《繁女救夫》等剧本，更涉及到治国安邦的大计。”①

所有这些都表明戏曲尤其是传奇在题材与功能上体现出的新变化，而俞樾的两部传奇的这一倾向无疑更为鲜明。对梁启超等人的理论与创作起了先导作用。作为维新派舆论宣传的领袖，梁启超就曾高调指出戏曲具备的优势，从叙事言情、刻画人物、音乐体制以及句法语言等方面说明戏曲所具有的优势，道破运用戏曲创作之缘由，以至强调“必以曲本为巨擘”②。戏曲作为一种通俗易懂、影响较大、体式灵活、可以塑造多种人物形象、能够较为明确地阐述作者的观念的文学样式，在表现时代特征、反映时代精神方面具有特别的优势，不能不受到时人的特殊关爱。

三 “不泥于后世”的史传观

咸丰七年(1857)，俞樾于河南学政任上遭弹劾罢官，且遭到咸丰帝的斥责，咸丰帝将“文理之醇疵”上升到“人品之邪正”，又提高到“戏侮圣言”③的地步，为此事画上句号。面对皇帝如此上纲上线的结论，俞樾虽然自我表白“未磨圭角难谐俗，独抱冰心可对天”④，然而也只能“万事是非凭吏议，一官去就总君恩”⑤了。从此，青年时代雄心壮志“男儿驷马寻常事，每把题桥笑长卿”⑥的俞樾，只能慨叹“天风吹我下蓬瀛”⑦了。

当仕途生涯以这样一种不太光彩的方式戛然而止，封建文人最重要、最能体现自身价值的一条路被斩断时，俞樾内心的痛苦可想而知，这也促使他重新思考人生自我价值实现的途径。积极面对巨大的挫折，俞樾另辟蹊径，为实现自我人生价值，他树立了著述之志。着书立说向是中国文人的志向。早在孔子即有言道：“君子疾没世而名不称焉。”⑧《左传》指出，实现人生价值有“三不

① 周妙中：《清代戏曲史》，第336—337页。
② 梁启超：《小说丛话》，《新小说》第七号，光绪二十九年(1903)，第8页。
③ 《文宗显皇帝实录》卷二四二，《清实录》第43册，中华书局1987年影印本，第746页。
④ 俞樾：《戊午春予自大梁旋里行有日矣，赋四律述怀》其二，《春在堂诗编》卷五。
⑤ 俞樾：《予视学中州偶因人言而罢漫赋四章》，《春在堂诗编》卷五。
⑥ 俞樾：《九月二十四日出都赴豫口占》，《春在堂诗编》卷四。
⑦ 俞樾：《春在堂随笔》卷一，第10页。
⑧ 杨伯峻：《论语译注・卫灵公篇》，第175页。

朽”:“大上有立德,其次有立功,其次有立言,虽久不废,此之谓三不朽。”①三不朽中,最上为“立德”,然似亦只有圣贤才能做到,其次为“立功”,然“功之立必凭借乎外来之富贵”,而“无所借而自立者”②,唯有“立言”了。因此,“立言”成为多数文人追求的目标,如曹丕所言:

> 盖文章经国之大业,不朽之盛世。年寿有时而终,荣乐止乎其身,二者必至之长期,未若文章之无穷。是以古之作者,寄身于翰墨,见意于篇籍,不假良吏之辞,不托飞驰之势,而声名自传于后。③

俞樾在与友人信中亦提及这一想法:“前尘昔梦久付飘风,而文士名心不能自已,穷年兀兀,妄借撰述自娱。”④认为自己“著述足以自娱,笔耕足以自食,虽无当时之荣,或有没世之名”⑤,并常常诵读“生前富贵应无分,身后文章合有名”诗句以自慰。又如“比来杜门撰述已及八十卷,虽名山坛坫万不敢望,而穷愁笔墨,倘有一字流传,或亦可言春在乎”⑥等言论皆可体现他的心态。

在战乱漂泊中,俞樾笔耕不辍,辛苦耕耘,抓紧时间读书做学问。当时的条件很艰苦,俞樾“家贫不能具书,假于人而读焉,有所得必录之”⑦。在这样艰苦的条件下,“每竟一岁,皆有写定之书刊布于世”⑧,陆续完成《群经平议》、《诸子平议》、《第一楼丛书》、《曲园杂纂》、《俞楼杂纂》、《茶香室经说》等,终成为著名经学家与大学者,成就另一番事业。俞樾还积极于作品的刊刻出版,在友人的帮助下,他的著述多能及时刊刻流传,俞樾对此感激不已。成书太快,当然难免有错误之处。曾国藩曾说道:“江浙学人近岁似以俞荫甫为冠,所著《群经平议》、《诸子平议》往往精审轶伦。惟年未五十,成书太速,刻之太早,间有据孤证以定案者,将来仍须大加删订。”⑨即指出俞樾着书之切。然联系到俞樾此时的心境,也就能理解他为何急于着书立说了。临终之时,俞樾犹牵挂

---

① 杨伯峻:《春秋左传注》“襄公二十四年”,中华书局1981年版,第1088页。
② 钱大昕:《瓯北集序》,《潜研堂集·文集》卷二十六,上海古籍出版社1989年版,第439页。
③ 曹丕:《典论·论文》,萧统:《文选》卷五十二,上海古籍出版社1986年版,第2271页。
④ 俞樾:《与曾枢元同年》,《春在堂尺牍》卷二,载《春在堂全书》,光绪末增订重刊本。
⑤ 俞樾:《与谢梦渔同年》,《春在堂尺牍》卷三。
⑥ 俞樾:《春在堂随笔》卷一,第1页。
⑦ 俞樾:《群经平议·序》,载《春在堂全书》,光绪末增订重刊本。
⑧ 缪荃孙:《清诰授奉直大夫诰封资政大夫重宴鹿鸣翰林院编修俞先生行状》,《艺风堂文续集》卷二,续修四库全书影印本。
⑨ 曾国藩:《曾文正公书札》卷十四,续修四库全书影印本,第23页。

《春在堂全集》的刊印发行[①]。

同样,因自身的遭遇,俞樾对于别人之身后名的“传”与“不传”特别敏感,一件在别人看来平平常常之事,都能引发他的感慨:

> 尝读《孟子》,至“孟献子有友五人焉,乐正裘、牧仲,其三人则予忘之矣”,未尝不废书而叹也,曰:“乐正裘、牧仲幸而为孟子所记忆,从此姓名千古矣,其三人者,不幸而不为孟子所记忆,则遂湮没无闻矣。”在孟子当日,不过一沉吟间,而传与不传,即系乎此。人知富贵穷贱有命存焉,而不知身后之名亦自由命,不然彼五人者,何以有传有不传哉。[②]

孟献子五友的不同遭遇,引起俞樾深深地感慨。正是出于这种经历与心境,俞樾对于别人的留名与否也特别关注。孔子疾没世而无名的思想在他这里得强化与推广。俞樾《右台仙馆笔记》中有一则故事,说钱塘黄维城去世后,高海垞遍搜其诗而不得,“一夕,忽梦黄君来,次日即于旧帙中得其七律一首,且骇且喜,录寄雨辰,并述其梦”。对此俞樾不禁发出“文士名心,至死不泯,亦可悲也”[③]的感叹。对人生价值与意义的思考,使得俞樾面对那些被湮没于历史长河中的人物时,总是以同情的笔触记录他们,使之为世人所知,而他曾任史官的身份,无疑成为最佳之立场,他的史官意识因此而得到强化。因此俞樾屡屡以形象而恰当的“旧史氏”一词自称。如“余文之浅薄,岂足以表扬其盛美,然旧史氏也,义固不得而辞”[④];“余旧史氏也,故不辞而为之序”[⑤];“余旧史氏也,将上以宣布朝廷盛德而下使为人臣者知事久论定,屈于一时者必申于万世,而士大夫之气将为之一振,然则斯铭也,谊固不得而辞”[⑥];“余旧史氏也,记述吾职,其敢遗诸,因书其事之本末着于篇,并附诸县志,俾后有考焉”[⑦]等。对于史传遗漏的人物与事迹,俞樾总是不余笔力地加以记载,以期使之名传后世,如在《春在堂杂文・序》中俞樾曾明确说道:

---

① 陈夔龙:《梦蕉亭杂记》卷二“记俞曲园”条,写道:“先生丙午十二月病逝。前一日,余往视疾,时已昏厥,犹强语余曰:‘《春在堂全书》颇多刊行。’。”中华书局2007年版。

② 俞樾:《湖楼笔谈》卷六,《第一楼丛书》之九,载《春在堂全书》,光绪末增订重刊本。

③ 俞樾:《右台仙馆笔记》卷七,第141页。

④ 俞樾:《永康应氏义田记》,《春在堂杂文》四编卷一。

⑤ 俞樾:《马培之征君〈北行记〉序》,《春在堂杂文》四编卷六。

⑥ 俞樾:《吏部左侍郎许公墓志铭》,《春在堂杂文》六编补遗卷五。

⑦ 俞樾:《镇海李氏养正义庄记》,《春在堂杂文》三编卷一。

余所作不为不多矣。其文多碑、传、序、记之文，文体卑弱，无当于古之作者，又性好徇人之求，苟有子孙罗列其祖父事实以告，辄曰："是仁人孝子求显其亲者也，义不忍割。"于是失之烦冗者往往有焉，然当代名公巨卿之行事所谓磊落轩天地者亦多见于吾文，岂以吾文之鄙陋而遂土苴视之哉！[①]

他的《春在堂杂文》中多有为人作序、传记、墓志铭等，固然有徇人所请，难以推辞的原因，但亦有俞樾以史官自居，为之作传以补史的内在动因。

强烈而自觉的史官意识已经在俞樾的思想和著述中打上深深的烙印，作为断绝仕途者，只能在个人著作中贯彻这一行为，这种观念推广于小说、戏曲时，亦表现得非常明显。俞樾的《右台仙馆笔记》、《春在堂随笔》中常有这样的表述："余本拟为作传记存集中，因循未果，姑撮大凡存之笔记。古来忠臣义士，恒藉稗官小说以传，不必碑版文章，然后照耀四裔也。"[②]作为稗史的小说因此被他赋予更为神圣的使命，即可以与正史传记相媲美。

俞樾的戏曲创作更鲜明地体现出这一点。俞樾借助传奇《骊山传》《梓潼传》为骊山女与文昌帝君作传。考证骊山女与文昌帝君事是俞樾一生中较为自豪的学术成就。俞樾曾云："（骊山女事）此论吾得之已久，屡见吾文矣，今又为诗以张之，冀此论既见吾文，又见吾诗，庶几不泯于后世。"[③]为使骊山女生平事迹"不泯于后世"，俞樾又将其创作成戏曲。在《茶香室四钞》中又说道："（文昌事）余诗文中屡及之，他日当并为一编，刻以行世。"[④]而最终又是采用戏曲文体使之达到"行世"目的。当俞樾最终将这两种传记以戏曲为载体进行创作时，无疑体现了对"没世之名"的一种潜在诉求，亦体现了对戏曲文体的认识的飞跃。

四　俞樾俗文学观的接受

百余年来，中国的社会、政治、文化等发生了巨大变化，而对俞樾俗文学观

① 俞樾：《春在堂杂文·序》。
② 俞樾：《右台仙馆笔记》卷七，第130页。
③ 俞樾：《咏十乱·序》，《春在堂诗编》卷二十一。
④ 俞樾：《茶香室四钞》卷二十，中华书局1995年版，第1795页。

的研究及其接受虽时显时隐，却从未断绝，且逐步深入。

俞樾对小说、戏曲的提倡标榜，乃至亲自从事创作，首先为小说、戏曲等俗文学正名，提高了它们的地位，扩大了它们的影响，而当时从事俗文学创作者，亦以俞樾为楷模，借俞樾的褒扬而扩大影响。如被认为是“女性戏曲史上最光荣的一页”①的刘清韵，其十种传奇得以保留传世，即是源于俞樾为之作序，并促使其石印出版，否则，将会成为戏曲史上一大损失。俞樾对其戏曲的评价是：“虽传述旧事而时出新意，关目节拍皆极灵动，至其词则不以涂泽为工，而以自然为美，颇得元人三昧。”②亦为不刊之论，屡为研究刘清韵者所引用，对刘清韵文学史、戏曲史地位的确立有极大影响。俞樾为余治所作戏曲张目，赞赏他“因势利导，即戏剧之中，寓劝善之意”③的方法。今人明确指出：

> 因他（俞樾）有较高的学术地位和较大的社会影响，故经他总结宣扬，无形中提高了余治剧作和言论的地位，同时也扩大了“今乐”的影响，推动了京剧的发展。而他作为一个经学大师，能违背儒家经典的旨意，维护戏曲、特别是“新调”的流行，这本身也是一种新的时代潮流的反映。④

即指出因其身份重要而导致的戏曲观念的影响的扩大。至于俞樾为《三侠五义》作序校对，并将其改名《七侠五义》发行，如前所述，其所带来的震撼直至今日。从序中看，俞樾赞赏的是“事迹新奇，笔意酣恣”，“闲中着色，精神百倍”的新奇题材与叙事技巧，而《月月小说》将认为经过俞樾的“删润”，《七侠五义》“遂成一种义侠小说”，振奋了“国民”的“尚武精神”。这明显是借助俞樾的声望为扩大自己刊物的影响而进行的巧妙“误读”，这也是当时借助小说、戏曲等俗文学教化民众以及振武强国时代精神的反映。正是因为有这样的思想基础与理论铺垫，当维新派梁启超一提出小说为“文学之最上乘”⑤时，从者如云。吴沃尧对此有生动的描述：“饮冰子《小说与群治之关系》之说出，提倡改良小说，不数年而吾国之新着新译之小说，几于汗万牛、充万栋，犹复日出不已而未有穷期也。”⑥传统文化自身的发展衍变、时代思潮的兴起与西方文学观念的

---

① 谭正璧：《中国女性文学史》，天津：百花文艺出版社，1985年，第340页。
② 俞樾：《刘古香女史十种传奇序》，《春在堂杂文》六编卷九。
③ 俞樾：《余莲村劝善杂剧序》
④ 黄霖：《中国文学批评史・近代卷》，第680页。
⑤ 梁启超：《论小说与群治的关系》，《新小说》第一号，光绪二十八年（1902）。
⑥ 吴沃尧：《月月小说・序》，《月月小说》第一号，光绪三十二年（1906）。

涌入，在清末民初这一特殊历史时段碰撞与融汇，形成了俗文学观及其创作的空前的高潮。这时对俗文学的提倡与研究，是重新评价其在文学史上的地位以及将其作为文苑独立成员进行研究的开端。

当清末民初学者将小说、戏曲等俗文学作为研究对象时，俞樾所使用的研究方法为他们提供了很好的学术研究范式。在俞樾看来，“世间俚俗相传之事皆有所本”[①]，他用实证的方法做过许多小说考证研究。在《小浮梅闲话》、《茶香室丛钞》系列中都有小说源流及人物的考证，如对王昭君本事流变的考证等。在《右台仙馆笔记》中，俞樾亦重视对其中所引典故、人物等进行考证。如在“汉阳朱勋臣事”中，俞樾关于“柳仙”的考证：

> 柳仙亦无其人，世传柳仙为吕纯阳弟子，盖本元人杂剧，此岂足为典要？且考宋郑景璧《蒙斋笔谈》，载吕诗“惟有城南老树精，分明知道神仙过”。城南老树乃古松也，则知元剧已属讹传矣。[②]

考证柳仙为讹传。俞樾将俗文学视为学问进行研究，以考据学方式考辨小说、戏曲等通俗文学的本事、流变，且考证的数量之多、涉及之广是前无古人的。正如周作人所说：“《小浮梅闲话》则全是讲小说的文字，这是在同时代的别人的集子中所没有的。”[③]《茶香室丛抄》中亦有许多考辨小说、戏曲的文字。当清末民初的学者将俗文学提高到学术的地位进行研究时，最初，他们最为得心应手的还是应用考据学对文学作品的题材、人物、情节等衍变过程进行史的考辨。他们将贯穿于历代文献中的同一故事称为“本事”，创立了以推求本事源流为中心的、具有文献学性质的研究范式。俞樾熟稔的研究方法所积累的实践经验，无疑给他们提供了一个现成的良好的范例。俞樾丰富的考证成果也为他们提供了资料上的借鉴，鲁迅、胡适等在研究中曾多次引用俞樾的研究成果。现代学者认为：“实事求是，不加价值判断的研究态度与方法，使得俞樾的小说评论工作，迥异于一般传统小说评论的主观、自我与即兴。俞樾以后，新文学运动的首脑人物胡适，他在整理古典章回小说的取向上和俞樾的路线类似。”[④]指出俞樾与胡适的承继关系，从而认为俞樾的小说研究更具前瞻意义。

---

① 俞樾：《小浮梅闲话》，《俞楼杂纂》卷三十八，载《春在堂全书》，光绪末增订重刊本。
② 俞樾：《右台仙馆笔记》卷一，第9页。
③ 周作人：《中国新文学的源流》，华东师范大学出版社1995年版，第50页。
④ 康来新：《晚清小说理论研究》，大安出版社1986年版，第174页。

而作为学者的鲁迅，其考据学成就已得到公认，被认为是“完全用清儒家法”而又“不为清儒所囿”[①]。陈平原明确指出俞樾对鲁迅有极大的影响。他认为，“鲁迅对清儒的接纳，有其特殊的角度”，“他对清儒的选择与时人不同”，“鲁迅比较推崇而且真正说到点子上的清代学者，大概只有阮元、俞樾和孙诒让。”“可以说鲁迅对中国小说研究的兴趣促使他选择了《茶香室丛钞》；也可以说《茶香室丛钞》中众多古小说的考证引诱鲁迅从事这项学术工作——或者说两者兼而有之”[②]。指出俞樾的研究方法的作用与影响。

当代学者从文学发展史角度考察俗文学从古典到近现代的转型时，俞樾的俗文学观及其创作更是一道不容忽视的风景。如赵家莹指出：

> 由于接受了欧美及日本文学的影响，戊戌变法以后，梁启超等人提出了诗、文、小说、戏剧“革命”的口号，并以小说、戏剧为文学之上乘。这样，原处附庸地位的文体，终于跻身于文学的殿堂。这意味着文学内部旧结构关系的被破坏，意味着文学已发生了由古代向近代的根本性的转变，而此种变化，早在俞樾身上已见端倪。[③]

赵敏俐亦称俞樾“已经看到了并承认戏剧小说等说唱艺术所具有的极大的艺术魅力，也有比儒家经术、官府教令等更能移人性情的功效，这首先是一种正视现实的态度，也是一种新的具有思想开放意义的观念”。认为俞樾提出的因势利导的新的艺术理论，直接违背了儒家经典，对梁启超、王国维等人的小说戏曲研究产生了影响。[④] 其他如谢超凡认为，俞樾既把小说当成“娱心”之物，当成文学，同时又认定小说寓有学问之道，并加以考据。这种态度和研究方法影响并浸染了近现代的一批学者，为中国古代小说专学的建立奠定了初步基础。俞樾虽然不是小说研究中考证一派的滥觞者，但无疑是民国前这种考证方法的集大成者[⑤]。贾婀娜亦指出：“（俞樾）小说研究的意义不仅仅是体现于一些具体问题的考证和评论上，更重要的是体现了一种小说观念和学术趋向的变化，而这些对于清末民初的小说研究乃至古代小说研究作为一门学科的

---

① 蔡元培：《鲁迅先生全集序》，鲁迅全集出版社 1938 年版。

② 陈平原：《作为文学史家的鲁迅》，王瑶：《中国文学研究现代化进程》，北京：北京大学出版社，1996 年，第 86—88 页。

③ 赵家莹：《近代社会思想的变迁与俞樾文学观念的更新》，《杭州大学学报》，1991 年第 1 期。

④ 赵敏俐：《十九世纪末古典文学研究态势的历史回顾》，《江海学刊》，1996 年第 1 期。

⑤ 谢超凡：《俞樾文学著述研究》，上海师范大学 2005 年博士学位论文，第 176—179 页。

建立，都具有相当重要的影响。”[①]所有这些，重在挖掘俞樾俗文学观及研究的学术史、文学史意义，试图描绘出俗文学史由古代向近现代转型的轨迹，对俞樾处于文学转型阶段的特点认识明确。

五　余　论

俞樾具有多重身份：他是晚清著名的经学家，被认为是“汉学在晚清得以出现恢复性发展局面的一位关键人物”[②]；作为“久主书院，门弟子遍于东南”[③]的教育家，俞樾门生弟子众多，有“门秀三千”[④]之称，如徐琪、缪荃孙、崔适、康有为、章炳麟、陈汉章、宋恕等，皆在清末民初较有影响；俞樾交游甚广，其仕宦经历与山长身份，使其往来者上至将相功勋，下至布衣百姓，既有文坛前辈，亦有后进门生，在晚清文坛有较大影响，“晚年足迹不出江浙，声名溢于海内，远及日本”[⑤]；俞樾多才多艺，其文学创作包括诗、词、文、小说、戏曲等各种文体。多重身份、多种成就使俞樾的俗文学观及其创作丰富而复杂，亦饱含时代特色，而较大的影响力及号召力使俞樾的俗文学观念影响深远，成为晚清文学史上一道难以忽略的风景。

俞樾对小说、戏曲等俗文学的认知及其创作特色，其成因是复杂的，生活环境、师长教导、人生经历乃至知识构成、现实社会问题等都会对他产生影响，似乎充满偶然性。然而，当俞樾将其上升到学理层面，通过引用传统经典著述，挖掘传统文化中的隐性话语重新阐释，从而为俗文学寻求合理性时，就为我们清晰描述出俗文学观念从传统到现代发展衍变的脉络、方式及其必然性。而从不同时期对俞樾俗文学观的接受亦可窥见现代学术范式建立、发展的轨迹与发展方向。俞樾身处晚清这一传统与现代碰撞融汇的特殊历史时段，其俗文学观及其创作在承袭传统中孕育着现代性因子，传统与现代矛盾而和谐地融于一身，是考察这一时段文学的一个典型。

---

① 贾婀娜：《论俞樾的小说创作与小说研究》，暨南大学2006年硕士学位论文，第61页。

② 罗雄飞：《论俞樾在晚清学术史上的地位》，《苏州大学学报》，2007年第1期。

③ 钱智修：《功利主义与学术》，《东方杂志》，1918年4月15日，卷六。

④ 福井繁之诗，俞樾辑：《东海投投桃集》，载《春在堂全书》，光绪末增订重刊本。

⑤ 缪荃孙：《清诰授奉直大夫诰封资政大夫重宴鹿鸣翰林院编修俞先生行状》，《艺风堂文续集》卷二。

清季江南高氏家族与“前南社时代”

苏州大学古典文献研究所　罗时进　邱　睿

南社是近代最大的文人社团，在清末以反清为职志，以诗文倡导革命。南社中有不少江南文化家族，如吴江柳氏家族、金山高氏家族、杭郡丁氏家族等，然家族与南社之关系至今还缺乏深入研究。本文所关注的金山高氏家族在南社发展中具有特殊意义，这个家族中包括女眷在内共有 10 名南社成员：高燮、高旭、高增、高圭、高杏、姚光、王粲君、顾葆瑢、何亚希、林棠。[①] 其中高旭为南社的发起人之一，姚光曾经在南社后期董理南社事务，高燮曾被视为南社的精神领袖。在近代文化家族如云的江南地区，高氏家族为何能特立挺出，以一种家族的形态与南社产生密切关联？在家族与社团关系研究中，高氏家族在清末无疑是一个极好的样本。如果我们将南社正式成立前称为“前南社时代”，那么高氏家族内部的思想调整，典型地体现出在清末激荡的时代风潮下，江南文化家族对历史变革的积极呼应。这一家族对南社成立的重要推动作用，也由此体现。

一　高氏家族反清思想的酝酿

清雍正四年（1726）金山县设立，隶属江苏省松江府。该地东接奉贤，南濒杭州湾，西邻平湖、嘉善，北靠青浦，舟楫便捷，而文化家族世代传承，至清代人文蔚兴，为江南文献之邦重镇之一。金山高氏是当地望族之一，诗书与经济俱

---

① 高燮为高旭从父，高增为高旭的弟弟，高圭为高旭从弟，高杏为高旭从妹，姚光为高燮外甥，王粲君为姚光之妻，顾保瑢为高燮之妻，何亚希为高旭之妻，林棠为高杏之夫。

为可观。在清末延续了传统的家塾教育形式，学员为家族子弟，塾师也多为族中或地方硕儒，这使得高氏得以始终保存着文化家族自相师友的家风，在家族中形成了一个具有一定规模的文化群落。

在家族成员中，高燮(1878—1958)和高旭(1877—1925)按行辈为叔侄，事实上作为叔叔的高燮比高旭还要小一岁，相近的年龄让他们有相似的求学经历。他们的开蒙师叫俞贞甫，是金山当地人，这是一个以德闻名的儒者，曾举孝廉方正。

他们的第二位老师叫顾莲芳，高燮等对这位老师稍不以为意，认为他"好吟咏而闻见太隘，不足以助其思致。"[①]当时十四五岁的高燮、高旭对老师的诗作常常"私相非笑之"，对于开始阅读诗界革命派诗歌的高氏叔侄而言，老师那些执着于日常应酬和传统咏物抒情的作品，显然难以感受到新的境界和气息。

第三位老师为庄瘦岑，他是一个忧愤国事的儒者，诗歌中多有伤时之句，在甲午海战后，"尝效白香山体，为《何处难忘酒》十首，至为沉痛，不可磨灭之作也"；义和团变乱时有《纪变百咏》，"隐寓滑稽伤曼倩，空怀抑郁哭灵均。"[②]这位塾师在庚子之乱中死于北京，境况甚惨。当时远在金山的学生们闻知这个消息，震动很大。老师之死在高氏子弟心中激起的是让民族主义种子更迅速发芽的力量。

除了沿习家学，高氏家族的联姻也延续了文化家族之间通婚的传统方式。高燮娶妻顾氏，顾氏也为江南著名的文化家族。高燮妻祖顾夔，字卿裳，号荃士，华亭(今上海市松江县)人，道光六年进士，有《城北草堂存稿》，被长洲王惕甫称为泖东七子之冠。其妻王清霞着《小琅环室诗余》，为闺秀诗人，传入《小檀栾室闺秀词钞》。顾夔子顾莲，字贞献，进士，着有《素心簃诗文集》。顾莲之女名顾宝瑢，适高燮。顾宝瑢受家族熏陶也擅填词，高燮称"余内子幼芙亦略能为词，未始非渊源之留遗于无形也。"高燮对自己的妻族颇为敬慕："顾贞献先生，道德文章为郡人士所宗仰，黄渊甫师及顾泰云先生尝受业焉。先人顾荃士，当清嘉道之际，以诗雄峰泖间。"[③]

和顾氏联姻既带来了高氏家族文化影响力的巩固，也扩大了家族的交游网络，顾氏家族成员成为了其新的交游对象。如高燮交游的顾泰云先生，是高

---

① 高燮：《感旧漫录》，高铦、高锌、谷文娟编：《高燮集》，北京：人民大学出版社，1999年，第26页。

② 高燮：《感旧漫录》，《高燮集》，第26页。

③ 同上。

燮岳丈顾贞献的弟子，是老师黄渊甫的同学，也是老师顾莲芳的宗叔，又与高燮哥哥高煌为姻娅，所以顾泰云常常到高家做客，这位从科举时代过来的文人非常擅长应酬诗作，“平生诗甚多，其应酬之作，尤清圆周至。”高燮诗作便时常得到他的指点。

从文化家族的发展脉络而言，高氏家族正按照传统前行，高氏子弟的就学、交游、联姻都具有传统文化家族的特点。如果按照这个方向，高氏家族应该在自己的文化轨道上继续科举和艺文的发展，以科第和诗文书画光大门第。对于大部分江南文化家族而言，此时仍在延续这样的传统之路，家风不堕，家学未改。但是高氏家族的标本意义就在于，这个传统的家族最早发生了文化践行道路的转变。1894 年，高煌(1868—1943)应江南试中举，他是高燮的哥哥，大高燮十岁。也在这一年，高燮等私塾弟子们“厌恶八股文，愤慨之下取书塾内八股角艺之书而焚之，塾师大骇。为文不就法度，视举世之学无足当意。”①当高煌与高燮兄弟以决然不同的态度对待科举时，这个文化家族内部的价值体系正在分裂。高燮等人背弃科举，意味着这个家族的后起之秀已然否认了传统的文化家族延续方式，高煌的中举恰如文化家族发展轨道的惯性使然，此后便无后劲。

1894 是一个特殊的年份，甲午海战对国人尤其是青年的震撼极大，青年皆思奋进有为。高燮曾这样回忆他的读书时代：“忆乙未丙申之际，余年十八九，读于家塾。时同学四五人，类皆志气奋发，不可一世。”②当时的同学除了高燮、高旭，还有顾镜渊、张仲传、何卧风、冯镜清。顾镜渊为塾师顾莲芳的弟弟、何卧风是高燮的伯氏姊子，冯镜清是何卧风的妻兄，也是高燮的中表戚。这些学友之间存在多多少少的姻亲关系。这个依托文化家族关系建立的文化群体中，正在暗中酝酿着对既有家族传统的反叛。

然相对于日后高氏叔侄创建南社时的革命理想，此时的反叛仅是家族少年对于时局的一种青春叛逆。当家族后劲的反叛还未发展为政治思想时，其表现方式便主要呈现于诗歌，高氏子弟以不断否认昨日之诗来探寻一种对于时局的呼应。在家塾求学期间，与高氏叔侄关系最契者为顾镜渊。这三人都喜欢作诗，高燮曾述及顾镜渊诗歌的演进脉络：

---

① 郭长海：《高燮年谱》，《高燮集》，第 870 页。

② 高燮：《感旧漫录》，《高燮集》，第 26 页。

岁戊戌，志士奋起，争言变法，而东亚老大之睡狮，似有昂头欲醒之势，而君之抑郁因以稍释。乃不数月，而又科头睡矣，方且酣梦焉，又加甚焉，呼不醒焉。而君睹此现象，于是大愤，而其诗亦遂一变；庚子四月后，盲风狂煽，妖云渐兴，星火燎原，养痈斯溃。君丁此时，热血填胸，奇泪盈把，灵根忽现，骚鬼入肠，而其诗遂又一变；辛丑以后，清政府鉴兹大祸，迫于列强，重行一二新政，以饰汉民之耳目，则便有一般所谓开新之士者，相与延颈企踵，呼号而欢迎之，以为此中国之福也。噫嘻，悲乎，其果然耶，否耶？于斯时而君之诗又一变。[①]

在社会变局面前，诗歌已然无法沿着家族前人温柔敦厚的道路前行，对于这些追求“以我为诗、不以诗缚我”的少年来说，社会的变局就是他们最佳的诗料。从戊戌革新的渺茫希望，到庚子义和团事件的愚盲蒙昧，再到辛丑条约的丧权辱国，这些事件激起的是家族子弟诗作的一变再变。“自近八年中，适当19世纪末以至20世纪初，其文字界变迁之速，率至于不可思议。”[②]而这一变再变的诗歌，是这些青年对于近世事件的思考和回应，是从戊戌变法以来对清廷的一线希望到后来志在反清的心路历程。

遗憾的是顾镜渊未及“建其最高之宗旨，以运动一世”，便在1902年去世了。这一年顾镜渊、高燮、高旭三人有过最后一次也是有记载的唯一一次诗歌唱和。因为这三人虽然交好，但是在创作上却强调各写胸臆，所以很少有同咏一物或是叠韵的作品，即“所志不尚苟同，是以同咏一物、同叠一韵者，集中甚鲜。”[③]所以1902年的这次唱和在三人的诗歌交往中就非常难得。这次唱和的内容是题咏梅花，诗歌中反叛精神还缺乏聚焦，显得较为隐晦。在顾氏去世两年之后，即1904年，高氏叔侄再次依韵写作了咏梅诗，以表达对亡友的怀念。仅仅时隔两年，高氏叔侄的作品便展现了完全不同的思想风貌，诗歌中的反叛意识已然成为一种确切的反清态度，现将高氏叔侄1902和1904年前后作品并观：

高燮1902年的作品：“瘦腰独立兀不舞，空山黯淡雪复雨。天荒地老绝无语，别有深情郁万古。我将梅花比仁人，香风扶植天下春。可知貌冷常心热，

① 高燮：《漱铁和尚遗诗序》，《高燮集》，第44页。
② 同上。
③ 同上。

不是凡身乃佛身。黄昏仿佛若有遇，梦与花神乞佳句。忽然挺出千万枝，争先未减少年气。”①

高燮1904年的作品：“矫然独立傲不舞，肯受悲风与美雨。托报亡国向谁语，长抱芳心追上古。古心古貌真奇人，凭君开出中华春。纷纷蛮雪压力猛，君乎依旧自由身。君今虽非好遭遇，评君大半激烈句。岂知光复之先声，即是天地之正气。”②

高燮1902年的诗歌中充满了少年争先之气，梅花在其笔下幻化为兀立不群的形象，但是其中的政治话语是含蓄的。1904年的作品则非常明显地赋予了反清的主题，当诗句中出现“光复之先声”这样的表达时，诗歌已经褪去咏物抒情的外衣，更近乎革命的宣言。同样，在高旭的作品中也呈现出这样一种由隐晦到明显的政治话语发展。

高旭1902的作品：“峥嵘枝干矫欲舞，侠骨棱棱战风雨。老梅尔非近代物，种自何年或盘古。抱负不作第二人，万花顶上占阳春。东风一夜热力涨，花花现出千百身。兰得称王好遭遇，为梅写生少奇句。虬髯骨骼石勒胸，基督灵魂项王气。”③

高旭1904的作品：“我见梅花且拜舞，为表同情泪如雨。遍地腥膻欲谁语，忍令此花荒千古。蛮天萧瑟阒无人，仗尔光复汉土春。兀坐空山聊默默，冰霜难撼独立身。生来贵种纵无遇，不借东风弄章句。劲枝铁干横高崖，凛然饶有杀胡气。”④

在高旭1904年的咏梅诗歌中也出现了指代清朝统治者的“腥膻”一词，以及充满民族主义情绪的“杀胡”、“光复汉土”等词汇。1904年的高氏叔侄的作品比起1902年锋芒未露的诗歌来，已经明显发生了变化。短短两年间，中国社会也经历了巨大变化，1903年《苏报》案发生；1904年清廷颁布《奏定学堂章程》，科举考试改八股为策论，科举已废除在即。清廷在文化上的压制以及强弩之末的革新，更加速了有气节的文化家族与之决裂的速度。如果说高氏叔侄在1902年的思想还有些许维新派的影子，两年后他们的思想已经蜕变为革命派。

值得一提的是高燮的外甥姚光(1891—1945)，在1905年作有《咏梅，步顾

① 高燮：《咏梅步顾灵石韵二首》，《高燮集》，第445页。

② 同上。

③ 高旭：《咏梅步顾灵石先生韵》，郭长海、金菊贞编：《高旭集》，北京：社科文献出版社，2003年，第16页。

④ 高旭：《三和灵石先生》，《高旭集》，第17页。

灵石先生原韵》。写作此诗时,他十五岁,中规中矩的诗歌创作显示出初学作诗的少年情态,然从诗歌内容来看,则显然受到家族的影响。姚光来自金山与高氏联姻的姚氏家族,姚氏家族"自明以来,世以德业文章显。""自入清朝,而听岩公姚宏绪辑姚氏一家诗文,至百卷之多。辑《松风余韵》,录有明先德亦几二十人。说者谓云间之姚,几等江左诸王,人人有集,又若宋代之三刘家集,明代之长洲文氏五家诗。"[①]这个兴起于明代的家族,既有文化的传统,更有气节的楷模,当年加入几社的姚氏成员也复不少。来自于这样一个家族,姚光的民族主义思想本有其家族渊源,而咏梅诗在清末的背景下是家族反清思想的一种表达方式,姚光选择以和韵咏梅作为加入到家族反清行列中的一个标志。诗句写道"只今春去无消息,此花乃似遗民身。""神州满地尽胡尘,独有此花存正气。"[②]其中"胡尘"、"遗民"的字眼使得姚光的诗歌初具革命派诗歌的面貌,这个行辈较晚的少年没有经历高燮等所受的维新派的影响,而直接受到社会和家族的民族主义精神洗礼,渐而成为家族中反清力量的后劲。

对于高氏家族而言,他们在清末点滴酝酿起来的反清思想,反映在一系列家族文化事件中,与科举的决裂使得家族成员需要思考新的文化承续之路,家族的诗歌活动则在不断的新变中成为家族文化步伐调整的外化形式。家族成员的诗歌创作渐渐凸显了反清的意志,而这个家族更具有时代意义的反清方式,便是编辑杂志《觉民》。

二 汇聚高氏家族思想的《觉民》杂志

《觉民》杂志为清季的革命杂志之一种,宣传反清攘夷,创立于1903年11月,停刊于1904年8月,共出十期。这份杂志可以算作高氏家族的家族刊物,其主要的编撰者为高燮、高旭、高增(1881—1943),高增为高旭之弟,这份杂志既是出于高氏家族的创办经营,其主要撰稿者也是高氏成员,很能反映高氏家族的反清思想形成的理路,更可以看出高氏家族是怎样通过办刊汇聚思想,加入到沪上的反满风潮中的。

日益高涨的反清洪流为文化家族带来新的时代命题,他们该如何以家族

① 姚光:《姚氏遗书志序》,姚昆群,昆田,昆遗编:《姚光全集》,北京:社科文献出版社,2007年,第30页。
② 姚光:《咏梅,步顾灵石先生原韵》,《姚光全集》,第176页。

的面目从事反清活动？当清末各种武装起义此起彼伏，撼动王朝统治的时候，文化家族成员投笔从戎的个案也时有发生。暴力手段切合了激进的反清愿望，但是对于一个文化家族而言，此举却非其所长。文化家族的百年积淀在其艺文，家族子弟以诗文获誉，其鼓吹变革如就此入手颇易收事半功倍之效。高氏家族经过酝酿很快找到了一个文化活动与革命行为的结合点，那就是办杂志。这种文化家族的行为策略是其对于自身时代使命反思的结果，这在高燮与《政艺通报》主编邓实的通信中有所反映。

邓实致书高燮，提出救国策略应重在实力的观点：“盖今日救国存种之策，舍民族主义竟无从下手，惟此乃有一线生机。顾仆之私心，则以为在有实力而不在空言。”①高燮对此提出了不同意见：“鄙人尝谓欲运动上等社会，在办报，欲运动下等社会，在演说。办报与演说，一则达之以笔，一则达之以口，要之皆空言也，然若能民智因之日开，社会精神因之勃发，则我中国但须有少数之实行家奋起于前，得多数之文字家、议论家为之赞成于后，便事半而功倍矣。夫如是，则今日之空言即为将来实事之所倚，其力莫大焉。故文字之力亦力也，议论之力亦力也，岂必以腕力而始为力哉。”②

在以上对话中，邓、高二人对于社会变革的方向没有分歧，但是在变革的具体途径上的侧重不同，彼时邓氏“西学为用”的观点尚存，故他希望以学习西方培养出中国的“实力”来。但是高燮却为实行家所谓的“空言”正名，他推崇文字之力，认为正当社会变革之时，文字家、议论家能以舆论发动民众，故强调语言文字对于社会思想的影响。文人之文，并非空言，是具备掀动革命风潮之力的。这正是其创办《觉民》的缘由，以报刊开启民智，为社会变革做思想准备。

《觉民》创刊的1903年，江南地区正经历了《苏报》案。震惊江南的《苏报》案，在某种程度上也是江南反清力量的一次整合机会，清廷的高压反而令持反清态度的文人声气渐通，并且在后续的办报活动中互通往来。高氏家族成员在《苏报》案后反清意志更坚，高旭曾作诗声援因苏报案入狱的章太炎：“蚩尤幻作雾，天地谁肃清？当头一棒喝，如发霹雳声。保皇正龙头，顿使吃一惊。从此大汉土，日月重光明。”③令章太炎系狱的“罪文”，在高旭眼中却是令天地

① 邓秋枚：《邓秋枚书》，高铦、高锌、谷文娟整理：《觉民月刊整理重排本》，社科文献出版社，1996年，第216页。

② 高燮：《答邓秋枚书》，《觉民月刊整理重排本》，第215页。

③ 高旭：《题章太炎近著》，《高旭集》，第33页。

肃清的堂堂正音，这表明此时的高旭已经与当时章太炎倡导的民族主义达成了一致。

高氏家族以创办《觉民》参与到《苏报》案后江南地区高涨的反清活动中，他们已经不再局限于家族内部的反清思想酝酿，而与江南逐渐兴起的反清群体汇合，其中最可注意的是他们与当时正处于酝酿期的国粹派的交往。国粹派的形成以1905年国学保存会的成立为标志，而1903、1904年间正是这个群体从具有维新派倾向的《政艺通报》群体向具有民族主义思想的《国粹学报》群体过渡的时期。

后来成为了国粹派领导者的邓实与高氏家族成员在这一时期交往颇密。高燮曾在顾镜清死后发出"吾道甚孤"的感叹，这一时期他在诗歌中称邓实为契友，可见高氏与国粹派诸子观念的融会："文字有功争宪法，江湖求友契心知。""诗界榛芜不可论，里哇嘈杂听殊喧。而今大雅无遗响，端赖男儿返国魂。"[①]诗歌既有对于"文字"之功的认可，也有对于一改诗界靡芜的期许。邓实曾在1904年前后编辑有《黄血丛书》，该丛书以激发种性为旨归，高旭对此有着很高评价："吾道艰难一发存，犬羊未许枉称尊。收罗黄血三千斛，手浴平民未死魂。"[②]诗中将"驱逐犬羊"的反清大义称为"吾道"，且赞赏邓实能将大汉族的历史搜罗全备，能激励民众的抗清斗志。

对于一个家族而言，共同经营一份杂志，就是为了共同坚守一种信念，以家族文化为资源，在大变动的时代为启迪民智发挥特殊作用。在这个文化阵地上，诗歌仍然是他们的利器。

1904年4月8日的《觉民》第七期，发表了一首题为《寓庐与汉剑大雄联句限顺次完庚韵》的长诗，这首诗是由高燮（黄天）、高旭（汉剑）、高增（大雄）以联句形式共同完成的，它清楚地记录了这一时期高氏家族内部的反清思想的交流、激荡。全诗一开始便是以愤懑无端的情绪发声[③]：

出门仰天呼长庚（黄天）汉家江山经几更（汉剑）
哀我同胞俎上羹（大雄）安坐惯食江南秔（黄天）

---

① 高燮：《简邓秋枚》，《高燮集》，第447页。
② 高旭：《邓秋枚君近有〈黄血丛书〉之辑，诗以促之》，《高旭集》，第360页。
③ 《寓庐与汉剑大雄联句限顺次完庚韵》，《觉民月刊整理重排本》，第145页。

诗句描绘出一个汉家江山几经劫难，同胞正任人宰割的场景后，高氏联唱者进入高昂的民族主义情绪中：

读刺客传倾巨觥(汉剑)雄心未许胡运亨(汉剑)
族种主义调龙笙(汉剑)碎铁头颅供牺牲(大雄)
满耳赵瑟杂秦筝(汉剑)腥秽遍地谁肃清(大雄)
华夷杂处异感情(黄天)漫天淫雨天不晴(汉剑)

在视夷族为犬羊的情绪宣泄之后，高氏联唱者进一步展开与日本近世以来历史的比较与反思：

弹丸岛国何坚贞(黄天)三十年来霸业成(汉剑)
人人胸中斗血盛(大雄)为国尽力作干城(黄天)
返观我邦谁竭诚(汉剑)群蚁附膻丑态呈(大雄)

接着诗人环视国内外时局，表达出对铁血暗杀行为的推崇：

虚无党起驰莘莘(黄天)手弯霹雳弹狐麖(汉剑)
潜行暗杀伏鼯鼪(汉剑)激成反动力实勍(大雄)

全诗最后呼应开头的民族主义情绪，作出了更加激烈直白的表达：

虏廷仇视打一絣(汉剑)神州血海流浤浤(大雄)
长林丰草野豕宏(黄天)低垂豚尾毛披鬡(汉剑)
吾党勉旃志操轻(大雄)光复旧物宁无请(黄天)

高氏族人联句共唱，且完整地刊载于家族杂志上，这在清末的江南，乃至更大的地域范围，都是极为突出的文学、文化现象，值得近代文学史大书一笔。这首联句诗可以深度反映高氏家族这一时期的思想，也是他们创办《觉民》杂志意图的最好注脚。更值得注意的是，当我们研究南社历史的时候，可以看出江南文化家族在组织大型的反清团体之前，是如何以家族组织形式建立起反清活动的“宣传部”的。《觉民》杂志停刊五年之后，这个“宣传部”汇入到南社这个更大的反清力量中，是在新的文化理想和革命激情基础上，对时代的积极顺应。

三 以寒隐社为南社之先声

江南文学家族多参与文学社团活动，而一部分文学社团乃具有浓厚的家族性质，如碧山吟社、蕉园诗社、洛如诗社、龙山文会、竹林诗社、竹溪诗社、小山词社、南华九老会、浣青诗社等不胜枚举，这是一个需要专门研究的问题。南社，在一定程度上主要支柱亦是几个重要文化家族。高氏家族最具影响力的活动，无疑是参与创立近代最大的文人社团——南社。对于南社的创社渊源，高燮在 1917 年给社友周芷畦的信中这样写道："寒隐社之约，实为南社之先声。"[①]1940 年，时隔多年以后，高燮仍然这样描述寒隐社与南社的关系："南社之创，在清季庚戌，其时不佞先有寒隐社之结，而南社遂以继起。"[②]在高燮的叙说思路里，显然是以"寒隐社"作为南社导夫先路者，这与柳亚子将"神交社"视为南社的先声颇有不同。

寒隐社于 1908 年由高燮创设于故乡金山，这是一个以高氏家族成员为核心发展起来的地方性文人社团。寒隐社编辑了一套《寒隐社丛书》，从中可以窥见这个社团的旨归。丛书共两种，一是陈子龙的《安雅堂稿》，一是吴日千的《吴日千先生集》。"己酉秋，余与同志数人结寒隐社，论学之余，更征集前人遗着之为世罕见者，谋次第刊行。"[③]丛书之于南社的意义在于，某种程度上参与并完成了前南社时代南社精神谱系的建立。

清末南社在酝酿建立过程中，需要从历史中为反清革命寻找精神支撑。于是一方面在诗文中不断回忆和强化明末的几复风流和遗民节操；另一方面便是整理几社复社和明遗民的文献。寒隐社的丛书整理工作便属后者。姚光曾这样描述寒隐社的时代使命："余生不辰，当神州板荡之年，抱种族沉沦之痛，与吹万舅氏结为'寒隐社'，将谓长作遗民以殁世矣。然如鲠在喉，欲有所言，以申大义于天下。而言之触忌讳，则无能传世而行远；国人之喜新又不若

---

① 高燮：《答周芷畦书》，《高燮集》，第 401 页。

② 高燮：《致温丹铭书之五》，《高燮集》，第 437 页。

③ 高燮：《吴日千先生集序》，《高燮集》，第 50 页。

笃古之深也，乃校刊明季遗书而表彰之，使人心涵濡乎风教，而不忘其典型，以为提倡光复之一助。”①姚光所言，既申明了寒隐社旨在光复的政治理想，也言明其文化手段乃在表彰文献，这正是前南社时代革命文人的共同努力方向。

南社骨干成员在南社成立前大多都曾致力于文献的整理工作，他们在这个过程中互通有无，可以说这是一个文化群体共建南社精神谱系的过程。当高燮整理陈子龙集的时候，陈去病正在整理夏完淳的集子：“百年而公《安雅堂稿》亦以出世，而吾友吴江陈君去病、华亭张君孔瑛，近亦辑有《夏考功集》，欲谋付印之举。”②在编辑遗民著述的过程中，蔡哲夫也和高燮有所交流：“去年秋，得交广州蔡子哲夫。广州故昔羊城也，而蔡子知余喜表彰先哲，乃出其手抄邑明遗民《薛剑公先生集》，诗为《南枝堂稿》，文为《蒯缑馆草》，都数百篇寄余，请为序。”③此时，姚光也在整理《王席门先生杂记》，他邀请高燮为书作序：“吾甥姚子凤石，以书一卷题曰《王席门先生杂记》，谓钞于里中范氏所藏旧刊本，世无有存者，谋将梓行，而请为序之。”④

在发掘整理文献的过程中，对象的选择体现了鲜明的倾向性，上述陈子龙、夏完淳、吴日千、王席门、薛剑公都是著名的明遗民。其中除了薛剑公是广州人外，其余四人都是松江人，可以说是高氏的郡邑先辈。金山一代古称云间，陈子龙等既开创了文学性的云间派，又组织了极具政治影响力的几社。这个群体符合作为南社精神楷模的标准：以文学的旗帜树立政治之影响。当这个精神谱系建立起来后，南社的面貌也就渐渐清晰。故而高燮在回忆南社与寒隐社关系时，称寒隐社为“南社之先声”。

在这个为南社成立寻求精神源泉的过程中，我们再次看到了家族的力量。姚光是高燮寒隐社丛书编辑的重要襄助者。相对于《觉民》时代，这一时期他已经成为家族中与高燮在文化活动中关系最密切的人，他参与了高燮《寒隐社丛书》的全部编辑工作。在《安雅堂稿》编辑中，姚光担任了校勘的工作，“陈卧子先生《安雅堂稿》印成，予任校勘之役。”⑤《吴日千先生集》也是由姚光将搜寻所得的遗民材料交给高燮刊刻的，“我友汪子若望，以其所藏抄本《吴日千先生集》见借，余以呈之舅氏高吹万先生删定，列之《寒隐社丛书》刊焉。”⑥在《吴

① 姚光：《寒隐社丛书后序》，《姚光全集》，第 46 页。
② 高燮：《安雅堂稿序》，《高燮集》，第 46 页。
③ 高燮：《薛剑公先生集序》，《高燮集》，第 49 页。
④ 高燮：《王席门先生杂记序》，《高燮集》，第 46 页。
⑤ 姚光：《书陈卧子先生〈安雅堂稿〉后》，《姚光全集》，第 25 页。
⑥ 姚光：《吴日千先生集序》，《姚光全集》，第 38 页。

日千先生集》编辑完成后，由高旭为之作序，他阐明了家族力图通过文献整理工作宣扬民族主义的努力：“士君子苟稍具志节，未有不明种类之界说者。我邑吴日千先生，丁季世，目睹亡国惨状，其抑郁沉痛何可言喻。宁老死空山，不作新朝赞助，盖亦当时有志之士矣。”[①]高旭概括了家族成员此时的文化态度，他们倡导了一种以整理文献来进行反清宣传的方式。

值得注意的是高燮创立寒隐社，他的反清行为隐藏在一种似是而非的“寒隐”外衣之下，就像他所推崇的明遗民那样，虽然以退为进地保持着气节操守，但也免不了有着与世疏离的狷介。所以需要弄清这一段若寒若隐的避世疏狂到底是文人有意为之的末世自保，还是高氏家族成员的一种真实的文化态度？且看高燮的《寒隐社小启》：

> 春风无主，觉逃者之自愉；秋雨索居，悟浮生之靡乐。因思约素心而数晨夕，结胜侣以赏芬馨。南山当窗，望古而叹；西风满野，吾道其孤。倘有守雌癖士，抱拙迂腐，甘落寞于穷乡，课微茫于暗室。拟评松菊，呼五柳以相随；同理弦歌，招两生而偕隐。果能遁世无闷，盍与把臂入林乎。是故摅怀旧之蓄念，聊当加餐，发潜德之幽光，不求闻达。[②]

高燮的叙说有一种乱世中独善其身的意味，独寤寐言、湛然自守、秋雨索居，透露出一种吾道甚孤的情绪。高燮在顾镜清死后曾经发出过知己零落的感叹，几年来他希望能在各种交游中寻找相合的同道，但是和积极四处奔走拓展自己交游圈的侄子高旭不同，高燮始终倾向于固守自己的乡邑甚或是家族的范畴，包括后来创立国学商兑会，也一直固守着“独抱孤怀，不随时尚”[③]之旨。

高燮还用一首诗歌来表达了自己在《寒隐社小启》中的那种心态：“说着论诗道已微，相思绵渺古人稀。风飘坠叶甘侵帽，尘起污人欲浣衣。林密山深心独往，天回地转愿终违。鸣条解与梧桐语，为报今年秋更非。”[④]在“为报今年秋更非”的诗句里，我们读到在寒隐社创立前一年，1907 年秋瑾就义对当时江南士人的心态影响，这个事件让高燮内心对清末时局生出更深的失望，所以在“天回地转”的愿望无法实现的情况下，便倾向于一种独善其身的道德标举。

---

① 高旭：《吴日千先生集序》，《高旭集》，第 510 页。

② 高燮：《寒隐社小启》，《高燮集》，第 45 页。

③ 高燮：《答饶纯钩书》，《高燮集》，第 427 页。

④ 高燮：《拟结寒隐社作诗述意》，《高燮集》，第 486 页。

在家族中受到高燮影响最大的当属外甥姚光，在姚光的成长过程中，高燮一直扮演着导师的角色。高燮和姚光的关系是文化家族中特有的“舅甥关系”。[①] 从《觉民》到寒隐社，姚光都是高燮的积极追随者。姚光受到高燮影响的不仅仅是学识、思想，还有心态，他在十三岁时写出意气洋洋的反清诗文，被目为“童子军之铮铮者”，而寒隐社时代的心态却近乎逸民。姚光的一篇自传描写了自己的成长经历和心态转换：“年少气豪，有仗剑中原，策马塞外之志，以光祖宗之玄鉴，振汉族之天声自许。尝欲环游世界，尽览天下之名山大川而后快；负笈出游，即病几殆，一若天有以阻之者，平生志气，因而大挫。又亲老无兄弟，势不能远离，伏处里庐不复出，从寒隐先生游，偕隐焉。乃仰以追思千载之前，以狂胪文献为职志。”[②]姚光在文化态度上受到高燮的影响很大，在此后很长时间，姚光都抱定和高燮一样的孤洁信念，投入到国粹的整理工作中。

对于高燮而言，寒隐心态让他在对待南社的态度上保持一定距离。他虽然投身于反清事业，参与了前南社时代的精神谱系营建，但是这个对于精神节操有着孤高标准的人，其时倾向于二三素心人之间共同砥砺节操，他排斥那种规模巨大，人声喧阗的社团组织。而柳亚子这时正在酝酿组织以文字鼓动风潮的革命队伍，他积极地邀约全国各地持有反清思想的文人加入其中。故而高燮在回忆中曾这样说：“其实不佞硁硁之见，与南社之广滥，本稍有不同。自入民国，佐命者颇多社中之人，从此入社者乃更滥于前。”[③]高燮不满于南社的“广滥”，他的理想本不在一种声势煊赫的活动。和《觉民》时代的词锋激烈相比，此时他倾向于一种逸民心态，不是站在文字革命的前线，而是选择用文献整理的方式来为反清攘夷的活动赢得正当性，他认为国粹的整理对于一个国家民族的精神命脉更具价值。这是文化家族在经历革命风潮时常常坚守的文化信念。高燮心态的转变，代表了当时的一批士人，他们以学术的方式进行民族主义的宣传，这以日渐兴起的国粹派为代表。他们赞同革命，但是又很容易在激进的革命面前退回到熟悉的文化环境中，经营他们认为与国家命运相系的学术事业。不论是高氏家族在寒隐社之后创立国学商兑会，还是国粹派在《国粹学报》终刊后创立《古学汇刊》，未始不是因其文化态度早已注定。

---

① 罗时进：《清代江南文学发展中的“舅权”影响》，《江海学刊》，2011 年第 5 期，181—187 页。该文指出：“舅甥关系”也成为江南名族高门的一种具有丰富文学内涵的关系。它揭示出江南家族文学在父系血脉的作用外，还受到母系血脉的重要影响。

② 姚光：《赤松逸民传》，《姚光全集》，第 30 页。

③ 高燮：《致温丹铭书之五》，《高燮集》，第 437 页。

高氏家族在前南社时代的活动体现了文化家族在近代转换的理路。从私塾学友的诗歌革新，到创立《觉民》鼓动文字风潮，再到整理文献襄助反清革命，呈现出一个江南文化家族的自我价值调整轨迹。清末时局的巨变，使得文化家族无法按照原有的科举仕进道路发展，而必须寄托于新的文化理想。高氏家族的子弟在清末戊戌维新风潮之后，一方面激进，一方面持守，但无论是对思想的激进表达，还是对传统文化精神的持守，都出于其民族主义的立场。正是在这面旗帜下，他们最终汇聚到南社中，卷起滔天的革命巨澜。前南社时代高氏家族的思想和实践，正可以成为近代江南文化家族真实的人格精神与思想风采的标本。

说明：本文是国家社科基金后期资助项目“南社诗人群体研究”(12FZW041)、国家社科基金项目“清代环太湖地区文学社团与文化生态研究”(10BZWO56)的阶段性成果。

传统韵文学的现代转型与生存

——都市文化中的竹枝词创作

上海师范大学唐诗学研究中心　朱易安

在中国近代化进程中，竹枝词，这种传统韵文学形式的创作，出现过一个前所未有的繁盛时期。王利器等所辑《历代竹枝词》收录作品 25000 多首，90％是清代以后的作品。顾炳权编的两种收录上海地区的竹枝词，即《上海洋场竹枝词》和《上海历代竹枝词》，数量也在一万首左右，情况十分相似。其中，《上海洋场竹枝词》的选辑，正是 1870 年前后描写上海开埠以后城市化的作品。此外，上海及江浙一带为高产区，由北京出版社出版的《中华竹枝词全编》(2007)收录作品 7 万首，其中江南的作者及作品过半。我们完全有理由认为，作为传统的文学样式，在近代都市形成的过程中，竹枝词的创作获得了新的契机，这种文化现象以及它所取得的成就和意义，必须放在近代化的大背景下来解读，同时，也应当将竹枝词的创作及其演变，立足于文学本身的发展来研究，而不是让它们仅仅作为史料而存在。

一

属于韵文学创作的竹枝词，经历了千余年的创作，能在近代形成新的创作热潮，并且转型成为都市文学的一部分，与它所拥有的民歌属性和诗学中的乐府传统有关。

竹枝词从文人有拟作开始，就渐渐脱离音乐，成为徒诗。虽说仍可入乐演唱，但诗歌属性益发显著。因此，诗歌创作的主旨和意图会进一步地凸现出来。可以说，早期巴蜀地区的民歌竹枝本色则渐渐隐去，而与乐府诗相同的诗学特质，则慢慢成为竹枝词创作所遵循的传统。正如郭茂倩所云，所谓乐府，“自风雅之作，以至于今，莫非讽兴当时之事，以贻后世之审音者。”[①]而后世对于文人拟乐府诗作的重视，也在于“采诗”和“言志”传统。所谓“古之言乐者，必本于诗。诗者，乐之词而播于声者也。太史采之，太师肆之，世道之盛衰，时政之治乱，盖必于诗之正变者得之。”[②]后世许多竹枝词作者，说起写作的目的，仍然会强调这一传统，例如清代黄霆有《松江竹枝词》，自序云：“国风男女之什，类皆骚人逸士之所托乎，言婉而微，民隐毕见，比有取太师之陈诗也。……暇将风土人情，述之吟咏，被之管弦，以俟夫风者得焉。”[③]清代史学家王鸣盛也有以竹枝词形式与钱大昕等唱和的《练川杂咏和韵》，自序中也提到了竹枝词的价值：“其中援引，多邑志所未载，后之采风者或有取焉。”[④]

可见，地方风俗的采集，是竹枝词遵循的乐府传统重要特征之一。明清以后，这一传统的传承，是和社会的变化紧密联系在一起的。上海城市形成过程中，上海社会近代化的过程中，各种从未见过的新鲜事物和社会风俗的变迁，都会被诗人采用竹枝词的形式津津乐道。当社会的新变越是加快，生活形态与生活方式变化越是突出，竹枝词的创作也就越是热闹。据统计，1870 年至 1890 年之间，仅《申报》刊出的这类竹枝词，就有 4 千首之多。[⑤]

与此同时，诗人已经不能满足七言四句的单篇创作，因为新鲜事物层出不穷，放眼望去，新鲜事物比比皆是，因此，竹枝词的创作，几乎都是长篇巨制，似乎要用竹枝词来系统地描绘都市近代化后带来的前所未见的变化。原先所谓的“风土人情”，演变成了各式各样的新鲜事物。

值得一提的是，1874 年上海《申报》连载了颐安主人的《沪江商业市景词》约八百首，可以见出作者对新鲜事物的新奇和赞叹。运用竹枝词长篇组诗，以正面的视角歌咏上海都市中商业的兴盛，反映出作者对传统的重农抑商观点的不同看法，凸显出当时竹枝词作者用欣赏的眼光看待社会新变的价值取向。作者自序云：“我朝向不重商，自互市以来，见泰西首重商政，国日以富，于是朝立商部，市立商会，殷殷仿效，无微不至。近又拟立商标注册局，凡有能创新业者，皆予以专利，限以年岁，我国商务遂蒸蒸有日上之势。轻视商业者如宦家、

---

① 郭茂倩：《乐府诗集》卷 90，中华书局 1979 年版，第 1262 页。

② 吴莱：《乐府类编后序》，《渊颖吴先生文集》卷二一，《四部丛刊》本

③ 黄霆：《松江竹枝词序》，转引自丘良任等《中华竹枝词全编》(二)，北京出版社 2007 年版，第 330 页。

④ 王鸣盛：《练川杂咏和韵序》，转引自顾炳权《上海历代竹枝词》，上海书店出版社 2001 年版，第 590 页。

⑤ 徐恭时：《上海洋场竹枝词序》，转引自顾炳权《上海洋场竹枝词》，上海书店出版社 1995 年版，第 7 页。

如儒家，今亦闻风生慕。……有买地建栈房局厂者，有租屋开店铺庄号者，又备船只转运各货者，有雇车具装载各件者，有肩挑手挈呼卖各物者。……夫人各自有业，无业则不能养身。”①

《沪江商业市景词》均为七言四句，洋洋洒洒，将近世西风东渐后工业和商业兴起后的新事物一一描述，如《工部局》二首：“局名工部创西人，告示频张劝我民。注意卫生街道洁，随时洒扫去纤尘。”“几条马路屡举修，细石泥沙到处收。备有砑平机器具，街衢坦荡胜瀛洲。”又如《商标注册局》：“为防鱼目混真珠，各绘商标利永图。设局颁章招注册，好贪假冒可无虞。”②

翻检《沪江商业市景词》的目录，可以了解到当时上海市政建设和管理上的变化，现代市政建设和管理的西方经验，给上海城市建设带来的许多新气象：例如关于航运业的热闹局面，有《各国公司大轮船》、《三公司大轮船》、《东洋各公司轮船》、《日本邮船会社》、《行船问答旗》、《内河各小轮船局》、《快船局》、《各阜航船》、《商船公会》、《耶松船厂》③、《拖船公司》、《趸船储土》、《礁上更换灯旗》、《行船打水浅深尺》、《行船拖缆立表》、《报关装船行》等；写沪上商行的，则有《烛店》、《香烛店》、《信局》、《砖灰行》、《窑户》、《瓷器号》、《铜锡器号》、《铁器号》、《木器嫁妆号》、《寿器号》、《剃头店》、《眼镜店》、《香粉店》、《丝线店》、《冰厂》、《制冰厂》、《料泡厂》、《草帽辫行》、《外国馒头店》等；写生活中各式新鲜玩意的，则有《各力表》、《寒暑表》、《风雨表》、《月份牌》、《风扇》、《自来风》、《火漆》、《剪草机器》、《垈屋器具》、《掘泥机器》、《打包机器》、《救命圈》、《鸭绒枕褥》、《气枕气垫》……

这些作品中，明显地表现出作者对城市事物的关注和对生活细节变化的关注，对于西方机械工业的先进技术带给中国工业的新变，充满着好奇和赞美。例如，《行船拖缆力表》描写行船拖缆时由西方传进来的科学操作方法：“驶船拖缆水中央，迟速程途制表量。迂缓半由潮势逆，如飞力大为风狂。”④

① 颐安主人：《沪江商业市景词序》，转引自顾炳权《上海洋场竹枝词》，上海书店出版社 1995 年版，第 93 页。

② 颐安主人：《沪江商业市景词》，转引自顾炳权《上海洋场竹枝词》，上海书店出版社 1995 年版，第 100 页，第 109 页。

③ 耶松船厂，为上海船厂和沪东造船厂的前身，英商在中国设立的船舶修造厂。1865 年在上海成立。开始时是租用上海与浦东两船坞公司的设备并加以修建。十九世纪七十年代后扩充规模，改良设备，增强修造船舶的能力。1892 年改组成股份有限公司。1900 年，与英国在上海的另一家大船厂祥生船厂联合，改组为耶松船厂公司，资本增至五百五十七万两。1906 年改名为耶松有限公司。从此，垄断中国船舶修造业三十余年，为英国在华工业投资中最大的企业之一。参见孟燕堃：《上海机电工业志(总纂稿)》，上海社会科学院出版社 1996 年版。

④ 颐安主人：《沪江商业市景词》，转引自顾炳权《上海洋场竹枝词》，上海书店出版社 1995 年版，第 112 页。

又如，对于商业形态的变化，也有许多细致的描写，这些作品中描绘的新行业和城市化的集聚，正是上海近代化后都市商业的繁兴："造成西式大楼房，聚作洋场卖菜场。蔬果荤腥分位置，双梯上下万人忙。"(《西式大卖菜场》)[①]

在社会变迁与竹枝词创作相互促进的过程中，竹枝词的题材不断地扩大，并且改变了明末清初以吟咏地方史迹见长的传统，逐渐偏向对当代新事物的吟咏，正可谓"便宜才子风流笔，多少新闻唱竹枝！"[②]

作者关注都市商业的发展和都市工业的发展，在八百多首竹枝词组诗中，又形成一组组短系列的专题，如写"银行"，就有《各国银行》、《户部银行》、《中国通商银行》、《日本银行》、《储蓄银行》、《各省立沪银号》、《南北钱行》、《南北汇划钱庄》、《各小钱庄》；然后顺着银行的话题又涉及到金融业，有《各国金元名称》、《先令》、《市价》、《钞票》、《规元》、《查仓》、《道库》等等。再如描写洋行的，有《各洋行》、《五金杂货洋行》、《匹头杂货洋行》、《军装洋行》、《卖土洋行》、《机器洋行》、《钟表洋行》、《洋琴乐器洋行》、《水火保险洋行》、《人寿保险洋行》、《缝衣机器洋行》、《拍卖洋行》、《罐头牛奶行》、《日本各杂货洋行》、《德律风洋行》等。其中《德律风洋行》是描写电话的普及和应用："东西遥隔语言通，此器名称德律风。沪上巨商装设广，几如面话一堂中。"[③]这些细致生动的描写，记载了西方工业化的成果和城市建设管理的方式在十九世纪后半叶对上海近代化的影响，描绘出这些生活条件的变化给上海市民生活带来的巨大变化。这些变化和影响也是互动的，当文学作品热情地反映并描写这些新奇的变化的同时，传统的竹枝词也完成了自己的近代化转型。

与采集民歌民谣的乐府传统相似，竹枝词在历代的创作中，还有一个不被重视的传统，却是男性作者十分偏好的题材，即以歌咏女性见长。例如传唱甚广的刘禹锡《竹枝词》："山桃红花满上头，蜀江春水拍山流。花红易衰似郎意，水流无限似侬愁。""杨柳青青江水平，闻郎江上唱歌声。东边日出西边雨，道是无情却有情。"描写男女之间的情爱，模仿女性的口吻写相思之意，都是早期文人拟作中非常富有生活气息的作品。后世的竹枝词作品仍然保持这一来自民歌的特色。如明代胡应麟的《兰江竹枝词》："溪上浮梁春涨平，蒙蒙烟雾懒

---

① 颐安主人：《沪江商业市景词》，转引自顾炳权《上海洋场竹枝词》，上海书店出版社 1995 年版，第 107 页。
② 蔡宠九：《和沪北竹枝词》，转引自顾炳权《上海洋场竹枝词》，上海书店出版社 1995 年版，第 387 页。
③ 颐安主人：《沪江商业市景词》，载顾炳权《上海洋场竹枝词》，上海书店出版社 1995 年版，第 154 页、第 157 页、第 149 页。

回程。风秋潭上踏歌去,水远山高无限情。""郑村渡口风浪多,渔船来去疾如梭。相邀女伴到梁下,一时同唱采菱歌。"[①]可见,歌咏女性题材,则是竹枝词遵循乐府传统的另一个重要特征。在后世包括近代的发展中,这一传统不仅继续保留,而且由此延伸到对生活层面上大众文化的关注和歌吟。

晚清以后的竹枝词,也有相当一部分描写女性及女性生活的篇章。虽然男性文人笔墨多在妓女现象上,但也有相当一部分描写职业女性的队伍正在形成,依然能见出早期女性对社会经济、文化、教育和大众娱乐的参与。如《沪江商业市景词》中的《女学堂》:"蒙学堂开教已施,闺门礼仪亦须知。秀才博士原无分,要待他年作女师!"《缫丝厂》和《织布厂》则写大量女性工人进入纺织工业的盛况:"厂开十亩大围场,丝茧成包数万藏;招得女工千百辈,朝收暮放管声扬。""厂房高竖大烟囱,递转机关大小同。亦有女工千百辈,职司分任各西东。"《毛巾花格布厂》则写出当时小型织布厂工人参与资本投入的情况:"毛巾花布渐通行,纺织纷纷利自盈。近世工人多发达,集资设厂竞谋生。"[②]虽然资本原始积累中对工人的盘剥时时存在,但集资的方式以及谋求生存方式的多元化,揭示了都市生活方式的多元化,也揭示了普通都市女性渐渐职业化的趋势。朱文丙的《上海竹枝词》也写女工下班的场景:"或是缫丝或纺纱,斜阳工散各回家。手提饭盒梳妆俭,七八娇娃一小车。"[③]这一趋势也代表了上海地区大多数普通女性在家庭之外拥有城市新生活方式的趋势。

随着上海城市近代化的推进,上海都市生活从物质到精神的层面,都发生了一系列的变化,这使得竹枝词的创作题材进一步扩大,一切市井的生活都被作者攫出,洋洋洒洒地通过这种七言四句的诗歌形式来充分展现。也以《沪江商业市景词》为例,通过商家铺面来描写都市生活层面的内容也不少,例如,写公共澡堂,有《浴堂》、《盆汤》:"备人沐浴也开堂,白石温泉灶异香,涤荡全身如玉洁,喜新厌旧换衣裳。"(《浴堂》)"分间沐浴唤盆汤,热气熏蒸汗似浆。揩拭毛巾香皂具,烟茶供给又周详。"(《盆汤》)又如描写家常洗涤用品的,有《肥皂公司》、《香皂号》、《新出肥皂粉》,其中《新出肥皂粉》的描写,充满着新奇和赞扬:"洗衣肥皂粉初成,去渍无痕制独精。颜色如恒光不变,法参化学巧谁争!"组诗中还有普通市民生活中非常重要的《老虎灶》:"灶开双眼兽形成,为此争

---

① 胡应麟:《少室山房全集》,卷79,光绪22年广州广亚书局刊本。

② 颐安主人:《沪江商业市景词》,载顾炳权《上海洋场竹枝词》,上海书店出版社1995年版,第104页,第120页。

③ 转引自丘良任等《中华竹枝词全编》(二),北京出版社2007年版,第16页

传老虎名。巷口街头炉遍设，卖茶卖水闹声盈。”《牛奶车》则描绘清晨送瓶装牛奶的场景：“瓶装牛奶送人家，绷布成蓬亦备车。更为价廉驴代马，每晨环绕路三叉。”这些作品不仅记载了上海都市日常生活的一个个生动的细节，而且还反映了早期城市生活与生活产品工业化给市民生活方式带来的变化。如《外国馒头店》：“均调麦粉做馒头，气味多膻杂奶油；外实中松如枕大，装车分送各行收。”[①]读到这里，不禁莞尔。那外国馒头自然是面包的俗称，作者称面包为外国馒头无可非议，但“装车分送各行收”一句，似乎透露了当时西点行已有连锁销售的概念，每天工场里做好的面包送到各个销售点去。当然，有些新事物也是旧文人看不惯的，例如，女性时装裁剪修身合体，就有人说：“新式衣衫孰裁剪？这般窄小不应该。尚逢腹内孩儿大，纽扣全然纽不来！”[②]

从近代竹枝词创作中，寻求竹枝词所遵循的两大传统的传承和新变，可以看到新兴的都市文化构成中，文化基因和文化要素的存在以及这些文化基因和文化要素的重要作用，这是一个值得重视和研究的问题。

二

《竹枝词》创作可以溯源至唐代的中期，是文人民歌拟作的一种形式，早期作者有顾况、刘禹锡等。虽然唐以后至宋代，不断有诗人创写《竹枝词》，但并未出现规模性的热潮，诗歌的内容和形式基本上变化不大。到了元代末年，则出现了一个转折点，即杨维桢编纂的《西湖竹枝集》。

杨维祯(1296—1370年)字廉夫，号铁崖，浙江诸暨人。元泰定四年(公元1327年)进士。曾任天台尹、儒学提举等职。因“诗名擅一时，号铁崖体”，在元代文坛独领风骚四十余年。他长于乐府诗，至正初年作《西湖竹枝词》九首，一时间竟有五十余人唱和。于是，至正八年(1348)杨维桢便将这些唱和之作结集，编成《西湖竹枝集》。此后，竹枝词的创作日渐繁盛，仅西湖竹枝词的创作在明清两代也有两千首之多。直到近代竹枝词创作时，作者作序仍常常提及。[③]

---

① 颐安主人：《沪江商业市景词》，载顾炳权《上海洋场竹枝词》，上海书店出版社1995年版，第104页，第120页。

② 朱文丙《上海竹枝词》，转引自丘良任等《中华竹枝词全编》(二)，北京出版社2007年版，第15页。

③ 如刘炯公序刘豁公《上海竹枝词》云：“诗始于三百篇，三百篇中，尤以国风为能描绘风俗。赋兴所指，言皆有物。厥后诗之体裁益多，而去古益远，唯竹枝词以文言道俗情，犹得国风之遗，此铁崖《西湖》、吴下竹枝词所以流传南北也。”刘豁公《上海竹枝词》卷首，雕龙出版社1925年版，第12页。

《竹枝词》创作在明清两代出现了创作热潮，原因是多方面的。从诗学本身的发展来看，具有民歌特征的乐府诗歌以及《竹枝词》，不仅具有音乐性，而且通俗易懂，有助于明代的诗歌创作摆脱宋诗的影响，以及宋代理学带给诗歌的"头巾气"。因此，从明代前期开始，诗坛就对唐代的《竹枝词》创作，以及杨维桢的作品有很高的评价。如李东阳的《麓堂诗话》："质而不俚，是诗家难事。乐府歌辞所载《木兰辞》，前首最近古。唐诗，张文昌善用俚语，刘梦得《竹枝》亦入妙。"[①]又说："杜子美《漫兴》诸绝句，有古《竹枝》意，跌宕奇古，超出诗人蹊径。韩退之亦有之。杨廉夫十二首，非近代作也。盖廉夫深于乐府，当所得意，若有神助。"[②]

明代官场诗坛，竹枝词创作十分盛行，以明代后七子为例，李攀龙、王世贞等结诗社，就有竹枝词的创作。后谢榛与李攀龙交恶，"然榛游道日广，秦、晋诸王争延致，大河南北皆称谢榛先生。"据记载，万历元年冬，谢榛在一次招待他的宴会上听歌姬演出，弹唱的全部是他的竹枝词。[③]

以西湖为题的作品也很多。明代许多著名的诗人如高濂、李流芳、胡应麟等都写过西湖竹枝词。明代后期咏西湖的创作，依然与杨维桢的影响有关，田汝成《西湖游览志余》曾多次提到，说"和之者数百家"[④]，可见，西湖作为歌咏的对象，也与余杭逐渐城市化的倾向有关。因此，明清两代咏西湖的竹枝词渐渐从游冶的随意歌咏，慢慢发展到专题歌咏；篇幅也从原来的十数首七言四句的组诗，演绎成上百首的煌煌巨篇，如明代徐之瑞的《西湖竹枝词》，已有百余首组成。[⑤]

除了西湖主题之外，江苏的扬州老城、吴江一带逐渐城市化的生活，也激起文人对竹枝词创作的热情。清代中叶的林苏门有《邗江三百吟》[⑥]（350 首）以及《续广陵竹枝词》（99 首），写扬州市井生活，生动鲜活。如写扬州的澡堂：

---

① 李东阳：《麓堂诗话》，载《历代诗话续编》，丁福保辑，中华书局 1983 年版，第 1375 页。

② 李东阳：《麓堂诗话》，载《历代诗话续编》，第 1377 页。

③ 《明史·文苑传》载："复游彰德，王曾孙穆王亦宾礼之。酒阑乐止，命所爱贾姬独奏琵琶，则榛所制竹枝词也。榛方倾听，王命姬出拜，光华射人，藉地而坐，竟十章。榛曰：'此山人里言耳，请更制，以备房中之奏。'诘朝上新词十四阕，姬悉按而谱之。明年元旦，便殿奏伎，酒止送客，即盛礼而归姬于榛。榛游燕、赵间，至大名，客请赋寿诗百章，成八十余首，投笔而逝。"张廷玉：《明史》卷 287，第 24 册，中华书局 1974 年版，第 7376 页。

④ 田汝成：《西湖游览志余》卷 11，上海古籍出版社 1980 年版，第 199 页。

⑤ 徐之瑞《西湖竹枝词序》，《玉润斋杂抄》手抄本，转引自丘良任、潘超等编《中华竹枝词全编》（四），北京出版社 2007 年版，第 155 页。

⑥ 林苏门：《邗江三百吟》，扬州地方文献丛刊本，广陵书社 2005 年版。

"混堂天下原难并，通泗泉通院大街。八个青蚨人一位，内厢衣服外厢鞋。"后来有学者认为，这些作品"在地方性的《竹枝词》中，是很有特色的一种。不像别的作者，只将兴趣集中在古迹、名人上面，他关心的却是当代事物，特别是与城市平民有关的平凡琐事。这就很是难得。"[①]这种倾向，实际上已经说明，竹枝词虽然仍属于传统韵文学，但非常适合描绘城市化进程中社会风俗的新变，大量出现竹枝词的创作，可以视为传统文学形态向适应近代都市文化需求的转变。

竹枝词的创作，从游历山水名胜及异地风光时的即兴歌咏，到有意识地历数地方名胜及风俗，作品地域性的特色逐渐增强，是一种非同小可的变化。其中比较有代表性的，有王士禛的《都下竹枝词》、《汉嘉竹枝词》、《江阳竹枝词》、《西陵竹枝词》、《广州竹枝词》、《邓尉竹枝词》等等。王士禛认为，"竹枝词咏风土，琐细诙谐皆可入，大抵以风趣为主，与绝句迥别。"[②]因而他每到一地，便用竹枝词的形式，描写各地风土人情。正因他在诗坛上的影响，于是，清代咏风土的竹枝词创作大盛。但是，"琐细诙谐皆可入"的特点似乎并不能满足诗人们对竹枝词的期望值，前面提到的咏西湖主题的竹枝词也开始发生变化，并且通过大量创作实践，提高竹枝词的诗学地位和"言志"功能。

纵观清代的作品，可以找到许多例子来证实竹枝词创作日渐严肃的趋势。如清代许承祖的《雪庄西湖渔唱》，专门吟咏西湖地方历史事件，每首以地点为题，并且将"凡可供游历资考证者，辄于题外就近附载"，"仿田叔禾《游览志》例，依地径铺叙……，厘为七卷，合诗三百六十五首。"[③]许承祖是海宁人，他的竹枝词创作，已经有比较明显的"修史"意识。如其中《宋林和靖处士墓》自注中引《武林纪事》和《南村辍耕录》，详细记载宋代至清代雍正年间修墓之事。许承祖的《雪庄西湖渔唱》曾精抄后呈给乾隆皇帝作为"御览本"，[④]这也是竹枝词创作在诗学范畴内，渐渐为主流评价所承认的反映。诗人修史意识的增强，也是推动清代竹枝词创作的重要原因。许多名不见经传的文人，以地方和家乡的风土人情为题，悉心创作竹枝词组诗，大多与这种心态有关。清乾隆年间的陈祁有《清风泾竹枝词》一百首，自序云："《诗》三百篇，大都里巷歌谣之

① 黄裳：《榆下说书》，北京三联书店1982年版，第48页。
② 王士禛：《带经堂诗话》卷29，北京人民文学出版社，第849页。
③ 许承祖：《西湖渔唱》，上海古籍出版社1985年版，第16—17页。
④ 见清乾隆间许承祖精写进呈乾隆帝御览本卷首《进书表》，2011秋季艺术品拍卖会古籍善本专场介绍及影印书页，中国收藏网。

什，今且尊之为经矣。竹枝词歌咏时事，搜奇揽胜，发潜阐幽，采而辑之，于以补志乘之缺，又何尝无裨世教也耶？”[①]

当竹枝词创作渐渐向正统诗歌靠拢，并且成为纪实和咏史严肃作品的同时，长篇巨制的普遍出现，也使得竹枝词创作在诗坛上的分量陡然加重。文人们愿意将竹枝词的创作当作正经事，同时运用这种相对容易的格律形式来咏叹历史遗迹和社会的新变。歌咏的范围则逐渐扩展，如《外国竹枝词》、《都门竹枝词》等。但这个发展的过程中，歌咏社会新变的作品，渐渐超过了咏史，这是竹枝词创作作为都市文学的一次重要转型，它的重要标志是将重心转到对大众层面上的生活文化的关心。这种转型，不仅回归了竹枝词作为俚俗形态的本位，而且从形式及内容上反映并迎合了近代化过程中市民阶层的文化需求。

上海在近代化过程中渐渐城市化，这在竹枝词中就形成了长江三角洲地区“海上竹枝词”的专题，许多对普通大众的生活描写，新意叠出，俗中见雅。如沈衡的《海上竹枝词》：“城中几日送梅雨，海上连朝舶棹风。报说洋船齐进口，便开关局看称铜。”[②]朱炎《海上竹枝词》写舶来品带来的新鲜：“巫子峰双双髻丫，牙梳新样月初斜。郎从乍浦航船到，买得波斯抹丽花。”[③]

事实上，晚清及二十世纪二三十年代的《竹枝词》创作已达数万首之多，创作内容和方法已经突破了传统，应当视作传统韵文学的现代转型。

---

① 陈祁：《清风泾竹枝词序》，丘良任等：《中华竹枝词全编》（二），北京出版社 2007 年版，第 582 页。

② 沈衡：《海上竹枝词》，丘良任等：《中华竹枝词全编》（四），北京出版社 2007 年版，第 705 页。

③ 朱炎：《海上竹枝词》，丘良任等：《中华竹枝词全编》（四），北京出版社 2007 年版，第 704 页。

“偶像破坏时期”的江南意象

——哈佛燕京所见近代日本江南纪游诗四种述略[①]

华东师范大学中文系　胡晓明

小　引

自1862年“千岁丸”首次上海之行，经由上海进入长江的航道便成为近代中日首选的海陆交通要道，由上海至四川的长江两岸，成为最常见的旅行行程。其中尤其以长江上游的江南旅行[②]，成为停留人数与时日最多的观光区域。因而，学者、官员、商人、军人、浪人等各种层次的日本人旅行游记渐多，一种古老而新兴的文学传统正在加快流行，其中“江南意象”突出地放大。就我所见，到过江南并记录江南的相关游记作品有：幕末明治时期的曾根俊虎《清国漫游志》、纳福介次郎《上海杂记》、宇野哲人《支那文明记》、竹添进一郎《栈云峡雨日记》、岗千仞《观光记游》、峯洁《清国上海风闻录》、后藤昌盛《在清国见闻随记》、永井禾原《观光私记》、德富猪一郎《支那漫游记》、河东碧梧桐《支那游》、诸桥辙次《游支杂笔》等二十余种[③]；大正时期有上冢司《扬子江中心游》、竹内逸《支那印象记》、鹤见佑辅《偶像破坏时期的支那》、迟冢丽水《新入

① 这四种是：股野蓝田《苇杭游记》(明治四十二年，1909)、伊藤鸳城《江南游藻》(大正五年，1916)、松田敏《禹域游草》(大正九年，1920)、前田慧云《吴楚游草》(大正十一年，1922)。其中，松田没有到北方，他的“禹域”主要指吴越楚蜀，而股野的篇幅中，南中国尤其是江南的偏多。因而本文就其江南部分作探讨，姑且称为江南纪游诗。

② 本文的江南，依日本近代学界的惯例，为包括洞庭湖流域在内的大江南。本文所涉及的对象如《江南游藻》，即如此使用“江南”一语。然而本文更集中论述有关杭州、苏州、南京、上海的作品。

③ 小岛晋治监修：《幕末明治中国見聞録集成》．第1—20卷．東京：ゆまに書房，1997。

蜀记》等,[1]以及国内已经译介的内藤湖南、青木正儿等多种。近代中日文化交流史以及上海史学界已经涉及到对于这些游记的利用,[2]对于日人在华游览诗的研究与介绍,近年来已有陈福康、蔡毅等人的研究成果,但具体到江南纪游文学,仍有较多的论述空间。[3]

据我在哈佛燕京图书馆的调查,已经收入大型总集《日本汉诗》的诗人中,仅在近代幕末明治大正时期,即中国的晚清民初,写过有关江南的游览诗,有竹添进一郎(《栈云峡雨诗草》)、副岛种臣(见《苍海全集》)、森槐南(见《槐南全集》)、岩溪晋《裳川自选集》、本田种竹(《戊戌游草》)、永井禾原(《来青阁诗集》)、田边为三朗(《碧堂绝句》)、田边太一[4]等十余人,而哈佛燕京所藏松田淞雨《禹域游草》等四种,[5]其中三种未收入《日本汉诗》,其中两种亦未曾着录于任何一种诗学目录或见称于任何一种诗学论着,因而具有较新鲜的文献价值。[6] 这四位用汉文写作的诗人,具有达官、诗人、学者、教师等不同的身份,都到过上海、杭州、苏州、南京等江南中心城市。他们在作品中所反映的地域,恰是所谓"偶像破坏时期的支那"之江南;他们既有较多样的身份,代表较广泛的近代日本社会阶层,也属于较为保守、对中华文化有较多感情与了解的日本汉诗写作者,身处近代日本社会心态对中华文化由仰慕转为轻蔑的时期,而他们原有所珍视的诗歌文化如何参与近代心态的大变化,由此不仅可以以点代

---

① 小岛晋治监修:《大正中国見聞録集成》. 第 1—10 卷. 東京:ゆまに書房,1991. 关于日本人西游的游记,据张明杰说:"国立国会图书馆支部的东洋文库收藏为最,该文库近代中国研究委员会于 1980 年编辑出版了《明治以降日本人的中国旅行记解题》,对该文库所收藏的明治(1868—1912)、大正(1912—1926)、昭和(1926—1989)三个时期(截止至 1979 年)逾四百种中国游记,作了简要提示或简介。"其实正如此书前言所及:"这个数字与明治以来日本出版的全部中国旅行记相比,只是九牛一毛而已。"张明杰《近代日本人中国游记·总序》,北京:《近代日本人中国游记》,2008 年。尽管昭和时期占了这个数量的三分之二,然而前两个时期的遗失仍然相当大。

② 参见王晓秋:《近代中日关系史研究》北京:中国社会科学院出版社,1997;以及张明杰《近代日本人中国游记·总序》,北京:《近代日本人中国游记》,2008 年。黄俊杰:《东亚儒学史的新视野》中第玖《二十世纪初期日本汉学家眼中的文化中国与现实中国》,台北:台湾大学出版中心,2006。

③ 陈福康《日本汉文学史》有第四章《明治以后》第十一节《旅游中国的汉诗》,论及从明治到民国十九名汉文学家的纪游文学,其中到过江南的有大半。上海:上海外语教育出版社,2011 年。第 306—8。蔡毅《日本汉诗论稿》中华书局,2007,其中论及日本汉诗的西传踪迹,尤其是明治时期的情况。

④ 全集中江南纪游,可见他们到过江南。如岩溪晋《裳川自选集》有《卧游存稿》关于江南。副岛种臣《苍海全集》中有《林和靖墓》《吴中》《西湖》《烟雨楼》《申江》《枫桥》《苏小》等篇目。此外,陈福康《日本汉文学史》(下)有专门的《旅游中国的汉诗》一节,论及近代写过江南纪游诗的,还有日下部鸣鹤、王半田、田冈淮海、狩野直喜、铃木虎雄等。上海:上海外语教育出版社,2011 年。

⑤ 据沈津先生对笔者说,哈佛这批近代日本的汉诗别集,约有五百种,大部分都未曾著录。应是中国文学在海外的一笔巨大未开发的资源。

⑥ 陈福康《日本汉文学史》中有两页的篇幅介绍松田淞雨《禹域游草》,似是唯一论述这部诗集的著作。上海:上海外语教育出版社,2011 年。第 306—8。

面，透视偶象破坏时期变化的中国观，而且可以观察“想象的中国”转变而为“风景江南”或“意象江南”的虚实嬗变，由此反观近代江南美感经验在近代转型中的丰富面相，无疑是十分有趣的诗学课题。是为引言。

一 四种诗集的版本、作者与主要内容

1.《苇杭游记》(不分卷，共七十页)

著述人：股野蓝田，无版权页。明治四十二年印行(排印本)。

扉页有“遒健 明治己酉一月，公爵博文题”；“探古迹 养文心 摘录蓝田翁留别诗中语以代题言。光显”等字。前有龟谷行、信夫粲、土屋 弘等人做的序。

股野 琢(1839—1921)，字子玉、蓝田，号邀日楼主人。播州龙野质达轩之子。明治四年(1871)入教育部，曾任内阁记录局长、宫内省书记官、帝室博物馆总长、内阁顾问官等。有《介寿集》。

《苇杭游记》记叙了1908年(明治四十一年，光绪戊申年)，作者从日本始发，经韩国，从北向南游历大半个中国的散文游记及诗歌。包括序言、正文、附录的全部，其中正文的前半部份记叙的多为韩国、中国北方的事迹，与江南无直接关系，后半部分是游南京、扬州、苏州、杭州，经上海而返长崎的游记兼诗。其编排方式完全是按照日记式的以日为题。

是集较可贵的是，几乎每一页的天头都有评点。有三岛中洲、土屋凤洲、信夫恕轩、竹添井井、重野成斋、森槐南等明治时期著名诗人的参加。集末有三岛中洲、重野成斋、森槐南的跋文，以及永井禾原、大江敬香、秋月天放、芳川越山、末松谦澄、土居香国、森槐南、山口霞村等二十余人以及中国江南诗人瞿鸿机等人的次韵留别诗。瞿氏与股野氏有父执之谊，称他为“海外诗仙”。

有著名诗人信夫恕轩、土屋弘及省轩龟谷的序。信夫从汉文学的纪游文学大传统来论述，认为“放翁《入蜀记》，有此清秀可爱，而无此奇异峻拔；石湖《吴船录》，有此奇异峻拔，而无此清秀可爱。”土屋从私人纪游与宦游文学两种传统的合一来表彰。最有意思的是省轩龟谷，分明从南北中国的不同特色着眼：

过山海、居庸二关，瞻万里长城，风云惨淡，飞沙扑面。度易水想荆卿，水声犹怒，于是乎，苍苍莽莽，幽燕千古之感，髾勃毫端焉。余不觉浮一大白读之。既而踰黄河，望明月于武昌，开快帆于洞庭，听歌秦淮，揽奇西湖，则其诗清秀，领吴楚芳华。余又浮一大白读之。

2.《禹域游草》(不分卷，共七十页，一百四十九首诗)

大正九年十月(排印本)

著述人：东京士族松田　敏	麻布区霞町一番地
编辑兼出版人：岛县士族马庭义雄	东京市下谷区谷中初音町四町目十三番地
颁行：文渊阁　东京市浅草区东仲町	琳琅阁　东京市本乡区本乡五丁目大学前
书肆：有田传助	松江市末次本町七十二番地

作者松田　敏(1847—?)，号淞雨。曾为松江地方法官。[①] 退休后是一隐居于城市的汉诗人，晚岁开馆授徒。其弟子高桥顺有诗《淞雨先生瑜洲先生捐馆既十七年淞雨雪田两先生亦相踵即世怀旧怅然为三贤咏》云：

先生性恬淡，昂昂云鹤姿。晚节隐城市，吟咏寄幽思。穷通附云烟，超然脱尘羁。身虽居人境，神游白云陲。老大始执贽，绛帐久仰师。烟霞趁兴乐。江山载笔随。诗风旨敦厚，六义极幽微。长留天地间，西游百篇诗。(《守真草堂诗存》卷一)

大正六年(1917)三月游历江南八十五天，时年七十余岁。[②] 此行有诗百余篇，辑为《禹域游草》。一百四十多首诗中，有一半是写江南。前有《自叙》，略云：

大正乙卯三月，上海亲戚高野氏寄书劝予游于禹域，余欣然理装泛海。是月十三日达上海，寓高野氏家。十六日驾轮船泝江，望焦山、北固，经镇江、彭泽、浔阳、武昌、赤壁、汉阳、荆州，抵宜昌。……既而下江。数日而抵南京，驰马车观明故宫及谒太祖陵，遍探诸胜，夜宿蓬莱馆。明日再抵镇江，游焦山北固甘露寺金山寺，宿迎氏家。夜半搭火车游苏州，夜

① 诗集中有《席上赋似主人岳翁诸冈氏》，自注有“明治八九年之交，余与诸冈氏共司民刑裁判，同在松江鸟取法衙”云云，可知其曾为松江地方法官。

② 诗云：“老翁七十余狂骨，踏破支那四百州”。

归上海。越月更游杭州，探西湖之胜，宿湖畔新新馆。是行为日八十有五日，行程凡五千七百浬，春夏之交，落花舞风，绿阴凝黛，杜鹃啼血，不堪俯仰今昔之感。……禹域之游，中古则有秘书晁监、浮屠空海，挽近探讨之诸家颇多，皆有记游，如《栈云峡雨日记》、《观光记游》、《苇杭游记》，诸篇是也。予所赋之诗，古今体若干篇，题曰《禹域游草》。

他所提到的游记如竹添进一郎(1842—1917)《栈云峡雨日记》(又有《栈云峡雨诗草》)；岗千仞(1833—1914)《观光记游》；蓝田股野(1839—1921)；《苇杭游记》，皆是当时最有影响力的游记，作者皆到过江南，或以江南为游览的中心。由此可见作者是向这样的明治文学传统致敬之作。

3. 前田慧云《吴楚游草》(不分卷，共四十八页，一百二十二首诗)

大正十一年六月十日印刷(刻本)　　大正十一年六月十三日发行(1922)

著者兼发行者　前田慧云　　东京市本乡区西片町十

印刷者　流合社代表　黑木秀夫　　东京市神田区五轩町十九

扉页有自题诗："归卧草庐岁云暮，游踪回首半茫茫。西湖烟雨洞庭月，也是浮生梦一场。"署款"丁巳岁□□作，止舟斋人□"(□处，辨识不清)，作者号"止舟"，此应是作者的手书。

此稿虽封面题为《吴楚游草　辽韩吟草》，但其实最后一页，《辽月韩云吟草》只有三首诗，不足成集。可能是未完成之作。由此也可知北方其实没有多少诗料，真正的诗料在"古典事物"中。①

前田慧云(1857—1930)，明治、大正时期净土真宗本愿寺派宗师，号止舟斋、含润，谥号含润院。出生于三重县伊势市西福寺，1880年继任该寺住持，1900年赴东京，任教务讲究所长，1903年任高轮佛教大学校长，1905年任《(靖国纪念)大日本续藏经》主编，1906年任东洋大学校长，1917年任西本愿寺顾问，1922年任龙谷大学校长，着有《大乘佛教史论》、《本愿寺派学事史》、《真宗学苑谈丛》等，现有《前田慧云全集》八卷刊行于世。②

作者于大正六年(1917)十月十日从神户出发，入上海，游苏州、嘉兴、杭

---

① 青木正儿《江南春》："议论归议论，诗趣却要求我注目古典的事物。"王青译，《两个日本汉学家的中国纪行》，北京：光明日报出版社，1999年。

② 《日本近现代人名辞典》，又参见佛缘网站 http://cidian.foyuan.net/word/328763/。感谢蔡毅教授提供此条资料。

州、南京，然后再乘船下汉口、经长沙，游洞庭、宜昌、江陵，然后折返镇江，泝运河抵扬州，然后再回镇江，经苏州、上海，十二月一日启程返回日本。历时五十天，得诗约一百二十余首。大部分作品写苏州、杭州、金陵。

4. 伊藤鸳城《江南游藻》(不分卷，共六十二页，六十四首诗)

封面:《江南游藻》下小字:江南三十图诗画抄镌

扉页有吴昌硕、内藤湖南、拜山、木苏牧等人的题辞或题诗。如吴昌硕题辞云:“东邦近世以汉诗称者，有森槐南君，大着颇似之。盖汉诗之佳处，曰风韵、曰态度、曰声调，能喻此可以颉颃前辈矣。癸丑六年读鸳城先生纪游诗。老缶。”

大正五年六月十日印刷(排印本)		大正五年六月十五日发行(1916)
发行所	江南吟社	大阪市东区十二轩町九番地
发行兼编辑人	渡边蕃	大阪市东区十二轩町九番
印刷人	山木实治	大阪市东区唐物町一丁木九番地三木印刷所

伊藤谦(186? —1937)，字士兼，号鸳城，广岛人。似未出仕，属当地汉诗名流。前有友人渡边白峰的序，略云:“……偶会鸳城伊藤翁于南都三笠山下，得观翁江南实探诗画三十图本。喟然叹曰:即是真个支那名山活画，……凡江南真山水之脉络，历历可凭证。呜呼，今世无士大夫之画者久矣，今而始观之，何快复加? 顾今世善画之人，未必善诗，善诗之人，未必擅画。或虽兼有远凌洞庭之浩淼，深冒三峡之险巇，诗之画之齐归者，除翁之外，天下始殆无人。呜呼，翁之业可谓伟矣。”表明了此着的特点是合诗画为一集。①

据集中《癸丑六月念二日风雨溯三峡留泊万县》、《山阴兰亭图》“癸丑恰逢二十六”，以及《江南三十图》第一《上海吴淞图》中自注“余初往时正春可”，可知，诗人于大正二年(癸丑，1913)年的春天由上海入中国，游苏州、杭州、南京等地，于同年六月回到日本。三十幅图中，只印了三幅，大部分写苏、杭、宁的名胜。

扉页有内藤湖南的题诗，其中最末一句:“重从画里忆江南”，《内藤湖南汉诗文集》(广西师范大学出版社，2009)作“空从画里忆江南”(第 18 页)，案，“空”应作“重”。

① 内藤湖南有《题吴山楚水册乃大谷尊由上人画光瑞法主所题咏》，可见江南诗画合一非一种，但不是一人的作品。《内藤湖南汉诗文集》(广西师范大学出版社，2009)，第 27 页。

下面略述四部汉诗的共同特色。

二　近代日本汉诗人的江南认同与心理落差

（一）南北区分与文化认同

汉诗人对于南北中国的不同特点，有明确的认识。他们常常会用“南船北马”这样典型的概括，①自觉比较南北风土民情的不同，尊南抑北，②是他们在诗中的共同的抒情叙事策略。如云：

> 北清无水利之便，劳驴背、马脚多矣；南清则不然，凿沟渠以分江水，挟水构屋，往往屋前无路，以水为路，舟楫往来户庭。乃知彼所谓“南船北马”，不啻匆忙之谓，亦记其实也。（苇）
>
> 万里秦城鞍马过，六朝萧寺笋舆寻。（苇）
>
> 燕市风尘谁荡涤，鸡林塔阁几登寻？（苇）
>
> 民情异趣江南北，定识观风察古今。（苇）

股野是从北方入中国一路走来，南北差异的感受新鲜真切，所以他在京城抱怨：“衣上风霾积三寸，燕京到处土如灰。”一过黄河，就有自己家乡的感觉：“过河则风物一变，山青水清，绿树茅屋，田畴狭小，畛域判然。荞花曝雪，稻实收金，光景有似我邦者。”（苇）“二日朝，佣轿抵城中玄妙观，观内热闹，若我浅草寺。”（苇）。评点此集的诸友人亦有同感：“河南北风土之异，古今亦然”（中

---

① 《江南游藻》的序也说：“余往年在支那久矣。南船北马，细观彼土名山大川……”。见清人笔记：“某姓造一船舫，忌者告之监司，谓水中造房，侵占，豪霸为地方害。监司北人，大怒，谓水中可造房，何事不为？绳之急。其人累诉不能白。一儒生为操状曰：‘南方水乡，家家有个船舫，即如北方旱乡，家家有个马房。’监司悟，狱解。”（朱国帧《涌幢小品》卷四）

② 在诗人看来，江南的坟场也是充满生机的，与北方不一样。参见青木正儿《江南春》：“翌日早晨再次来到那里，只见冢群高低起伏，野水潺潺流淌其间，平坦处有麦田、油菜田和紫云英像一幅镶嵌的图案，水边有洗衣的少女，水面上浮着鸭群，冢上放牧着活泼的山羊，柳树下拴着懒洋洋的水牛，我坐在冢上想到——为什么汉代的诗人们那样悲伤地吟咏累累古冢呢？我还没有见过洛阳长安的坟冢，不能理解诗人们的心情，但至少南方的坟冢决没有那种阴郁的气氛。在日本的墓地排列着冷冷的石块，即使是鸟语花香的好时节，我也从未把那里当作散步的好去处。”《两个日本汉学家的中国纪行》，王青译，北京：光明日报出版社，1999 年。

洲)；“风土一变，文亦一变”(凤洲)。他游西湖湖心亭的诗，友人中洲评点：“北清恐无此种景趣。”无独有偶，《禹域游草》的作者也有同样的感受：

一望田畴麦杂桑，接天遥见菜花黄。客愁忽散缘何事，笑道松江是故乡。(余生松江藩，偶以地名相同三四故云)《过松江驿书感》(禹)

禹域山川仔细探，路依扬子北仍南。游吴窥蜀程超万，探胜寻奇峡泝三。归到琼江鱼脍腻，行过摄市酒泉甘。我邦风物令人快，乔木蒸云水染蓝。(余漫游中所经除扬子江上流、杭州西湖、姑苏、灵岩、天平之外概童山浊水也，第七八句故云)《宴酣余辞东归，汽车中书感》(禹)

将江南认同为故乡，是日本游记的普遍感受。[①] 最后一首诗，作者对比江南与华中、江右等地，得出结论除江南外皆“童山浊水”，这也是江南在日本人心中仍然有很高评价的一个例证。

《吴楚游草》的作者前田大概没有去过北方，无从比较，但是细读他的诗歌，也多少看出他对当时北方中原的总体负面印象：

禹域如今谁将将，多多益善亦无才。萧萧落木中原冷，残日秋风韩信台。《浦口望韩信台》(吴)

谈到人才问题，不是一般泛泛的吊古伤今，而是讽喻中原人才已空。

(二) 文化“青眼”与文明的正视

汉诗人对于汉文化浸淫甚深，对于具有中华古典深度与浓度的江南文化胜景与风土人情，知之甚稔，融合他们的原有的积累，所到之处，在在激活他们的学养、刺激他们的情感、验证他们的知识，因而旅行变成青眼有加的享受，情投意合的约会。如诗人云：

---

① 青木正儿：《江南春》：“早晨从苏州出发时我的心情就很愉快，从车窗眺望油菜地和青麦田，不知不觉好像正旅行在日本的国土上。……经过了上海、苏州的我，好像从大阪回到京都一样感到安心和熟悉，连栖霞山前的景色也变得酷似京都了。”王青译：《两个日本汉学家的中国纪行》，北京：光明日报出版社，1999年。

月落乌啼惊客魂，乾坤犹有一诗存。
古钟声断新钟续，夜半江枫渔火村。（苇）
休言处士有儿墓，仍是梅妻鹤子人。（苇）
有时断碣剥苔读，到处名流投次寻。（苇）

松田在西湖，看见的柳树，无往而不是苏轼的树，看见的梅花，无往而不是林和靖的花："林家梅又苏家柳，粉饰西湖志上来。"（《客馆水楼偶兴》）。伊藤鸳城在绍兴，看见禹王庙，感慨"我日光庙之壮丽，或采于兹耶?"（《会稽禹王庙图》）；在苏州，看见天平山，也疑心"我西都天枫或出于兹"（《天平联驴图》）。前田慧云在苏州，看见普通的吴地女子，也似乎遇见了吴宫仙娃："认得吴王遗韵在，斜阳画舫载佳人"；看见普通的渔民，也恍然间看见了唐代诗人陆龟蒙来了："笠泽烟笼午未晴，白芦红蓼水纵横。漾船莫是天随子，蓑袂笠檐残滴声。"（《二十七日赴杭州途次过松江书所见此日晴雨靡常》）。伊藤在杭州灵隐寺烟霞洞中游，想起的是庄子的典故："如壑藏舟穿灵壁，疑是混沌犹未死。"（《烟霞洞》）我们从《禹域游草》的小序的语气中，可以感受到诗人松田完全不像是一个外国游客，没有异乡的感觉。他几乎是将中土当作自家的祖国来旅行。作为一个汉诗人，从古典文学中知道了江南地名与胜景的美妙，常常在诗中流露出他这方面较多的知识。如江南的名胜："焦山嶋下夜系船，胜境喜闻天下传""一抹春山染眉黛，傍人说是润州城"，如江南的美食："巨口细鳞与鲈似，平生惯见画图里。……何料年来画中物，天许远客恣老饕。"（屡食鳜鱼书感）。喜欢化用有关江南的成句与名典入诗，是这四种江南纪游记诗的共同特点。如云：

车帏快受凯风来，千里桑田嫩绿堆，五月临平山下路，汀洲未见藕花开。《过临平山下，忆僧道潜诗》（禹）

中断楚江疑鬼工，危岩对峙势巃嵸。千秋不变东流水，船在青莲妙句中。《天门山》（禹）

鳜鱼登钓已春酣，两岸垂杨拂碧潭。万里平安能健饭，落花风里过江南。《寄内》（禹）

蟠踞魁然逼九昊，香炉剑岳竞嶙峋。鄱阳湖畔骑驴去，看得庐山面目真。（自注：苏东坡句云，不识庐山真面目，只缘身在此山中）《庐山》（禹）

飞塔穿云知北固，垂杨夹水到扬州。坡公评骘谁疑议，胜境长江最是

尤。《游金山寺》(禹)

浙江近暎沧溟日,欲送胥潮直到门。(宋之问灵隐诗曰"楼观沧海日,门对浙江潮。"盖韬光宝景也。)《韬光庵》(吴)

平芜千里雨初收,水没柳塘眠水牛。何处江湖皮陆社,碧空蒙里入苏州。《过松江驿怀甫里祠》(江)

晚辞客舍入苏城,塔式含山落照明。乌帽青衫堪画否,杨花风里跨驴行。《苏州城》(江)

他们还喜欢模仿中国诗人的名诗结构,如伊藤"南宋城墉百千雉,绕沟芳草紫云波。山川襟带浓如画,只有吴儿唱棹歌。"《舟绕绍兴驿吊南宋城址》(江),分明是向李白《越中览古》诗致敬:

越王句践破吴归,义士还乡尽锦衣。宫女如花满春殿,只今惟有鹧鸪飞。

其中他们还特别喜欢诗、禅相通的典掌。譬如《禹域游草》的作者松田用参寥的诗句来代替自己的感受,而《吴楚游草》的作者股野过临平时,也以参寥(即道潜)的诗句为抒情图式:"风蒲猎猎舞蜻蜓,想见花时红藕明。曾诵参寥好诗句,依稀光景认临平。"又如他们都喜欢金山寺,而且都同样喜欢苏轼玉带换袈裟的故事。伊藤云:"今日山门观玉带,卅年渴想一时销。"松田亦曰:"笑解腰间苍玉带,山门作镇已千秋。"①

也就是说,文化与文学上的意象江南,早已建构了他们的前理解。然而,另一方面,近代江南社会现实破败,使他们不得不感受到文化江南与现实江南的精神落差,这又逼他们不得不以文明发展的眼光来正视:如股野琢在苏州的游记云:"闻唐代藏经罹垡贼灾,悉归乌有,可惜也。午后又佣轿子,经二里抵寒山寺,小院荒废,有一钟,系近时新铸,闻团匪之乱,古钟为恶汉所夺,落上海古董商手。后转归我富山县某寺,寺僧当铸造大钟,投之炉中以充其用云。张

① 苏《以玉带施元长老元以衲裙相报次韵》之一:"病骨难堪玉带围,钝根仍落箭锋机。"后人演义而为与金山寺主持诗禅机锋的故事。这个故事是借苏轼来表达皇权向佛门致敬,是中国佛教最美的故事之一。在日本人心目中,皇权的尊严很高,但是最高的尊严还是佛教的尊严。两句诗的出处是:《江南游藻》之《镇江金山寺图》;《禹域游草》之《管长普静大和尚,相迎茶谈,出示苏东坡玉带及书轴等》。

继《枫江夜泊》诗，脍炙人口，今唯有文征明勒其诗之断碑，他无足观者；枫江亦一小渠耳，使人呆然。”（凤洲评点：“古迹煞风景，往往有此类。”）虽然退休的法官松田对江南有很高的期望，如云“惊见东洋之一角，欧言米语即龙敦”[自注：世人称上海谓东洋之龙敦（伦敦）]，但是他可能更多的是失望。因为他所读到的中国文学中有关江南的美文，与他亲眼所见的现实有落差。这个落差一是古典中国面临着巨大的世变，文化精神气脉明显断裂。如云：

山河举目秋风冷，无复新亭对泣人。《已上二首石头城址》（吴）

断墙花笑为谁娇，世换无人守庙祧。《明太祖》（禹）

谁今振木铎，叹息德之衰。《宣圣庙（在秦淮河岸）》（禹）

崇业萃贤标里门，黉堂虽陋老师尊。圣贤之道行将废，挟册童皆奉兎园。（《沪上学堂》崇业萃贤并里名）（禹）

纷纷香火簇舟车，武穆崇祠祭不疎。却是青山秋草里，无人复识宋皇居。《鄂王庙》（吴）

《沪上学堂》诗中，诗人松田观察到根深蒂固的儒教的道德观念还残留在民间与日常生活，而世俗化的教育已经开始改造下一代了。《鄂王庙》中，诗人前田慧云以日本尊王室、崇帝制的观念，反过来看近代中国人的世俗化：岳飞的精忠报国得到了现代民族精神的发扬，而那深山里的南宋皇居遗迹，却深深掩埋了。

另一是现实中国社会的破败。因而，他往往将古典江南的意象，与现实江南的衰败，对照在一起。如：

吴淞春色静朝晖，一岸人家拥钓矶，曾被并刀剪将去，当年胜景已成非。（自注：杜甫句云，焉得并州快剪刀，剪取吴淞半江水。今不见好景，盖因地变然耶？）《晚搭岳阳舰过吴淞》（三月十七日）

岸上晴沙乱涨痕，无山无阜豁乾坤。水晶宫阙在何处，嫩柳疎桃鱼蟹村。（自注：张羽句云：“水晶宫阙梦吴淞”）

千仞振衣俯古吴，秋风百里冷荒墟。豪华雄略两成梦，不独当年王阖闾。《绝顶俯瞰吴中形势》（吴）

残柳枯荷乱拥坡，六朝遗迹雨声多。莫愁纵是湖名好，奈此荒凉秋邑何。《莫愁湖》（吴）

试问今何时，上下俱无恃。《彭泽归舟图》(江)

云连旌旆红毛馆，雨长蒿莱黄歇祠。欲以侏离嘲鴃舌，却怜木石竟吴儿。天涯我是观风客，阅到沧桑泪不支。《上海杂感》(江)

这几首表面看起来并没有涉及到现实江南，其实讽喻与伤感暗含在语气间。总之，日本汉诗人的一个共同的心态是，渐渐由同文的文化共同体内部感受，转变而为脱离共同体的外部感受。他们多多少少开始疏离那种休戚与共的生命气息，升起一种复杂的、混合着旁观者、考察者、背叛者和共命人相纠结的心绪。这是这类诗歌最微妙的地方。从大的方面来说，吉川幸次郎曾说，明治以后的日本人对中华文化有矛盾的两个方面，一是对近代中国颇为鄙视，一是对古代中国大为推崇。[①] 盖鄙视的原因一方面是他们看到中国政治腐败、民气凋伤，另一方面也正是日本处于明治维新之后的振兴阶段，他们的新的主体性正在生长建构之中。这就要谈到他们用以观察江南时背后的日本主体性框架。

（三）江南意象的东洋化及其他

正如蔡毅指出：“江户中期以降，日本汉诗开始了‘日本化’的探索，即在遵守汉诗基本规范的同时，也力求体现岛国风情，东瀛特色。这一动向，与当时日本开始增强文化自信、倡导国粹思想的潮流，是一致的。”[②]譬如，我们前面讲到，以日本尊王室的观念来看江南，就觉得现代中国太缺少天朝的尊严。他们会对皇帝的遗迹别具慧心。如松田在杭州的伤感和前田、伊藤在南京等地的歆喜：

何人妙笔画成图，山媚水明天下无。翠辇不来春殿寂，雕栏半日对西湖。（乾隆离宫在孤山之顶，今仅存一栋耳）（禹）

石人无语立寒芜，五百余秋一梦徂。犹胜当年典型在，环陵霜叶灿如朱。《明孝陵》(吴)

---

① 吉川幸次郎：《我的留学记》，北京：光明日报出版社，1999年，页4。

② 蔡毅：《日本汉诗在中国》，在上海师范大学的讲演。2012年4月26日。http://bbs.zhsc.net/forum.php?mod=viewthread&tid=2557204

千年古塔耸烟峦，隔柳高低影不寒。初感乾隆天子诏，名山爱护寺楼看。（自注：乾隆帝诏曰："勿毁寺楼以助名山好观。"）《西湖雷峰图》（江）

皇帝睿藻诸公题，文墨风流满绢纸。《镇江金山寺图》（江）

曾经写过北靖游记的大正时期的思想家宇野哲人，在比较中日关于尊王的观念不同时说："我国王政维新之际，上有万世一系之皇室，可使人心归一，而于中国，打倒满清王室以后，又有谁人能够取而代之？每念及此，吾人感谢我国国体之尊，又转而哀悯中国国体易姓革命之不幸。"①

此外，汉诗人会在江南意象中强调地融入一些很深层的东方思想。譬如松田谈江南的美食：

禹域由来重割烹，郇厨鼒鼎久传名。阿衡若准盐梅法，海晏河清天下平。《屡食支那鼎食有感》（禹）

盐梅法的核心是一个"和"字。这当然是一个古老的中土思想。但是在近代社会的大变局动荡中，却已经成为已陈之刍狗。而日本文化发扬光大了这一东方思想。这首诗在今天看来，也颇有思想光彩。

中国诗人很少用清/浊二元这样的观念去看待世界，而日本诗人则有独特的认知图式。如云：

梵宫占断小姑山，隔绝人寰难可攀。
谁识乾坤清若许，终身起卧浊流间。

《小姑山》（自注：又行二时，抵金鸡山下，山颇高，东南趾即彭泽县，不知今有继陶令高风者否？一巨岩耸而前，如鸡笼，高数仞，斗立中流，草树被之，号曰"小姑山"。顶置一亭，腹嵌一寺，朱栏白壁，屋三层，四面崭然若无路者，不知何人创开，何人今往，人间断缘，岂复有若是者乎?）（苇）

袅袅茶烟出薜萝，万岩压寺路盘陀。云泉何有人间意，不分山中俗客多。（山腹有泉一泓，号白云泉。寺僧卖茶延客，白乐天有诗曰"何必奔冲山下去，只添波浪向人间"。）《天平山》（吴）

① 宇野哲人：《中国文明记》，北京：中华书局，2008年，页187—189。

前一首，以清浊对比写小孤山的表面上与人间断缘，其实即世间而超世间，“终身起卧浊流间”，即终身与人世相俯仰。后一首，写寺僧卖茶延客，以泉水的口吻，写出深藏山中的泉水，也终不免世俗化的命运。

还有一些独特的想象是日本式的。如用“神母爱育垂乳液”来形容钟乳石；用次韵等手法，将日本前辈纪游的史实经典化，这也是他们将江南意象东洋化的一个手法。如伊藤次韵禾原古琴台题诗：

古琴台上叹来迟，万里仙槎维缆时。一代峨洋名士曲，四桁山水有声诗。梧青琴榻雨初过，荷白月湖风缓吹。湖海真逢赏音者，孰辞也有绝弦期。《古琴台次禾原题壁韵》

三　四种江南纪游诗的一些不同特色

退休法官松田的诗风清淡随意，手挥口占，不求精工，有粗服乱头的自在。他的诗有点像日记体，自由记录旅行的生活场景。在上海期间，曾与画家、实业家王一亭聚餐，一见如故，笔谈至烛光见底（“见烛跋”），有诗四首实录当时笔谈内容，交流甚契，场面生动，可补《王一亭年谱长编》及近代中日文化交流史之阙：

五月中七，高野氏张宴沪上招待中外诸绅士，予亦与焉，与王氏一亭（名震）笔谈赠答见烛跋而别。

飞楼邂逅喜何堪，诗酒风流兴更酣。不用象胥传译雷，语难通处笔成谈。

传觞不觉漏声移，快话更端几解颐。一见真成如有旧，订交便恨十年迟。

触讳遭灾彼一时，乐夫天命复奚疑。平生只待风云会，毕竟蛟龙不在池。（一亭曾与黄兴罹党祸后免焉）

当时罹祸也夷然，混迹风尘志益坚。却养心机深悟道，毫端喜写达摩禅。（一亭氏善诗画，好写达摩像）

总之,《禹域游草》更多的是一位没有心机、却富于生命热情的老诗人,以旅行自验其所学深浅的游览文学。其特点是,绝句多,篇幅短小,诗思轻灵。正如冈崎所评:“大抵随手而成,善道实际,使人有身历目睹之想。……轻轻着笔,不费刻削平衍流利,自然合拍,此乃姜白石所谓人所难言,我易言之者,亦足以见其诗境老熟矣。”值得细读的是诗人的中国心态,既有追随,又略有俯视,既浪漫,又清醒,是近代日本典型心态。

伊藤的诗风也是清新自然一路,却变化稍多,无论诗体的五言七言,歌行与绝句,还是题材与语言的多样,句子的提炼与思想的深度,以及对中国传统的正解,似也要比松田略高一筹。诗风有点性灵派的味道。与松田比较,他更有学者气质。如《彭泽归舟图》既以“先生非弃民,必也如伤视”这样极准确的评价来表达对渊明的理解,更写《渊明故宅图》,通过后人的访问、实地的踏勘,写出陶渊明精神,往往比仅是纸上得来的更真切:

> 数里田畴道,初访柴桑村。萧条野桥侧,开埘放鸡豚。桑麻五亩宅,榆柳荫自繁。曰是陶公址,千载有儿孙。问姓只首肯,问祖不成言。初悟先生志,功名绝蒂根。南山当户秀,有酒犹盈樽。饮食通邻舍,情话集一门。魏晋何可问,已忘今所存。悠哉别天地,仿佛入桃源。《渊明故宅图家庙奠一杯请其器而归》(江)

他往往能片言中的,写出江南精神。如伊藤写林和靖:

> 苏公栽柳,岳王就刑,独有先生异世遇,湖山碧万顷,梅花只两句。《林处士墓次苏道人原韵》

更难能可贵的是他诗画合集。他真正很爱江南,一笔一画总关情。他的背后居然有一个“江南吟社”。社里的头儿,他的友人渡边给他的诗画合集很高的评价:“从来诗画王摩诘,首倡东瀛孰夺朱。”确是近代很有特色的一种汉诗别集。

如果说上面两位老人属于简单的诗人,而股野就是一个政治性的达官诗人。他更能把握时代主流的精神调子。《苇杭游草》的特点是诗文合一,议论极多。作者费时五十七天,行程三千里,一路从北方走来,过山海关、万里长城,易水幽燕、黄河,格局更大,感慨更多。再加上他的身份是帝国博物馆的总长，旅行的性质是官游，因而呼朋引类，开合自如，题材显得更为多样，视野更为开展。同时，也有学者的考订、官员的考查等精神融注其中。正如序所说：“雄都之风物、江山之伟迹，宾朋邂逅，胜会征逐。或览宝库，或品古器，……，视之，从来游海外纪其行者，可谓出一头地矣。君今为帝室博物馆总长，纂此行所获数千年古国之古典事物，征之博古之学，参互考订以发其旨趣。”他对古典中国、对江南文脉，有很深的领会，然而，与其他几种相比较，他似乎更多理性、自上而下的心态，处处有对清政府官员的迂颟无文、以及中国社会文明的落后，持一种批评的态度。也许，他的诗文合一的形式，恰好可以用来平衡理性与感性；而他相当敏感的南北区别，也可以作为一种框架，托起他对古典中国与文化中国的复杂感情。当然，敏感的读者还可以从中多少读出一点帝国心理。譬如作跋的同学之一，就曾经从他自己的“舟车到处人迎送，得此优游亦圣恩”一句不经意之词，读出日俄战争、中日甲午战争之后，日本人征服者的帝国心态：

> 然非我皇多年经营满韩之地，扫攘障害，亦不能舟车安稳为此快游。则诗中所谓“舟车到处人迎送，得此优游亦圣恩”，可谓知其所因者矣（三嶋中洲跋文）

而《吴楚游草》的作者是一真纯的学人兼佛门宗师，他似乎不关心现实中国的问题，更多沉浸于古典的世界。当然，他的诗歌却并无释子气与书袋气，自在真切，触处生春，有一种喜气与机趣，似乎是学杨万里、袁小山一路。有些议论也颇有自己的见解，如写运河：

> 河堤迭石土功新，运路钦看长利民。真个盖棺论始定，当年老虎是仁人。（朱宝山，曾知扬州，为政稍苛，人呼曰老虎。然抢私财，修运河堤防，两岸迭石数十里，坚牢可观，今日往来舟人，皆称其德云。）

可能前田慧云的西湖诗及江南名胜诗，是写得最详尽细致的。他在杭州只呆了三天，得诗十八首。离开杭州前夕写的诗句“预识故园归卧夜，仍劳魂梦到杭州”，流露的感情也较为深切。

由于纪游诗多写于途中，这四种汉诗都写得比较浅露直白，情随境生，自然感发。但是由于他们所歌咏的江南古典名胜，有足够的内涵作诗料，因而成全了他们的诗歌情意婉至，一唱三叹，而不至于太俗白。或许，江南因为有许多可以令人吊古伤今的胜地意象，因而潜意识里可以满足近代汉诗人们那种既钟爱又轻蔑的矛盾心态？因为他们的传播，这些江南的胜地与名典也成全了一次跨洋的东行，继续吸引着后来的学者兼诗人如内藤湖南、吉川幸次郎、青木正儿等人的江南想象。

图书在版编目(CIP)数据

江南都市与中国文学:第二届江南文化论坛论文集/查清华,詹丹主编.
—上海:上海三联书店,2018.

ISBN 978-7-5426-6177-7

Ⅰ.①江… Ⅱ.①查… ②詹… Ⅲ.①文学史—华东地区—文集
Ⅳ.①I209.95-53

中国版本图书馆 CIP 数据核字(2017)第 316766 号

江南都市与中国文学
——第二届江南文化论坛论文集

主　　编　查清华　詹　丹

责任编辑　钱震华
装帧设计　陈益平

出版发行　上海三联书店
　　　　　(201199)中国上海市都市路 4855 号
　　　　　http://www.sjpc1932.com
印　　刷　上海昌鑫龙印务有限公司

版　　次　2017 年 12 月第 1 版
印　　次　2017 年 12 月第 1 次印刷
开　　本　700×1000　1/16
字　　数　620 千字
印　　张　36.25
书　　号　ISBN 978-7-5426-6177-7/I·1364
定　　价　88.00 元